Nicholas Evans

Im Kreis des Wolfs

Roman

Deutsch von Robin Seals

GOLDMANN

Die Originalausgabe erschien unter dem Titel
»The Loop« bei Delacorte Press, New York

*Die Figuren und Ereignisse in diesem Roman
sind erfunden, ebenso die Stadt Hope in Montana.
Jede Ähnlichkeit mit lebenden Menschen,
tatsächlichen Orten und Ereignissen
ist rein zufällig.*

Umwelthinweis:
Alle bedruckten Materialien dieses Taschenbuches
sind chlorfrei und umweltschonend.

Der Wilhelm Goldmann Verlag, München, ist ein
Unternehmen der Verlagsgruppe Random House GmbH

Einmalige Sonderausgabe Juni 2002

Umschlaggestaltung: Design Team München
Umschlagfoto: Premium/Sartore
Druck: Elsnerdruck, Berlin
Made in Germany · Titelnummer: 45342
ISBN 3-442-45342-9

www.goldmann-verlag.de

Für meine Mutter, Eileen,
und in Erinnerung an meinen Vater,
Tony Evans

Alles, was die Macht der Welt tut,
geschieht in Form eines Kreises.
Der Himmel ist rund, und ich habe gehört,
daß auch die Erde rund ist, genau wie die Sterne.
Der Wind entwickelt seine größte Kraft in Wirbeln.
Vögel bauen ihre Nester kreisförmig,
denn sie haben dieselbe Religion wie wir.
Die Sonne geht in einem Kreis auf und wieder unter.
Genau wie der Mond, und beide sind rund.
Selbst die Jahreszeiten bilden einen Kreis in ihren Läufen
und kommen stets dorthin zurück, wo sie bereits waren.
Das Leben des Menschen ist ein Kreis
von Kindheit zu Kindheit. Und so ist es mit allem,
in dem die Macht sich regt.

Black Elk, Oglala-Sioux (1863–1950)

SOMMER

I

Manche glauben, daß der Geruch des Todes jahrelang an einem Ort haften kann. Er sickert in den Boden, sagen sie, und wird langsam durch die Wurzeln aufgesogen, bis irgendwann alles, was dort wächst, von der kleinsten Flechte bis zum höchsten Baum, Zeugnis davon trägt.

Vielleicht spürte der Wolf das, als er an jenem späten Nachmittag lautlos die bewaldeten Hänge hinabschlich und mit seinem glänzenden Sommerfell die unteren Äste der Kiefern und Tannen streifte. Und vielleicht hätte dieser Hauch einer Ahnung in seiner Nase, daß hier an diesem Ort vor fast hundert Jahren so viele seiner Art getötet worden waren, ihn umkehren lassen sollen.

Doch er lief weiter talwärts.

Am Abend zuvor war er aufgebrochen und hatte die anderen im Hochland zurückgelassen, wo selbst jetzt im Juli noch späte Frühlingsblumen blühten und Schneeflecken in sonnenscheuen Rinnen lagen. Einem Gebirgskamm war er nach Norden gefolgt, hatte sich dann ostwärts gewandt und an den Verlauf eines jener kurvigen Felscañons gehalten, die wie Trichter die Schmelzwasser hinab in die Täler und Ebenen lenkten. Er blieb hoch oben, mied die Fährten, vor allem jene, die am Wasser entlangführten, da es dort um diese Jahreszeit manchmal Menschen gab. Wo immer es möglich war, blieb er auch nachts oberhalb der Baumgrenze, glitt so mühelos am Rand der Schatten entlang, daß seine Pfoten kaum den Boden zu berühren schienen. Fast konnte man meinen, sein Ausflug habe ein bestimmtes Ziel.

Als die Sonne aufging, hielt er an, um zu trinken, fand dann einen schattigen Winkel im Geröll und verschlief die Hitze des Tages.

Sein Weg ins Tal wurde immer beschwerlicher. Der Waldboden fiel steil ab, Gehölz versperrte ihm den Weg, aufgeschichtet wie Feuerholz in einem riesigen Kamin, so daß der Wolf nur mühsam vorankam. Manchmal lief er zurück, um sich einen besseren Weg zu suchen und das verräterische Knacken trockener Äste, das die Stille durchbrach, zu vermeiden. Hier und da fielen Sonnenstrahlen durch die Bäume und schufen helle Inseln aus leuchtendem Grün, denen der Wolf jedoch stets auswich.

Er war ein vier Jahre alter Rüde, das Leittier seines Rudels, von fast völlig schwarzer Farbe, nur Flanken, Kehle und Schnauze säumte ein Hauch Grau. Hin und wieder blieb er stehen, senkte den Kopf, um an einem Busch oder einem Grasbüschel zu schnuppern, hob dann das Bein, setzte seine Markierung und brachte damit seinen Anspruch auf dieses lange verlorene Revier zum Ausdruck. Manchmal hielt er die Nase in den Wind, und seine Augen wurden zu schmalen, gelben Schlitzen, während er die Duftnoten las, die aus dem Tal heraufgeweht wurden.

Einmal roch er etwas in seiner Nähe, wandte den Kopf und sah zwei weißschwänzige Rehe, Ricke und Kitz, kaum ein Dutzend Schritte entfernt, wie sie ihn, erstarrt in einem Sonnenstrahl, aufmerksam beobachteten. Er blickte hinüber, hielt uralte Zwiesprache mit ihnen, die selbst das Kitz verstand. Einen langen Augenblick regte sich nichts, nur Sporen und Mücken drehten sich in glitzernden Spiralen über den Köpfen der Tiere. Doch dann, als wären Rehe und Mücken gleichermaßen uninteressant für einen Wolf, wandte er seinen Blick ab und nahm erneut Witterung auf.

Aus anderthalb Meilen Entfernung kamen die Gerüche des Tals, Gerüche von Vieh und Hunden, der beißende Gestank der Maschinen. Und obwohl er um die Gefahr wußte, die ihm niemand hatte erklären müssen, lief er tiefer hinab, während ihm aus unergründlich schwarzen Augen die Blicke der Rehe folgten, bis er zwischen den Bäumen verschwunden war.

Das Tal, das sich nun vor dem Wolf öffnete, war eine langsam breiter werdende Gletschermulde, die sich in östlicher Richtung bis zur Stadt Hope erstreckte. Sie wurde von steilen, dicht mit Kiefern bestandenen Hängen gesäumt, die von oben gesehen zwei Armen glichen, die sich sehnsüchtig den sonnengebleichten, vom östlichen Stadtrand bis zum Horizont und viele Meilen darüber hinaus sich ausdehnenden Prärien entgegenstreckten.

An der breitesten Stelle war das Tal fast vier Meilen weit. Es galt nicht gerade als ausgezeichnetes Weideland, doch hatte manch einer damit sein Leben bestritten, und ein oder zwei hatte es reich gemacht. Hier wuchs zuviel Salbei, außerdem gab es überall Steine, und wo immer sich das Weideland ausdehnen wollte, wurde es von einer Schlucht oder einem von Büschen und Felsbrocken in seinem Lauf behinderten Bach durchschnitten. Auf halbem Weg ins Tal hinab mündeten einige dieser Bäche in den Fluß, der sich durch Pappelgehölz bis Hope und von dort weiter zum Missouri schlängelte.

All dies konnte der Wolf überblicken. Er stand auf einer Kalksteinnase, die wie der Bug eines versteinerten Schiffes aus dem Wald herausragte. Unter ihm fiel das Land in einer keilförmigen Geröllnarbe steil bis dorthin ab, wo Berg und Wald widerwillig dem Weideland wichen. Vereinzelt grasten schwarze Kühe und Kälber träge im Schatten, und am Fuß der Weide stand ein kleines Ranchhaus.

Es war auf einer Anhöhe errichtet worden, dort, wo der von Weiden und Weichselbäumen gesäumte Bach einen Bogen machte. Scheunen standen an der einen, der weiße Zaun eines Korrals auf der anderen Seite. Das schindelbedeckte Haus selbst war gerade mit ochsenblutroter Farbe gestrichen worden. An der Südseite erstreckte sich eine Veranda, die nun, da die Sonne hinter den Bergen versank, in goldenes Abendlicht getaucht war. Die Fenster entlang der Veranda standen weit offen, und dünne Baumwollvorhänge bewegten sich sacht in der Abendluft.

Aus dem Innern drang von irgendwoher das Plärren eines Radios, und vielleicht war es deshalb für den, der sich im Haus befand, nicht einfach, das Weinen des Babys zu hören. Der dunkelblaue Kinderwagen auf der Veranda schaukelte ein wenig, rosige Arme streckten sich über den Rand und schienen um Aufmerksamkeit zu heischen. Doch niemand kam. Endlich gab das Baby auf, ließ sich vom Spiel des Sonnenlichts auf seinen Händen und Armen ablenken und begann, vor sich hin zu babbeln.

Nur der Wolf hörte das Baby.

Kathy und Clyde Hicks wohnten jetzt seit fast zwei Jahren im roten Haus, und wenn Kathy ehrlich zu sich war (was sie meist nicht war, da man sowieso nichts tun konnte, warum es sich also schwermachen?), haßte sie es hier draußen.

Nun ja, vielleicht war hassen ein zu starkes Wort. Die Sommer waren in Ordnung. Doch selbst dann hatte man das Gefühl, zu weit von der Zivilisation entfernt zu sein, zu ausgesetzt. An die Winter wagte sie erst gar nicht zu denken.

Vor zwei Jahren waren sie hergezogen, gleich nachdem sie geheiratet hatten. Kathy hatte gehofft, daß sich ihre Einstellung durch das Baby ändern würde, und in gewisser Weise hatte sie das auch getan. Wenigstens konnte sie jetzt mit jemandem reden, wenn Clyde auf der Ranch arbeitete, obwohl die Unterhaltung vorläufig noch etwas einseitig war.

Sie war dreiundzwanzig, und manchmal wünschte sie sich, sie hätte noch ein paar Jahre mit dem Heiraten gewartet, statt sich gleich nach dem College darauf einzulassen. Sie besaß einen Abschluß in Agrarwirtschaft von der Montana State

University in Bozeman, doch bislang hatte ihr das verdammte Ding nur damals genutzt, als sie drei Tage in der Woche Daddys Papierkram im Haupthaus erledigt hatte.

Das Haus ihrer Eltern war für Kathy immer noch ihr Zuhause, und sie hatte deshalb schon oft Krach mit Clyde gehabt. Es lag nur einige Meilen die Straße hinunter, doch sooft sie einen Tag dort verbrachte und mit dem Auto wieder hierher zurückfuhr, überkam sie ein Gefühl, das zwar nicht unbedingt einem Schmerz glich, aber doch so etwas wie ein dumpfes Bedauern war. Sie verdrängte derlei rasch wieder, indem sie auf das Baby hinten im Auto einschwatzte oder das Radio einschaltete, laut aufdrehte und mitsang.

Sie hatte ihren Lieblingssender eingestellt, und als sie am Spülbecken stand, Mais schälte und auf die Hunde schaute, die vor der Scheune in der Sonne dösten, fühlte sie sich schon wieder besser. Sie spielten einen Song von dieser Kanadierin mit der mörderischen Stimme, die ihrem Mann gestand, wie sehr es ihr gefalle, wenn er »ihren Traktor« anwarf. Bei dieser Stelle mußte Kathy immer lachen.

Also wirklich, sie sollte dankbar für das sein, was sie hatte: einen prächtigen Mann nämlich und ein hübsches, gesundes Baby; und auch wenn dieses Haus am Arsch der Welt lag, so war es doch ihr eigenes. Genügend Leute in Hope hätten eine Menge dafür gegeben. Außerdem war sie groß, hatte wunderschönes Haar und nach der Geburt zwar noch nicht ganz ihre alte Figur wieder, aber sie wußte trotzdem, daß sie damit jeden »Traktor anwerfen« konnte, der ihr gefiel.

Selbstbewußtsein war für Kathy nie ein Problem gewesen. Sie war Buck Calders Tochter, und was Besseres gab es in dieser Gegend nicht. Die Ranch ihres Daddys war eine der größten auf dieser Seite von Helena, und als Kind hatte sich Kathy wie eine Prinzessin gefühlt. Zu den wenigen Dingen, die ihr am Verheiratetsein nicht gefielen, gehörte, daß sie ihren Namen hatte aufgeben müssen. Sie hatte Clyde sogar vorgeschlagen, daß sie sich, wie neuerdings eine dieser berühmten Karrierefrauen, einen Doppelnamen zulegte und sich Kathy Calder-Hicks nannte. Klar, hatte Clyde gesagt, warum nicht, aber sie hatte ihm angesehen, wie wenig ihm der Gedanke gefiel, und um ihm nicht weh zu tun, hatte sie sich schließlich mit dem schlichten, grundsoliden Namen Kathy Hicks zufriedengegeben.

Sie schaute auf die Uhr. Es ging auf sechs zu. Clyde war mit ihrem Daddy unten auf der Wiese, um dort nach einem Bewässerungsgraben zu sehen, und gegen sieben wollten sie zum Essen kommen. Ihre Mom würde jeden Augenblick mit einem Kuchen auftauchen, den sie zum Nachtisch gebacken hatte. Kathy räumte den Abfall aus dem Becken, setzte die Maiskolben auf, wischte sich die Hände an der Schürze ab und stellte das Radio leiser. Jetzt mußte sie nur noch die Kartoffeln schälen. Sobald das erledigt war, würde Buck junior dort draußen auf der Veranda bestimmt schon lauthals nach seinem Brei verlangen, und sie würde ihn füttern, um ihn dann anschließend zu baden und für seinen Opa schön zu machen.

Wie auf Kommando hoben die Kühe auf der oberen Weide den Kopf, als der Wolf zwischen den Bäumen auftauchte und stehenblieb. Eine solche Kreatur hatten sie nie zuvor gesehen. Vielleicht hielten sie ihn für einen großen, dunklen Kojoten. Kojoten waren nur kurz nach dem Kalben gefährlich. Vielleicht hielten sie ihn aber auch für einen der Farmhunde, die manchmal durch ihre Herden streiften, und auf die mußte man nur dann achtgeben, wenn sie einem nach den Fesseln schnappten, damit man dorthin ging, wo man eigentlich nicht hingehen wollte.

Der Wolf seinerseits schenkte ihnen kaum Beachtung. All seine Sinne waren auf etwas anderes gerichtet, etwas dort unten am Haus, und er senkte den Kopf und lief die Wiese hinunter. Er bewegte sich jetzt langsamer, mit größerer Vorsicht, umging die Herde nicht, sondern schlich sich mitten hindurch. Doch war seine Gleichgültigkeit so offensichtlich, daß ihm kein Tier aus dem Weg ging und sich bald alle wieder über das Gras hermachten.

Als die Sonne hinter den Bergen verschwand, näherte sich eine Schattenlinie über das Gras dem Haus, stieg wie eine Flut die Veranda hinauf und kroch schließlich über die Räder und das Chassis des Kinderwagens, so daß die ochsenblutroten Wände dahinter zu dunklerem Rot gerannen.

Der Wolf hatte inzwischen das Ende der Wiese erreicht und verharrte am Zaun, dort, wo Clyde eine Wasserleitung verlegt und eine alte Emaillewanne aufgestellt hatte, um das Vieh tränken zu können, sollte der Bach einmal austrocknen. Zwei Elstern brachen aus dem Weidengestrüpp am Bach hervor, schossen einige Male im Sturzflug auf ihn herab und schimpften ihn aus, als ahnten sie seine Pläne und hielten nicht viel davon. Der Wolf beachtete sie nicht weiter. Aus dem Kinderwagen, der kaum zehn Meter entfernt stand, drangen Geräusche, die denen der Vögel recht ähnlich waren. Das Baby kreischte vor Begeisterung über die eigenen Laute und gab gleich noch mehrere Zugaben. Im Haus klingelte das Telefon.

Es war Kathys Mutter. Der Kuchen sei ihr angebrannt, aber keine Sorge, sie habe noch etwas in der Gefriertruhe, das sie in der Mikrowelle warm machen könne.

»Außerdem hat Luke gesagt, daß er mitkommen möchte, falls ihr nichts dagegen habt.«

»Natürlich haben wir nichts dagegen.«

Luke, Kathys Bruder, war gerade achtzehn geworden. Er kam wunderbar mit dem Baby zurecht, wenn sie ihn unten auf der Ranch traf, aber mit Clyde hatte er Probleme, und seit ihrer Heirat war Luke erst ein paarmal hier im Haus gewesen. Als Kinder hatten sie sich nie besonders gut verstanden. Aber eigentlich verstand sich niemand besonders gut mit Luke,

Mom natürlich ausgenommen. Sie war allerdings auch die einzige, die mit seinem Gestotter umzugehen wußte.

Kathy war stets zu ungeduldig gewesen. Selbst als sie alt genug war, es besser zu wissen, mußte sie einfach die Sätze für ihn zu Ende bringen, wenn er ins Stocken geriet. Seit er vor einigen Monaten seinen Abschluß an der High-School gemacht hatte, war sie ihm kaum begegnet. Kathy fand, daß er immer mehr zu einem Einzelgänger wurde, der sich ständig allein in der Wildnis herumtrieb, in die ihn nur dieses komisch aussehende Pferd begleitete.

Jedenfalls kam er zum Abendessen, und das war gut so.

Ihre Mutter fragte nach dem Baby, und Kathy sagte, daß es ihm gutgehe, aber sie werde jetzt lieber auflegen, da es langsam Zeit für den Brei sei und sie noch allerhand zu tun habe.

Gerade als sie auflegte, begannen die Hunde zu bellen.

Normalerweise hätte sie nicht weiter darüber nachgedacht. Die Hunde machten ständig Radau, weil sie eine Ratte oder sonst etwas jagten, doch diesmal klangen sie irgendwie eigenartig, so daß Kathy unwillkürlich aus dem Fenster schaute.

Maddie, die alte Colliehündin, hatte den Schwanz eingezogen, schlich an der Scheune entlang und schaute knurrend über die Schulter zurück. Prince, der gelbe Labrador, den Kathy von ihrem Vater geschenkt bekommen hatte, als sie hierhergezogen waren, lief mit gesträubten Nackenhaaren hin und her. Abwechselnd richtete er die Ohren auf und ließ sie wieder hängen, als wäre er sich unsicher. Sein Bellen wurde von seltsamen, leisen Jammerlauten unterbrochen. Den Blick hielt er auf die Wiese gerichtet, auf etwas hinter dem Haus.

Kathy runzelte die Stirn. Sie sah lieber nach, was die Tiere so aufregte. Das Fett in der Pfanne, in der sie den Mais dünsten wollte, begann zu zischen. Sie ging zum Herd und stellte die Flamme kleiner. Doch als sie die Fliegengittertür öffnete und aus der Küche in den Hof trat, war keine Spur mehr vom Collie zu sehen. Prince hingegen schien über ihren Anblick erleichtert zu sein.

»Hey, was ist denn los, Prince?«

Der Hund lief auf sie zu, schien dann aber seine Meinung zu ändern. Vielleicht gab ihm ihre Anwesenheit jene kleine Extraportion Mut, die ihm bislang gefehlt hatte, denn plötzlich stürmte er mit lautem Bellen um das Haus herum, so daß der Staub hinter ihm aufwirbelte.

Und erst jetzt fiel es ihr wie Schuppen von den Augen. Das Baby. Irgendwas war auf der Veranda und holte sich das Baby. Sie begann zu laufen. Bestimmt war es ein Bär. Oder ein Berglöwe. Mein Gott, wie dumm von ihr, nicht vorher daran gedacht zu haben.

Als sie um die Hausecke bog, sah Kathy unmittelbar vor der Veranda etwas, das sie zuerst für einen großen, schwarzen Hund hielt, einen Schäferhund vielleicht. Er drehte sich um und stellte sich dem Angriff des Labradors.

»Verschwinde von hier! Weg da!«

Das Tier sah sie an, und sie fühlte den Blick dieser funkelnden gelben Augen auf sich ruhen und wußte im selben Moment, daß dies kein Hund war.

Prince kam schlitternd vor dem Wolf zu stehen und duckte sich, die Vorderpfoten gespreizt, so daß sich sein Brustkorb nur wenige Zentimeter über dem Boden befand. Er fletschte die Zähne, knurrte und bellte, tapfer und doch zugleich so furchtsam, daß es aussah, als wolle er sich jeden Augenblick auf den Rücken werfen und ergeben. Obwohl der Wolf reglos dastand, schien er sich gleichzeitig größer zu machen, bis er über dem Hund aufragte. Sein Schweif stand buschig und steil in die Höhe. Langsam zog er die Lefzen zurück, knurrte und zeigte seine langen, weißen Fangzähne.

Und dann packten seine Kiefer mit einem einzigen Satz den Labrador bei der Kehle, rissen ihn hoch und schleuderten ihn durch die Luft, als sei er leicht wie ein Kaninchen. Der Hund jaulte auf, und Kathy stellte sich plötzlich voller Angst vor, daß der Wolf ihr Baby bereits ebenso zugerichtet hatte. Sie stieß einen Schrei aus und sprang zur Veranda hinauf.

Der Kinderwagen stand am anderen Ende, und er schien hundert Meilen weit entfernt, als sie darauf zurannte.

O Gott, bitte, laß es nicht tot sein. Bitte, laß es nicht tot sein.

Sie konnte nicht sagen, ob sich das Tier am Kinderwagen zu schaffen gemacht hatte, doch trotz des alles übertönenden Hundegeheuls wußte sie, daß ihr Baby still darin lag. Sie schluchzte bei dem Gedanken an das, was sie im Wagen finden mochte.

Sie wagte kaum hineinzusehen. Doch sie zwang sich dazu, und als sie sah, wie ihr Kind sie anblickte, wie sich sein Gesicht zu einem zahnlosen Grinsen verzog, traten ihr Tränen in die Augen. Sie griff nach dem Baby und riß es so heftig aus dem Wagen, daß es zu weinen begann. Als sie es fest an sich drückte, schrie es noch lauter. Dann drehte sie sich um, den Rücken an die Wand gepreßt, und blickte über die Veranda.

Der Wolf stand mit gesenktem Kopf über dem Labrador. Kathy sah auf den ersten Blick, daß der Hund tot war. Seine Hinterläufe zuckten noch einmal, ganz so wie im Traum, wenn er vor dem Kaminfeuer schlief, doch die Kehle war aufgerissen, und der Bauch klaffte wie bei einem ausgenommenen Fisch weit auseinander. Das bleiche Gras unter dem Kadaver färbte sich rot. Erneut schrie Kathy auf, und der Wolf zuckte zusammen, als habe er vergessen, daß sie auch noch da war. Er starrte sie an, und Kathy konnte das helle Blut auf seinem Gesicht sehen.

»Verschwinde von hier! Hau ab! Los!«

Sie blickte sich suchend nach etwas um, mit dem sie nach ihm werfen konnte, aber das war nicht mehr nötig. Der Wolf rannte bereits davon, und Augenblicke später duckte er sich unter dem Zaun hindurch und lief an den Kühen vorbei, die im Grasen innehielten, um sich das Schauspiel anzusehen. Am oberen Weiderand blieb der Wolf stehen und schaute dorthin zurück, wo Kathy, das Kind an sich gepreßt, noch immer über den toten Hund gebeugt stand und weinte. Dann drehte er sich um und verschwand im Schatten des Waldes.

2

Die Büros des Fish & Wildlife Service, der staatlichen Forst- und Fischereiwirtschaft, die für die Wiederansiedlung von Wölfen verantwortlich war, lagen im zweiten Stock eines schlichten roten Ziegelgebäudes in einem ruhigen Viertel von Helena. Kein Hinweisschild machte auf diese Büros aufmerksam, und gäbe es ein Schild, würde es sie wohl nicht mehr lange geben. In dieser Gegend lebten Menschen, die etwas gegen staatliche Agenturen hatten, vor allem gegen jene, deren einzige Aufgabe es war, das gräßlichste Raubtier zu schützen, das Gott je geschaffen hatte. Dan Prior und sein Team wußten aus Erfahrung, daß man sich besser im Hintergrund hielt, wenn es um Wölfe ging.

Im vorderen Büro stand ein Glasschrank, aus dem ein ausgestopfter Wolf mit mehr oder minder gütigem Blick auf ihre Arbeit schaute. Das Schild an der Seite informierte den Betrachter, daß der Schrank einen *Canis lupus irremotus, Northern Rocky Mountain Wolf* beherbergte. Doch aus Gründen, die nun niemand mehr im Büro so recht nachvollziehen konnte, nannten ihn alle Fred.

Dan hatte es sich angewöhnt, mit Fred zu reden, besonders in diesen langen Nächten, in denen die anderen bereits nach Hause gegangen waren und er allein versuchte, wieder einmal ein politisches Problem zu lösen, in das er durch Freds lebendigere Geschwister geraten war. Bei solchen Gelegenheiten fielen Dan oft noch andere, weit deftigere Namen für seinen stummen Gefährten ein.

Heute abend jedoch würde es keine solchen Zwiegespräche geben. Zum erstenmal nämlich seit Urzeiten wollte Dan früh Schluß machen. Er hatte eine Verabredung. Und da er den Fehler begangen hatte, sie zu erwähnen, zogen ihn nun alle Kollegen schon seit einer Woche damit auf. Als er aus dem Büro kam und noch einige Papiere in seine Tasche stopfte, riefen sie wie im Chor: »Viel Spaß heute abend, Dan!«

»Besten Dank«, preßte er zwischen zusammengebissenen Zähnen hervor, und alle lachten. »Würde mir bitte mal jemand erklären, was an meinem Privatleben so interessant ist?«

Donna, seine Assistentin, grinste ihn an. Sie war eine große, resolute Frau Ende Dreißig, die das Büro voller Gelassenheit und Humor führte, den sie selbst in extrem hektischen Momenten nicht verlor. Sie zuckte mit den Schultern.

»Muß wohl daran liegen, daß Sie bis jetzt keines gehabt haben.«

»Ihr seid alle gefeuert.«

Er machte eine abschätzige Handbewegung, befahl Fred, sich das Grinsen zu verkneifen, und griff nach der Türklinke, als das Telefon läutete.

»Bin schon weg!« rief er Donna zu und verschwand.

Er drückte den Fahrstuhlknopf und wartete, während hinter der Tür aus rostfreiem Stahl die Kabel surrten und ratterten. Dann ertönte ein helles »Ping«, und die Tür ging auf.

»Dan!«

Er wartete und hielt per Knopfdruck die Tür offen, während Donna über den Flur auf ihn zurannte.

»Wie gut kennen Sie Ihr neues Privatleben schon?«

»Wissen Sie, Donna, gerade habe ich daran gedacht, Ihnen eine Gehaltserhöhung zu geben.«

»Tut mir leid, aber ich glaube, das sollten Sie sich lieber anhören. Ein Farmer namens Clyde Hicks aus Hope hat angerufen. Er behauptet, ein Wolf habe gerade versucht, seinen kleinen Jungen zu töten.«

Zwanzig Minuten und ein halbes Dutzend Anrufe später saß Dan in seinem Wagen und war auf dem Weg nach Hope. Vier der Anrufe galten Wildhütern, Rangern der Bundesforstverwaltung und anderen Leuten von Fish & Wildlife, die gefragt wurden, ob sie etwas über Wolfsaktivitäten in der Gegend von Hope gehört hatten. Das Resultat war negativ. Der fünfte Anruf ging an Bill Rimmer, den Vertreter der Behörde für Raubtierüberwachung, mit der Bitte, ihn in Hope zu treffen, um eine Kadaveruntersuchung an einem Hund vorzunehmen.

Der letzte Anruf war der charmanten und reizvollen Sally Peters vorbehalten, der frisch geschiedenen Marketingdirektorin einer ortsansässigen Tierfutterfirma. Dan hatte ganze zwei Monate gebraucht, bis er den Mut aufbrachte, sie um ein Rendezvous zu bitten, und ihrer Reaktion nach zu schließen, als er das geplante Abendessen absagte, würde er das nächste Mal noch länger brauchen.

Die Fahrt von Helena nach Hope dauerte etwa eine Stunde. Als er von der Interstate abbog und in Richtung Berge fuhr, die sich dunkel vor dem blaßroten Himmel abzeichneten, fragte sich Dan, warum alle, deren Arbeit sich um Wölfe drehte, irgendwann darunter zu leiden hatten.

Im Lauf der Jahre hatte er viele Biologen kennengelernt, deren Spezialgebiet andere Tiere, etwa Zwergspitzmäuse oder Pinguine, waren, und obwohl sich unter seinen Kollegen auch ein oder zwei Spinner befanden, schienen sie im allgemeinen doch recht gut in der Lage zu sein, sich wie der Rest der Menschheit durchs Leben zu schlagen. Wolfspezialisten hingegen waren eine wandelnde Katastrophe. Ob Scheidung, Nervenzusammenbruch oder Selbstmord – in jeder Kategorie waren sie Spitzenreiter. Und gemessen daran brauchte sich Dan nicht zu schämen. Seine Ehe hatte fast sechzehn Jahre gehalten. Wahrscheinlich war das eine Art Rekord. Und auch wenn Mary, seine Exfrau, kein Wort mehr mit ihm reden wollte, so fand Ginny, ihre Tochter – die zwar erst vierzehn war, aber wie zwanzig aussah –, ihren Dad doch ganz okay. Nein, sie bewunderte ihn, und diese Bewunderung war durchaus gegenseitig. Doch was hatte er mit einundvierzig, von Ginny einmal abgesehen, nach all den Jahren, die er dem Wohlergehen der Wölfe geopfert hatte, schon vorzuweisen?

Um seine eigene Frage nicht beantworten zu müssen, beugte er sich vor und stellte das Radio an. Nach einigem Suchen fand er schließlich einen Sender, der keine Werbung oder Countrymusik (die er selbst nach drei Jahren Montana immer noch nicht ausstehen konnte) brachte, sondern Lokalnachrichten. Und die letzte Meldung trug nicht gerade dazu bei, seine Laune zu bessern.

Es war die Rede vom »Angriff« eines Wolfs auf eine Ranch in der Nähe von Hope sowie davon, daß der Enkel von Buck Calder, eine der angesehensten Persönlichkeiten dieser Gegend, dem sicheren Tod nur entgangen war, weil der Haushund, ein Labrador, sein Leben für ihn eingesetzt hatte.

Dan stöhnte auf. Die Medien wußten schon Bescheid, das hatte ihm gerade noch gefehlt. Doch es kam noch schlimmer. Sie sendeten bereits ein Telefoninterview mit Calder persönlich. Dan hatte von ihm gehört, ihn selbst aber nie kennengelernt. Calder besaß die tiefe, vertrauenerweckende Stimme eines Politikers. Er redete wie ein Wolf im Schafspelz.

»Die Bundesregierung läßt unten in Yellowstone diese Wölfe frei, und die treiben sich jetzt überall herum und bedrohen junge Mütter und ihre Babys. Aber erlaubt man uns etwa, sie, unser Vieh und unseren Besitz zu schützen? Nein, Sir, das erlaubt man uns nicht. Und warum nicht? Weil uns die Bundesregierung weismachen will, daß diese Tiere noch immer zu der bedrohten Art gehören. Ich sage Ihnen, das ist ebenso dumm wie ungerecht.«

Damit waren die Nachrichten beendet, und Dan schaltete das Radio aus.

Der Typ lag gar nicht so falsch. Bis vor kurzem hatte es in

dieser Gegend nur die paar Wölfe gegeben, die über die Kontinentalsperre von Kanada heruntergekommen waren. Doch dann hatte die Bundesregierung nach jahrelangen hitzigen Debatten zwischen Umweltschützern und Ranchern beschlossen, die Wiederansiedlung von Wölfen zu genehmigen. Sechsundsechzig wilde kanadische Wölfe waren daraufhin unter großem Kostenaufwand eingefangen, in den Yellowstone Park sowie nach Idaho gebracht und freigelassen worden.

Als Reaktion auf die Wut der Farmer, die in diesen sogenannten »Versuchsgebieten« wohnten, wurde ihnen erlaubt, jeden Wolf abzuschießen, der tatsächlich ihr Vieh anfiel. Doch die freigelassenen Wölfe hatten sich rasch vermehrt, und da sie nicht sonderlich gut im Kartenlesen waren (oder vielleicht gerade deshalb), hatten sie sich dort ausgebreitet, wo der Abschuß eines Wolfs hunderttausend Dollar Strafe und sogar Gefängnis einbringen konnte.

Hope gehörte zu diesen Gebieten und war außerdem Kernland der Wolfshasser. Wenn sich dort heute tatsächlich ein Wolf hatte blicken lassen, dann war der reif für die Klapsmühle.

Vor zehn Jahren hatte Fish & Wildlife überall im Staat öffentliche Veranstaltungen organisiert, damit die Leute ihren Gefühlen über die Pläne des Bundes zur Wiederansiedlung von Wölfen Ausdruck verleihen konnten. Manchmal war es dabei recht stürmisch zugegangen, doch die Veranstaltung in Hope brach alle Rekorde.

Eine Gruppe junger, mit Gewehren bewaffneter Farmarbeiter und Holzfäller hatte draußen gestanden und sie unablässig beschimpft. Die Leute im Saal, in dem Waffen verboten waren, wirkten nicht minder furchteinflößend. Dans Vorgänger, einem hervorragenden Diplomaten, war es zwar gelungen, die Meute im Zaum zu halten, doch hinterher stießen ihn zwei Holzfäller gegen eine Wand und bedrohten ihn. Er kam um mehrere Schattierungen blasser aus dem Saal, als er hineingegangen war, nur um dann festzustellen, daß man ihm einen Eimer roter Farbe über sein Auto gekippt hatte.

In der Ferne konnte Dan die Umrisse der Stadt erkennen.

Es war eine dieser Städte, durch die man fuhr, ohne sie richtig wahrzunehmen. Eine gerade Straße, einige hundert Meter lang, und ein paar Seitenstraßen, die fischgrätenähnlich davon abzweigten. Am einen Ende stand ein heruntergekommenes Motel, am anderen eine Schule, und dazwischen gab es eine Tankstelle, einen Lebensmittelladen, ein Eisenwarengeschäft, einen Imbiß, einen Waschsalon und einen Tierpräparator.

Viele der etwa fünfhundert Einwohner lebten verstreut im Tal, und für ihre diversen Seelennöte gab es zwei Kirchen und zwei Kneipen. Außerdem existierten zwei Andenkenläden, die eher von einem gewissen Optimismus als von gesundem Geschäftssinn zeugten, denn obwohl sich im Sommer gelegentlich Touristen nach Hope verirrten, entschieden sich nur wenige dafür, länger zu bleiben.

In dem Versuch, etwas daran zu ändern, und um dem Wunsch einer bescheidenen, doch wachsenden Anzahl von Nebenverdienstlern Genüge zu tun, hatte einer dieser Läden (der bei weitem beste) letztes Jahr eine Cappuccino-Bar eröffnet. Der Laden nannte sich Paragon, und so selten Dan bisher auch durch diesen Ort gefahren war, hatte er doch stets daran gedacht, diese Bar aufzusuchen, nicht so sehr wegen des Kaffees, der übrigens sehr gut war, sondern vor allem wegen der Besitzerin.

Sie war eine attraktive New Yorkerin namens Ruth Michaels, und von ihren zwei oder drei Begegnungen wußte er, daß sie in Manhattan eine Kunstgalerie geführt und nach ihrer Scheidung Urlaub in Montana gemacht hatte. Hope gefiel ihr, und sie war geblieben. Dan konnte sich durchaus vorstellen, noch weit mehr über sie erfahren zu wollen.

Der Cappuccino hatte sich nicht besonders durchgesetzt bei den Einheimischen, die ihren Kaffee lieber schwach und aufgebrüht tranken, wie er auf der anderen Straßenseite in Nelly's Diner serviert wurde. Als Dan daher im Vorbeifahren entdeckte, daß Ruth das Schild »Zu verkaufen« ins Fenster gehängt hatte, war er zwar traurig, aber nicht sonderlich überrascht.

Er sah Bill Rimmers Lieferwagen am verabredeten Treffpunkt, einer trostlosen Bar, die den passenden Namen The Last Resort trug. Rimmer kam heraus, um ihn zu begrüßen. Er war ein waschechter Montanamann und sah mit seinem Stetson und dem herabhängenden blonden Schnurrbart auch genauso aus. Mit seinen einsachtundneunzig kam sich Dan neben ihm wie ein Zwerg vor. Außerdem war er einige Jahre jünger als Dan und sah auch besser aus – wenn er so darüber nachdachte, konnte Dan eigentlich überhaupt keinen Grund dafür nennen, warum er diesen Kerl so mochte.

Er stieg aus dem Auto, und Rimmer klopfte ihm auf die Schulter.

»Na, junger Spund, wie geht's dir denn so?«

»Ach, weißt du, Bill, ehrlich gesagt hatte ich heute abend eigentlich was Besseres vor.«

»Mir kommen die Tränen, Dan Prior. Wollen wir los?«

»Warum nicht? Alle anderen sind ja offenbar schon da. Hast du die Nachrichten gehört?«

»Klar. Und während ich hier gewartet habe, ist gerade ein Fernsehteam vorbeigefahren.«

»Na, wunderbar.«

»Dieser alte Wolf hat sich für sein Debüt wirklich einen passenden Ort ausgesucht.«

»Wir wissen doch nicht einmal, ob es überhaupt ein Wolf gewesen ist.«

Sie stiegen in Rimmers Pickup und fuhren die Main Street hinunter. Es war beinahe halb acht, und Dan fragte sich besorgt, ob noch genügend Licht sein würde, denn es war immer einfacher, den Ort des Geschehens bei Tageslicht nach Spuren zu untersuchen. Weit größere Sorgen bereitete ihm allerdings der Gedanke an die vielen Menschen, die sich mittlerweile am Schauplatz dieses sogenannten »Angriffs« herumtrieben. Wenn es überhaupt irgendwelche Spuren gegeben hatte, waren sie wahrscheinlich längst verwischt.

Er machte seinen Job jetzt etwa genauso lange wie Rimmer. Ihre Vorgänger hatten beide eine entscheidende Rolle bei der Umsetzung dieses Programms gespielt und bald darauf aus etwa den gleichen Gründen aufgehört. Sie waren »auf den Wolf gekommen« – hatten es satt, von den Ranchern angepöbelt zu werden, weil sie nicht genug gegen die Ausbreitung der Wölfe taten, und von Umweltschützern, weil sie ihnen nicht mehr Unterstützung gewährten. Sie standen einfach immer auf der falschen Seite.

Rimmer arbeitete für eine Unterabteilung des Landwirtschaftsministeriums, die sich um Wildschäden kümmerte, und war gewöhnlich der erste, der angerufen wurde, wenn ein Rancher Probleme mit Raubtieren hatte, sei es nun ein Bär, ein Kojote, ein Berglöwe oder ein Wolf. Er war zugleich Richter, Geschworener und, falls nötig, auch Henker. Ein ausgebildeter Biologe, der aus seiner Zuneigung für diese Tiere lieber ein Geheimnis machte. Dies sowie sein geschickter Umgang mit Falle und Gewehr hatten ihm den Respekt selbst derjenigen eingebracht, die ein eingefleischtes Mißtrauen gegen Staatsbeamte hegten.

Weil er wie ein Cowboy aussah, aber auch durch seine lockere, lakonische Art, war er Dan gegenüber im Vorteil, wenn es darum ging, aufgebrachte Rancher zu beschwichtigen, die ein Kalb oder ein Schaf durch einen Wolf verloren hatten (oder verloren zu haben glaubten). Für solche Leute würde Dan stets der Außenseiter von der Ostküste bleiben. Der eigentliche Unterschied zwischen ihnen beiden aber war der, daß die Rancher in Rimmer einen Mann sahen, der ihnen helfen konnte, während sie Dan für einen der Leute hielten, die das Problem verursacht hatten. Aus ebendiesen Gründen war Dan froh, wenn er Rimmer an seiner Seite wußte, vor allem in einer Situation wie der, die sie nun erwartete.

Sie ließen den letzten Streifen Asphalt hinter sich und bogen auf den grauen Kiesweg ein, der sich durch das Tal hinauf zu den Bergen schlängelte. Eine Weile fuhren sie, ohne ein Wort zu sagen, lauschten nur auf die Räder, die über den Kies knirschten und hinter dem Wagen eine Staubwolke aufwirbelten. Durch die offenen Fenster wehte warme Abendluft herein. Zwischen der Straße und dem schattigen Grün der Pyramidenpappeln am Fluß hielt ein Falke Ausschau nach einem abendlichen Imbiß. Schließlich brach Dan das Schweigen.

»Hast du je von einem Wolf gehört, der versucht, sich ein Baby zu schnappen?«

»Noch nie. Wahrscheinlich ist er von Anfang an hinter dem Hund her gewesen.«

»Glaub ich auch. Was ist mit diesem Calder? Kennst du den?«

»Ich habe ihn einige Male getroffen, ein ziemlicher Brokken.«

»Was soll das denn heißen?«

Rimmer grinste, ohne ihn dabei anzuschauen, und schob seinen Hut mit dem Zeigefinger ein wenig höher.

»Wirst schon sehen.«

Das Tor zur Ranch der Calders war eine wuchtige Konstruktion aus verwittertem, massivem Kiefernholz, an dessen Querbalken der Schädel eines Longhornochsen hing. Dan mußte an den Eingang zum »Cañon des Verhängnisses« denken, einer Wildwestachterbahn, die ihm und Ginny letztes Jahr in Florida eine Heidenangst eingejagt hatte.

Sie rumpelten über den Weidenrost, vorbei an dem Holzschild, auf dem »Calder Ranch« stand. Auf dem kleineren, frisch gemalten Schild darunter stand einfach nur »Hicks«. Dan nahm nicht an, daß das irgendwie witzig gemeint war.

Sie fuhren unter dem Schädel hindurch und folgten etwa eine Meile weit dem sich zwischen kleinen, buschbewachsenen Hügeln durchschlängelnden Weg, bis schließlich die Calder-Ranch vor ihnen auftauchte. Imposant thronte das Gebäude auf dem nach Süden gewandten Hang eines niedrigen Felsens, der vermutlich Schutz vor winterlichen Schneestürmen, vor allem aber einen eindrucksvollen Blick über die besten Weiden des Calderschen Reiches bot. Das Haus war aus massivem, hellem Holz gebaut und zwei Stockwerke hoch, doch derart langgestreckt, daß man glaubte, ein flaches, unverrückbar im Boden verankertes Gebäude vor sich zu haben.

Vor dem Haus lag ein breiter, betonierter Hof, an dessen einer Seite sich eine beeindruckende Ansammlung von weißen, frisch gestrichenen Scheunen befand, während auf der anderen Seite drei silberne Futtersilos standen, die sich wie Raketen über ein Netzwerk von Pferchen erhoben. In der Weide dahinter wuchs aus der Karosserie eines Fords Model T eine breitkronige Pyramidenpappel, deren Stamm vom gleichen Rotbraun wie das Fell der unter ihm grasenden Pferde war. Sie hoben die Köpfe, um dem Lieferwagen und seiner Staubwolke nachzuschauen.

Der Wagen bog nach links, und zwei Meilen später sahen sie in der zunehmenden Dämmerung das dunkelrote Haus der Hicks auf einer Hügelkuppe liegen. Rimmer fuhr langsamer, damit sie sich die Szene, die sich ihnen bot, in Ruhe betrachten konnten.

Sechs oder sieben Fahrzeuge parkten vor dem Haus, und auf der hinteren Veranda war eine kleine, teilweise von der Hausecke verdeckte Menschenmenge zu sehen. Offenbar hatte jemand einen Scheinwerfer aufgestellt, und gelegentlich leuchtete der Blitz eines Fotoapparats auf. Dan seufzte.

»Ich will wieder nach Hause.«

»Ein ziemlicher Zirkus, was?«

»Yeah, und wir sind die Clowns.«

»Ich dachte eher an die römische Variante; du weißt schon, einen von der Sorte, in dem man den Löwen zum Fraß vorgeworfen wird.«

»Sehr aufmunternd, Bill.«

Sie stellten den Wagen neben den anderen Fahrzeugen ab, gingen hinauf zum Haus und gesellten sich zu den übrigen Leuten auf der Veranda. Dan vernahm eine Stimme und wußte sofort, wem sie gehörte.

Eine junge Fernsehreporterin stand im Flutlicht und interviewte Buck Calder. Sie trug ein rotes Kostüm, das ihr mindestens zwei Nummern zu klein war. Calder ragte turmhoch über ihr auf. Er war groß, fast so groß wie Bill Rimmer, aber weit kräftiger gebaut. Seine Schultern waren so breit wie das Fenster in seinem Rücken.

Er trug einen hellen Stetson und ein weißes Hemd mit Druckknöpfen, das seine Bräune noch betonte. Im Licht des Scheinwerfers funkelten die Augen in fahlem Graublau, und Dan begriff, daß es nicht die Statur, sondern vor allem die Augen waren, die diesen Eindruck von Macht hervorriefen. Und diese Augen starrten die junge Reporterin lächelnd, doch mit einer solchen Intensität an, daß sie wie hypnotisiert schien. Dan wußte, daß Calder Großvater war, und hatte sich ihn auch so vorgestellt, doch vor ihm stand ein Mann im besten Alter, der ganz offensichtlich wußte, welche Wirkung er auf andere hatte.

Kathy und Clyde Hicks neben ihm sahen längst nicht so gelassen aus. Kathy hielt das Baby, das mit verwundert aufgerissenen Augen seinen Großvater anstarrte. Neben ihnen war ein Tisch zu sehen, auf dem eine breite, gelbe Masse lag. Dan brauchte eine Weile, bis ihm dämmerte, daß dies der tote Hund war.

»Der Wolf ist ein Killer«, sagte Calder. »Er fällt alles an, was ihm in die Quere kommt. Und wäre dieser arme, tapfere Hund nicht gewesen, hätte er sich bestimmt meinen kleinen Enkel geschnappt. Allerdings wäre ihm von Buck junior vorher bestimmt noch ein kräftiger Nasenstüber verpaßt worden.«

Die Leute, etwa ein Dutzend, lachten. Dan kannte den Fotografen und den jungen Mann, der sich Notizen machte; sie gehörten zur Lokalpresse. Er hatte keine Ahnung, wer die anderen waren. Vermutlich Nachbarn und Familienangehörige. Doch zu zwei Gesichtern kehrte sein Blick immer wieder zurück: zu einer eleganten Frau, Dan schätzte sie auf Mitte Vierzig, und zu einem hochgewachsenen jungen Mann so um die Zwanzig an ihrer Seite. Sie standen im Schatten, ein wenig abseits. Dan fiel auf, daß sie beide nicht mitlachten.

»Calders Frau und sein Sohn«, flüsterte ihm Rimmer zu.

Die Frau hatte ihr dichtes, schwarzes, doch von grauen Strähnen durchzogenes Haar nachlässig hochgesteckt, so daß ihr langer, blasser Hals zu sehen war. Sie strahlte eine Art melancholischer Schönheit aus, deren Widerschein auch im Gesicht ihres Sohnes zu finden war.

Plötzlich war es auf der Veranda still geworden. Von Calders Blick wie verhext, hatte die Fernsehreporterin ihren Text vergessen. Calder grinste sie an und zeigte dabei die weißen, makellosen Zähne eines Filmstars.

»Wollen Sie mir noch eine Frage stellen, Sweetheart, oder sind wir fertig?«

Das folgende Gelächter ließ sie erröten. Sie schaute sich hilfesuchend zum Kameramann um, der ihr zunickte.

»Ich denke, wir sind fertig«, sagte sie. »Vielen Dank, Mister Calder. Das war wirklich ... das war wirklich ... einfach großartig.«

Calder nickte, entdeckte dann über die Köpfe hinweg Dan und Rimmer und winkte sie herbei. Alle drehten sich zu ihnen um.

»Ich sehe da ein paar Jungs, denen Sie vielleicht noch einige Fragen stellen möchten. Ich hätte jedenfalls gern so einiges von ihnen gewußt.«

Aus der Dunkelheit der Scheune blickte Luke Calder über den Hof dorthin, wo sie den Kadaver untersuchten. Er kniete im offenen Tor und streichelte Maddie. Sie lag da, den Kopf auf den Pfoten, schaute zu ihm auf, leckte sich die alte, grau gewordene Schnauze, und Luke streichelte die Hündin so lange, bis sie sich endlich ein wenig beruhigte.

Rimmer hatte eine Plastikplane über die Heckklappe seines Pickups gebreitet und den Labrador darauf gelegt. Er stellte einige Lampen auf, damit er sehen konnte, was er mit seinem Messer tat. Der andere Mann, der mit Rimmer gekommen war, der Wolfexperte, filmte die Prozedur, während Lukes Vater und Clyde daneben standen und schweigend zusahen. Seine Mutter und Kathy waren im Haus und bereiteten das Abendbrot. Alle anderen waren zum Glück endlich nach Hause gefahren.

Dieser Alptraum von Frau, diese Fernsehreporterin, hatte gefragt, ob sie bleiben und die Untersuchung filmen könne, aber Rimmer war entschieden dagegen gewesen. Der Wolfstyp, dieser Prior, hatte sich bereit erklärt, einige ihrer blöden Fragen zu beantworten, dabei aber eigentlich nichts gesagt und sie schließlich bestimmt, aber höflich fortgeschickt, da sie ihre Arbeit zu erledigen hätten, solange der Hundekadaver noch warm war.

Sie häuteten ihn wie ein Reh, während Rimmer unablässig zur Kamera redete und laut erklärte, was er tat und was er sehen konnte. Luke schaute zu, als er Princes Fell wie einen Gummistrumpf vom blutigen, rosafarbenen Muskelfleisch abzog.

»Schwere innere Blutungen und weitere Bißspuren am Halsansatz. Die Wunden sind ziemlich tief. Kannst du sie sehen, Dan? Hier, ich meß mal. Die Löcher der Schneidezähne sind vier, fast fünf Zentimeter auseinander. Muß ein ziemlich großes Tier sein.«

Offenbar war es das Alpha-Männchen gewesen, dachte Luke, der große Schwarze.

Luke wußte schon seit einigen Monaten, daß es oben in den Bergen Wölfe gab. Zum erstenmal hatte er sie im Winter gehört, als das Land unter einer dicken Schneedecke lag und er mit seinen Skiern dort war, wo er sich am liebsten aufhielt, nämlich so weit fort von aller Welt wie nur irgend möglich.

Er hatte Spuren gefunden und gleich gewußt, daß sie für Kojoten viel zu groß waren. Als er ihnen folgte, stieß er auf den Kadaver eines frisch erlegten Elchs.

Und dann, an einem Tag im April, hatte er den Schwarzen gesehen.

Er war ihm erst auf Skiern gefolgt, dann zu Fuß auf einen Gebirgskamm nachgeklettert, um dort eine Rast einzulegen. Es war ein wolkenloser Tag, noch kalt, aber der Frühling lag schon in der Luft. Und wie er auf einem Felsbrocken saß und ins nächste Tal hinabschaute, sah er den Wolf unter den Bäumen hervortrotten. Er suchte sich seinen Weg über eine kleine, mit schmelzendem Schnee bedeckte Weide, die an ihrem oberen Ende in einen mit Geröll bedeckten Abhang überging. Aber plötzlich war der Wolf einfach darin verschwunden, so daß Luke sich schon fragte, ob er das Ganze nur geträumt hatte.

Dort oben hatte sich das Weibchen ihre Höhle gemacht. Und in den folgenden Wochen sah Luke auch die anderen. Als der Schnee schmolz, ritt er öfter hin, achtete aber stets darauf, sich gegen den Wind zu nähern, band Moon Eye in gehöriger Entfernung an und kletterte stets zum selben Kamm hinauf. Die letzten Meter pirschte er sich auf dem Bauch heran, das Fernglas in der Hand, zwischen den Felsen hindurch, bis er auf die Weide hinabsehen konnte. Und dort lag er dann oft stundenlang, sah manchmal keinen Wolf, manchmal alle zusammen.

Er hatte niemandem davon erzählt.

Später, an einem Nachmittag in der ersten Maiwoche, sah er die Welpen. Ihr Fell war noch flaumig und dunkel, und sie hielten sich noch nicht besonders sicher auf den Beinen, als sie zu fünft aus der Höhle hervorkrochen und sich blinzelnd in den Sonnenschein hockten. Stolz stand die Mutter daneben, während der Vater und zwei Jungtiere die Kleinen begrüßten und sie mit der Schnauze anstupsten, als wollten sie die Neuankömmlinge in der Welt willkommen heißen.

Gegen Ende Juni verschwanden sie, und eine Zeitlang fürchtete Luke, sie seien getötet worden, doch dann fand er sie hoch oben im Cañon auf einer anderen Weide wieder. Der Platz schien ihm sicherer zu sein, umsäumt von Bäumen und sanft zu einem Bach hin abfallend, in dem die Welpen sich balgten und herumplanschten. Und auf dieser Wiese konnte Luke eines Morgens auch eines der Jungtiere beobachten, wie es voller Stolz von einem Jagdausflug zurückkehrte. Die Welpen rannten ihm über die Wiese entgegen, begrüßten es, rempelten es an und leckten ihm das Gesicht ab, bis es zu grinsen schien, gähnte und Fleisch auswürgte – Futter für die Kleinen, ganz so, wie es in den Büchern stand.

Während sich die Wiese mit Blumen füllte, sah Luke die Welpen Bienen und Schmetterlinge jagen, schaute zu, wie sie lernten, Mäuse zu fangen, und oft waren sie so komisch, daß er Mühe hatte, nicht laut aufzulachen. Manchmal, wenn Mutter oder Vater dösend in der Sonne lag, robbten die Kleinen auf ihren Bäuchen durch Sumpfdotterblumen und üppiges, hohes Gras heran. Luke war überzeugt, daß die Eltern wußten, was los war, daß sie die Kleinen aber gewähren ließen und nur so taten, als würden sie schlafen. Sobald sie nahe genug bei den Alten waren, sprangen die Welpen auf, und plötzlich spielten alle verrückt, die ganze Meute jagte über die Wiese, alle tollten herum, schnappten nacheinander, und das Spiel ging weiter und immer weiter, bis schließlich sämtliche Tiere erschöpft in einem großen Fellhaufen zusammensanken.

Während Luke ihnen zusah, stieß er stumm ein kleines Gebet aus, nicht zu Gott, für dessen Existenz er bislang nur wenig Beweise hatte, sondern zu dem, was diese Art Dinge zu entscheiden hatte, flehte, daß die Wölfe so clever sein würden, dort oben zu bleiben, wo sie sicher waren, und daß sie sich nicht hinunter ins Tal wagten.

Doch jetzt war es geschehen. Einer von ihnen war gekommen.

Und als er zusah, wie sein Vater sich da auf der Veranda im Licht der Scheinwerfer sonnte, war Luke auf den Wolf wütend geworden, nicht weil er den Hund seiner Schwester, den er immer sehr gerngehabt hatte, getötet hatte, sondern weil das Leben aller anderen Wölfe so dumm, so rücksichtslos von ihm aufs Spiel gesetzt wurde. Ahnte er denn nicht, dieser Trottel von einem Wolf, was die Leute hier unten von Wölfen hielten?

Lukes Vater wußte genau, wie gut sein Sohn die Berge kannte, daß er sich ständig dort oben herumtrieb, allein, obwohl er eigentlich auf der Ranch helfen sollte, so wie man es von den Söhnen der Rancher eben erwartete. Und bevor heute abend all diese Leute aufgetaucht waren, hatte ihn sein Vater gefragt, ob er da oben Wolfsspuren entdeckt hätte.

Luke hatte den Kopf geschüttelt, doch statt es dabei zu belassen, hatte er aus irgendeinem idiotischen Grund hinzugefügt: Nein, er habe nichts entdeckt. Die Lüge ließ ihn ebenso über das *nein* wie über das *nichts* stolpern, weshalb er mehr als gewöhnlich stotterte, so daß sein Vater ging, ehe er den Satz herausgebracht hatte.

Luke ließ ihn unausgesprochen verhallen, so wie die vielen anderen Sätze, die unausgesprochen in ihm lagen.

Die Untersuchung auf dem Hof war inzwischen beendet. Dan Prior hatte die Kamera ausgeschaltet und half Rimmer beim Saubermachen. Lukes Vater und Clyde gesellten sich zu ihnen, und die vier Männer begannen ein Gespräch, doch waren ihre Stimmen jetzt so leise, daß Luke sie nicht mehr verstehen konnte. Er streichelte den alten Hund ein letztes Mal, stand auf, trat aus der Scheune und ging zu den Männern hinüber, blieb aber in einigen Metern Entfernung stehen und hoffte, daß man ihn nicht weiter beachten würde.

»Nun, das war ein Wolf, daran besteht kein Zweifel«, sagte Rimmer.

Lukes Vater lachte. »Haben Sie vorher etwa Zweifel gehabt? Meine Tochter hat ihn mit eigenen Augen gesehen, und ich denke doch, daß sie einen Wolf von einem Specht unterscheiden kann.«

»Aber sicher, Sir.«

Sein Vater entdeckte ihn, und Luke verfluchte, daß er die Scheune verlassen hatte.

»Meine Herren, das hier ist mein Sohn Luke. Luke, dies sind Mr. Prior und Mr. Rimmer.«

Luke bezwang den instinktiven Wunsch, sich umzudrehen und wegzulaufen, statt dessen ging er auf die Männer zu und gab ihnen die Hand. Sie sagten beide hallo, doch Luke nickte nur und wich ihrem Blick aus, damit sie nicht auf die Idee kamen, mit ihm zu reden. Sein Vater riß wie gewohnt die Unterhaltung sofort wieder an sich, bewahrte ihn damit vor der Teilnahme am Gespräch, hinderte ihn zugleich aber auch daran, sich zu beweisen. Luke wußte den Grund, weshalb sein Vater ihn immer wieder so geschickt zum Verstummen brachte: Man sollte nicht erfahren, daß er einen Stotterer zum Sohn hatte.

»Warum habt ihr Jungs uns eigentlich nie erzählt, daß es hier Wölfe in der Gegend gibt?«

Prior versuchte, ihm auf seine Frage eine Antwort zu geben. »Nun, Mr. Calder, wir haben immer gewußt, daß Wölfe hin und wieder über die Kontinentalsperre der Rockys hierherziehen. Und wie Sie vielleicht wissen, hat ihre Zahl in den Staaten wieder zugenommen …«

Sein Vater lachte zynisch. »Was Sie nicht sagen.«

»Und da sie manchmal ziemlich weite Entfernungen zurücklegen, ist es nicht immer einfach, jederzeit zu wissen, wo sie sich gerade aufhalten oder …«

»Ich dachte, Sie verpassen ihnen ein Halsband mit Peilsender?«

»Manchen, Sir, nicht allen. Und Ihre Tochter ist sich sicher, daß dieser Wolf kein Halsband getragen hat. Bis heute hatten wir außerdem keinerlei Anzeichen für irgendwelche Aktivitäten von Wölfen in dieser Gegend. Vielleicht haben wir es hier mit einem Streuner zu tun, einem Einzelgänger, der sich von seinem Rudel getrennt hat, das möglicherweise viele Meilen entfernt lebt. Vielleicht stromert er auch mit anderen Tieren herum, die mit einem Halsband gekennzeichnet sind. Eben das wollen wir ja herausfinden, und deshalb werden wir ab morgen nach ihm suchen.«

»Tja, das will ich hoffen, Mr. Prior. Genauso wie Clyde hier, wie Sie sich gewiß denken können.« Er legte den Arm um seinen Schwiegersohn. Clyde schien sich nicht sonderlich wohl in seiner Haut zu fühlen, brachte aber ein ernstes Kopfnicken zustande.

»Was wollen Sie tun, wenn Sie die Tiere gefunden haben?«

»Ich glaube, wir müssen erst mehr über sie wissen, ehe wir dazu etwas sagen können«, antwortete Prior. »Ich kann jedenfalls verstehen, daß Sie ziemlich aufgebracht sind; doch falls es Ihnen ein Trost ist, lassen Sie mich Ihnen sagen, daß bislang in Nordamerika noch niemals ein Mensch von einem gesunden, wilden Wolf getötet worden ist.«

»Wirklich?«

»Ja, Sir. Aller Wahrscheinlichkeit nach war dieser Wolf hier von Anfang an hinter dem Hund her. Vermutlich ging es um irgendwelche Revieransprüche.«

»Ach ja? Sagen Sie, Mr. Prior, woher kommen Sie?«

»Ich wohne in Helena, Sir.«

»Nein, ursprünglich, meine ich; wo sind Sie geboren und aufgewachsen? Irgendwo im Osten, nehme ich an.«

»Ja, stimmt. Ich komme aus Pittsburgh.«

»Pittsburgh, hm, aus der Stadt also.«

»Ja, Sir, aus der Stadt.«

»Also ist *das* wohl Ihr Revier, oder?«

»Nun ja, in gewisser Weise.«

»Dann lassen Sie mich Ihnen etwas sagen, Mr. Prior.«

Er schwieg kurz, doch Luke kannte den Blick seines Vaters, diese Andeutung eines Lächelns, die aufblitzende Verachtung, die Luke sein Leben lang gefürchtet hatte, da sie jedesmal eine vernichtende Bemerkung ankündigte, irgendeine witzige, bissige Wortspielerei, nach der man sich am liebsten irgendwo verkrochen hätte.

»Das hier ist *unser* Revier«, fuhr sein Vater fort. »Und wir erheben darauf auch durchaus ›irgendwelche Revieransprüche‹.«

Es folgte angespanntes Schweigen, in dem der Blick seines Vaters diesen Prior wie in einem Schraubstock gefangenhielt.

»Wir wollen hier keine Wölfe, Mr. Prior.«

3

Buck Calder wurde auf den Namen Henry Clay Calder III. getauft, doch hatte ihm die Vorstellung noch nie behagt, der dritte oder auch nur der zweite von irgendwas zu sein, und für alle, die ihn mochten oder auch nicht, war er stets Buck und nicht Henry gewesen.

Den Spitznamen Buck, also Bock, hatte er mit vierzehn erhalten, als er in einem Rodeo der High-School sämtliche Preise abräumte und erst, als er alles gewonnen hatte, damit herausrückte, daß er sich zwei Finger gebrochen und das Schlüsselbein angeknackst hatte. Doch selbst damals schon war die eher auf die Fleischeslust bezogene Nebenbedeutung seines Namens den aufgeklärteren Klassenkameradinnen kein Geheimnis mehr. Sie tuschelten hinter vorgehaltener Hand über ihn, besonders einmal, als sein Name an einer Wand der Mädchentoilette auftauchte, wo er sich auf ein Wort reimte, von dem er sich nur durch einen Buchstaben unterschied.

Hätte irgendeines dieser Mädchen es gewagt, solcherlei Geheimnisse ihrer Mutter anzuvertrauen, wäre es vielleicht auf weniger Erstaunen gestoßen als vermutet. Denn die vorhergehende Generation von Schulmädchen hatte ähnliche Gefühle für seinen Vater, Henry II., gehegt. Offenbar kannte dieser eine besondere Kußmethode, die ein Mädchen nicht so schnell vergaß. Eine gewinnende Art im Umgang mit Frauen schien also im Genpool der männlichen Calders angelegt zu sein.

Von Bucks Großvater, Henry I., sind derart intime Details nicht überliefert. Die Geschichte gibt nur Zeugnis seiner Robustheit, denn er war es, der 1912 einige Kühe und ein paar Hühner, eine junge Braut und ihr Klavier auf einen Zug Richtung Akron, Ohio, lud und gen Westen aufbrach.

Als sie ankamen, mußten sie feststellen, daß das beste Land bereits vergeben war, so daß Henry sich schließlich eine Parzelle weit draußen bei den Bergen absteckte, dort, wo noch niemand dumm genug gewesen war, es überhaupt zu versuchen. Er baute sein Haus, wo heute das große Ranchgebäude steht. Und während zahllose andere Rancher aufgaben, vertrieben von Dürre, Wind und von Wintern, die so kalt waren, daß selbst die widerstandsfähigsten Tiere eingingen, haben die Calders irgendwie überlebt; nur das Klavier hatte es nicht geschafft; es klang nach dem Treck einfach nie wieder so wie vorher.

Henry kaufte das Land, das seine Nachbarn nicht mit Gewinn bewirtschaften konnten, und nach und nach breitete sich die Ranch der Calders immer weiter ins Tal hinab in Richtung Hope aus. Voller dynamischem Ehrgeiz gab er dem ersten Sohn seinen eigenen Namen und setzte dann alles daran, das verschnörkelte HC zu einem Brandzeichen zu machen, auf das man stolz sein konnte.

Bucks Vater war nie aufs College gegangen, doch in jeder

freien Minute, in der er nicht den Frauen nachstellte, las er alles über Viehzucht, was ihm in die Finger kam. Er besorgte sich über die Bibliothek spezielle Bücher, von denen er irgendwo gehört hatte, und ließ sich sogar aus Europa Zeitschriften über Viehhaltung zuschicken. Sein Vater fand einige Artikel, die der junge Henry ihm vorlas, zu neumodisch, doch war er klug genug, dem Jungen zuzuhören. Auf Drängen seines Sohnes stellte er den Viehbestand auf eine reinrassige Herefordzucht um, und je mehr Entscheidungen er seinem Sohn überließ, desto prächtiger gedieh die Herde.

Buck wuchs mit all dem Selbstbewußtsein und jenem nicht geringen Maß an Arroganz heran, die eine solche gesellschaftliche Stellung einem Kind vermitteln kann. Keine Ranch war so groß wie die ihre, kein Rancher so klug wie sein Vater. Manch einer hatte erwartet – und insgeheim vielleicht auch gehofft –, daß sich die legendäre Energie der Calders in den Adern des dritten Henry verausgabt haben würde, doch schien sie sich eher noch zu verstärken. Buck besaß zwei ältere Schwestern und zwei jüngere Brüder, doch von Anfang an stand fest, daß er der einzig wahre Erbe des Calder-Reichs war.

Buck ging in Bozeman aufs College und beschäftigte sich mit Gentechnik. Und als er zurückkam, half er, die Ranch noch weiter voranzubringen. Er begann damit, für jedes einzelne Tier, das sie aufzogen, ein Protokoll über dessen Leistungen zu führen. Verlauf der Geburten, Mutterverhalten, Gewichtszunahme, Eigenarten und vieles mehr wurden genau untersucht und entsprechend rigoros korrigiert. Die Nachkommenschaft derer, die diese Tests bestanden, gedieh prächtig, die Tiere aber, die zu wünschen übrig ließen, kamen zum Schlachter.

Grundsätzlich unterschied sich dieses Vorgehen kaum von dem, was andere Rancher und Farmer seit Jahren taten. Der Gedanke, minderwertiges Vieh auszusortieren, war nicht gerade neu, doch die Kompromißlosigkeit, mit der dies auf der Calder-Ranch geschah, war es. Bucks Änderungen bewirkten auf allen Gebieten dramatische Leistungssteigerungen, und bald waren sie bei den Viehhaltern des Landes in aller Munde. Der erste Henry Calder starb in dem beruhigenden Wissen, daß seine Nachkommen seine Kraft und Stärke bis ins nächste Jahrhundert tragen würden.

Doch Buck hatte erst angefangen. Kaum war der alte Herr unter der Erde, forderte er, daß sie von reinrassigen Herefords auf Black-Angus-Rinder umstellen sollten. Sie seien bessere Muttertiere, behauptete er, und bald würde man sie überall halten. Sein Vater erklärte ihn für verrückt. Offenbar wollte er alles aufgeben, wofür sie in den letzten Jahren gearbeitet hatten. Doch Buck überredete ihn, ihn wenigstens zum Vergleich ein paar dieser Rinder aufziehen zu lassen.

Fast vom ersten Tag an übertraf die kleine Herde die Herefords in jeder Hinsicht. Sein Vater gab nach und erklärte sich bereit, die ganze Herde auszutauschen, und schon nach wenigen Jahren stach Calder als Lieferant von reinrassigen Black-Angus-Rindern jede Konkurrenz aus. Bullen von Calder und die Güte ihres Samens waren im ganzen Westen und darüber hinaus bekannt.

Mit seinem eigenen Samen ging Buck Calder etwas sorgloser um. Er verteilte seine Gunst großzügig und in weitem Umkreis. Es gab kaum ein anständiges Hurenhaus zwischen Billings und Boise, das er nicht mit seinen Besuchen beehrte. Und er prahlte, daß ein echter Mann drei unveräußerliche Rechte besitze: das Recht auf Leben, auf Freiheit und auf Frauen.

Es gab zwei Sorten Frauen, hinter denen er her war, und die einen, mit denen er sich traf, wußten nichts von den anderen, die er bezahlte. Das war um so überraschender, als einige der ersteren Brüder und Vettern hatten, die nur zu gut über die letzteren Bescheid wußten. Ein oder zwei dieser jungen Männer hatten sogar miterlebt, wie Buck zum Bock wurde, und hatten schallend über das Motto der Calders gelacht, das diese eines Abends in angetrunkenem Zustand zum besten gaben, als sie grölten, Frauen seien nur dazu da, sie wie ein Bock zu besteigen und dann aus dem Gedächtnis zu streichen.

Das Stillschweigen seiner Freunde, das sich wohl weniger der Loyalität als vielmehr der Angst verdankte, selbst in Verruf zu geraten, ermöglichte es Buck, bis zu seinem dreißigsten Lebensjahr für nichts Schlimmeres als das gehalten zu werden, was man in dieser Gegend noch heute verschämt einen »lady's man« nennt und ihn keineswegs daran hinderte, allgemein – von ein paar Spielverderbern und einigen übermäßig scharfsinnigen Menschen einmal abgesehen – für Hopes begehrtesten Junggesellen gehalten zu werden.

Als er dreißig wurde, hatten sich die meisten Frauen seines Alters, auch jene, die ihn in der High-School so aufregend gefunden hatten, nach anderen Männern umgesehen und sie auch gefunden. Sie waren allesamt verheiratet, die meisten bereits Mütter, und Buck ging inzwischen mit ihren jüngeren Schwestern aus. Wie bei seinem Vater fiel sein Blick schließlich auf eine Frau, die zehn Jahre jünger war als er.

Eleanor Collins war die Tochter des Besitzers eines Eisenwarenladens in Great Falls und hatte gerade ihre Ausbildung als Physiotherapeutin beendet. Buck war einer ihrer ersten Patienten.

Er hatte sich die Schulter verrenkt, als er einen umgestürzten Heuwagen aus einem Bach wuchten wollte. Nach seinem letzten Besuch in der Klinik hatte er über die ältere Frau, die an ihm herumgezerrt und ihn mit ihren Fäusten bearbeitet hatte, gelästert, sie erinnere ihn in Aussehen und Charme an einen russischen Panzerkommandanten. Als er dann diese junge Göttin durch die Tür des Behandlungszimmers treten sah, glaubte er, eine Assistentin oder Krankenschwester vor sich zu haben.

Sie trug einen weißen Kittel, der eng genug war, um Bucks erfahrenem Auge zu verraten, daß sie jene Art Figur besaß, die er bevorzugte: schlank und geschmeidig, doch mit vollen Brüsten. Ihre Haut war wie Elfenbein, und sie hatte das lange, schwarze Haar mit Perlmuttkämmen hochgesteckt. Sie ließ sein Lächeln unerwidert, musterte ihn bloß mit diesen schönen, grünen Augen, fragte ihn, wo es weh tue, und sagte, er solle sein Hemd ausziehen. Herrgott, dachte sich Buck, so etwas liest man sonst nur im *Playboy*.

Wäre Eleanor Collins seinem Charme erlegen, den er sofort spielen ließ, wäre sie einverstanden gewesen, ihn mittags auf eine Tasse Kaffee zu treffen, hätte sie auch nur einen einzigen Augenblick lang gelächelt, wäre vielleicht alles ganz anders gekommen.

Monate später erzählte sie ihm, daß sie an diesem Tag nervös wie ein Eichhörnchen gewesen sei, daß sie, sobald ihr Blick auf ihn gefallen war, gewußt habe, daß dies der richtige Mann für sie sei und es ihr äußerst schwergefallen war, ihre Gefühle hinter der Maske professionellen Desinteresses zu verbergen. So kam es, daß Buck die Klinik mit brennender Schulter und brennendem Herzen verließ. Letzteres verriet ihm, daß es sich diesmal nicht um einen Fall von »Bumsen und Vergessen« handelte, denn normalerweise spürte er das Feuer in tiefer gelegenen Körperregionen. Nein, er hatte endlich die Frau getroffen, die er heiraten wollte.

Zu den Warnsignalen, auf die Eleanor hätte achten sollen, zählte vor allem die stille, resignierte Traurigkeit in den Augen von Bucks Mutter. Sie hätte ihr sagen können, welchen Tribut jede Frau zahlen mußte, die einen erstgeborenen Calder heiraten wollte. Doch Eleanor entdeckte an ihrer künftigen Schwiegermutter nur die gemeinsame und verständliche Bewunderung für dieses attraktive, charmante Energiebündel von einem Mann, für eben jenen Mann, der sie unter allen Frauen dazu auserwählt hatte, sein Leben mit ihm zu teilen und seine Kinder zur Welt zu bringen.

Ihre Weigerung, mit ihm zu schlafen, solange sie nicht verheiratet waren, stachelte Bucks Leidenschaft nur noch mehr an. Eleanor blieb Jungfrau bis zur Hochzeitsnacht, in der sie dann auch, wie es sich gehörte, schwanger wurde. Ein Junge. Sein Name stand außer Frage. In Abständen von etwa zwei Jahren folgten zwei Töchter, Lane und Kathy.

»Seine besten Kühe läßt man nur einmal im Jahr bespringen«, sagte Buck zu seinen Saufkumpanen im Last Resort. »Nur so bekommt man die besten Kälber.«

Diesen Ausspruch konnte er besten Gewissens für die ersten drei Kinder gelten lassen. Henry IV. war durch und durch ein erstgeborener Calder, und manchmal, wenn sie gemeinsam auf die Jagd gingen, das Vieh zusammentrieben oder einen Zaun flickten, schüttelte Buck vor Stolz den Kopf über die rasche Auffassungsgabe des Jungen.

Herr im Himmel, dachte er, wie mächtig doch der Same ist. Und dann schaute er den kleinen Luke an und begann zu zweifeln.

Dieser zweite Sohn sah überhaupt nicht wie ein Calder aus. Eleanor hatte vier Jahre gebraucht und zwei Fehlgeburten gehabt, ehe er geboren wurde, und in dieser Zeit schien irgendwas mit den Genen der Calders passiert zu sein. Der Junge war das Ebenbild seiner Mutter: Er besaß ihre blasse irische Haut, das dunkle Haar, die gleichen wachsamen grünen Augen.

»Tja, er kommt ganz nach seiner Mutter«, hatte Buck im Krankenhaus gewitzelt, als er das Kind zum erstenmal sah, »aber wer der Vater ist, das kann man ihm nicht ansehen.« Und seither nannte er den Jungen selbst vor Luke nur noch »deinen Sohn«.

Natürlich war es bloß ein Scherz. Er war viel zu stolz, um glauben zu können, irgendein Mann würde es wagen, ihm Hörner aufzusetzen, oder seine Frau würde ihn betrügen. Doch insgeheim dachte er sich, daß seine Gene zwar beteiligt, aber irgendwie nicht zu dem Jungen vorgedrungen waren oder, schlimmer noch, versagt hatten. Das glaubte er jedenfalls schon, bevor Luke zu stottern begann.

»Rede vernünftig«, sagte Buck bei Tisch zu ihm. Er brüllte nicht, er redete sanft, doch bestimmt. »Sag ›Kann ich bitte die Milch haben.‹ Mehr verlange ich doch gar nicht, Luke.«

Und Luke, gerade drei Jahre alt, saß da, versuchte es und scheiterte, versuchte es wieder und scheiterte erneut, und er bekam keine Milch, bis er weinte und Eleanor zu ihm ging, ihn umarmte und ihm die Milch gab, während Buck sie anbrüllte und dumm nannte, denn wie zum Teufel sollte der Junge vernünftig reden lernen, wenn sie sich jedesmal einmischte?

Luke wuchs heran, und das Stottern wurde schlimmer. Die Kluft zwischen seinen Worten schien auf seltsame Weise mit der Kluft verbunden zu sein, die sich nach und nach in der Mitte der Familie auftat: Er und seine Mutter auf der einen, sein Vater auf der anderen Seite. So wurde er immer mehr zu Eleanors Sohn und war bald darauf auch ihr einziger Sohn.

Als Luke sieben Jahre alt war, starben zwei Henry Calders an einem verschneiten Novembertag bei einem Autounfall.

Der junge Henry, kaum fünfzehn Jahre alt, lernte Autofahren, und er saß am Steuer, als ein Reh vor ihnen über den Weg sprang. Die Straße war glatt wie Marmor, und als er ausweichen wollte, blockierten die Räder; der Wagen geriet ins Schleudern und schoß wie ein flügellahmer Vogel in die Schlucht. Das Rettungsteam fand sie drei Stunden später und entdeckte im Licht der Taschenlampen die schneebedeckten Leichen in einem Baum, steifgefroren und grotesk ineinander verschlungen wie bei einem Pas de deux.

Da der alte Henry schon sechsundsiebzig Jahre auf dem Buckel hatte, ließ sich sein Tod ein wenig leichter verschmerzen. Doch der Verlust eines Kindes gleicht dem Sturz in einen Abgrund, aus dem nur wenige Familien wiederkehren. Manche kriechen zurück ans Licht, wo die Erinnerung im Lauf der Zeit verblaßt, doch andere verharren für immer in der Dunkelheit.

Die Calders fanden für sich eine Art Zwielicht, doch jeder

auf anderem Weg. Der Tod des Jungen schien mit zentrifugaler Kraft auf die Mitglieder der Familie zu wirken. Sie fanden keinen Trost in gemeinsamer Trauer. Und wie schiffbrüchige Fremde strebte jeder allein an Land.

Lane und Kathy wurden am besten damit fertig, und sie flüchteten so oft und so lange wie möglich zu ihren jeweiligen Freunden. Ihr Vater hingegen verdrängte seinen Schmerz, verbreitete wie zur Entschädigung noch einige seiner Gene und suchte sexuellen Trost, wo immer er sich bot. Mit neuem Elan nahm er seine Eskapaden wieder auf, die durch die Eheschließung nur kurz unterbrochen worden waren.

Eleanor zog sich in ein fernes inneres Land zurück. Tagelang saß sie wie gebannt vor dem Fernseher. Bald kannte sie alle Schauspieler in sämtlichen Familienserien und sah dieselben Themen und dieselben Gesichter in den Vormittagsprogrammen wieder auftauchen. Sie sah Frauen ihre Ehemänner, die sie betrogen hatten, anschreien, sah Töchter, die ihren Müttern vorwarfen, ihre Kleider oder ihre Freunde zu stehlen. Schokkiert stellte sie manchmal fest, wie sie in das Geschrei mit einstimmte.

Als sie das Fernsehen leid war, begann sie zu trinken, doch irgendwie gab ihr das nicht den richtigen Kick. Sämtliche Schnäpse, die sie probierte, schmeckten grauenhaft, selbst wenn sie sie mit reichlich Orangen- oder Tomatensaft vermischte. Der Alkohol ließ sie vergessen – doch nur die falschen Dinge. Sie fuhr den langen Weg nach Helena oder Great Falls, nur um dann festzustellen, daß sie nicht wußte, was sie dort sollte. Sie trank so überaus diskret, daß niemand Verdacht schöpfte, selbst dann nicht, wenn Brot oder Milch ausgingen, sie an zwei Abenden hintereinander das gleiche Essen auftischte oder einmal sogar das Abendessen ganz vergaß. Schließlich sah sie ein, daß sie sich nicht zur Alkoholikerin eignete, und hörte einfach damit auf.

Luke litt am stärksten unter ihrer Verschlossenheit. Ihm fiel auf, wie oft sie vergaß, zu ihm zu kommen und ihm einen Gutenachtkuß zu geben, und wie selten sie ihn in letzter Zeit umarmte. Sie nahm ihn zwar immer noch vor der Wut seines Vaters in Schutz, doch lustlos und ohne Eifer, als wäre es eine Pflicht, deren Sinn sie vergessen hatte.

Und so blieb unbemerkt, welche Schuldgefühle der Junge entwickelte.

Am Tag ihres Todes waren Bruder und Großvater unterwegs gewesen, ihn von seinem Sprachtherapeuten in Helena abzuholen. Und für die Logik eines Siebenjährigen war der Unfall allein schon deshalb seine Schuld. Mit einem Streich hatte er den Vater seines Vaters und dessen Lieblingskind getötet, den alten König und den Thronfolger der Calders.

In der Tat eine unglaubliche Last für einen kleinen Jungen.

4

Die rot-weiße Cessna 185 legte sich unter der kobaltblauen Kuppel des frühen Morgenhimmels in eine steile Kurve, ehe sie dann einen Augenblick gleichsam gewichtslos über den Gipfeln der Berge zu schweben schien. Während er den Flügel an der Steuerbordseite in die Sonne kippte und die Nase zum zwanzigstenmal nach Osten ausrichtete, schaute Dan unmittelbar auf den Flugzeugschatten hinab, der in dreihundert Meter Tiefe wie der Geist eines Adlers über die uralten Kalksteinhänge huschte und aus seinem Blick verschwand.

Bill Rimmer saß neben ihm im engen Cockpit, den Empfänger auf dem Schoß, und ging methodisch immer wieder die Liste mit den Frequenzen aller markierten Wölfe durch, die es zwischen Kanada und Yellowstone gab. Auf beiden Flügeln des Flugzeugs war eine Antenne befestigt, und Bill schaltete ständig zwischen ihnen hin und her, während sie angestrengt auf das unverkennbare Klick-Klick-Klick eines Signals lauschten. Sie hatten gutes Flugwetter und wären wohl noch tiefer gegangen, wenn sie etwas mehr Wind gehabt hätten.

Es war nicht besonders einfach, in dieser Gegend nach Wölfen Ausschau zu halten. Den ganzen Morgen lang hatten sie die Hügel und Cañons durchkämmt, Augen und Ohren angestrengt, in die schattigen Schluchten zwischen den Bäumen gespäht und Bergkämme, Bäche und sanfte grüne Wiesen nach verräterischen Spuren abgesucht: einem Kadaver auf einer Lichtung, einem Schwarm Raben oder plötzlich flüchtenden Rehen. Wild hatten sie genug gesehen, Weiß- wie Schwarzwedelhirsche und sogar Elche. Als sie einmal dicht über eine weite Schlucht flogen, störten sie eine Grizzlybärin auf, die sich mit ihren Jungen an Buffalobeeren gütlich tat und erschreckt in den Schutz des Waldes flüchtete. Hier und da sahen sie auch etwas Vieh, das auf jenen Sommeralmen graste, die viele Rancher von der Forstverwaltung, dem Forest Service, pachteten. Doch einen Wolf oder gar mehrere Wölfe konnten sie nicht entdecken.

Rimmer hatte Dan am Abend zuvor zu seinem Wagen nach Hope gefahren, und sie hatten im Last Resort noch ein Bier getrunken. Die Kneipe war ein düsteres Loch, die Wände voller Jagdtrophäen, deren blinde Augen jede ihrer Bewegungen zu beobachten schienen, als sie sich mit ihren Gläsern an einen Tisch in der Ecke setzten. Am anderen Ende der Bar spielten zwei Rancharbeiter Billard und fütterten die Jukebox mit ihren Münzen, doch die Musik mußte gegen das Fußballspiel im Fernseher über der Theke ankämpfen. Ein einsamer Säufer mit schweißfleckigem Hut erklärte der Frau hinter dem Tresen die Einzelheiten seines Tagesablaufs. Sie gab sich Mühe, interessiert dreinzuschauen, übertrieb es aber ein wenig. Bis auf diese drei Männer waren Dan und Rimmer die einzigen Gäste. Bei dem Gedanken an die Begegnung mit Calder kochte Dan noch immer vor Wut.

»Ein ziemlicher Brocken, habe ich dir doch gesagt.« Rimmer wischte sich den Schaum vom Schnauzbart.

»Stimmt, ein ziemlicher Kotzbrocken.«

»Ach, er ist schon in Ordnung. Hunde, die bellen, beißen nicht. Er ist eben einer von diesen Typen, die andere immer auf die Probe stellen müssen, die herausfinden wollen, wie stark man ist.«

»Ach so, darauf wollte er hinaus.«

»Sicher. Und du hast dich gut gehalten.«

»Besten Dank, Bill.« Er nahm einen großen Schluck und knallte das Glas dann klirrend auf den Tisch. »Verdammt, warum konnte er nicht noch eine Weile damit warten, diese verfluchten Reporter anzurufen?«

»Die werden bald wieder da sein.«

»Warum denn das?«

»Er hat mir erzählt, daß er den Hund beerdigen lassen will, weißt du, ein richtiges Hundebegräbnis, mit Grabstein und allem Drum und Dran.«

»Das ist doch nicht zu fassen.«

»Hat er jedenfalls gesagt.«

»Was glaubst du, was sie auf den Grabstein schreiben?«

Beide dachten einen Augenblick nach, dann meinte Dan: »Wie wär's mit: Labrador, früher unter dem Namen ›Prince‹ bekannt?«

Sie lachten wie zwei kleine Jungen und viel länger, als es dieser Witz gerechtfertigt hätte. Doch es machte ihnen Spaß, und bald war Dan auch wieder besserer Laune. Sie gönnten sich noch ein Glas und blieben, bis das Fußballspiel zu Ende war. Außerdem hatte sich die Bar inzwischen gefüllt, Zeit, nach Hause zu fahren.

Als sie zur Tür gingen, hörte Dan die Stimme des Nachrichtensprechers im Fernsehen sagen: »Und in Hope Valley ist ein Baby nur knapp dem Tod entronnen, als der böse Wolf ihm einen Besuch abstattete. Dies und mehr gleich nach der Werbung. Bleiben Sie dran.«

Sie blieben im Türschatten stehen, da man sie dort nicht so

gut erkennen konnte. Getreu seinem Wort brachte der Sprecher der Lokalnachrichten gleich nach der Werbung die Geschichte mit dem Wolf, und Dan spürte, wie sich ihm die Nackenhaare sträubten, als er Buck Calders Krokodillächeln sah.

»Der Wolf ist ein Killer, er tötet alles, was ihm in die Quere kommt.«

»Der Kerl sollte sich zur Präsidentenwahl aufstellen lassen«, flüsterte Dan.

Und dann, als die Kamera über Dan und Rimmer hinwegschwenkte, die sich, genau wie jetzt, möglichst unauffällig im Hintergrund zu halten versuchten, hieß es in dem Bericht weiter, daß Bundesbeamte von dem Vorfall peinlich berührt seien. Man brachte einen Auszug aus Dans kurzem Interview, in dem das Entscheidende bereits gesagt worden war, noch ehe er den Mund aufmachte. Dabei blinzelte er wie ein Schwerverbrecher in die Kamera.

»Könnte dieser Wolf eines der Tiere sein, die Sie in Yellowstone freigelassen haben?« fragte ihn die Reporterin in dem roten Kostüm und schob ihm das Mikrofon unter die Nase. Dieses »Sie« tat weh.

»Es ist noch zu früh, um mit Bestimmtheit etwas darüber sagen zu können. Und solange wir den Kadaver nicht untersucht haben, können wir nicht einmal bestätigen, daß es sich überhaupt um einen Wolf handelt.«

»Wollen Sie damit etwa behaupten, daß Sie nicht daran glauben, daß es sich um einen Wolf handelt?«

»Nein, das will ich nicht behaupten. Ich sage nur, daß wir es noch nicht bestätigen können.« Sein Versuch, ihr ein entwaffnendes Lächeln zu schenken, ließ ihn bloß noch verschlagener aussehen. Dan hatte genug.

»Komm, verschwinden wir von hier«, sagte er.

Als sie heute morgen von Helena herüberflogen und die Sonne über der Bergkette aufblitzte, schätzten sie ihre Lage nicht allzu trostlos ein. Voller Optimismus sprach Dan mit

Rimmer über die Möglichkeit, ein Signal auffangen zu können. Vielleicht hatte Kathy Hicks in ihrer Panik einfach übersehen, daß der Wolf ein Halsband trug. Und wenn nicht, war er vielleicht doch mit Tieren zusammen, die eins trugen. Das waren ganz schön viele »Vielleichts«, und Dan ahnte inzwischen, daß ihre Chancen nicht allzugut standen.

In den letzten Jahren hatten sie absichtlich die Zahl der mit Halsband versehenen Wölfe reduziert. Hinter dem Versuch, eine lebensfähige Wolfspopulation in der Region anzusiedeln, stand der Gedanke, die Tiere so wild und so natürlich wie möglich leben zu lassen. Sobald es genug fortpflanzungsfähige Pärchen gab, konnte man die Wölfe von der Liste der bedrohten Arten streichen. Und nach Dans persönlicher Meinung waren Halsbänder dabei nicht gerade hilfreich.

Diese Ansicht wurde nicht von allen geteilt. Es gab sogar Leute, die dafür eintraten, Wölfen Fangkragen anzulegen, die mit jederzeit einsatzbereiten Injektionsnadeln gespickt waren, so daß man das Tier einschläfern konnte, wann immer man wollte. Dan hatte in Minnesota selbst einige Male damit gearbeitet, und sie machten das Leben gewiß einfacher. Doch immer, wenn man einen Wolf fing, ihn betäubte, behandelte, eine Blutprobe entnahm, einen Clip in sein Ohr klemmte und ihm die Spritze verpaßte, machte ihn das ein bißchen weniger wild, ein bißchen weniger zum Wolf. Und am Ende mußte man sich fragen, ob sich dieses Tier bei dieser Art Fernbedienung durch den Menschen wirklich noch von einem Spielzeugboot auf einem Teich im Park unterschied.

Doch wenn ein Wolf in Schwierigkeiten geriet, wenn er Kälber, Schafe oder Haustiere riß, dann wurde es allerhöchste Zeit, ihm ein Halsband umzulegen – auch um seiner selbst willen. Man gab sich Mühe, bei den Ranchern den Eindruck zu erwecken, als wisse man immer genau, wo sich jeder Wolf im Staat aufhielt, und wenn ein Tier aus der Reihe tanzte, mußte man verteufelt schnell sein, um es zu finden, bevor es einer dieser Kerle mit einem Gewehr abknallte. Konnte man ihm ein Halsband umlegen, wußte man wenigstens, wo es sich befand. Und wenn der Wolf wieder in Schwierigkeiten geriet, war es möglich, ihn aufzuspüren oder zu erschießen.

Während die Sonne immer höher stieg, blieben die beiden Männer im engen Cockpit der Cessna so stumm wie Rimmers Funkgerät. Wäre da unten ein Wolf mit einem Halsband gewesen, hätten sie ihn längst aufgespürt. Einen Wolf – oder Wölfe – ohne Halsband in einer solchen Gegend ausfindig machen zu wollen war weit schwieriger. Außerdem stellte sich da noch die Frage, wer sich eigentlich auf die Suche machen sollte. Schlimmer noch, wer würde die Wölfe im Auge behalten, wenn sie einmal gefunden waren?

Dan hätte den Job gern selbst übernommen. Der einzige Wolf, den er in letzter Zeit zu Gesicht bekommen hatte, war Fred. Und inzwischen war er schon so sehr zum Schreibtischbiologen geworden, daß er manchmal witzelte, er werde noch eine Doktorarbeit über das Brutverhalten von Aktennotizen schreiben. Er sehnte sich danach, wieder draußen sein zu können, so wie in den guten alten Tagen von Minnesota, als er für Telefon und Fax unerreichbar war. Aber das kam überhaupt nicht in Frage. Er hatte zuviel zu tun und außer Donna niemanden, auf den er die Arbeit abwälzen konnte. Bill Rimmer hatte sich zwar großzügig bereit erklärt, ihm beim Aufstellen der Fallen behilflich zu sein, obwohl er selbst fast in Arbeit erstickte.

Die Wolfsfrage war lange politisch strittig gewesen, doch in letzter Zeit schienen jene Politiker alle Pluspunkte für sich verbuchen zu können, die strikt gegen eine Wiederansiedlung waren. Je stärker die Wolfspopulation wuchs, desto hitziger wurde die Debatte. Und je öfter es zu Vorfällen dieser Art kam, desto schwieriger würde es werden, mehr Steuergelder und die nötigen Arbeitskräfte zu erhalten. Dan hatte mit ansehen müssen, wie man ihm sein Budget rigoros zusammenstrich. Und jetzt bekam er gar kein Geld mehr. Nur in Notfällen gelang es ihm manchmal, ein oder zwei Monate lang jemanden aus einer anderen Abteilung loszueisen oder sich einen Studenten oder einen der Freiwilligen auszuleihen, mit denen sie unten in Yellowstone zusammengearbeitet hatten.

Das Problem war nur, daß es hier um mehr ging, als einen Wolf zu fangen und ihm ein Halsband zu verpassen. Hope konnte ohne weiteres zum Testfall für das gesamte Wiederansiedlungsprogramm werden.

Angesichts der Tatsache, daß in der Stadt ein tiefverwurzelter Haß gegen Wölfe herrschte und die Medien den Vorfall bereits für ein gefundenes Fressen hielten, würde derjenige, den Dan losschickte, nicht nur gut im Aufspüren und Fangen von Wölfen sein müssen. Er oder sie mußte zudem ein geschickter Vermittler sein, mit einem Gespür für die örtlichen Empfindlichkeiten, aber dennoch stark genug, sich gegen einen so mächtigen Mann wie diesen Buck Calder durchzusetzen. Biologen mit derart breitgefächerten Fähigkeiten waren schwer zu finden.

Die Cessna hatte erneut das östliche Ende ihrer Flugbahn erreicht. Dan wendete, und als er sich in die Kurve legte, schaute er auf Hope hinunter, das wie eine Modellstadt unter ihm ausgebreitet lag. Ein neunachsiger Viehtransporter, der so klein aussah, daß man glaubte, ihn mit einer Hand aufheben zu können, verließ die Tankstelle. Die Flußwindungen blitzten hell wie Chrom zwischen den Pappeln auf.

Dan schaute auf die Tankanzeige. Gerade noch genug Saft für eine weitere Runde, dann sollten sie für heute Schluß machen.

Diesmal flog er direkt über die Ranch der Calders, auf der sich einige Kühe wie schwarze Ameisen vom sonnengebleichten Gras abhoben. Ein Auto wand sich durch die Hügel auf das Haus der Hicks zu. Bestimmt schon wieder so ein verdammter Reporter.

Sobald sie den Wald erreicht hatten, flog er niedriger, so niedrig, wie er es nur wagte, bis der Schatten des Flugzeugs in irrwitzigem Tempo über Baumspitzen und Cañon jagte. Gerade wollte er die Schnauze zum letztenmal nach oben ziehen, da fiel sein Blick auf eine fahle, graue Gestalt weiter vorn, die über den felsigen Bergkamm aus seinem Sichtfeld huschte. Sein Herz schien auszusetzen, und als er zu Rimmer hinüberblickte, wußte er, daß er dasselbe gesehen hatte.

Sie sagten beide kein Wort, und die zehn Sekunden, die sie brauchten, um die Stelle zu erreichen, kamen ihnen viel zu lang vor. Dan zog eine weite Kurve, ging in Schräglage, als sie den Bergkamm überflogen, und beide spähten die andere Bergseite hinunter, dahin, wo das Tier verschwunden war.

»Ich habe ihn!« rief Rimmer.

»Wo?«

»Bei diesem langen Felsbrocken. Er läuft gerade in den Wald.« Dann schwieg er einen Moment. »Ist ein Kojote, allerdings ein ziemlich großes Tier.« Er drehte sich zu Dan um und grinste entschuldigend. Dan zuckte die Achseln.

»Zeit, nach Hause zu fliegen.«

»Tja, sieht mir nach einem Job für den Fallensteller aus.«

Dan steuerte die Cessna in eine letzte Kurve, und für einen Moment funkelte die Sonne durch die Windschutzscheibe. Dann brachte er das Flugzeug in die Horizontale und nahm Kurs auf Helena.

Und irgendwo dort unten, an einem Ort dieser Wildnis, den ein Junge wie ein Geheimnis hütete, hörten Wölfe das Dröhnen der Flugzeugmotoren leiser werden und verstummen.

5

Helen Ross haßte New York. Und sie haßte es erst recht, wenn es vierunddreißig Grad warm und die Luft so feucht war, daß man sich wie eine Muschel fühlte, die in Abgasen gebacken wurde.

Bei ihren seltenen Besuchen in der Stadt beschloß sie stets, sich diesem Ort wie eine Biologin zu nähern, das Verhalten dieser seltsamen, über Bürgersteige trottenden Spezies zu beobachten und herauszufinden, warum einige Exemplare an dieser Hektik und diesem Lärm tatsächlich Vergnügen zu finden schienen. Sie selbst fühlte sich immer elend dabei. Und gleich nach der Landung und einem Augenblick kindlicher Begeisterung spürte sie, wie sie die Stirn in trotzige, abweisende Falten legte.

Die Falten waren jetzt unverrückbar an ihrem Platz. Und während sie an dem winzigen Tisch an jenem Ort des Restaurants saß, den der Besitzer lächerlicherweise *terrazzo* nannte und womit er den von staubigen Hecken umstandenen Pferch auf der Straße meinte, goß sich Helen Weißwein nach, zündete sich eine weitere Zigarette an und fragte sich, warum zum Teufel ihr Vater immer zu spät kommen mußte.

Sie suchte sein Gesicht in der mittäglichen Menge auf dem Gehweg. Alle Welt sah hier unglaublich cool und attraktiv aus. Gebräunte junge Geschäftsleute in Leinenanzügen, die Jacketts mit bemühter Nonchalance über die Schulter geworfen, schwatzten mit Frauen, die allesamt perfekte Zähne, endlos lange Beine und wahrscheinlich gleich mehrere Abschlüsse einer Eliteuniversität vorzuweisen hatten. Helen haßte sie alle.

Ihr Vater hatte das Restaurant ausgewählt. Es lag in einem Distrikt namens SoHo, in dem sie noch nie zuvor gewesen war, der aber, wie er sagte, gerade *in* sei. Überall gab es Kunstgalerien und jene Art Läden, die nur ein, zwei exquisite Artikel verkauften, die, ebenso exquisit ausgeleuchtet, auf riesigen freien Flächen lagen, von Verkäuferinnen bewacht, die geradewegs den Seiten von *Vogue* entsprungen zu sein schienen. Sie waren alle gleichermaßen mager, zogen eine verächtliche Miene und sahen aus, als würden sie einem allein schon aus ästhetischen Gründen den Eintritt verweigern, sollte man es wagen, sich ihnen zu nähern. Helen hatte jetzt schon nichts für dieses Viertel übrig, selbst geschrieben fand sie den Namen SoHo blöd.

Dabei war sie keineswegs von Natur aus so negativ eingestellt. Ganz im Gegenteil, meist reagierte sie geradezu abenteuerlich tolerant auf ihre Umwelt und ließ vieles durchgehen, was andere nicht mehr akzeptierten. Heute jedoch kamen zu Stadt und Wetter noch einige andere Faktoren, die sie aus der Fassung brachten, nicht zuletzt die Tatsache, daß sie neunundzwanzig wurde, in ihren Augen ein Quantensprung in Richtung Alter. Es war fast wie dreißig werden, nur noch schlimmer, denn mit dreißig war das Schlimmste schon passiert. Wenn man erst dreißig war, konnte man ebensogut auch vierzig oder fünfzig sein. Oder tot. Denn entweder hatte man dann ein lebenswertes Leben, oder man würde es höchstwahrscheinlich nie haben.

Morgen war ihr Geburtstag, und wenn es denn das Schicksal nicht anders wollte, würde sie beim Morgengrauen noch immer arbeitslos, unverheiratet und unglücklich sein.

Es war zu einem alljährlichen Ritual geworden, daß ihr Vater sie an ihrem Geburtstag zum Essen einlud, wo immer sie beide auch gerade leben mochten, und meist trennten sie mindestens einige hundert Meilen. Stets war es Helen, die sich auf den Weg machte, da ihr Vater viel zu tun hatte und immer noch glaubte, daß es für sie, die sich die meiste Zeit irgendwo in der Wildnis herumtrieb, eine Wohltat sein müsse, ab und zu in die Stadt zu kommen. Und wenn es dann wieder soweit war, hatte Helen vergessen, wie sehr sie diese Stadt haßte.

Einen Monat im voraus trafen mit der Post ein Flugticket

und die genauen Angaben ein, wie sie zu irgendeinem eleganten Restaurant gelangte, und Helen telefonierte herum, verabredete sich mit Freunden und wurde ganz aufgeregt. Sie liebte ihren Vater, und in letzter Zeit waren die Geburtstagsessen die einzigen Gelegenheiten, ihn zu sehen.

Ihre Eltern ließen sich scheiden, als sie neunzehn war. Ihre zwei Jahre jüngere Schwester Celia war damals gerade aufs College gekommen, und Helen studierte Biologie an der Universität von Minnesota. Beide Mädchen kehrten zum Erntedankfest nach Chicago zurück. Gleich nach dem Essen schoben ihre Eltern die Teller beiseite und verkündeten ihnen in aller Ruhe, daß sie ihre Aufgabe, die Kinder großzuziehen, erfüllt hätten und von nun an getrennte Wege gehen würden.

Die Ehe, so gestanden sie ihnen, sei schon seit Jahren unglücklich, und sie hätten beide einen anderen Partner, mit dem sie zusammenleben wollten. Das Haus sollte verkauft werden, doch die Mädchen würden natürlich je ein eigenes Zimmer in den beiden neuen Heimen bekommen. Man benahm sich überaus vernünftig und zeigte keinen Groll. Doch das machte es für Helen nur noch schlimmer.

Sie fand es entsetzlich, daß in ihrem Zuhause, in dem ihrer Meinung nach zwar nicht gerade ein glückliches, aber auch nicht ganz unglückliches Leben geführt worden war, insgeheim ein solches Elend herrschte. Ihre Eltern hatten entweder gestritten, schlechte Laune gehabt oder sich gegenseitig mit zahllosen Sticheleien schikaniert. Aber das war Helen stets normal erschienen, ein Verhalten, wie es doch gewiß in allen übrigen Familien vorkam. Und jetzt stellte sich heraus, daß sie sich in all diesen Jahren verabscheut und ihr Zusammenleben nur um der Kinder willen ertragen hatten.

Celia benahm sich mustergültig, so wie sie es stets getan hatte und immer tun würde. Sie weinte, ging zu ihren Eltern und umarmte sie, woraufhin diese auch in Tränen ausbrachen, während Helen sie verwundert anstarrte. Ihr Vater streckte die

Arme aus und wollte sie ebenfalls an sich ziehen, doch Helen stieß seine Hand fort und schrie: »Nein!« Und als man sie anflehte, schrie sie noch lauter: »Nein! Ihr Arschlöcher! Ihr verdammten Arschlöcher!« Und stürmte aus dem Haus.

Damals fand sie ihre Reaktion angebracht.

Ihre Eltern schienen zu glauben, daß sie ihren Kindern ein kostbares Geschenk gemacht hätten, weil sie sich nicht früher hatten scheiden lassen und die Kopie einer glücklichen Kindheit ebenso gut sei wie das Original. Doch ihr eigentliches Geschenk war von ganz anderer Art und sehr viel beständiger.

Denn Helen hatte sich seither nicht mehr von der Vorstellung befreien können, daß sie schuld am Leid ihrer Eltern war. Deutlicher ging es doch nicht: Wäre sie nicht gewesen – und natürlich Celia, aber da Celia nicht gerade zu Schuldgefühlen neigte, mußte Helen die Last für sie beide tragen –, hätten ihre Eltern schon vor Jahren ihre »getrennten Wege« gehen können.

Die Scheidung bestätigte ihren lang gehegten Verdacht, daß Tiere weit verläßlicher als Menschen waren. Und im nachhinein schien es ihr kein Zufall zu sein, daß sie etwa zur gleichen Zeit ein leidenschaftliches Interesse für Wölfe entwickelte. Mit ihrer gegenseitigen Hingabe, ihrer Treue und der Art, wie sie für ihre Jungen sorgten, waren sie den Menschen, wie sie glaubte, in nahezu jeder Hinsicht überlegen.

Die vergangenen zehn Jahre hatten ihre Gefühle, was diese Scheidung betraf, zwar nicht gerade abgeschwächt, doch gesellten sich ihnen nun all die eigenen Zweifel und Enttäuschungen hinzu, die sich inzwischen in ihrem Leben angesammelt hatten. Und außer an jenen wenigen trostlosen Tagen, an denen ein rauher Wind über die Welt hinwegzufegen schien, war sie froh, daß ihre Eltern endlich ihr Glück gefunden hatten.

Ihre Mutter hatte unmittelbar nach der Scheidung wieder geheiratet und führte nun ein Leben, das sich um Golfspielen,

Bridgepartys und offenbar atemberaubenden Sex mit einem kleinen, glatzköpfigen, doch überaus aufmerksamen Makler namens Ralphie drehte.

Wie sich herausstellte, war Ralphie seit sechs Jahren ihr »Anderer« gewesen, die »Andere« ihres Vaters hingegen blieb keine sechs Monate und wurde im Lauf der Zeit von einer Reihe »Anderer« abgelöst, die mit den Jahren immer jünger wurden. Seine Arbeit als Finanzberater (was damit genau gemeint war, hatte Helen nie herausgefunden) führte ihn von Chicago über Cincinnati nach Houston und hatte ihn im letzten Jahr nach New York City verschlagen, wo er im Sommer Courtney Dasilva kennenlernte.

Und dies war ein weiterer Grund dafür, daß Helen heute alles andere als gute Laune hatte. Denn Howard hatte vor, Courtney Dasilva an Weihnachten zu heiraten, und heute war der Tag, an dem er sie Helen vorstellen wollte.

Ihre zukünftige Stiefmutter, so hatte ihr Vater berichtet, als er ihr letzte Woche die Neuigkeit per Telefon verkündete, arbeite für eine der größten Banken Amerikas. Außerdem habe sie in Stanford einen Abschluß in Psychologie gemacht und sei das absolut umwerfendste weibliche Wesen, das ihm je unter die Augen gekommen sei.

»Das ist ja wunderbar, Daddy. Ich freue mich für dich«, hatte Helen gesagt und versucht, es auch ehrlich zu meinen.

»Nicht wahr? O Gott, ich fühle mich so ... ach, so *lebendig.* Und ich freue mich schon auf den Augenblick, wenn ihr beide euch kennenlernt. Du wirst sie bestimmt phantastisch finden.«

»Ich mich auch. Ich meine, ich freue mich auch, sie zu sehen.«

»Ist es in Ordnung, wenn ich sie zum Essen mitbringe?«

»Natürlich! Das wäre ... einfach toll.«

Es folgte ein kurzes Schweigen, und dann hörte sie, wie er sich räusperte.

»Da ist noch etwas, Helen, was ich dir sagen muß.« Seine

Stimme klang plötzlich verschwörerisch, fast ein wenig zögerlich.

»Sie ist fünfundzwanzig.«

Und da kam sie, noch einen Häuserblock entfernt. Sie hatte sich bei ihrem Vater untergehakt, und ihre üppige schwarze Mähne wehte im Wind und glänzte wie Ebenholz in der Sonne. Sie redete und lachte zugleich, eine Fähigkeit, die Helen nie besessen hatte, während ihr Dad wie ein König strahlte. Er schien fast fünfzehn Kilo abgenommen zu haben, und sein Haar sah irgendwie anders aus, kürzer. Courtney trug ein schlichtes, schwarzes, sicher wahnsinnig teures Leinenkleid mit breitem rotem Gürtel. Ihre hochhackigen Sandalen waren ebenfalls rot und ließen sie größer als ihren etwa einssiebenundsiebzig großen Dad aussehen. Die Farbe ihrer Lippen paßte zu Gürtel und Schuhen.

Helen trug ebenfalls ein Kleid, ihr bestes sogar: ein lehmfarbenes Baumwollkleid, das sie vor zwei Jahren in The Gap gekauft hatte. Einen Moment lang überlegte sie, ob sie sich unter dem Tisch verstecken sollte.

Ihr Vater sah sie, winkte, machte Courtney auf sie aufmerksam, und Courtney winkte ebenfalls. Helen drückte rasch ihre Zigarette aus, und als die beiden sich der staubigen Hecke der *terrazzo* näherten, stand sie auf, beugte sich über die Hecke, um ihren Dad zu umarmen, stieß dabei an den Tisch und kippte die Weinflasche um, deren Inhalt sich über ihr Kleid ergoß, ehe sie vom Tisch fiel und am Boden zerbrach.

»Olala!« rief ihr Vater.

Wie ein Tornado schoß ein Kellner zu ihrer Rettung herbei.

»O je, tut mir leid«, jammerte Helen. »Ich bin so ungeschickt.«

»Ach was, sind Sie nicht«, erwiderte Courtney, und Helen hätte sie beinahe angefaucht: Was zum Teufel weißt du denn schon? Ich bin so ungeschickt, wie ich will.

Ihr Vater und Courtney mußten durch das Restaurant gehen, um auf die *terrazzo* zu gelangen, so daß Helen einige Augenblicke blieben, in denen sich der Kellner ein wenig zu sehr darum bemühte, ihr Kleid zu trocknen. Er lag vor ihr auf den Knien und rieb ihre Oberschenkel mit einem Tuch ab. Alle starrten sie an.

»Danke, das reicht. Danke, jetzt ist genug. SCHLUSS jetzt!« Zum Glück hörte er endlich auf und verschwand. Helen stand da in ihrem feuchten Kleid, zuckte die Schultern und grinste verlegen die Leute an den Nachbartischen an. Dann sah sie ihren Vater kommen und verzog das Gesicht zu einer Grimasse, die hoffentlich einem Lächeln glich. Er breitete die Arme aus, und sie ließ sich von ihm umarmen.

»Na, wie geht's meiner Kleinen?«

»Naß bin ich, und mir ist heiß.« Er küßte sie. Er hatte Eau de Cologne benutzt. Eau de Cologne! Er trat einen Schritt zurück, hielt sie an den Händen und schaute sie an.

»Du siehst phantastisch aus«, log er.

Helen zuckte die Achseln. Sie hatte noch nie gewußt, wie sie auf seine Komplimente reagieren sollte. Genausowenig übrigens wie auf die Komplimente anderer Männer, von denen sie allerdings auch nicht allzu viele erhielt. Ihr Vater drehte sich zur attraktiven Courtney um, die etwas abseits stand und ihnen liebevoll zusah.

»Meine Kleine, darf ich dir Courtney Dasilva vorstellen?«

Helen fragte sich, ob er erwartete, daß sie sich einen Kuß gaben, und war erleichtert, als Courtney ihre schmale, gebräunte Hand ausstreckte.

»Hallo«, sagte Helen und schüttelte die dargebotene Hand. »Super Fingernägel.«

Sie paßten farblich zum Gürtel, zu den Schuhen und Lippen und bestimmt auch zur Unterwäsche. Helens eigene Fingernägel sahen wie die eines Lastwagenfahrers aus, kurz und brüchig, weil sie einen Sommer lang im Moby Dick gearbeitet hatte.

»Oh, vielen Dank«, sagte Courtney. »Du Ärmste, ist dein Kleid ruiniert? Howard, Liebling, wir sollten ihr ein neues kaufen. Gleich um die Ecke ist ein schicker Laden…«

»Ist schon in Ordnung, wirklich. Eigentlich mache ich das ja immer so, wenn ich mich ein wenig abkühlen will. Und wenn wir keinen Wein mehr haben, brauche ich nur mein Kleid auszuwringen.«

Liebling Howard bestellte Champagner, und nach einigen Gläsern fühlte Helen sich besser. Sie redeten über das Wetter, über New York bei dieser Hitze und über SoHo, wo Courtney sich natürlich ein Loft mieten wollte. Helen konnte der Versuchung nicht widerstehen und fragte sie mit unbewegter Miene, was sie denn in der Dachkammer aufbewahren wolle, Weihnachtsschmuck etwa? Geduldig erklärte ihr Courtney daraufhin, daß mit Loft in diesem Zusammenhang natürlich eine Art Studiowohnung gemeint war.

Der Kellner tauchte wieder auf und informierte Helen, daß sie hier nicht rauchen dürfe, was angesichts der Tatsache, daß sie *alfresco* auf einer *terrazzo* saßen und Abgase einatmeten, ziemlich idiotisch schien. Außerdem war sie enttäuscht, hatte sie doch bereits Courtneys mißbilligenden Blick bemerkt. Sie hatte nach sieben Jahren Abstinenz gerade erst wieder mit dem Rauchen angefangen und fand ein perverses Vergnügen daran, die einzige rauchende Biologin zu sein, die sie kannte.

Sie gaben ihre Bestellung auf. Helen meldete sich zuerst zu Wort und entschied sich für eine Fischterrine, gefolgt von einer gehaltvollen Portion Pasta. Courtney wollte nur einen Rucolasalat mit Zitronensaft, doch ohne Dressing, woraufhin ihr neuerdings so schlanker Vater – der ihr bereits mit einem stolzen Tätscheln seines Bauchs anvertraut hatte, daß er jeden Morgen einen Fitneßklub aufsuchte, wohin allerhand berühmte Leute kamen – sich Gelbbarsch bestellte, gegrillt, ohne Öl, ohne Sauce und ohne Vorspeise. Helen fühlte sich jetzt nicht nur wie ein Tolpatsch, sondern auch noch wie ein Vielfraß.

Während ihr der Kellner einen riesigen Berg Spaghetti carbonara auf den Teller häufte, beugte sich Liebling Howard zu ihr und sagte: »Jetzt rate mal, wo wir heiraten werden.«

Helen hätte beinahe Vegas gesagt oder Reno oder wie immer der Ort auch hieß, an dem man notfalls schon am nächsten Tag die Scheidungspapiere aus einem Automaten ziehen konnte.

»Ich habe absolut keine Ahnung.«

»Auf Barbados.«

Er nahm Courtneys Hand, und Courtney lächelte und küßte ihn auf die Wange. Helen hätte am liebsten gekotzt.

»Wow«, sagte sie statt dessen. »Auf Barbados!«

»Aber nur, wenn du versprichst, auch zu kommen«, sagte Courtney und drohte ihr mit einem der langen roten Fingernägel.

»Aber sicher doch, ich jette oft da runter, warum also nicht zu eurer Hochzeit?« Helen sah, daß sie ihren Vater kränkte, und nahm sich vor, damit aufzuhören. Sei nett, verdammt noch mal, sei einfach nur nett.

»Wenn ihr zahlt, komme ich.« Sie strahlte die beiden an und fuhr dann fort: »Nein, ernsthaft, ich würde gern kommen. Und ich freue mich wirklich für euch beide.«

Courtney schien gerührt. Sie lächelte, und Tränen traten ihr in die Augen. Wahrscheinlich war sie gar nicht so übel, dachte Helen, obwohl ihr schleierhaft war, wieso sie einen Mann heiraten wollte, der mehr als doppelt so alt war wie sie. Herrgott, der Kerl war doch nicht mal reich.

Courtney sagte: »Ich weiß, Stiefmütter sollen angeblich so wie die böse Königin in *Schneewittchen* sein…«

»Stimmt!« unterbrach Helen sie, »aber mit den Jahren wirst du schon noch in deine Rolle hineinwachsen, ich meine, die passenden Fingernägel hast du ja schon.« Sie platzte vor Lachen; Courtney lächelte unsicher. Helen schenkte sich den letzten Rest Champagner ein und spürte den Blick ihres Vaters. Er war mit Courtney bereits zu Mineralwasser übergegangen. Tolpatsch, Vielfraß, warum also nicht auch besoffenes Miststück?

»Du bist Biologin?« fragte Courtney. Mein Gott, sie gab sich wirklich Mühe.

»Ich wasche Geschirr. Jedenfalls habe ich das getan, bis ich letzte Woche gekündigt habe. Technisch gesehen bin ich also gerade zwischen zwei Jobs, wie man so sagt.«

»Noch zu haben?«

»Das auch.«

»Und du wohnst immer noch oben in Cape Cod?«

»Sicher. Gestrandet am Kap. Ein Ort so gut wie jeder andere, um an Land gespült zu werden.«

»Warum stellst du dein Licht bloß immer so unter den Scheffel?« fragte ihr Vater und wandte sich dann an Courtney. »Sie ist eine erstklassige Spezialistin für Wölfe. Und mit der Doktorarbeit, an der sie gerade sitzt, betritt sie absolutes Neuland.«

»Nun übertreib mal nicht!« sagte Helen.

»Stimmt doch. Hat dein Professor jedenfalls behauptet.«

»Der hat doch keine Ahnung. Außerdem war das vor drei Jahren. Mittlerweile hat sich die ganze Spezies wahrscheinlich in baumbewohnende Blattfresser verwandelt.«

»Helen hat in Minnesota einige Jahre unter ihnen gelebt.«

»›Unter ihnen gelebt‹. Dad, das klingt, als wäre ich Mogli oder so jemand.«

»Aber das hast du doch getan…«

»Ich habe nicht ›unter ihnen gelebt‹. Man bekommt diese verdammten Biester schließlich kaum je zu Gesicht. Ich habe Forschungen angestellt, das ist alles.«

Aber eigentlich hatte ihr Vater gar nicht so unrecht. Ob sie mit ihrer Arbeit wirklich absolutes Neuland betrat, mochte dahingestellt sein, jedenfalls war sie eine der gründlichsten Studien darüber, warum manche Wölfe Vieh rissen, andere jedoch nicht. Es ging um die jahrhundertealte Auseinandersetzung: Angeboren oder anerzogen – eine Frage, die Helen schon immer fasziniert hatte; und alles deutete darauf hin, daß den Wölfen das Reißen von Vieh eher angelernt worden als angeboren war.

Helen würde jedoch den Teufel tun und den Unterhalter spielen, indem sie Courtney davon erzählte, die jetzt ihr hübsches Kinn in die Hand stützte und sich Mühe gab, interessiert auszusehen.

»Erzähl mal, wie war das. Ich meine, was hast du da gemacht?«

Helen leerte ihr Glas, ehe sie fast beiläufig antwortete.

»Ach, man läuft ihnen einfach hinterher, folgt ihren Spuren, stellt ihnen Fallen, bindet ihnen ein Halsband um und findet heraus, was sie so fressen.«

»Wie denn?«

»Vor allem, indem man ihre Scheiße untersucht.«

Eine Frau am Nachbartisch warf ihr einen tadelnden Blick zu. Helen lächelte freundlich zurück und fuhr noch lauter fort:

»Man hebt jedes Stück Scheiße auf, das man finden kann, stochert darin herum, sucht nach Fellfetzen, Knochen und dergleichen und analysiert dann, woher es stammt. Wenn sie gerade Wild gerissen haben, ist die Scheiße ganz schwarz und flüssig, weshalb sie sich ziemlich schlecht handhaben läßt. Und weißt du, sie stinkt grauenhaft. Mein Gott, diese Wolfsscheiße, die stinkt vielleicht! Wenn sie eine Weile nicht gefressen haben, ist es leichter, dann sind die Köttel etwas fester. Man kann sie dann besser mit der Hand aufheben, verstehst du?«

Courtney nickte weise. Helen mußte ihr zugute halten, daß sie nicht ein einziges Mal zusammengezuckt war. Doch sie wußte, daß ihr Vater sie wieder gekränkt anschaute, und ermahnte sich deshalb, nicht mehr so kindisch zu sein. Sie hatte viel zuviel getrunken.

»Genug von der Scheiße«, sagte sie. »Warum erzählst du mir nicht was von deiner Scheiße, Courtney? Du bist Bankerin, stimmt's?«

»Tja, stimmt.«

»Dann hast du also Geld?«

Courtney lächelte sie offen an. Sie hatte Klasse, diese Frau.

»Leider nur das von anderen Leuten.«

»Und Psychologin bist du auch?«

»Aber ich habe nie praktiziert.«

»Praxis macht perfekt, und du machst mir einen ziemlich perfekten Eindruck.«

»Helen ...« Ihr Vater legte eine Hand auf ihren Arm.

»Was ist?« Helen schaute ihn mit unschuldigem Blick an.

Er wollte etwas sagen, doch dann verzog er das Gesicht nur zu einem kleinen traurigen Lächeln. »Wer möchte noch Nachtisch?«

Courtney sagte, sie müsse zur Toilette, obwohl Helen sich angesichts dessen, was sie gegessen hatte, kaum vorstellen konnte, was sie dort zu suchen hatte, falls sie sich nicht gerade ihre Fingernägel feilen wollte. Kaum war sie außer Hörweite, fragte ihr Vater: »Was ist los mit dir, Kleines?«

»Wie meinst du das?«

»Weißt du, kein Gesetz der Welt verlangt von dir, daß du sie haßt.«

»Sie hassen? Was um Himmels willen meinst du damit?«

Er wandte seufzend den Blick ab. Helen spürte plötzlich, wie ihr die Tränen in die Augen stiegen. Sie legte ihrem Vater die Hand auf den Arm.

»Es tut mir leid«, sagte sie.

Er griff nach ihrer Hand, hielt sie fest umschlossen und musterte sie mit sorgenvollem Blick.

»Geht es dir gut?« fragte er.

Sie schniefte und hielt die Tränen zurück. Herrgott, sie konnte in diesem Laden doch nicht noch eine Szene machen.

»Ja, prima.«

»Ich mache mir Sorgen um dich.«

»Dazu gibt es keinen Grund, mir geht es gut.«

»Hast du von Joel gehört?«

Sie hatte gehofft, daß er nicht nach ihm fragen würde. Jetzt mußte sie bestimmt gleich heulen. Sie nickte, traute im Augenblick ihrer Stimme nicht, holte tief Luft und sagte dann: »Ja, er hat mir geschrieben.«

Nein, sie würde nicht weinen. Joel war mehrere tausend Meilen weit fort, und außerdem war es mit ihnen sowieso vorbei. Und da erschien auch schon die gute alte Courtney wieder, kam mit energischen Schritten auf ihren Tisch zu und lächelte mit frisch nachgezogenen Lippen. Helen beschloß, ihr eine Schonfrist zu gewähren. Sie war schließlich gar nicht so übel. Sie schien nicht zimperlich und ziemlich selbstbewußt zu sein, was Helen ganz gut gefiel.

Wer weiß, dachte sie, vielleicht werden wir eines Tages doch noch Freundinnen.

6

Helen flog noch am selben Abend nach Boston zurück. Eigentlich hatte sie übers Wochenende bei Freunden in New York bleiben wollen, doch sie rief vom Flughafen an, unter dem Vorwand, daß sie zurück nach Hause müsse. Dabei wollte sie bloß dieser drückenden Hitze und dem Lärm von Manhattan entkommen.

Die zweite Hälfte ihres Treffens war besser verlaufen. Ihr Vater hatte ihr eine schöne, zusammen mit Courtney ausgesuchte italienische Lederhandtasche geschenkt. Von Courtney erhielt sie ein Fläschchen Parfüm, außerdem war sie beträchtlich in Helens Ansehen gestiegen, als sie sich ein riesiges Stück Schokoladentorte zum Nachtisch bestellte.

Zur Freude ihres Vaters gaben sich die beiden Frauen zum Abschied einen Kuß, und Helen sagte fest zu, nach Barbados zur Hochzeit zu kommen, weigerte sich aber, Trauzeugin zu sein. Daran sei nicht mal im Traum zu denken, sagte sie.

Es war schon gegen zehn, als sie von Boston kommend auf die Route Six einbog, die sie das Kap hinauf bis nach Wellfleet bringen würde.

In ihrer Eile, New York den Rücken zu kehren, hatte sie vergessen, daß Freitagabend war und sie daher auf den Straßen nur langsam vorankam. Die meiste Zeit rollte sie Stoßstange an Stoßstange mit Wochenendausflüglern und Touristen dahin, deren Autodächer mit Fahrrädern, Booten und Surfbrettern beladen waren. Helen sehnte sich nach dem Herbst, wenn es auf dem Kap wieder einsamer werden würde, oder gar nach dem Winter, wenn der Sturm tosend über die Bucht fegte und man Meile um Meile den Strand entlanglaufen konnte, ohne einem Menschen zu begegnen.

Seit zwei Jahren wohnte sie in einem Mietshaus nahe der Bucht, etwa eine Meile südlich vom Dorf Wellfleet. In Gedanken war es für sie immer noch Joels Haus. Um dort hinzugelangen, mußte man vom Highway herunter, durch ein Labyrinth von engen, baumgesäumten Straßen und dann einen steilen Sandweg hinabfahren, der direkt ans Wasser führte.

Als Helen endlich den Verkehr hinter sich lassen konnte und durch die Wälder fuhr, stellte sie die Klimaanlage des uralten Volvo-Kombi ab, kurbelte das Fenster herunter und atmete tief die warme Waldluft ein. Wahrscheinlich war es hier genauso heiß wie in New York, aber die Hitze war anders, die Luft sauber, und unablässig wehte ein leichter Wind.

Der Wagen holperte über den Weg, bis sie durch die Bäume die dunkle Wasserfläche und die drei kleinen Häuser sehen konnte, an denen sie vorbeifahren mußte, ehe es zu ihrem Haus hinunterging. Sie hielt an ihrem Briefkasten, aber er war leer. Seit über einem Monat hatte Joel nicht mehr geschrieben.

Bei den Turners brannte noch Licht. Wenn sie unterwegs

war, kümmerten sich die Turners um Buzz, ihren Hund, der einen lauten Willkommensgruß kläffte, als sie das Auto vor dem Haus zum Stehen brachte. Er stand hinter der Fliegengittertür in der Küche und wandte den Blick nicht von ihr, bis Mrs. Turner kam und ihn hinausließ.

Buzz war ein kastrierter, struppiger Mischling ungewisser Herkunft, den Helen sich zu Weihnachten aus einem Tierheim in Minneapolis geholt hatte, kurz bevor sie Joel kennenlernte. Wenn sie von ihrem Vater und einem übellaunigen Hamster einmal absah – eines jener Haustiere aus der großen Menagerie ihrer Kindheit –, hatte sie noch zu keinem männlichen Wesen eine derart lange Beziehung wie zu Buzz gehabt. Sein Fell war ziemlich zottlig, weshalb der Name Buzz, also Bürstenschnitt, überhaupt nicht zu ihm paßte. Doch als sie ihn das erste Mal sah, hatte man sein Fell gerade kurz geschoren, um ihn von Ungeziefer zu befreien. Buzz war mit den großen Flecken purpurroter Desinfektionslösung im Fell wohl mit Abstand der häßlichste Hund im ganzen Tierheim gewesen. Helen hatte ihn sofort ins Herz geschlossen.

»He, du Chaot. Wie geht's dir? Jetzt mach Platz. Platz!«

Buzz sprang in den Wagen und wartete auf dem Beifahrersitz, während Helen sich bei Mrs. Turner bedankte und ein oder zwei Minuten mit ihr über den Horror eines Sommertags in der Stadt plauderte. Dann fuhr sie mit Buzz die letzte Viertelmeile durch zahllose Schlaglöcher zu ihrem Haus.

Es war ein großes, altes Gebäude mit verwitterten, weißen Schindeln, die laut klapperten, wenn der Wind, wie so oft, aus Westen herüberblies. Wie ein gestrandeter Liniendampfer erhob es sich am Rand des Wassers und ragte über einem sumpfigen Meeresarm auf. Innen glich es erst recht einem Schiff, da sämtliche Wände, Böden und Decken mit schmalem, dunkel lackiertem Paneelholz verkleidet waren. Oben schauten zwei Giebelfenster wie Bullaugen auf die Bucht. Die Schiffsbrücke war ein tiefes Erkerfenster im Wohnzimmer, von dem man bei

Flut hinausblicken und sich vorstellen konnte, man sei auf hoher See und segelte zum Festland von Massachusetts.

Manchmal verbrachte Helen den ganzen Tag an diesem Fenster und sah zu, wie das Wetter gleich einem ruhelosen Maler immer wieder Formen und Farben der Bucht veränderte. Sie mochte es, wenn Wind und Wolken rasch wandernde Muster ins Sumpfgras zeichneten und sich die Luft bei nahender Ebbe mit salzigen, urweltlichen Gerüchen füllte und Armeen von Winkerkrabben über die morastigen Ebenen huschten.

Das von einer Zeitschaltuhr gesteuerte Licht über der Hintertür brannte und wurde von einem Schwarm Mücken und Motten umschwirrt, die offenbar einen Willkommenstanz aufführten und Schatten, fünffach größer als sie selbst, über die kleine Veranda warfen. Helen ließ ihre Tasche vor der Tür fallen. Eigentlich war sie müde von der Reise, aber sie wollte noch rasch einen Spaziergang am Strand machen, um Buzz etwas Auslauf zu gönnen. Außerdem hatte sie keine Lust, gleich ins Haus zu gehen. Es kam Helen so riesig und still vor, seit sie mit dem Hund allein dort wohnte.

Sie folgte dem weiten Bogen des verfallenen Knüppeldamms und ging dann die Stufen hinunter zum Sandstreifen, der sich am Sumpfgras entlang bis ans Ende des Meeresarms zog.

Sie genoß die Brise im Gesicht und atmete tief die salzige Luft ein. Draußen in der Bucht konnte sie die Lichter eines kleinen Bootes erkennen, das mit der rückkehrenden Flut hinausfuhr. Der abnehmende Mond suchte sich Lücken zwischen den Wolken, und wenn er eine gefunden hatte, warf er eine Lichtstraße über das Wasser. Buzz rannte voraus und blieb nur dann und wann stehen, um das Bein zu heben oder am Strandgut zu schnuppern, das die Flut angeschwemmt hatte.

Als Joel noch hier war, hatten sie jeden Abend vor dem Schlafengehen diesen Spaziergang gemacht. Und anfangs, als ihre Beziehung noch vor erotischer Spannung knisterte, suchten sie sich ein Fleckchen in den Dünen und liebten sich, während Buzz allein loszog, nach Krabben im Sumpfgras suchte und Vögeln hinterherjagte, die er aufgescheucht hatte, um dann irgendwann wieder aufzutauchen und sie zu erschrecken, wenn er sein Fell über ihren nackten Beinen ausschüttelte.

Etwa eine halbe Meile weiter am Strand lag der Rumpf einer alten Jolle, die vielleicht vor Zeiten jemand hatte überholen wollen, nun aber längst verrottet war. Man hatte sie auf einen Felsen gezogen, wo sie das Wasser nur noch bei hohen Flutständen erreichte, und dort lag sie, von moosbehangenen Seilen an zwei alte Bäume gebunden. Sie sah aus wie das Skelett einer kleinen Arche Noah, nur noch von Ratten bewohnt, denen Buzz allabendlich einen Besuch abstattete. Er war auch jetzt in dem Boot und knurrte und scharrte im Dunkeln herum. Helen setzte sich auf einen angeschwemmten Holzstamm und steckte sich eine Zigarette an.

Sie und Buzz waren Anfang Juni vor zwei Jahren zum erstenmal auf dem Kap in Urlaub gewesen. Ihre Schwester hatte sich ein Haus für die ganze Saison gemietet, eines dieser sündteuren Anwesen hoch über dem Wasser, mit atemberaubendem Blick auf Great Island und einer eigenen, steilen Holztreppe hinunter zum Strand. Sie hatte Helen zu sich eingeladen.

Celia hatte ihre Jugendliebe vom College geheiratet, den genialen, doch langweiligen Bryan, dessen Softwarefirma gerade von einem kalifornischen Computergiganten für einen horrenden Preis gekauft worden war. Doch sie waren auch schon vorher glücklich gewesen und hatten, wie erwartet, ohne alle Komplikationen zwei perfekte, blonde Kinder in die Welt gesetzt, einen Jungen und ein Mädchen, Kyle und Carey. Sie wohnten in Boston in einem umgebauten Haus am Strand, für dessen Design sie natürlich mehrere Preise gewonnen hatten.

Den größten Teil der vorhergehenden fünf Jahre hatte

Helen unter freiem Himmel in der Wildnis von Minnesota verbracht, und sie brauchte eine Weile, um sich an den Luxus zu gewöhnen. Der »Gästetrakt« in Celias Mietshaus auf Cape Cod besaß sogar ein eigenes Jacuzzi. Eigentlich wollte Helen nur eine Woche bleiben, um sich dann wieder in Minneapolis an ihre Doktorarbeit zu setzen, die ihr Professor schon angemahnt hatte, doch dann blieb sie den ganzen Sommer bei Celia.

Am Wochenende kam Bryan meist von Boston herüber, und einmal besuchten ihre Mutter und Ralphie sie für ein paar Tage und schafften es sogar, daß das Bett unter ihnen zusammenkrachte. Die übrige Zeit waren Helen, Celia und die Kinder allein. Sie kamen gut miteinander aus, und es war genügend Zeit, die Kinder besser kennenzulernen; doch ihre Schwester war Helen nach wie vor ein Rätsel.

Celia schien nichts aus der Fassung bringen zu können. Sie nahm es sogar gelassen hin, daß Buzz ihren besten Strohhut auffraß. Ihre Kleider waren immer sauber und gebügelt, die Figur schlank, das Haar gewaschen und ordentlich frisiert. Und wenn Kyle und Carey einmal weinten oder einen Wutanfall bekamen, lächelte sie nur und tröstete und umarmte sie, bis sie sich beruhigt hatten. Sie engagierte sich für wohltätige Zwecke, spielte elegant Tennis und kochte traumhaft gut. Sie konnte in nur einer halben Stunde aus dem Nichts ein Festessen für zehn Personen auf den Tisch zaubern. Sie hatte nie Kopfschmerzen, kannte keine schlaflosen Nächte, war niemals launisch, wenn sie ihre Tage hatte, und sicher, dachte Helen, entschlüpfte ihr nicht mal auf der Toilette ein Furz.

Helen hatte es schon vor langer Zeit aufgegeben, ihre Schwester schockieren zu wollen. Es war einfach unmöglich. Außerdem waren sie jetzt erwachsen, und man versuchte derlei nicht mit jemandem, der einem die Unterwäsche wusch und jeden Morgen eine Tasse Kaffee ans Bett brachte. Sie redeten viel miteinander, vor allem über Belangloses, und nur gelegentlich versuchte Helen herauszufinden, was Celia von den wichtigen Dingen des Lebens hielt oder zumindest doch von jenen Dingen, die sie selbst für wichtig hielt.

Eines Abends, als Bryan nicht da war und die Kinder schon schliefen, fragte Helen ihre Schwester über die Scheidung ihrer Eltern aus. Sie saßen am Tisch unter den Bäumen, leerten die Flasche Wein, von der Helen wie gewohnt das meiste getrunken hatte, und sahen zu, wie die Sonne hinter dem schwarzen Streifen der Küste von Massachusetts versank. Helen wollte wissen, ob die Scheidung für Celia so traumatisch wie für sie selbst gewesen war.

Celia zuckte die Schultern. »Ach, vermutlich fand ich es so einfach am besten.«

»Aber hat dich das nicht wütend gemacht?«

»Nein, so waren sie eben. Sie wollten zusammenbleiben, bis wir ihrer Meinung nach die Trennung besser verkraften würden.«

»Aber warst du denn nicht schockiert?« fragte Helen ungläubig.

»Natürlich, eine Weile war ich stinksauer, aber man sollte sich so etwas nicht zu sehr zu Herzen nehmen. Schließlich ist es ja ihr Leben.«

Helen hatte noch eine Weile nachgebohrt, hatte versucht, einen Riß in dem zu finden, was sie für einen schützenden Panzer hielt, aber es war ihr nicht gelungen. Vielleicht stimmte es ja, daß jenes Ereignis, das sie in ihren Grundfesten erschüttert und zumindest in ihrem Liebesleben dafür gesorgt hatte, daß sie jahrelang ziellos dahintrieb, ihre Schwester nahezu unberührt gelassen hatte. Jedenfalls machte es keinen Sinn, mit ihr darüber zu reden. Wie seltsam nur, dachte Helen, daß zwei Menschen mit gleichen Genen derart verschieden sein können. Doch vielleicht war ja eine von ihnen bei der Geburt vertauscht worden.

Nach einem Monat, in dem sie viel geschwommen, gelesen und mit Kyle und Carey am Strand herumgetollt hatte, wurde

Helen unruhig. Eine Freundin aus Minneapolis gab ihr die Nummer eines Freundes namens Bob, der am Marine Biological Laboratory in Woods Hole arbeitete, ein paar Meilen das Cape hinunter, und eines Abends rief Helen ihn an.

Er klang nett und lud sie am Wochenende mit einigen seiner Freunde zu einem Abendessen ein. Sie wollten sich ein paar »phantastische Aufnahmen« ansehen, die einer der Typen aus Woods Hole im Bauch eines Sandhais geschossen hatte. Das entsprach zwar nicht gerade Helens Vorstellung von einem schönen Abend, aber zum Teufel, warum nicht, dachte sie.

Joel Latimer fiel ihr sofort auf, als sie ins Haus trat.

Er sah wie einer dieser kalifornischen Surffreaks aus den sechziger Jahren aus, groß, schlank, braungebrannt und mit blondem, sonnengebleichtem Haarschopf. Er ertappte sie dabei, wie sie ihn anstarrte, während Bob ihr von Woods Hole erzählte, und er lächelte sie so direkt an, daß sie beinahe ihren Wein verschüttet hätte.

In der Küche bediente sich jeder selbst, und als Helen sich den Teller mit vegetarischer Lasagne füllte, stand er plötzlich neben ihr.

»Sie sind also die Frau, die mit den Wölfen tanzt«, sagte er.

»Von Tanzen kann keine Rede sein.«

Er lachte. Er hatte die blauesten Augen und weißesten Zähne, die sie je gesehen hatte. Sie spürte, wie sich ihr der Magen verkrampfte, und sagte sich, mach dich nicht lächerlich. Schließlich war er überhaupt nicht ihr Typ, auch wenn sie nicht genau wußte, wie ihr Typ eigentlich aussah. Er legte ihr Salat auf.

»Machen Sie hier Urlaub?«

»Ja, ich wohne bei meiner Schwester in Wellfleet.«

»Dann sind wir ja Nachbarn.«

Joel stammte aus North Carolina, was sie an seinem Akzent hörte. Sein Vater war im Fischgeschäft tätig. Er erzählte, daß er an einer Doktorarbeit über Teufelskrabben sitze, die aber eigentlich gar keine Krabben, sondern Arachniden seien, entfernte Verwandte der Spinnen. Sie seien eine Art lebender Fossilien, schon zu Zeiten der Dinosaurier uralt; sie existierten unverändert seit etwa vierhundert Millionen Jahren.

»Ganz wie mein Professor«, sagte sie, und er lachte. Mein Gott, kam sie sich heute abend witzig vor. Normalerweise verstummte sie in Gegenwart gutaussehender Männer oder plapperte wie eine Irre drauflos. Sie fragte ihn, wie die Krabben aussahen.

»Kennen Sie diese Helme der Nazis? Nun, genau so, bloß braun. Und im Innern steckt eine Art Skorpion.«

»Kein Zweifel, mein Professor.«

»Und hinten hängt noch so ein stachliger Schwanz dran.«

»Er hält seinen versteckt.«

Joel erzählte ihr, daß das Blut der Teufelskrabbe in der Medizin vielfältige Verwendung finde und sogar zur Diagnose und Behandlung von Krebs eingesetzt werde. Doch die Spezies sei bedroht, und eines der Probleme hier auf Cape sei, daß die Aalfischer sie zum Ködern benutzten. Seine Nachforschungen sollten klären, wie ernsthaft sich dies auf die hiesige Population der Teufelskrabben auswirkte. Joel wohnte in einem großen, alten Haus südlich von Wellfleet, das er gemietet hatte. Es sieht wie ein Schiff aus, sagte er. Sie solle doch mal vorbeikommen und ihn besuchen.

Sie verzogen sich mit ihrem Essen in eine Ecke, und er sagte ihr, wer die anderen Gäste waren. Er erzählte vom Video, das sie zu sehen bekommen würden. Sie fragte ihn, wie man einen Film im Bauch eines Hais drehe.

»Nur mit größter Mühe.«

»Wahrscheinlich braucht man dafür einen ziemlich großen Hai...«

»Oder einen ziemlich kleinen Kameramann.«

»Stimmt. Einen, der zugleich Gynäkologe ist.«

Später saß sie eingezwängt zwischen Joel und einem anderen Mann auf der Couch und fragte sich, ob ihm ebenso bewußt war wie ihr, daß sich ihre Körper aneinanderpreßten. Seine Jeans hatte ein Loch, und sie mußte immer wieder auf das Stückchen braune Haut starren, das durch den Riß hindurchschimmerte.

Der Typ, der das Video gedreht hatte – und ganz normal groß war –, erklärte ihnen den Ablauf des Films und berichtete, daß sich bei weiblichen Sandhaien nach der Paarung mehrere befruchtete Eikapseln in beiden Gebärmüttern einnisteten und sich dann rasch zu Embryohaien mitsamt Zähnen entwickelten. In jeder Gebärmutter wächst ein Hai heran, der stärker als die anderen ist und seine Geschwister tötet. Nur diese beiden überlebenden Haie werden geboren und beherrschen von Anfang an die Kunst des Tötens.

Währenddessen sahen sie die winzige Endoskopkamera wie ein Steadycam in einem billigen Horrorfilm durch die glitschigen, rosafarbenen Höhlen und Kanäle des Mutterhais gleiten, sahen eine trübe Brühe, in der die toten Babyhaie wirbelten, aber keine Spur vom Kind der Hölle, das sie getötet hatte. Doch dann tauchte plötzlich ein gelbes Auge auf, blickte direkt in die Kamera, und alle im Zimmer schrien entsetzt auf. Beim darauffolgenden Gelächter stellte Helen verlegen fest, daß sie Joels Arm umklammert hielt. Sie ließ ihn sofort los.

Hinterher stellte Bob ihr noch einige andere Leute vor, doch sie schaute immer wieder zu Joel. Und selbst wenn er sich angeregt unterhielt, erwiderte er ihren Blick und lächelte sie an. Als sie sich verabschiedeten, fragte er, ob sie schon mal Teufelskrabben gesehen habe. Sie verneinte. Er wollte wissen, ob er sie ihr zeigen solle, und sie antwortete viel zu schnell: ja, gern.

Eine Woche später waren sie ein Liebespaar, und eine Woche darauf bat Joel sie, bei ihm einzuziehen. Er sagte, ihm käme es so vor, als würde er sie schon ewig kennen, als wären sie »seelenverwandt«, und wenn sie mit ihm zusammenwohne, könnten sie den Winter über, Seite an Seite, an ihrer Doktorarbeit schreiben. Helen hatte in ihrem ganzen Leben noch niemand einen solch romantischen Vorschlag gemacht. Trotzdem sagte sie nein – und zog am nächsten Morgen ein.

Und beinahe wäre es ihr gelungen, Celia aus der Fassung zu bringen.

»Du willst bei ihm einziehen?« fragte sie erstaunt und sah zu, wie Helen ihre Sachen packte.

»Natürlich.«

»Obwohl du ihn erst zwei Wochen kennst?«

»Schwesterherz, wenn ein Mädchen schon nicht den Richtigen findet, muß sie den nehmen, der gerade da ist.«

Seit der Scheidung ihrer Eltern war sie von einer üblen Affäre in die nächste gestolpert. Es waren nicht sehr viele gewesen, denn die meiste Zeit des Jahres hatte sie in der Wildnis verbracht. Sie schien sich instinktiv immer genau den falschen Mann auszusuchen. Es gab die eine oder andere Ausnahme, aber meist waren es Männer, denen mit Leuchtbuchstaben Dummkopf, Schwindler oder Scheißkerl auf die Stirn geschrieben stand, Männer, die sie nicht mochte und nicht begehrte, aber in deren Armen sie trotzdem landete.

Warum sie ein so schlechtes Händchen für Männer hatte, wußte Helen selbst nicht. Vielleicht setzte sie ihre Erwartungen zu niedrig an, weil sie ganz im Innern davon überzeugt war, daß kein attraktiver Mann sie interessant finden konnte. Allerdings schienen auch die unattraktiven Männer wenig an ihr zu finden, und nur selten machte Helen Schluß, außer sie wußte, daß er sich sowieso von ihr trennen wollte und sie ihm damit zuvorkam.

Normalerweise hielt sie durch, versuchte, das Beste aus der Beziehung zu machen, ertrug selbst die schlimmsten Typen und sehnte sich verzweifelt nach Anerkennung, bis die Kerle schließlich einfach verschwanden oder ihr irgendwann mit fadenscheinigen Argumenten den Laufpaß gaben.

Mit keinem der Männer hatte sie je zusammengelebt. Als Joel daher seinen Vorschlag machte, löste dies bei ihr Panik aus. Noch Wochen danach wachte sie plötzlich nachts mit klopfendem Herzen und der Überzeugung auf, daß ihr dieser sanfte, blonde Mann, der leise schnarchend neben ihr lag, morgen sagen würde, es sei alles ein Versehen gewesen und sie möge doch bitte ihre Sachen packen, den Hund nehmen und verdammt noch mal aus seinem Leben verschwinden.

Aber das passierte nicht. Und nach einer Weile wurde sie ruhiger. Es kam ihr so vor, als wären sie keine getrennten Wesen mehr. Von derlei Dingen hatte sie zwar in Büchern gelesen, aber nie geglaubt, daß es so etwas in Wirklichkeit gab. Häufig kannten sie die Gedanken des anderen, ohne sie auszusprechen. Sie konnten sich eine ganze Nacht unterhalten oder einen ganzen Tag in gemeinsamer Stille verbringen.

Wenn man sie nach ihrer Arbeit fragte, wich sie meist mit einem Scherz aus, tat die Frage ab und wechselte das Thema, indem sie selbst Fragen stellte. Wer konnte sich schon für das interessieren, was sie tat? Doch mit Joel war es anders. Ihn konnte man nicht ablenken. Sie stellte fest, daß sie ihm mehr als je einem Menschen zuvor von ihrer Arbeit erzählte, und er machte ihr klar, daß ihr Professor recht hatte: Sie war gut, sie war brillant.

Als er ihr das erste Mal sagte, daß er sie liebe, wußte sie nicht, wie sie reagieren sollte. Sie murmelte nur irgendwas, küßte ihn – und der Augenblick ging vorüber. Sie schaffte es nicht, ihm mit den gleichen Worten zu antworten, obwohl sie es gern getan hätte. Vielleicht gehörte er zu jenen Männern, die das allen Frauen sagten, mit denen sie schliefen. Aber das war es nicht allein. Diese Worte hörten sich so erschreckend endgültig an.

Doch als der Herbst in den Winter überging, die Touristen vom Cape und die großen Schwärme der Zugvögel vom Himmel verschwanden, gelangte Helen zu einer gewissen Klarheit.

Frei von Zweifeln und Unsicherheit lernte sie zu akzeptieren, was sie und Joel gefunden hatten. Er liebte sie, also mußte sie liebenswert sein. Er sagte ihr, daß sie schön war, und zum erstenmal in ihrem Leben fand sie sich schön. Und da er es sicherlich längst wußte, konnte sie ihm auch sagen, daß sie ihn liebte. Und sie tat es.

Sie stellten den langen Tisch aus der Küche vor das große Erkerfenster im Wohnzimmer und funktionierten ihn zu einem Arbeitstisch um, mit Laptops und Stapel von Papieren. Doch sie arbeiteten nur selten. Sie redeten einfach oder starrten hinaus in den Wind, der die grauen Wellen peitschte und Gischt aufwarf. Im Zimmer stand ein Holzofen, den sie ständig brennen ließen, und auf der Suche nach Strandholz unternahmen sie mit Buzz jeden Tag lange Spaziergänge am Wasser.

Joel wußte mit Tieren umzugehen, und der bis dahin ungebärdige Buzz war bald sein ergebener Sklave, der auf Kommando Platz machte oder loslief und Stöckchen holte, die Joel weit in die Brandung warf. Helen sah mit Entsetzen, wie der arme Hund in den Wellen hin und her geschleudert und unter Wasser gezogen wurde. Sie war überzeugt davon, daß er ertrinken würde. Doch Joel lachte nur. Und bald tauchte auch schon Buzz' zottliger Kopf auf, im Maul den Stock, den er wundersamerweise stets wiederfand, Joel zurückbrachte und vor die Füße legte, damit dieser ihn wieder ins Wasser warf.

Joel hatte gerade die Oper für sich entdeckt, und Helen, die diese Musik immer zu hassen vorgegeben hatte, stöhnte, wenn er eine CD auflegte, besonders dann, wenn er auch noch mitsang. Doch dann ertappte er sie eines Tages dabei, wie sie selbst eine Melodie aus *Tosca* summte, und sie mußte zugeben, daß manches daraus doch ganz erträglich war, wenn auch nicht so gut wie Sheryl Crow.

Es gab ein Bücherregal im Zimmer, das die Vermieter unerklärlicherweise mit verstaubten russischen Klassikern vollgestellt hatten, Bücher, die Joel eigentlich immer schon lesen wollte, für die er aber nie die Zeit gefunden hatte. Er fing mit Dostojewski an und arbeitete sich dann schnell zu Pasternak, Tolstoi und Tschechow vor, der ihm am besten gefiel.

Außerdem kochte er gern, und wenn er abends in der Küche stand, beschrieb er ihr, was er gelesen hatte, während sie lächelnd dasaß und ihm beim Arbeiten zuschaute. Sie aßen am Kaminfeuer, kuschelten hinterher auf dem Sofa, lasen oder erzählten sich von Orten, die sie kannten oder kennenlernen wollten.

Er erzählte ihr, daß sein Vater früher alle Kinder zum Krabbenfang mitgenommen hatte. Sie waren in die Bucht hinausgerudert, hatten die Reusen versenkt, waren zurückgefahren und hatten am Strand ein Feuer gemacht. Dann waren sie wieder zu den Reusen gerudert und hatten sie einfach ins Boot geleert.

»Es war nur ein kleines Ruderboot, und wir hatten nur unser Badezeug an, keine Schuhe oder Sandalen. Und diese Krabben und Krebse wuselten im Dunkeln auf dem Boden herum und krabbelten über unsere Füße. Gott, haben wir gekreischt.«

Sie lauschte gern seinen Geschichten. Später liebten sie sich, während draußen die Schindeln klapperten und der Wind um das Dach heulte.

In diesem Winter fiel zum erstenmal seit Jahren Schnee, der fast einen Monat liegenblieb. Es war so kalt, daß die Bucht zufror. Sie starrten aus dem mit Eisblumen überzogenen Fenster auf das gefrorene Wasser, das sich wie eine Tundra bis zum grauen Horizont erstreckte. Joel meinte, sie säßen wie Doktor Schiwago und Lara in einem Eispalast fest. Jetzt fehle nur noch, daß ihnen nachts Helens Wölfe aus Minnesota etwas vorheulten.

Das folgende Frühjahr und der Sommer waren die glücklichste Zeit in Helens Leben. Sie liehen sich ein Boot, und Joel brachte ihr das Segeln bei. Abends streiften sie manchmal durch die Wälder zu einem Süßwasserteich und badeten nackt.

Sie lagen in den Dünen, hielten sich im Arm und lauschten dem Quaken der Frösche und dem Tosen des Ozeans.

Statt ihre eigene Arbeit zu schreiben, half Helen Joel bei seinen Forschungen. Wölfe schienen jetzt einer fernen Zeit anzugehören, einem trostlosen Ort in der Vergangenheit. Dies hier war ihr Leben, diese Gegend mit ihren Stränden, an denen sich die Menschen tummelten, mit dem weiten Himmel und einer Luft so voller Salz und Ozon, daß sie einem selbst die Schädelinnendecke blankpolierte.

Im zweiten Herbst begann sie endlich mit ihrer Doktorarbeit. So wie er es ihr vor einem Jahr versprochen hatte, arbeiteten sie Seite an Seite am großen Erkerfenster. Manchmal verbrachten sie einen ganzen Tag damit, über ein Problem zu diskutieren, an anderen Tagen sprachen sie kaum ein Wort miteinander. Dann ging Joel hin und wieder in die Küche, machte Tee, brachte ihn an den Tisch und küßte sie auf die Stirn, während sie weiterschrieb oder ihm einen Kuß auf die Hand drückte, lächelte und sich dann wieder ihrer Arbeit widmete.

Doch ganz allmählich veränderte sich etwas. Joel wurde stiller und korrigierte sie manchmal, wenn sie etwas sagte. Er kritisierte Kleinigkeiten, daß sie ungewaschenes Geschirr in der Spüle stehen ließ oder vergessen hatte, das Licht auszuknipsen. Sie machte sich nicht allzu viele Gedanken darüber, versuchte jedoch, nicht die gleichen Fehler zu wiederholen.

Sie waren lange unterschiedlicher Meinung darüber gewesen, was jene Frage betraf, die Helens Arbeit zugrunde lag: anerzogen oder angeboren. Für Joel war das Verhalten von Lebewesen von den Genen bestimmt, während Helen glaubte, daß Erfahrung und Lebensumstände fast genauso wichtig waren. Sie hatten sich stundenlang und stets freundschaftlich über dieses Thema unterhalten, doch wenn sie jetzt darauf zu sprechen kamen, wurde Joel ungeduldig, und eines Abends schrie er sie an und nannte sie eine Idiotin. Später entschuldigte er sich, und Helen versuchte, es nicht so tragisch zu nehmen, doch sie war noch tagelang verletzt und wie vor den Kopf gestoßen.

Weihnachten verbrachten sie bei Celia, und Joel und Bryan stritten sich über eine neue, sich in Zentralafrika anbahnende Katastrophe. Sämtliche Fernsehsender zeigten Aufnahmen Tausender verhungernder Flüchtlinge, die durch knietiefen Dreck und Schlamm vor Stammesfehden flohen. Der Bus einer amerikanischen Hilfsorganisation war überfallen und die Insassen mit Macheten niedergemetzelt worden. Bryan, der in seinem Ledersessel im großen Wohnzimmer saß, sagte so nebenbei, daß er nicht verstünde, wieso wir uns darüber aufregten.

»Was soll das denn heißen?« fragte Joel.

Helen befand sich im Flur, als ihr der Ton seiner Stimme auffiel. Sie hatte den Kindern noch eine Geschichte vorgelesen, und Carey hatte sie gefragt, ob sie Joel heiraten und Babys kriegen wollte; doch Helen hatte ihre Frage mit einem Scherz abgetan und eine ehrliche Antwort vermieden.

»Das geht uns doch eigentlich nichts an, oder?« fragte Bryan.

»Und? Sollen wir sie einfach alle sterben lassen?«

»Diese Typen bringen sich doch schon seit Jahrhunderten gegenseitig um, Joel.«

»Wird es dadurch vielleicht besser?«

»Nein, aber es hat nichts mit uns zu tun. Ich finde es vom Westen sogar ziemlich arrogant, sich da einzumischen. Als ob wir die zivilisierteren Menschen wären. Dabei begreifen wir nicht mal, warum sich diese Leute überhaupt gegenseitig umbringen. Und solange man nichts begreift, macht man alles nur noch schlimmer.«

»Wieso denn das?«

Helen stand in der Tür. Celia kam aus der Küche und zog eine Grimasse, als sie an ihr vorbei ins Wohnzimmer ging.

Vergnügt fragte sie, wer Kaffee wolle, und meinte damit: Es reicht, Jungs, frohe Weihnachten. Jetzt ist's genug. Beide Männer lehnten dankend ab.

»Egal, was mir machen, wir setzen uns doch immer in die Nesseln«, sagte Bryan.

Helen sah Joel nicken, als denke er über das nach, was Bryan gesagt hatte. Er gab jedoch keine Antwort, nur sein Blick war eisig. So hatte sie ihn noch nie erlebt. Als nächstes wurde von einer drei Meter langen Python berichtet, die man unter dem Haus eines alten Ehepaars in Georgia gefunden hatte, wo sie fröhlich mehrere Jahre lebte und nur deshalb entdeckt wurde, weil es jemandem merkwürdig vorkam, daß so viele Hunde aus der Nachbarschaft verschwanden.

Bryan fand Joels Schweigen offenbar ein wenig beunruhigend.

»Und? Was hältst du davon?« fragte er.

Joel blickte ihn kurz an und sagte dann leise: »Ich denke, daß du ein ziemliches Arschloch bist.«

Damit waren die Feiertage gelaufen.

Joel und Helen fuhren zurück nach Cape, und eine Zeitlang schien alles wieder normal zu sein. Doch als das neue Jahr anbrach, fiel Helen an Joel eine wachsende Unruhe auf. Wenn sie von ihrem Computer aufsah, ertappte sie ihn dabei, wie er Löcher in die Luft starrte. Sie bemerkte Kleinigkeiten, die ihn irritierten, etwa wenn sie mit den Fingernägeln auf die Tastatur tippte, während sie über etwas nachdachte.

Bald wurde alles, was sie tat, von ihm stumm kritisiert. Manchmal stand er abrupt auf, nahm seinen Mantel und ging spazieren, und Helen fragte sich, was sie falsch gemacht hatte. Sie sah ihm vom Fenster aus zu, wie er den Strand entlangstampfte, die Schultern gegen den Wind gestemmt, und die Stöcke ignorierte, die Buzz ihm zum Werfen brachte, bis der Hund schließlich begriff, daß die Zeit der Spiele vorbei war.

Eines Abends sagte Joel, während er zur dunklen Decke

hinaufstarrte, daß er mit seinem Leben etwas Sinnvolles anfangen wolle.

»Findest du das, was du im Augenblick tust, denn nicht sinnvoll?« fragte Helen. Er schaute zu ihr hinüber, und sie fügte rasch hinzu: »Du weißt schon, ich meine nicht uns beide. Ich meine deine Arbeit.«

Eigentlich hatte sie beides gemeint, aber er nahm sie beim Wort und meinte, sicher, natürlich, seine Arbeit sei in gewisser Weise durchaus sinnvoll.

»Aber eigentlich ändert es nichts, ob ich nun ein paar Krabben rette oder nicht. Ich meine, die Meere sterben, der ganze Planet wird zerstört. Überall auf der Welt verhungern Menschen, oder sie bringen sich gegenseitig um. Muß man sich da nicht wirklich fragen, Helen, was zum Teufel man selbst dagegen tut? Verdammt, was bedeuten da schon ein paar Krabben? Das ist, als wollte man Geige spielen, während Rom brennt.«

Ihr war plötzlich kalt. Er schlief an diesem Abend mit ihr, doch diesmal war es anders, als wäre er bereits fort.

Ende April teilte er ihr dann beim Abendessen mit, daß er sich bei einer ausländischen Hilfsorganisation beworben und man ihn zu einem Bewerbungsgespräch gebeten habe. Helen versuchte verzweifelt, nicht verletzt auszusehen.

»Oh«, sagte sie. »Ist doch prima.«

»Tja, aber weißt du, das ist nur ein Bewerbungsgespräch.«

Er nahm noch einen Bissen und vermied es, ihr in die Augen zu sehen. Eine Weile schwiegen sie beide, während Helen ihn innerlich vorwurfsvoll anschrie; doch sie versuchte, ihrer Stimme nichts anmerken zu lassen.

»Glaubst du denn, du findest verhungernde Krabben in Afrika?« Die Worte waren ihr ganz ungewollt entschlüpft und ließen sich nicht mehr zurücknehmen. Er schaute sie an. Es war das erste Mal, daß sie ihm etwas derart Gehässiges gesagt hatte, und so redete sie weiter und versuchte, es wie eine ernstgemeinte Frage klingen zu lassen: »Ich meine, die wollen doch bestimmt Biologen mit Abschluß, oder nicht?«

»Ich schätze, meine zwei Jahre Medizinstudium dürften sie eher beeindruckt haben«, sagte er kühl.

Es folgte ein langes Schweigen. Er begann, die Teller zu stapeln.

»Du hast mir nicht erzählt, daß du dich bewirbst.«

»Ich war mir nicht sicher, ob ich es wirklich wollte.«

»Ach?«

»Ich meine, ich bin mir selbst jetzt noch nicht sicher.«

Doch sie wußte, daß er sich längst entschieden hatte. In der folgenden Woche flog er zum Bewerbungsgespräch nach New York. Am nächsten Tag rief man ihn an und teilte ihm mit, daß er im Juni anfangen solle. Joel fragte Helen um Rat, und sie sagte ihm, was er hören wollte. Er solle das Angebot annehmen.

Es dauerte lange, bis sie darüber oder auch über etwas anderes miteinander reden konnten. Draußen war es warm. Man konnte die Rufe der Regenpfeifer hören und am Strand wieder die Sanderlinge sehen, wie sie unermüdlich mit den Wellen Fangen spielten. Doch im Haus selbst herrschte Winter. Sie waren ungeschickt geworden, rempelten sich in der engen Küche an, wo sie doch früher die Bewegungen des anderen wie Tänzer vorausgeahnt hatten. Sie gingen distanziert höflich miteinander um. So versuchte Joel seine Schuldgefühle zu ersticken, und sie ihre Wut.

Die Vernunft sagte ihr, sie habe keinen Grund, wütend zu sein. Mein Gott, schließlich waren sie nicht verheiratet, hatten nicht einmal über eine Heirat gesprochen. Warum sollte er nicht losziehen und etwas »Sinnvolles« mit seinem Leben anfangen? Das war doch in Ordnung, mehr noch, es war sogar lobenswert. Ihn zog es eben hinaus. Es lag in seiner Natur, war ihm »angeboren«.

Dann kam die Wut, und mit der Wut kroch das vertraute alte

Gefühl in ihr auf, daß sie wieder einmal versagt hatte. Aber diesmal war es schlimmer, denn diesem Mann hatte sie nicht nur gefallen wollen, sondern ihm auch jeden Winkel ihrer Seele geöffnet. Es gab nichts, was er nicht kannte, nichts, womit sie sich trösten konnte. Hätte er nicht alles von ihr gewußt, wäre er bestimmt nie fortgegangen.

Sie hatte ihm alles gegeben, und es hatte nicht gereicht.

Im Mai, wenn das Wasser am Cape warm wird, kehren die Teufelskrabben in Scharen aus ihren tief gelegenen Winterquartieren zurück. Und wenn Sonne und Mond zusammenwirken und die Flut den höchsten Stand des Jahres erreicht, schwärmen sie zur Paarung ins flache Wasser aus.

Vor zwei Jahren hatte Joel um diese Zeit mehrere hundert Krabben mit einem rostfreien Clip gekennzeichnet, den er ihnen hinten auf den Panzer geheftet hatte, um so herauszufinden, wie viele von ihnen wieder zurückkamen. Und vierzehn Tage bevor er nach Afrika flog, wollte er diese Prozedur ein letztes Mal wiederholen.

Vorsichtig – denn so war es inzwischen um sie bestellt – fragte er Helen, ob sie mitkommen und ihm wie im letzten Jahr helfen wollte. Um ihm zu zeigen, wie wenig (oder wieviel) ihr seine Abreise zu schaffen machte, hatte sie eine Stelle als Küchenhilfe im Moby Dick angenommen, einem Restaurant am Highway. Doch heute war ihr freier Abend. Okay, sagte sie, wenn er ihre Hilfe benötige, dann wolle sie ihn begleiten.

Es war ein kühler, wolkenloser Abend, und nur die hellsten Sterne konnten sich gegen das Licht des Vollmonds behaupten, den ein Ring schattenhaften Nebels umgab. Später sollte Helen erfahren, daß manche Menschen diesen Ring für ein böses Omen halten.

Sie packten Werkzeug und Clips in zwei große Rucksäcke, ließen Buzz im Haus und folgten in Gummistiefeln dem Sandstreifen, der das Ufer der Meeresbucht säumte. Der Sand leuchtete fahl wie Knochenstaub, und obwohl sie einige

Schritte voneinander Abstand hielten, ließ der Mond ihre Schatten verschmelzen.

Schon von weitem konnten sie sehen, daß die Krabben gekommen waren. Das Wasser am Uferrand schien zu kochen, und beim Näherkommen erkannten sie, daß sich Aberhunderte halbkugelförmiger und mit Entenmuscheln übersäter Panzer im seichten Wasser drängten.

Helen wußte noch vom letzten Jahr, was zu tun war. Wortlos holten sie aus ihren Rucksäcken, was sie brauchten, und machten sich an die Arbeit. Joel watete zwischen den Krabben umher und zog sich ein Paar reißfeste Gummihandschuhe an. Sorgsam hob er eine Krabbe nach der anderen auf und hielt sie ins Licht der Taschenlampe, die um seinen Hals hing. Die Krabben zappelten und wehrten sich, und der bewegliche hintere Teil des Panzers zuckte hin und her, während die Krabben versuchten, ihn mit dem messerscharfen Stachelschwanz zu treffen. Sobald er eine Krabbe mit Clip fand, rief er die Nummer Helen zu, die sie dann in eine Liste eintrug. Waren sie nicht gekennzeichnet, nannte er Geschlecht und Größe, und sie trug pflichtschuldigst die Angaben ein und reichte ihm einen Clip für den Krabbenpanzer.

Zwischendurch erklärte Joel ihr den einen oder anderen Vorgang: Daß etwa die Männchen, manchmal ein Dutzend gleichzeitig, gegeneinander um ein einziges Weibchen kämpften, aber nur einer von ihnen Erfolg haben würde. Er richtete den Strahl der Taschenlampe auf ein Weibchen. Es hatte sich ein flaches Nest in den Sand gegraben, so nahe am Wasser, wie sie es nur wagte. Man konnte sehen, wie die Eier zu Tausenden aus ihr herausströmten, glänzende, graugrüne Häufchen, während das an sie geklammerte Männchen seinen Samen darüber verspritzte und andere Männchen darum kämpften, es ihm gleichzutun, blind für die Menschen, die sie beobachteten.

Helen wollte Joel etwas fragen, doch plötzlich versagte ihr die Stimme; sie hielt mitten im Satz inne und merkte, daß ihr

Tränen über die Wangen liefen. Letztes Jahr hatte sie das alles mit großem Staunen betrachtet. Doch der blinde, ungehemmte Überlebenstrieb dieser archaischen Geschöpfe, dieser Trieb, die Gene über Jahrhunderte, über Millionen und Abermillionen von Jahren weitergeben zu wollen, diese ungeheure, unerbittliche Macht erfüllte sie nun mit großer Traurigkeit.

Joel sah, wie sich ihr Gesicht verzerrte, watete auf sie zu und nahm sie in die Arme. Sie klammerte sich an ihn und schluchzte an seiner Brust wie ein verzweifeltes Kind.

»Was ist denn?« fragte er und strich ihr das wirre Haar aus dem Gesicht. »Was ist los?«

»Ich weiß nicht.«

»Erzähl's mir.«

»Ich weiß nicht.«

»Es ist doch nur für ein Jahr, Helen. Das geht so schnell vorbei. Und nächstes Jahr um diese Zeit sind wir wieder hier und kennzeichnen zusammen unsere Krabben.«

»Mach keine Witze.«

»Das sind keine Witze, ich meine es ernst. Das verspreche ich.«

Sie schaute zu ihm auf, auch er schien den Tränen nahe zu sein.

»Ich liebe dich«, flüsterte sie.

»Ich liebe dich auch.«

Sie würde nie vergessen, wie er sie in diesem Moment angesehen hatte, verletzlich und irgendwie fremd. Dann lächelte er, und das Bild war verschwunden. Er küßte sie, während die Teufelskrabben zu ihren Füßen sie dicht umdrängten, die schwarzen Panzer hell im Mondlicht.

Er war jetzt seit zwei Monaten fort.

Helen rauchte ihre Zigarette zu Ende und rief Buzz. Er hatte lang genug nach Ratten in der Arche gejagt, und ihr wurde kalt. Sie gingen am Strand entlang zurück.

Am Hintereingang hob sie ihre Tasche auf. Der Willkommenstanz der Mücken war noch in vollem Gange. Buzz bellte sie einige Male an, aber Helen hieß ihn still zu sein und drängte ihn durch die Fliegengittertür in die Küche.

Sie machte kein Licht. Wo sie auch hinsah, alles erinnerte sie an Joel. In einem vergeblichen Versuch, sie davon zu überzeugen, daß er zurückkommen würde, hatte er viele seiner Sachen zurückgelassen. Bücher, ein Paar Stiefel, den tragbaren CD-Player mit den phantastischen Lautsprechern, alle seine Opern-CDs. Doch seit er fortgegangen war, hatte sie noch nicht den Mut aufgebracht, irgendeine Art von Musik zu hören.

Das rote Licht am Anrufbeantworter zeigte an, daß sie drei Anrufe erhalten hatte. Sie hörte sie im Dunkeln ab und schaute dabei auf den hellen Streifen, den das Mondlicht über die Bucht warf. Ein Anruf war von ihrem Vater, der hoffte, daß sie gut nach Hause gekommen war. Der zweite Anruf kam von Celia, die einfach nur hallo sagen wollte, und der dritte von ihrem alten Freund Dan Prior.

Sie hatte mal eine kurze Affäre mit ihm gehabt, als sie einen Sommer lang auf Spurensuche im Norden von Minnesota gewesen waren. Dan gehörte zu den seltenen Ausnahmen im Katalog der Spinner, mit denen sie sonst ausging, aber die Geschichte mit ihm war trotzdem ein Fehler gewesen. Sie waren wie geschaffen für eine Freundschaft, aber nicht für eine Liebesbeziehung. Und wie fast alle attraktiven Männer war Dan glücklich verheiratet. Schlimmer noch, Helen kannte – und mochte – seine Frau und seine Tochter.

Sie hatten fast drei Jahre nicht mehr miteinander gesprochen, und es tat gut, seine Stimme zu hören. Er sagte, er habe einen Job für sie, oben in Montana. Ob sie ihn zurückrufen könnte.

Helen schaute auf ihre Uhr. Es war Viertel vor eins. Ihr fiel ein, daß sie heute Geburtstag hatte.

7

Dan Prior schlürfte seine dritte Tasse Kaffee, ohne den riesigen Braunbären, der hinter seinem Rücken aufragte, auch nur mit einem Blick zu würdigen. Mann und Bär schauten auf die Tür, in der die ersten verärgerten Passagiere aus Salt Lake City auftauchten. Der Flug hatte Verspätung, und Dan wartete bereits seit einer Stunde, nicht ganz so lange also wie der Bär, den man am Freitag, dem dreizehnten Mai 1977, erlegt, ausgestopft und auf die Hinterbeine gestellt hatte, damit er die Besucher von Great Falls erschreckte.

Dan hatte das Wochenende damit zugebracht, die Hütte sauberzumachen, in der Helen wohnen würde, und den Vergaser des alten Pickup zu reparieren, den er für Helen aufgetrieben hatte. Er konnte nur hoffen, daß sie weder der Zustand der Hütte noch der des Wagens sonderlich schockieren würde. Die Hütte gehörte dem Forest Service und stand an einem kleinen See in der Wildnis oberhalb von Hope. Seit mehreren Jahren hatte dort kein Mensch länger als ein oder zwei Nächte verbracht, doch danach zu urteilen, wie es drinnen aussah, hatten in ihr Vögel, Insekten und diverse Nagetiere des öfteren Unterschlupf gefunden.

Der Pickup gehörte Bill Rimmers Bruder, der eine Art Pflegeheim für unheilbare Fahrzeuge auf seinem Hof unterhielt. Selbst mit einem neuen Vergaser standen die Chancen schlecht, daß der Toyota den Winter überlebte. Dan würde außerdem noch ein Schneemobil für sie auftreiben müssen.

Er betrachtete prüfend die Gesichter der eintreffenden Passagiere und fragte sich, ob Helen noch so wie früher aussah. Gestern abend hatte er ein Foto ausgegraben, das vor fünf Jahren im nördlichen Minnesota, wo sie zusammen gearbeitet hatten, aufgenommen worden war. Sie hockte vorn in einem Kanu, sah über die Schulter zu ihm und lachte ihn mit ihren großen braunen Augen an. Sie trug dieses alte weiße T-Shirt mit den abgeschnittenen Ärmeln, auf dessen Rücken »Achtung: Alpha-Weibchen« stand. Ihr langes, braunes Haar war von der Sonne ausgebleicht. Sie trug es zu einem Zopf gebunden, wie er es am liebsten mochte, weil man so ihren gebräunten Nacken sehen konnte. Dan hatte vergessen, wie hübsch sie aussah, und er blieb lange sitzen, um dieses Bild anzustarren.

Was zwischen ihnen vorgefallen war, konnte man kaum als richtige Affäre bezeichnen. Nur in dieser einen Nacht am Ende eines langen Sommers gemeinsamer Feldforschung geschah, was häufig geschieht, wenn zwei Menschen draußen in der Wildnis arbeiten und ganz allein auf sich gestellt sind.

Dan hatte sich zu ihr hingezogen gefühlt, mehr, als es umgekehrt der Fall gewesen war. Er liebte ihre Schlagfertigkeit, diesen widerborstigen Sinn für Humor, mit dem sie von ihren eigenen Empfindlichkeiten ablenkte und den sie vor allem dazu benutzte, sich selbst auf den Arm zu nehmen. Zufällig aber war sie auch eine der gescheitesten Wolfsbiologen, die er kannte.

Damals hatte er ein Forschungsprogramm über Wölfe an der Universität durchgeführt, und Helen war eine seiner freiwilligen Helferinnen gewesen. Er hatte ihr beigebracht, wie man eine Falle aufstellt, und im Handumdrehen wußte sie besser damit umzugehen als er selbst.

Eines Abends dann, als sie unter sternenübersätem Himmel an einem See kampierten, war Dan seiner Mary das einzige Mal seit ihrer Hochzeit untreu geworden. Er hatte den Fehler begangen, dies Helen am nächsten Morgen zu erzählen, und damit war es dann vorbei. Er brauchte eine Weile, um über diese Geschichte hinwegzukommen, aber irgendwann hatte er es geschafft, und sie blieben Freunde und Kollegen, bis er schließlich eine andere Stelle annahm.

Während er jetzt die Menschenmenge nach ihrem Gesicht absuchte, überlegte er, ob es möglich sei, die alten Gefühle von neuem zu wecken, doch zugleich ermahnte er sich, nicht so verdammt blöd zu sein.

Dann sah er sie.

Sie kam gleich hinter einer aufgebrachten Frau mit zwei kleinen heulenden Kindern durch die Tür, die ihr den Weg versperrten. Helen entdeckte ihn sofort und winkte ihm zu. Sie trug Jeans und ein weites, beigefarbenes Armeehemd. Das einzige, was sich an ihr verändert hatte, waren ihre Haare, die sie jetzt kurz wie ein Junge trug. Sie kam einfach nicht an den weinenden Kindern vorbei, doch endlich hatte sie es geschafft und stand vor Dan.

»Was hast du denen getan?« fragte er.

Helen zuckte die Achseln. »Nichts, ich habe einfach nur gesagt, guckt euch den Kerl bei dem Bären an, und gleich haben sie losgeheult.«

Er lächelte, und sie umarmten sich.

»Willkommen in Montana.«

»Danke sehr, mein Herr.« Sie trat einen Schritt zurück, hielt ihn aber immer noch fest und betrachtete ihn.

»Siehst gut aus, Prior. Macht und Erfolg scheinen dich kaum verändert zu haben. Und ich dachte, du würdest neuerdings Anzüge tragen.«

»Hab mich extra fein gemacht.«

»Und immer noch keinen Cowboyhut?«

»Ach, weißt du, ich habe zwei davon zu Hause, und ab und zu setze ich einen davon auf, schau in den Spiegel und sehe dann, wie mich so ein merkwürdiger Typ anstarrt.«

Sie lachte. »Schön, dich wiederzusehen.«

»Danke, gleichfalls. Was ist mit deinen Haaren passiert, Helen?«

»Frag nicht. Ich hab sie mir letzte Woche schneiden lassen. War ein großer Fehler. Aber eigentlich solltest du jetzt sagen, daß dir meine neue Frisur gut gefällt.«

»Ich könnt mich dran gewöhnen.«

»Lieber wär mir, ich könnt mich selber dran gewöhnen.«

Sie fuhren mit dem Fahrstuhl zur Gepäckausgabe und plauderten miteinander, während sie warteten. Er fragte sie, ob sie schon mal in Salt Lake City gewesen sei, und sie sagte, ja, einmal, als Kind. Sie wollten im Glacier Park zelten, doch ihre Schwester bekam eine Lebensmittelvergiftung und mußte eine Woche lang das Bett hüten.

Helens Gepäck tauchte auf dem Band auf, zwei große Rucksäcke und ein ramponierter Koffer, der mindestens eine Tonne wog und früher ihrem Großvater gehört hatte. Sie wuchteten ihn auf einen Karren.

»Ist das alles?« fragte Dan. Sie warf ihm einen schuldbewußten Blick zu.

»Na ja, fast.«

Ein Angestellter der Fluglinie näherte sich ihnen mit einem Käfig, aus dem ein lautes Bellen ertönte. Helen bückte sich, machte die Klappe auf, und eines der seltsamsten Geschöpfe, das Dan je zu Gesicht bekommen hatte, begann, Helens Gesicht abzulecken.

»Das ist Buzz.«

»Hallo, Buzz. Komisch, Helen, soweit ich mich erinnere, hast du am Telefon kein Wort von Buzz gesagt.«

»Ich weiß. Tut mir leid. Na schön, okay, ich laß ihn gleich einschläfern.«

»Ich hab ein Gewehr im Auto.«

»Gut. Dann los.«

Buzz warf Dan einen fragenden Blick zu.

»Jetzt sag schon«, drängte Helen. »Ist er nicht wunderbar?«

»Tja, laß uns hoffen, daß die Wölfe derselben Ansicht sind.«

Als Helen und Dan das Flughafengebäude verließen, schlug die Hitze wie eine Woge über ihnen zusammen. Das Thermometer in Dans Wagen zeigte knapp über dreißig Grad an, aber die Luft war trocken, und Helen genoß sie wie eine Umarmung. Als sie in die Interstate einbogen und nach Süden in Richtung Helena fuhren, kurbelte sie das Fenster herunter. Sie brauchte jetzt unbedingt eine Zigarette, schämte sich aber, sich vor Dan eine anzustecken. Und so gab sie sich mit dem Geruch von sonnenwarmem Gras zufrieden, den der heiße Wind von den Prärien herüberwehte. Buzz saß blinzelnd und hechelnd auf dem Rücksitz und hielt neben ihr den Kopf aus dem Fenster.

»Siehst du, die Stadt Hope heißt nur deshalb Hoffnung, weil sie dich aufmuntern will«, sagte Dan.

»Was du nicht sagst«, erwiderte Helen.

»Tja, wir leben eben alle in Hoffnung.«

»Komisch, daß sie diese Orte nie Verzweiflung oder Elend genannt haben.«

»Mein Dad ist in Westpennsylvania in einem Flecken namens Panik aufgewachsen.«

»Das ist doch nicht dein Ernst, oder?«

»Doch, ich schwör's dir. Und einige Meilen weiter liegt ein Dorf, das heißt Sehnsucht.«

»Du meinst wie in ›Endstation Sehnsucht‹?«

Er lachte. Er mußte immer über ihre dummen Witze lachen.

»Meine Mom hat oft gesagt, heirate nie einen Mann aus Panik, doch mein alter Herr hat stets behauptet, die Kirche, in der sie sich das Jawort gegeben haben, hätte näher am anderen Dorf gelegen, so daß sie ihren Mann eigentlich aus Sehnsucht geheiratet hat.«

»Sind sie noch zusammen?«

»Aber sicher. Ihre Liebe wächst von Jahr zu Jahr.«

»Das muß schön sein.«

»Tja, muß es wohl.«

»Und wie geht's Mary?«

»Ihr geht's gut. Wir haben uns vor zwei Jahren getrennt.«

»Oh, Dan, das tut mir leid.«

»Na ja, mir tut's nicht leid, und ihr ganz bestimmt auch

nicht. Und Ginny ist zum Glück drüber weg. Sie wird bald fünfzehn. Mary wohnt noch in Helena, das macht es einfacher, weißt du. So kann Ginny uns beide sehen.«

»Das ist gut.«

»Ja.«

Sie schwiegen einen Moment, und Helen wußte, was jetzt kam.

»Wie steht's mit dir? Ich meine, hast du …«

»Keine falsche Scham, Prior. Du willst wissen, wie es um mein Liebesleben bestellt ist?«

»Nein. Doch.«

»Also, laß mich überlegen. Wir sind jetzt seit, warte mal, seit über zwei Jahren zusammen.«

»Wirklich? Ist ja großartig. Erzähl mir mehr von ihm.«

»Nun, er hat langes, sandfarbenes Haar, braune Augen und redet nicht allzuviel. Und er hat diese Angewohnheit, immer den Kopf aus dem Autofenster zu strecken und mit dem Schwanz um die Beine zu wedeln.«

Dan lächelte.

»Ach was, ich habe zwei Jahre auf Cape mit einem Typen zusammengelebt, aber er ist, na ja, er ist verreist. Ich schätze, ich hänge gerade in so einer Art Warteschleife.«

Sie schluckte und schaute aus dem Fenster. In der Ferne erschienen Berge am Horizont. Der gute Dan bemerkte, daß er sich auf gefährlichem Terrain bewegte, und wechselte das Thema. Er begann, sie über all das zu informieren, was geschehen war, seit der Wolf vor gut einem Monat in Hope aufgetaucht war, und brachte sie bald mit seinem Bericht über die Beerdigung, die Buck Calder für Prince, den Helden aller Labradorhunde, veranstaltet hatte, zum Lachen.

Calder hatte aus Great Falls einen Prediger kommen lassen, der die Trauerfeier für die Familie, für Freunde und natürlich für Presse und Fernsehen zelebriert hatte. Der Grabstein bestand aus mindestens fünfhundert Dollar teurem Marmor.

Doch statt Bill Rimmers Vorschlag als Grabspruch zu nehmen, der Helen gut gefiel, hatte man sich für einen etwas hochtrabenderen Text entschieden:

Hier ruht Prince,
Der den Wolf von der Schwelle vertrieb
Und sein Leben ließ für ein Kind.
Braver Hund!

Seither, so erzählte Dan, habe sich die Lage ein wenig entspannt. Hin und wieder erhalte er zwar noch einen Anruf von einem Journalisten, der wissen wollte, ob er den Wolf schon aufgespürt habe; doch dann spielte er den ganzen Vorfall herunter und sagte, man habe alles unter Kontrolle, prüfe ständig die Lage, und allein die Tatsache, daß man den Wolf nicht mehr gesehen habe, deute doch darauf hin, daß er ein Einzelgänger und längst schon über alle Berge sei – was Dan zwar gern geglaubt hätte, aber nicht glauben konnte. Erst vor zwei Tagen hatte ein Ranger vom Forest Service östlich von Hope Spuren entdeckt.

Im Büro stellte er Helen Donna vor, die sie herzlich willkommen hieß.

»Und das hier ist Fred«, sagte Dan und tätschelte den Glaskäfig. »Der einzige im Büro, der nicht arbeitet.«

Einige Minuten später ging Helen zur Toilette und traf dort Donna, die in Ruhe eine Zigarette rauchte, so daß Helen sich erleichtert auch gleich eine ansteckte. Es sei eine der weniger bekannten Tatsachen des Lebens, vertraute ihr Donna an, daß nur die besten Frauen rauchten – und nur die schlechtesten Männer.

Dan ließ Sandwiches holen und verzog sich mit Helen in sein Zimmer, wo sie die nächsten Stunden damit verbrachten, anhand von Karten, Diagrammen und Fotografien auszuarbeiten, wie Helen vorgehen sollte, wenn sie in Hope eintraf.

Sie hätten das Hinterland von Hope jetzt dreimal überflogen, sagte Dan, und nicht mal die Andeutung eines Funksignals empfangen. Was immer sich auch dort herumtrieb, trug jedenfalls kein Halsband, also war es Helens Aufgabe, die Tiere zu fangen, ihnen ein Halsband zu verpassen und sie dann zu beobachten, um mehr über sie herauszufinden. Bill Rimmer würde in den nächsten Tagen aus dem Urlaub zurückkommen; er hatte sich bereit erklärt, ihr beim Aufstellen der Fallen zu helfen.

Handelte es sich um ein ganzes Rudel, sollte Helen Größe und Revierumfang feststellen, bevorzugte Beute, das übliche eben, sagte Dan. Darüber hinaus sei es natürlich äußerst wichtig, ein freundschaftliches Verhältnis zu den ortsansässigen Ranchern aufzubauen.

Zum Schluß setzte Dan sich auf und erklärte ihr mit gespielt strenger Stimme die Bedingungen ihres Anstellungsvertrags. Ihm sei es nur erlaubt, so erklärte er, sie »auf Zeit« einzustellen, und das hieße, er dürfe sie lediglich für hundertachtzig Tage engagieren, könne den Vertrag dann aber verlängern. Sie würde tausend Dollar im Monat verdienen, keine Extras.

»Also keine Krankenversicherung, keine Unfall- oder Rentenversicherung, kein Anrecht auf Übernahme. Im Grunde bedeutet ein Zeitarbeitsvertrag, daß du im Bundessystem überhaupt nicht existierst. Du bist unsichtbar. Wir haben hier Zeitleute, die schon seit Jahren für uns tätig sind.«

»Wird man mir dann auch ein scharlachrotes Z auf die Stirn malen?«

»Das bleibt ganz Ihnen selbst überlassen, Miss Ross.«

»Bekomme ich einen Wagen, oder soll ich mit dem Fahrrad fahren?«

Er lachte. »Ich zeig ihn dir. Willst du hin?«

»Nach Hope?«

»Klar. Nicht ganz bis zur Hütte, die können wir uns morgen ansehen. Aber ich dachte, du möchtest vielleicht einen

Blick auf die Stadt werfen, und danach könnten wir zusammen etwas essen. Falls du nicht zu müde bist.«

»Klingt gut.«

Als sie zum Parkplatz gingen, sagte Dan, sie könne sich für die Nacht ein Hotelzimmer nehmen oder aber bei ihm übernachten. Ginny sei bei ihrer Großmutter, erzählte er, Helen könne also ihr Zimmer haben.

»Wirklich? Das ist ja großartig. Vielen Dank.«

»Und auf diesen Anblick hast du dich schon die ganze Zeit gefreut.«

Er blieb vor dem alten Abschleppwagen stehen. Im Sonnenlicht sah er gar nicht so übel aus. Er hatte den Toyota gewaschen und festgestellt, daß die Farbe unter dem Dreck fast wie Rost aussah, was er ganz praktisch fand. Sogar der Chrom glänzte ein wenig. Dan gab der Motorhaube einen liebevollen Klaps, und der Seitenspiegel fiel herunter. Helen lachte.

»Ist der für mich?«

Dan bückte sich, hob den Spiegel auf und gab ihn ihr.

»Bis auf die letzte Schraube. Er gehört dir, das muß er sogar, denn alle Bundesfahrzeuge müssen ein US-Fabrikat sein, und mir steht sonst keins mehr zur Verfügung. Ich kann dir nur Kilometergeld erstatten. Einunddreißig Cents pro Kilometer.«

»Wahnsinn, Prior, du weißt, wie man eine Frau verwöhnt.«

Sie fuhr. Dieses Gefährt zu steuern glich einem Tanz auf Rollschuhen, man mußte jede Kurve rechtzeitig im voraus berechnen, wollte man sie heil überstehen. Doch Helen hatte bald den Trick heraus, ließ sich von Dan aus der Stadt lotsen und fuhr in Richtung Berge.

Sie hatten den ganzen Nachmittag miteinander geredet, und so tat es gut, eine Weile zu schweigen. Es wurde kühler, und der Wind ließ nach. Zu beiden Seiten der Straße erstreckten sich, so weit das Auge reichte, blaßgoldene Stoppelfelder, übersät mit Heuballen, die sie an riesige runde Karamelbonbons erinnerten.

Himmel und Erde schienen Helen grenzenlos zu sein, weite Flächen in kühnem Pinselstrich. Die Straßen verliefen schnurgerade auf von fern sichtbare Ranchhäuser zu. Sie war aufgeregt und unsicher zugleich und hatte irgendwie das Gefühl, hier fehl am Platz zu sein. Sie dachte an Joel, wie sie es immer noch dutzendmal am Tag tat, und fragte sich, ob er in seiner neuen Welt Fuß gefaßt hatte oder ob er sich so fühlte wie sie, ohne Halt; ein Beobachter, der dazugehören wollte, aber es irgendwie nicht schaffte.

Als die Berge näher kamen, wurde das Land vor ihnen zu einer öden Fläche, durchsetzt mit Felsen und unregelmäßig durchzogen von Bachläufen, in denen Büsche wuchsen. Und als sie über eine Hügelkuppe fuhren, sah Helen im Süden eine Reihe Pyramidenpappeln, durch deren Laub sie das Glitzern von Wasser zu erkennen glaubte.

»Das ist der Hope River«, sagte Dan.

Plötzlich ertönte hinter ihnen eine Hupe, so daß sie beide erschreckt zusammenfuhren. Während sie auf den Fluß schaute, hatte Helen das Lenken vergessen und sah jetzt im Spiegel unmittelbar hinter sich einen schwarzen Laster. Sie riß das Steuer so hart nach rechts, daß der Wagen einen Satz machte und kurz über den Seitenstreifen schlitterte. Rasch gewann sie die Kontrolle wieder und kniff die Augen zusammen, sah aber nicht zu Dan hinüber.

»Ein dummer Spruch über Frauen und Autofahren, und du bist tot.«

»Ich habe noch keine Frau besser fahren sehen.«

»Du bist tot.«

Der schwarze Laster setzte zum Überholen an. Als er auf gleicher Höhe war, drehte sich Helen zum Fenster und schenkte den beiden undurchdringlichen Cowboygesichtern zur Entschuldigung ihr schönstes Lächeln. Die beiden Kerle mochten Anfang Zwanzig sein, hatten aber etwas an sich, das sie viel älter erscheinen ließ. Dan winkte ihnen freundlich zu.

Der Typ auf dem Beifahrersitz tippte mit der Hand an seinen Hutrand und schien fast zu lächeln, während der Fahrer nur den Kopf schüttelte und weiterfuhr; der Hund, der windzerzaust auf dem Rücksitz hockte, schien seine Verachtung zu teilen. Kaum waren sie vorbei, drehte sich der Mann auf dem Beifahrersitz um und warf ihnen durch die Gewehrhalterung vor dem Rückfenster der Fahrerkabine einen Blick zu.

»Kennst du die?«

Dan nickte. »Das sind die Jungs von Abe Harding. Sie haben eine kleine Ranch oben bei den Calders. Ihr werdet Nachbarn sein.«

Helen schaute ihn an und sah, wie er grinste.

»Meinst du das ernst?«

»Ich fürchte, ja.«

»O je, das fängt ja gut an.«

»Keine Angst, deine Fahrkünste sind nicht das Problem. Siehst du den Aufkleber?«

Sie mußte sich vorbeugen und die Augen zusammenkneifen, da der Laster schon weit vor ihnen fuhr; aber der rot durchkreuzte Wolfskopf war noch zu erkennen, und darunter standen die Worte: »Keine Wölfe. Niemals. Nirgendwo.«

»Na, prima.«

»Ach was, sie werden dir bestimmt bald aus der Hand fressen.«

Die Straße folgte den Windungen des Flusses, bis Helen nach etwa vier Meilen eine weiße Kirche auf einem niedrigen Hügel entdeckte, und gleich darauf ragten auch schon andere Gebäude über den Bäumen auf. Eine enge, von einem Geländer geschützte Brücke führte über den Fluß. Daneben stand ein Schild mit der Aufschrift »Hope (519 Einwohner)«, und hinter diese Worte hatte ein unbekannter Spaßvogel drei saubere Löcher durch das Schild geschossen. So blieben die Stadt und ihre Bevölkerung gleichsam in einem immerwährenden Schwebezustand.

»Übrigens, der Ort hat so seine Geschichte.«

»Und wann bekomme ich die zu hören?«

Hinter der Brücke zeigte er nach vorn.

»Nimm da hinten die Abzweigung.«

Sie bog von der Straße ab und hielt auf einem kleinen, kiesbestreuten Parkplatz am Fluß. Es standen schon einige Autos dort, also stellte Helen ihren Wagen daneben ab.

»Komm«, sagte Dan, »ich will dir was zeigen.«

Sie ließen Buzz im Wagen und gingen in einen kleinen, sich am Flußufer entlangziehenden Park. Es war ein hübscher Flecken mit Rasenflächen, deren Grün von Sprinkleranlagen frischgehalten wurde. In ihrem Sprühregen spannten sich Regenbogen, während Sonnenstrahlen durch die Schatten einiger hoher Weiden fielen. Es gab Schaukeln und ein Klettergerüst, doch die Kinder spielten offenbar lieber Fangen unter den Rasensprengern. Ihre Mütter, die an einem der halben Dutzend hölzernen Picknicktische saßen, ermahnten sie nur halbherzig, damit aufzuhören.

Unten am Ufer war zwischen zwei Pyramidenpappeln die Silhouette eines alten Mannes zu erkennen, der mit roten Hosenträgern und einer staubigen, blauen Schirmmütze am Wasser stand und einer Familie von Schwänen Brotkrusten zuwarf. Helen konnte sehen, wie ihre Füße im Wasser paddelten, damit sie von der Strömung nicht abgetrieben wurden.

Dan bog in den Pfad ein, der sich vom Parkplatz zur weißen Holzkirche am anderen Ende des Parks emporwand. Er hielt den Blick gesenkt. Dann blieb er stehen und wies auf den Boden.

»Komm her.«

Helen blieb neben ihm stehen. Sie verstand nicht, was er ihr zeigen wollte.

»Was ist?«

Er bückte sich, hob etwas Kleines, Weißes auf und gab es ihr. Sie sah es sich aufmerksam an.

»Scheint ein Stück Muschel oder so was zu sein.«

Er schüttelte den Kopf und zeigte wieder auf den Boden.

»Siehst du? Da ist noch mehr.«

Überall am Wegrand lagen diese weißen Splitter wie Schneereste, abgeschliffen und von zahllosen Joggingschuhen und Fahrradreifen zu immer feineren Partikeln zerrieben.

»Manchmal findet man größere Stücke«, sagte er. »Der Boden muß voll davon sein. Wahrscheinlich wächst hier deshalb der Rasen so gut.«

»Und was ist das?«

»Es stammt von einer alten Straße, die früher hier durchführte.«

Helen runzelte die Stirn.

»Es sind Wolfsknochen. Die Straße war mit Wolfsschädeln gepflastert.«

Sie starrte ihn an und dachte, er wolle sie auf den Arm nehmen.

»Es stimmt. Tausende und Abertausende von Schädeln.«

Und während weiter unten im Park die Kinder unter den Rasensprengern spielten und ihr Lachen in der linden Abendluft leise zu ihnen herüberklang, als wäre die Welt schon immer so gewesen, setzte sich Dan an einen der Tische unter den Weiden und erzählte ihr, wieso es einmal einen Weg der Schädel gegeben hatte.

8

Es geschah vor hundertfünfzig Jahren. Damals kamen zum erstenmal weiße Jäger und Trapper in großer Zahl in dieses Tal. Anfangs lockte sie die Jagd auf Biber, da sie weiter im Osten kaum noch Beute fanden. Wachsam fuhren sie in ihren flachen Mackinaw-Booten den Missouri entlang, gefährlich beladen mit einer Unmenge von Vorräten, die sie hoffentlich über den

Winter bringen würden. Als die Jäger zuerst nach Westen und dann nach Süden paddelten, entdeckten sie einen schmalen Zufluß, den nur die »Wilden« mit Namen kannten; doch da er zu den Bergen führte, folgten sie ihm und schlugen schließlich am Ufer ihr Lager auf.

An den Hängen, auf denen heute die Kirche steht, gruben sie sich höhlenartige Bunker, die sie mit Holzstämmen, Erdklumpen und Buschwerk abdeckten, so daß von außen nur stummelige Schornsteine aus Feldsteinen zu sehen waren. Als die Männer im nächsten Frühjahr mit ihren bei der Jagd erbeuteten Fellen zurück nach Fort Benton ruderten, sprach sich bald herum, woher diese stammten. In den folgenden Jahren kamen immer mehr Leute, mit Pferden und Wagen, und bald entstand ein Dorf von Jägern und Trappern, eine Kolonie des Gemetzels, der man nicht aus Zuversicht, sondern zur Erinnerung an ein ertrunkenes Kind den Namen Hope gab.

Nach wenigen Wintern waren die Biber verschwunden, ihre Felle gegen Geld eingetauscht, das rasch für Indianerwhiskey und Frauen draufging, während die Felle selbst nach Osten verschifft wurden, wo sie die Köpfe und Hälse des modebewußten Stadtvolks wärmten. Und erst als sich kein Biber mehr in den Teichen fand, richteten Hopes frühe Bewohner ihre Aufmerksamkeit auf den Wolf.

Das Tal war seit undenklichen Zeiten ein besonderer Ort für Wölfe. Von den Blackfeet-Indianern, die hier ebenfalls lange gelebt hatten, als großer Jäger verehrt, kannte der Wolf das Tal als eine Zuflucht für Elche und Rotwild im Winter und als Passage von den Bergen hinab zu den Prärien, wo sie in großen Rudeln die noch größeren Herden der Büffel jagten. Um 1850 begann der weiße Mann sein großes Massaker unter den Büffelherden. Im Verlauf der nächsten dreißig Jahre tötete er über siebzig Millionen dieser Tiere.

Anfangs erleichterte dies sogar das Leben der Wölfe, denn die Jäger wollten nur das Fell und vielleicht noch die Zunge oder einige der besten Fleischstücke. Die Wölfe konnten sich am Rest gütlich tun. Doch dann überkam die Menschen jenseits des östlichen Meers ein großes Verlangen nach Wolfsfellmänteln. Und eine Möglichkeit, diese Nachfrage zu befriedigen, war rasch gefunden. Wie tausend andere Jäger im Westen, gute, schlechte und ein paar verrückte, begaben sich auch die Trapper von Hope auf Wolfsjagd.

Wölfe waren leichter als Biber zu fangen, falls man die zweihundert Dollar auftreiben konnte, die man für den Anfang brauchte. Eine Flasche Strychnin kostete fünfundsiebzig Cents, und man brauchte zwei, um einen Büffelkadaver damit zu vergiften. Und wenn man den Kadaver an die richtige Stelle legte, konnte man mit ihm fünfzig Wölfe in einer Nacht zur Strecke bringen. Da gute Wolfsfelle zwei Dollar das Stück einbrachten, waren mit der Giftjagd eines einzigen Winters bis zu zweitausend Dollar zu verdienen. Bei soviel Geld schienen die Risiken akzeptabel, auch wenn man hier draußen ohne weiteres erfrieren oder seinen Skalp verlieren konnte, denn von allen weißen Eindringlingen waren die Wolfsjäger die verhaßtesten; und wo immer sie konnten, brachten die Blackfeet sie um.

Jeden Tag machten sich die Wolfsjäger von Hope auf die Suche nach Köderfleisch. Als die Büffel seltener wurden, nahmen sie mit jedem Tier vorlieb, das sie auftreiben konnten, sogar mit kleinen Singvögeln, deren Brust behutsam aufgeschnitten und mit vergifteter Paste gefüllt wurde. Die Köderstrecke war oft mehrere Meilen lang und wurde kreisförmig angelegt. Wenn die Jäger dann am nächsten Morgen den äußeren Rand abritten, war die Gegend mit all den toten Tieren übersät, die diese Grenze überschritten hatten. Dabei fanden sie keineswegs nur Wölfe, sondern auch Füchse, Kojoten, Bären und Rotluchse, von denen noch einige würgten und zuckten. Speichel und Erbrochenes sollten das Gras noch auf Jahre hinaus vergiften und so manches Tier töten, das davon fraß.

Ein Wolf brauchte vielleicht eine Stunde zum Sterben, doch

für die vorsichtigeren unter ihnen, für die, die nur am Fleisch geschnuppert und geleckt hatten, während ihre Geschwister große Brocken verschlangen, dauerte es vermutlich länger. Das Strychnin verrichtete seine Arbeit in ihrem Gedärm nur langsam, bis ihnen irgendwann das Fell ausfiel und sie wie nackte Geister heulend über die Prärie streunten, bis sie in der Kälte verendeten.

Wenn der Winter sein Regiment antrat und die tägliche Ernte fürs Häuten zu hart gefroren war, schichteten die Wolfsjäger ihre Beute wie Feuerholz im Schnee auf. Dadurch wurde die Arbeit an den Abenden leichter, doch konnte plötzliches Tauwetter alles verderben. Und ein solches Tauwetter war auch die Geburtsstunde des Schädelwegs.

Der Winter des Jahres 1877 brachte eine der längsten Frostperioden, die man je in Hope erlebt hatte. Im März stapelten sich mehr als zweitausend ungehäutete Wolfskadaver über den Höhlen der Wolfsjäger sowie rund um die Blockhütten, in denen inzwischen die meisten von ihnen hausten.

Doch dann lag eines Morgens ein warmer Hauch in der Luft. Von den Bäumen begann es zu tropfen, das Eis am Flußufer brach, und schon bald blies ein heftiger Chinook warme Luft von den Bergen herunter. Ein Aufschrei ging durch den Ort. Die Wolfsjäger, voll panischer Angst, sie könnten die Beute einer ganzen Saison verlieren, machten sich wie Dämonen am Tag des Jüngsten Gerichts mit ihren Ritschratschmessern ans Werk.

Bei Sonnenuntergang war auch der letzte Wolf gehäutet und kein Fell verloren. Die Wolfsjäger von Hope tanzten trunken vor Glück bis zu den Knien in einem Matsch aus Blut und geschmolzenem Schnee.

Jahrelang hatten sie die gehäuteten Kadaver ans flache Ufer des Flusses geworfen, wo sich Raben, Bussarde und sonstige Aasvögel über sie hermachten und dann prompt am Strychnin, das die Wölfe verschlungen hatten, starben. Doch zur Erinnerung an ihr tapferes Tagwerk sammelten die Wolfsjäger alle Knochen ein und legten damit das Fundament für einen Weg. Dann nahmen sie die Schädel, kochten sie, bis sie ganz sauber und weiß waren, und pflasterten mit ihnen überaus kunstfertig ihren Pfad, dem von diesem Tag an der Schädel eines jeden getöteten Wolfs hinzugefügt wurde.

An klaren Abenden, wenn der Schnee geschmolzen war, konnte man den Weg schon von den Bergen aus im fahlen Mondlicht schimmern sehen.

Schließlich war der Schädelweg mehr als eine halbe Meile lang und führte dorthin, wo jene wohnten, die nach den Wolfsjägern kamen, weil sie reinere Luft oder angenehmere Gesellschaft suchten.

Inzwischen war im Tal das Muhen von Kühen zu hören, und die Stadt wuchs mit jeder neu eintreffenden Herde und versorgte die Rancher mit allem Nötigen. Schmied, Friseur, Hotelbesitzer und Hure – jegliches Gewerbe gedieh auf seine Art.

Und am anderen Ende des Schädelwegs taten es ihnen Hopes Wolfsjäger gleich, deren tägliches Treiben nun von einer hübschen weißen Kirche auf einem eigenen Kalvarienberg überblickt wurde.

Aber schon bevor die Kirche erbaut wurde, hatte es den Wolfsjägern dank eines selbsternannten Predigers und ehemaligen Indianerkämpfers namens Josiah King – unter seinen Anhängern besser bekannt als Reverend Lobo – nicht an seelischer Führung gemangelt.

Je nach Wetter und der Menge Whiskey, die er am Abend zuvor genossen hatte, predigte Josiah sonntagmorgens den Gläubigen, daß der Wolf nicht einfach nur ein Raubtier, sondern der Inbegriff alles Bösen ist. Und er rief mit solch fanatischem Eifer zu seiner Ausrottung auf, daß die Wolfsjäger von Hope sich als moderne Kreuzritter fühlten, die die Wildnis von dieser heidnischen Bestie befreien und sie mit heiligem Zorn vernichten wollten.

Das Werk des Herrn bringt gerechten Lohn. Die Wolfsjagd machte sich bezahlt wie nie zuvor. Vom Staat war eine Belohnung von einem Dollar auf jeden getöteten Wolf ausgesetzt, und die Rancher, deren Haß auf dieses Tier von keinem Priester geschürt werden mußte, legten noch einen obendrauf. Denn seit der Büffel verschwunden und Rotwild und Elch selten geworden waren, hatten die Wölfe Geschmack am Rindfleisch gefunden. Außerdem waren Kühe langsamer und dümmer und folglich auch leichter zu erlegen.

Dabei waren die Kräfte der Natur stets besser und radikaler im Töten gewesen, als es der Wolf allein je vermocht hätte. Der arktische Winter des Jahres 1886 vernichtete fast sämtliche Herden im Tal. Nur die wirklich zähen Farmer überlebten.

Nur, wem sollte man schon die Schuld an der Kälte oder einer Seuche, einer Dürre oder am erbärmlich niedrigen Preis für Rindfleisch geben? Und warum auf die Regierung schimpfen, auf das Wetter oder auf Gott, wenn man den Teufel persönlich vor der Haustür hatte? Schließlich konnte man ihn jeden Abend hören, wie er sich da draußen herumtrieb und die Sterne vom Himmel herabheulte.

So wurde der Wolf zum Sündenbock von Hope.

Und wegen all seiner Verbrechen fingen sie ihn manchmal lebend und führten ihn in einer Prozession durch die Stadt. Kinder warfen mit Steinen, und die mutigsten hieben mit dem Stock nach ihm. Dann versammelten sich alle Bewohner unten beim Fluß und sahen zu, wie die Inquisitoren des Reverend Lobo ihn gleich einer Hexe auf einem Scheiterhaufen verbrannten.

Die meisten Wolfsjäger verschwanden mit dem Ende des Jahrhunderts. Man konnte nicht mehr von diesem Gewerbe leben. Mancher lernte ein neues, andere zogen weiter nach Norden oder Westen, wo die Jagd noch einfacher war. Die Viehbarone hatten enorm an politischem Einfluß gewonnen, und so, gestärkt durch einen Rancher-Präsidenten, der den

Wolf »eine Bestie der Wildnis und des Elends« nannte, übernahm die Bundesregierung den Kreuzzug gegen die Wölfe.

Allen Ranchern in staatseigenen Wäldern wurde befohlen, jeden Wolf zu töten, den sie aufspüren konnten, und ab 1915 verfolgte eine Behörde namens U.S. Biological Survey, die eigentlich dem Schutz der Natur dienen sollte, mit methodischem Eifer und beträchtlichem Budget eine Politik der »absoluten Ausrottung«.

So wie die Wölfe den Büffeln über die Prärien gefolgt waren, folgten sie ihnen wenige Jahre später auch auf dem Weg der Ausrottung.

In der weiten Wildnis um Hope konnten einige Exemplare überleben. Sie versteckten sich hoch oben in den Wäldern und waren zu klug und zu mißtrauisch, um auf einen vergifteten Kadaver hereinzufallen. Und eine schlecht aufgestellte Falle konnten sie aus einer halben Meile Entfernung riechen, gruben sie manchmal sogar aus und ließen sie zuschnappen, um ihre Verachtung zu zeigen. Um ein solches Tier zu fangen, brauchte es mehr als Geschick; man mußte wie ein Wolf denken, alle Fährten, jede Witterung und alle Geheimnisse der Wildnis kennen.

Und es gab nur noch einen in Hope, der das konnte.

Joshua Lovelace kam 1911 von Oregon in dieses Tal, angelockt durch ein neues Gesetz Montanas, das die Belohnung für jeden getöteten Wolf auf fünfzehn Dollar erhöhte. Da er weit geschickter als seine Rivalen war, erhielt er von der Vereinigung der ortsansässigen Viehzüchter bald eine feste Anstellung. Fünf Meilen außerhalb von Hope baute er sich am Nordufer des Hope River ein Haus.

Er war ein schweigsamer Mann, der seine eigene Gesellschaft der aller anderen Menschen vorzog und die Geheimnisse seines Berufs sorgsam hütete. Doch war er hauptsächlich für zwei Dinge bekannt. Zum einen (und deshalb hielten ihn manche entweder für exzentrisch oder für übertrieben prinzipientreu) benutzte er niemals Gift, und wenn man ihn fragte, gab er zur Antwort, daß er Gift verabscheue und es nur etwas für Schwachsinnige sei, denen es egal sei, was sie töteten. Die Wolfsjagd war für ihn eine Kunst.

Zum anderen hatte er, gleichsam wie zur Illustration seiner Überzeugung, eine Vorrichtung erfunden, für die er, allerdings erfolglos, auch ein Patent beantragt hatte. Er behauptete, die Idee sei ihm als Junge in Oregon gekommen, als er Anglern zusah, wie sie in einer Flußmündung ihre Nachtangeln auslegten.

Er nannte seine Erfindung den »Lovelace-Reifen«.

Sie fand nur im Frühjahr Verwendung, wenn Wölfe sich eine Höhle suchten, und sie bestand aus einer etwa fünfzehn Meter langen Stahldrahtschlinge, an der mit dünnerem Draht ein Dutzend mit Federn versehener Haken befestigt war. Jeder Haken wurde mit einem Brocken Köderfleisch bestückt; man konnte fast alles dafür verwenden, doch zog Joshua selbst Hühnerfleisch vor. Dann legte man die Schlinge sorgfältig um die Höhle aus und verankerte sie mit einem Eisenrohr.

Der richtige Zeitpunkt war entscheidend. Wollte man optimale Ergebnisse, mußte man die Schlinge etwa drei bis vier Wochen nach der Geburt der Jungen auslegen, und ein Teil des nötigen Geschicks lag eben darin, diesen Zeitpunkt durch aufmerksame Beobachtung herauszufinden. Ein ausgewachsener Wolf war selten so dumm, auf einen Köder hereinzufallen. Aber er hatte den Reifen auch nicht erfunden, um erwachsene Tiere zu fangen.

Mit etwa zwei Wochen schlägt ein Wolfswelpe die Augen auf, und eine Woche später bekommt er Milchzähne und beginnt zu hören. Um diese Zeit wagt er sich auch zum erstenmal hinaus in die Welt und kann nur kleine Fleischbrocken verschlingen, die ihm die erwachsenen Wölfe hervorwürgen. Joshua prahlte, daß er stets genau wisse, wann die Schlinge gelegt werden müsse. Er wollte, daß sein Hühnchen für die Welpen das erste Stück Fleisch ihres Lebens – und das letzte war.

Er legte die Schlinge, wenn die Sonne unterging, zog sich dann an eine Stelle weiter oben zurück und beobachtete bis zur Dunkelheit den Höhleneingang durch sein altes Armeefernrohr, das er einmal vor langer Zeit von einem Indianer erstanden hatte, der behauptete, es selbst General Custers Leichnam am Little Big Horn abgenommen zu haben.

Manchmal, wenn Lovelace Glück hatte, sah er noch am selben Abend ein oder zwei Jungtiere auftauchen, vom Geruch des Hühnchens aus ihrer Höhle gelockt. In Wyoming hatte er einmal einen ganzen Wurf von sechs Welpen gefangen, doch normalerweise kamen sie erst hervor, wenn es schon zu dunkel war, um noch etwas sehen zu können. Daß man etwas gefangen hatte, hörte man am Jaulen der Jungtiere, sobald die Haken mit ihren drei Spitzen in der Wolfskehle aufschnappten.

In der Morgendämmerung fand man dann fünf oder sechs Welpen, die rund um die Höhle wie Fische am Haken hingen und noch lebten, inzwischen aber zu erschöpft waren, um noch mehr als ein Wimmern von sich zu geben. Meist war das Muttertier bei ihnen, stupste sie mit der Schnauze an, leckte sie ab und hatte vor Kummer alle Vorsicht vergessen.

Und das war eben das Schöne an dem Reifen. Wenn man nämlich clever war, einen guten Platz gefunden hatte und nicht gleich beim ersten Tageslicht zur Höhle marschierte, konnte man das ganze Rudel erwischen, schoß ein erwachsenes Tier nach dem anderen ab, sobald es von der nächtlichen Jagd zurückkam; und erst wenn man sicher war, daß man alle erledigt hatte, ging man hin und gab den Welpen mit einer Axt oder dem Gewehrkolben den Rest.

Lovelace heiratete schließlich eine Frau, die viel jünger war als er, doch sie starb im Jahr darauf bei der Geburt ihres einzigen Kindes. Der Junge erhielt den Namen Joseph Joshua, wurde aber von seinem Vater schon bald nur noch J. J. gerufen.

Etwa zu der Zeit, als der Junge geboren wurde, hatte Lovelace auch den letzten Wölfen von Hope ein Ende gemacht. Die Rancher behielten ihn zwar noch auf ihrer Gehaltsliste, um gelegentliche Einzelgänger und andere, kleinere Raubtiere zu erlegen, doch inzwischen hatte er einen so guten Ruf erworben, daß er Angebote aus all jenen Gegenden bekam, in denen es noch Wölfe gab. Und kaum konnte J.J. laufen, nahm Joshua ihn mit auf seine Jagdausflüge und unterwies ihn in der Kunst des Tötens.

Der Junge war ein eifriger Schüler und begann bald, die Techniken seines Vaters noch zu verfeinern. Den Widerwillen gegen Gift hatte er geerbt. Die nächsten siebzehn Jahre verbrachten die beiden jeweils zur Hälfte in Hope, während der übrigen Monate aber bereisten sie den Kontinent, von Alaska bis Minnesota, von Alberta bis Mexiko, und waren überall dort zu finden, wo es Wölfe gab, die sonst niemand fangen konnte.

Ab Mitte der fünfziger Jahre, als das Reisen für seinen Vater zu beschwerlich wurde, arbeitete J.J. allein, und seit die Wölfe unter dem Schutz des Gesetzes standen, ging er mit wachsender Umsicht zu Werke.

Die Gegend um das alte Lager der Wolfsjäger war so verseucht, daß sie viele Jahre lang gesperrt blieb. Der Schädelweg verfiel, überwuchert von einem Gestrüpp aus Büschen, deren Beeren die Kinder generationenlang nicht pflücken durften.

Doch lange nachdem das Heulen des letzten Wolfs im Tal verklungen war, kamen Bulldozer und ebneten das Land für einen Park ein. Während der Bauarbeiten starben merkwürdigerweise einige Hunde an den Knochen, die sie mit nach Hause geschleppt hatten. Doch nur die alten Leute in Hope wußten, warum.

In indianischen Sagen heißt es, daß die Geister hingeschlachteter Wölfe weiterleben. Sie versammeln sich auf einem fernen Berg, dort, wo der weiße Mann sie nicht finden kann. Und sie warten auf den Tag, an dem sie wieder unbehelligt durch das Land streifen können.

9

Luke Calder lehnte sich in seinem Sessel zurück und wartete, während die Sprachtherapeutin das Videoband zurückspulte. Sie hatte ihn aufgenommen, während er eine ganze Seite aus *This Boy's Life* las, und er war dabei nur einmal ins Stottern geraten, ziemlich stark zwar, aber er war dennoch stolz auf sich.

Er schaute aus dem Fenster auf einen Viehtransporter, der ratternd vor einer Ampel hielt, und sah eine Reihe rosiger, feuchter Nasen, die aus den Seitenschlitzen lugten. Es war erst kurz nach neun, aber die Straßen von Helena flimmerten bereits vor Hitze. Auf dem Weg in die Stadt hatte der Wetterbericht Regen angekündigt, doch in diesem Sommer war bisher kaum ein Tropfen gefallen. Die Ampel schaltete auf Grün, und der Viehtransporter ratterte davon.

»Okay, Kleiner, dann wollen wir uns das mal anschauen.«

Joan Wilson therapierte ihn seit fast zwei Jahren. Luke fühlte sich bei ihr wohl. Sie war eine große, freundliche Frau, wahrscheinlich ein paar Jahre älter als seine Mutter, mit rosigen Wangen, in denen die Augen verschwanden, wenn sie lächelte. Außerdem schien sie einen endlosen Vorrat an exotischen Ohrringen zu besitzen, was Luke ziemlich erstaunte, da sie sich ansonsten wie eine Sonntagsschullehrerin kleidete.

Joan arbeitete für eine Kooperative, die einige der entlegeneren Schulen dieser Gegend betreute. Luke hatte sich stets auf ihre wöchentlichen Besuche gefreut. Anfangs wurde er gemeinsam mit Kevin Leidecker unterrichtet, einem kleineren Jungen, worüber Luke keineswegs besonders glücklich war, da der Junge längst nicht so schlimm stotterte wie er selbst.

Er mochte Leidecker ganz gern, bis er ihn einmal im Umkleideraum belauschte, wie er »Cookie« Calder nachahmte, der bei »Sein oder Nichtsein« heftig ins Stottern geriet. Er war ziemlich gut, die anderen Jungs machten sich vor Lachen fast in die Hose. Lukes Spitzname (manche zogen »Cooks« vor, andere wiederum »Cuckoo«) kam von dem gräßlichen Stottern, das ihn oft überfiel, wenn er seinen Namen sagen mußte.

Vor einem Jahr waren die Leideckers nach Idaho gezogen, und seither hatte Luke seine Joan für sich allein. Während der Schulferien kam sie nicht zu ihm, sondern er fuhr jeden Mittwochmorgen zu ihr in diese Privatklinik.

Sie hatten bereits einige Male mit Videoaufnahmen gearbeitet, meist, um eine neue Methode einzuüben oder ihm zu zeigen, wie sein Körper sich verhielt, wenn er ins Stottern geriet. Heute hatte sie ihn aufgenommen, weil er bemerkt hatte, daß sich in letzter Zeit nicht nur sein Mund verspannte, sondern daß er darüber hinaus zu blinzeln und den Kopf nach links zu verdrehen begann. Joan sagte, das sei völlig normal. Man nenne dies die »sekundären Symptome«. Sie wollten sich anschauen, was da mit ihm passierte und ob sich etwas dagegen unternehmen ließ.

Als sie zum erstenmal mit Video arbeiteten, fürchtete sie, daß es ihn zu sehr aufregen könnte, sich selbst auf dem Bildschirm zu sehen. Aber das war nicht der Fall gewesen. Er fand einfach nur, daß er ein bißchen blöd aussah, und es kam ihm fast so vor, als würde er einem Fremden zuschauen. Seine Stimme klang seltsam, vor allem, wenn er in die Nähe eines gefährlichen Worts geriet und dieses dümmliche Lächeln aufsetzte. Joan sagte immer, er sehe unglaublich attraktiv aus, aber das war natürlich nur Therapeutengeschwafel. In seinen eigenen Augen wirkte er wie ein verschreckter Vogel, der jeden Augenblick die Flügel ausbreiten und davonfliegen würde.

Video-Luke hielt sich gar nicht schlecht. Er glitt über die Worte hinweg, über die er sonst stolperte, M-Worte wie Musik und P-Worte wie Paris. Selbst Hohner Marine Band schaffte er problemlos, aber das auch nur, weil diese Worte leicht waren, verglichen mit dem, was noch kommen sollte.

Er hatte es bereits geahnt, und als es näher kam, wußte er

schon, daß er es nicht schaffen würde. Er hörte, wie sich die Stimme von Video-Luke wappnete, bis sie wie der Motor eines Wagens klang, der sich einen Bergpaß hinaufmühte. Und dann, als er zum M von Moulin Rouge kam, holte er tief Luft, sein Mund verkrampfte sich, stülpte sich vor, und er begann zu blinzeln. Er war mit Karacho gegen die Ziegelwand geknallt, und fünf, sechs, sieben Sekunden hing er dort fest, das Gesicht an die Steine gepreßt.

»Ich sehe wie ein F-F-Fisch aus.«

»Nein, tust du nicht. Na schön, halten wir hier an.«

Joan drückte auf den Pausenknopf, ließ den blinzelnden Video-Luke mit vorgestülptem Mund erstarren und bestätigte so, was Luke gerade gesagt hatte.

»Ein Fisch, wie ich gesagt habe.«

»Du hast das Wort kommen sehen.«

»Ja.«

»Liegt es vielleicht daran, daß es ein französisches Wort ist?«

»Ich weiß nicht. Ich glaube, nicht. Ist eigentlich k-k-kein Problem. Wenn ich doch b-b-bloß nicht so b-b-blinzeln würde.«

Sie spulte das Band zurück, ließ es noch einmal ablaufen und zeigte ihm, ab wann er begann, sich zu verspannen. Man konnte sehen, wie sich die Muskeln in Gesicht und Nacken zusammenzogen. Sie ließ ihn den Satz mehrere Male wiederholen, wobei er aufmerksam darauf achten sollte, was genau seine Zunge und sein Kiefer taten. Dann mußte er den ganzen Abschnitt noch einmal lesen, und obwohl er einige Male stotterte und sich wiederholte, blinzelte er kein einziges Mal und verdrehte auch nicht den Kopf.

»Siehst du?« sagte Joan. »Du hattest recht. Eigentlich kein Problem.«

Er zuckte die Achseln und lächelte. Sie wußten beide, daß der Erfolg in der Therapie eine Sache und der im normalen Leben eine ganz andere war. Manchmal redete er eine ganze

Stunde mit Joan und kam nicht einmal ins Stottern. Doch dann fuhr er nach Hause, sein Vater stellte ihm eine einfache Frage, und er war völlig blockiert, selbst wenn die Antwort nur ja oder nein lautete.

Mit Joan zu reden zählte nicht. Genausowenig wie es zählte, wenn er mit Tieren sprach. Mit Moon Eye oder mit den Hunden konnte er den ganzen Tag reden, als hätte er nie in seinem Leben gestottert. Aber das zählte auch nicht. Denn das war nicht die wirkliche Welt, in der die Worte eine schreckliche Bedeutung hatten. Außer Joan gab es nur einen Menschen auf der Welt, mit dem er problemlos reden konnte (na ja, zwei Menschen, wenn er Buck junior mitzählte, der noch kein Wort verstand), und das war seine Mutter.

Sie war die einzige, die nicht den Blick abwandte, wenn er in Schwierigkeiten geriet. Und wenn er ins Stottern kam, wartete sie geduldig. So war es schon immer gewesen.

Er konnte sich erinnern, wie sie ihn am Abendbrottisch packte und in Sicherheit brachte, wenn sein Vater darauf beharrte, daß er mit vernünftigen Worten um etwas bat. Luke saß dann da, lief rot an, während die Mauer vor dem Wort, das er zu sagen versuchte, immer höher wurde, bis er schließlich zu weinen begann, seine Mutter aufsprang und ihn in einen anderen Teil des Hauses brachte, wo sie beide im Dunkeln saßen und auf seinen schimpfenden und fluchenden Vater lauschten, bis er die Tür zuknallte, den Motor seines Wagens anließ und in der Nacht verschwand.

Das war die wirkliche Welt. In ihr konnten kleine Worte wie Milch, Butter oder Brot einen alles verwüstenden Orkan auslösen.

Nach der Arbeit mit dem Videoband brachte ihn Joan dazu, freiwillig zu stottern, es absichtlich zu machen, damit er sich daran gewöhnte, Kontrolle über seine Sprache zu gewinnen. Sie sagte, das würde vielleicht gegen das Blinzeln helfen, und er könnte es auch allein probieren, zusammen mit den anderen

Übungen. In der Übung, die er zuletzt ausgeführt hatte, sollte er sinnlose Geräusche von sich geben, sollte seine Stimme wie einen Fluß fließen lassen, aus dem die Worte herausströmten.

Danach probten sie noch ein Rollenspiel, was den beiden mehr Spaß machte als alles andere und gewöhnlich in allgemeinem Gelächter endete. Joan war eine verhinderte Schauspielerin und stets ganz bei der Sache. Letzte Woche hatte sie die schlechtgelaunte Besitzerin eines Süßigkeitenstandes bei einem Fußballspiel gemimt, und Luke mußte mit ihr über das Spiel schwatzen und Popcorn sowie zweimal Cola bestellen. Mit irgendeiner unerwarteten Bemerkung brachte er sie fast immer aus dem Konzept. So hatte er sie zum Beispiel einmal gefragt, ob sie ihn heiraten wolle. Heute spielte sie eine wütende Verkehrspolizistin, die ihn gerade angehalten hatte, weil er zu schnell gefahren war. Sie sah sich seine Papiere an, gab sie zurück und roch an seinem Atem.

»Haben Sie etwas getrunken?«

»Nein, Ma'am, nicht viel.«

»Nicht viel, aha. Wieviel also?«

»Höchstens fünf oder sechs Bier.«

»Fünf oder sechs Bier?«

»Ja, Ma'am. Und eine Flasche W-W-Whiskey.«

Luke sah, wie ihre Lippen zu zittern begannen.

»Okay, das reicht. Das gibt einen Strafzettel.«

Joan vermied stets den Blickkontakt, wenn sie fürchtete, in Lachen auszubrechen, und so schüttelte sie jetzt den Kopf und tat, als schreibe sie etwas in ihren Notizblock, der auf dem Tisch lag. Dann riß sie den Zettel ab und gab ihn Luke. Er las ihn. Es war ihre Einkaufsliste.

»Das v-v-verstehe ich nicht, Ma'am.«

»Was denn?«

»Warum wollen Sie mich zu N-N-Negerküssen und M-M-Miederhöschen verdonnern?«

Das war's. Sie schüttelte sich vor Lachen, und als sich beide wieder beruhigt hatten, war es zehn Uhr und die Stunde vorbei. Sie standen auf, und Joan nahm ihn in den Arm.

»Du bist in Ordnung, Kleiner. Weißt du das?«

Luke lächelte und nickte, und Joan trat einen Schritt zurück und betrachtete ihn. Wie alle übrigen Ausweichmanöver war für ihn auch das Kopfnicken verboten.

»Ich b-b-bin in Ordnung«, sagte er. »Okay?«

»Okay.«

Sie brachte ihn zur Tür und über den Flur, der zur Eingangshalle führte.

»Wie geht's deiner Mom?«

»Ganz gut. Sie läßt grüßen.«

»Willst du mit dem College immer noch bis zum nächsten Jahr warten?«

»Jaja. Mein Dad hält's für eine gute Idee.«

»Und was denkst du?«

»Ach, ich weiß nicht. Ist wahrscheinlich richtig so.«

Sie starrte ihn an, als würde ihr etwas in seinem Gesicht verraten, daß dies eine Lüge war. Er lächelte.

»Ich meine es ernst. Wirklich«, sagte er.

Joan wußte über ihn und seinen Vater Bescheid. Sie hatten gleich von Anfang an darüber geredet, und obwohl ihr Luke aus irgendeinem seltsamen Gefühl der Loyalität für seinen Vater viel erspart hatte, war sie doch fest davon überzeugt, daß sein Vater in erster Linie für sein Stottern verantwortlich war. Luke glaubte jedoch, daß ihre Abneigung tiefer saß und vielleicht von dem geprägt wurde, was mit einer ihrer Vorgängerinnen geschehen war, einer viel jüngeren Frau, die es seinem Vater angetan hatte. Sie hieß Lorna Drewitt und war seit etwa einem Jahr Lukes Sprachtherapeutin gewesen, als er herausfand, was hinter seinem Rücken passierte.

Es geschah während der Weihnachtsferien; Luke war damals zwölf Jahre alt. Sein Vater holte ihn von der Klinik ab und sagte, er solle im Wagen warten, da er noch mit Miss Drewitt

»abrechnen« müsse. Luke hatte etwa zehn Minuten im Wagen gesessen, als ein Mann an sein Fenster klopfte und sagte, das Auto stünde ihm im Weg und ob es nicht ein Stückchen vorgefahren werden könne.

Luke rannte in die Klinik, um seinem Vater Bescheid zu sagen, und vergaß, an Lornas Tür zu klopfen. Wie ein Idiot war er hereingestürmt, und in dem Bruchteil der Sekunde, den sie brauchten, um sich abrupt voneinander zu lösen, sah er die beiden gegen den Aktenschrank gepreßt und die Hand seines Vaters unter ihrem hochgeschobenen Pullover, wie sie ihre Brust umfaßte.

Lorna bedeckte sich rasch wieder und tat, als suche sie etwas im Aktenschrank, während Luke einfach nur dastand und rot wurde. Er versuchte zu sagen, daß da draußen ein Mann sei, der nicht aus seiner Parklücke komme, doch schon beim ersten M blockierte er und fühlte sich wie ein gestrandeter Wal, bis sein Vater zu ihm ging und leise sagte: »Ist schon in Ordnung, Junge. Sag ihm, ich komme gleich.«

Sie fuhren schweigend nach Hause und erwähnten das Vorgefallene mit keinem Wort. An jenem Tag hatte er Lorna Drewitt zum letztenmal gesehen, doch hörte er später, daß sie nach Billings gezogen sei, eine Stadt, in der sein Vater häufig geschäftlich zu tun hatte.

Luke war nicht klar, ob Joan über diesen speziellen Vorfall oder über ähnliche Vorkommnisse Bescheid wußte. Vielleicht war ihr nur bekannt, daß sein Vater ein berüchtigter Frauenheld war, was sich, wie Luke später in der Schule erfuhr, schon überall herumgesprochen hatte. Jedenfalls gab sich Joan, aus welchem Grund auch immer, nur wenig Mühe, ihre Gefühle zu verbergen; und als Luke zum erstenmal erwähnte, daß er im Herbst nicht gleich aufs College gehen wolle, hatte sie sich ziemlich aufgeregt und gesagt, je eher er von zu Hause fortkomme, desto besser für ihn und sein Stottern.

Sie verabschiedeten sich in der Eingangshalle der Klinik.

Luke setzte seinen Hut auf, trat ins gleißende Sonnenlicht und lief über den Parkplatz.

Während er aus Helena hinausfuhr, ging ihm durch den Kopf, was Joan gesagt hatte. Wahrscheinlich hatte sie recht. Es wäre bestimmt besser für ihn, wenn er fortginge. Schließlich wußte er ganz genau, weshalb sein Vater wollte, daß er vor dem College noch ein Jahr auf der Ranch arbeitete.

Luke hatte sich in den Kopf gesetzt, Biologie an der Universität von Montana in Missoula zu studieren, einem Ort, an dem es in den Augen seines Vaters vor Liberalen und fanatischen Tierschützern nur so wimmelte. Er wünschte sich, daß er Kathys Beispiel folgte und Agrarwirtschaft in Bozeman studierte, einer Universität, die den Ranchern freundlich gesinnt war. Er hoffte, daß ein Jahr praktischer Arbeit auf der Ranch seinen Sohn schon noch zur Vernunft bringen würde.

Luke hatte gegen dieses Jahr nichts einzuwenden, wenn auch aus einem ganz anderen Grund.

So konnte er nämlich weiterhin die Wölfe beobachten und sie, falls notwendig – was er befürchtete –, vielleicht auch beschützen.

Als er zur Ranch zurückkam, war niemand zu sehen. Das Auto seiner Mutter war fort. Bestimmt war sie zu Kathy oder in die Stadt gefahren. Luke sah allerdings einen Wagen auf dem Platz, den er kannte. Er gehörte dem hiesigen Tierarzt Nat Thomas. Luke parkte den alten Jeep daneben und stieg aus. Zwei australische Viehhunde stürzten auf ihn zu und sprangen aufgeregt um ihn herum, als er den staubigen Hang zum Haus hinaufging.

Er rief hallo, als er durch die Fliegengittertür in die Küche trat, erhielt aber keine Antwort. Seine Mutter hatte das Essen auf dem Herd stehen. Es roch gut. Bald würden sich alle zum Lunch einfinden. Neuerdings konnte Luke nur noch mittwochs, nach seiner Stunde bei Joan, mit den anderen essen, da sein Vater ihn angewiesen hatte, die Herde auf die Bergwiesen hinaufzutreiben. So nahm er meist nur Sandwiches mit und aß sie allein. Luke war das ganz recht.

Er ging auf sein Zimmer, um sich seine Arbeitssachen anzuziehen, damit er gleich nach dem Essen losreiten konnte.

Sein Zimmer befand sich oben in der Südwestecke des Hauses. Aus dem Fenster nach Westen konnte er das Talende sehen, wie es in den Wald und dann in die oft wolkenverhangenen Berge überging.

Eigentlich waren es zwei Zimmer, aus denen man eines gemacht hatte. Die andere Hälfte, von einem Türbogen unterteilt, hatte seinem Bruder gehört. Und obwohl Luke sich in den Jahren seit dem Unfall ziemlich ausgebreitet hatte, war Henry doch noch präsent.

Im Schrank hingen ein paar seiner Kleidungsstücke, einige Regale waren voll mit seinen Schulfotos, den Sportpokalen und einer Sammlung Jagdzeitschriften. Von einem Haken am unteren Regalbrett hing sein einstmals so heißgeliebter Baseballhandschuh, auf den irgendein längst pensionierter Superstar mit inzwischen fast verblaßter Tinte geschrieben hatte: »Los, Henry, zeig's ihnen.«

Luke fragte sich manchmal, ob seine Eltern je daran dachten, all das fortzuräumen. Wahrscheinlich wußten sie nicht, was sie mit den Sachen ihres toten Sohns anfangen sollten. Sie zu verstecken war vielleicht ebenso falsch, wie sie einfach liegenzulassen.

Die Regale in Lukes Zimmerhälfte waren voll mit Büchern und einem museumsreifen Durcheinander von Dingen, die er in den Bergen gesammelt hatte: Steine von seltsamer Farbe und Form, knorrige alte Äste, die aussahen wie der Kopf eines Trolls oder versteinerte Reste eines Dinosaurierknochens, sowie Bärenklauen, Federn von Adlern und Eulen und Schädel von einem Dachs und einem Luchs.

Es gab da Bücher, die er wieder und wieder las – Bücher von

Jack London, Cormac McCarthy und Aldo Leopold –, und Bücher über nahezu alle Arten von Tieren. Dazwischen versteckt, so wie andere Jungs unanständige Zeitschriften versteckten, standen die Bücher über Wölfe. Er besaß mehr als ein Dutzend davon, einige alte, etwa von Stanley P. Young, doch die meisten von modernen Schriftstellern wie Barry Lopez, Rick Bass oder vom großen Wolfsbiologen David Mech.

Luke schaute auf die Uhr. Ihm blieb noch etwa eine Stunde, ehe es Zeit zum Essen war, also beschloß er, einige von Joans Stimmübungen zu machen. Er legte sich aufs Bett und begann mit dem, was sie den »Körpercheck« nannte. Langsam und tief atmete er ein und aus, entspannte dabei bewußt jeden Muskel, und wenn er ausatmete, ließ er »aus dem Bauch heraus« ein leises Stöhnen hören. Er spürte, wie die Spannung allmählich nachließ.

Und wie Joan ihm geraten hatte, stellte er sich dann vor, daß seine Stimme ein Fluß war, der seinem Mund entströmte, und daß er Worte, irgendwelche Worte, auch unsinnige, auf dem Fluß treiben lassen und hinaus in die Welt schicken konnte.

»Me oh my, how I love cherry pie. Float with the pie, let the pie float by...«

Der Fluß strömte durch die offene Tür, hinaus über den Flur, die Treppe hinab, hinunter ins lauschende Haus.

»My mom's cherry pie floated up to the sky.«

Nach einer Weile wurde er schläfrig, die Worte kamen langsamer, als verwandle sich der Fluß in einen See, und das Wasser wirbelte umher, füllte das Haus, bis er schließlich einschlief und die Stille sich ausbreitete, nur durchbrochen vom Muhen eines weit entfernten Kalbes.

So war das Haus in letzter Zeit fast immer: still und leer bis auf die Erinnerungen. Es war so, seit Lukes Schwestern ausgezogen waren, erst Lane, die einen Makler aus Bozeman geheiratet hatte, dann Kathy.

Am besten spürte man dies im Wohnzimmer, von dem alle

unteren Räume abgingen. Es war ein großes Zimmer, der Boden aus breiten Zederndielen, die weißverputzten Wände von kräftigem Kiefernholz gerahmt. An der einen Wand stand ein Kamin, in dem an Winterabenden mächtige Scheite brannten, die noch bis zum Morgengrauen glühten. Ein schwarzer, eiserner Rauchfang erhob sich darüber bis hinauf zu den wuchtigen Balken, die, jahrzehntelang dem Rauch ausgesetzt, die Farbe von Sirup angenommen hatten.

An den Wänden hingen die Sticktücher und Wandteppiche, die Lukes Großmutter und schon deren Mutter mit unglaublicher Geduld gestickt und geknüpft hatten. Außerdem hingen hier die Bilder der Henry Calders und die alten Uhren, die Lukes Mutter einmal gesammelt hatte.

Die Gehäuse dieser Uhren waren kastenförmig und aus Ahornholz. Unter den Zifferblättern zierte jede Uhr auf der vorderen Glasscheibe ein handgemaltes Bild, das zumeist Tiere oder Blumen zeigte. Von den fünf Uhren existierten nur noch vier, weil Lukes Bruder einmal vor den Mädchen mit seinen Lassokünsten angeben mußte, was ihm letztlich eine Tracht Prügel von seinem Vater eingebracht hatte.

Vor langer Zeit einmal hatte seine Mutter dafür gesorgt, daß die Uhren stets richtig gingen und gut gepflegt wurden. Jeden Sonntag zog sie sie auf und stellte sie auf die Minute genau, so daß sie zusammen die Stunden anschlugen. Besucher hatten sich oft erstaunt darüber geäußert, wie sie bloß den Lärm und all das Geticke ertragen könnten. Doch Eleanor hatte nur gelacht und gesagt, niemand in der Familie würde die Uhren noch hören, was auch stimmte, obwohl Luke sich an einen Alptraum erinnerte, den er als Kind einmal gehabt hatte. Damals lag er mit einer seiner regelmäßig wiederkehrenden Mandelentzündungen im Bett, und im Fieber träumte er, daß das Ticken der Uhren eigentlich das Säbelgerassel einer Bande blutrünstiger Piraten sei, die die Treppe hinauf in sein Zimmer stürmten.

Diese Uhren waren schon vor mehr als zehn Jahren verstummt. Ob dies symbolische Bedeutung hatte oder einfach nur auf Nachlässigkeit zurückzuführen war, wagte niemand zu fragen. Seit Henrys Tod hatte seine Mutter die Uhren nie wieder aufgezogen. Und da sie ihr gehörten und vielleicht eine nur ihr bekannte Rolle in ihrer Trauer spielten, wagte niemand, sie zu berühren. Verstaubt zeigten sie die Zeit ihres jeweiligen Stillstands an.

Es gab einen anderen Wandschmuck, sowohl hier als auch sonst im Haus, der, für Luke wenigstens, noch größere Bedeutung hatte, und das waren die Schädel der von vier Generationen erlegten Tiere. Alle Calders waren ausgezeichnete Schützen gewesen; sein Bruder hatte den ersten Elch mit zehn Jahren erlegt, was zwar verboten war, aber seinen Vater mit großem Stolz erfüllte. Der Schädel hing über der Küchentür, und es war eines von Henrys Lieblingskunststücken gewesen, seinen Hut aus sechs Meter Entfernung quer durchs Zimmer dem Geweih auf die Hörner zu werfen. Und dort oben hing der Hut noch immer.

Als Kind hatte Luke diese Trophäen unheimlich gefunden. Als er vier Jahre alt war, vertraute ihm sein Bruder an, daß die Tiere eigentlich gar nicht tot waren und Hirn und Augen noch funktionierten, auch wenn sie sich sonst nicht bewegen konnten.

Fast ein Jahr lang glaubte Luke, jede seiner Bewegungen werde beobachtet, jede seiner Taten beurteilt. Der wichtigste Schädel, so sagte sein Bruder, sei der von dem riesigen Elch, den ihr Großvater geschossen hatte und der an dem Ehrenplatz am Fuß der Treppe hing.

»Wenn die anderen sehen, daß du etwas Böses tust, erzählen sie es dem alten Elch«, hatte Henry geflüstert. »Und der Elch merkt sich all diese bösen Dinge; und wenn du zu viele böse Dinge getan hast, dann kommt er und holt dich.«

»Wie v-v-v-vi...«

»Du meinst, wie viele böse Dinge du tun darfst?«

Luke nickte.

»Ich weiß nicht, Lukey, da bin ich mir nicht sicher. Aber ich kann dir sagen, als ich Moms alte Uhr kaputtgemacht habe, da ist er mitten in der Nacht in mein Zimmer gekommen. Junge, hat der mir vielleicht eine mächtige Tracht Prügel verpaßt.«

»W-w-w-womit denn?«

»Mit diesen großen Geweihschaufeln. Hat er wie ein Paddel benutzt. Und ich sag dir, die tun teuflisch weh, viel schlimmer als Daddys Gürtel. Eine ganze Woche konnte ich nicht sitzen.«

Wenn er zu Bett ging, legte Luke jeden Abend vor dem großen Elch eine Beichte ab und sagte, daß ihm leid tue, was er an diesem Tag falsch gemacht habe. Zur Liste, die er dann aufsagte, gehörte meist auch, daß er beim Essen auf Fragen seines Vaters stotternd geantwortet hatte, weshalb es wieder einmal zu einem Familienkrach gekommen war. Und selbst nachdem seine Mutter ihn eines Abends dabei ertappt hatte und ihm versicherte, daß dies nicht wahr sei und Henry eine weitere Tracht Prügel von seinem Vater erhielt, dauerte es lange, bis Luke wieder guten Gewissens unter dem Elch hindurchlaufen oder sich in einem Zimmer, in dem Tierschädel an der Wand hingen, aufhalten konnte, ohne sich beobachtet zu fühlen.

Dabei hatte er eigentlich keine Angst vor ihnen. Er hatte sich noch nie vor Tieren gefürchtet, denn seiner Erfahrung nach war es einfacher, sich mit ihnen als mit Menschen anzufreunden. Die Hunde, Katzen und Pferde, selbst die Kälbchen schienen lieber zu ihm als zu anderen kommen zu wollen. Als er zu stottern begann, konnte er dies umgehen, wenn er durch Mo redete, eine alte Handpuppe, die früher einmal wie ein Fuchs ausgesehen haben mochte, inzwischen aber so ramponiert war, daß sie überhaupt kein bestimmbares Aussehen mehr hatte. Durch Mos Mund sprach er so fließend mit Leuten wie sonst nur zu Tieren. Doch seinen Vater machte Mo verrückt, und so wurde die Puppe in einen Schrank verbannt.

Eine Ranch war nicht gerade das ideale Zuhause für ein so sensibles Kind wie Luke, doch hatte er stets sein Bestes getan, seine Gefühle zu verbergen. Er half bei den Arbeiten, die ihm zuwider waren, drückte Kälber zu Boden, wenn sie ihr Brandzeichen bekamen, wenn ihnen die Hoden abgeschnitten wurden und ihm vom Geruch verbrannten Fleisches übel wurde. Und er aß Fleisch, obwohl es ihn dabei oft würgte.

Um Anerkennung bei seinem Vater zu finden, war er sogar mit ihm auf die Jagd gegangen, hatte aber nur das Gegenteil erreicht.

Sechs Jahre nach dem Tod seines Bruders hatte ihn sein Vater gefragt, ob er nicht versuchen wolle, seinen ersten Elch zu schießen. Luke war dreizehn. Er hatte dieser Aufforderung mit Angst entgegengesehen und war doch zugleich enttäuscht gewesen, weil sie so lange ausgeblieben war.

Zu zweit brachen sie vor dem Morgengrauen auf. Ein fahler Novembermond erhellte den Atem der Pferde und warf ihre Schatten auf den glitzernden Schnee. Eine Stunde später waren sie oben im Wald, hockten stumm auf ihren Pferden und schauten von einer schroffen Felsspitze hinunter ins Tal, während die Sonne über dem Rand des Horizonts aufging und die verschneiten Ebenen in ein rosafarbenes Meer verwandelte.

Sein Vater wußte stets, wo sich Elche befanden. Es war derselbe Ort, an dem Henry seinen ersten Bullen geschossen hatte, ein verborgener Cañon, in dem eine Herde bei dichtem Schnee Schutz und Futter suchte. Luke war schon so manches Mal hiergewesen, um die Tiere zu beobachten, doch noch nie, um sie zu töten.

Sie banden die Pferde fest, gingen den letzten Kilometer zu Fuß. Der Schnee war frisch und weich wie Puder und nicht zu tief, um sie ernstlich zu behindern, auch wenn hin und wieder einer von ihnen bis zur Hüfte in einer Wehe versank. Sie sprachen fast kein Wort, und wenn doch, dann nur flüsternd. Bis auf ihren Atem und das Knirschen der Stiefel im Schnee war es still im Wald. Lukes Herz hämmerte, und wie ein Dummkopf betete er zu Gott, daß sein Vater es nicht bemerken möge, und betete wie ein noch größerer Dummkopf, daß die Elche sein Herzklopfen hörten, flohen und sich retteten.

Sein Vater trug das Gewehr. Normalerweise jagte er mit der Springfield, Kaliber 30-06, oder mit der .300er Magnum, die er sich letzten Herbst gekauft hatte. Doch heute hatte er die .270er Winchester dabei, dieselbe Waffe, mit der Henry vor sechs Jahren seinen ersten Elch erlegt hatte. Ihr Rückstoß war nicht so stark wie der von anderen Gewehren, und beim Probeschießen vor ein paar Tagen hatte Luke die Schießscheibe immer getroffen. Sein Vater war begeistert gewesen.

»Du schießt ja fast so verdammt gut wie dein Bruder«, sagte er.

Es dauerte über eine Stunde, bis sie den Rand des Cañons erreichten. Sie krochen in die geschützte Mulde unter einer alten Kiefer und starrten durch die Lücke zwischen den untersten Zweigen und der ringförmigen Schneedrift um den Baum in den Cañon. Sein Vater reichte ihm das Fernglas.

Die Elche hatten sein Herzklopfen nicht gehört. Auf der anderen Seite des Cañons standen etwa zwanzig Kühe. Ein wenig abseits knabberte ein einsamer Bulle, ein Fünfender, an der Borke einer Zitterpappel. Er stand keine siebzig Meter entfernt. Luke gab seinem Vater das Fernglas zurück und fragte sich, ob er den Mut aufbrachte, ihm zu sagen, daß er nicht schießen wollte. Doch er wußte, selbst wenn er es versuchen sollte, er würde die Worte nie über die Lippen bringen, ihre Wirkung wäre einfach zu katastrophal.

»Kein Sechsender wie bei Henry, aber der tut's auch«, flüsterte sein Vater.

»V-V-Vielleicht sollten w-w-wir lieber w-w-warten, bis ein S-S-Sechsender auftaucht.«

»Bist du verrückt? Das ist doch ein prächtiges Tier. Hier.«

Er reichte ihm vorsichtig das Gewehr. Luke wußte, daß eine

einzige Berührung des Astgewirrs über seinem Kopf einen Schneeschauer auslösen und die Elche vielleicht vertreiben würde. Er spielte mit dem Gedanken.

»Laß dir Zeit, Junge. Immer langsam.«

Sein Vater half ihm, den Lauf durch die Lücke zu schieben. In der Mulde unter dem Baum roch es stark nach Harz, und Luke wunderte sich, daß ihm davon übel wurde. Er preßte den Kolben an seine Schulter.

»Mach's dir jetzt bequem. Such dir eine gute Stelle für deine Ellbogen. Paßt's? Okay?«

Luke nickte und preßte sein Auge ans Zielfernrohr. Die Gummimanschette fühlte sich klamm an. Einen Moment lang sah er nur eine Reihe schneebedeckter Bäume und den grauen Fels der Schluchtwände.

»Ich f-f-find ihn nicht.«

»Siehst du die Schneewehe da? Die Kühe stehen direkt drunter. Hast du sie gefunden?«

»Nein.«

»Ist okay, laß dir Zeit. Er steht rechts neben den Kühen.«

Jetzt sah er sie. Sie fraßen Moos von der Rinde umgestürzter Bäume. Er konnte deutlich ihre Augen erkennen, wenn sie kauend den Kopf hoben. Das Fadenkreuz bewegte sich von einem Tier zum nächsten, strich über ihre fahlen Bäuche, in denen die Kälber bereits Gestalt annahmen.

»Hast du ihn?«

»Ja.«

Der Bulle zerrte an der Rinde eines Schößlings, und als das Stück abriß, erbebte der Baum und bestäubte seinen Kopf und das Geweih mit Schnee. Durch das Fernrohr schien das Tier schockierend nah. Luke konnte fast die einzelnen Haare im dunklen Nacken zählen. Er sah die mahlenden Kiefer, die helleren Flecken um die schwarz glänzenden Augen, die gleichgültig die Kühe musterten, sah Tropfen geschmolzenen Schnees an seiner Nase hängen.

»Er sieht m-m-mir ein bißchen zu jung für eine eigene Herde aus. V-v-vielleicht ist noch ein g-g-größerer Bulle in der Nähe.«

»Verdammt, Luke, wenn du ihn nicht willst, nehm ich ihn.«

Eine Stimme in ihm drängte ihn, seinem Vater die Waffe zurückzugeben, doch die andere sagte, worum es in diesem Moment ging: Es war seine letzte Chance, sich in den Augen seines Vaters als Mann zu beweisen. Er mußte diesem Tier das Leben nehmen, sollte sein eigenes noch Sinn haben.

Er atmete schnell. Sein Herz klopfte so heftig, daß er glaubte, es würde jeden Moment zerspringen – und fast wünschte er sich, es wäre so. Er fühlte das Blut an der Stelle im Gesicht pulsieren, wo sich sein Auge gegen die Gummimanschette preßte. Wie ein Jo-Jo sprang das Fadenkreuz zwischen Kopf und Körper des Elchs hin und her.

»Langsam, Junge, langsam. Hol tief Luft.«

Er spürte den Blick seines Vaters auf sich ruhen, wußte, daß er beurteilt und sicher auch damit verglichen wurde, wie Henry damals an jenem Tag gewesen war.

»Soll ich ihn übernehmen?«

»Nein«, fauchte Luke. »Ich sch-sch-schaff das schon.«

»Das Gewehr ist immer noch gesichert, Luke.«

Mit zitternden Fingern legte Luke den Hebel um. Der Elch hatte den Kopf wieder zur Baumrinde gesenkt, als er zu zögern schien. Er hob den Kopf und hielt die Nüstern in die Luft. Plötzlich wandte er sich um und sah direkt ins Zielfernrohr.

»Hat er uns gesehen?«

Sein Vater schaute durch das Fernglas und schwieg einen Moment.

»Jedenfalls hat er von irgendwas Wind bekommen«, sagte er dann. »Wenn du es tun willst, Luke, dann tu's jetzt.«

Luke schluckte.

Sein Vater drängte, redete weiter auf ihn ein: »Das Gewehr ist auf siebzig Meter eingeschossen, dürfte also ziemlich genau stimmen. Außerdem geht kein Wind, richte dich also nach dem Fadenkreuz, halt genau drauf.«

»Ich weiß.«

»Ziel direkt hinter die Schulter.«

»Ich weiß.«

Der Elch schaute ihn immer noch an. Lukes Puls dröhnte in seinen Ohren. Ihm kam es vor, als wäre die Welt zu einem Tunnel geschrumpft, in dem es nur noch zwei Lebewesen gab, ihn an dem einen, den Elch, der ihn anstarrte, an dem anderen Ende. Und da es dort offenbar den Tod gesehen hatte, schreckte das Tier auf und ergriff die Flucht.

Und im selben Moment drückte Luke ab.

Der Elch zuckte zusammen und stolperte. Die Herde Kühe stob auseinander und jagte voller Panik in den Schutz des Waldes.

»Du hast ihn erwischt!«

Der Bulle ging in die Knie, doch dann stand er wieder auf und lief in einem zögerlichen, unsicheren Galopp zwischen den Zitterpappeln davon. Lukes Vater sprang aus der Baummulde.

»Bist du sicher?«

»Natürlich bin ich mir sicher. Komm schon!«

Luke folgte ihm, kroch über den Schnee in das gleißende Licht der Sonne.

»Gib mir das Gewehr. Wir laufen rüber, der kommt nicht mehr weit.«

Und sein Vater hastete den Abhang hinunter, stapfte mit kräftigen Schritten durch den Schnee, das Gewehr hoch über dem Kopf. Luke folgte ihm. Halb geblendet von der Sonne fiel er so oft hin, daß er bald voller Schnee war. Laut oder auch nur zu sich selbst, das wußte er nicht, und das kümmerte ihn auch nicht, sagte er immer wieder vor sich hin: »O Gott, bitte, sag, daß ich das nicht getan habe, und wenn ich's getan habe, dann laß ihn bitte noch leben, laß ihn bitte entkommen. Bitte, bitte.«

Als sie die Zitterpappeln erreichten, sahen sie Blut im Schnee und folgten der Spur zur Kiefernwand, die den Fuß der Schlucht säumte.

Sie hörten den Elch, ehe sie ihn sahen. Es war ein Laut, den Luke nie zuvor gehört hatte und auch nie vergessen würde. ein tiefer, kehliger Schrei, fast wie die Tür eines verfallenen Hauses, die im Wind knarrt. Den Spuren nach war der Elch gestolpert und über eine Felskante gestürzt. Lukes Vater tastete sich vorsichtig durch schneebedecktes Gestrüpp bis an den Rand vor und starrte hinunter.

»Da ist dein Bursche, Luke. Hast ihn am Hals erwischt.«

Luke spürte, wie sich seine Kehle zuschnürte. Der Elch schrie jetzt erbärmlich, und das Echo in der Schlucht war so schrecklich, daß er sich zwingen mußte, sich nicht die Ohren zuzuhalten.

»Komm schon, Luke. Du mußt die Sache zu Ende bringen. Sei vorsichtig, hier ist es ziemlich steil.«

Luke ging zur Felskante, und es kümmerte ihn nicht, ob er abstürzte, ja er wünschte es sich sogar, fürchtete er doch bei jedem Schritt, was er gleich zu sehen bekommen würde. Dann stand er neben seinem Vater und schaute hinunter. Der Boden fiel steil ab zu einem Geröllfeld. Etwa auf halber Höhe stand ein abgestorbener Baum, der den Sturz des Elchs gebremst hatte; und dort lag er nun, eingeklemmt, und sah zu ihnen hinauf, während seine Hinterläufe hilflos in der Luft zappelten. Im Hals klaffte ein dunkles Loch, und Brust und Schulterblätter waren naß von Blut.

Sein Vater schob eine weitere Kugel in den Lauf und reichte ihm das Gewehr.

»Auf geht's, mein Sohn. Du weißt, was zu tun ist.«

Luke nahm die Waffe, doch dann fühlte er, wie seine Lippen zu zittern begannen, wie ihm die Tränen in die Augen traten; er versuchte, dagegen anzukämpfen, schaffte es aber nicht, und sein ganzer Körper bebte.

»Ich k-k-kann nicht.«

Sein Vater legte einen Arm um seine Schultern.

»Ist schon gut, Sohn. Ich weiß, wie du dich fühlst.«

Luke schüttelte den Kopf. Das war das Dümmste, was er je gehört hatte. Wie konnte irgend jemand wissen, wie er sich fühlte? Schon gar nicht sein Vater.

»Aber du mußt es tun. Er gehört dir nicht, wenn du es nicht tust.«

»Ich w-w-will ihn nicht!«

»Komm schon, Luke, er leidet…«

»Glaubst du, das w-w-weiß ich nicht?«

»Dann bring's zu Ende.«

»Ich kann nicht.«

»Natürlich kannst du.«

»M-M-M-Mach du!« Er gab ihm das Gewehr.

»Ein Jäger führt zu Ende, was er angefangen hat.«

»Ich b-b-bin kein g-g-gottverdammter Jäger!«

Sein Vater schaute lange auf ihn herab. Luke hatte zum erstenmal in seiner Gegenwart geflucht. Und dann, wohl eher traurig als wütend, schüttelte sein Vater den Kopf und nahm das Gewehr.

»Nein, Luke, ich glaube, das bist du wirklich nicht.«

Sein Vater schoß dem Elch ins Herz, und sie sahen zu, wie die Läufe zuckten, als wolle die Seele in ein weit entferntes Land entfliehen. Und ohne den Blick von ihnen abzuwenden, erstarrte der Elch, stieß einen langen, gurgelnden Seufzer aus und lag endlich still.

Doch damit war es noch nicht vorüber.

Sie banden ein Seil um den Kadaver und zogen ihn vom Baum. Dann mußte er seinem Vater helfen, den Elch zu häuten und auszuweiden. So waren nun mal die Regeln, erklärte sein Vater, als er den Bauch aufschlitzte, hineingriff, die Luftröhre durchtrennte und das dampfende Herz samt Leber und Lunge herausriß. Wenn man auf die Jagd ging, tat man das.

Dies sei ein heiliger Moment. Und dann sägten sie den Kopf ab und zerteilten das Fleisch in einzelne, tragbare Stücke. Und Luke weinte währenddessen stumm vor sich hin, weinte über den Geruch des warmen Elchbluts auf seinen Händen, weinte über sich selbst und schämte sich.

Was sie nicht tragen konnten, hängten sie hoch in den Baum, damit es nicht von Kojoten oder einem Bären, der noch keinen Winterschlaf machte, gefressen wurde. Alles andere luden sie sich auf den Rücken. Und Luke schaute sich um, sah die Gedärme im blutgetränkten Schnee. Er sagte sich, wenn es tatsächlich so etwas wie eine Hölle gab, dann mußte sie so aussehen, und er würde gewiß dort enden.

Der Schädel dieses Elchs wurde nicht zu den anderen an die Wand gehängt. Vielleicht verbot es seine Mutter, nachdem sie gehört hatte, was vorgefallen war; Luke sollte es jedenfalls nie erfahren. Doch selbst jetzt, nach fünf Jahren, tauchte er manchmal in seinen Träumen auf und starrte ihn an. Und dann erwachte er schweißgebadet.

10

Hope sah an diesem Morgen wie der Schauplatz eines außer Rand und Band geratenen Filmsets aus. Die ganze Hauptstraße war mit Kühen und Autos verstopft, mit Kindern, die aussahen, als wollten sie sich jeden Augenblick mit ihren Musikinstrumenten verprügeln, während über ihren Köpfen zwei junge Männer auf Leitern balancierten und versuchten, eine Schnur mit bunten Fähnchen über die Straße zu spannen. Die Stadt bereitete sich auf den alljährlichen Jahrmarkt und das Rodeo vor.

Eleanor Calder stand im Eingang zu Iversons Lebensmittelladen und schaute wie die anderen Leute auf der Straße zu.

Die Kapelle der High-School hatte den ganzen Vormittag geübt, und als sie jetzt in der Mittagshitze über die Hauptstraße marschierte, war die Stimmung gereizt. Sie sollten »Sechsundsiebzig Posaunen« spielen, was nur als Witz gemeint sein konnte, da es bloß einen einzigen Posaunisten gab. Und ob der überleben würde, war auch nicht sicher, weil eine Kornettspielerin, bestimmt zweimal so groß wie er selbst, gerade gedroht hatte, ihn noch einen Kopf kürzer zu machen, sollte er sie ein weiteres Mal in den Rücken stoßen. Keiner achtete mehr auf die verzweifelten Bitten von Nancy Schaeffer, der Lehrerin, dafür schrien alle wild durcheinander, während die Kühe blöd glotzend um sie herumstanden.

Niemand schien zu wissen, was das Vieh hier eigentlich sollte. Entweder hatte jemand sich im Kalender vertan und war mit ihm auf dem Weg zum Markt, oder er hatte sich gerade diesen Augenblick ausgesucht, um es auf die Weide am anderen Ende der Stadt zu treiben. Wie auch immer, die Männer, die versuchten, die Flaggengirlande aufzuhängen, waren jedenfalls nicht sonderlich begeistert. Die Tiere brachten ihre Leitern ins Wanken, bis schließlich eine davon frontal gerammt wurde und der Mann sich in letzter Sekunde nur noch durch einen Sprung auf die Veranda von Nelly's Diner retten konnte, von wo aus er dann zusah, wie die Fähnchen auf den Köpfen der Kühe landeten und zur Stadt hinausgetragen wurden.

Der alte Mr. Iverson kicherte und schüttelte den Kopf.

»Wird mit jedem Jahr schlimmer«, sagte er. »Selbst die Kapelle kann kein halbwegs anständiges Lied mehr spielen.«

»Ach, das werden sie schon hinkriegen«, erwiderte Eleanor. »Aber die Kühe haben hier nichts verloren.«

»Lärm genug machen sie jedenfalls.«

Eleanor lächelte. »Tja, ich sollte mich besser auf den Heimweg machen. Ein paar hungrige Männer wollen bald ihr Essen haben.«

Sie verabschiedete sich und ging mit ihren zwei Lebensmitteltüten zum Auto. Bis auf ein paar Nachzügler, die von zwei jungen Rancharbeitern auf Pferden angetrieben wurden, waren die Kühe verschwunden. Die jungen Männer, die Eleanor nicht kannte, mußten sich von Ladenbesitzern und einigen Autofahrern, deren Geduld erschöpft war, beschimpfen lassen. Die Probe der Musikkapelle schien beendet zu sein, und die Streithähne zerstreuten sich.

Eleanor verstaute die Einkäufe im Kofferraum, schloß die Heckklappe und machte sich Vorwürfe, weil sie zuviel eingekauft hatte. Wie die meisten ihrer Nachbarn fuhr sie gewöhnlich einmal die Woche zum großen Supermarkt nach Helena und holte bei Iversons nur die eine oder andere Kleinigkeit, die sie auf ihrer Liste vergessen hatte. Doch bei den seltenen Besuchen überkamen sie dann solche Schuldgefühle, daß sie schließlich alle möglichen Dinge kaufte, die sie eigentlich gar nicht brauchte. Sie war überzeugt, daß die Iversons, dieses bekümmert dreinblickende Ehepaar, dem der Laden seit Menschengedenken gehörte, dieses Phänomen kannten und entsprechende Mienen aufsetzten, sobald jemand zur Tür hereinkam. Und wahrscheinlich führten sie dann einen Freudentanz auf, wenn sie wieder allein waren.

Eleanor stieg in den Wagen und zuckte zusammen, als sie die Hitze des Sitzpolsters durch ihr Baumwollkleid spürte. Sie wollte schon den Motor anlassen, als sie das Schild »Zu verkaufen« sah, das immer noch im Fenster von Ruth Michaels' Souvenirladen auf der anderen Straßenseite hing. Sie dachte erneut darüber nach, was Kathy gesagt hatte.

Es war vor etwa einem Monat gewesen, als sie den kleinen Buck gerade frisch gewindelt hatten. Kathy erzählte, daß das Paragon zum Verkauf stünde, und sie riet Eleanor zuzugreifen. Seit sie verheiratet war, schien es Kathys liebster Zeitvertreib zu sein, sich Projekte für ihre Mutter auszudenken. So hatte sie ihr schon dazu geraten, ein College zu gründen, ein Restaurant aufzumachen, in den Versandhandel einzusteigen oder mit Yoga zu beginnen. Diesmal war es eben Ruth Michaels' Souvenirladen.

»Sei nicht dumm«, sagte Eleanor. »Ich habe keine Ahnung, wie man einen Laden führt, erst recht nicht, wie man Cappuccino macht.«

»Du hast doch immer Opa im Laden geholfen. Außerdem bräuchtest du gar nichts über Geschäftsführung zu wissen, weil Ruth eigentlich nicht aufhören will. Sie hat nur zuviel Schulden, und deshalb kann sie nicht weitermachen. Wenn du dich bei ihr einkaufst, könntest du sie den Laden führen lassen und selbst entscheiden, wieviel Energie du investieren möchtest.«

Alle Ausflüchte, die sie vorbrachte, fegte Kathy vom Tisch, und obwohl sie seither nicht mehr davon gesprochen hatten, mußte Eleanor doch oft daran denken. Beide Mädchen waren verheiratet, und Luke würde bald aufs College gehen, also könnte sie durchaus etwas gebrauchen, das diese Leere ausfüllte.

Früher, als Henry noch lebte, hatte sie sich um den Papierkram der Ranch gekümmert, den Kathy jetzt erledigte. Und vom Kochen einmal abgesehen – Eleanor dachte mit Staunen daran, daß ihr das Kochen einmal Spaß gemacht hatte –, blieb nicht viel zu tun. Manchmal langweilte sie sich schrecklich und fühlte sich so einsam, daß sie regelrecht um ihren Verstand fürchtete.

Sie kannte Ruth Michaels nur vom Sehen, hatte sie aber immer für eine aufgeweckte und freundliche Frau gehalten. Als sie vor fünf Jahren in die Stadt kam, hatten die Leute anfangs interessiert, aber auch ein wenig mißtrauisch reagiert. Genauer gesagt, die Männer waren interessiert, die Frauen eher mißtrauisch, und zwar aus denselben Gründen: wegen ihres dunklen, exotischen Aussehens und weil sie alleinstehend war. Inzwischen wurde sie von den Leuten akzeptiert, soweit dies bei einer New Yorkerin überhaupt möglich war, und war allgemein gern gesehen.

Eleanor ging nur selten in ihren Laden, war aber jedesmal

beeindruckt. Ruth verkaufte nicht den üblichen Touristenschund – indianische Traumfänger aus Plastik, Schneekugeln und Cowboy-T-Shirts mit witzigen Sprüchen. Sie hatte Geschmack, das sah man schon an ihrer Schmuckauswahl, den Büchern und diversen Kunstgegenständen.

Noch ehe sie sich ganz entschieden hatte, lief Eleanor bereits über die Straße.

Bei Ruth durften Zettel und Poster an ein Schwarzes Brett im Fenster gehängt werden, auf denen gewöhnlich Welpen angepriesen oder Ereignisse wie ein Picknick, Trödelmärkte oder etwa eine Hochzeit angekündigt wurden, zu denen man die ganze Stadt einlud. Zur Zeit ging es bei den meisten Mitteilungen um den Markt und das Rodeo, so auch bei dem Zettel, der Eleanor zum Schmunzeln brachte. »Posaunisten dringend gesucht«, stand da. »Rufen Sie Nancy Schaeffer an – SOFORT!« Unter der Tafel wärmte sich eine schwarze Katze in der Sonne.

Eine Glocke bimmelte, als sie die Tür öffnete und wieder schloß. Nach dem grellen Licht draußen brauchten Eleanors Augen einen Moment, sich ans Halbdunkel des Ladens zu gewöhnen. Hier drin war es kühl und still, leise Musik erklang, und der kräftige Geruch von Kaffee lag in der Luft. Es war niemand zu sehen.

Eleanor ging vorsichtig zwischen den hohen Regalen hindurch, die mit Tongeschirr, handgefertigtem Spielzeug und leuchtendbunten Indianerdecken gefüllt waren, und achtete darauf, nicht an das Durcheinander von Mobiles und Klangspielen zu stoßen, die von der Decke hingen, sich drehten und klingelten, sooft sie sich berührten. Sie sah Körbe voll mit Armbändern aus gefärbtem und geflochtenem Pferdehaar und Glasschränke, die vor Silberschmuck überquollen.

Aus dem hinteren Teil des Ladens, in dem sich die Cappuccino-Bar befand, waren dumpfe, zischende Geräusche zu hören. Als Eleanor näher kam, hörte sie Ruths Stimme: »Jetzt mach schon, verdammtes Luder! Jetzt *mach*!«

Es war niemand zu sehen. Eleanor zögerte. Sie wollte nicht in irgendeine private Auseinandersetzung platzen.

»Ich geb dir noch eine Chance, und dann prügle ich dir die Seele aus dem Leib, hast du gehört?«

Auf dem Tresen stand eine riesige Kaffeemaschine aus Chrom, die plötzlich zu explodieren schien und furchterregende Dampfwolken ausstieß.

»Du Miststück! Du elendes, nutzloses, gottverdammtes Miststück!«

»Hallo?« rief Eleanor zaghaft. »Ruth? Sind Sie das?«

Mit einem Schlag war es still.

»Nicht, wenn Sie von der Bank oder vom Finanzamt sind.«

Ruths Kopf tauchte langsam über der Kaffeemaschine auf. Ein schwarzer Ölfleck zierte ihre Wange. Als sie Eleanor sah, blitzte einen Moment lang Panik in ihren Augen auf, doch dann lächelte sie.

»Mrs. Calder! Hallo! Tut mir leid, ich habe Sie nicht gehört. Diese Maschine wird mich im wahrsten Sinne des Wortes noch mal umbringen. Was kann ich für Sie tun? Soll ich Ihnen einen Kaffee machen?«

»Wenn das Ding da explodiert, dann lieber nicht.«

»Ach was, die benimmt sich nur so, wenn sie glaubt, daß keiner da ist.«

»Sie haben da was auf Ihrer …« Sie zeigte ihr den Fleck.

»Oh, danke.«

Sie suchte ein Papiertuch, benutzte die Kaffeemaschine als Spiegel und wischte den Fleck ab.

»Glauben Sie an Geister?«

»Ja, ich denke schon. Warum?«

»Ich schwöre Ihnen, dieses Ding ist verflucht. Ich habe es aus einem bankrotten Laden in Seattle gekauft, war wirklich billig. Jetzt weiß ich, warum. Also, wie wär's mit einem Kaffee?«

»Haben Sie einen ohne Koffein?«

»Na klar. Fettarme Milch oder normale?«

»Lieber fettarm.«

»Was soll's.«

»Na ja, ich...«

»Nein, nein, so nenn ich den Kaffee. Kein Koffein, kein Fett, also was soll's?« Sie lachte. Es war ein ansteckendes kehliges Lachen, fast ein wenig vulgär, und Eleanor mußte einfach mitlachen.

»Sind Sie in die Stampede geraten?«

»Fast. Die armen Kinder.«

»Bitte, nehmen Sie doch Platz.«

Eleanor setzte sich auf einen der kleinen Barhocker, während Ruth der Maschine zwei Cappuccino ablistete. Sie trug verwaschene Jeans und ein weites, purpurnes T-Shirt, auf dem der Name des Ladens prangte. Ihr schwarzes Haar wurde von einem roten Stirnband gehalten. Eleanor schätzte sie auf Mitte bis Ende Dreißig und stellte überrascht fest, wie attraktiv sie war.

Sie fragte sich, warum Ruth gerade so erschreckt dreingeschaut hatte. Vielleicht rechnete sie ja tatsächlich mit dem Finanzamt. Ruth stellte die Tasse Cappuccino vor sie auf die Theke.

»Und? Haben Sie schon einen Käufer gefunden?« fragte Eleanor. »Kathy sagte mir, daß Sie einen Partner für Ihr Geschäft suchen.«

»Haben Sie draußen nicht die lange Schlange gesehen? Ach was, kein Mensch interessiert sich dafür.«

Eleanor probierte den Kaffee. Er schmeckte gut. Mach schon, ermahnte sie sich, sag's ihr. Sie stellte die Tasse ab.

»Nun«, sagte sie, »ich vielleicht schon.«

Buck nahm an, daß das Kalb schon seit ein paar Tagen tot war. Bis auf ein paar Knochen und einige Streifen zerkautes Fell schien die hintere Hälfte fast völlig verschwunden. Der Kadaver lag am oberen Ende eines tiefen Bachbetts, und das, was Vögel und andere Aasfresser übriggelassen hatten, war von der Sonne ausgedörrt. Nat Thomas würde es bestimmt nicht leichthaben, herauszufinden, was hier passiert war.

Er kniete sich nieder und stocherte mit Messer und Zange zwischen Fliegen und Maden herum. Der Boden war übersät mit Grashüpfern. Nat war, wie auch schon sein Vater vor ihm, seit Jahren der Tierarzt der Calder-Ranch, und Buck hatte ihn gleich angerufen. Er wollte eine unabhängige Meinung, bevor die Bundesbeamten den Kadaver in die Finger bekamen. Sie hatten zwar zugegeben, daß Prince von einem Wolf getötet worden war, aber da Kathy die Bestie mit eigenen Augen gesehen hatte, war ihnen auch kaum etwas anderes übriggeblieben.

Buck mochte den Typen von Fish & Wildlife nicht, diesen Prior oder wie der sich nannte. Er traute ihm einfach nicht über den Weg. Der andere Kerl, Rimmer, vom Amt für Wildschäden, der schien in Ordnung zu sein, aber wenn es hart auf hart kam, waren Beamte eben Beamte und in diesem Fall auf seiten des Wolfs, jeder von denen, ohne Ausnahme.

Buck stand neben Clyde und blickte Nat über die Schulter. Es war Mittag, die verstreut auf der Wiese liegenden Felsbrocken reflektierten die Hitze. Die einzigen Geräusche waren das leise Klicken der Grashüpfer beim Springen und das gelegentliche Muhen einer Kuh weiter oben im Wald. Buck schwitzte immer noch vom steilen Aufstieg. Sie hatten Nats Wagen unten vor dem Haus stehengelassen und waren in Clydes Lieferwagen hinaufgefahren, aber etwa eine halbe Meile unterhalb des Abhangs war das Gelände dann zu steil geworden. Sie hätten lieber die Pferde nehmen sollen.

Clyde hatte das Kalb früh am Morgen gefunden, und Buck ärgerte nur, daß Luke nicht längst darauf gestoßen war. Gleich nach dem Auftauchen des Wolfs und Princes Tod hatte er dem Jungen den Auftrag gegeben, die Herde auf die Pachtweiden zu treiben. Wenn Wölfe in der Gegend waren, mußte jemand das Vieh im Auge behalten, und da Luke sich hier oben auskannte und sonst zu nichts zu gebrauchen war, konnte er ebensogut diesen Job machen.

Buck hatte ihn eigens ermahnt, sich nach Kadavern umzusehen, aber der Junge hatte das Kalb nicht entdeckt. Wahrscheinlich steckte er die meiste Zeit mit dem Kopf in den Wolken, träumte vor sich hin, las Bücher oder grub nach alten Knochen oder ähnlichen Dingen. Buck hatte keine Ahnung, wie er aus diesem Sohn jemals einen halbwegs brauchbaren Rancher machen sollte.

»Und, Nat? Was meinst du?«

»Ist nicht mehr viel übrig, was?«

»Wie lang ist es schon tot?«

»Na ja, drei bis vier Tage vielleicht.«

»Was sagst du, war's ein Wolf?«

»Tja, ist ziemlich drauf rumgekaut worden. Siehst du die Bißspuren hier am Hals? Das war ein Raubtier mit ganz schön großem Kiefer, und nach Bär sieht das nicht aus. Könnte ein Wolf oder ein Kojote gewesen sein. Habt ihr schon nach Spuren gesucht?«

»Zu trocken«, sagte Clyde. »Außerdem sieht man den Boden vor lauter Grashüpfern nicht.«

»Vielleicht ist es schon tot gewesen, und was immer es auch war, hat nur daran rumgeknabbert.«

»Meine Kühe brechen nicht einfach tot zusammen, Nat, das müßtest du doch wissen.«

»Sicher, aber nach dem bißchen zu urteilen, was hier noch übrig ist, hätte das Kalb auch vom Blitz erschlagen werden können, was weiß ich …«

»Vom Blitz erschlagen. Jetzt mach mal 'nen Punkt, Nat.«

»Na ja …«

Buck blickte auf den Kadaver. Dann entdeckte er etwas, bückte sich und hob es auf. Ein Fetzen Fell, in der Sonne ausgedorrt, darauf das verschnörkelte HC der Calder-Ranch. Er blies den Grashüpfer herunter.

Klar, man verlor hin und wieder ein Kalb. Manchmal wurde eines krank oder stürzte in irgendeine Schlucht. Vor einigen Jahren hatten sie ein paar Tiere durch einen alten Grizzlybären verloren, und ein Vertreter vom Amt für Wildschäden war gekommen und hatte ihn erledigt. Wenn man in einer solchen Gegend Vieh hielt, war es normal, daß hin und wieder ein Kalb draufging.

Doch in den letzten zwei Jahren war jedes Tier, das sie für den Sommer auf die Pachtweiden hinaufgetrieben hatten, auch sicher und gesund wieder zurückgekommen. Und als er jetzt sein Brandzeichen auf diesem Stück Fell sah, spürte Buck, wie die Wut in ihm aufstieg.

Er war felsenfest davon überzeugt, daß hier ein Wolf am Werk gewesen war, und er würde es verdammt noch mal auch beweisen. Wahrscheinlich war es derselbe, der Kathys Hund getötet hatte, eines von diesen Raubtieren, das von den Beamten in Yellowstone freigelassen worden war. Und jetzt erwarteten die wahrscheinlich auch noch, daß man tatenlos zusah und ihnen weitere fünfhundert Dollar teure Kälber zum Fraß vorwarf! Da konnte einem doch schlecht werden. Buck würde da jedenfalls nicht mitmachen.

Er schleuderte das Stück Fell fort und sah ihm nach, als es wie ein Frisby die Schlucht hinabsegelte.

»Also, Nat, gibst du mir nun recht, wenn ich behaupte, daß das hier ein Wolf war, oder nicht?«

Der Tierarzt stand auf und kratzte sich am Kopf. Buck sah, wie unangenehm es ihm war, so in die Enge getrieben zu werden. Die beiden Männer kannten sich seit ihrer Kindheit, und beide wußten, daß Nat und sein Vater gutes Geld mit der Arbeit für die Ranch verdient hatten.

»Tja, Buck, weißt du, das ist wirklich nicht einfach.«

»Also, an Altersschwäche ist es wohl kaum eingegangen.«

»Vielleicht nicht, aber…«

»Und ein Bär war es nicht, hast du gesagt.«

»Ganz auszuschließen ist es nicht.«

Buck legte dem Tierarzt einen Arm um die Schulter. Nat war klein, und Buck ragte wie ein großer Onkel über ihm auf.

»Du bist ein guter Freund, Nat, und ich will dir keine Worte in den Mund legen. Aber du weißt ja, wie diese fanatischen Tierschützer sind. Sie werden alles mögliche anstellen, um nicht zugeben zu müssen, daß es einer von ihren kostbaren Wölfen war. Und ich will bloß deine Expertenmeinung, nur ein bißchen Munition.«

»Na ja, vielleicht.«

»Mit einem ›vielleicht‹ ist uns bei diesen Typen nicht viel geholfen. Eigentlich willst du doch sagen, daß es mit neunzigprozentiger Wahrscheinlichkeit ein Wolf war, stimmt's? Also mit achtzig Prozent? Sag's mir.«

»Treib's nicht zu weit, Buck.«

»Also fünfundsiebzig Prozent.«

»Na ja, ich weiß nicht. Vielleicht.«

»Gut, also fünfundsiebzig Prozent.« Buck nahm seinen Arm von den Schultern des Tierarztes. Er hatte, was er haben wollte. »Ich danke dir, Nat. Ich weiß das wirklich zu schätzen, altes Haus. Du kannst es jetzt abdecken, Clyde.«

Sie hatten mit dem Lieferwagen eine alte grüne Plane hergebracht, die Clyde nun über den Kadaver breitete, wobei er einen Schwarm von Grashüpfern aufschreckte. Nat Thomas sah auf seine Uhr und meinte, er sei spät dran und müsse jetzt gehen. Buck wußte, der arme Kerl wollte einfach nicht mehr in der Nähe sein, wenn die Bundesbeamten auftauchten. Er klopfte ihm auf die Schulter, und zusammen machten sie sich auf den Weg.

»Ich fahr dich runter. Komm schon, Clyde, rufen wir die Wolfsfanatiker an.«

»Luke? Kommst du essen?«

Luke schlug die Augen auf und erblickte seine Mutter, die neben seinem Bett stand und auf ihn herabschaute.

»Geht's dir gut?«

»Klar, ich hab ein paar Übungen gemacht und muß wohl dabei eingeschlafen sein.«

Sie strich ihm das Haar aus der Stirn und lächelte, aber er sah ihren Augen an, daß etwas nicht stimmte. Er setzte sich auf, schwang seine Beine vom Bett und zog sich die Stiefel an.

»Was ist los?«

Sie wandte den Blick ab und seufzte.

»Mom?«

»Clyde hat ein totes Kalb gefunden. Und dein Vater macht deshalb ein ziemliches Theater.«

»W-wo?«

»Ach, irgendwo, ich weiß nicht.«

»Oben auf den Pachtweiden?«

Sie schaute ihn an und nickte.

»Und er glaubt, daß es ein W-W-Wolf war?«

»Ja, Nat Thomas glaubt es auch. Komm schon, sie sind alle unten. Bringen wir es hinter uns.«

Er folgte ihr über den Flur zur Treppe. Was sollte er sagen? Er wußte, daß ihm sein Vater Vorwürfe machen würde. Wie um alles in der Welt hatte Clyde das Kalb bloß gefunden? Und wieso spionierte der ihm überhaupt nach?

Luke hatte den Kadaver vor zwei Tagen entdeckt. Im Sand fand er Wolfsspuren und frische Losung, also zerrte er das Kalb in die Schlucht und deckte es mit Steinen zu. Dann brach er einen Kiefernzweig ab, verwischte damit die Spuren und beseitigte schließlich die Losung. Er sagte sich, daß man erst im Herbst was merken würde, wenn das Vieh zu Tal getrieben und gezählt wurde.

Als er auf die Küchentür zuging, hörte Luke sie miteinander reden. Clyde lachte und erzählte den beiden Rancharbeitern Ray und Jesse, die ihnen beim Heuen halfen, was Nat Thomas gesagt hatte, verstummte aber sofort, als Luke eintrat. Alle schauten ihn an. Sein Vater saß am Tischende.

»Na, Luke«, sagte er, »hast du gut geschlafen?«

»Ich w-w-wollte …«

»Komm und iß. Sonst wird's noch kalt.«

Luke setzte sich neben Ray, der ihm zunickte.

»Wie geht's, Luke?«

»G-G-Gut.«

Seine Mutter schnitt ihm eine Scheibe Fleischkäse ab, eines der wenigen Fleischgerichte, die er gern aß, doch verspürte er im Augenblick überhaupt keinen Hunger. Die anderen waren mit dem Essen fast fertig.

»Also«, fuhr Clyde fort, »er kratzt sich am Schädel, wird ganz nervös und sagt, tja, das sei gar nicht so einfach, worauf Buck meint: ›Also, an Altersschwäche ist es jedenfalls nicht eingegangen!‹«

Clyde wieherte vor Lachen, und die Rancharbeiter grinsten. Luke wußte, daß sein Vater ihn beobachtete, hielt den Blick aber auf den Teller gerichtet, während seine Mutter ihm Salat und Kartoffeln daraufhäufte. Dann reichte sie ihm den Teller und gab anschließend den Rancharbeitern noch einen Nachschlag.

»Also, Luke«, sagte sein Vater. »Du hast wahrscheinlich schon gehört, daß wir ein totes Kalb gefunden haben.«

Luke hatte den Mund voll, also nickte er nur. Sein Vater wartete auf eine Antwort.

»Ja, Sir. W-W-Wo habt ihr es g-g-gefunden?«

»Oben am Ripple Creek«, sagte Clyde. »Du kennst doch die Schlucht, die unten am Fuß der Weide beginnt, oder?«

»'türlich.«

Die Farmarbeiter spürten, daß dies hier eine Familienangelegenheit war, und stierten in ihr Essen. Sein Vater hatte ihn nicht einen Moment aus den Augen gelassen.

»Ich dachte, du würdest da jeden Tag nachsehen«, sagte er.

»Nicht g-g-gerade in der Sch-Sch-Schlucht. Ich reite immer o-o-oben lang.«

»Da lag es ja. Ganz oben, direkt am Eingang zur Schlucht.«

Jemand oder etwas mußte das Kalb gefunden und wieder zurückgeschleppt haben, dachte Luke. Wer machte so etwas? Vielleicht waren die Wölfe noch einmal zurückgekommen.

»W-W-Was hat es u-u-u-...?«

»Was es umgebracht hat?«

»Ja.«

»Nat Thomas nimmt an, daß es ein Wolf war. Dieser Prior versucht, Bill Rimmer zu erwischen, und will heute nachmittag mit ihm herkommen. Aber mir macht Sorge, wie viele tote Kälber da oben wohl noch sind.«

»Ich g-g-glaub nicht, d-d-daß ...«

»Du wolltest diesen Job, Luke, aber wenn du ihn machen willst, dann mach ihn vernünftig, okay?«

Luke nickte. »Ja, Sir.«

»Sonst müssen wir dir Jesse hinterherschicken.«

»Puh«, sagte Ray, wischte sich die Stirn und grinste. »Glück gehabt. Muß ich mich wenigstens nicht von Wölfen fressen lassen.«

Alle lachten, und die Spannung ließ ein wenig nach. Sein Vater stand auf, und als wäre er mit unsichtbaren Fäden an ihn gebunden, erhob sich auch Clyde.

»Wahrscheinlich war es ja gar kein Wolf«, sagte seine Mutter.

»Nat Thomas behauptet was anderes«, sagte Buck und setzte sich den Hut auf. Lukes Mutter wusch die Töpfe in der Küche und schaute nicht mal zu ihm hinüber.

»Nat Thomas mußt du nur einen Zehner geben, dann schwört er dir, daß es der Osterhase war.«

Wenn seine Mutter so etwas sagte, spürte Luke erst, wie gern er sie hatte.

Dan hatte ihr viel von Buck Calder erzählt, doch nichts davon hatte Helen auf den Schock der ersten Begegnung vorbereitet. Die schiere Körperlichkeit dieses Mannes war überwältigend. Menschen in seiner Nähe wirkten wie Karpfen neben einem Hai.

Dan hatte sie unten beim Haus vorgestellt und erklärt, Helen wolle helfen, den Wolf aufzuspüren, und dafür sorgen, daß es bei diesem Einzelgänger bliebe. Sie und Buck hatten sich die Hand gegeben. Seine Hand war riesig und seltsam kühl. Er hatte ihre Hand einen Moment zu lang gehalten, während er sie mit diesen fahlen Augen musterte. Der Blick war so direkt und intim, daß Helen spürte, wie sie rot anlief. Er hatte sie gefragt, ob sie mit ihm im Truck hinauf zur Weide fahren wolle. Sie hatte ein wenig zu rasch »nein, danke« geantwortet, sie wolle mit Dan und Bill Rimmer hinaufreiten. Unterwegs zog Dan sie deshalb auf.

»Ich schätze, da hast du deine Chance verpaßt, Helen.«

»Himmel! Meine Mom hat so einen Blick immer ›Schlafzimmerblick‹ genannt.«

»Einen Schlafzimmerblick?« fragte Bill.

»Tja, als ich den Ausdruck das erste Mal hörte, war ich noch klein und dachte mir, damit meine sie schläfrig oder so. Aber eines Tages hörte sie dann, wie ich Eddie Horowitz, dem Nachbarjungen, sagte, er habe einen Schlafzimmerblick; und da hat sie mir eine Ohrfeige verpaßt.«

Bill Rimmer lachte laut auf. Er schien ein netter Kerl zu sein.

Calders Schwiegersohn hatte im Büro in Helena angerufen, als Helen und Dan gerade zur Hütte fahren wollten und deshalb den Toyota mit Helens Sachen und den Tonnen Vorräten beluden, die sie im Supermarkt gekauft hatten. Es lag alles hinten auf der Ladefläche.

Jetzt standen sie um diesen angeblich von einem Wolf gerissenen Kadaver, während Grashüpfer über ihre Stiefel sprangen.

Bill Rimmer kniete neben dem Kalb, untersuchte es und ließ sich dabei Zeit. Helen stand neben Dan, der die Untersuchung auf Band aufnahm. Auf der anderen Seite des Kadavers stand Calder mit seinem Schwiegersohn und wartete auf ihr Urteil.

Es war eine Farce. Dan fand das offenbar auch. Sie hatte seinen Blick aufgefangen, als Clyde die Plane zur Seite schlug. Schwärme von Fliegen erhoben sich von den Kadaverresten. Die Verwesung war bereits so weit fortgeschritten, daß sich unmöglich feststellen lassen würde, wie es den Tod gefunden hatte.

Irgendwo weiter unten wieherte ein Pferd, und Helen schaute in die Schlucht und sah Calders Sohn zwischen den Felsen zu ihnen heraufreiten. Sie hatte ihn unten am Haus gesehen, doch hatte sich niemand die Mühe gemacht, ihn vorzustellen. Ihr war gleich aufgefallen, wie gut er aussah. Sie hatte sich gefragt, wieso er sich im Hintergrund hielt, nur zuhörte und seinem Vater und Clyde das Reden überließ.

Einmal hatte Helen ihn ertappt, wie er sie mit seinen leuchtendgrünen Augen anstarrte, und sie hatte gelächelt, doch er hatte den Blick gleich abgewandt. Auf dem Weg hierher hatten sie ihn dann noch einmal gesehen, und Dan sagte ihr, wer er war.

Luke saß in einiger Entfernung ab, blieb neben seinem Pferd stehen und tätschelte ihm den Hals. Helen lächelte erneut, und diesmal nickte er ihr kurz zu, ehe er zu den Männern hinüberblickte, die um den Kadaver standen.

Rimmer richtete sich auf.

»Und?« fragte Calder.

Rimmer holte tief Luft, ehe er Antwort gab.

»Sie sagten, Nat Thomas habe dies erst heute morgen gesehen?«

»Vor etwa drei Stunden.«

»Tja, ich weiß nicht, wie er behaupten kann, daß dieses Tier von einem Wolf getötet wurde.«

Calder zuckte die Achseln. »Erfahrung, vermutlich.«

Rimmer überhörte die Beleidigung. »Verstehen Sie, für eine genaue Aussage ist einfach nicht mehr genug übrig. Wir könnten den Kadaver allerdings mitnehmen und untersuchen lassen...«

»Dafür wäre Nat wohl der geeignetere Mann«, unterbrach ihn Calder.

»Nun, das ist Ihre Entscheidung, Sir. Aber ich fürchte, eine Untersuchung wird uns auch keinen genaueren Aufschluß geben. Dan und Helen hier haben schon oft von Raubtieren gerissenes Vieh untersucht. Dan, was meinst du?«

»Ich fürchte, ich muß dir da recht geben.«

»Was für eine Überraschung«, erwiderte Calder sarkastisch. »Miss Ross? Wollen Sie uns nicht auch Ihre Ansicht mitteilen?«

Helen spürte erneut seinen durchdringenden Blick, räusperte sich und hoffte, ihre Stimme würde nicht verraten, wie nervös sie war.

»Man kann nicht sagen, daß es kein Wolf gewesen ist, aber es gibt auch keine Anzeichen dafür, daß es einer war. Hat jemand nach Spuren gesucht, bevor hier derart herumgetrampelt wurde?«

»Natürlich habe ich das getan«, sagte Clyde beinahe trotzig. Er warf seinem Schwiegervater einen raschen Blick zu. »Der Boden ist zu hart. Zu viele Felsen und so.«

»Oder nach Losung? Sie wissen schon, Wolfskot...«

»Ich weiß, was Losung ist.« Er lachte spöttisch. »Aber die haben wir auch nicht gefunden.«

Dan sagte: »Hätten Sie uns zuerst gerufen, Mr. Calder, hätten wir vielleicht...«

»Wen ich zuerst anrufe, ist meine Sache, Mr. Prior«, fauchte Calder ihn an. »Und bei allem Respekt, Mr. Prior, die Ansicht von Nat Thomas dürfte wohl doch etwas objektiver sein als die so manch anderer Personen.«

»Ich meinte doch nur, daß ich verstehen kann, weshalb Sie wollten, daß Nat kommt und sich das hier ansieht. Aber wenn…«

»Ach, können Sie das?«

»Ja, Sir.«

»Mir scheint, ihr Leute von der Regierung versteht verdammt wenig. Ihr laßt diese Wölfe frei rumlaufen, die töten dann unsere Haustiere und unser Vieh, und ihr tut dann so, als wäre niemand schuld daran.«

»Sir, ich…«

»Verscherzen Sie es sich nicht mit mir, Prior.«

Er wandte den Blick ab, schaute über das Tal, und eine Weile sagte niemand ein Wort. Irgendwo oben in den Bergen ertönte der Ruf eines Adlers. Calder schüttelte den Kopf, sah zu Boden und trat mit dem Stiefel gegen ein Büschel Salbei. Die Grashüpfer stoben nach allen Seiten auseinander.

Helen blickte Calder fasziniert an. Hier standen sie, allesamt erwachsen, und warteten gespannt darauf, daß er den Mund aufmachte. Endlich schien er zu einem Entschluß gekommen zu sein.

»Na schön«, begann er, und nach einer weiteren kurzen Pause sagte er, an Dan gerichtet, »diese junge Dame soll also ausschließlich an diesem Fall arbeiten.« Er würdigte Helen bei diesen Worten keines Blickes, wies einfach nur mit dem Kinn in ihre Richtung.

»Ja, Sir.«

»Dann soll sie sich ranhalten, denn wenn ich noch ein einziges Kalb verliere, müssen wir die Sache selbst in die Hand nehmen.«

»Nun, ich muß Sie wohl nicht an die Gesetze erinnern…«

»Nein, Sir, das müssen Sie wirklich nicht.«

Sie schauten einander wütend an, und keiner war bereit, als erster den Blick abzuwenden. Helen sah, daß Dan innerlich kochte. Sie hatte ihn noch nie so aufgebracht erlebt, und es hätte sie nicht überrascht, wenn er über den Kadaver gesprungen wäre, um Calder einen Kinnhaken zu verpassen. Doch dann ließ der plötzlich seine weißen Zähne blitzen, wandte sich mit all seinem Charme an Helen, als sei nichts geschehen.

»Sie wollen also oben am Eagle Lake wohnen?«

»Genau. Bin auf dem Weg dahin.«

»Da oben kann es ziemlich einsam werden.«

»Ach, ich bin die Einsamkeit gewohnt.«

Calder warf ihr einen Blick zu, der deutlich sagte: Wie das? So ein hübsches Ding wie du? Es war der Blick eines Lüstlings, der einem kleinen Mädchen die Hand aufs Knie legt.

»Nun, Helen, Sie müssen mal zum Abendessen kommen und uns erzählen, wie's vorangeht.«

Sie warf ihm ein unbekümmertes Lächeln zu.

»Gern, vielen Dank«, sagte sie. »Das wär nett.«

11

Helen benötigte den Rest des Tages sowie fast den ganzen nächsten Tag, um ihre Sachen auszupacken und die Hütte bewohnbar zu machen. Und sie hätte noch länger gebraucht, wenn Dan ihr nicht geholfen hätte.

Verglichen mit einigen anderen Orten, an denen sie bereits gehaust hatte, war die vier mal vier Meter große Blockhütte gar nicht so schlecht. Sie hatte ein Fliegenfenster in jeder Wand; um das Dach würde Helen sich allerdings so bald wie möglich kümmern müssen. In einer Ecke stand ein dickbauchiger Ofen mit einer Herdplatte. Die Kiste daneben hatte Dan mit Brennholz für einen Monat gefüllt und ihr eine Kettensäge für den Fall dagelassen, daß sie neues Holz brauchte. Außerdem gab es noch einen Coleman-Gasofen mit zwei Brennern.

»Mann, da kann ich ja richtige Dinnerpartys geben«, sagte sie.

»Klar, für deinen neuen Freund Buck Calder.«

»Ach, hör auf!«

Auf den wackligen Regalen neben dem Ofen standen diverse Tassen, Schüsseln und Teller, die ziemlich angeschlagen waren und, falls jemand auf die Idee kam, sie zu stehlen, das Wappen des Forest Service trugen. Von den spinnwebverhangenen Gardinen, die aussahen, als würden sie bei der ersten Berührung zu Staub zerfallen abgesehen, bestand der einzige Wandschmuck aus einer in Folie eingeschweißten Karte von Hope und einigen rußigen, gußeisernen Pfannen, die an Nägeln über dem Becken aus abgeplatzter Emaille hingen. Die Spüle selbst war mit einem schön geformten Pumpschwengel ausgestattet, doch das Wasser lief in einen weniger schönen Putzeimer unter dem Becken ab.

In der gegenüberliegenden Ecke standen zwei Etagenbetten. Für das untere hatte Dan vorsorglich eine neue Matratze, Decken und Kissen besorgt. An sonstigen Möbelstücken gab es noch einen alten Schrank und einen einfachen Holztisch mit zwei Stühlen. Im Dielenboden war eine Falltür eingelassen.

»Und was ist da unten?«

»Ach, da geht's in den Keller. Du weißt schon, Waschküche, Sauna, das übliche eben.«

»Kein Swimmingpool?«

»Der wird erst nächste Woche eingebaut.«

Sie machte die Falltür auf und sah einen kahlen Kriechkeller mit Betonboden, etwa einen Meter breit und anderthalb Meter tief. Darin wurden im Winter die Lebensmittel vor Frost und im Sommer vor Hitze geschützt.

Der einzige Luxus war der kompakte kleine japanische Generator, den Dan draußen neben der Tür angebracht hatte, damit sie den Laptop, den CD-Player und das von Dan besorgte Handy aufladen konnte. Theoretisch, sagte er, sollte es auch möglich sein, das Telefon an den Laptop anzuschließen und E-Mail zu empfangen, bloß funktionierten die Handys hier oben in den Bergen nicht besonders gut, so daß man oft keinen Empfang hatte. Doch der Gedanke an die Einsamkeit machte Helen nichts aus. Sicherheitshalber wollte Dan außerdem noch eine Mailbox für sie einrichten lassen.

Hinter der Hütte befand sich noch ein kleiner Verschlag mit einer Art improvisierter Dusche – ein Eimer mit Löchern. Vögel hatten darin genistet, aber mit etwas Geschick würde Helen die Dusche schon wieder hinkriegen.

»Ich hab versucht, hier ein bißchen sauberzumachen«, sagte Dan.

»Lieb von dir. Danke.«

»Egal, was dein Freund Buck Calder sagt, allein bist du hier bestimmt nicht.«

»Wie meinst du das?«

Er zeigte ihr die Mausefallen, die er hinter dem Ofen und unter dem Bett aufgestellt hatte. Sie waren zugeschnappt, die Köder verschwunden, doch war keine Maus zu sehen.

»Du kannst also immer noch keine Falle stellen, Prior.«

»Deshalb sitze ich ja auch hinterm Schreibtisch.«

»Was für einen Köder hast du benutzt?«

»Käse, was hättest du denn genommen?«

»He, du weißt doch, einen Trapper fragt man nicht nach seinen Tricks.«

In dieser ersten Nacht war sie zu müde, um Jagd auf Mäuse zu machen, doch kaum hatte sie die Augen geschlossen, wünschte sie, sie hätte es getan. Buzz stellte ihnen die ganze Nacht nach und veranstaltete dabei einen solchen Lärm, daß sie ihn schließlich nach draußen brachte und in den Toyota einschloß. Sich selbst überlassen, huschten die Mäuse bis zum Morgengrauen durch ihre Träume. Als Dan am nächsten Tag kam, hatte Helen eine komplizierte Falle konstruiert, bei deren Anblick Dan in schallendes Gelächter ausbrach.

Joel hatte ihr die Methode gezeigt, als sie ihr erstes Jahr zusammen auf dem Cape verbrachten und das Schiffhaus plötzlich zur Zuflucht für heimatlose Nagetiere wurde. Man brauchte dazu nur einen Eimer, ein Stück Draht und eine Blechdose, in die man an beiden Seiten ein Loch bohrte. Man steckte den Draht durch die Löcher und hängte sie über einen mit einigen Zentimetern Wasser gefüllten Eimer. Dann brauchte man bloß noch einen Stock an den Eimer zu lehnen, die Dose mit Erdnußbutter einzufetten, den Hund wegzusperren und sich schlafen zu legen. Die Mäuse kletterten am Eimer hoch, krabbelten über den Draht, und sobald sie auf die Dose wollten, drehte diese sich, und die Mäuse fielen ins Wasser.

»Funktioniert immer«, sagte Helen.

»Nie im Leben.«

»Wetten wir um ein Abendessen?«

»Die Wette gilt.«

In dieser Nacht gingen drei Mäuse in die Falle, die sie stolz Dan zeigte, als er am nächsten Nachmittag mit den Halsbändern, Fallen und Kartenmaterial für ihren Computer kam. Er warf ihr zwar halbherzig vor, geschummelt zu haben, hielt dann aber Wort und lud sie, nachdem sie einen weiteren Tag damit verbracht hatten, die Hütte auf Vordermann zu bringen, zum Essen in Nelly's Diner ein.

Helen gab sich Mühe, das größte Steak zu bewältigen, das ihr je unter die Augen gekommen war. Auf der Karte wurde es scherzhaft als »Dino-Knochen« angepriesen, aber selbst das war noch untertrieben.

An sämtlichen Wänden des Diners hingen riesige Fototapeten mit Bildern der Rocky Mountains, die früher, durch die kleinen Vorderfenster betrachtet, die echten Berge armselig aussehen ließen. Doch im Lauf der Jahre war die Farbe nachgedunkelt, und in der Wärme hatten sich die Tapetenränder gelöst, so daß die Landschaft nun im Schatten zu liegen und von seltsamen Erdspalten durchzogen zu sein schien. Vor diesem Hintergrund drohenden Untergangs aber sorgten die Tische mit ihren rot-weiß karierten Papierdecken und den in roten Gläsern schwimmenden Kerzen für eine etwas fröhlichere Atmosphäre.

Es waren nur zwei weitere Tische besetzt: der eine von einer Familie deutscher Touristen, deren riesiger Winnebago die Aussicht aus den vorderen Fenstern versperrte, der andere von zwei älteren Männern, beide mit weißen Stetsons und Hörgeräten.

Der einzige Kellner war ein freundlicher Riese mit blau getönter Sonnenbrille, die langen grauen Haare zu einem Pferdeschwanz zusammengebunden. Den Kommandos aus der Küche – bestimmt war das Nelly – entnahmen sie, daß er Elmer hieß. Darüber hinaus wiesen ihn die Tätowierungen und das schwarze T-Shirt mit der Aufschrift »Bikers for Jesus« als den Besitzer der Harley Davidson aus, die chromglänzend draußen vor dem Restaurant stand. Als Helen und Dan hereinkamen, sagte er: »Engel mit euch.« Sie brauchten einen Augenblick, bis sie begriffen, daß dies als Begrüßung gemeint war, und vermieden es angestrengt, sich anzusehen, bevor sie nicht an ihrem Tisch saßen.

Helen schob den Teller weg und lehnte sich zurück.

»Ich platze gleich, Dan.«

Sie fragte sich, ob sie in seinen Augen an Glaubwürdigkeit verlieren würde, wenn sie sich jetzt eine Zigarette ansteckte, und beschloß, es lieber nicht zu tun.

Beim Essen hatten sie fast ausschließlich in Erinnerungen an die gute alte Zeit in Minnesota geschwelgt. Helen erzählte von dem Tag, an dem seine Hand ausgerutscht war, als er einem gefangenen Wolf ein Beruhigungsmittel geben wollte, und sich die Spritze selbst in den Oberschenkel gejagt hatte. In Sekundenschnelle war er zusammengeklappt. Sie lachten so laut, daß sich die beiden deutschen Kinder immer wieder zu ihnen umdrehten und sie mit ihren großen blauen Augen anstarrten.

Mit keinem Wort spielten sie auf ihre kurze Affäre an, wofür

Helen sehr dankbar war. Es hatte sie anfangs ein wenig beunruhigt, daß Dan jetzt geschieden war. Sie wußte nicht, ob es inzwischen wieder eine Frau in seinem Leben gab, wünschte es ihm aber.

Dan kapitulierte ebenfalls vor dem Steak. Er nahm einen Schluck Bier, lehnte sich zurück, schwieg einen Augenblick und lächelte sie an.

»Was grinst du so?« fragte sie.

»Ach, ich hab nur so nachgedacht.«

»Worüber?«

»Wie schön es ist, dich hier zu haben.«

»Mann, für ein Gratisessen würde ich überall mit dir hingehen.«

An seinem Blick sah sie, daß er etwas anderes im Sinn gehabt hatte. Sie hoffte, daß er seine Gedanken nicht aussprach und alles verdarb.

»Weißt du, Helen, als Mary und ich uns getrennt haben, da hätte ich dich beinahe angerufen.«

»Ach?«

»Ja, ich habe oft an dich gedacht. Und daran, was aus diesem Sommer damals geworden wäre, wenn ich nicht …«

»Hör schon auf, Dan.«

»Tut mir leid.«

»Das muß es nicht.«

Sie griff über den Tisch nach seiner Hand und lächelte ihn an.

»Wir sind Freunde«, sagte sie leise. »Und so war es eigentlich schon immer.«

»Ja, wahrscheinlich.«

»Und im Moment brauche ich einen Freund mehr als, na ja, mehr als alles andere.«

»Tut mir leid.«

»Sag das noch mal, und ich verrate dir nie mehr meine Mäusefängergeheimnisse.«

Er lachte und ließ ihre Hand los. Zum Glück tauchte jetzt Elmer auf und fragte, ob er die Steaks abräumen könne und ob sie lieber Creme- oder Schokoladentorte wollten. Sie entschieden sich für Kaffee.

»Sie sind also die Wolfslady, oder?« fragte er, als er mit dem Kaffee zurückkam.

»Stimmt. Woher wissen Sie das?«

Er zuckte die Achseln. »Das weiß doch die ganze Stadt.«

Buck sah noch mal in den Rückspiegel und vergewisserte sich dann, daß auch die Straße vor ihm frei war. Wenn er auf Höhe ihrer Einfahrt ein Auto sah, fuhr er einfach weiter.

Es war wirklich praktisch, daß sie hier draußen am Rand der Stadt wohnte, wo es keine neugierigen Nachbarn gab und er den Wagen einfach hinterm Haus parken konnte, so daß er von der Straße aus nicht zu sehen war. Jedenfalls war das viel besser, als es in irgendeinem schäbigen Motel an der Interstate oder oben im Wald zu treiben, den nackten Hintern den Elementen ausgesetzt, oder – im Winter – hinten auf dem Pickup, was in jungen Jahren ganz in Ordnung war. Doch mit zunehmendem Alter brauchte man für die Liebe, wie für die meisten Dinge im Leben, etwas mehr Komfort.

Vor einiger Zeit hatten sie ein Signal vereinbart. Wenn sie die Vorhänge vor dem kleinen Fenster auf der Straßenseite schloß, bedeutete dies, daß sie Besuch hatte, dann fuhr Buck weiter. Er freute sich, daß dies heute nicht der Fall war. Er sah Licht im Haus und stellte sich vor, wie sie duschte, frisch roch und für ihn bereit war. Schon allein bei dem Gedanken spannte sich der Stoff seiner Hose im Schritt.

Buck hatte immer einen Grund gefunden, von zu Hause zu verschwinden. Einmal war es irgendeine Sitzung, zu der er mußte, dann ein Nachbar, den es zu besuchen, oder ein Geschäft, das es in der Stadt zu tätigen galt. Für die seltenen Augenblicke, in denen es knifflig wurde, hatte er Freunde, auf die er sich verlassen konnte. Heute abend nahm er angeblich an einem Viehzüchtertreffen in Helena teil, wo er tatsächlich kurz gewesen war. Meist brauchte er nicht einmal zu lügen, da Eleanor nie fragte, wohin er ging oder wann er zurück sein würde; und wenn er heimkam, schlief sie schon.

Die Straße war frei, also lenkte er den Wagen in die Auffahrt und parkte hinter dem alten Kombi. Als er ausstieg, ging die Haustür auf. Er sah sie in ihrem schwarzen Bademantel im Türrahmen lehnen, wo sie auf ihn wartete, ein verführerisches Lächeln im Gesicht. Er ging schweigend auf sie zu. Als er bei ihr war, glitten seine Hände unter ihren Morgenmantel und umfaßten ihre nackten Hüften, während er sie auf den Hals küßte.

»Ruth Michaels«, sagte er, »du bist doch wirklich die aufregendste Frau diesseits des Missouri.«

»Ach ja? Und wen hast du auf der anderen Seite?«

Als er später nach Hause kam und sich zum zweitenmal an diesem Abend auszog, drehten sich Bucks Gedanken um weniger erregende Dinge. Aus dem kleinen Kabinett, das Schlaf- und Badezimmer miteinander verband, betrachtete er Eleanors schlafende Gestalt im großen Messingbett und fragte sich, was sie in Gottes Namen dazu gebracht hatte, Ruth Geld anzubieten.

Ruth fand die Idee offenbar recht amüsant. Sie hatte ihm die Neuigkeit etwa eine halbe Stunde nach seiner Ankunft mitgeteilt, als sie verschwitzt und zufrieden auf ihrem Bett lagen und er, aus keinerlei bestimmtem Grund, an die hübsche junge Biologin dachte, die dort oben allein im Wald lebte, und sich fragte, wie seine Chancen wohl bei ihr standen. Als wollte sie ihn für diese Gedanken bestrafen, erzählte ihm Ruth wie von einer längst beschlossenen Sache, daß Eleanor ihr aus der Patsche helfen und ihre Geschäftspartnerin werden wollte. Er wäre fast aus dem Bett gefallen.

»Deine Partnerin?«

Ruth lachte. »Weißt du, als sie hereinkam, war ich schrecklich nervös und dachte nur, meine Güte, da kommt sie, sie weiß Bescheid. Und dann sitzt sie da mit ihrem Cappuccino und bietet mir Geld an.«

»Das kann sie doch nicht tun. Verdammt noch mal, Ruthie, ich hab dir doch gesagt, ich geb dir das verdammte Geld.«

»Dein Geld könnte ich nicht annehmen.«

»Und von ihr kannst du's?«

»Ja.«

»Das kapier ich nicht.«

»Tja, mein lieber Buck, denk drüber nach.«

Und dann lachte sie, daß ihre Brüste sich auf eine Weise bewegten, die ziemlich irritierend war, wenn man versuchte, wichtige Neuigkeiten richtig einzuschätzen. Er hatte Ruth gefragt, was so lustig sei, und sie erzählte ihm, Eleanor habe gesagt, sie wolle mehr als nur eine »stille Teilhaberin« sein.

Buck fand das überhaupt nicht witzig.

Er stand unter der Dusche und spülte sich den Sexgeruch vom Körper, während er weiter nachdachte. Natürlich konnte er Eleanor nicht darauf ansprechen, solange sie ihm nicht selbst etwas sagte. Außerdem war es schließlich ihr Geld. Ihr Vater hatte es ihr vererbt, und es war allein ihre Sache, aus welchem Fenster sie ihr Erbe warf. Doch wenn sie ihre Pläne in die Tat umsetzte, würde sein Leben komplizierter werden, denn eine der Grundregeln bei Seitensprüngen lautete, daß man Frau und Geliebte möglichst weit auseinanderhielt. Für Ruth schien dies erstaunlicherweise kein Problem zu sein.

Er trocknete sich vor dem Spiegel ab, bewunderte wie immer seine Figur und suchte nach Spuren, die Ruth hinterlassen haben könnte. Nichts zu sehen. Dann putzte er sich die Zähne, sah sich grinsend an, ging ins Schlafzimmer und vermied jene Bodendielen, von denen er wußte, daß sie knarrten. Er machte die Nachttischlampe aus, die Eleanor für ihn angelassen hatte, und schlüpfte leise neben ihr ins Bett.

Wie jeden Abend hatte sie ihm den Rücken zugekehrt. Sie lag mit dem Gesicht zur Wand, ohne sich zu bewegen. Er konnte sie kaum atmen hören. Manchmal glaubte er, daß sie nur so tat, als schliefe sie.

»Gute Nacht«, sagte er leise, erhielt aber keine Antwort.

Frauen! dachte Buck, als sich die Konturen der Zimmerdecke über ihm langsam in der Dunkelheit abzeichneten. Selbst nach all diesen Jahren, nach all der Mühe, die er aufgewandt hatte, möglichst viele von ihnen kennenzulernen und möglichst viel über sie zu erfahren, blieben sie letztlich doch eines von Gottes größten Rätseln.

Eleanor hörte ihn seufzen, hörte, wie er sich herumwälzte, und wußte, daß er sich zu ihr umgedreht hatte, sie vielleicht beobachtete, um zu sehen, ob sie schlief. Sie bewegte sich nicht. Bald würde er noch einmal kurz seufzen, sich zur anderen Seite drehen, sich etwa fünf Minuten später auf den Rücken legen, einmal mit der Zunge schnalzen und schließlich zu schnarchen beginnen.

Sie beneidete ihn um die Leichtigkeit, mit der er in die Welt des Traums hinüberglitt. Vor langer Zeit, als sie selbst noch hoffte, schlafen zu können, hatte sie es mit dem gleichen Ritual versucht: linke Seite, rechte Seite, auf den Rücken, aber es funktionierte nie.

Wenn er nicht getrunken hatte, schnarchte er nicht besonders laut. Es klang fast wie ein Blasebalg, mit dem man im Winter das Feuer im Wohnzimmer anfachte. Der Rhythmus ihres eigenen Atems war schneller, und jeden Abend versuchte sie, ihn beizubehalten. Aber es klappte nicht. Sie lag da, wartete unangenehm lang mit dem Ausatmen und wehrte sich mit jedem Schlag ihres Herzens dagegen, daß ihr Mann sie selbst noch im Schlaf beherrschte.

Manchmal, wenn sie sicher war, daß er schlief, drehte sie sich leise und vorsichtig um, so daß die Matratze sich nicht bewegte, und beobachtete ihn. Sie sah, wie die mächtige Brust sich hob und senkte, sah das Zittern der offenen Lippen, wenn er ausatmete. Sein nach oben gekehrtes, im Schlaf entspanntes Gesicht wirkte fast kindlich, ja anrührend. Über seine Stirn verlief wie ein Heiligenschein ein helles Band, dort, wo ihn der Hut vor der Sonne schützte. Eleanor suchte in ihrem Herzen nach Spuren ihrer früheren Liebe und erinnerte sich an die Zeit, als sie mehr als Mitleid oder Verachtung für ihn empfunden hatte.

Vor ihrer Ehe hatte sie zwar nicht alles, aber doch ziemlich viel über Bucks Verhältnis zu Frauen gewußt. Die Freundin einer Freundin hatte persönliche Erfahrungen mit ihm gemacht und sie gewarnt. Als Eleanor ihn jedoch zur Rede stellte, legte er ein entwaffnend offenes Geständnis ab und überzeugte sie schließlich davon, daß er doch immer nur auf sie gewartet habe.

Sie hätte ihn vermutlich auch geheiratet, wenn sie nicht von seiner Aufrichtigkeit überzeugt gewesen wäre. Sein Verlangen nach Frauen war eine Schwäche, und bei einem so starken Mann konnten Schwächen durchaus etwas Reizvolles sein. In der zutiefst katholischen Eleanor weckte dies einen bisher nie gekannten Missionierungseifer. Und sie war nicht die erste Frau – und würde gewiß auch nicht die letzte sein –, die einen Mann in dem Glauben heiratete, ihn retten zu können.

Daß Buck Calder nicht bereit war, sich retten zu lassen, oder einfach nicht zu retten war, stellte sich schon nach wenigen Jahren heraus, doch brauchte sie noch eine ganze Weile, um sich diese Tatsache einzugestehen.

Seine politische Arbeit in der Region und als Sprecher der Viehzüchtervereinigung bot ihm reichlich Gelegenheit, seinen Vergnügungen außer Haus nachzugehen, und was ihre Augen nicht sahen, konnte ihr Herz leicht verleugnen. Er war ein geschickter Betrüger, wählte die Frauen mit Bedacht und mied jene, die später vielleicht Schwierigkeiten machten. Und diejenigen, die er mit ins Bett nahm, schienen die Regeln zu kennen. Sie riefen ihn nie zu Hause an, hinterließen keine Make-up-Flecken auf seiner Kleidung und schienen ihm auch in ihrer größten Leidenschaft keine Beiß- oder Kratzspuren zuzufügen.

Der Wunsch nach Verdrängung machte erfinderisch. Und Eleanor, der viel von der Schmach der betrogenen Gattin erspart blieb, ließ sich bereitwillig täuschen.

Als Kathy zur Welt kam, änderte sich alles.

Die Geburt setzte zwei Wochen zu früh ein, und Buck befand sich gerade auf einer Viehzüchterkonferenz in Houston. Alles geschah derart rasch, daß sie erst spät am Abend, das Neugeborene im Arm, von der Klinik aus in seinem Hotel anrufen konnte und in sein Zimmer durchgestellt wurde. Eine Frau meldete sich, eine, die offenbar die Regeln noch nicht kannte.

»Hier Mr. Calders Bett«, flötete sie, ehe er ihr den Hörer aus der Hand reißen konnte.

Buck kam nach Hause und gestand. Und um der Kinder willen, aber auch, weil er seine Rolle als reuiger Sünder genauso gut spielte wie die als Betrüger, erklärte Eleanor sich bereit, ihm zu vergeben, war es doch, wie er beteuerte, nur ein einmaliger Ausrutscher gewesen. Nichts könne entschuldigen, was er getan habe, sagte er. Doch er sei in einer fremden Stadt gewesen, ganz allein, und nach ein paar Drinks zuviel könne es schon mal passieren, daß man auf Abwege geriete. Und da Eleanor schwanger und es schon ziemlich lange her gewesen sei, daß sie ... na ja, sie wisse schon.

Sechs Monate lang machte sie ihm die Hölle heiß, verbannte ihn aus ihrem Bett und bemühte sich, nicht schwach zu werden, während er den reuigen Gatten spielte und seine angemessene Strafe mannhaft ertrug. Er sah nach den Kindern und erledigte die Arbeit auf der Ranch, während sie sich um das Baby kümmerte.

Eleanor war insgeheim beeindruckt davon, wie gut er jene monotonen Aufgaben bewältigte, um die sie sich bisher hatte kümmern müssen. Morgens weckte er Henry und Lane und zog sie an, abends badete er sie und brachte sie wieder ins Bett. Er kaufte ein, ohne sie fragen zu müssen, was sie brauchten. Er brachte ihr Blumen und kochte besondere Gerichte für sie, die sie kommentarlos zu sich nahm. Er war höflich und rücksichtsvoll und lächelte sie verlegen an, wenn sie sich herabließ, in seine Richtung zu schauen.

Eleanor wußte nicht, wie viele »Gegrüßet seist du, Maria« man zur Buße für einen Ehebruch aufbekam, aber gerade als sie zu dem Schluß kam, daß er genug gelitten habe, glaubten zwei mitfühlende Freundinnen, ihr alles mitteilen zu müssen, was ihr bislang verborgen geblieben war. Bei einem vormittäglichen Kaffeeplausch berichteten sie ihr in allen Einzelheiten, mit wem Buck in den letzten Jahren noch ins Bett gegangen war – und dazu gehörten auch einige Frauen, die Eleanor bis dahin für Freundinnen gehalten hatte.

Heute wußte sie, daß sie den Rat ihrer Freundinnen befolgen und ihn hätte verlassen sollen, doch in einem Winkel ihres Herzens war sie überzeugt, ihn doch noch retten zu können. Manchmal schaute sie aus dem Küchenfenster auf die schneebedeckte Weide, sah die Pappel aus der rostigen Karosse des alten Ford ragen und sagte sich, daß nichts unmöglich war, daß der Herrgott kein Unglück zuließ, das nicht auch einen Funken Hoffnung in sich barg.

Schließlich ließ sie ihn zurück in ihr Bett, doch sollten noch einmal drei Jahre vergehen, bevor sie wieder mit ihm schlief. Dabei sehnte sie sich nach ihm. Manchmal wachte sie nachts voller Begehren auf und mußte all ihre Kraft aufbieten, um ihn nicht zu wecken und ihm in lustvoller Umarmung zu vergeben.

Auf genau diese Weise war Luke empfangen worden. Und während in den folgenden Monaten das letzte Kind in ihrem

Schoß heranwuchs, entdeckten Eleanor und Buck eine Leidenschaft füreinander, die ihn ebenso erregte und überraschte wie sie selbst. Er war der einzige Mann, mit dem sie je geschlafen hatte, doch erst damals war ihr Körper ganz für ihn erwacht.

Selbst wenn sie heute, nach all diesen Jahren, an jene Zeit zurückdachte, konnte Eleanor die Heftigkeit und den Schmerz ihrer Liebe fast noch spüren und schämte sich dafür, so von der körperlichen Liebe überwältigt worden zu sein. Hätte sie sich doch nur zurückgehalten, vielleicht wäre dann der Kummer über seine späteren Eskapaden leichter zu ertragen gewesen. Denn nach der Geburt von Luke – ihrem Sohn, dem Vater so unähnlich, wie ein Kind es nur sein konnte – war es mit der Leidenschaft vorbei.

Für Buck, dachte sie später, war es wahrscheinlich nur wie das Ende einer seiner Affären gewesen.

Sie verstand seine Kritik an Luke als Kritik an ihr selbst, denn der Junge war tatsächlich ihr Ebenbild, und seine Schwächen und Unzulänglichkeiten mußten daher auch die ihren sein.

Die anderen Kinder hatten frühzeitig die Nacht durchgeschlafen, und nur wenn sie krank waren, kamen sie zu den Eltern ins Bett. Doch Luke weinte und beruhigte sich erst dann, wenn sie ihn mit zu sich ins Bett nahm und im Arm hielt, bis er eingeschlafen war.

Anfangs drängte Buck sie, ihn zurück in die Wiege zu legen, doch Luke schreckte immer wieder hoch und begann von neuem zu weinen, so daß sie ihn trotz Bucks Protesten die ganze Nacht bei sich behielt.

Und so zeichnete sich schon bald die neue Struktur ihres Lebens ab: Eleanor war müde und abweisend; ihr Mann fühlte sich ausgeschlossen, ließ sich schon nach kurzer Zeit wieder auf amouröse Abenteuer ein – die sie nun nach Kräften ignorierte und derentwegen sie ihn mit aller Macht zu bedauern suchte. Und da war dann noch dieser kleine Junge, der nun im wahrsten Sinn des Wortes zwischen ihnen lag.

Und so begann der lange Winter ihrer Ehe. Ohne Begehren und Zuneigung blieb ihnen nicht einmal mehr die Wärme für den gegenseitigen Trost, als der junge Henry starb. Am nächsten waren sie einander noch, als sie sich am Tag nach der Beerdigung stritten. Buck hatte sie dabei überrascht, wie sie die Wäsche ihres toten Sohnes bügelte, und sie eine Närrin genannt. Was soll ich denn tun, hatte sie gefragt, soll ich die Sachen wegwerfen?

Sie hörte, wie sich ihr Mann jetzt auf den Rücken drehte und sein Kissen zurechtrückte.

Bald schnarchte er, und sie lag da und fragte sich, in welchem Bett er heute abend wohl schon gewesen war. Aber sie gab sich Mühe, sich nach all den Jahren nichts mehr daraus zu machen.

Dan brachte Helen aus dem Last Resort, wo sie nach ihrem Essen noch ein Bier getrunken hatten, zu ihrem Wagen. Sie bedankte sich bei ihm für den schönen Abend und gab ihm einen Kuß auf die Wange.

»Engel mit dir«, sagte sie, als sie losfuhr.

»Mit dir auch.«

Es ging auf Mitternacht zu, und die Stadt lag verlassen da. Helen fuhr bis zum Ende der asphaltierten Straße und bog dann auf den Kiesweg ein, der ins Tal führte. Buzz, der im Wagen geschlafen hatte, saß jetzt wachsam auf dem Vordersitz.

Sie fuhr diese Strecke zum erstenmal im Dunkeln, und nachdem sie den Hauptweg am oberen Talende verlassen hatte, wurde es etwas schwierig. Es gab keine Schilder, und sie wußte nur, daß sie zweimal rechts und einmal links abbiegen mußte. Doch sie hatte sich verfahren und stand schließlich vor einer Ranch, aus der bellend ein paar Hunde hervorschossen und jemand aus einem der oberen Fenster schaute, dessen Silhouette sich deutlich im gelben Licht abzeichnete. Sie winkte, wendete und hielt in einiger Entfernung, um im Licht ihrer Taschenlampe die Karte zu studieren.

Am Waldrand fand sie endlich die Reihe der fünf Briefkästen, darunter ihr eigener, hinter der einige Bäume die richtige Abzweigung verdeckten. Die Kiesstraße wurde zu einem Sandweg, der sich steil und zerfurcht weitere vier Meilen hinauf zum Eagle Lake wand. Die Briefkästen hatten verschiedene Farben, ihrer war weiß. Sie nahm an, daß die übrigen Kästen zu Hütten oder Häusern gehörten, die sie noch nicht kannte. Doch die einzigen Menschen, die sie bislang hier oben gesehen hatte, waren ein einsamer Wanderer und der Fahrer eines riesigen Holztransporters gewesen, der sie am Nachmittag fast vom Weg abgedrängt hatte.

Während der alte Lieferwagen unter den Bäumen entlangrumpelte, dachte sie daran, was Dan ihr beim Essen zu sagen versucht hatte. Es gab wirklich schlechtere Männer als Dan Prior. Davon konnte sie ein Lied singen. Seine Gefühle rührten sie, und einen Moment lang fühlte sie sich sogar geschmeichelt – bis sich ihr anderes Ich meldete, jenes Ich, das ihr immer einen kräftigen Tritt in den Hintern verpaßte, wenn sie auch nur anfing, zufrieden mit sich zu sein, und ihr sagte, sei nicht blöd, der arme Kerl ist geschieden und vermutlich ziemlich einsam.

Der Eagle Lake lag in einer Lichtung, einer großen Weide, die sich im Frühsommer in ein Meer von Blumen verwandelte. Am westlichen Ufer stand die Hütte, etwa zehn Meter vom Wasser entfernt, an einem sanften Hang, den ein Bach durchschnitt, zu dem in der Dämmerung morgens und abends Hirsche zur Tränke kamen.

Als Helen den Wald verließ und zur Hütte fuhr, strahlten die Scheinwerfer des Pickup acht oder neun der Tiere an. Sie hoben gleichzeitig den Kopf und schauten sie ohne Scheu an. Helen hielt den Wagen an, und einige Augenblicke betrachteten sie einander, während Buzz vor Aufregung zitterte und kleine japsende Laute von sich gab. Dann drehten sich die Tiere um, liefen gemächlich davon, und gleich darauf waren ihre weißen Spiegel zwischen den Bäumen verschwunden.

Helen stellte den Wagen neben der Hütte ab, und während Buzz schnuppernd umherlief, lehnte sie sich an die Kühlerhaube und schaute zum Himmel hinauf. Es war kein Mond zu sehen, dafür leuchteten die Sterne um so mehr. Noch nie hatte sie einen derart strahlenden Himmel gesehen. Es ging kein Wind, und Kieferngeruch erfüllte die Luft.

Helen atmete tief ein und mußte husten. Keine Frage, sie würde mit dem Rauchen aufhören. Für immer. Sie wollte sich nur noch diese eine Zigarette anstecken, und das würde die letzte sein. Die allerletzte.

Sie zündete sich die Zigarette an, ging am Bach entlang und stellte überrascht fest, daß allein das Licht der Sterne ausreichte, einen Schatten zu werfen. Am Uferrand lag auf einem kurzen Kiesstreifen ein Holzboot, das man früher vermutlich zum Fischen benutzt hatte, das inzwischen aber längst verrottet und von Binsen überwuchert war. Sie prüfte, ob die Sitzplanke im Boot ihr Gewicht aushielt, und setzte sich darauf, um ihre letzte Zigarette zu rauchen und das Spiegelbild des Himmels im glasklaren Wasser zu betrachten.

Hin und wieder hörte sie Buzz weiter oben im Wald herumstöbern, und einmal glaubte sie, den schweren Tritt eines größeren Tiers wahrzunehmen. Sonst war alles still; kein Frosch quakte, keine Insekten schwirrten, als schwiege die Welt in dieser Nacht aus Ehrfurcht vor dem Himmel. Im Wasser spiegelte sich eine Sternschnuppe. Seit ihrer letzten Nacht auf dem Cape hatte sie keine mehr gesehen, also schloß sie die Augen und wünschte sich wie damals gleich drei Dinge statt einem, nämlich, daß Joel gesund war, wie versprochen zu ihr zurückkehrte und, woran sie am meisten zweifelte, wieder mit ihr zusammensein wollte.

Sie stand auf und drückte die Glut der Zigarette aus. Dann

steckte sie den Stummel in die Tasche. Schon verrückt, dachte sie, da machte sie sich nun mehr Sorgen um die Umwelt als um ihre Raucherlunge.

Morgen wollte sie ein neues Leben beginnen und sich auf die Suche nach dem Wolf machen. Sie fragte sich, wo der sich wohl gerade herumtrieb. Bestimmt war er auf der Jagd, die feuchte Nase in die Dunkelheit gereckt, die gelben Augen wachsam. Oder er schlich wie ein Schatten durch das Unterholz.

Vielleicht sollte sie heulen wie ein Wolf und warten, ob sie Antwort erhielt. Dan hatte immer behauptet, daß sie so gut heulte wie sonst niemand und kein Wolf in ganz Minnesota ihrem Ruf widerstehen könnte. Aber sie hatte seit Jahren keinen Wolfsruf mehr nachgeahmt, und obwohl ihr Publikum nur aus Buzz bestand, fühlte sie sich irgendwie gehemmt. Aber dann dachte sie, was soll's, räusperte sich und legte den Kopf in den Nacken.

Sie war so sehr aus der Übung, daß ihr erster Versuch völlig mißglückte. Sie klang wie ein Esel mit Halsschmerzen, und auch beim zweitenmal war sie nicht viel besser. Dann, beim dritten Versuch, klappte es: der tiefe Ansatz, danach der sich langsam ausweitende, klagevolle Anstieg, der schließlich in der Nacht verklang.

Falls ein Wolf sie gehört hatte, gab er keine Antwort.

Sie erhielt nur ein Echo aus irgendeinem entlegenen Winkel der Berge, doch der Laut ließ Helen schaudern. Denn sie vernahm in ihm das Klagelied ihrer eigenen, trauernden Seele.

HERBST

12

Sie erreichten den Bergrücken und blieben zwischen den mächtigen, mit Flechten bewachsenen Felsen stehen, schirmten ihre Augen vor der Sonne ab und blinzelten in den gewundenen Cañon, der unter ihnen lag. Helen hörte das Rauschen des Bachs und sah ihn an einigen Stellen zwischen Weiden und Erlen, die den Cañon säumten, durchblitzen. Sie schwang den Rucksack von den Schultern und griff nach der Wasserflasche.

Das letzte Stück des Anstiegs war ziemlich steil gewesen, und sie schwitzte in der warmen Mittagssonne, doch hier oben wehte immerhin eine leichte Brise, die den vom Rucksack hinterlassenen Schweißfleck auf ihrem T-Shirt trocknete. Helen trank einen Schluck und reichte die Flasche dann Bill Rimmer, der mit einem Kopfnicken zur anderen Seite des Cañons wies. Helen folgte seinem Blick und sah eine Herde Dickhornschafe, die, wie zu Statuen erstarrt, zu ihnen herüberspähte.

Es war drei Wochen her, seit die Fallen ausgelegt worden waren. Dan hatte sie in seiner Cessna mitgenommen, um ihr einen Eindruck von der Landschaft zu vermitteln. Sie hatten keinerlei Funksignal empfangen. Am folgenden Tag waren Helen und Rimmer dann losgezogen, um die besten Stellen für ihre Fallen zu erkunden.

Er war in Helens Hütte mit Wolfslosung, Wolfsurin und jenem berüchtigten Köder aufgetaucht, vor dem Dan sie schon gewarnt hatte. Rimmer nannte ihn nur »kitty candy«. Er machte das Glas auf, damit Helen daran riechen konnte. Sie wäre fast in Ohnmacht gefallen.

»Um Gottes willen! Was ist denn *das*?«

Rimmer grinste. »Wollen Sie das wirklich wissen?«

»Ich weiß nicht so recht.«

»Verweste und fermentierte Analdrüsen von Luchs und Kojote.«

»Vielen Dank für diese Information, Bill.«

Buzz, der ebenfalls kurz daran geschnuppert hatte, war außer sich und betrachtete das glücklicherweise luftdicht verschlossene Glas seither unablässig mit vor Aufregung bebenden Lefzen.

In dem abgelegenen Cañon, vor dem sie jetzt standen, hatten sie Wolfsspuren und die dazugehörige Losung gefunden, beides allerdings nicht mehr ganz frisch. Dieser felsige Trichter, wo sich ein Wolf, der über die Kontinentalsperre gekommen war, durchaus ansiedeln konnte, schien ihnen der bisher vielversprechendste Ort zu sein, und so beschlossen sie, zehn der insgesamt zwanzig Fallen hier aufzustellen. Die übrigen Fallen brachten sie mit Rücksicht auf Buck Calder entlang der beiden wahrscheinlichsten Wege durch den Wald hinunter zu jenen Weiden an, die Calder und seine Nachbarn für den Sommer gepachtet hatten.

Da sie Rimmers ausgezeichneten Ruf als Fallensteller kannte, hatte die Vorstellung, er könnte ihr bei der Arbeit über die Schulter schauen, Helen anfangs nervös gemacht. Doch Rimmer zeigte sich gutgelaunt und wohlwollend, machte ihr sogar Komplimente wegen ihrer Geschicklichkeit beim Bau der Fallen und ihrer Entscheidung für die Orte, wo sie sie aufstellte. Und nachdem er ihre erste Erdfalle gesehen hatte, meinte er im Scherz, daß er jetzt wohl überflüssig sei.

Sie hatte ihn gern um sich. Er kannte das Land und zeigte ihr, ohne jemals herablassend zu wirken, wie sich die Wölfe in diesem Berggebiet verhielten, was sie jagten und wo sie bevorzugt ihre Höhlen suchten. Er hatte eine sanfte Art und sprach viel von seiner Frau und seinen Kindern, den beiden Jungen, fünf und sechs Jahre alt, und seiner achtjährigen Tochter, die, wie er sagte, den Haushalt fest im Griff hatte und ihm ernsthafte Vorhaltungen darüber machte, wie böse es sei, Tiere zu töten, was nämlich, wie Helen wußte, auch zu seinem Job gehörte.

Die Fallen waren eine abgewandelte Version des Modells Nr. 14, den alten Newhouse-Fallen ähnlich, die Helen in Minnesota benutzt hatte und die nur selten Verletzungen an den Läufen verursachten. Rimmer betrachtete sie naserümpfend und meinte, sie seien zu schwach und böten dem Wolf eine zu große Chance zur Flucht. Er selbst zog Fallen mit stärkeren Laufklammern vor, die unten in Texas von einem legendären Trapper namens Roy McBride hergestellt wurden.

Jede Falle war mittels einer Schnur mit einem vorzugsweise in einem Baum versteckten Halsband mit Peilsender verbunden. Sobald die Falle vom Boden gezerrt wurde, riß die Schnur einen kleinen Magneten vom Halsband ab, der daraufhin ein Signal aussandte. Helen stellte die eine Hälfte der Fallen auf, Rimmer die andere, und sie wetteten um ein Bier, wer den ersten Wolf finge.

Nach drei Wochen war das Ergebnis immer noch gleich Null.

Jeden Tag überprüfte Helen sämtliche Frequenzen, empfing aber kein einziges Signal. Morgens und abends ging sie die drei Fallenrouten ab. Die beiden unten im Wald waren leicht zugänglich, da sie die Wege benutzen und mit dem Pickup ziemlich nahe herankommen konnte. Die Route im Cañon zu überprüfen dauerte länger. Der alte Toyota brach an dem letzten holprigen Stück des Weges fast auseinander, und wenn es mit dem Wagen nicht mehr weiterging, war es noch eine gute Stunde zu Fuß.

Jedesmal wenn sie den Bergrücken erreichte, auf dem sie nun mit Rimmer stand, war sie überzeugt, daß es heute endlich soweit war. Und wenn sie durch den Wald hinunterlief, lauschte sie auf das verräterische Rasseln der Zugkette oder auf ein Rascheln im Gebüsch, in dem sich ein gefangener Wolf verstecken mochte. Doch es war immer das gleiche.

Nichts. Kein Wolf, keine Spuren und keine Losung, nicht einmal ein Fellbüschel an einem Dornenstrauch.

Allmählich glaubte sie, daß das Glück sich von ihr abgewandt hatte oder sie etwas falsch machte. Nach etwa zehn Tagen stellte sie daher die Fallen anderswo auf, änderte ihre Technik und versuchte es auch mit neuen Orten, nicht nur entlang der Wildpfade, wo man normalerweise einen Wolf vermuten konnte. Sie stellte sie oben auf dem Bergkamm und unten am Bach auf, auf offener Fläche und tief versteckt im Gebüsch.

Es half nichts.

Dann kam sie auf die Idee, daß die Fallen vielleicht zu neu waren oder zu sehr nach Metall rochen, also schleppte sie sie zur Hütte zurück, scheuerte sie mit einer Drahtbürste ab und kochte sie dann in Bachwasser und Holzaschesud. Anschließend rieb sie die Fallen sorgsam mit geschmolzenem Bienenwachs ein, hängte sie zum Trocknen in einen Baum und achtete stets darauf, sie nur mit Handschuhen anzufassen.

Es änderte nichts.

Dann fragte sie sich, ob es vielleicht an Buzz lag. Er begleitete sie meist auf ihren Wegen und markierte manchmal selbst die Stelle mit seinem Urin, wenn sie rund um die Falle den vom Wolf verspritzte. Als sie Rimmer davon erzählte, hatten sie es beide für einen guten Einfall gehalten. Eigentlich war es egal, wer in das Revier eines Wolfs eindrang, ob nun fremder Wolf oder kastrierter Hund, da deren Geruch auf jeden Fall seine Aufmerksamkeit erregte. Aber vielleicht verschreckten ihn ja Buzz' Anstrengungen, und so hatte Helen ihn in letzter Zeit zu seinem Leidwesen in den Pickup oder in den Verschlag hinter der Hütte gesperrt. Sie gab sogar einige Tage lang das Rauchen auf, für den Fall, daß es der Zigarettenrauch war, der die Tiere abschreckte.

Doch wie zum Hohn blieben die Fallen leer.

Dabei konnte sie durchaus nicht darüber klagen, daß sie nichts zu tun hatte. Sie lud die Software des Geographic Information System, die Dan ihr mitgebracht hatte, auf ihre Festplatte und konnte sich jetzt die Karten der Gegend auf dem Bildschirm ansehen. Es gab Karten für die Wasserläufe, für Straßen oder für die diversen Vegetationstypen, und sie ließen sich in allen Varianten miteinander kombinieren. Sie trug nicht nur die genauen Positionen aller Fallen ein, sondern auch sämtliche Informationen, die sich vielleicht einmal als nützlich erwiesen, etwa die Spuren von Elchen, Rot- oder anderem Wild, das ein Wolf normalerweise jagte – sogar die Standorte des auf den Pachtweiden grasenden Viehs.

Sie wußte, wie wichtig es war, sich zu beschäftigen, um nicht ständig an Joel denken zu müssen.

Die Nächte waren am schlimmsten. Meistens dämmerte es bereits, wenn sie vom Überprüfen der Fallen zurückkehrte, und die dann folgenden Arbeitsgänge waren stets die gleichen. Wenn sich ihr Handy wieder aufgeladen hatte und sie eine Verbindung bekam, fragte sie die Mailbox ab und erledigte ihre Anrufe. Den Versuch, sich in den E-Mail-Server einzuloggen, hatte sie schon beinahe aufgegeben. Da das Handy analog geschaltet war, dauerte das Herunterladen vom Internet unerträglich lang, für eine einzige Seite brauchte sie fast fünf Minuten.

Jedesmal wenn sie die Anrufe abhörte, hoffte sie auf eine Nachricht von Joel. Doch anfangs waren es stets nur Dan oder Bill Rimmer, die anriefen, weil sie wissen wollten, ob sie mit den Fallen bereits Erfolg gehabt hatte. Später meldeten auch sie sich nicht mehr, als sei es ihnen peinlich, immer die gleiche Antwort zu bekommen. Gelegentlich ließ Celia oder ihre Mutter von sich hören, und Helen nahm sich meist die Zeit, sie zurückzurufen.

Dann fütterte sie Buzz, gönnte sich eine Dusche, machte

sich etwas zu essen und verbrachte den Rest des Abends am Computer, schrieb oder las. Doch wenn es dunkel wurde und Schweigen sich über den Wald senkte, durchbrochen allein vom Schrei einer Eule oder eines sterbenden Tieres, fiel es ihr immer schwerer, die Erinnerung an Joel in Schach zu halten.

Sie hatte versucht, sich mit Musik abzulenken, doch was immer sie auflegte, ließ sie erst recht an ihn denken. Sie hörte seine Schritte im Zischen der Coleman-Laternen oder im Flattern der Insekten, die gegen die Fliegengitter prallten. Wenn sie es nicht mehr aushielt, ging sie hinunter zum See, wo sie sich ins Gras setzte, schluchzend eine Zigarette rauchte und sich selbst und ihn und die ganze vermaledeite Welt verfluchte.

Und wenn die Sonne am nächsten Tag wieder aufging, nahm sie sich vor, etwas an ihrem abendlichen Programm zu ändern.

Also versuchte sie es erneut mit dem Wolfsgeheul und wanderte den Cañon hinauf, doch es war hoffnungslos, schlimmer noch als am ersten Abend am See. Ihr gelangen ein paar ganz passable Rufe – auf die sie natürlich keine Antwort erhielt –, und dann begann sie zu weinen.

Ihre Ausflüge in die Stadt waren etwas erfolgreicher, und allmählich lernte sie die Leute kennen. Sie aß oft bei Nelly's und kam meist mit jemandem ins Gespräch, allerdings hatte sie noch nicht den Mut gefunden, allein ins Last Resort zu gehen.

Inzwischen hatte sie auch die meisten ortsansässigen Rancher aufgesucht und ihren Charme spielen lassen. Sie hatte ihnen erklärt, weshalb sie hier war, und sie gebeten, sich bei ihr zu melden, wenn sie auch nur eine Spur von einem Wolf entdeckten. Gewöhnlich rief sie an, um mit ihnen einen passenden Termin zu vereinbaren, meist um die Mittagszeit. Die Rancher waren überwiegend höflich und freundlich, die Frauen reagierten noch freundlicher als die Männer.

Die Millwards, die reinrassige Charolais-Bullen züchteten, hatten viel Wirbel um sie gemacht und darauf bestanden, daß sie zum Essen blieb. Sogar Buck Calders Tochter, Kathy

Hicks, war angesichts dessen, was mit ihrem Hund passiert war, freundlich gewesen. Und die meisten – wenn auch nicht alle – Rancher gaben die Erlaubnis, ihr Land zu betreten, solange sie ihnen nicht in die Quere kam und keine Weidegatter offenließ.

Außer Abe Harding, den sie auf seiner Ranch angerufen, aber nicht erreicht hatte, kannte sie nun alle. Dann traf sie ihn eines Tages in der Stadt vor dem Lebensmittelladen, lächelte und sagte hallo; doch er ging an ihr vorbei, ohne sie zu beachten. Helen war ziemlich verdutzt. Hardings Söhne, vor denen sie sich an ihrem ersten Tag auf der Fahrt nach Hope blamiert hatte, luden etwas auf ihren Truck. Sie sah, wie sie sich über sie lustig machten.

»Ach, denken Sie sich nichts wegen Abe Harding«, sagte Ruth Michaels, als Helen ihr erzählte, was passiert war. »Er benimmt sich immer so. Der Typ ist einfach ein Arschloch. Nein, das ist nicht ganz fair. Er ist bloß traurig, verbittert und vielleicht ein bißchen verrückt. Aber wer wäre das nicht – bei den Söhnen?«

Helen mochte Ruth, und sooft sie in die Stadt kam, hielt sie am Souvenirladen an, um einen Kaffee zu trinken. Ruths schelmischer Humor brachte sie stets zum Lachen, und das tat ihr ebenso gut wie der Kaffee. Außerdem war es ganz nützlich, jemanden zu kennen, der einem den hiesigen Klatsch und das Neueste über die Leute in der Stadt erzählte.

Als die Wochen vergingen, wurde es Helen allmählich peinlich, daß sie noch keinen Wolf gefangen hatte. Man riß bereits Witze über sie. Vor zwei Tagen hatte sie zufällig Clyde Hicks an der Tankstelle getroffen, und er hatte sich aus dem Autofenster gelehnt und gefragt, wie es denn so gehe und was die Wölfe so machten, obwohl er genau Bescheid wußte.

»Wissen Sie, wie man am besten einen Wolf fängt?« fragte er süffisant grinsend. Helen schüttelte den Kopf.

»Aber Sie werden es mir bestimmt gleich sagen.«

»Sie suchen sich einen großen Felsbrocken, bestreuen ihn mit Pfeffer, der Wolf kommt, riecht, niest und schlägt sich selbst k. o. Bingo.«

Helen lächelte gequält.

»Was Sie nicht sagen!«

»Funktioniert. Probieren Sie's aus. Sag ich Ihnen ganz umsonst.« Und der Klugscheißer gab Gas.

Nachts lag sie wach und fragte sich, warum sie kein Glück hatte. Vielleicht waren Leute daran schuld, dachte sie. Vielleicht gab es oben welche im Wald, die den Wolf daran hinderten, in die Falle zu gehen. Nicht absichtlich, einfach nur, weil sie sich da oben herumtrieben. Sie hatte zwar noch keine Menschenseele getroffen, wußte aber, daß Wanderer zum Cañon kamen. Und dann waren da noch die Holzfäller, die für den Holzhandel weiter unten im Tal arbeiteten.

Manchmal fand sie Fußspuren im Staub oder im Schlamm am Bach, doch nicht so oft, daß sie befürchten mußte, jemand könnte in ihre Fallen treten. Dann entdeckte sie Hufabdrücke und Pferdedung, doch normalerweise ließen sich Wölfe weder durch Wanderer noch durch Pferde abschrecken. Sie waren zwar scheu, aber auch nicht scheuer als Grizzlys oder Berglöwen, deren Spuren sie gesehen hatte. Es war schon seltsam.

Noch seltsamer war, daß sie Fallen fand, die zugeschnappt waren. Sie konnte sich nicht erklären, warum. Fast schien es, als sei dies ohne äußere Einwirkung geschehen, da sie nicht aus der Erde gezogen waren und somit auch nicht den Sender aktiviert hatten. Helen reduzierte daraufhin die Tellerspannung, um die Fallen unempfindlicher zu machen, aber es passierte trotzdem immer wieder. Gestern dann hatte sie drei zugeschnappte Fallen entdeckt und am Abend Bill Rimmer angerufen und ihn gebeten, sie heute morgen zu begleiten.

Es war natürlich typisch, daß sie noch keine einzige zugeschnappte Falle gefunden hatten. Die Fallen unten im Wald waren unberührt.

»Sie glauben bestimmt, daß ich mir das alles nur eingebildet habe«, sagte sie, als sie den Abhang hinunter zum Cañon gingen.

»Ist wie mit dem Wagen, wenn der komische Geräusche macht. Sobald man ihn in die Werkstatt bringt, ist nichts mehr zu hören.«

»Bei meinem Wagen wüßten die gar nicht, wo sie anfangen sollten.«

Die ersten beiden Fallen, die sie im Cañon überprüften, sahen genau so aus, wie Helen sie gestern abend zurückgelassen hatte. Doch die nächste war tatsächlich zugeschnappt.

Helen hatte sie neben einem schmalen, staubigen Pfad aufgestellt, der aussah, als würde er vor allem von Rotwild benutzt. Rimmer ging um die Falle herum, und vor jedem Schritt überprüfte er den Boden. Die Falle lag offen da, die Bügel griffen ins Leere. Er hob sie sorgfältig mit einem Stockende an und untersuchte sie, ehe er sie in die Hand nahm und den Mechanismus kontrollierte.

»Mit der Falle ist alles in Ordnung.«

Er legte die Falle wieder hin, folgte dem Pfad etwa zwanzig Schritte weit und musterte aufmerksam den Boden. Dann kam er zurück und ging die gleiche Entfernung in die andere Richtung.

»Kommen Sie, und schauen Sie sich das an«, sagte er schließlich.

Sie ging zu ihm, und Rimmer zeigte auf den Pfad.

»Sehen Sie die Rehspur, die hier einfach aufhört?«

»Wahrscheinlich hat es kehrtgemacht.«

»Das glaube ich nicht. Schauen Sie hier.«

Sie gingen an der Falle vorbei zu der Stelle, an der Rimmer zuerst stehengeblieben war.

»Sehen Sie, wie hier die Spur wieder beginnt? Das ist dasselbe Tier, das in dieselbe Richtung läuft.«

»Sind Sie sicher?«

»Absolut. Was immer auch die Falle zuschnappen ließ, hat hinterher noch seine Spuren verwischt. Ich habe es schon mit ein paar verdammt cleveren Wölfen zu tun gehabt; aber so clever sind sie nun auch wieder nicht.«

Sie suchten rund um den Pfad nach Spuren, aber es gab zu viele Felsen und zuviel Gebüsch. Bei der nächsten Falle war es das gleiche: die Falle zugeschnappt, sämtliche Spuren verwischt.

Dann, bei der dritten, fanden sie Wolfsspuren und frische Losung direkt auf der zugeschnappten Falle. Helen stieß einen Freudenschrei aus.

»Tja, wenigstens gibt es ihn.«

Rimmer blickte stirnrunzelnd zu Boden.

»Stimmt, aber ich glaube nicht, daß er den Mechanismus ausgelöst hat. Sehen Sie diese Spuren hier? Nichts deutet darauf hin, daß er mit den Pfoten danach getastet hat oder in die Luft gesprungen ist, als sie zuschnappte. Sieht eher aus, als wäre er hergeschlendert, hätte dran geschnuppert, sein Geschäft verrichtet und wäre dann wieder seiner Wege gegangen.«

»Sie glauben, die Falle war schon zugeschnappt, als er auftauchte?«

»Denke schon. Und mir scheint auch, daß hier der Sand gefegt wurde, bevor der Wolf kam. Deswegen sieht man seine Spuren so deutlich.«

Er zog eine Plastiktüte aus seiner Tasche, streifte sie über seine Hand und hob die Losung auf. Dann stülpte er die Tüte um und gab sie Helen.

»Immerhin hat er Ihnen ein Präsent dagelassen.«

Sie kämmten die Gegend um die Falle ab. Rimmer hockte am Boden und schnupperte an einem Grasbüschel.

»Ist ja ein verdammt merkwürdiger Geruch. Fast wie Ammoniak oder so.«

Er riß das Grasbüschel aus und gab es Helen, damit sie daran roch.

»Stimmt. Und noch irgendwas. Diesel vielleicht?«

Sie suchten weiter. Und dann fand Rimmer einen frisch abgebrochenen, mit Staub bedeckten Stengel Beifuß. Er hielt ihn hoch, um ihn ihr zu zeigen.

»Sein Besen. Jemand führt uns hier an der Nase herum.«

Als sie an diesem Abend unter der Dusche stand, war sie von der Lösung des Rätsels immer noch weit entfernt.

Die Dusche funktionierte inzwischen wunderbar, und Helen war stolz auf die Veränderungen, die sie vorgenommen hatte: neue Fliegengitter, eine Tür, von der aus sie den See und, Gott behüte, zu Besuch kommende Bären rechtzeitig sehen konnte. Das Beste aber war der zwanzig Liter fassende Plastikkanister, den sie in einem Baum über ihrem Duscheimer angebracht hatte. An einer Seite war ein Seil befestigt, an dem sie nur zu ziehen brauchte, damit der Kanister vornüberkippte und ihren Eimer füllte. Bestimmt würde eines Tages die ganze Konstruktion über ihr zusammenbrechen, aber so konnte sie wenigstens etwas länger duschen, auch wenn das Wasser so kalt war, daß sie blaugefroren aus der Dusche kam.

Sie klapperte mit den Zähnen, als sie sich mit dem Handtuch die Haare abtrocknete. Dies dauerte nur etwa fünf Sekunden und war so ziemlich das einzige, was ihr an ihrer praktischen neuen Frisur gefiel.

Warum um alles in der Welt machte sich jemand an ihren Fallen zu schaffen?

Alle Rancher, mit denen sie gesprochen hatte, wollten, daß jeder Wolf, der sich in ihrer Gegend herumtrieb, so schnell wie möglich gefangen wurde. Es ergab einfach keinen Sinn – falls nicht gerade jemand seinen Spaß mit ihr treiben wollte. Sie schlang das Handtuch um den Körper und ging zurück in die Hütte.

Als sie angezogen war, brühte sie sich einen Tee auf, stellte den Computer an und trug die Positionen der sechs Fallen ein, die sie und Bill neu aufgestellt hatten. Lange Zeit starrte sie auf die Karte vom Cañon, in dem sie die Fallen, deren Mechanismus zuletzt ausgelöst worden war, gefunden hatten. Sie klickte die angrenzende Karte an. Den Blick immer noch auf den Bildschirm gerichtet, nippte sie an ihrem Tee und nahm einen Bissen vom großen roten Apfel, der weit besser aussah, als er schmeckte. Dann erregte etwas auf der Karte ihr Interesse.

Am Südhang des Cañons verlief ein alter Holzfällerpfad, der ihr zuvor nicht aufgefallen war. Da sie stets von Norden kam, hatte sie noch nicht daran gedacht, die andere Seite zu erkunden. Sie vergrößerte den Ausschnitt, um zu sehen, wohin der Weg führte. Er schlängelte sich etwa fünf Meilen weit durch den Wald und einen steilen Engpaß hinab zu einem Haus hoch oben im Tal. Sie wußte, wem dieses Haus gehörte, klickte es aber, um sicherzugehen, trotzdem an. Auf dem Bildschirm erschienen die Worte »Hardings Ranch«.

Merkwürdig, daß sie nicht schon längst daran gedacht hatte: Vielleicht waren es die beiden Jungs, die diese Spielchen mit ihr trieben. Eigentlich hatte sie keinen richtigen Grund für ihr Mißtrauen, wenn sie einmal davon absah, daß die Hardings die unfreundlichsten Menschen waren, die sie in den letzten drei Wochen hier kennengelernt hatte.

Eine halbe Stunde später fuhr sie mit dem Toyota an einem verfallenen Schild vorbei, auf dem »Privatbesitz: Jagen verboten – Zutritt verboten« stand, und umfuhr die Schlaglöcher der Zufahrt zum Haus der Hardings. Buzz auf dem Sitz neben ihr war ebenso nervös wie sie, und bald kannte sie auch den Grund für seine Unruhe. Zwei Hunde, etwa doppelt so groß wie Buzz, rasten mit gesträubtem Nackenfell und gefletschten Zähnen aus dem Wald auf den Pickup zu. Buzz winselte.

Helen hielt am Rand der Zufahrt neben einem rostigen, von Gras und Unkraut umrankten Viehtransporter, auf dem mehrere alte Maschinenteile lagen. Sie stellte den Motor ab, blieb einen Augenblick sitzen und fragte sich, wie sie vorgehen sollte.

Sie konnte gut mit Hunden umgehen, aber diese beiden Tiere hatten etwas an sich, das sie zögern ließ auszusteigen. Einer der Hunde richtete sich auf, stemmte die Pfoten gegen den Pickup, fletschte die Zähne, bellte und geiferte, alles gleichzeitig. Buzz stieß ein nicht gerade überzeugendes »Wau« aus und kauerte sich dann auf seinem Sitz zusammen.

»Feigling«, sagte Helen. Sie sah zum Haus hinüber.

Es bot einen trostlosen Anblick und war kaum mehr als ein ausgebauter Schuppen. Die provisorisch, je nach Finanzlage angefügten Erweiterungen wirkten wie Krebsgeschwüre, die nur von schimmliger weißer Farbe zusammengehalten wurden. Das Dach war mit zum Teil selbst wieder geflickten Teerpappeflicken gedeckt. Das Haus duckte sich an den nackten Fels, als fürchte es, von der Wildnis verschlungen zu werden.

Zwei weitere Laster standen am Haus, einer davon war der schwarze Truck, den die Jungen fuhren. Doch außer den Hunden war niemand zu sehen.

Es wurde rasch dunkel, und Helen sah im Haus das Licht eines Fernsehers flackern; die weite Welt fand ihren Weg zu diesem Vorposten der Zivilisation über eine riesige Satellitenschüssel, die gefährlich schief in der Felswand über dem Haus hing. Auf einer zwischen zwei abgestorbenen Tannen hängenden Wäscheleine konnte Helen im Dämmerlicht die fahlen Konturen von Arbeitshemden und Unterwäsche erkennen.

Plötzlich hörte Helen jemanden rufen, und die Hunde verstummten schlagartig und rannten zum Haus. Eine zerfledderte Fliegengittertür ging auf, und Abe Harding trat auf die Veranda. Erneut schrie er die Hunde an; sie duckten sich und schlichen um ihn herum hinters Haus.

Helen hatte geglaubt, daß Harding zum Auto kommen würde, doch er blieb, wo er war, und starrte sie nur an.

»Na schön«, flüsterte sie Buzz zu und öffnete die Tür des Pickup. »Dann wollen wir mal.«

Sie warf die Tür zu und ging über den von Unkraut überwucherten Kiesweg zum Haus. Sie hatte sich bereits zurechtgelegt, wie sie beginnen wollte. Es brachte nichts, irgend jemandem Vorwürfe wegen der Fallen zu machen. Sie würde sie nicht mal erwähnen und sich ganz freundlich und ungezwungen geben.

»Guten Abend!« rief sie mit fröhlicher Stimme.

»Hä?« Das war nicht gerade ermutigend, aber immerhin ein Anfang.

Als sie die Stufen erreichte, die zur Veranda hinaufführten, knurrte einer der Hunde hinter der Hausecke. Ohne den Blick von Helen abzuwenden, herrschte Abe ihn an, still zu sein. Er war ein hagerer, drahtiger Mann mit tiefliegenden, gequält dreinblickenden Augen. Er trug einen verblichenen, fleckigen Hut, Jeans, ein langärmliges Unterhemd und keine Stiefel; die Zehen lugten durch ein Loch in den Socken.

Helen schätzte ihn auf Mitte bis Ende Fünfzig. Ruth Michaels hatte ihr erzählt, er habe sich dieses Haus gekauft, als er aus Vietnam zurückgekommen war. Doch daß dieser mißtrauische, gehetzte Blick auf den Krieg zurückzuführen war, konnte man nur ahnen. Vielleicht kam er auch vom beengten Leben an diesem elenden Ort, immer mit dem Rücken zur Wand.

Helen streckte ihm ihre Hand entgegen: »Mr. Harding. Ich bin Helen Ross von…«

»Ich weiß, wer Sie sind.«

Er betrachtete ihre Hand, und einen Augenblick lang glaubte sie, er würde sie nicht nehmen. Doch schließlich, als täte er es gegen seinen Willen, griff er danach.

»Hübsches Haus haben Sie hier.«

Er schnaubte verächtlich. Sie konnte es ihm nicht verdenken.

»Wollen Sie es kaufen?«

Helen lachte ein wenig zu laut.

»Wär schön, wenn ich mir das leisten könnte.«

»Nach all dem, was man so hört, werdet ihr Regierungsleute verdammt gut bezahlt. Diese Unsummen Steuergelder, die ihr uns abknöpft…«

»Tja, ich hätte auch gern gewußt, wo *die* bleiben.«

Harding drehte den Kopf zur Seite und spuckte einen Mundvoll schwarzen Tabaksaft aus. Er landete mit einem klatschenden Geräusch im Staub neben den Stufen. Die Sache lief nicht so gut, wie Helen gehofft hatte. Er schaute sie wieder an.

»Was wollen Sie?«

»Wie Sie wissen, Mr. Harding, hat man mir aufgetragen, den Wolf zu fangen, der vor kurzem den Hund von Kathy Hicks gerissen hat. Ich wollte einfach nur mal vorbeischauen, so wie bei allen anderen Nachbarn auch, na ja, Sie wissen schon, hallo sagen, mich vorstellen und so…« Sie kam sich ziemlich dumm vor.

»Also haben Sie ihn immer noch nicht.«

»Noch nicht, nein. Aber ich versuch's, und ich geb mir wirklich große Mühe!« Sie lachte nervös.

»Aha.«

Sie konnte den Fernseher im Haus hören. Dem Gelächter nach zu urteilen, lief eine Komödie. Dann spürte Helen plötzlich, daß sie vom Haus aus beobachtet wurde. Einer von Hardings Söhnen starrte durch ein Fliegengitterfenster, das vermutlich zur Küche gehörte. Gleich darauf gesellte sich sein Bruder zu ihm. Sie versuchte, sie zu ignorieren, und gab sich weiterhin unbekümmert.

»Natürlich ist es nicht so leicht herauszufinden, wo er sich herumtreibt.«

»Vermutlich reißt er unsere Kühe oben auf den Pachtweiden. Hat ja offenbar schon eins von Calders Kälbern erwischt.«

»Tja, dem Kadaver nach zu urteilen war das keineswegs so klar…«

»Quatsch.« Er schüttelte den Kopf und wandte den Blick ab. »Ihr habt doch keine Ahnung.«

Helen schluckte. »Einige der Rancher, unter ihnen übrigens auch Mr. Calder, haben mir freundlicherweise erlaubt, ihr Land zu betreten. Sie wissen schon, um nach Spuren, Losung und ähnlichem zu suchen.« Sie lachte, wußte aber eigentlich nicht, warum. »Natürlich unter der Bedingung, daß ich vorsichtig bin, Weidegatter schließe und so weiter. Und da habe ich mich gefragt, ob es Ihnen recht wäre, wenn ich…«

»Daß Sie auf meinem Land herumschnüffeln?«

»Nun, nicht ›herumschnüffeln‹, aber…«

»Verflucht noch mal, nein, können Sie nicht.«

»Oh.«

»Glauben Sie vielleicht, ich lasse zu, daß ihr gottverdammten Regierungsleute über mein Land trampelt und eure Nase in meine Angelegenheiten steckt?«

»Na ja, ich…«

»Sie sind wohl nicht ganz bei Trost, wie?«

»Tut mir leid.«

»Verschwinden Sie.«

Die beiden Hunde kamen hinter dem Haus hervor. Der eine stieß ein tiefes Knurren aus, und Abe befahl ihm, still zu sein. Aus den Augenwinkeln konnte Helen die beiden Jungen hinter dem Fliegengitterfenster grinsen sehen. Helen lächelte Harding tapfer an.

»Tut mir wirklich leid, daß ich Sie belästigt habe.«

»Hauen Sie ab.«

Sie drehte sich um und ging zurück zu ihrem Wagen. Wieder klang schallendes Gelächter aus dem Fernseher. Ihre Knie zitterten. Hoffentlich konnte man das nicht sehen. Plötzlich hörte sie ein scharrendes Geräusch hinter sich, und noch bevor sie sich umdrehen konnte, hatte der erste Hund sie angefallen. Die Wucht des Aufpralls warf sie der Länge nach zu Boden.

Jetzt griffen beide Hunde sie an, der eine zerrte an ihrem Oberschenkel, der andere am Fußgelenk. Sie knurrten furchterregend, während ihre Zähne die Hose zerfetzten. Sie schrie und trat nach ihnen. Harding rannte auf Helen zu, brüllte die Hunde an und rief sie zurück.

Sie hörten ebenso plötzlich auf, wie sie begonnen hatten. Schuldbewußt schlichen sie davon. Harding hob einen Stein auf, warf ihn hinterher, und einer der Hunde jaulte auf. Helen blieb vor Schreck einen Moment reglos liegen. Ihre Hose war zerrissen, aber Blut war nicht zu sehen. Sie setzte sich auf.

»Alles okay?«

Der Ton war nicht gerade mitfühlend. Harding stand über sie gebeugt.

»Ich glaub schon.«

Helen stand auf und klopfte sich den Staub ab.

»Dann machen Sie sich lieber auf den Weg.«

»Tja, das sollte ich wohl.«

Sie ging zu ihrem Pickup, ließ aber keine Sekunde die Hunde aus den Augen. Sie fühlte sich erst sicher, als sie im Wagen saß und die Tür hinter sich zuschlug.

Es war schon fast dunkel. Harding sah zu, wie sie das Auto wendete. Das Licht der Scheinwerfer wanderte über ihn hinweg. Und als sie mit klopfendem Herzen die Auffahrt hinunterfuhr, rollten ihr die ersten Tränen über die Wangen. Sie weinte während der ganzen Fahrt.

13

Hopes Jahrmarktplatz hatte schon bessere Tage gesehen. Er lag am Ende der Stadt auf staubigem Weideland und beherbergte die meiste Zeit des Jahres nur Wildkaninchen und Ziesel, manchmal aber hielt auch eine Bande Jugendlicher hier ihre verbotenen mitternächtlichen Autorennen ab.

Die Geländer um Pferche und Rodeoarena hatten seit Jahren keine Farbe mehr gesehen, und die Tribüne war so wacklig und das Holz der Bänke so splittrig, daß sich nur die Wagemutigen und gut Gepolsterten darauf setzten. Außen herum standen verstreut einige Buden, deren Dächer sich in den Winterstürmen seltsam verzogen hatten und Nistgelegenheiten für allerlei Vögel boten.

Früher war es auf diesem Platz das ganze Jahr über auf Handwerksmärkten, bei Wettschießen, diversen Paraden und Rodeos lebhaft zugegangen. Es hatte sogar ein jährliches Treffen der »Bergmenschen« gegeben, zu dem sich Männer mit Bärten und Lederhosen aus mehreren Nachbarstaaten einfanden, sowie ein »Hodenfestival«, das sich eine Zeitlang sogar noch größerer Beliebtheit erfreute, allerdings wohl kaum bei den Kälbern, die das als Festschmaus lieferten, was man mit der Bezeichnung »Prärieaustern« umschrieb. »Ach du dickes Ei! – Auf nach Hope!« priesen die Plakate das Ereignis an, aber im Lauf der Jahre waren kaum noch Leute gekommen.

Schließlich hatte es fast keine Veranstaltungen mehr in dieser Gegend gegeben. Übriggeblieben waren allein Hopes Jahrmarkt und Rodeo am Labor Day, und selbst dieses Fest mußte unter großem Konkurrenzdruck seinen Namen ändern, auf Mitte September verlegt und von drei Tagen auf einen einzigen Samstag reduziert werden.

Die Höhepunkte des Jahrmarkts waren immer ein Konzert sowie ein Heugabelfondue, bei dem Rindfleischstücke, groß wie kleine Hunde, aufgespießt und in Fässern mit kochendem Öl gebraten wurden. In früheren Jahren hatte das Konzept kleinere und größere Stars der Country-Musik angelockt, in diesem Jahr aber waren Rikki Rain and the Ragged Wranglers, die eigens aus Billings angereist waren, die Hauptattraktion. Ein paar Minuten lang sah es so aus, als würden sie dahin auch gleich wieder zurückfahren, ohne auch nur eine einzige Note gespielt zu haben.

Sie hatten ihre schwarzen Caravans bei den Pferchen abgestellt, und als sie ausstiegen, war das erste, worauf Rikkis Blick fiel, ein Plakat, auf das jemand *Wer?* direkt unter ihren Namen gekritzelt hatte.

Buck Calder und einige Mitglieder des Festkomitees, die zu ihrer Begrüßung erschienen waren, hatten sich ein paar ziemlich deutliche Kommentare dazu anhören müssen, wohin sie sich ihren gottverdammten, kuhmistblöden Jahrmarkt stekken konnten. Das anstößige Plakat wurde rasch entfernt, und schließlich schienen der nachmittägliche Sonnenschein, der verführerische Duft der Heugabelsteaks und die Süßholzraspelei von Buck Calder ihre Wirkung zu tun.

Eleanor stand an einer der Buden, nippte an ihrem Eistee und beobachtete über die Menge hinweg ihren Mann. Er hatte inzwischen seinen Arm um Rikki gelegt, die ihre wasserstoffblonden Locken in den Nacken warf und auf etwas, das er gesagt hatte, mit einem kehligen Lachen antwortete. Sie trug eine schwarze Bluse, rote Cowboystiefel und eine weiße Jeans, die so eng war, daß Eleanor um Rikkis Blutzirkulation fürchtete.

»Tolles Gebiß hat sie ja«, sagte Hettie Millward, die Eleanors Blick gefolgt war. »Aber die frischeste ist sie nicht mehr.«

Eleanor lächelte. »Das brauchst du nicht zu sagen, Hettie.«

»Na ja, findest du nicht? Aber was ist mit Buck? Ich dachte, er ist dieses Jahr gar nicht im Komitee.«

»Nein, ist er auch nicht. Aber du kennst ja Buck, bei einer Dame in Not…«

»Eine feine Dame. So offenherzig, wie die herumläuft, schaut sie eher aus wie ein Wolf im Schafspelz!«

»Eher ohne Pelz.«

Sie lachten. Hettie war ihre beste Freundin, die einzige, die eine vage Vorstellung davon hatte, wie es um sie und Buck stand. Sie war eine kräftige, energische Frau, die ständig gegen ihr Gewicht ankämpfte, diesen Kampf aber auch nur allzugern immer wieder verlor. Doug, ihr Mann, war ein Freund von Buck und einer der beliebtesten und geachtetsten Rancher von Hope.

Eleanor wechselte das Thema und fragte Hettie nach den Heiratsplänen ihrer Tocher, die sich von Woche zu Woche zu ändern schienen. Lucy wollte im nächsten Frühjahr heiraten, und es sollte die »Hochzeit des Jahrtausends« werden. Ganz Hope wollte sie einladen. Hettie erzählte ihr, Lucys neueste Idee, die sie selbst für völlig verrückt hielt, sei es, die ganze Zeremonie auf Pferden stattfinden zu lassen. Braut und Bräutigam, Trauzeugen und Brautjungfern, selbst der Priester, alle sollten hoch zu Roß sitzen. Die Katastrophe sei, sagte Hettie, praktisch vorprogrammiert.

Dann schaute sie auf die Uhr und sagte, sie müsse jetzt los, ihre beiden Jungen suchen, die mit ihren Kälbern gerade das blaue Band der 4-H-Klasse gewonnen hätten. Die Tiere sollten versteigert werden, und jeden Augenblick müsse die Parade in der großen Arena beginnen.

»Charlie meint, er will mindestens sechs Dollar fürs Pfund haben. Und ich hab ihm gesagt, selbst wenn er vierzig kriegt, wiegt das den Ärger nicht auf, den wir mit den Viechern hatten. Ich will sie nur noch loswerden. Bis später dann, Schätzchen.«

Eleanor trank ihren Eistee aus und schlenderte dann an den Ständen vorbei, deren baufälliger Zustand durch bunte, im Wind flatternde Fahnen und Fähnchen kaschiert wurde. Es gab Stände, die alles verkauften, von Hundemarken bis zu selbstgemachtem Kirschgelee. Einer war in ein Indianerzelt verwandelt worden, vor dem eine Gruppe kichernder Teenager darauf wartete, von einem »echten indianischen Medizinmann« die Zukunft vorhergesagt zu bekommen. Etwas weiter warf eine Schar kleinerer, doch dafür um so lauterer Kinder nasse Schwämme auf zwei Freiwillige der städtischen Feuerwehr, die tapfer lächelnd ihre Köpfe durch die ausgeschnittenen Gesichter von Daniel Boone und Davy Crockett steckten.

Eleanor war viele Jahre nicht mehr auf dem Jahrmarkt gewesen, obwohl Buck, an dessen ruhmreiche Tage sich die älteren Zuschauer des Rodeos noch gut erinnerten, nie ein Fest versäumte. Seit Henrys Tod war sie nicht mehr hierhergekommen, weil sie Angst davor hatte, das Gesicht ihres toten Jungen in der Menge der Kinder zu entdecken, die darauf warteten, ihre Ochsen vorzuführen oder an den Imbißständen um Hotdogs und Limonade bettelten.

Dennoch war es ihre Idee gewesen, daß das Paragon einen Stand aufstellen sollte, und als sie jetzt dorthin zurückkehrte, freute sie sich, daß der Platz keine schmerzlichen Erinnerungen in ihr geweckt hatte. Sie war sogar stolz darauf, daß Ruth einen ihrer ersten Vorschläge als neue Geschäftspartnerin so gut aufgenommen hatte. Das warme Wetter lockte die Leute in Scharen hinaus, und sie hatten hier an einem Tag soviel verkauft wie sonst in einer Woche, so daß die fünfzig Dollar Standmiete längst verschmerzt waren.

Als sie ihren Stand erreichte, fiel ihr auf, daß Ruth mit beinahe wütender Miene in die Menge starrte. Eleanor folgte ihrem Blick und sah, daß sie offenbar zu Buck hinüberschaute, der immer noch mit dieser Sängerin beschäftigt war.

Rührend, dachte Eleanor, daß Ruth sich ihretwegen solche Gedanken machte.

Buck wünschte Rikki und den Wranglers alles Gute und versprach, nach der Show noch einmal vorbeizuschauen, war sich aber nicht sicher, ob er das überhaupt wollte. Rikki hatte von weitem besser ausgesehen als aus der Nähe, und der Blick, den sie ihm zuwarf, als sie in ihren Caravan verschwand, änderte daran auch nicht viel. Daß seine Frau und seine Geliebte am Stand drüben wie die besten Freundinnen miteinander plauderten, machte das Leben ebenfalls nicht einfacher.

Er hatte Eleanor zum Imbißstand gehen sehen und wollte gerade ein paar Worte mit Ruth wechseln, als Rikki Rain ihn mit ihren Problemen überfiel. Jetzt hatte er die Gelegenheit verpaßt. Manchmal war es schon lästig, eine Stütze der Gesellschaft zu sein. Er spürte, daß Eleanor ihn beobachtete, drehte sich um und ging in die entgegengesetzte Richtung davon.

Buck liebte den Jahrmarkt und das Rodeo, auch wenn das Fest nur noch halb so toll wie früher war. Damals war die ganze Gegend auf den Beinen gewesen, und die Leute kamen von überallher. Ein Rodeo zu gewinnen hatte da wirklich noch etwas bedeutet. Heutzutage konnten manche dieser Kids bei einem Pferd ja nicht mal vorn und hinten unterscheiden. Und auch wenn diesmal mehr Menschen gekommen waren als in den vergangenen Jahren, war es trotzdem nicht mehr so wie früher.

Er folgte seiner Nase und ging zu einem der langen, aufgebockten Tische, auf denen das Fleisch für das Heugabelfondue zerlegt wurde. Als er an der Arena vorbeikam, sah er eine Gruppe Jugendlicher, meist Mädchen, die sich um einen großen Mann in einem blaßblauen Hemd und eine junge, braungebrannte Frau in einem engen weißen Kleid geschart hatten.

Sie schienen Autogramme zu geben, und da sie ihm den Rücken zukehrten, konnte er sie nicht erkennen. Ein Fotograf von der Lokalzeitung schoß ein paar Bilder. Der Mann im blauen Hemd sagte etwas, das Buck nicht verstand, doch mußte es ziemlich komisch gewesen sein, da die Leute um ihn herum schallend lachten. Als sich das Paar schließlich lächelnd und winkend umdrehte, erkannte Buck Jordan Townsend, diesen Fernsehfritzen, der sich vor zwei Jahren für ein kleines Vermögen die Ranch der Nielsens gekauft hatte.

Townsend machte seine eigene Fernsehshow – die Buck allerdings noch nie gesehen hatte – und flog offenbar von L.A. gelegentlich hierher, ließ seinen Privatjet in Great Falls stehen und kam mit dem Helikopter zu seiner Ranch, um die sich irgendein Typ von auswärts kümmerte.

Er hatte das schöne alte Haus von Jim und Judy Nielsen einfach abreißen und durch einen mindestens zehnmal größeren Kasten mit riesigem, geheiztem Schwimmbecken, Blick auf die Berge und einem dreißig Sitze großen Kino im Kellergeschoß ersetzen lassen.

Buck reihte sich in die Warteschlange vor der Essensausgabe ein. In den alten Tagen hätten die Leute an den Fleischtöpfen ihn sofort bemerkt und ihm, natürlich umsonst, einen voll beladenen Teller herausgebracht. Heute dagegen bedienten ihn zwei pickelige Kids, die er nicht kannte.

Er wartete, bis er an der Reihe war, und sah zu, wie Jordan Townsend und seine hübsche kleine Frau königlichen Hoheiten gleich durch die Menge schritten. Townsend hatte sich nach bester Hollywoodmanier als Cowboy ausstaffiert. Zum sorgsam gebleichten Hemd und den Wranglers trug er einen neuen Stetson und ein Paar handgefertigte Stiefel, die bestimmt an die tausend Dollar oder mehr gekostet hatten.

Seine Frau – laut Kathy Frau Nummer drei – trug ebenfalls Stiefel, doch war dies ihr einziges Zugeständnis an den Westernlook. Ansonsten war sie mit ihrer Designersonnenbrille und dem ultrakurzen weißen Kleid jeder Zoll ein Filmstar. Und das schien sie tatsächlich zu sein, auch wenn Buck niemanden kannte, der einen ihrer Filme gesehen hatte. Es hieß, sie verwende zwei Namen: den einen nur in ihrem Beruf, den anderen, wenn sie inkognito nach Montana kam. Buck konnte sich an keinen der beiden Namen erinnern.

Es ging das Gerücht, sie sei siebenundzwanzig, also genau halb so alt wie ihr Mann, doch Kathy meinte, man solle dieses Gerede mit Vorsicht genießen, da die meisten Schauspielerinnen mehrere Jahre lang siebenundzwanzig blieben. Davon einmal abgesehen wußte Buck von ihr nur – auch wenn er sich so manches vorstellen konnte –, daß sie von Townsend letztes Jahr zu Weihnachten eine kleine Herde Bisons als Geschenk erhalten hatte.

Endlich war Buck an der Reihe, und er zahlte einem der pickeligen Jungs seine drei Dollar für einen Teller mit Steak und Chilibohnen. Dann blieb er etwas abseits stehen und nahm einen Bissen, während das königliche Paar vorüberschritt, lächelte und den Eingeborenen, Buck eingeschlossen, huldvoll zunickte.

»Hallo, wie geht's?« fragte Townsend. Buck wußte, daß der Typ keine Ahnung hatte, wer er war.

»Gut. Und selbst?«

»Ausgezeichnet. Schön, Sie zu sehen.«

Und er ging weiter. Arschloch, dachte Buck.

Das Steak war zäh und fett, und Buck kaute deprimiert darauf herum, während er dem süßen kleinen Hintern der Schauspielerin und diesem Townsend hinterherschaute, wie er dem Parkplatz mit der Zufriedenheit eines Mannes zustrebte, der seine Pflichten gegenüber den Ortsansässigen erfüllt hatte.

Es schien ihm falsch, Leute zu hassen, die er noch gar nicht kennengelernt hatte, aber Buck konnte einfach nicht anders. Sie und ihresgleichen kauften das ganze verdammte Land auf. Es gab Gegenden, in denen konnte man sich vor lauter Millionären, Großmoguln und Filmstars kaum noch retten. Offenbar war man in Hollywood oder New York ein Niemand, wenn man nicht eine Ranch oder doch mindestens ein Stückchen vom Big Sky Country besaß. Was die Bodenpreise derart in die Höhe trieb, daß ehrliche junge Leute aus Montana kaum noch eine Chance hatten. Manche der Neuankömmlinge bewirtschafteten ihr Land, versuchten es zumindest, aber andere hatten keine Ahnung oder kümmerten sich einfach nicht um ihren Besitz. Für sie war ihre Ranch nur ein Ort, an dem sie Cowboy und Indianer spielen und mit dem sie ihren schnieken Freunden aus der Stadt imponieren konnten.

Buck probierte die Bohnen und stellte fest, daß sie auch nicht besser als das Steak schmeckten. Er blickte sich suchend nach einer Abfalltonne um, als er Abe Hardings besorgtes Gesicht aus der Menge auftauchen sah.

Der hat mir gerade noch gefehlt, dachte Buck.

Sie waren seit dreißig Jahren Nachbarn und hatten sich in all der Zeit kaum näher kennengelernt. Abes Ranch paßte mehr als zwanzigmal in Calders Besitz. Allerdings war Abes Boden wesentlich schlechter, und man wußte, daß Abe eine zu hohe Hypothek aufgenommen hatte, weshalb er stets kurz vor dem Ruin stand. Seine Augen, die unter dem runzligen Wulst der Brauen hervorstierten, ließen ihn wie einen paranoiden, felsbewohnenden Aal aussehen.

»Hallo, Nachbar, wie geht's denn so?«

Abe nickte. »Buck.«

Abe kratzte sich die Nase und warf einen verstohlenen Blick umher, als plane er einen Raubüberfall. Seine Kiefer zermalmten unaufhörlich ein Stück Kautabak, und man konnte den braunen Saft in seinen Mundwinkeln sehen.

»Haben Sie 'nen Augenblick?«

»Klar. Wollen Sie was essen? Ist gar nicht so schlecht.«

»Nein. Was dagegen, wenn wir spazierengehen?«

»Natürlich nicht.«

Abe ging voran, und beide sagten kein Wort, bis Abe sicher war, daß man sie nicht belauschen konnte.

»Was kann ich für Sie tun?« fragte Buck.

»Es geht um diesen Wolf, der Kathys Hund gerissen hat.«

»Wir gehen davon aus, daß er sich auch eines unserer Kälber geholt hat.«

»Hab ich gehört. Dieser Wolf. Das war doch so ein großer, schwarzer Bursche, richtig?«

Buck nickte. »Tja, wir haben ihn gesehen. Und es waren noch zwei andere Tiere bei ihm.«

»Wo?«

»Oben auf den Pachtweiden. Wir sind rauf, weil wir ein paar neue Salzbrocken auslegen wollten; da haben wir dieses Heulen gehört, und Ethan hat gleich gesagt: ›Ist der seltsamste Kojote, den ich in meinem Leben gehört habe.‹ Und dann haben wir sie gesehen, klar und deutlich, drei Stück, den großen Kerl und noch zwei graue.«

Während er sprach, wanderte sein Blick unruhig umher, fiel selten auf Buck, und wenn, dann nur einen flüchtigen Augenblick lang, so, als stecke er voller Wut und Ärger.

»Waren sie hinterm Vieh her?«

»Nein, aber sie hatten's vor. Hätte ich meine Knarre dabeigehabt, hätte ich sie erwischt. Ich habe Ethan oben gelassen und bin nach Hause gelaufen, um sie zu holen, aber sie sind verschwunden. Konnte nicht mal ihre Spuren finden.«

Buck dachte einen Augenblick nach.

»Haben Sie dieser Biologin davon erzählt?«

»Ach was. Warum sollte ich? Diese Leute haben die Viecher ja überhaupt erst auf uns losgelassen. Das verdammte Weib hat gefragt, ob sie über mein Land stiefeln kann, aber ich habe ihr gesagt, daß sie mich mal…«

Buck zuckte die Schultern.

»Ich sage Ihnen, Buck, ich kann es mir im Augenblick einfach nicht leisten, auch nur ein einziges Kalb zu verlieren.«

»Kann ich mir denken.«

»Da bin ich mir nicht so sicher, ist aber trotzdem so.«

»Aber Sie wissen ja, Abe, wenn Sie die Wölfe abschießen und dabei erwischt werden, können Sie in ziemliche Schwierigkeiten geraten. Vielleicht sogar in den Knast wandern.«

Abe spuckte einen Mundvoll schwarzen Saft ins dürre Gras.

»Scheißregierung. Verpachtet dir Land, nimmt dir dein Geld und läßt dann diese Viecher los, die dir deine Rinder reißen.«

»Und dann werfen sie einen ins Gefängnis, wenn man es beschützen will. Ergibt nicht viel Sinn, was?«

Abe gab keine Antwort, kniff einfach nur die Augen zusammen und blickte über den Jahrmarkt zur Bühne, auf der die Band ihre Anlage aufbaute.

»Jedenfalls treiben wir früh zusammen und bringen die Herde runter, damit wir sie im Auge behalten können. Und ich habe mich gefragt, ob Sie uns nicht vielleicht einen Arbeiter zur Aushilfe rüberschicken könnten.«

»Natürlich, gern.«

»Danke.«

»Nichts zu danken.«

»Ich sag Ihnen, wenn eins fehlt, dann ist die Hölle los.«

Luke war bloß zum Jahrmarkt gekommen, weil er es seiner Mutter versprochen hatte. Er wollte nicht lange bleiben. Rikki Rain and the Ragged Wranglers lieferten ihm einen guten Grund, möglichst bald wieder zu verschwinden. Sie spielten jetzt schon seit einer Stunde, aber es kam ihm viel länger vor. Ein weiterer Grund war der, daß Luke gerade einige Mitschüler aus seiner Abschlußklasse entdeckt hatte, darunter auch Cheryl Snyder, hinter der er während des ganzen letzten Schuljahrs hergewesen war.

Ihrem Vater gehörte die Tankstelle. Sie war eines der nettesten und hübschesten Mädchen der Schule, weshalb sie auch meist von den schlimmsten Typen umschwärmt wurde. Vier von denen spielten sich gerade jetzt am Zelt des hellsehenden Medizinmanns vor ihr und ihrer Freundin Tina Richie auf.

Mit zwei Flaschen Mineralwasser für Ruth und seine Mutter, die gerade einpackten, was sie nicht verkauft hatten, war Luke unterwegs zum Paragon-Stand. Cheryl und die anderen schienen ihn nicht zu bemerken. Er wollte gerade zwischen den Ständen hindurchschlüpfen und verschwinden, als er ihre Stimme hörte.

»Luke! He, Luke!«

Er drehte sich um und tat, als sei er überrascht. Cheryl winkte, und Luke hielt die Mineralwasserflaschen hoch, um anzudeuten, daß er nicht zurückwinken könne; gleichzeitig fragte er sich, ob diese Geste ausreichte, um sich verdrücken zu können. Doch sie kam schon auf ihn zu, während die anderen hinter ihr herschlenderten. Sie trug Bluejeans und ein bauchfreies pinkfarbenes Top. Luke mußte wieder an die Silvesterparty vor einigen Jahren denken, als er sie, als einziges Mädchen bisher, geküßt hatte – für sein Alter eine recht magere Bilanz.

»Hi, Luke, wie geht's dir?«

»Oh, hi, Ch-Ch-Cheryl. Mir g-g-g-geht's gut, danke.« Tina und die anderen gesellten sich zu ihnen. Luke lächelte und nickte ihnen zu. Sie erwiderten sein Lächeln und grüßten ihn mit unterschiedlich großer Begeisterung.

»Ich hab dich den ganzen Sommer noch nicht gesehen«, sagte Cheryl.

»Na ja, ich habe auf der Ranch g-g-gearbeitet, weißt du. H-h-hab meinem D-D-Dad geholfen.«

Wenn er stotterte, suchte er in ihren Augen nach einem Anzeichen von Belustigung, Verlegenheit oder auch Mitleid, was bei weitem das schlimmste war. Mit den ersten beiden Reaktionen wurde er fertig.

»Hey, Cooks, wir haben dich im Fernsehen gesehen, als der Wolf sich den Hund von deiner Schwester geschnappt hat«, sagte Tina. Einer der Jungen, ein Großmaul mit Namen Jerry Kruger, stieß ein komisches Heulen aus. Er hatte Luke das Leben in der High-School eine Zeitlang zur Hölle gemacht, bis Luke ihn eines Tages auf dem Schulhof k. o. geschlagen hatte. Lukes Ansehen war daraufhin ziemlich gestiegen. Seine Fäuste hatte er seither nie wieder einsetzen müssen.

»Habt ihr ihn noch mal gesehen?« fragte Cheryl.

»Den Wolf? Nein. W-W-Wahrscheinlich ist er längst w-w-weitergezogen.«

»Zu schade«, sagte Kruger. »Tina hatte gehofft, ein bißchen Rotkäppchen mit ihm spielen zu können. ›Ach, Großmutter, was hast du nur für große Möpse!‹«

»Wann wirst du bloß endlich erwachsen, Jerry?« sagte Cheryl.

Niemand wußte darauf etwas zu sagen, und eine Weile standen sie da und hörten der heiseren Stimme von Rikki Rain zu. Luke hielt die Flaschen hoch.

»Ich m-m-mach mich besser auf den W-W-Weg.«

»Okay«, sagte Cheryl. »Bis später dann.«

Sie verabschiedeten sich. Als er weiterging, hörte Luke, wie Kruger ihn lachend nachäffte: »W-W-Wahrscheinlich ist er längst w-w-weitergezogen«, aber die anderen sagten, er solle den Mund halten.

Es war kühler geworden, und Helen wünschte sich, sie hätte ihren Pullover mitgebracht. Sie trug Shorts, Stiefel und ein T-Shirt mit aufgerollten Ärmeln. Über den Bißwunden, die Abe Hardings Hunde auf ihren Beinen hinterlassen hatten, klebte ein Pflaster. Erstaunlicherweise waren sie nicht tief.

Die meisten Leute, die sie in den letzten Wochen kennengelernt hatte, befanden sich auf dem Markt, und sie hatte mit fast allen einen Schwatz gehalten, die Hardings ausgenommen. Alle waren sie begeistert von Buzz, der sich offenbar bestens amüsierte. Sie hielt ihn an der kurzen Leine, trotzdem gelang es ihm, sich so manchen Bissen aus den am Boden liegenden Essensresten herauszufischen.

Sie wußte, daß es Zeit war aufzubrechen. Ein langer Abend lag vor ihr, und es fiel ihr schwer, sich loszureißen, während sich alle anderen noch vergnügten. Helen spürte, daß sie sich nach Gesellschaft sehnte.

An einem anderen Tag und in einer anderen Stimmung hätte

sie sich vielleicht ausgeschlossen gefühlt oder wäre neidisch gewesen, wie so häufig in letzter Zeit, wenn sie ein junges Liebespaar oder Frauen in ihrem Alter mit einem Baby sah. Doch heute hatte sie sich einfach in den Trubel gestürzt und war mit sich und der Welt zufrieden wie schon lange nicht mehr.

Als sie an diesem sonnigen Septembernachmittag dem Treiben der Menschen von Hope zuschaute, war sie vom Gemeinschaftsgefühl dieser Leute gerührt und davon, mit welcher Kraft sie sich an diesen Ort und diese Art von Leben klammerten, die trotz aller Hektik der heutigen Zeit im Kern unverändert geblieben waren.

Doug Millward, der Rancher, den Helen am liebsten mochte, war für sie der Inbegriff dieses Lebens. Als sie sich in der Menge trafen, hatte er darauf bestanden, ihr ein Eis zu kaufen. Er war ein großer Mann mit sanfter Stimme und freundlichen, blauen Augen. Sie wußte, daß er sich nicht viel aus Wölfen machte, schien ihre Arbeit aber zu respektieren, und so vertraute sie ihm an, daß sich jemand an ihren Fallen zu schaffen gemacht hatte. Als er hörte, was bei den Hardings vorgefallen war, seufzte er und schüttelte den Kopf.

»Wahrscheinlich wird er Ihnen deswegen auch nicht sympathischer, aber wissen Sie, Abe hat eine schlimme Zeit hinter sich.«

»Ich hab gehört, daß er in Vietnam war.«

»Stimmt. Hat da so manches erlebt, heißt es. Ich selbst habe ihn nie darüber reden hören, aber ich weiß, daß er ziemliche Mühe hat, auf einen grünen Zweig zu kommen. Und seine Jungs sind ihm dabei auch keine große Hilfe. Die stecken immerzu in Schwierigkeiten, seit sie aus der Schule sind.«

»Was für Schwierigkeiten?«

»Ach, dies und das, Sie wissen schon. Nichts allzu Ernstes.«

Sie sah ihm an, daß er keinen Klatsch verbreiten wollte. Schweigend schaute er einen Augenblick der Musikkapelle zu, als müßte er überlegen, wieviel er ihr erzählen durfte.

»Sagen wir einfach, sie treiben sich da mit ein, zwei Typen herum, mit denen ich meine Kids nicht allzugern sehen möchte.«

»Und mit wem?«

»Zwei von denen arbeiten für die Holzfirma und haben eine Menge für diesen Armeekram übrig. Sie wissen schon – sind gegen die Regierung, scharf auf Gewehre, so was eben. Vor einer Weile sind die beiden mit Wes und Ethan Harding beim Wildern erwischt worden. Haben in einem Cañon eine ganze Herde Elche zusammengetrieben und einfach niedergemäht.«

Er schwieg und sagte dann: »Es wär mir lieb, wenn Sie niemandem sagen, von wem Sie das gehört haben.«

»Nein, natürlich nicht.«

»Außerdem sind sie die Ausnahme, nicht die Regel. Es gibt eine Menge anständiger Leute in dieser Stadt.«

»Ich weiß.«

Plötzlich lachte er. »He, Helen, ich glaube, wir werden ein bißchen zu ernst.«

Dann sagte er, er müsse los. Nachdem sie sich verabschiedet hatten, schlenderte Helen davon und dachte über das nach, was er ihr erzählt hatte.

Die Menge lichtete sich allmählich, und einige Stände packten bereits ihre Sachen zusammen. Die Band allerdings kümmerte das nicht, und Rikki Rain sang weiter mit klagender Stimme über ihren Mann, der es irgendwo da draußen mit einer anderen trieb. Helen konnte es ihm nicht verdenken.

Die Sonne hatte sich über den Bergen hinter den sich auftürmenden roten und purpurfarbenen Wolken versteckt, fand aber plötzlich eine Lücke und tauchte den Jahrmarkt wie zum Abschied in gleißendes Licht. Als sie an den Ständen entlangging, lief eine Schar kleiner Kinder auf sie zu, die einander jagten und über ihre riesigen vor ihnen über das Gras huschenden Schatten lachten.

Im selben Augenblick entdeckte sie Luke Calder im Gespräch mit seinen Freunden. Ohne selbst gesehen zu werden, lauschte sie dem Wortwechsel. Daß er stotterte, war für sie eine Überraschung. Und als dieser kleine Angeber ihn nachäffte, hätte sie ihm am liebsten eine geknallt. Bestimmt hatte Luke ihn gehört. Jetzt lief er zielstrebig durch die Menge, und da er den Weg zum Parkplatz eingeschlagen hatte, folgte sie ihm.

Sie hatte ihn seit der ersten Begegnung nur zweimal getroffen, einmal in der Stadt und einmal mit dem Pferd oben im Wald. Bei beiden Gelegenheiten hatte er schüchtern gewirkt und den Eindruck erweckt, als wolle er nicht mit ihr reden. Sie wußte, daß er viel Zeit auf den Pachtwiesen seines Vaters verbrachte, um auf die Herde aufzupassen. Doch sooft sie auch da oben gewesen war, nie hatte sie ihn gesehen.

Er war jetzt am Paragon-Stand und verabschiedete sich von Ruth und seiner Mutter. Dann ging er weiter zum Parkplatz. Helen folgte ihm.

»Luke?«

Er drehte sich um und blieb stehen. Als er sie sah, zuckte er erschreckt zusammen. Dann lächelte er nervös und tippte grüßend an seinen Hut.

»Oh, hallo.«

Während sie auf ihn zuging, fiel ihr auf, daß er bestimmt fünfzehn Zentimeter größer war als sie. Buzz begrüßte ihn wie einen alten Freund, und Luke hockte sich hin, um ihn zu streicheln.

»Wir sind uns noch nicht richtig vorgestellt worden«, sagte Helen. »Ich heiße Helen.« Sie streckte ihm die Hand hin, aber er war so mit Buzz beschäftigt, daß er sie übersah.

»Yeah, w-w-weiß ich.« Er bemerkte ihre Hand erst in dem Augenblick, als sie sie wieder sinken lassen wollte. »Oh, t-t-tut mir leid, ich h-h-hab ...« Er stand auf, und sie gaben sich die Hände.

»Und Ihr neuer Freund hier heißt Buzz.«

»B-Buzz. Das ist ein ... netter Kerl.«

Helen war plötzlich ebenso stumm wie er, und so standen sie einige Sekunden lang da und lächelten einander wie zwei Vollidioten an. In einer verlegenen Geste deutete sie an, was sie für all das – den Jahrmarkt, die Berge und den Sonnenschein – empfand: »Ist das nicht herrlich? Mein erstes Rodeo!«

»H-H-Haben Sie m-mitgemacht?«

»Nein! Ich meine, das ist das erste Rodeo, auf dem ich je gewesen bin. Um Gottes willen, nein. Ich und Pferde: Katastrophe hoch zehn.«

»H-Hoch zehn. Das ist gut.«

»Reiten Sie nicht mit beim Rodeo?«

»Ich? Nein.«

»Und Sie bleiben nicht, um sich die Musik anzuhören?«

»Nein, nein. Ich m-m-muß was er-erledigen. Gefällt sie Ihnen?«

Helen runzelte die Stirn und kratzte sich am Kopf. »Na ja ...«

Luke lachte, und seine großen grünen Augen schimmerten sanft. Ganz kurz nur ahnte Helen, wie er wirklich war.

»Ich hab gehört, daß Ihr Vater Rikki überredet hat hierzubleiben.«

Er nickte: »In solchen D-D-Dingen ist er w-w-wirklich gut.«

Als er den Blick über den Jahrmarkt schweifen ließ, war jede Spur eines Lächelns aus seinem Gesicht verschwunden. Wahrscheinlich, dachte Helen, war es für keinen Jungen leicht, einen Vater wie Buck Calder zu haben. Wieder folgte verlegenes Schweigen. Luke spielte erneut mit Buzz.

»Nun, ich fürchte, mir ist es immer noch nicht gelungen, Ihren Wolf zu fangen.«

Er blickte hastig auf. »Wieso denn m-m-mein Wolf?«

Sie lachte. »Ich hab das nicht persönlich gemeint. Ich wollte nur ...«

»Ich hab ihn noch nie gesehen.«

Helen sah, wie er rot anlief.

»Nein, das weiß ich. Ich meinte bloß…«

»Ich g-g-geh jetzt l-l-lieber. Wiedersehen.«

»Oh, ja, okay. Wiedersehen.«

Helen blieb einen Moment stehen und fragte sich, was sie falsch gemacht hatte. Sie gingen jeder für sich zu ihren Autos. Helen winkte, als Luke davonfuhr, aber er erwiderte ihren Gruß nicht, sah nicht einmal zu ihr herüber. Sie folgte seinem Wagen hinaus aus der Stadt, aber da er schneller fuhr, sah sie, als sie von der Straße in den Sandweg abbog, von ihm nur noch eine graue Staubwolke.

Sie hielt an ihrem Briefkasten an der Abzweigung zum See, obwohl sie dies bereits auf dem Hinweg getan hatte. Er war, so wie meistens, leer gewesen. Seit sie in Montana arbeitete, hatte sie einen Brief von ihrer Mutter, einen von ihrem Vater und zwei von ihrer Schwester erhalten, aber keinen von Joel. Seine letzte Nachricht war eine verspätete Geburtstagskarte nach Cape Cod gewesen, dabei hatte sie ihm mindestens fünf- oder sechsmal geschrieben. Vielleicht waren ihre Briefe nicht angekommen. Oder er konnte nicht schreiben, weil es dort, wo er sich aufhielt, Schwierigkeiten mit der Post gab.

Die letzten Briefe, die sie ihm geschickt hatte, waren bewußt in fröhlichem Ton gehalten. Sie beschrieb die Umgebung, erzählte vom Tagesablauf und witzelte darüber, daß es ihr immer noch nicht gelungen war, einen Wolf zu fangen. Doch manchmal fragte sie sich, ob nicht doch ohne ihr Wissen ein Hauch ihrer wahren Gefühle, ihrer Einsamkeit, der schmerzenden Leere, die er in ihr hinterlassen hatte, Eingang in die Briefe gefunden hatte.

Buzz schaute traurig vom Pickup herunter, als sie den Deckel ihres Briefkastens öffnete. Er war leer.

14

Er hatte sie seit ihrer Ankunft beobachtet.

Sogar in jenen ersten Tagen, als Dan Prior ihr half, die Sachen abzuladen und die Hütte in Ordnung zu bringen. Und auch am nächsten Abend, als sie spät zurückkam, unten am Wasser eine Zigarette rauchte und dieses unglaubliche Heulen von sich gab. Er hatte im Schutz der Bäume am anderen Seeufer gestanden, wo er auch jetzt stand, und inständig gehofft, daß ihr kein Wolf antwortete.

Er kam nicht jeden Abend her, und er blieb nie lange. Manchmal sah er nur ihren Schatten, der sich riesengroß an den Wänden der erhellten Hütte abzeichnete. Wenn er weiter nördlich am Waldrand entlangging und sich näher heranwagte, konnte er bisweilen durch die offene Tür einen flüchtigen Blick auf sie erhaschen, wie sie am Telefon mit jemandem sprach oder an ihrem Tisch saß mit all ihren Karten und dem Computer.

Einmal war er auf einen trockenen Ast getreten, und das Geräusch ließ den Hund anschlagen. Sie kam an die Tür, und er erstarrte vor Schreck, aber sie hatte ihn nicht entdeckt und ging wieder hinein. Seither war er vorsichtiger, und wenn der Wind aus der falschen Richtung wehte, kam er überhaupt nicht her, damit der Hund nicht seine Witterung aufnahm.

Luke versuchte sich einzureden, daß er ihr nicht nachspionierte. Schließlich war er kein Spanner. Er wollte nur verhindern, daß sie seine Wölfe fand. Genauso, wie man im Krieg wissen mußte, was der Feind trieb. Doch je mehr Zeit verstrich, desto schwerer fiel es ihm, dies selbst zu glauben.

Sie wirkte so traurig. Wie sie ans Wasser kam und am See saß, weinte und rauchte, als wollte sie sich mit Zigaretten umbringen. Am liebsten wäre er zu ihr gegangen, hätte sie in den Arm genommen und ihr gesagt, daß sie damit aufhören sollte und daß alles in Ordnung war.

Und an dem Abend, an dem sie sich plötzlich ausgezogen hatte und ins Wasser gegangen war und er geglaubt hatte, sie wolle sich ertränken, hätte er fast gerufen. Aber er war stumm geblieben, denn wie sich herausstellte, wollte sie nur eine Runde schwimmen. Der Hund war hinterhergesprungen, und sie hatten zusammen herumgetobt. Er hatte sie zum erstenmal lachen hören. Im Dunkeln konnte Luke ihren Körper nur undeutlich sehen, doch das reichte, um ihm das Gefühl zu geben, ein Spanner und Perverser zu sein. Also war er sofort gegangen und hatte sich geschworen, endlich damit aufzuhören.

Tat er aber nicht.

In der vorletzten Nacht hatte er von ihr geträumt. Er lag auf dem Hügelkamm über der Wiese, wo die Wölfin im Frühjahr geworfen hatte. Irgendwie sah es dort anders aus, aber die Wölfe waren da, die Alten und die Welpen, und sie hockten im Kreis wie auf diesem Bild aus jener alten Ausgabe des *Dschungelbuchs,* die er als Kind so geliebt hatte. Dann sah er, daß die Frau auch mit im Kreis saß, daß sie dazugehörte. Und sie blickte zu ihm hinauf und rief seinen Namen und fragte ihn, warum er ihnen nachspioniere. Sie klang nicht wütend, wollte es nur wissen. Er erhob sich und versuchte, ihr zu sagen, daß er ihnen nichts Böses wollte, daß er sich wünschte, auch dazuzugehören, aber er war wie blockiert. Die Worte kamen einfach nicht über seine Lippen. Und die Frau und die Wölfe starrten ihn bloß an. Dann war er aufgewacht.

Irgendwo hinter sich im Wald hörte er den Schrei einer Ohreule. Er drehte sich um, doch es dauerte eine Weile, bis sich seine Augen wieder an die Dunkelheit gewöhnten, nachdem er so lange in die erhellten Hüttenfenster gestarrt hatte. Die Eule saß nur wenige Schritte entfernt zwischen den unteren, abgestorbenen Ästen einer Tanne und musterte ihn aus weit aufgerissenen, goldenen Augen. Sie war so nah, daß er die Tigerstreifen auf ihrer Brust erkennen konnte. Ist doch nur gerecht, dachte er sich, daß der Beobachter beobachtet wird.

Er warf einen Blick zurück über den See. In der Hütte rührte sich immer noch nichts. Ausnahmsweise hatte sie die Vorhänge und sogar die Tür geschlossen, aber das Licht brannte. Er wußte, daß sie da war, weil ihr Pickup draußen stand und er den Hund bellen gehört hatte. Vielleicht las sie ein Buch oder so. Es enttäuschte ihn immer, wenn er sie nicht zu Gesicht bekam. Doch schließlich war sie zu Hause, und mehr brauchte er nicht zu wissen. Jetzt konnte er sich beruhigt an seine nächtliche Arbeit machen.

Er drehte sich um und schlich leise durch den Wald davon. Die Eule rührte sich nicht, sah nur zu, wie er an ihr vorüberging.

Während er zwischen den Bäumen zum Fluß hinunterging, dachte er wieder an die Begegnung mit ihr auf dem Jahrmarkt. Er hatte angenommen, daß sie ebenso mürrisch sein würde, wie sie es meist hier oben war, doch dann hatte sie ganz anders gewirkt. Und er war erleichtert, weil er befürchtet hatte, er könne wegen der Fallen der Grund für ihre Traurigkeit sein.

»Wieso denn m-m-mein Wolf? Ich habe ihn noch nie gesehen!«

Gott, wie dumm, so was zu sagen. Er hatte sich schon hundertmal deshalb verflucht. Sie war wirklich nett, und das war ein Teil des Problems, genau wie bei Cheryl oder bei irgendeinem anderen Mädchen, das er beeindrucken wollte. Ständig machte er sich zum Narren. Allerdings war Helen Ross kein Mädchen mehr. Trotzdem hatte er sich benommen wie immer, hatte sich so aufgeregt, daß er zu stottern begann und nicht sagen konnte, was er sagen wollte, so daß er am Ende eben als der Trottel dastand, für den ihn solche Arschlöcher wie dieser Jerry Kruger auch hielten.

Es war hoffnungslos. Er fragte sich oft, wie irgendein Mädchen herausfinden sollte, daß er eigentlich gar nicht so übel war. Oder war er es doch? Bestimmt würde er einmal als einsamer alter Mann enden, der allein im Wald lebte und den Vögeln was vorsabbelte.

Es hatte ihn überrascht, wie hübsch sie aus der Nähe aussah. Dieses Lächeln und die schönen braunen Augen, die einen so direkt anschauten. Sie sah einfach gut aus in den weiten Khakishorts und dem T-Shirt mit aufgerollten Ärmeln, die ihre braungebrannten Arme freiließen.

Weiter unten am Hang sah er Moon Eye, der dort graste, wo er ihn zurückgelassen hatte, nämlich gleich neben dem Bach, der sich hier in Kaskaden durch eine enge, hohe Felsschlucht am südlichen Ende des Sees stürzte. Jedes Geräusch, das sein Pferd da unten verursachen mochte, ging im Lärm des Wassers unter. Moon Eye hörte ihn trotzdem kommen. Luke schmiegte sein Gesicht an die weiße Blesse am Pferdeschädel, der das Tier seinen Namen verdankte, und verbrachte dann eine volle Minute damit, ihm den Hals zu reiben und Koseworte zuzuflüstern. Anschließend schwang er sich in den Sattel, der schwer beladen war mit all dem, was er für sein nächtliches Werk brauchte, und lenkte Moon Eye unter gutem Zureden in den Bach.

Die Strömung war stark, aber die Hufe fanden sicheren Halt im Geröll, und bald waren sie am anderen Ufer und durch den Wald unterwegs zur ersten Falle.

Er ging übrigens gar nicht davon aus, daß sie den Wölfen schaden wollte. Doch wenn sie ihnen erst mal ein Halsband verpaßt hatte, würden sie nicht mehr frei sein. Dann konnte man sie jederzeit aufspüren und sich ihrer entledigen. Einfach verrückt, daß diese Biologen das nicht kapierten. Aber wahrscheinlich konnten sie letztlich wie all die anderen Menschen in dieser Gegend keine wirklich wilden Tiere ertragen und mußten deshalb ständig versuchen, sie zu bändigen und ihnen Fesseln anzulegen.

Anfangs war diese Sache mit den Fallen für Luke fast wie ein Spiel gewesen. Es hatte ihm Spaß gemacht, sie und diesen

Typen vom Amt für Wildschäden, Rimmer, durch die Berge und Wälder zu verfolgen und sie zu beobachten, wenn sie ihre Fallen aufstellten. Es wunderte ihn, daß sie ihn nicht entdeckten. Einmal, etwa eine Woche später, war er ihr zufällig über den Weg gelaufen, aber da war er mit den Fallen zum Glück schon fertig und ritt zurück zur Pachtwiese seines Vaters, so daß sie keinen Verdacht schöpfte.

Er hatte nicht genau sehen können, wo sie die einzelnen Fallen jeweils aufstellten, weshalb er ein paar Tage brauchte, sie alle zu finden. Und dann begann sie, sie umzusetzen, aber meist entdeckte er sie, wenn er ihr folgte, sobald sie die Fallen kontrollierte. Es amüsierte ihn, ihr verblüfftes Gesicht zu sehen, wenn sie wieder keinen Erfolg hatte. Und noch amüsanter fand er die Reaktion ihres Hundes.

Allerdings hatte es eine Weile gedauert, bis Luke die richtige Mischung fand. Zuerst hatte er ein paar grüne Kristalle in einem Tierladen in Helena gekauft. Sie sollten Hunde und Katzen davon abhalten, auf den Rasen zu koten. Als Luke gleich ein Dutzend Flaschen erstand, meinte der Verkäufer, er müsse ein verdammt großes Problem haben, doch Luke entgegnete ihm, daß es eben ein ziemlich großer Rasen sei.

Er hatte es an den Hunden auf der Ranch ausprobiert und vermutete, daß es nicht stark genug war, um Wölfe abzuhalten, also fuhr er wieder in die Stadt, kaufte Insektenschutzmittel, Ammoniak sowie diverse Sorten Pfeffer, vermengte alles zu einer klebrigen Flüssigkeit und rechnete damit, jeden Augenblick in die Luft zu fliegen.

Als er an dem Resultat roch, wäre er beinahe in Ohnmacht gefallen, und bei den Hunden wirkte es einfach phantastisch. Wenn er ein Steak auf den Boden legte, ringsherum etwas von dem Zeug versprühte, wagten es die armen Tiere nicht, näher zu kommen. Sie lagen einfach da, winselten und stierten sabbernd das Fleisch an. Er gab diesem Produkt sogar einen Namen: »Wolf-Stopp«.

Irgendwo hatte er gelesen, daß Wölfe den Geruch von Diesel und menschlichem Urin haßten. Das mit dem Diesel war einfach. Bei den Scheunen hinter dem Haus stand ein ganzer Tank davon. Er nahm jedesmal eine Kanne mit und verteilte rund um die Fallen außer Wolf-Stopp auch etwas Diesel. Das mit dem Urin war nicht so einfach. Für zwanzig Fallen brauchte er eine ganze Menge. Er überlegte kurz, ob eine Möglichkeit bestand, zusätzlich zu seinem eigenen Harn noch an den der Gäste im Last Resort heranzukommen, wußte aber nicht, wie er das anstellen sollte. Schließlich blieb ihm nichts anderes übrig, als viel zu trinken, sparsam mit seinem Urin umzugehen und ihn mittels jener Methode zu verteilen, die Gott dafür vorgesehen hatte. In seinem ganzen Leben hatte er noch nie soviel Wasser getrunken und auch noch nie so oft gepinkelt.

Die beiden Strecken, auf denen sie vom Wald hinunter zu den Pachtweiden Fallen gestellt hatte, waren ein Kinderspiel. Sobald er sich einmal darum gekümmert hatte, brauchte er sie kaum noch zu überprüfen. Sie waren wie Korridore, und er hatte praktisch durch eine dreifache Barriere aus Wolf-Stopp, Diesel und Urin den Zugang an beiden Enden verriegelt. Außerdem hatte er rund um jede Falle etwas von dem Mittel verspritzt – allerdings in weiterem Umkreis, damit sie nichts merkte.

Zu guter Letzt sprühte er noch die Fallen und den Wolfskot, den sie sorgsam daneben ausgelegt hatte, mit einem Geruchsstopper ein, den er sich in einem Jagdladen besorgt hatte. Am ermüdendsten war es, hinterher seine eigenen Spuren zu verwischen.

Eines Morgens hatte er sich hinter ein paar Felsen versteckt und ihren Hund beobachtet, wie er den Abhang heruntertollte, genau auf seine Wolf-Stopp-Barriere zu. Es war wie in einem Cartoon, der arme Kerl schien plötzlich gegen eine unsichtbare Wand zu prallen. Er schnupperte noch einmal, winselte dann und schlich den Weg zurück, den er gekommen war. Helen hatte nicht einmal etwas bemerkt, und Luke lachte so sehr, daß er rasch den Rückzug antreten mußte.

Die Fallen im Cañon bereiteten ihm größeres Kopfzerbrechen. Die Gegend da oben war für so etwas ungeeignet. Die Wölfe schienen sich dort ganz ungezwungen zu bewegen. Also blieb ihm nichts anderes übrig, als einen Ring um jede Falle zu sprühen. Wenn sie eine verlegte, ohne daß er sie dabei beobachten konnte – das passierte in letzter Zeit häufig –, verbrachte er Stunden damit, sie wiederzufinden.

Schlimmer noch, vor ein paar Tagen hatte er seine Tasche mit dem Wolf-Stopp auf dem Weg nach oben verloren. Er war zwar zurückgelaufen und hatte sie gesucht, aber es war zu dunkel gewesen, um sie zu finden. Schließlich blieb ihm nichts anderes übrig, als ein paar Fallen zuschnappen zu lassen, was er bisher nur dann getan hatte, wenn ihm das Wolf-Stopp ausgegangen war. So etwas mußte sie einfach mißtrauisch machen, außerdem war es ein bißchen gefährlich, weil er die Falle entschärfen mußte, ohne den Peilsender auszulösen, den sie daran befestigt hatte.

Manchmal konnte Luke sich bei Tageslicht um die Fallen kümmern, gleich nachdem sie sie überprüft hatte. Das erleichterte ihm das Leben. Allerdings ging er dabei stets das Risiko ein, von ihr entdeckt zu werden. Also sah er meist nachts nach den Fallen, ging aber zuerst immer an den See, um sich zu vergewissern, daß sie in ihrer Hütte war.

Die Entschuldigung, die er für sein nächtliches Fortbleiben von zu Hause vorbrachte, war einfach. Er schlug seinem Vater vor, oben auf den Pachtwiesen zu kampieren, da er dann auch nachts ein Auge auf die Herde haben könne. Seine Mutter hatte das zwar idiotisch gefunden, sein Vater jedoch war beeindruckt und hatte seinen Vorschlag unterstützt.

Manchmal brauchte er derart lange, sich um die Fallen im Cañon zu kümmern, daß er, statt zum Zelt zurückzureiten, eine geschützte Stelle suchte und in seinem Schlafsack, der stets an den Sattel geschnallt war, übernachtete.

Der einzige Tag, an dem er regelmäßig abends nach Hause kam, war der Dienstag, damit er sich vor seiner Sprachtherapie am nächsten Morgen duschen, rasieren und ausschlafen konnte. Seine Mutter machte ihm ständig Vorwürfe, weil er so blaß, müde und mitgenommen aussah. Wie ein Junkie sehe er aus, sagte sie, allerdings war ihm schleierhaft, woher sie wissen wollte, wie so jemand aussah.

»Das gehört sich einfach nicht, daß du da draußen im Freien schläfst.«

»Mir geht's gut, Mom. Mir gefällt das.«

»Aber es ist gefährlich. Du wirst noch von einem Bären gefressen.«

»Ich sch-sch-schmecke aber nicht besonders.«

»Ich meine es ernst, Luke.«

»Wirklich, Mom, ich bin k-k-kein kleines Kind mehr. Mir fehlt nichts.«

Dabei merkte er durchaus, wie sehr es ihn anstrengte. Er sah in den Spiegel und mußte seiner Mutter recht geben. Er wußte nicht, wie lange er noch durchhalten würde.

An diesem Abend brauchte er nicht lange für das Überprüfen der beiden Strecken im Wald. Der Himmel zog sich zu, aber noch schien der Mond, so daß er seine Taschenlampe nicht brauchte, um die Fallen ausfindig zu machen und die Barrieren mit reichlich Wolf-Stopp, etwas Diesel und Urin zu verstärken. Nach knapp einer Stunde hatte er seine Spuren verwischt und ritt mit Moon Eye den langen, steilen Anstieg zum Cañon hinauf.

Er wußte nicht genau, wo sich die Wölfe in diesem Augenblick befanden. Letzte Woche war er zweimal zur Wiese hinaufgestiegen, wo sie einen Großteil des Sommers verbracht hatten, und beide Male hatte er keine Spur von ihnen entdeckt. Allerdings wußte er aus seinen Büchern über Wölfe, daß um diese Jahreszeit die Welpen schon so groß waren, daß sie ihre sogenannten Rendezvousplätze verlassen und anfangen konnten, im Rudel zu jagen.

Vor einigen Nächten hatte er ihr Heulen gehört. Natürlich ließ sich schwer sagen, woher es kam, da die Berge jeden Laut verfälschten; doch er vermutete sie oberhalb des Wrong Creek, etwa eine Meile weiter nördlich. Vielleicht waren sie es einfach leid, an dem stinkenden Zeug zu schnuppern, das er überall verteilt hatte.

Endlich erreichte er den Eingang zum Cañon. Er stieg ab und band Moon Eye an eine Weide am Fluß. Der Abhang war dicht mit Salbei bewachsen. Er brach sich einen dicken, blattreichen Stengel ab, um nachher seine Spuren damit zu verwischen. Dann trank er noch einen Schluck Wasser, nahm die Tasche mit den diversen Flaschen Wolf-Stopp, Diesel und Geruchsstopper und lief das felsige Flußufer entlang.

Er ging vorsichtig, achtete darauf, daß er auf Felsen und Gestrüpp trat, und vermied jeden Flecken Sand, auf dem er einen Fußabdruck hinterlassen konnte.

Sie hatte drei ihrer Fallen am oberen Ende eines von Rotwild genutzten schmalen Pfads aufgestellt, der an dichtem Wacholdergestrüpp entlangführte. Unterhalb davon fiel der Boden steil ab und war mit Büffelbeeren bedeckt, zwischen denen Luke jetzt stehenblieb. Er war nur noch wenige Schritte von jener Stelle entfernt, an der er die erste Falle vermutete.

Er überprüfte den Weg in beide Richtungen, um sich zu orientieren. Dann suchte er das verräterische Grasbüschel oder das lockere Gestrüpp, vor dem sie stets das Loch für ihren übelriechenden Köder grub, aber er konnte nichts entdecken.

Der Mond war jetzt ständig von Wolken verdeckt. Irgendwo hinter den Bergen war ein tiefes, langgezogenes Donnergrollen zu hören.

Luke nahm die Taschenlampe, lief langsam durch die Büffelbeeren, folgte der tiefer gelegenen Wegseite und suchte mit dem Lichtstrahl die Böschung ab. Schon nach wenigen Schritten sah er etwas Dunkles auf hellem Grund, und als er näher kam, stellte er fest, daß er den Wolfkot gefunden hatte; er war an der richtigen Stelle. Gleich dahinter hing das Grasbüschel, und zwischen den beiden vergraben würde die Falle liegen, sorgsam mit Sand und Steinen getarnt.

Er holte seinen Geruchsstopper aus der Tasche, achtete darauf, nicht auf den Weg zu treten, hockte sich hin und begann, den Kot zu besprühen. Wieder grollte der Donner, diesmal klang er etwas näher.

»Was zum Teufel tun Sie da?«

Es war, als hätte ihm jemand einen Schlag mit der Peitsche versetzt. Die Stimme schien aus den Bäumen zu kommen und erschreckte ihn derart, daß er das Gleichgewicht verlor und der Länge nach zwischen den Büffelbeeren auf den Rücken fiel. Außer seinem Spray verlor er dabei auch die Taschenlampe, so daß er die Hand nicht vor Augen sehen konnte, bis er schließlich begriff, daß ihm der Hut ins Gesicht gerutscht war. Er hörte, wie jemand von den Bäumen her auf ihn zurannte. Rasch drehte er sich um, rappelte sich auf und hastete den Abhang hinunter.

»O nein, so nicht, du Dreckskerl!«

Mit einem Satz sprang Helen über den Weg. Wer immer auch vor ihr war, er hatte zehn Schritte Vorsprung, und der Abstand vergrößerte sich zusehends. Er war schon halb den Abhang hinunter und rannte mit Riesensprüngen durchs Gebüsch. Plötzlich durchzuckte ein Blitz die Dunkelheit, und sie konnte ihn unter sich sehen, wie er mit weit ausgebreiteten Armen versuchte, das Gleichgewicht zu halten. Er hatte seinen Hut in der Hand und eine Tasche oder etwas Ähnliches über der Schulter, aus der etwas herausfiel.

»Du steckst in großen Schwierigkeiten, mein Freund. In verdammt großen Schwierigkeiten.«

Donner krachte, als wolle er ihre Worte unterstreichen. Die Büsche ratschten an ihren Beinen, und einmal verstauchte sie sich beinahe den Knöchel. Sie war aber so wütend, daß sie nicht weiter darauf achtete.

Er hatte den Fuß des Abhangs fast erreicht, von wo aus das Land sich in einem breiten Gürtel von Erlen und Weidengebüsch sanft zum Fluß hin neigte. Wenn er es bis dorthin schaffte, würde sie ihn rasch aus den Augen verlieren.

»Sich an Bundesfallen zu vergehen ist ein Verbrechen!« Helen hatte keine Ahnung, ob das stimmte, aber es klang gut.

Als er die Bäume erreichte, hörte sie seinen Stiefel gegen einen Fels krachen, sah ihn stolpern und kopfüber im Unterholz verschwinden.

»Ja!« schrie Helen vor Begeisterung.

Innerhalb von Sekunden war sie an Ort und Stelle und dennoch nicht schnell genug, denn er kroch bereits auf Händen und Füßen durchs Gehölz und versuchte, wieder auf die Beine zu kommen. Ohne nachzudenken, warf sich Helen auf ihn. Er sackte unter ihr zusammen, und sie hörte, wie ihm mit einem lauten Grunzen die Luft aus den Lungen entwich.

Sie rollte von ihm herunter, war aber noch zu sehr außer Atem, um etwas sagen zu können. Und dann dachte sie plötzlich: Und jetzt? Sie hatte einen fremden Mann angegriffen, einen Mann, der größer und bestimmt auch stärker war als sie und vielleicht sogar eine Waffe trug! Und jetzt lagen sie beide hier mitten in der Wildnis am Boden. Sie mußte den Verstand verloren haben.

Sie erhob sich. Er lag immer noch mit ausgebreiteten Armen neben ihr, mit dem Gesicht nach unten, doch plötzlich gab er einen seltsamen Laut von sich und bewegte einen Arm. Helen dachte, daß er nach einem Messer oder Revolver greifen wollte, und verpaßte ihm einen Fußtritt.

»Keine Mätzchen, mein Freund. Ich bin von der Regierung, und Sie, Bürschchen, Sie sind verhaftet.«

Doch noch während sie das sagte, begriff sie, daß er nicht in der Verfassung war, sich zu wehren. Er lag auf der Seite, die Knie angezogen, und rang keuchend nach Luft. Beim nächsten Blitz sah sie sein völlig verzerrtes und staubbedecktes Gesicht.

Sie konnte es einfach nicht glauben.

»Luke?«

Er stöhnte, aber der Laut verlor sich in einem mächtigen Donnergrollen.

»Luke? Um Himmels willen... Sind Sie okay?«

Verwirrt kniete sie sich neben ihn, während er versuchte, wieder zu Atem zu kommen. Als ihm dies schließlich gelang, half sie ihm, sich aufzusetzen, legte die Hände auf seine Schultern und stützte ihn, bis er wieder gleichmäßig atmete. Sie wischte Dreck und Zweige von seinem Rücken, ging dann mit der Taschenlampe den Weg ab und fand seinen Hut und die Tasche, die er bei seinem Sturz verloren hatte. Als sie zurückkam, sah sie, daß seine Stirn blutete.

»Geht's wieder?«

Er nickte, wich aber ihrem Blick aus. Sie nahm ihr Taschentuch und kniete sich wieder neben ihn.

»Sie haben sich verletzt. Soll ich...?«

Er nahm ihr das Taschentuch aus der Hand und wischte sich selbst das Blut ab. Die Wunde sah nicht gut aus. Vielleicht mußte sie sogar genäht werden. Er sagte etwas, doch Helen konnte ihn nicht verstehen.

»Wie war das?«

»Ich s-s-sagte, daß es mir l-l-leid tut.«

»Waren Sie das? Von Anfang an?«

Er nickte und schaute dabei immer noch zu Boden. Der Donner entfernte sich und verklang unten im Tal.

»Aber warum denn, Luke?«

Er schüttelte den Kopf.

»Wollen Sie nicht, daß ich den Wolf fange? Ihr Dad will das jedenfalls.«

Er ließ ein leises, freudloses Lachen hören. »O ja, der w-w-will das.«

»Aber Sie nicht?«

Er gab keine Antwort.

»Sie *mögen* Wölfe?«

Er zuckte die Achseln, wich ihrem Blick aus.

»Das ist der Grund, nicht wahr? Wissen Sie, Luke, wir wollen ihn nicht fangen, um ihn zu töten und fortzuschaffen. Wir legen ihm nur einen Peilsender um. So wird er geschützt.«

»Es gibt m-m-mehr als einen. Es sind neun, ein komplettes R-R-Rudel.«

»Sie haben sie gesehen?«

Er nickte. »Und Halsbänder können sie nicht beschützen. Damit kann man sie nur l-l-leichter wieder loswerden.«

»Aber das stimmt nicht.«

»Warten Sie's nur ab.«

Eine Zeitlang sprachen beide kein Wort. Ein plötzlicher Windstoß fuhr durch den Cañon und ließ die Blätter der Erlen rascheln, Helen fröstelte.

Luke schaute zum Himmel. »Es wird bald regnen«, sagte er.

Und dann sah er sie schließlich doch an. Etwas in seinen Augen rührte sie. Etwas Einsames und Verlorenes, das ihr wie ein Spiegel ein Stück von ihr selbst zeigte.

Es begann zu regnen, wie er es vorausgesagt hatte. Große, kalte Tropfen, die auf die Felsen und in ihre nach oben gewandten Gesichter klatschten und die Luft mit dem Geruch von nassem Staub erfüllten, der Helen stets an jene längst vergangenen Sommer ihrer Kindheit erinnerte.

Er saß auf einem Stuhl neben dem Ofen in der Hütte und reckte die Stirn ins Licht, damit sie die Wunde säubern konnte, während Buzz zusammengerollt vor seinen Füßen lag.

Sie beugte sich über ihn, und er beobachtete ihr Gesicht, merkte, wie sie die Stirn runzelte und sich vor Konzentration auf die Lippen biß. Ihre Kleidung war noch naß vom Regen, und er gab sich alle Mühe, nicht auf ihr T-Shirt zu starren, das an ihren Brüsten klebte. Sie hatte gleich nach ihrer Ankunft in der Hütte den Kanonenofen angeschürt, und jetzt ließ die Wärme Dampfwolken von ihren Schultern aufsteigen. Sie roch wunderbar.

»Das wird jetzt ein bißchen weh tun, klar?«

Er nickte. Sie trug Jod auf, und er konnte nicht verhindern, daß er zusammenzuckte, als sie die Wunde, so sanft sie konnte, damit betupfte.

»Tut mir leid.«

»Ist schon in Ordnung.«

»Das kommt davon, wenn man sich an meinen Fallen zu schaffen macht.«

Er schaute sie lächelnd an, aber sein Mund verzog sich, so daß sein Lächeln eher einem höhnischen Grinsen glich.

Es war erstaunlich, wie gut sie es verkraftet hatte. Als sie aus den Bäumen auf ihn zugestürzt war, hatte er geglaubt, daß sie ihn umbringen wollte. Aber als sie dann auf dem Weg zur Hütte durch den nassen Wald gelaufen waren, da mußte sie sogar darüber lachen. Sie hatte ihn dazu überredet, ihr die Flasche Wolf-Stopp zu zeigen, und wäre, als sie daran roch, beinahe umgefallen. Und als er ihr erzählte, wieviel Mühe er aufgewendet hatte, um diese Mischung zusammenzustellen, und wie er sie an den Hunden ausprobiert hatte, da mußte sie noch mehr lachen.

Ein- oder zweimal, sagte sie, habe sie das Gefühl gehabt, daß jemand ihr nachspioniere, und einen Moment lang fürchtete er, sie hätte etwas von seiner Anwesenheit unten bei der Hütte bemerkt, die er ihr natürlich verschwiegen hatte. Davon konnte er ihr auf keinen Fall erzählen, sie würde ihn sonst für einen Perversling halten.

Er erzählte ihr, wie er die Wölfe entdeckt und sie seither beobachtet hatte. Und als sie ihn davon zu überzeugen versuchte, daß es richtig war, ihnen ein Halsband anzulegen, empfand er große Erleichterung darüber, daß ihr das Überleben der Tiere ebenso am Herzen lag wie ihm.

Sie klebte ihm ein Pflaster auf die Stirn.

»So, das war's. Sie werden es überleben.«

»Danke.«

Sie hatte Wasser für einen Kakao auf den Coleman-Kocher gestellt, das jetzt zu brodeln begann.

»Ist Ihr Pferd da draußen im Regen gut aufgehoben?«

»Es wird schon klarkommen.«

»Sie können es auch reinbringen. Ich habe noch ein Gästebett frei.«

Diesmal gelang ihm ein richtiges Lächeln.

Während sie mit dem Topf hantierte, schaute er sich in der Hütte um. Sie war ziemlich vollgestopft, sah aber im Licht der Gaslampe gemütlich aus. Der Boden stand voller Kisten, in denen sie offenbar alle möglichen Dinge aufbewahrte, Bücher ebenso wie Wolfsfallen. Ein roter Schlafsack lag zerknautscht auf dem unteren Bett. Auf dem Boden daneben steckte eine Kerze in einem Glas, außerdem lag da noch ein Buch, dessen Titel er nicht lesen konnte. Er entdeckte zudem etwas, das wie ein halbfertiger Brief aussah, sowie einen Stift und eine Stirnlampe. Er stellte sich vor, wie sie im Bett lag und an jemanden schrieb. Er fragte sich, wer dieser jemand war.

In einer Ecke hatte sie eine Wäscheleine gespannt, auf der ein Handtuch und einige Kleider zum Trocknen hingen. Ihr Handy und der CD-Player waren an zwei Sechs-Volt-Batterien mit Niederspannung angeschlossen, die sich unter dem Fenster befanden. Auf dem Tisch stand ihr Computer, umgeben von einem Durcheinander aus Notizen, Grafiken und Karten.

Ebenfalls in der Ecke sah er einen Eimer mit einer darübergespannten Blechdose. Als sie die Becher mit heißem Kakao brachte, bemerkte sie, daß er stirnrunzelnd den Eimer betrachtete. Sie sagte ihm, daß es eine Mausefalle sei, und zeigte ihm, wie sie funktionierte.

»Und d-d-das klappt?«

»Darauf können Sie wetten. Funktioniert jedenfalls besser als meine Wolfsfallen.« Sie musterte ihn mit zusammengekniffenen Augen und stellte die Becher auf den Tisch.

»Wollen Sie sich nicht doch das nasse Hemd ausziehen? Sie dampfen ja regelrecht.«

»Ist schon okay.«

»Sie werden sich noch erkälten.«

»Und Sie hören sich an wie meine M-M-Mutter.«

»Tu ich das? Erkälten Sie sich ruhig, ist mir doch egal.«

Luke lachte. Er begann, sich ein wenig zu entspannen.

»Aber *ich* will mich nicht erkälten«, fuhr sie fort. »Wenn Sie mich also einen Augenblick entschuldigen würden, ziehe ich mich jetzt in mein Ankleidezimmer zurück.«

Sie ging an ihren Schrank, wandte sich von ihm ab und zog sich das T-Shirt aus. Er erhaschte einen Blick auf ihren Rücken und ihren BH, sah dann rasch weg, hoffte, daß er nicht rot wurde, und suchte krampfhaft nach einer unverfänglichen Bemerkung, die sich anhörte, als wäre es für ihn nichts Besonderes, daß sich eine Frau vor ihm auszog.

»Bin ich immer n-n-n-noch verhaftet?«

»Ich denk drüber nach.«

Sie drehte sich wieder um, setzte sich an den Tisch und betrachtete ihn mit einem verschmitzten Lächeln. Sie hatte sich einen hellblauen Wollpullover angezogen. Ihr Haar war immer noch naß und schimmerte im Lampenlicht. Sie nahm sich ihren Kakao, wölbte die Hände um die Tasse und nahm nachdenklich einen Schluck.

»Kommt drauf an«, sagte sie.

»Auf was?«

Sie stellte die Tasse ab, griff nach einer der Karten und breitete sie vor ihm aus.

»Darauf, ob Sie mir zeigen, wo ich diese Wölfe finden kann.«

15

Der alte Elchbulle stand mit gesenktem Haupt da; neun gelbe Augenpaare beobachteten ihn aus der Dunkelheit. Sein Geweih hatte die volle Größe und eine Spannweite von fast anderthalb Metern. Er war groß wie ein Pferd und wog nahezu sechshundert Kilo. Aber er lahmte und hatte das beste Alter hinter sich; das wußte er, und das wußten auch die Wölfe.

Sie hatten ihn in einer Biegung des Bachs aufgespürt, wo er das Ufer in einem Dickicht schlanker Espenzweige abgraste, die sich wie Zebrastreifen vor dem dunklen Braun seiner Flanken abzeichneten. Er hatte sich umgedreht, um sich ihnen zu stellen. Seit fünf Minuten verharrten Jäger und Gejagter nun reglos und rechneten sich ihre jeweiligen Chancen aus.

Die Welpen waren gerade groß genug, um mit den anderen auf Jagd zu gehen, doch hielten sie sich meist bei ihrer Mutter oder einem der Jungtiere im Hintergrund auf. Das Fell der Mutter war viel heller als das ihres Gefährten, des Alpha-Rüden, so daß sie im Zwielicht fast weiß aussah. Die Welpen und die beiden Jungtiere – ein Männchen und ein Weibchen – wiesen unterschiedliche Grauschattierungen auf. Manchmal wurde einer der Welpen unruhig und winselte, als langweile ihn die Warterei, verstummte aber sofort, wenn ihm Mutter oder Vater einen tadelnden Blick zuwarf oder leise knurrte.

Der Elch stand etwa zehn Meter vor ihnen. Hinter ihm glitzerte der Bach bronzen im Licht der untergehenden Sonne. Ein Schwarm Fliegen tanzte über dem Wasser.

Jetzt regte sich der Alpha-Rüde. Sein Schwanz war buschiger als der der anderen Tiere, und normalerweise trug er ihn auch höher, doch jetzt hielt er ihn dicht über dem Boden, während er langsam im Halbkreis nach rechts schlich, aber stets die gleiche Distanz zum Bullen hielt. Dann kam er denselben Weg zurück und beschrieb einen Halbkreis nach links, da er hoffte, den alten Bullen zu einem Ausbruchsversuch zu verleiten.

Ein Bulle, selbst ein alter und lahmer, war, wenn er nicht von der Stelle wich, ziemlich schwierig zu töten. Er konnte sehen, aus welcher Richtung seine Angreifer kamen, und seine Abwehrstöße genauer plazieren. Und mit einem einzigen geschickten Hufschlag konnte er einem Wolf den Schädel spalten. Also mußten sie ihn dazu bringen wegzulaufen, da er dann nicht so gut zielen und auch nicht mehr sehen konnte, wo ihn der nächste Biß treffen würde.

Doch der alte Bulle rührte sich nicht, bewegte nur die Augen, die jedem Schritt des Wolfs folgten, zuerst in die eine, dann in die andere Richtung. Der Wolf blieb auf der linken Seite und legte sich hin. Und wie auf ein Kommando kam jetzt das Alpha-Weibchen nach vorn. Es lief nach rechts, langsam, fast schlendernd, ein wenig weiter als das Männchen. Unten am Bachufer blieb es stehen, im Rücken des Elchs, so daß sich dieser schließlich doch bewegen mußte, wenn er sie im Auge behalten wollte.

Er wandte sich zu ihr um und begriff im selben Moment, daß er den Alpha-Rüden aus dem Blick verloren hatte, drehte sich deshalb erneut zu ihm um und wich dabei ein paar Schritte zurück. Sobald er sich bewegte, bewegte sich auch das jüngere Weibchen und folgte seiner Mutter durch den Wald.

Der Bulle schüttelte sich unbehaglich, wich weiter zum Wasser zurück und überlegte vermutlich, ob es nicht doch besser sei, vor seinen Angreifern zu fliehen.

Sein Instinkt mochte ihm sagen, sich in den Fluß zu stürzen, doch als er sich umdrehte, sah er die beiden Weibchen, die sich am Ufer um ihn herumgeschlichen hatten. Zwischen ihnen und dem Alpha-Rüden war für eine Flucht wahrscheinlich nicht genug Platz. Das Alpha-Weibchen stand mit den Pfoten im Wasser, und als der Elch zu ihm hinübersah, senkte es gemächlich den Kopf und trank, als sei es einzig aus diesem Grund hier.

Wie auf ein Signal hin rückten das männliche Jungtier und die fünf Welpen zum Alpha-Rüden auf und öffneten so eine weite Bresche, die der Bulle – wie zweifellos erwartet – sogleich erkannte.

Plötzlich kam Bewegung in ihn. Er donnerte durch das Dickicht, die Hufe schleuderten feuchte, schwarze Erde auf, und sein Geweih schrammte an den weißen Erlenstämmen vorbei, riß ihre Borke ab und ließ einen Blätterregen hinter ihm zu Boden rieseln.

Kaum bewegte er sich, waren die Wölfe schon hinter ihm her. Er lahmte auf dem rechten Vorderbein und lief mit einer seltsam schaukelnden Bewegung. Dieser Anblick schien im Alpha-Rüden zusätzliche Kraftreserven zu mobilisieren. Mit jedem Satz kam er dem Bullen näher. Die anderen Tiere waren ihm dicht auf den Fersen, wichen auf ihren jeweiligen Routen den Bäumen aus und sprangen über Felsbrocken und Äste, die den Waldboden bedeckten.

Weiter oben bot das Flußufer eine offene Fläche. Der alte Bulle jagte darauf zu, da er wohl hoffte, daß ihn sein Geweih dort nicht behindern und er mit ein wenig Glück bis ans Wasser gelangen würde. Doch kaum stürmte er aus dem Dickicht, machte der Alpha-Rüde einen riesigen Satz und schlug die Zähne in sein Hinterteil.

Der Bulle versuchte, den Wolf mit den Hinterläufen zu treten, aber der wich geschickt aus, ohne loszulassen, und jener Bruchteil einer Sekunde, den der Elch dadurch an Geschwindigkeit einbüßte, gab dem Alpha-Weibchen die Chance, auf die es gewartet hatte. Es fletschte die Zähne und vergrub sie in der rechten Flanke des Bullen. Als er versuchte, es mit den Läufen abzuwehren, geriet er ins Stolpern. Doch er fing sich rasch wieder und jagte mit zwei Wölfen, die sich an beiden Seiten in ihn verbissen hatten, die Lichtung hinauf.

Mehr als eine halbe Meile war er bereits gerannt, durch ein weiteres Dickicht und über eine von Geröll übersäte Wiese, als sich die Jungtiere ebenfalls an der Jagd beteiligten. Vorher hatte es ausgesehen, als wollten sie den Alphas die Hatz überlassen, doch jetzt begannen sie, sich in der anderen Flanke des Bullen zu verbeißen. Die Welpen sprangen hinterdrein. Die wagemutigeren reizte es ganz offensichtlich, ins Geschehen einzugreifen; die anderen aber hielten sich zurück und begnügten sich mit der Beobachterposition.

Mittlerweile verlor ihr Vater den Halt, und der Bulle holte aus und verpaßte ihm mit dem Hinterlauf einen donnernden Tritt, der ihn in einer Staubwolke kopfüber ins Unterholz beförderte. Doch der Wolf war sofort wieder auf den Beinen, und da er sah, daß der Elch zum Fluß galoppierte, rannte er schräg aufs Ufer zu, um ihm den Weg abzuschneiden. Nach wenigen Sekunden war er neben ihm, drehte sich zu ihm um, sprang ihm zugleich von unten an den Hals und schloß die Zähne um den dort baumelnden, langen, buschigen Hautlappen.

Der Bulle holte mit dem Geweih nach ihm aus, aber der Wolf war schneller. Das ganze Rudel schien plötzlich zu spüren, daß die Jahre den Bullen träge gemacht und ihn geschwächt hatten und daß er, wie mächtig er auch immer gewesen war, heute abend sterben würde.

Und als wollte er dem Bullen beweisen, daß er dies wußte, ließ der Alpha-Rüde ihn los und wäre fast von den schweren Vorderhufen niedergetrampelt worden. Aber er schnellte wie ein Akrobat erneut in die Höhe, um diesmal zu einem gefährlicheren Biß anzusetzen. Seine Zähne vergruben sich tief in der Kehle des Elchs.

Der alte Bulle war weiter als eine Meile gelaufen, blutete heftig aus Wunden an Hals und Rumpf. Die Jungtiere schlugen ihre Krallen in seine Flanken und sein Hinterteil. Doch er lief immer weiter.

Er bog jetzt scharf zum Fluß ab und stürmte, halb rennend, halb fallend, durchs Weidengebüsch das steile Ufer zum Wasser hinab, die Meute Wölfe hinter sich, und löste eine Lawine von Sand und Steinen aus.

Das Wasser war nahe am Ufer kaum dreißig Zentimeter tief, und als der Elch ins Flußbett sprang, knickte sein lahmes Bein ein, so daß er in die Knie ging und den Alpha-Rüden unter sich begrub. Rasch kam er wieder hoch, und als sein Hals aus dem Wasser auftauchte, hing der Wolf noch immer an ihm. Blut und Wasser strömten aus seinem Fell.

Die Welpen hatten den oberen Uferrand erreicht, von wo aus sie den Kampf beobachteten. Der alte Bulle wandte den Kopf, als frage er sich, was mit seinen übrigen Verfolgern geschehen war, und fiel ins Wasser. In diesem Moment erkannte das weibliche Jungtier seine Chance, sprang ihm ins Gesicht und verbiß sich in seiner Nase. Der Elch hob den Schädel und schleuderte den Wolf hin und her wie ein nasses Wäschestück, aber das Weibchen ließ nicht locker.

All seine Anstrengungen konzentrierten sich jetzt auf die Zähne, die im schwarzen Fleisch seiner breiten Nase steckten. Blind taumelte er aufs andere Ufer zu und vergaß einen Augenblick lang, die anderen Wölfe abzuschütteln oder nach ihnen zu treten.

Das nutzten Alpha-Weibchen und männliches Jungtier und stürzten sich mit neuer Energie auf seine Flanken und seinen Rumpf, tauchten mit den Köpfen unter ihm hindurch, um ihm den Bauch aufzureißen, während der Alpha-Rüde ein weiteres klaffendes Loch in seine Kehle riß.

Als er schließlich das andere Ufer erreichte, waren Schmerz und Blutverlust zuviel für den alten Elchbullen, seine Läufe knickten ein, und er ging zu Boden.

Er kämpfte und trat noch weitere zehn Minuten um sich, schaffte es sogar, kurz wieder auf die Beine zu kommen und die blutige Meute abzuschütteln, doch dann brach er abermals, zum letztenmal, zusammen.

Für die Welpen am Ufer war dies gleichsam das Stichwort,

sich vorsichtig ihren Weg durchs Wasser zu suchen und dem Festschmaus anzuschließen.

Erst als der alte Bulle zu zucken aufhörte und der aufgehende Mond im blicklosen Schwarz seiner Augen schimmerte, ließ der Alpha-Rüde von ihm ab. Und er setzte sich auf, reckte die blutige Schnauze gen Himmel und heulte.

Und ein Tier nach dem anderen, die ganze Familie, hob den Kopf und heulte mit ihm.

Wo einst Leben gewesen war, da war nun Tod. Und so nährte der Tod das Leben. Hier waren Lebende und Tote in einem Kreislauf vereint, so alt und unwandelbar wie der Mond.

16

Die Pachtweiden, die von den Calders und ihren Nachbarn als Sommerweiden genutzt wurden, lagen an den Hängen der Berge wie Flicken, die von einem fleißigen Riesen ins dunklere Grün des Waldes genäht worden waren. Zwischen ihnen zeigten sich entlang der Bachläufe und Schluchten hellgelbe, zitronenfarbene und goldene Nähte, da die Nächte den Weiden und Sauerkirschen bereits den ersten Frost bescherten.

In so manchem Jahr lag um diese Zeit schon der erste Schnee, doch war der Sommer diesmal wie ein Partygast, der nicht gehen wollte, ganz ähnlich wie die Zugvögel am wolkenlosen, kobaltblauen Himmel.

Buck Calder zügelte sein Pferd auf einer kahlen Felsnase, die aus dem Wald über seine Pachtweiden ragte. Das Pferd war ein hübscher, breitbrüstiger Grauschimmel, der sich ebenso stolz hielt wie sein Besitzer. Während er so in der frühen Morgensonne unter dem Hutrand hinab auf die Ebene blinzelte, dachte Buck wie so oft, daß sie beide ein prächtiges Bild abgeben mußten, das den alten Charlie Russell gewiß dazu verführen würde, nach seinem Pinsel zu greifen.

Er blickte über die Bäume hinab auf die Spuren, die er und Clyde im Tau der Wiese hinterlassen hatten, und auf die der Kühe, die vor ihnen Reißaus genommen hatten. Dahinter erstreckte sich im Dunstschleier der niedrig stehenden Sonne das Tal in Richtung Hope. Nebelschwaden hüllten am Fluß die unteren Stämme der Pyramidenpappeln ein. Ihre Blätter waren inzwischen gelb, und das Gras um sie herum war so fahl wie ein altes Elchfell.

Buck liebte den Herbst. Die Zäune waren repariert, die Arbeit an den Bewässerungsgräben erledigt, und für den Augenblick schien alles getan. Das gab ihm eine kurze Atempause, um Bestandsaufnahme zu machen, ehe Mitte Oktober dann die Hektik des Verkaufens und Verladens der Kälber begann. In einigen Tagen würden sie die Herde zusammentreiben und dorthin bringen, wo er sie am liebsten sah, nämlich auf seinem eigenen Grund und Boden und nicht auf dem Terrain, das der Regierung gehörte.

Dabei war das gepachtete Land keineswegs schlecht – ganz im Gegenteil. Bucks Pachtweiden waren die größten und grünsten, die es gab, und über den Preis konnte er sich auch nicht beklagen. Mit weniger als zwei Dollar pro Monat und Vieheinheit ließ sich eine Kuh sogar billiger als eine Katze durchfüttern, doch der Forest Service gab ihm stets das Gefühl, als täte er ihm einen Gefallen. Ständig wurden wegen dieser oder jener Sache neue Gesetze erlassen, und der Widerwille, den Buck und andere Rancher sowieso schon gegen die Forstverwaltung hegten, verstärkte sich dadurch noch.

Buck wehrte sich aus Prinzip. Schon als Kommunalpolitiker war dies sein Lieblingsthema gewesen. Wie oft hatte er schon mit der Faust auf den Tisch gehauen und über den Skandal gewettert, daß die Bundesregierung ein so großes Gebiet des Westens ihr eigen nannte, Land, das er und seine Vorfahren mit ihrem Schweiß und Blut getränkt hatten. Sie waren es auch gewesen, die allen Hindernissen zum Trotz diese Wildnis kultiviert, Gras gesät und jene Filetsteaks geliefert hatten, die diese verdammten Federfuchser – ohne ein Wort des Dankes – in ihren schicken Restaurants in Washington, D.C., verzehrten.

Die meisten Rancher dachten wie er, und eine Zeitlang hatte Buck geglaubt, er könne durch eine Kampagne die Dinge ändern; aber er brauchte nicht lange, um herauszufinden, daß dies nicht ging.

Eben jene Halsstarrigkeit, die die Rancher hier draußen zum Überleben benötigten, machte es auch nahezu unmöglich, sie zu organisieren und unter einen Hut zu bringen. Man konnte sie dazu bewegen, ihm zuzustimmen, Petitionen zu unterschreiben, manchmal sogar dazu, einem Treffen beizuwohnen, doch tief drinnen hatten sie sich alle längst mit der Tatsache abgefunden, daß die Bewirtschaftung einer Ranch eine Strafe Gottes war, um die Menschen die Bedeutung des Wortes Pessimismus zu lehren. Widrigkeiten gehörten zum Geschäft, und ein Mann wurde daran gemessen, wie er damit zurechtkam. Letzten Endes wußte doch jeder, daß die Regierung trotz Bucks Marotte und der großen Töne, die er spuckte, tat, was sie wollte.

In letzter Zeit hatte sich die Lage ziemlich verschlechtert. Die Bundesbehörden kamen ständig mit neuen Vorschriften, reduzierten die Anzahl der Kühe, die man auf den Pachtweiden halten durfte, und sagten einem sogar, was man mit dem eigenen Land zu tun hatte. Sie untersuchten das Wasser in den eigenen Bächen, sagten, es sei verschmutzt, und verlangten, daß man Zäune aufstellte, damit die eigenen Kühe nicht davon tranken. Dann erzählten sie, irgendein seltenes Tier, ein gottverdammter Iltis, eine Eule oder was auch immer, hause auf dem eigenen Grund, und es sei ratsam, ihn ein paar Jahre lang nicht zu bewirtschaften.

Alles, was ein Viehzüchter heutzutage machte, war nicht mehr nur allein seine Angelegenheit, sondern die der ganzen Welt. Wenn man sich die Nase putzen oder mal austreten wollte, mußte man sich dazu die Erlaubnis der Regierung holen. Und die würde sie nicht geben, ohne vorher diese sogenannten Umweltgruppen befragt zu haben. Die gottverdammten Frettchenfreaks und Dummköpfe aus der Stadt mußten ihren Senf dazugeben, und die Beamtentrottel, die im Prinzip auch nicht besser waren, hielten das fürs Evangelium und dachten sich immer neue Schikanen aus, um den Ranchern das Leben noch schwerer zu machen. Man konnte in all dem Papierkram ersticken, mit dem man überschüttet wurde. Es gab Regeln und Beschränkungen für tausend Dinge und obendrein noch einen Haufen Strafen, wenn man dagegen verstieß. Allein bei dem Gedanken daran konnte einem schlecht werden.

Ach, zur Hölle damit. Buck würde schon mit ihnen fertig werden. Er wußte genau, daß ihn die meisten Staatsbeamten, mit denen er es zu tun hatte, fürchteten, und er machte sich einen Spaß daraus, ihnen mächtig einzuheizen. Die ärmeren Rancher allerdings, Leute wie die Hardings, waren angreifbarer. Es war nicht leicht, sich gegen die Beamten aufzulehnen, wenn diese wußten, daß sie den Rancher mit einer Strafe oder mit zeitaufwendigem bürokratischem Kram in den Ruin treiben konnten.

Als Abe auf dem Jahrmarkt zu ihm gekommen war, hatte Buck wirklich Mitleid mit ihm gehabt, nicht wegen seiner Sorge um die Wölfe, sondern weil er so gehetzt und bedrückt aussah. Beinahe hätte Buck Schuldgefühle bekommen, weil er in den vergangenen Jahren so wenig getan hatte, um ihm zu helfen.

Deshalb wollte er mit Clyde zu Abes Weiden, um ihm mit der Herde zur Hand zu gehen. Vorher waren sie zu ihrer eigenen Pacht geritten, um Luke abzuholen, der ihnen helfen sollte.

Weiter unten sah Buck jetzt Clyde, der aus dem Wald auf ihn zugeritten kam. Die beiden hatten sich getrennt, um so die abgelegeneren Ecken der Weide rascher überprüfen zu können.

Den Kühen und Kälbern, jedenfalls jenen, die Buck zu Gesicht bekam, schien es gutzugehen, aber von seinem Sohn war keine Spur zu sehen.

»Hast ihn gefunden?« rief er Clyde zu.

»Nee. Und es sieht auch nicht so aus, als wenn er in seinem Zelt geschlafen hätte.«

»Wo zum Teufel treibt sich der Junge bloß rum?«

»Keine Ahnung.«

Buck schüttelte den Kopf und wandte das Gesicht ab, da ihm, wie so oft, allein der Gedanke an Luke die gute Laune verdorben hatte. Er wartete, bis Clyde den Hang zu ihm heraufgeritten war, riß dann, ohne ein Wort zu sagen, sein Pferd scharf herum und schlug den Holzfällerweg ein, der hier den Wald durchschnitt und zu den Weiden der Hardings führte.

Er hatte es für einen guten Einfall gehalten, Luke auf die Herde aufpassen zu lassen. Weiß Gott, es war schwer genug, eine Arbeit zu finden, die der Junge machen konnte, ohne über die eigenen Beine zu stolpern. Anfangs war Buck beeindruckt gewesen, wie ernst er seine neue Aufgabe zu nehmen schien, erst recht, als er auch noch nachts oben auf den Weiden blieb. Doch jetzt war er sich da nicht mehr so sicher.

Clyde traf Luke nie an, sooft er auch heraufkam. Und im Haus schien der Junge auch nur noch dann aufzutauchen, wenn sonst keiner da war – von dem einen Mal vor zwei Tagen abgesehen, als er zum Frühstück mit dieser Verletzung auf der Stirn erschien und sagte, daß ihn beim Reiten ein Zweig oder Ast im Gesicht getroffen habe. Daraufhin hatte sich Eleanor wieder aufgeregt und gemeint, daß es doch nicht sicher genug sei, sich da oben die ganze Nacht allein aufzuhalten.

Manchmal trieb der Junge Buck zur Verzweiflung. Er wußte, daß es ihm weh tun würde, Luke mit dem Sohn zu vergleichen, den er verloren hatte, aber er konnte nicht anders. Wenn er entdeckte, wie Luke mal wieder Mist baute, sah Buck vor seinem geistigen Auge Henry, wie dieser die Arbeit mit links erledigte. Neben Lukes langem Gesicht am Essenstisch sah er das pfiffige Grinsen seines Bruders und hörte sein fröhliches Lachen. Welche Laune der Natur konnte aus dem gleichen Samen nur zwei so verschiedene Söhne hervorbringen?

Obwohl er sich über seine eigene Sterblichkeit noch nicht allzuviel Gedanken machte, fragte sich Buck, was in der Zukunft wohl aus der Ranch werden würde. Die Tradition wollte es, daß sie an seinen einzigen Sohn und Erben überging, aber die Tradition konnte aus einem Mann einen Narren machen. Niemand, der seinen Verstand noch beisammen hatte, würde Luke die Führung der Ranch zutrauen, selbst wenn dieser irgendein Interesse an der Aufgabe gezeigt hätte. Und obwohl Buck es weder schriflich festgehalten noch sich selbst eingestanden hatte, dachte er immer öfter daran, Clyde und Kathy die Zügel zu überlassen, wenn es einmal soweit war.

Daß die Calder-Ranch nach all den Jahren von einem geführt werden sollte, der einen anderen Namen trug, empfand Buck als Schande. Er hatte es nicht vermocht, einen ordentlichen männlichen Erben zu zeugen, der den Stammbaum fortsetzte – und die ganze Welt wußte darüber Bescheid.

Der Holzfällerweg war so schmal, daß die Pferde nicht nebeneinander gehen konnten, also ritt Clyde hinter ihm und behielt seine Gedanken für sich, wofür Buck ihm dankbar war. Unterhaltungen waren nicht gerade Clydes starke Seite, doch wo seine Stärken lagen, ließ sich auch nicht so ohne weiteres sagen. Buck hatte stets gedacht, daß Kathy einen Besseren hätte finden können, aber offenbar schienen das die meisten Väter von ihren Töchtern zu glauben.

Clydes Eltern waren beide gestorben, als er noch klein war, weshalb ihn Onkel und Tante auf einer Ranch bei Livingston aufgezogen hatten. Angeblich waren sie ziemlich streng zu dem Jungen gewesen, was vielleicht jenen Zug an ihm erklärte, den Buck so überaus irritierend fand, nämlich seine fast hündische Dankbarkeit. Er war stets zu sehr darum bemüht, auf

Bucks Launen Rücksicht zu nehmen, stets ein wenig zu sehr darauf aus zu gefallen. Was Buck dachte, das dachte auch Clyde, und wenn Buck seine Ansicht änderte, selbst wenn er behauptete, daß schwarz nicht schwarz sondern weiß war, würde Clyde sich seiner Meinung anschließen.

Doch wenn das sein schlimmster Fehler war, konnte Buck sich glücklich schätzen, einen solchen Schwiegersohn zu haben. Kathy besaß genug Verstand für beide, außerdem verwöhnte der Junge sie und das Baby. Und vor harter Arbeit scheute er auch nicht zurück. Vielleicht würde eines Tages doch noch ein vernünftiger Rancher aus ihm werden.

Vor sich hörte Buck jetzt Motoren aufheulen. Als sich der Wald lichtete, sah er Wes und Ethan, Abes Söhne, die auf ihren Motocrossmaschinen den Weideboden aufwühlten.

»Was in Gottes Namen treiben die denn da?« fragte er leise.

Eine kleine Herde verschreckter Kühe und Kälber wollte in den Schutz der Bäume flüchten, doch Ethan, der jüngere der beiden, versuchte sie von dort wieder zu verscheuchen. Er verschwand mit laut aufheulendem Motor im Wald, eine blaue Rauchfahne hinter sich herziehend.

Abe hockte am Fuß der Weide auf seinem Pferd, schaute zu und brüllte gelegentlich einige Anweisungen, die ungehört im Lärm der Maschinen untergingen. Er nickte grimmig, als er Buck und Clyde näher kommen sah.

»Buck.«

»Hallo, Abe. Tut mir leid, daß wir so spät dran sind.«

»Macht nichts.«

»Wir haben Luke gesucht.«

»Hab ihn gesehen, als wir raufgekommen sind, vor einer Stunde ungefähr«, sagte er, während seine Blicke wieder seinen Söhnen folgten, die hektisch unter den Bäumen herumkurvten. »Wollte mit dieser Wolfsfrau zum Wrong Creek.«

»Was zur Hölle hat er denn mit der zu schaffen?« fragte Clyde.

Abe wandte den Kopf zur Seite und spuckte einen Mundvoll schwarzen Tabaksaft aus. »Frag nicht mich.«

Es dauerte eine Weile, bis das nächste Wort fiel. Buck wollte nicht, daß seine Stimme verriet, wie wütend ihn diese Neuigkeit machte.

»Und? Wie läuft's?« fragte er schließlich.

»Bis jetzt vier Kühe ohne Kälber. Die Euter sind ganz ausgetrocknet.«

»Glauben Sie, daß es die Wölfe waren?« fragte Clyde.

»Wer denn sonst?«

Buck und Clyde machten sich nützlich und erledigten das, was eigentlich Wes' und Ethans Aufgabe gewesen wäre. Nach einer Stunde hatten sie die Weide abgeritten und sämtliche lebenden Kühe und Kälber am Fuß der Weide zusammengetrieben. Abe fand noch weitere zwei Kühe mit trockenen Eutern. Von ihren Kälbern fehlte jede Spur.

Abe hatte kein Wort mehr gesagt, nur noch hin und wieder seine Söhne oder Kühe angebrüllt. Er war ganz blaß, und die Haut um die Augen zitterte, als habe er Mühe, sich unter Kontrolle zu halten.

Verglichen mit Bucks Viehbestand war die Herde klein. Als sie die höher gelegenen Hänge hinter sich hatten, wo die Kühe immer wieder seitwärts in den Wald ausbrechen konnten, fiel es Abe und seinen Söhnen nicht mehr schwer, die Tiere ohne weitere Hilfe zur Ranch zu treiben. Buck rief Clyde, und gemeinsam ritten sie zu Abe.

»Kommen Sie jetzt allein zurecht? Ich dachte, wir machen uns auf den Weg und suchen nach Luke.«

»Sicher. Danke für die Hilfe.«

»Kein Problem. Wenn die anderen ihre Herden unten haben, sollten wir uns vielleicht mal alle zusammensetzen und über diese Wolfsgeschichte reden.«

»Wüßte nicht, was es da zu reden gäb.«

»Schaden kann's aber auch nicht.«

»Mag sein.«

»In Ordnung. Bis später dann, Abe.«

»Gut.«

Sie bogen auf einen schmalen Pfad ein, der sich durch den Wald hinauf zu jenem See schlängelte, an dem Helens Hütte lag. Buck hielt es für sinnvoll, dort nach Luke zu suchen. Selbst wenn er nicht da war, konnten sie ihm an der Tür eine Nachricht hinterlassen, daß er sich gefälligst zu Hause blicken lassen sollte. Der Junge hatte einiges zu erklären. Hoffentlich fiel ihm ein guter Grund ein, warum er die Herde im Stich gelassen hatte.

17

Luke wartete neben dem Pickup und sah ihr zu, wie sie langsam den Weg abschritt. Über dem Kopf drehte sie die H-förmige Antenne, während sie gleichzeitig sämtliche Frequenzen auf dem kleinen Empfänger abhörte, der in einer Ledertasche über ihrer Schulter hing. Buzz beobachtete sie vom Beifahrersitz aus und hatte die Ohren gespitzt, als wüßte er, was sie in ihrem Kopfhörer zu hören hoffte.

Der Wagen stand am Holzfällerweg, der sich halsbrecherisch die Südseite des Wrong Creek, einem baumbestandenen Cañon, heraufschlängelte. Luke schaute über den Rand des Weges in den dicht mit Douglastannen bewachsenen Abgrund. In dreißig Meter Tiefe konnte er den Bach rauschen hören. Diese Seite des Cañons lag noch im Schatten, und die Luft war kühl und feucht. Eine halbe Meile weiter breitete sich ein Sonnenstreifen aus, der die gelben Blätter der Erlen aufleuchten ließ.

Sie hatten anderthalb Tage gebraucht, um sämtliche Fallen umzusetzen, und wollten sie jetzt überprüfen. Wrong Creek war der nächstgelegene, in nördliche Richtung verlaufende

Einschnitt in den Bergen, und Luke war sich ziemlich sicher, daß die Wölfe hiergewesen waren, als er sie heulen hörte. Jedenfalls war er gleich mit Helen Ross heraufgekommen, war in ihrem rostigen alten Wagen so nahe wie möglich herangefahren und dann den Creek entlang in die Berge hinaufgewandert.

Fast sofort hatten sie frischen Wolfskot und Spuren gefunden. Ein Schwarm Raben führte sie dann zum Kadaver des alten Elchbullen. Es war zwar nicht mehr viel Fleisch übrig, aber Helen vermutete, daß die Wölfe noch mal zurückkehren würden. Sie zog dem Elchbullen einige Zähne aus dem Kiefer, die sie zur Altersanalyse einschicken wollte. Dann erklärte sie Luke, daß man das Alter des Tiers wie bei einem Baum an den Ringen des durchgesägten Zahns erkennen könne. Anschließend sägte sie selbst einige Knochenstücke durch und meinte, an der Art, wie das Knochenmark sich zu Gelee verformt habe, könne sie erkennen, daß der Bulle in ziemlich schlechter Verfassung gewesen sei.

Die Fallen aufzustellen war harte Arbeit gewesen, doch Luke genoß jede Minute davon. Helen hatte ihm gezeigt, wie man die Fallen eingrub, und ihm alles Nötige erklärt. Man muß die Falle vergraben, sagte sie, damit der Wolf glaubt, er sei zufällig auf den Futtervorrat eines anderen Tiers gestoßen. Der beste Platz dafür war auf der Windseite des Wegs, damit er Witterung aufnahm, wenn er daran vorbeikam. Zuerst roch er den vergrabenen Köder – der stank so widerwärtig, daß man eigentlich glauben sollte, er würde Reißaus nehmen –, dann nahm er über Kot und Urin die Witterung von einem fremden Wolf auf, so daß er einen Eindringling vermutete.

Jetzt war sein Interesse geweckt, doch mußte man dafür sorgen, daß ihm nur ein einziger leichter Zugang blieb, wenn er noch gründlicher schnuppern wollte. Die wahre Kunst, sagte sie, lag darin, ihn genau dorthin zu locken, wo man ihn haben wollte. Also wurden Stöcke und Steine ausgelegt, über die er hinwegklettern mußte, so daß er schließlich direkt ins Tellereisen trat.

Nachdem am Nachmittag zuvor alle Fallen aufgestellt worden waren, hatte er ihr den Treffpunkt der Wölfe und die Höhle gezeigt. Als sie davor standen, holte sie ihre kleine Stirnlampe und ein Maßband und verschwand wie ein Höhlenforscher in dem Loch. Sie war so lange fort, daß er schon begann, sich Sorgen zu machen. Doch dann tauchte sie mit den Stiefeln voran wieder auf, schlängelte sich rückwärts heraus und reichte ihm ganz aufgeregt die Stirnlampe.

»Jetzt sind Sie dran.«

Luke schüttelte den Kopf. »Nein, nein, ich k-k-kann...«

»Jetzt machen Sie schon, keine Angst.«

Also gab er ihr seinen Hut und ließ sich ins Loch gleiten. Der Gang führte etwa drei Meter tief direkt in den Berg hinein und war so eng, daß er die Schultern einziehen und sich mit den Schuhspitzen vorwärtsschieben mußte.

Im Licht der Lampe sahen die Wände fahl und glatt aus, als seien sie aus Ton. Er hatte erwartet, daß die Luft hier drinnen abgestanden und modrig sein würde, doch es roch nur nach Erde. Er fand keine Knochen, keinen Kot, überhaupt keine Spur von Wölfen, ein paar helle Haare ausgenommen, die an einigen Baumwurzeln an der Decke hingen. Das Ende des Gangs weitete sich zu einer etwa einen Meter breiten Kammer, und Luke blieb eine Weile vor Anstrengung keuchend liegen. Er dachte an das Weibchen, das hier seine Jungen geboren, ihre blinden Gesichter geleckt und sie gesäugt hatte.

Dann knipste er die Lampe aus und hielt den Atem an, eingehüllt in Stille und Dunkelheit, und mußte daran denken, daß er etwas über das Leben gelesen hatte, das ein Kreislauf sei vom Grab des Schoßes zum Schoß des Grabes. Er hatte nie verstanden, warum man sich vor dem absoluten Nichts des Todes fürchten konnte. Er wäre zufrieden hier an Ort und Stelle gestorben.

Daran mußte er immer noch denken, als er blinzelnd wieder ans Sonnenlicht kam und Helens lächelndes Gesicht sah. Sie sagte, sie habe schon Angst gehabt, daß er auf immer unten bleiben würde, und er platzte einfach mit dem heraus, was ihm durch den Kopf ging – und das war ziemlich dumm. Doch sie nickte einfach nur, und er sah in ihren Augen, daß sie ihn verstand. Seltsam, er hatte schon zwei- oder dreimal das Gefühl gehabt, daß sie sich irgendwie ähnlich waren, als gehörten sie zum selben Stamm.

Wahrscheinlich bildete er sich das alles nur ein.

Sie half ihm, den Schmutz von Rücken und Schultern zu klopfen. Er genoß die Berührung ihrer Hände. Dann tat er das gleiche für sie, und das gefiel ihm noch besser. Sie stand mit dem Rücken zu ihm, und er konnte einfach nicht anders, er mußte ihren Nacken anstarren, jene Stelle, wo ihr Haar in die sonnengebleichten Härchen auf ihrer gebräunten Haut überging.

Er sah ihr zu, wie sie vor ihm den Weg abschritt, noch immer die Antenne in der Hand. Sie trug Khakishorts und ihren hellblauen Pullover. Jetzt drehte sie sich um, kam langsam zurück und kaute dabei auf ihrer Unterlippe, wie sie es immer tat, wenn sie sich konzentrierte.

Plötzlich blieb sie stehen und erstarrte. Er wußte, daß sie etwas gehört hatte. Dann stieß sie einen Freudenschrei aus.

»Ja!«

»W-W-Welche ist es?«

»Fünfzweiundsechzig. Die haben Sie gesetzt. Unten beim Weidengestrüpp, wissen Sie noch?«

Sie rannte auf ihn zu, grinste und hielt ihm die Kopfhörer hin, damit er sich selbst überzeugen konnte. Buzz, der immer noch im Pickup hockte, begann zu bellen, doch Helen befahl ihm, ruhig zu sein.

»Hören Sie's?«

Einen Moment lang hörte er überhaupt nichts. Doch dann,

als sie den Empfänger genauer einstellte, vernahm er das regelmäßige Klick-Klick-Klick des Signals. Er grinste und nickte, und Helen klopfte ihm auf die Schulter.

»He, Trapper, Sie haben gerade einen Wolf gefangen!«

Sie brauchten zwanzig Minuten, um zu der Stelle zu gelangen, an der sich der Weg im Wald verlor. Helen fuhr so schnell, daß Luke bezweifelte, lebend ans Ziel zu kommen. Die ganze Fahrt über hänselte sie ihn, nannte es Anfängerglück und was er denn glaube, wer er sei, komme hereingeschneit und mache ihr vor, wie's gehe, nach all der Arbeit, die sie mit den Fallen gehabt habe. Luke versprach ihr lachend, kein Wort davon zu verraten.

Sie stellten den Wagen auf einer Lichtung ab und stiegen aus, um auf der Ladefläche ihre Rucksäcke zu packen. Auf der anderen Seite der Lichtung lehnten zwei Holzfäller schweigend an einem halbbeladenen Hänger und rauchten. Luke kannte sie nicht. Helen winkte und rief hallo, aber sie nickten nur, sogen an ihren Zigaretten und lächelten nicht mal.

Helen machte sich an ihrem Rucksack zu schaffen und tat so, als führe sie eine halblaute Unterhaltung mit den Holzfällern, deren Wortlaut aber nur Luke verstehen konnte.

»He, hallo, Helen! Wie steht's? Schon einen Wolf gefangen? Tatsächlich? Ist ja phantastisch! Na ja, geht so. Sie auch. Bis dann!«

»Haben Sie die schon mal gesehen?« fragte Luke leise.

»Klar, die haben mich einige Male fast vom Weg abgedrängt.« Sie schnürte den Rucksack zu und grinste, als sie ihn sich auf den Rücken hievte. »Haben Sie das Kopfnicken gesehen? Ein winziges Kopfnicken, zugegeben, aber immerhin ein Kopfnicken. Warten Sie's ab, bald werden wir die besten Freunde sein. In jedem Holzfäller steckt ein Baumfreund, der nur darauf wartet, hervorkommen zu können.«

»Glauben Sie das wirklich?«

»Nein.«

Sie ließen Buzz im Pickup und marschierten den Wrong Creek entlang.

Noch ehe sie das Signal gehört hatte, war Helen davon überzeugt gewesen, daß sie einen Wolf gefangen hatten. Ihre Träume hatten sie noch nie getrogen.

Bislang hatte sie nicht gewagt, jemandem davon zu erzählen. Es klang zu absurd. Außerdem war es als Frau in der Machowelt der Wolfsforschung schon so schwer genug, auch ohne daß sie sich dem Verdacht aussetzte, meschugge zu sein – ein Ausdruck, mit dem ihre Mutter von der Astrologie bis zur Vitaminpille so ziemlich alles Ungewöhnliche verächtlich abtat. Und offen gestanden, obwohl Helen nicht daran zweifelte, daß es zwischen Himmel und Erde mehr Dinge gab, als man mit Hilfe eines Mikroskops sehen konnte, zählte sie sich eher zu den Skeptikern.

Nur ihre Wolfsträume waren davon ausgenommen.

In Minnesota hatte es angefangen, kurz nachdem sie gelernt hatte, Fallen zu stellen. Der Traum war jedesmal anders, und mitunter wirkte er fast real: Sie konnte tatsächlich einen Wolf in der Falle sehen, der auf sie wartete. Dann wieder war der Traum verschleierter, als handle er von etwas völlig anderem. Manchmal hatte sie nur so ein »Wolfsgefühl«, erhaschte nicht mal einen Blick auf das Tier oder sah seinen Schatten, spürte einfach nur, daß es da war. Dabei hatte sie den Traum nicht jedesmal, wenn sie einen Wolf fing. Sie konnte monatelang Fallen stellen und jede Menge Wölfe fangen, ohne ihn auch nur ein einziges Mal zu träumen. Doch wenn er kam, dann saß am nächsten Morgen unweigerlich ein Wolf in der Falle.

Und als wäre das noch nicht meschugge genug, wachte sie oft auf und wußte genau, in welcher Falle sie ihn finden würde. Manchmal konnte sie die exakte Stelle sehen, dann wiederum war der Traum eher symbolisch und gab ihr nur Hinweise. Es tauchten darin Bäume, Felsen oder Wasser auf, von denen sie ableiten konnte, welche Falle es war. Dieser Teil des Traums war nicht ganz verläßlich. Häufig saß der Wolf auch in einer völlig anderen Falle. Doch ihr Vertrauen in die Wolfsträume war so stark, daß sie sie nie für falsch hielt, sondern nur glaubte, ihre Botschaft mißverstanden zu haben.

Die Wissenschaftlerin in Helen rügte sie stets für diesen Unsinn. Sie versuchte sich einzureden, daß es sich bloß um einen Fall von Autosuggestion handelte oder um einen Streich, den ihr Gehirn ihr spielte, eine Art Traum-Déjà-vu, doch hatte sie sich während des Sommers mit Dan Prior insgeheim Notizen über ihre Träume gemacht und mit der Zahl der gefangenen Wölfe verglichen. Der Zusammenhang war unverkennbar. Trotzdem brachte sie nie den Mut auf, mit Dan darüber zu sprechen.

Und jetzt erzählte sie Luke davon, den sie doch kaum kannte.

Sie kletterten die letzten Meter am wild schäumenden Bach hinauf, ehe sich das Land vor ihnen zu jener Ebene weitete, auf der sich die Falle befand. Sie wußte nicht, warum sie ihm davon erzählte, wußte nur, daß sie ihm vertrauen konnte. Sie war fest davon überzeugt, daß er nicht über sie lachen würde.

Er ging neben ihr, sah sie, während er ihr zuhörte, hin und wieder mit seinen ernsten grünen Augen an, achtete aber zumeist darauf, wo er hintrat, denn der Boden war hier ziemlich tückisch. Er hatte sich fast die ganze Geschichte angehört, ohne ein Wort zu sagen. Obwohl sie nicht erwartete, daß er sie auslachte, ertappte sie sich dabei, wie sie in ihre alten Abwehrmechanismen verfiel und so tat, als würde sie das Gesagte nicht so ernst nehmen.

»Es ist wie verhext, wissen Sie? Ich habe schon versucht, von den Lottozahlen oder vom Pferderennen zu träumen, aber das klappt einfach nicht.«

Luke lächelte.

»Also w-w-was haben Sie l-l-letzte Nacht genau geträumt?«

»Nur von einem Wolf, der durch einen Flußlauf watet.« Das stimmte, war aber nicht die ganze Wahrheit, denn der Wolf war mit jener seltsamen Dualität, die Träumen eigen ist, zugleich Joel gewesen, der den Fluß durchquert hatte, fort von ihr, ohne sich auch nur einmal umzudrehen, ehe er hinter den Bäumen verschwand.

»Also saß er in keiner Falle?«

»Nein, er ist entkommen.«

Helen wartete darauf, daß er etwas sagte, doch er nickte nur und schaute in den Bach, dessen Wasser durch einen Felsspalt donnerte, um dann zehn Meter tiefer in einen brodelnden Kessel zu stürzen.

»Halten Sie mich jetzt für verrückt?« fragte sie schließlich.

»Natürlich nicht. Ich habe s-s-selbst auch ein paar z-z-ziemlich irre Träume.«

»Tja, aber werden die auch wahr?«

»Nur die schlechten.«

»Träumen Sie von Wölfen?«

»Manchmal.«

Das Wasser toste jetzt so laut, daß sie nicht weiterreden konnten, und so unterhielten sie sich erst wieder, als sie unter den Bäumen am Rand der Weide stehenblieben. Das Gras hier oben war noch grün. Sie starrten über die Wiese zum Weidengehölz, in dem die Falle stand, doch das einzige Lebenszeichen waren zwei Raben, die träge über dem schwebten, was vom Elchbullen noch übriggeblieben war.

»Wäre das Signal auch noch zu hören, wenn er sich losgerissen hätte?«

»Schon möglich.«

Sie liefen über die Wiese, und als sie sich dem Wildwechsel näherten, der am Weidengehölz vorbeiführte, sah Helen das Loch, aus dem die Falle gerissen worden war. Kurz davor entdeckten sie dann die lange Furche vom Ankerhaken der Kette, die der Wolf hinter sich hergezogen hatte, als er Deckung suchte. Doch obwohl ihnen die Furche verriet, wo er sich ungefähr befinden mußte, war kein Laut zu hören und keine Bewegung zu erkennen.

Einen Augenblick lang glaubte Helen, Luke habe recht gehabt und dem Wolf sei es gelungen, sich zu befreien. Doch dann hörte sie die Kette klirren und wußte, daß er festsaß. Irgendwo im Weidengehölz mußte er stecken, knapp zehn Meter von der Stelle entfernt, an der sie standen.

Helen flüsterte Luke zu, er solle sich nicht vom Fleck rühren, da sie erst die Lage prüfen wolle, und folgte dann vorsichtig der Kettenspur ins Dickicht.

Sie hatte ihm schon erklärt, daß man stets nachschauen müsse, wie fest das Bein in der Falle klemme und wie sicher die Kette sitze. Bei einem Welpen, einem Jährling oder einem rangniedrigen Tier war das nicht weiter wichtig, da die meist fügsam dalagen und nicht einmal wagten, einem in die Augen zu schauen. Doch wenn man einen Alpha gefangen hatte, mußte man aufpassen. Er stürzte sich unter Umständen sofort auf einen und schlug einem bei der geringsten Chance die Zähne ins Fleisch. Deshalb war entscheidend, daß man wußte, wie sicher er in der Falle steckte und wie groß sein Bewegungsspielraum war.

Wieder hörte Helen die Kette klirren, und diesmal raschelte es im Gebüsch, so daß ein Schauer gelber Blätter niederging, hinter dem sie helles Fell aufblitzen sah. Luke hatte ihr gesagt, daß das Weibchen fast weiß war, und Helens Herz hüpfte vor Freude darüber, dieses Tier gefangen zu haben.

Sie drehte sich zu Luke um und flüsterte: »Ich glaube, wir haben die Mom.«

Sie stand jetzt unmittelbar vor dem Dickicht und entdeckte an den Stämmen die Spuren der Kette, die der Wolf beim Eindringen ins Gehölz hinterlassen hatte. Helen verharrte einen Augenblick, lauschte und starrte durch das Weidengeäst. Sie vermutete, daß der Wolf nur ein paar Schritte von ihr entfernt lag, konnte ihn aber immer noch nicht sehen. Alles war still. Nur das Rauschen des Bachs und das Krächzen eines Raben waren zu hören.

Plötzlich war da der Schädel des Wolfs, gefletschte Zähne, rosiger Gaumen, gelbe Augen, die aus den Zweigen auf sie zustürzten. Helen erschrak so sehr, daß sie einen Satz nach hinten machte, ausrutschte und rückwärts in die Wiese fiel. Doch sie ließ den Wolf nicht aus den Augen und sah, wie sein Kopf zurückzuckte und verschwand, sobald sich der Zug der Kette bemerkbar machte. Als sie den Kopf hob, grinste Luke sie an.

»Sie haben recht, das *ist* Mom«, sagte er.

»Übrigens macht man das so, man läßt sich immer zuerst auf den Rücken fallen. Dann fühlen sich die Wölfe gleich besser.«

Luke lachte und half ihr wieder auf die Beine. Er zeigte auf einen Felsbrocken einige Meter vor dem Dickicht.

»Vielleicht können wir da mehr sehen.«

Er hatte recht. Sie hätte es gleich an der Stelle probieren sollen.

»Okay, Klugscheißer.«

Sie stapften durch das Weidengestrüpp zum Felsen, hielten dabei aber einen möglichst großen Abstand zum Wolf. Die glatte Fläche des Steins bot keinen Halt für die Füße, also kletterte Luke zuerst hinauf, streckte den Arm aus und zog sie zu sich herauf. Helen mußte sich an seiner Schulter festhalten, um das Gleichgewicht nicht zu verlieren, und so balancierten sie da oben auf dem schmalen Fels und starrten hinunter ins Dickicht.

Die Wölfin war etwa sieben Meter entfernt, zog knurrend die Lefzen hoch und schaute sie an. Ihr Fell war hell und nur am Rücken und entlang der Schulter ein wenig grau.

»Ist sie nicht schön?« flüsterte Luke.

»Ja, das ist sie.«

Helen sah, daß die Fangbügel den linken Vorderlauf umklammert hielten. Die Anker der Kette steckten in einem dichten Wurzelgestrüpp, um das die Wölfin die Kette in dem Versuch, sich zu befreien, zweimal gewickelt hatte.

»Die läuft uns so schnell nicht mehr weg«, sagte Helen. »Sieht ganz so aus, als kämen wir von der anderen Seite am besten an sie ran.«

Sie sprangen vom Felsen herunter und eilten zu der Stelle, an der sie ihre Rucksäcke zurückgelassen hatten. Helen holte den Stock mit der daran befestigten Spritze und zog die nötige Menge Telazol auf. Dann näherten sie sich dem Wolf von der gegenüberliegenden Seite durch das Dickicht. Helen ging voran.

Sie hörte die Wölfin knurren, und als sie die letzten, schützenden Büsche beiseite schoben, versuchte sie erneut, sich auf sie zu stürzen, doch die Kette hielt. Die Wölfin fauchte und duckte sich dann langsam zu Boden.

»He, Mom«, sagte Helen leise. »Bist du aber eine Hübsche.«

Die Wölfin war in bester Verfassung, ihr Fell glänzte und hatte schon fast Winterdichte. Helen schätzte ihr Alter auf drei bis vier Jahre, ihr Gewicht auf etwa vierzig Kilo. Die Augen blitzten grünlichgelb im Sonnenlicht.

»Alles in Ordnung, Kleines«, gurrte Helen. »Keine Sorge, wir wollen dir nichts tun. Du sollst nur ein kleines Nickerchen machen.«

Im gleichen sanften Tonfall bat sie Luke, langsam auf die andere Seite zu gehen. Wie erhofft, wurde die Wölfin mißtrauisch und drehte sich um. Sie kämpfte gegen das Gewicht der Falle und ließ Luke nicht aus den Augen. Jetzt hatte Helen ihre Chance. Sie holte aus, und wie eine Matadorin stieß sie dem Wolf die Spritze ins Hinterteil.

Kaum war die Nadel im Fell, fuhr die Wölfin fauchend mit dem Kopf herum. Doch Helen, die damit gerechnet hatte, preßte den Stock so lange in ihr Fleisch, bis die Spritze leer war. Dann wich sie zurück und schaute aus sicherer Entfernung zu, wie die Augen der Wölfin sich trübten, ihre Glieder erschlafften und sie schließlich zusammensackte.

Eine halbe Stunde später hatten sie es fast geschafft. Sie legten ihr eine Augenbinde um, wogen sie, nahmen ihre Maße, etwas Blut und Kot und untersuchten sie von Kopf bis Fuß. Sie war frei von Läusen und schien in einem ausgezeichneten Gesundheitszustand zu sein. Die Falle hatte eine leichte Fleischwunde am Bein hinterlassen, doch waren keine Knochen gebrochen. Helen trug eine antibiotische Salbe auf und verabreichte der Wölfin zur Sicherheit noch eine Spritze. Jetzt brauchten sie ihr nur noch einen Clip mit ihrer Kennummer ins Ohr zu knipsen und das Halsband mit dem Radiosender umzulegen.

Luke kniete neben der Wölfin und streichelte ihr silbriges Fell. Er hatte sich als Assistent großartig bewährt, hatte Notizen gemacht, für Helen die Proben beschriftet und ihr alles Nötige aus dem Koffer gereicht, in dem sie aufbewahrte, was sie für ihre Feldstudien brauchte.

Helen ging in die Hocke und beobachtete ihn. Er streichelte die Wölfin so selbstvergessen, und seine Augen sahen sie so sanft und unschuldig an, daß Helen am liebsten ihre Hand ausgestreckt und ihn ebenfalls gestreichelt hätte.

Statt dessen sagte sie: »Hat sie nicht ein phantastisches Fell? Unglaublich, diese verschiedenen Schichten…«

»Ja, und diese Farben. Von w-w-weitem sieht sie bloß weiß aus, aber von nahem kann man auch die anderen Farben sehen. Braun und Schwarz, sogar ein b-b-bißchen Rot.«

Er schenkte ihr ein Lächeln, und Helen erwiderte es. Erneut spürte sie, daß sie beide etwas verband, doch hätte sie nicht sagen können, was es war. Schließlich wandte sie den Blick ab und betrachtete die Wölfin.

»Das alte Mädchen wird bald wieder aufwachen.«

Sie befestigte den Ohrclip und notierte sich die Nummer. Dann legte sie der Wölfin das Halsband um, stellte sicher, daß es weder zu eng noch zu locker saß, und schaute nach, ob das Signal noch funktionierte. Schließlich nahm sie die Augenbinde ab, machte ein paar Fotos, und als sie ihre Sachen zusammenpackten, begann sich die Wölfin auch schon zu regen.

»Verschwinden wir«, sagte Helen.

Luke stand neben der Wölfin und sah auf sie herab. Helen dachte, er hätte sie nicht gehört.

»Luke?«

Er drehte sich um, und sie sah die Trauer in seinen Augen.

»Ist was?«

»Nein.«

»Wissen Sie, das Halsband kann ihr das Leben retten.«

Er zuckte die Achseln. »Ja, vielleicht.«

Sie zogen die Wölfin aus dem Dickicht und legten sie neben dem Pfad etwa an die Stelle, an der sie in die Falle geraten war. Dann hievten sie die Rucksäcke auf den Rücken und liefen über die Wiese zurück. Unten am Bach verjagte ein Kojote die Raben vom Elchkadaver. Als er Luke und Helen sah, hielt er inne und verzog sich dann griesgrämig ins Gebüsch.

Unter den Bäumen am anderen Ende der Wiese blieben sie stehen und beobachteten, wie die Wölfin benommen auf die Beine kam. Sie machte ein paar wacklige Schritte, verharrte aber gleich darauf, um sich die Vorderpfote zu lecken. Dann streckte sie die Nase in den Wind, fing ihre Witterung auf, drehte sich sofort zu ihnen um und starrte sie an. Helen winkte ihr zu.

»Bis später, Mom.«

Verächtlich wie eine gekränkte Filmdiva wandte sich die Wölfin mit stolz hochgerecktem Schwanz ab und trottete in Richtung Cañon davon.

18

Er konnte den Blick nicht von ihr wenden.

Sie schlenderte am Bach entlang und sprach in ihr Handy. Schuhe und Socken hatte sie ausgezogen, und vor jedem Schritt streckte sie ihre Zehen wie eine Ballettänzerin. Moon Eye weidete im saftigen Gras nah am Wasser, und Helen strich gedankenverloren mit einer Hand über sein Fell, als sie an ihm vorbeiging. Luke fragte sich, ob sie überhaupt ahnte, wie schön sie war.

Er saß vor der Hütte im Gras, wo sie ihr Picknick gemacht hatten. Als sie aus dem Wald hierher zurückgekommen waren, hatte Helen eine alte, blaue Decke am Boden ausgebreitet, Käse, Obst, Nüsse, Kekse und Schokolade geholt, sich mit ihm in die Sonne gesetzt, gegessen und dabei aufgeregt über das soeben Erlebte geredet.

Die Sonne verschwand hinter der Hütte. Ihr Schatten kroch über die Decke, über Lukes Oberkörper, seine Beine und schließlich seine Stiefel. Neben ihm wälzte sich Buzz auf dem Rücken wie im siebten Hundehimmel, als Luke ihm den Bauch kraulte und dabei Helen betrachtete. Sie redete mit ihrem Boß, der sie offenbar ein wenig aufzog.

»Was soll das heißen, ich hab *Glück* gehabt?« sagte sie. »Von wegen Glück. Das ist Können, Prior, reines Können. Wann hast du schon mal zwei Wölfe an einem Tag gefangen?«

Gleich nachdem sich das Alpha-Weibchen aus dem Staub gemacht hatte, war es passiert. Sie überprüften erneut alle Frequenzen und hörten ein zweites Signal. In einer Falle einige hundert Meter weiter fanden sie einen zweiten Wolf, diesmal einen jungen Rüden.

»Ich sage dir, Dan, diese Stelle da oben am Wrong Creek ist die reinste Wolfsautobahn.«

Luke hörte den Flügelschlag von Wildgänsen und schaute

blinzelnd zum Himmel hinauf. Zwei Scharen Gänse folgten in Pfeilformation der Bergkette nach Süden. Erneut blickte er zu Helen hinüber und sah, daß sie die Vögel ebenfalls betrachtete. Sie hatte ihn schon einige Male dabei ertappt, wie er sie beobachtete, aber es schien ihr nichts auszumachen. Sie lächelte, als sei es das Natürlichste von der Welt.

Anfangs hatte sie ihn ein bißchen nervös gemacht, und er hatte viel gestottert, doch sie schien das gar nicht zu bemerken, und schon bald entspannte er sich. Mit ihr war alles ganz unkompliziert. Sie war lebhaft, redete schnell und viel, und wenn sie lachte, warf sie den Kopf in den Nacken und fuhr sich mit den Händen durchs Haar.

Am besten gefiel ihm, daß sie ihn manchmal berührte, wenn sie ihm etwas erzählte, ihm einfach nur, als sei es ganz selbstverständlich, eine Hand auf Arm oder Schulter legte. Als sie das zweite Signal gehört hatten und wußten, daß ein zweiter Wolf in die Falle gegangen war, hatte sie ihn in den Arm genommen und fest an sich gedrückt. Luke wäre vor Verlegenheit fast gestorben. Der Hut fiel ihm vom Kopf, und er wurde rot bis über beide Ohren.

Moon Eye hörte plötzlich auf zu grasen, hob den Kopf und schaute über den See. Und in der nächsten Sekunde sprang Buzz auf und rannte bellend den Hügel hinunter. Zwei Reiter näherten sich ihnen vom Wald her. Als Luke sie erkannte, gab es ihm einen Stich ins Herz.

Er hatte mit Helen vereinbart, daß seine Mithilfe beim Fallenstellen ein Geheimnis blieb. Nicht mal Dan wußte davon. Doch jetzt flog die Sache auf. Als er zu Helen hinüberschaute, sah er, daß sie das gleiche dachte. Sie beendete ihr Telefongespräch. Luke stand auf und beobachtete, wie Clyde und sein Vater die Pferde um den See und den Abhang hinauflenkten, während Buzz bellend um sie herumsprang.

»Guten Morgen«, sagte Helen fröhlich.

Sie befahl Buzz, still zu sein. Lukes Vater tippte sich grüßend an den Hut und bedachte sie mit jenem Lächeln, das er stets dann aufsetzte, wenn er überzeugt war, jemanden in die Enge getrieben zu haben.

»Ma'am.«

Clyde sagte keinen Ton, sondern starrte Luke nur an, als sie die Pferde vor der Hütte zügelten. Luke sah, wie der Blick seines Vaters über die Reste ihres Picknicks, dann über Helens nackte Füße und schließlich zu ihrem Gesicht wanderte.

»Die Arbeit für Fish & Wildlife scheint ja ganz angenehm zu sein.«

»Klar«, sagte Helen. »Ist besser als jeder Urlaub.«

»Picknick am Seeufer, kein Chef, der einem auf die Finger schaut…«

»Genau. Mittags aufstehen, ein bißchen in der Sonne liegen…«

»Klingt wirklich gut.«

»Und die Lohntüte sollten Sie erst mal sehen!«

Ihr Sinn für Ironie beeindruckte Luke, doch am liebsten hätte er sie gewarnt, wie gefährlich es war, solche Scherze mit seinem Vater zu treiben. Sie mußte doch sehen, daß dieses Lächeln keineswegs freundlich gemeint war und er mit ihr spielte wie eine Katze mit einer Maus.

Luke hatte er bisher noch keines Blickes gewürdigt. Er ließ sein Opfer gern zappeln. Doch jetzt drehte er sich zu ihm um, und Luke spürte, wie sich die grauen Augen mit kaltem, kritischem Blick auf ihn richteten.

»Nun, mein Sohn, schön, daß wir dich endlich gefunden haben. Ich hab schon gedacht, der alte Wolf hat dich erwischt.«

»Nein, Sir, ich w-w-war…«

»Du erinnerst dich doch sicher noch dran, daß wir den Hardings heute morgen beim Zusammentreiben ihrer Herde helfen wollten. Ich bin mit Clyde auf die Pachtweide geritten, aber du warst nicht da.«

Die Sache mit den Hardings hatte Luke völlig verschwitzt.

»Ich w-w-war da. Ihr m-müßt wohl gerade…«

»Ach, du warst da?«

»J-j-a, Sir.«

»Und wie kommt's dann, daß Abe gesehen hat, wie du mit dieser jungen Dame hier im Pickup zum Wrong Creek gefahren bist?«

»Ich w-w-wollte…«

Lukes Zunge schien am Gaumen zu kleben. Seine Brust schmerzte, als sei sie in einem Schraubstock eingeklemmt, und seine Wangen brannten. Als er mit Helen allein gewesen war, hatte er sich fast wie ein Mann gefühlt, doch jetzt war er wieder das dumme, sprachlose Kind.

Er schaute zu Helen hinüber, weil er befürchtete, daß sie ihn nun genauso einschätzte, doch sie hielt seinen Blick für einen Hilferuf.

»Er hat mich begleitet, weil ich ihn gebeten hatte, mir zu helfen«, sagte sie.

Sein Vater sah sie an. Er lächelte noch immer, doch sein Blick war eisig.

»Und ihm habe ich es zu verdanken, daß wir heute morgen zwei Wölfe fangen und mit Halsbändern versehen konnten.«

Lukes Vater senkte den Kopf ein wenig und hob die Augenbrauen. »Sie haben zwei Wölfe gefangen?«

»Genau. Dank Luke. Er hat mir geholfen, sie zu finden.«

Lukes Vater schwieg einen Moment, während er darüber nachdachte. Clyde beobachtete ihn aufmerksam, wie um zu erfahren, wie er sich nun verhalten sollte, während Bucks Pferd ungeduldig mit den Hufen scharrte.

»Und? Wo sind sie?«

»Tja, wie schon gesagt, wir haben ihnen Halsbänder umgelegt.«

»Und dann?«

Helen runzelte die Stirn. »Tut mir leid, worauf wollen Sie hinaus?«

Er stieß ein kurzes trockenes Lachen aus und schaute Clyde an.

»Haben Sie die Tiere schon abtransportieren lassen oder was?«

»Ich denke, Mr. Calder, Sie wissen, worum's bei unserer Arbeit geht. Wir...«

»Sie haben sie einfach wieder laufenlassen.«

»Ja, aber...«

»Lassen Sie mich offen zu Ihnen sein, junge Frau. Ich habe gerade Abe Harding, einem guten Freund und Nachbarn, geholfen, die Herde zusammenzutreiben. Und dieser Mann, der im Gegensatz zu Ihnen und Ihren Bossen in Washington, D.C., nicht sinnlos Steuergelder verpulvern kann, hat sechs Kälber verloren. Das ist für Abe ein Verlust von, sagen wir, dreitausend Dollar. Und jetzt erzählen Sie mir, Sie haben zwei von diesen Biestern gefangen und sie wieder laufenlassen? Soll ich mich darüber etwa freuen?«

Luke sah Helen an, daß sie wütend war, aber auch eingeschüchtert. Schließlich gab es niemanden, den sein Vater nicht einschüchtern konnte. Luke sah, wie sie schluckte.

»Worum's hier geht, Mr. Calder...«

»Worum's hier geht, das haben Sie und Mr. Prior uns erzählt, war, daß wir es hier mit einem einzelnen Wolf zu tun haben. Wie haben Sie ihn noch genannt, einen ›Streuner‹, stimmt's? Und jetzt haben wir's plötzlich mit wie vielen zu tun?«

Helen schwieg.

»Wollen Sie es mir nicht sagen?«

»Ich glaube, es gibt hier ein ganzes Rudel.«

»Aha, jetzt ist es also schon ein Rudel. Und wie viele sind es genau?«

»Etwa neun, aber fünf davon sind Welpen und...«

»*Neun?* Und Sie haben zwei gefangen und wieder laufenlassen? Damit die noch mehr Vieh reißen und rechtschaffene Männer wie Abe Harding ruinieren?«

»Mr. Calder...«

»Danke, Ma'am, ich hab genug gehört.«

Er griff nach den Zügeln, riß das Pferd scharf herum und warf dann einen Blick über die Schulter.

»Luke?«

»J-j-a, Sir?«

»Wenn du mit dem fertig bist, was du hier oben zu tun hast, wär ich dankbar, wenn du nach Hause kommen könntest. Es gibt da noch ein oder zwei Dinge, die wir zu klären haben.«

Luke nickte. Sein Vater tippte grüßend an den Hut.

»Miss Ross.«

Er trat dem Pferd die Hacken in die Flanken und sprengte zum See hinunter, Clyde dicht hinter ihm. Luke suchte seine Sachen zusammen. Gedemütigt und beschämt wich er Helens Blick aus. Als er die Tasche aufhob, legte sie ihm eine Hand auf die Schulter.

»Luke?«

Er richtete sich auf, konnte ihr aber immer noch nicht in die Augen schauen.

»Es war mein Fehler. Tut mir wirklich leid. Ich hätte Sie nicht bitten sollen, mir zu helfen.«

»Das m-m-macht doch nichts.«

Und als er seine Sachen eingesammelt hatte, ging er ohne ein weiteres Wort ans Wasser zu Moon Eye und schwang sich in den Sattel. Dann ritt er den Abhang hinunter, ohne sich noch einmal umzudrehen, doch er spürte ihren Blick in seinem Rücken.

Helen verbrachte den Rest des Nachmittags damit, die beiden Wölfe mit Hilfe ihres Empfängers zu orten. Zum Glück blieben die Signale hoch oben am Wrong Creek und somit weit weg von den Herden.

Gegen sieben Uhr kehrte sie zur Hütte zurück und duschte. Jetzt im Herbst war das Wasser so kalt, daß sie davon Kopfschmerzen bekam. Sie würde sich bald nicht mehr draußen waschen können.

Sie ertappte sich dabei, wie sie über die Duschtür zum See schaute und hoffte, Luke auf seinem Pferd zu sehen, obwohl sie wußte, daß er nicht kommen würde, nicht nach dem, was heute morgen geschehen war. Dabei hätte sie so gern ihren Erfolg gefeiert, aber es war nur Buzz da, um ihr Gesellschaft zu leisten.

Fröstelnd rannte sie zurück zur Hütte, trocknete sich rasch ab und zog sich an. Nachdem sie die Mailbox abgefragt hatte (es waren keine Nachrichten da), steckte sie sich zum erstenmal seit drei Tagen genußvoll eine Zigarette an und legte Musik von Sheryl Crow auf. Doch dann machte sie den Fehler, auf die Texte zu achten, ging zum Apparat und stellte ihn aus. Sie wollte feiern und sich nicht die Pulsadern aufschneiden.

Sie dachte daran, Joel einen Brief zu schreiben. Wieder eine schlechte Idee. Verdammt, warum sollte sie ihm schreiben? *Er* war dran! Da sie mit dem Handy zur Abwechslung mal guten Empfang hatte, beschloß sie, ihre Mutter in Chicago anzurufen. Doch es meldete sich nur der Anrufbeantworter. Mit Celia in Boston erging es ihr genauso, und mit Dan Prior. Wo zum Teufel steckten sie alle?

Wie zur Antwort klingelte das Telefon, das sie immer noch in der Hand hielt.

Es war Bill Rimmer. Er gratulierte ihr zu ihrem Fang und sagte, nun habe sie wohl die Wette, wer den ersten Wolf fange, gewonnen. Er war unterwegs zu den Hardings, um mit ihnen über die vermißten Kälber zu reden, und fragte, ob sie mitkommen wolle.

»Nein, danke, Bill, zu denen geh ich nur noch in voller Rüstung.«

»Wissen Sie was? Wenn ich da oben fertig bin, spendiere ich Ihnen in der Stadt einen Drink.«

Sie vereinbarten, sich eine Stunde später im Last Resort zu

treffen. Vielleicht dachte Helen, war es ja gar nicht schlecht, sich in der Öffentlichkeit zu zeigen. Die Gerüchte über Hardings Verlust würden sich bestimmt wie ein Lauffeuer verbreiten.

Es war schon fast dunkel, als sie durch Hope fuhr und auf der Hauptstraße das rote Neonschild von The Last Resort leuchten sah. Langsam rollte sie auf der anderen Straßenseite vorbei, ließ den Blick über die parkenden Autos schweifen, in der Hoffnung, Bill Rimmers Wagen zu entdecken. Aber er war noch nicht da.

Die Vorstellung, drinnen auf ihn warten zu müssen, war ihr alles andere als angenehm, also fuhr sie ein Stück weiter und parkte vor dem Waschsalon. Zwei junge Cowboys alberten darin herum und luden nasse Wäsche in die Trockner. Helen war selbst schon zweimal hiergewesen, einmal mit ihrer Wäsche und einmal, um Wolfskot zu waschen.

Dan hatte ihr in Minnesota diesen Trick gezeigt, mit dem man herausfinden konnte, was ein Wolf gefressen hatte. Man schnürte die Kothaufen einzeln in je ein gekennzeichnetes Stück Nylonstrumpfhose und gab diese in die Maschine. Nach dem Waschen waren nur noch Haare und Knochenstückchen übrig. Da die anderen Benutzer des Waschsalons von einem solchen Waschgang wohl nicht begeistert gewesen wären, mußte man diskret vorgehen. Die Haare aus dem Kot, den Helen damals gewaschen hatte, stammten von unterschiedlichen Tieren, einige von Rotwild, andere vom Elch, aber auch ein paar von Kälbern, was aber nicht unbedingt bedeutete, daß die Wölfe tatsächlich ein Kalb gerissen hatten; vielleicht hatten sie auch nur einen Kadaver gefunden und davon gefressen.

Eine Viertelstunde später war Bill Rimmer immer noch nicht da. Helen wurden allmählich die Blicke der Fahrer vorbeikommender Autos und vor allem der beiden Cowboys im Waschsalon peinlich. Vielleicht hatte Rimmer woanders geparkt. Oder er hatte in der Kneipe angerufen, um ihr eine Nachricht zu hinterlassen. Sie stieg aus und ging über die Straße.

Kaum hatte sie das Lokal betreten, bedauerte sie diesen Entschluß. Unter den Wildtrophäen an den Wänden richteten sich etwa ein Dutzend Augenpaare auf sie; nicht eines davon wirkte freundlich, und keines davon gehörte Bill Rimmer.

Fast hätte sie auf dem Absatz kehrtgemacht. Doch ihr Eigensinn, der sie stets in irgendwelche Schwierigkeiten brachte, setzte sich durch, und sie fragte sich, warum sie sich hier keinen Drink genehmigen sollte, wenn sie Lust darauf hatte. Also holte sie tief Luft und ging geradewegs zur Bar.

Sie bestellte sich eine Margarita, setzte sich auf einen der Barhocker und steckte sich eine Zigarette an.

Abgesehen von der Kellnerin hinter der Theke war sie die einzige Frau. Der Laden war überfüllt, doch sie kannte nur Ethan Harding und die beiden Holzfäller, die sie mit Luke oben am Wrong Creek gesehen hatte. Wahrscheinlich waren das die beiden, von denen auch Doug Millward gesprochen hatte. Die drei unterhielten sich am anderen Ende der Theke. Manchmal schauten sie zu ihr herüber, doch Helen beachtete sie nicht, um ihnen keine Gelegenheit zu geben, sie erneut zu ignorieren. Sie kam sich wie eine Aussätzige oder eine Fremde vor, die sich wie in einem kitschigen Western in diese Stadt verirrt hatte. Am liebsten hätte sie die Flucht ergriffen, aber sie wollte ihnen nicht die Genugtuung geben, sie von hier vertrieben zu haben. Sie stellte sich vor, wie alle in Gelächter ausbrachen, wenn sie die Tür hinter sich schloß.

Sie trank aus, bestellte das gleiche noch einmal, tat, als interessiere sie sich für das Basketballspiel im Fernsehen, und fragte sich, wie sie bloß auf die blöde Idee gekommen war, sich in dieser gottverlassenen Kaschemme blicken zu lassen. Sie trank ihre zweite Margarita viel zu schnell. Der Drink war ziemlich stark. Hätte sie doch vorher etwas gegessen.

Und dann sah sie im Spiegel über der Theke, wie Buck Calder zur Tür hereinkam. Der hatte ihr gerade noch gefehlt.

Er drängte sich zur Theke vor. Helen sah ihn im Spiegel und war, ohne es zu wollen, beeindruckt. Sie fragte sich, was die Leute, denen er die Hände schüttelte und auf deren Schultern er klopfte, wohl tatsächlich von ihm hielten. Sie waren wie geblendet von seinem Lächeln und seinen Sprüchen. Helen sah, daß er sie bemerkte, ihren Blick registrierte, und obwohl sie sich sofort abwandte, spürte sie mit wachsender Panik, daß er auf sie zukam.

»Was ist denn in diese Jungs gefahren. Lassen hier so eine hübsche Frau ganz allein am Tresen sitzen.«

Helen stieß ein Lachen aus, das sich ein wenig hysterisch anhörte. Er stand direkt hinter ihr und betrachtete sie im Spiegel.

»Sonst sind diese Jungs ja nicht so schüchtern.«

Helen wußte nicht, was sie darauf antworten sollte. Der Alkohol schien ihre Schlagfertigkeit zu beeinträchtigen. Neben ihr hatte ein Mann gerade eine Runde bestellt, und als er die Gläser an den Tisch trug, nahm Calder geschickt seinen Platz ein. Jetzt waren sie nur noch wenige Zentimeter voneinander entfernt, und ihre Beine berührten sich kurz. Sein Rasierwasser, das gleiche, das auch ihr Vater benutzte, roch nach Zitrone und verwirrte sie.

»Darf ich Sie für die mangelnde Höflichkeit der Jungs hier entschädigen und Ihnen einen Drink spendieren?«

»Nun, danke, aber eigentlich wollte ich mich hier mit jemandem treffen. Ich glaube, er hat …«

»Margarita, stimmt's?«

Über den Tresen gebeugt rief er: »Lori? Bringst du uns ein Bier und eine Margarita? Danke, Schätzchen.«

Er wandte den Kopf und sah Helen lächelnd von oben herab an.

»Wollte mich nur für heute morgen entschuldigen.«

Helen runzelte die Stirn, als wüßte sie nicht, wovon er sprach.

»Ich weiß, Sie machen nur Ihren Job. Vielleicht war ich ein bißchen grob.«

»Ach was, ich hab ein dickes Fell und breite Schultern.«

»Ich würde sagen, daß sie gerade die richtige Breite haben.«

Sie lächelte verwirrt. Wollte er vielleicht mit ihr flirten?

»Ich schätze, Luke haben Sie mehr aus der Fassung gebracht als mich.«

»Der ist eben so. Er kommt nach seiner Mutter.«

Helen nickte, spielte auf Zeit. Sie schienen sich auf gefährlichem Terrain zu bewegen.

»Sensibel, meinen Sie«, sagte sie.

»So könnte man es auch nennen.«

»Ist doch nicht schlecht, sensibel zu sein, oder?«

»Hab ich auch nicht behauptet.«

Die Kellnerin bewahrte sie vor peinlichem Schweigen, als sie Helen sagte, daß sie am Telefon verlangt werde. Sie entschuldigte sich bei Calder und bahnte sich einen Weg durch die Menge bis zu der Ecke, in der das Telefon hing. Es war Bill Rimmer, der sich dafür entschuldigte, daß er sie versetzt hatte. Er sagte, Abe Harding habe ihm die Hölle heiß gemacht.

»Sind noch alle Knochen heil?« fragte Helen.

»Ich hab sie noch nicht gezählt. Die Hunde sind ganz schöne Bestien.«

»Und was war mit den Kälbern?«

»Er hat da oben keine Spur mehr von ihnen gefunden. Aber er sagt, er weiß, daß es die Wölfe waren. Sagt, er hat sie gesehen und auch gehört.«

»Und was haben Sie gesagt?«

»Ich habe ihm gesagt, er muß erst mal beweisen, daß Wölfe seine Tiere gerissen haben, wenn er eine Entschädigung will.«

»Ich kann mir schon vorstellen, wie er darauf reagiert hat.«

»O ja, er war begeistert. Übrigens habe ich mit Dan gesprochen, und er meint, daß Sie beide morgen versuchen sollten, das Rudel mit dem Flugzeug ausfindig zu machen, schließlich tragen ja jetzt zwei von ihnen Halsbänder.«

»Gute Idee.«

Rimmer entschuldigte sich noch einmal und meinte, es sei sowieso besser, wenn sie die wütenden Rancher allein um den Finger wickle. Helen hatte ihm vorher mit gedämpfter Stimme erzählt, daß Buck Calder ihr einen Drink spendiert hatte.

»Na dann los, Helen. Er ist Ihr wichtigster Mann.«

»Danke, Bill.«

Calder sprach gerade mit jemand anders, als sie an den Tresen zurückkam. Helen hoffte, jetzt unbemerkt verschwinden zu können, doch Calder wandte ihr sofort wieder seine Aufmerksamkeit zu. Er hob das Glas und stieß mit ihr an.

»Trotz alledem«, sagte er. »Meinen Glückwunsch zum Fang.«

»Obwohl ich sie wieder laufengelassen habe?«

Er lächelte, und sie tranken.

Er wischte sich den Schaum von den Lippen. »Wie gesagt, Sie müssen Ihren Job machen, und das verstehe ich, auch wenn es mir nicht paßt. Ich war bloß wütend auf Luke, weil er die Herde im Stich gelassen hat, besonders als ich erfahren habe, wie viele Kälber von Abe verschwunden sind. Tut mir leid, wenn ich … na ja, unhöflich war.«

»Ist schon in Ordnung.«

Helen griff nach einer Zigarette. Er gab ihr Feuer. Sie bedankte sich. Eine Zeitlang schwiegen sie.

»Luke kennt die Gegend da oben ziemlich gut«, sagte Helen.

»Yeah, stimmt.«

»Und er hat Talent für die Arbeit, die ich mache.«

»Tja, der ist ein richtiger Tiernarr.«

Sie lachten.

»Hat er das auch von seiner Mutter?«

»Glaub schon. Jedenfalls ist sie in der Stadt aufgewachsen.«

»Wo wir Tiernarren alle aufwachsen.«

»Tja, scheint so.«

Er hob lächelnd das Glas zum Mund, ohne sie aus den Augen zu lassen. Und plötzlich wurde Helen klar, warum Frauen Buck Calder so attraktiv fanden. Es lag nicht so sehr an seinem Aussehen, das für sein Alter gar nicht so schlecht war, sondern ausschließlich an seinem Selbstvertrauen. Und es war schamlos, fast schon lachhaft, wie er auf die Frauen einging; doch wahrscheinlich genossen sie das.

Ohne sie zu fragen, bestellte er noch einen Drink und wechselte das Thema. Er brachte sie dazu, über sich selbst zu reden, über Chicago und ihre Arbeit in Minnesota, über ihre Familie und sogar darüber, daß ihr Dad wieder heiraten wollte.

Er tat das so geschickt und mit soviel Einfühlungsvermögen, daß Helen aufpassen mußte, ihm keine Geheimnisse anzuvertrauen, denn das würde sie, wenn sie wieder nüchtern war, bestimmt bereuen.

»Stört es Sie, daß sie so viel jünger ist?«

»Als mein Dad? Oder als ich?«

»Tja, beides.«

Helen dachte einen Augenblick nach. »Jünger als ich, nein. Glaube ich jedenfalls nicht. Jünger als er... ja, verdammt. Wenn ich ehrlich bin, dann macht es mir was aus. Ich weiß nicht, warum, tut es aber.«

»Ein Mann kann sich nicht gegen die Liebe wehren.«

»Ja gut, aber warum sucht er sich keine Gleichaltrige?«

Er lachte. »Sie meinen, er soll endlich erwachsen werden.«

»Genau.«

»Meine Mom hat immer gesagt, Männer werden nicht erwachsen, sie werden immer unausstehlicher. In jedem von uns steckt ein kleiner Junge, und er bleibt uns bis zu unserem Tod erhalten und schreit: *ich will, ich will.*«

»Und Frauen wollen nichts?«

»Sicher wollen sie, aber sie vertragen's besser als Männer, wenn sie's nicht bekommen.«

»Ach, was Sie nicht sagen!«

»Ja, Helen, ich glaube schon. Ich denke, Frauen sehen manches ein bißchen deutlicher als Männer.«

»Und das wäre?«

»Daß das *Wollen* besser sein kann als das Kriegen.«

Sie sahen einander einen Moment lang an. Es überraschte sie, einen philosophischen Zug an ihm zu finden, doch wie so oft schien in dem, was er sagte, noch eine andere Bedeutung mitzuschwingen.

Ethan Harding ging mit seinen mürrisch dreinschauenden Holzfällerkumpeln an ihr vorbei zur Tür. Er nickte Calder zu, doch keiner der Männer würdigte Helen auch nur eines Blickes.

Erst jetzt fiel Helen auf, wie wenig Menschen noch im Lokal waren. Sie hatten sich fast eine Stunde lang unterhalten. Helen sagte, es sei Zeit, sie müsse nach Hause, und wehrte seinen Versuch ab, sie noch zu einem letzten Drink zu überreden. Sie hatte mehr als genug getrunken.

»Ich habe unsere Unterhaltung sehr genossen«, sagte er.

»Ich auch.«

»Können Sie noch fahren? Ich bringe Sie sonst gern ...«

»Nein, danke«, sagte sie ein wenig zu hastig.

»Ich begleite Sie noch bis zu Ihrem Wagen.«

»Ach was, das brauchen Sie nicht, ich komme schon zurecht.« Sie war noch nüchtern genug, um zu wissen, daß es ihrem Ruf schadete, wenn sie dabei gesehen wurden, wie sie zusammen die Kneipe verließen. Wahrscheinlich zerrissen sich sowieso schon genügend Leute das Maul über sie.

Die Straße war leer und die kühle Nachtluft einfach wunderbar. Sie kramte in ihrer Handtasche nach dem Autoschlüssel, und erst nachdem sie den gesamten Inhalt auf der Motorhaube ausgeleert hatte, fand sie ihn in ihrer Jackentasche. Es gelang ihr, den Wagen zu wenden, ohne irgendwo anzustoßen, und als sie mit äußerster Konzentration aus der Stadt fuhr, ahnte sie bereits, daß sie am nächsten Tag einen Kater haben würde. Und der war alles andere als angenehm, wenn sie am Morgen mit Dan flog.

Vor sich sah sie die Reihe mit den Briefkästen. Auf dem Weg in die Stadt hatte sie, wie schon seit drei Tagen, nicht in dem ihren nachgesehen, um sich nicht die Laune zu verderben, falls er wieder leer war. Jetzt holte sie das nach.

Als sie näher kam, sah sie etwas Weißes auf der Straße liegen. Erst einen Augenblick später erkannte sie, was es war. Sie richtete die Scheinwerfer darauf und stieg aus.

Es war ihr Briefkasten. Die Metallhalterung lag verbogen am Boden, der Kasten selbst war zertrümmert. Es sah aus, als hätte jemand darauf eingeschlagen und sei dann auch noch mit dem Auto darübergefahren. Die anderen Briefkästen waren unbeschädigt.

Helen stand da, vom Licht der Scheinwerfer angestrahlt, blickte stirnrunzelnd und ein wenig schwankend auf die Trümmer, wurde aber mit jeder Sekunde nüchterner. Der Motor begann zu stottern und starb dann ab. Erst jetzt hörte sie den klagenden Wind. Er hatte gedreht und wehte kalt von Norden.

Irgendwo im Wald begann ein Kojote zu heulen, der schon bald wieder verstummte. Sie starrte den grauen Schotterweg an. Einen Moment lang glaubte sie, dort etwas Helles flattern zu sehen, doch dann war es wieder verschwunden.

Sie wandte sich um und ging zurück zu ihrem Wagen. Noch einmal bewegte sich der Brief, der auf dem Weg lag, wurde vom Wind herumgewirbelt und dann fortgeweht.

19

Dan Prior war kein religiöser Mensch. Im besten Fall war der Glaube für ihn ein Hindernis auf dem Weg zur Erkenntnis, ein Vorwand, sich nicht mit dem Hier und Jetzt auseinandersetzen zu müssen. Und in praktischer Hinsicht schien es ihm einfach klüger, selbst in die Hand zu nehmen, was getan werden mußte, statt es jemandem zu überlassen, den man noch nie gesehen hatte und der sich vermutlich auch nicht blicken lassen würde.

Es gab jedoch besondere Anlässe, bei denen Dan stets Zuflucht im Gebet suchte. So zum Beispiel an den Samstagabenden, wenn seine Tochter länger ausblieb als vereinbart und nicht anrief – was in letzter Zeit ständig passierte –, oder dann, wenn er fliegen mußte. Das schien ihm nur logisch. So weit oben war die Hilfe von unten begrenzt, und falls es da oben tatsächlich jemanden gab, konnte es nicht schaden, wenn man vorgebaut hatte.

Doch heute, während er versuchte, die Cessna ruhig im böigen Nordwind zu halten, betete Dan nicht für seine und Helens Sicherheit. Ein Blick auf die höher gelegenen Regionen von Hope Valley verriet ihm, daß sich die Kunde von Abe Hardings angeblichen Viehverlusten durch Wölfe herumgesprochen hatte. Überall am Fuß der Berge wurden die Herden von ihren Sommerweiden getrieben. Anders als in seinen sonstigen Gebeten bat Dan den Herrn diesmal darum, daß all die Rancher da unten auf ihren Pferden ihre Herden vollzählig und wohlbehalten vorfinden würden.

Der Schatten des Flugzeugs glitt über die letzten Rancher hinweg. Dan schaute nach vorn, wo die Berge sich wie ein fossiles, schneebestäubtes Rückgrat nach Norden erstreckten. Der Wind hatte den letzten Sommerdunst vertrieben, und der Himmel war klar und grenzenlos blau.

Dan behielt seine lyrischen Anwandlungen für sich, da er

wußte, daß Helen in ihrer jetzigen Verfassung nichts damit anfangen konnte. Sie saß zusammengekauert neben ihm, überprüfte die Funkfrequenzen und verbarg ihr verkatertes Aussehen hinter einer Sonnenbrille und einer verwaschenen Baseballmütze mit der Aufschrift »Minnesota Timberwolves«. Jedesmal, wenn er sie anschaute, wirkte ihr Gesicht noch einen Ton grüner.

Sie war mit einem großen Becher schwarzen Kaffee zum Flugplatz von Helena gekommen und hatte ihn gleich gewarnt, daß ihr heute nicht nach Scherzen zumute sei. Sie befand sich sogar in so prekärer Verfassung, daß sie, als sie einige Meilen südwestlich von Hope ihr erstes Signal auffingen, zusammenzuckte und hastig den Lautstärkeregler betätigte.

Das Signal stammte vom männlichen Jungtier, und bald darauf hatte Helen auch das des Muttertiers gefunden. Beide Signale waren dann am stärksten, wenn das Flugzeug den Wrong Creek überflog, was in gewisser Weise eine gute Neuigkeit war, da sich die Wölfe offensichtlich nicht beim Vieh herumtrieben. Sie schienen sich an der Nordseite des Cañons aufzuhalten, ruhten sich wahrscheinlich irgendwo da oben aus, etwa eine Meile von jener Stelle entfernt, an der das Männchen in die Falle gegangen war. Doch selbst nach drei Überflügen hatten sie die Tiere noch nicht entdeckt.

Bis auf einige kleine Weiden war der Cañon dicht mit Bäumen bewachsen, und auch wenn der Wind die glänzenden, gelben Blätter von den Erlen riß, blieb das Grün der Kiefern und Tannen undurchdringlich. Abgesehen von den Bäumen gab es unzählige felsige Nischen, in denen sich ein Wolf verstecken konnte.

Sie hatten das Ende des Cañons erreicht, und Dan zog die Maschine nach oben, um wieder eine Kurve zu fliegen. Sogleich wurden sie vom Wind erfaßt, so daß das Flugzeug taumelte und Dan froh war, noch kein Frühstück gegessen zu haben.

»Herrgott, Prior!«

»'tschuldigung.«

»Mit deinen Flugkünsten steht's immer noch nicht zum besten, scheint mir.«

»Mit deinem Kater auch nicht!«

Diesmal flog er niedriger, zog über den Südrand des Cañons und kippte die Maschine ab, damit Helen einen besseren Blickwinkel hatte. Die Signale von der Steuerbordantenne wurden immer deutlicher, und plötzlich deutete Helen hinunter und rief: »Da ist sie!«

»Das Alpha-Weibchen?«

»Falls es nicht noch einen Wolf mit so hellem Fell gibt. Und da sind die anderen – vier, nein fünf.«

Dan beugte sich vor, konnte sie aber nicht sehen. »Wo?«

»Siehst du das Felsband über den Erlen?«

Helen sah sie jetzt durchs Fernglas. »Ja, das ist sie, sie trägt das Halsband. Und da ist auch das männliche Jungtier. Mensch, ist das nicht toll?«

»Du hast gesagt, der junge Calder glaubt, daß es insgesamt neun sind?«

»Vier ausgewachsene Tiere und fünf Welpen.«

»Schon irgendeine Spur vom Alpha-Rüden?«

»Nein. Die da unten sind alle viel zu grau und zu klein. Sieht mir nach vier Welpen und den beiden Tieren aus, denen wir ein Halsband umgelegt haben.«

Helen griff nach dem Fotoapparat, und Dan flog eine weitere Runde, um ihr Gelegenheit zu geben, mit dem Teleobjektiv ein paar Bilder zu machen. Die Wölfe lagen faul in der Sonne und fühlten sich erst beim dritten Überflug durch das Flugzeug gestört. Jetzt scheuchte das Muttertier die übrigen auf und unter die Bäume.

In der Hoffnung, auch die anderen drei Tiere zu finden, flogen sie noch eine Weile über den Cañon und die nähere Umgebung, konnten aber keine Spur von ihnen entdecken. Auf dem Rückflug machte sich Helen einige Notizen über das Gesehene und trug Zeit und Kartenkoordinaten ein. Nun war sie nicht mehr ganz so grün im Gesicht.

»Geht's dir jetzt besser?« fragte Dan, als sie fertig war.

»Ja, tut mir leid, ich war ziemlich unausstehlich, was?«

Dan lächelte nur. Während des restlichen Flugs schwiegen sie. Er fragte sich, ob noch etwas anderes als der Kater sie quälte, weil sie irgendwie traurig und abwesend wirkte.

Sie landeten und fuhren mit dem jeweils eigenen Wagen zurück zum Büro. Helen war seit dem Tag ihrer Ankunft zum erstenmal wieder dort, und Donna, die sie wie eine alte Freundin begrüßte, beglückwünschte sie zu ihrem Erfolg. Dan schlug Helen vor, den Film zur Schnellentwicklung in den Fotoladen zu bringen und in der Zwischenzeit etwas zu essen zu besorgen.

Sie gingen den Hügel hinunter zum Fotoladen, dann einige Straßen weiter zu einem kleinen Café, wo es gute Truthahnsandwiches und Milchshakes gab. Beim Essen redeten sie über das, was sie im Cañon gesehen hatten.

»Mir wäre wesentlich wohler, wenn wir da oben auch den Alpha-Rüden gesehen hätten«, sagte Dan.

»Vielleicht haben wir ihn bloß übersehen.«

»Schon möglich, aber ich vermute, er treibt sich lieber weiter unten bei den jungen, appetitlichen Kühen rum.«

»Hör schon auf, Dan. Du glaubst doch nicht, daß Abe Hardings Kälber von Wölfen gerissen wurden, oder?«

»Wer weiß?«

»Wir reden nicht über den genialsten Rancher der Gegend, Dan. Ich möchte wetten, daß er jeden Sommer so viele Tiere verliert. Wahrscheinlich weiß er nicht mal genau, wie viele Tiere er überhaupt da oben rumlaufen hat.«

»Tja, aber du weißt, wenn diese Wölfe tatsächlich Vieh reißen, dann müssen wir sie beseitigen.«

»Was?«

»Tu nicht so überrascht, Helen. Wir arbeiten hier nach festgelegten Regeln. Die können wir nicht ändern, wie es uns paßt. Wölfe, die Vieh reißen, gefährden das gesamte Wiederansiedlungsprogramm.«

»Was meinst du mit *beseitigen*? Sie umsiedeln?«

»Früher hätten wir das vielleicht getan. Heute gibt es keinen Ort mehr, an den wir sie umsiedeln könnten. Nein, ich spreche von einer finalen Lösung.«

»Du willst sie abschießen?«

»Ja.«

Helen schüttelte den Kopf und wandte den Blick ab.

»Wach auf, Helen! Dies hier ist die reale Welt. Lies den Kontrollplan.«

Schweigend aßen sie ihre Sandwiches.

Anschließend holten sie die Fotos ab und schauten sie sich an, während sie den Hügel hinauf zum Büro zurückgingen. Einige Aufnahmen waren ziemlich gut geworden. Helen sagte, sie wolle nicht mehr mit reinkommen, sie habe Buzz in der Hütte gelassen und müsse los, um die Fallstrecken zu überprüfen. Um sie aufzuheitern, sagte Dan, daß sie in der Zwischenzeit ja vielleicht die drei Wölfe gefangen habe, die sie vom Flugzeug aus nicht gesehen hatten. Helen lächelte nicht einmal.

Er begleitete sie bis zu ihrem Pickup. Er hatte sich darauf gefreut, sie wiederzusehen, aber irgendwie war alles schiefgelaufen. Außerdem bedauerte er, daß er gerade so grob zu ihr gewesen war. Wahrscheinlich lag es nur daran, daß er sich von ihr abgewiesen fühlte. Als sie nach Montana kam, hatte er idiotischerweise gehofft, daß sich zwischen ihnen wieder was anbahnen könnte, doch die Chancen standen schlecht. An den Gedanken mußte er sich langsam gewöhnen.

Helen stieg in ihren Wagen, und er blieb neben der offenen Tür stehen, während sie den Motor anließ.

»Wie läuft die Karre?«

»Säuft ziemlich viel Sprit.«

»Ich könnt versuchen, dir eine andere zu besorgen.«

»Nicht nötig.«

»Und du? Bei dir alles okay?«

»Bei mir? Klar, mir geht's gut.« Sie sah, daß er nicht gerade überzeugt schien, und lächelte. »Wirklich. Mir geht's gut. Danke der Nachfrage.«

»Gern geschehen.«

Dann bemerkte er etwas auf ihrem Beifahrersitz.

»Was ist denn das?«

»Mein früherer Briefkasten. Ich muß mir einen neuen besorgen.«

Sie erzählte ihm, was geschehen war.

»Klingt nicht gut. Irgendeine Ahnung, wer das getan haben könnte?«

Sie zuckte die Achseln. »Nicht die blasseste.«

Dan runzelte einen Augenblick schweigend die Stirn.

»Paß auf dich auf da oben, okay? Versprich mir, daß du mich anrufst, wenn so was noch mal passiert. Sofort, ja?«

»Wahrscheinlich war's bloß ein Unfall, Dan. Irgendein betrunkener Rancher auf dem Heimweg, was weiß ich?«

»Versprich mir, daß du mich anrufst.«

»Versprochen, Papi.«

»Engel mit deinem Briefkasten.«

Sie lächelte. Endlich hatte er es geschafft.

Sie schlug die Tür zu und warf ihm beim Anfahren einen Handkuß zu. Er schaute ihr nach, bis der alte Pickup sich in den fließenden Verkehr eingefädelt hatte, den Hügel hinabfuhr und verschwand. Dann drehte er sich um und ging zurück ins Büro.

Er hatte den Raum kaum betreten, da sah er schon an Donnas Gesicht, daß etwas passiert war.

»Ich hatte gerade die Leute von der Zeitung am Telefon«, sagte sie. »Und diese Fernsehreporterin. Sie hat mir erzählt, daß ein paar Rancher in Hope Gift und Galle spucken. Angeblich haben sie durch die Wölfe eine ganze Menge Kälber verloren.«

»Wie viele?«

»Dreiundvierzig bis jetzt.«

»Was? Hat sie die Namen der Rancher genannt?«

»Ja. Einer von ihnen ist Buck Calder.«

20

Die Versammlung sollte erst in einer halben Stunde beginnen, doch schon jetzt rollte ein steter Strom von Trucks in die Stadt. Es wurde dunkel, und die meisten hatten bereits die Scheinwerfer eingeschaltet. Einige hielten vor Nelly's Diner, doch war The Last Resort eindeutig der beliebtere Treffpunkt, was nichts Gutes für die Versammlung verhieß. Gerade hielt ein schlammbespritzter Pickup, und Helen sah zwei Männer mit Hut und Cowboystiefeln aussteigen und in die Kneipe gehen. Einer der beiden sagte etwas, und der andere lachte, während er zum Schutz gegen den Wind den Mantelkragen hochschlug. Es fing an zu regnen.

Sie beobachtete das Geschehen aus dem Fenster von Ruth Michaels' Andenkenladen und nippte an ihrem dritten großen Espresso, der sie noch nervöser machte, als sie ohnehin schon war. Sie sehnte sich nach einer Zigarette. Ruth hatte beruhigende Musik aufgelegt, doch die schien Helens Ahnung von einer drohenden Katastrophe nur noch zu verstärken.

An der Glasscheibe der Tür klebte wie überall in der Stadt ein gelbes Poster.

OPFER DER WÖLFE?
ÖFFENTLICHE VERSAMMLUNG
IN DER STADTHALLE VON HOPE
DONNERSTAG, 19.00 UHR

Es war zwei Tage her, daß Buck Calder und seine Nachbarn ihre Herden zusammengetrieben hatten, und die Stimmung war noch ziemlich gereizt. Helen verbrachte fast ihre ganze Zeit damit, die Wogen zu glätten. Sie war bei sämtlichen Ranchern gewesen, die behauptet hatten, Kälber verloren zu haben – und bei allen abgeblitzt.

Dan hatte gehofft, daß diese persönlichen Besuche eine öffentliche Versammlung überflüssig machen würden, bei der stets die Gefahr bestand, daß einige wenige Krawallmacher das Heft an sich rissen, doch Buck Calder hatte ihnen keine Wahl gelassen. Zwei Abende zuvor hatte er die Versammlung im Fernsehen angekündigt und gesagt, daß die »Typen von der Bundesregierung, die diese Wölfe auf uns losgelassen haben«, ja vielleicht mal vorbeischauen und den Leuten, die schließlich ihre Gehälter bezahlten, erklären sollten, was sie so trieben.

Die Leute vom Fernsehen waren bereits in der Stadthalle und bauten ihre Scheinwerfer auf. Dan hatte bei ihrem Anblick gestöhnt, da dieselbe Reporterin gekommen war, die diesen Buck Calder bereits damals angehimmelt hatte, als der Hund seiner Tochter getötet worden war. Doch abgesehen davon wirkten Dan – und Bill Rimmer – erstaunlich gelassen. Sie hockten an dem kleinen Tresen in der Ecke des Ladens und plauderten ganz unbekümmert mit Ruth.

Als sie sich zu ihnen gesellte, grinste Rimmer sie an.

»Kennen Sie den Witz von dem Pferd, Helen, das in eine Kneipe kommt, und der Barmann sagt…«

»… was ziehst du für ein langes Gesicht? Ja, den kenn ich. Wollen Sie etwa behaupten, daß ich wie ein Pferd aussehe?«

»Nein, nur so, als wollten Sie zu einer Beerdigung.«

»Stimmt ja auch, zu meiner eigenen.«

»Komm, Helen«, sagte Dan. »Wird schon wieder.«

»Vielen Dank, Prior. Ich wär ruhiger, wenn du mir nicht erzählt hättest, was bei der letzten Wolfsversammlung passiert ist.«

»Das muß vor meiner Zeit gewesen sein«, sagte Ruth. »Was ist da passiert?«

»Ach, nur, daß bewaffnete Typen Eimer voller Blut über Autos gegossen haben«, sagte Helen. »Sonst nichts.«

»Das ist schon Jahre her«, sagte Dan.

»Tja, als noch keine Wölfe in der Gegend waren. Haben Sie mal eine Zigarette für mich, Ruth?« Sie sah Dans überraschtes Gesicht. »Ich rauche, na und?«

»Bedienen Sie sich«, sagte Ruth.

Die nächste Viertelstunde gingen sie noch einmal durch, was Helen sagen sollte. Sie hatte Dan überreden wollen, die Leitung der Versammlung selbst zu übernehmen, doch er hatte darauf bestanden, daß dies ihre Show war. Das Publikum würde ihr gegenüber nicht ganz so ablehnend sein. Eine militante Tierschützergruppe mit dem Namen »Organisation der Wölfe« wollte sich den Radionachrichten zufolge ebenfalls beteiligen.

Für den Fall, daß die Sache außer Kontrolle geriet, hatte Dan Vorkehrungen getroffen.

Hope verfügte über einen ortsansässigen Hilfssheriff, einen jungen Mann namens Craig Rawlinson, dem Helen bereits einige Male begegnet war. Allerdings konnte man ihn wohl kaum einen Wolfsfreund nennen. Er war der Sohn eines Ranchers und verheiratet mit der Tochter eines jener Rancher, die behaupteten, Kälber durch die Wölfe verloren zu haben. Also hatte Dan zusätzliche Polizeikräfte sowie von Fish & Wildlife einige Spezialagenten in Zivil angefordert, die im Last Resort bereits ein Auge auf mögliche Aufrührer hatten. Außerdem ließ er im Saal ein Schild aufstellen, auf dem zu lesen war: »Öffentliche Versammlung. Kein Alkohol. Keine Plakate. Keine Waffen.« Irgend jemand hatte bereits »Keine Wölfe« darunter geschrieben.

Draußen auf der Straße hörte man jetzt die Stimmen der Leute, die zum Saal unterwegs waren. Kaffee und Nikotin hatten Helen ganz kribbelig gemacht. Dan stand auf und zahlte.

»Tja, ich glaube, wir gehen lieber.«

Er legte einen Arm um Helen.

»Denk dran, wenn einer eine Waffe zieht, stehe ich direkt hinter dir.«

»Danke, Dan, ich werde nicht vergessen, mich rechtzeitig zu bücken.«

Eine Stunde später wirkte Dans Scherz längst nicht mehr so lustig.

Helen bemühte sich jetzt seit zwanzig Minuten, eine Rede zu halten, die nur zehn Minuten hätte dauern sollen. Die ständigen Zwischenrufe brachten sie aus dem Konzept.

Der Saal war gerammelt voll. Es gab Sitzplätze für hundert Leute, doch standen bestimmt noch mal so viele im hinteren Teil des Saals, von wo auch die meisten Zwischenrufe kamen. Trotz der blendenden Fernsehscheinwerfer konnte Helen erkennen, daß die Saaltüren offen waren und sogar noch draußen im Regen Leute standen. Doch auch der Durchzug änderte nichts an der unerträglichen Hitze. Sämtliche Heizkörper waren aufgedreht, und niemand schien sie abstellen zu können. Während die Gemüter sich erhitzten und die Temperaturen stiegen, zogen viele ihre Mäntel aus oder fächelten sich mit den Flugblättern, die man ihnen beim Eintritt in die Hand gedrückt hatte, Kühlung zu.

Helen stand am Kopfende eines langen Tisches, den man auf das Podium gestellt hatte. Wie bei einem Tribunal saßen Dan und Bill Rimmer dicht neben ihr. Am anderen Ende lehnte sich

Buck Calder in seinem Stuhl zurück und ließ den Blick majestätisch über die Menge schweifen. Er war ganz in seinem Element.

Auf seiner Stirn zeichnete sich unter dem Hut ein leichter Schweißfilm ab, und unter den Armen, auf seinem ansonsten makellosen, pinkfarbenen Hemd, waren feuchte Flecken zu sehen. Seine Eröffnungsrede war imponierend. Für all jene, die es nicht schon ein dutzendmal gehört hatten, erzählte er nochmals, wie sein Enkel dem sicheren Tod entronnen war, um dann, wie ein gewiefter Anwalt, die schrecklichen Verluste aufzulisten, die er und seine Nachbarn seither erlitten hatten. Die einzige Überraschung war, daß die ersten Zwischenrufe ihm galten.

Sie setzten gegen Ende seiner Rede ein und kamen von ein paar Nachzüglern im Hintergrund, die Helen bis dahin nicht bemerkt hatte. Wären sie ihr früher aufgefallen, hätten ihr die Bärte und Patagonia-Jacken verraten, auf welcher Seite sie standen. Das mußten die O.W.-Leute sein, etwa ein halbes Dutzend war gekommen. Anfangs fühlte sich Helen durch ihre Anwesenheit gestärkt, doch dann merkte sie, daß ihre Zwischenrufe die Stimmung im Saal nur noch stärker aufheizten.

Calder war gut mit den Zwischenrufern fertig geworden. Eine Frau mit Nickelbrille und hellblauem Pullover hatte gerufen: »Wölfe haben ein größeres Anrecht auf dieses Land als eure Kühe! Ich sage, schafft die Kühe ab!«

Unmutiges Murren war zu hören, doch Buck stand ruhig lächelnd da, wartete, bis es wieder abebbte und sagte dann: »Wie ich sehe, haben wir heute abend auch einige Leute aus der Stadt hier.« Das Publikum johlte zustimmend.

Das Publikum lachte noch immer, als er sich anschickte, Helen vorzustellen.

»Miss Ross kommt aus der windigen Stadt Chicago, falls ich mich recht erinnere.«

Helen lächelte grimmig. »Das stimmt, wie ich zu meiner Schande gestehen muß.«

»Nun, meine Liebe, heute abend haben Sie Gelegenheit, einen Teil Ihrer Schande abzutragen.«

Nach dem Vorbild der Pro-Wolf-Leute fing nun eine andere Gruppe an, sie vom hinteren Teil des Saals mit Zwischenrufen zu attackieren. Die lautesten Schreihälse waren Wes und Ethan Harding und die Holzfäller. Abe Harding war zum Glück nirgendwo zu sehen.

Ebensowenig wie Luke.

Helen hatte, ehe die Versammlung begann, vergebens nach ihm Ausschau gehalten. Seit dem Tag des Wolffangs hatte sie ihn nicht mehr gesehen. Er war weder in die Hütte gekommen noch in der Nähe gewesen, als sein Vater ihr auf seiner Ranch Vorwürfe wegen der fehlenden Kälber gemacht hatte. Sie war besorgt um Luke, und es überraschte sie, wie sehr er ihr fehlte.

Allmählich kam sie zum Ende ihrer immer wieder unterbrochenen Rede. Sie hatte die Anwesenden darüber informiert, was bislang über die Wölfe bekannt war: Es handelte sich um ein Rudel von neun Tieren, und erste DNA-Proben hatten keine Verwandtschaft mit ihren Artgenossen ergeben, die in Yellowstone oder Idaho freigelassen worden waren. Dann sagte sie noch einige Worte über das Naturschutzprogramm, das den Ranchern für jedes nachweislich von Wölfen gerissene Stück Vieh eine Entschädigung zusicherte. Als sie mit ihren Ausführungen fertig war, bat sie um Fragen.

»Fassen wir noch einmal zusammen: Zwei der Wölfe tragen jetzt ein Halsband, und wir werden alle ihre Bewegungen genau beobachten. Jeder Wolf, der nachweislich ein Stück Vieh reißt, wird umgesiedelt oder getötet. Daran gibt es nichts zu rütteln.« Sie schaute Dan an, der ihr zunickte. »Ich verstehe, daß einige von Ihnen sehr aufgebracht sind, doch wir bitten Sie nur, sich noch eine Weile zu gedulden und…«

»Welche Beweise brauchen Sie denn noch? Wölfe reißen Vieh, Punkt.«

»Nun, Sir, bei allem Respekt: Ich habe im Lauf meiner eigenen Forschungen in Minnesota und auch hier in Montana, etwa in Ninemile Valley nördlich von Missoula, festgestellt, daß Wölfe eng mit Vieh zusammenleben können, ohne ihm etwas anzutun ...«

»He, in Missoula sind selbst die verdammten Wölfe liberal!«

Schallendes Gelächter. Helen wartete, bis es verebbte, und gab sich Mühe, weiter freundlich zu lächeln.

»Tja, mag sein, aber ein dortiger Biologe hat ziemlich interessante Forschungen betrieben. Er ließ nicht nur Wölfen, sondern auch Rindern Halsbänder anlegen und fand heraus, daß sich die Wölfe immer wieder unter die Herde mischten, ohne daß es ...«

»Blödsinn!«

»Warum zum Teufel lassen Sie sie nicht ausreden?« rief jemand aus der O.W.-Gruppe.

»Warum zum Teufel kümmert ihr euch nicht um euren eigenen verdammten Kram?«

Buck Calder erhob sich.

»Unser Stadtfreund dort hat recht. Wir haben Miss Ross heute abend hergebeten, also sollten wir auch so höflich sein, sie ausreden zu lassen.«

Helen nickte ihm zu. »Danke. Offenbar ziehen Wölfe wild lebende Huftiere dem zahmen Vieh vor. In einem Zeitraum von sechs Jahren haben sie in der Gegend von Ninemile nur drei Jungtiere und ein Kalb getötet ...«

»Und wie kommt es dann, daß sie hier dreiundvierzig Kälber in ein paar Monaten gerissen haben?« rief Ethan Harding. Beifälliges Gemurmel wurde laut.

»Nun, wir versuchen gerade zu verifizieren, wie viele dieser Verluste auf Wölfe zurückzuführen sind.«

»Soll das heißen, daß wir lügen?«

»Nein, ganz und gar nicht.«

Buck Calder beugte sich vor. »Vielleicht können Sie uns sagen, Miss Ross, bei wie vielen Kälbern Sie inzwischen ›verifizieren‹ konnten, daß Wölfe ihren Tod verschuldet haben?«

Helen schwieg. Genau diese Frage hatte sie befürchtet. Von den angeblich dreiundvierzig fehlenden Kälbern waren nur fünf Kadaver gefunden worden, und von denen war keiner frisch genug gewesen, um noch die Todesursache feststellen zu können.

»Miss Ross?«

»Wir haben die entsprechenden Arbeiten noch nicht abgeschlossen. Wie Sie wissen, ist die Beweislage hier etwas schwierig...«

»Bis jetzt, meine ich, von wie vielen können Sie bis jetzt mit Sicherheit sagen, daß sie von Wölfen getötet wurden?«

Helen wandte sich hilfesuchend zu Dan um. Dieser räusperte sich, um etwas zu sagen, aber Calder kam ihm zuvor: »Ich denke, das sollte uns Miss Ross persönlich mitteilen. Wie viele?«

»Nun, wie gesagt, die Arbeiten sind noch nicht...«

»Und bis jetzt?«

Im Saal wurde es still, man wartete auf ihre Antwort. Helen schluckte.

»Nun, keine bis jetzt.«

Es kam zu einem Tumult. Alle begannen gleichzeitig zu schreien. Einige der Leute, die einen Sitzplatz hatten, sprangen auf. Die eifrigste O.W.-Anhängerin und Ethan Harding standen sich Aug in Aug gegenüber.

»Der Wolf ist vom Aussterben bedroht, Sie Gorilla!« schrie sie ihn an.

»Von wegen, meine Dame, *Sie* sind vom Aussterben bedroht!«

Calder hob die Hände und bat um Ruhe, konnte aber nur wenig ausrichten. Helen griff kopfschüttelnd nach einem Glas

Wasser. Während sie trank, schaute sie Dan an, der schuldbewußt die Achseln zuckte. Bill Rimmer reckte den Kopf und starrte ans Saalende. Irgendwas ging dort vor. Der Kameramann drehte sich herum und stieg auf einen Stuhl, um einen besseren Überblick zu bekommen.

Helen sah, daß draußen ein Lieferwagen vorgefahren war, dessen Scheinwerfer direkt in den Saal leuchteten. Jemand war ausgestiegen und ging zum Eingang. Er schob sich im Vorraum durch die Menge, die sich langsam teilte, um ihn durchzulassen. Dann war er im Saal und drängte sich an den Zwischenrufern vorbei, die bei seinem Anblick verstummten.

Es war Abe Harding.

Er trug etwas über der Schulter, eine Art Bündel. Helen warf Dan einen Blick zu, und beide runzelten die Stirn.

»Verdammt, was schleppt der da mit sich rum?«

»Sieht fast wie ein Teppich aus.«

Harding hatte sich an den Zwischenrufern vorbeigedrängt und ging jetzt zwischen den Stühlen hindurch, von denen die meisten Leute aufgestanden waren, um ihn besser zu sehen. Er trug einen langen, gelben Regenmantel, der naß glänzte und beim Gehen ein wischendes Geräusch verursachte. Abe Harding trug keinen Hut, und sein struppiges Haar war völlig durchnäßt.

Es herrschte absolute Stille. Sämtliche Augen waren auf ihn gerichtet. Er trug Sporen an den Stiefeln, die bei jedem Schritt auf dem Weg zum Podium klirrten, und er starrte Helen mit irrem Blick an. Helen hoffte nur, daß Dans Spezialagenten ihre Waffen bereithielten.

Erst als Harding das Podium erreichte und direkt vor ihr stehenblieb, fiel Helen das Blut auf, das ihm in Strömen über den Regenmantel lief; und endlich begriff sie, was das schwarze Fellbündel auf seiner Schulter war.

»Hier haben Sie Ihren gottverdammten Beweis«, sagte Harding.

Und er schwang den toten Wolf von der Schulter und schleuderte ihn auf den Tisch.

Als es Helen und Bill Rimmer endlich gelang, die Stadthalle zu verlassen, sah es auf der Hauptstraße aus wie im Krieg. Sie wurde von vier Polizeiwagen blockiert, während sich ein fünfter mit heulender Sirene durch die Menge vorzuarbeiten versuchte. Das Blaulicht spiegelte und brach sich in den Schaufenstern und ließ die großen Regenpfützen wie Blutlachen aussehen. Der Regen prasselte herunter wie in den Tropen. In Sekundenschnelle war Helen naß bis auf die Haut.

Ein Polizist bat die Leute über Megaphon weiterzugehen. Die meisten taten ihm den Gefallen und suchten sich zwischen den Pfützen einen Weg zu ihren Autos. Auf der anderen Straßenseite entdeckte sie Dan. Er und zwei Spezialagenten stritten sich mit einem der Polizisten, die Abe Harding verhaftet hatten.

Dann sah sie, wie Harding, immer noch im gelben Regenmantel, die Hände in Handschellen auf dem Rücken, in einen der Polizeiwagen geschoben wurde. Seine Söhne schrien zwei andere Polizisten an, die sie daran hinderten, zu ihrem Vater vorzudringen. Ein paar Häuser weiter gab Buck Calder im überdachten Eingang von Iversons Lebensmittelladen der Frau vom Fernsehen ein Interview.

»Alles in Ordnung?« fragte Bill Rimmer Helen besorgt.

»Ich denke schon.«

Sobald Harding den Wolf auf den Tisch geworfen hatte, war die Hölle losgebrochen. Einer der Typen von der O.W.-Gruppe hatte eine Schlägerei mit einem der beiden Holzfäller begonnen, die allerdings beendet werden konnte, ehe jemand verletzt wurde. Im anschließenden Chaos war Helen gegen die Wand gedrückt worden, und ein großer Rancher hatte ihr aus Versehen auf den Fuß getreten. Abgesehen davon war sie nur ein wenig zittrig.

»Dan scheint ein Problem zu haben«, sagte Rimmer, zog die Schultern ein und rannte durch den Regen auf die andere Straßenseite. Helen folgte ihm.

»Das ist doch nicht nötig!« sagte Dan zu dem Polizisten.

»Der Mann hat einen Polizisten angegriffen. Außerdem, was wollen Sie überhaupt? Sie waren doch derjenige, der um polizeiliche Unterstützung gebeten hat.«

»Stimmt, aber weshalb wollen Sie ihn mitnehmen? Behalten können Sie ihn doch nicht. Damit machen Sie ihn doch nur zum Märtyrer, und genau das will er.«

Doch es war schon zu spät. Der Wagen, in den man Abe verfrachtet hatte, fuhr bereits an und zerstreute mit seiner Sirene die Menschenmenge.

Im Scheinwerferlicht sah Helen plötzlich Luke. Er kam die Straße herunter, hatte sie aber noch nicht entdeckt. Es schien, als suche er jemanden.

»Luke!«

Er drehte sich um und sah sie sofort. In seinem braunen Regenmantel mit dem hochgestellten Kragen wirkte er sehr blaß und traurig. Als er näher kam, versuchte er zu lächeln und nickte ihr zu, so daß ihm das Wasser vom Hutrand lief.

»Ich h-h-hab Sie gesucht.«

»Ich Sie auch. Da drinnen, meine ich. Haben Sie gesehen, was passiert ist?«

Er nickte und schaute dabei zu seinem Vater hinüber, der immer noch interviewt wurde.

»Ich k-k-kann nicht bleiben.« Er zog etwas aus seiner Manteltasche und gab es ihr. »H-H-Hier, das habe ich gefunden. Lag neben der Straße.«

Es war ein Brief. Der Umschlag war schmutzig und die Tinte verlaufen, aber Joels Handschrift konnte sie trotzdem noch erkennen. Ihr Herz machte einen kleinen Satz.

»Ich g-g-geh jetzt lieber.«

»Ja, okay, danke sehr.«

Er nickte, drehte sich um und ging.

»Luke?« rief sie.

Er wandte sich um, und plötzlich ahnte sie, wie sehr ihn das, was mit dem Wolf passiert war, schmerzte.

»Kommen Sie mich mal besuchen?«

Er schüttelte den Kopf. »Ich k-k-kann nicht.«

Und er ging durch den Regen und war bald in der Menge verschwunden.

21

16. September
Mwanda-Hospital, Kagambali

Meine liebe Helen,
hast Du sie schon gefangen? Nein? Dann paß auf, mach folgendes: Du besorgst Dir einen Metalleimer – aber einen ganz GROSSEN, ja? Zwei Meter tief und drei Meter im Durchmesser dürften reichen. Dann legst Du einen Mast mit einer sich drehenden Öltonne darüber, und auf die schnallst Du anschließend einen TOTEN ELCH. Diese Methode besitzt das Latimer-Gütesiegel und wird seit Jahrhunderten in North Carolina angewandt, was erklärt, warum wir da so wenig Wölfe haben. Schreib mir, wie Du vorankommst, okay?
Das mit der Hütte klingt phantastisch. Das alte Haus meiner Großmutter hatte auch so einen Kriechkeller voller Spinnen und allem möglichen Zeug. Ich hab mich immer drin versteckt und bin wie ein Schachtelmännchen draus hervorgehüpft, um meine Schwestern zu erschrecken (ja, tut mir leid, aber so ein Junge war ich eben. Hättest Du Dir nicht gedacht, oder?).

Helen mußte laut lachen. Sie saß im Bett und las den Brief im Licht ihrer Stirnlampe. Luke hatte ihr kaum den Umschlag in die Hand gedrückt, da hatte sie Dan und Bill und dem Trubel auf der Hauptstraße den Rücken gekehrt und war voller Freude zur Hütte gefahren. Er hatte geschrieben – endlich.

Sie hatte es lange hinausgezögert, den Brief zu öffnen, hatte die Vorfreude wie ein Kind genossen, das die Geschenke unter dem Weihnachtsbaum liegen sieht. Schließlich hatte sie ihn auf das Kissen gelegt und ihr übliches Abendritual vollzogen. Sie hatte den widerstrebenden Buzz zum Pinkeln noch mal in den Regen hinausgeschoben, die Zähne geputzt und dann Teewasser aufgesetzt. Anschließend hatte sie sich ausgezogen, das riesige T-Shirt zum Schlafen übergestreift, die Laternen gelöscht und war mit Brief, Tee und Stirnlampe ins Bett gekrochen. Sie überlegte noch kurz, ob sie eine von Joels Opern-CDs auflegen sollte, *Tosca* vielleicht, beschloß dann aber, ihr Glück nicht zu erzwingen.

Sie nahm einen Schluck Tee und lenkte den Strahl der Stirnlampe auf Buzz, der zusammengerollt vor dem Ofen lag und schon schlief. Eingemummelt in ihren Schlafsack, mit dem Kissen im Rücken an die Hüttenwand gelehnt, saß Helen einen Augenblick da, lauschte dem Regen, der aufs Hüttendach trommelte, und fühlte sich rundum glücklich.

Hier draußen geht es ziemlich verrückt zu, und es wird von Tag zu Tag verrückter. Achtzig Meilen von uns entfernt hat die A.C.L. mit einer erneuten Aktion ethnischer Säuberung begonnen, und jeden Tag kommen über tausend Flüchtlinge, die alle in ziemlich schlechter Verfassung sind. Sie haben Typhus, Malaria und so ziemlich alles, was man an tropischen Krankheiten haben kann – aber zum Glück noch keine Cholera.

Und natürlich gibt es nicht annähernd genug Medikamente oder Lebensmittel. Einige Kinder, die es bis hierher

geschafft haben (und Hunderte, vielleicht sogar Tausende schaffen es nicht), haben seit Wochen nichts mehr gegessen. Sie sind voller Fliegen, und ihre Arme und Beine sehen aus wie dünne Stöckchen. Einfach entsetzlich. Mich erstaunt nur, daß einige von ihnen noch lächeln können.
Letzte Nacht herrschte große Aufregung im alten Garten des Hospitals, wo die meisten freiwilligen Helfer wohnen. Die Unterbringung ist, gelinde gesagt, primitiv: Schlafräume ohne Türen oder Fenster, Feldbetten und ein Moskitonetz mit (wenn man Glück hat) nur wenigen Löchern. Jedenfalls war dieser Deutsche, Hans-Herbert, ziemlich müde und legte sich gleich nach dem Abendessen aufs Ohr. Als seine Zimmergenossen ein paar Stunden später auch ins Bett wollten, sahen sie, daß er mit einem Arm über den Bettrand baumelnd eingeschlafen war und sich (ich hoffe, Du kannst es verkraften, Helen) eine vier Meter lange Boa Constrictor gerade daran machte, seinen Arm zu verschlingen. Bis zum Ellbogen steckte er bereits in der Schlange drin, und der arme Hans-Herbert schlief wie ein Baby!!
Sie haben versucht, ihn behutsam aufzuwecken, aber er ist natürlich ziemlich ausgerastet. Man hat ihm – und der Schlange! – eine Beruhigungsspritze verpaßt und es geschafft, das Tier vom Arm zu ziehen. Unglaublich, nicht! Die Verdauungssäfte hatten bereits Hand und Finger angegriffen, so daß ihm vielleicht etwas Haut transplantiert werden muß, aber ansonsten ist er okay. Der Schlange geht's nicht so gut. Man hat sie unten am Fluß ausgesetzt (allerdings ohne Ohrclip und Halsband), aber ein paar Kids aus dem Lager haben sie entdeckt und zum Frühstück verspeist.
Ist noch besser als die ›Python unterm Haus eines alten Ehepaars in Georgia‹, was?
Eine Menge Lebensmittel (und Medizin), die man angeb-

lich zu uns ausfliegt, kommen hier nicht an. Sie werden entweder gleich am Flugplatz von korrupten Regierungsbeamten gestohlen, oder die A.C.L. entführt die Laster auf dem Weg hierher. Meistens behalten sie die Ladung für sich, aber manchmal versuchen sie auch, sie wieder an uns zu verkaufen. Uns bleibt nichts anderes übrig, als bei diesem Spiel mitzumachen.

Die letzte Gruppe, die herkam, um mit uns zu verhandeln, bestand fast nur aus Kindern, Zwölf-, Dreizehnjährige, allesamt mit Kampfanzug und Patronengürtel. Einer von ihnen, ein kleiner Junge, kaum älter als zehn, trug ein M16-Maschinengewehr und ging unter dem Gewicht fast in die Knie. Das Erschreckendste an ihnen waren die Augen. Man fragt sich, was sie für schlimme Dinge gesehen oder getan haben, daß sie einen mit solchen Augen anschauen.

Aber, was soll's, wir verbringen hier eine phantastische Zeit!

Nein, es ist nicht alles so schlimm. Vor allem wegen der ungewöhnlichen Leute, mit denen ich zusammenarbeite. Und das, Helen, ist der eigentliche Grund, weshalb ich Dir schreibe. Es fällt mir nicht leicht, das zu sagen…

Helen spürte, wie sich etwas in ihr verkrampfte. Sie hielt noch immer den Becher Tee in der Hand, und um nichts zu verschütten, stellte sie ihn auf den Boden. O Joel, flehte sie lautlos, nicht, bitte sag's nicht. Ihr Herz raste, und ihre Hände zitterten, als sie sich zwang weiterzulesen.

… Marie-Christine ist seit sechs Monaten hier. Sie ist Belgierin, lebt aber in Paris. Ausgebildet ist sie als Kinderärztin, aber hier muß man irgendwie alles können. Wir haben uns nicht gleich kennengelernt, weil…

Helen warf den Brief zornig auf den Boden. Warum sollte sie diesen Mist lesen? Wie konnte er es wagen, ihr das alles haarklein zu erzählen – klar doch, die nette, süße Marie-Christine war sicher phantastisch, Pin-up-Girl und Mutter Teresa in einem und dazu noch ein ordentlicher Schuß Pariser Chic – wie konnte er nur?

Einen Moment saß sie da und starrte auf den Lichtfleck, den der Strahl ihrer Stirnlampe an die Tür warf. Einfach lächerlich, wie er sich durch ihren Atem hob und senkte. Dann hob sie den Brief wieder auf – sie konnte nicht anders – und las weiter.

> *... sie sich irgendwo einige Tage erholte. Doch als wir uns trafen – ach, Helen, es fällt mir so schwer, Dir das zu schreiben –, da war es, als würden wir uns schon lange kennen.*

Das kommt mir bekannt vor, dachte Helen. Sie überflog den Brief und suchte nach dem Wort »seelenverwandt«, konnte es aber nirgendwo entdecken; zum Glück, denn sonst hätte sie vermutlich einen Schreikrampf bekommen und mit der Faust gegen die Wand gehämmert.

> *Jedenfalls haben wir dann zusammengearbeitet und diese mobile Station betreut, die täglich alle Flüchtlingscamps aufsucht, und ich habe gesehen, wie wunderbar sie mit Kindern umgehen kann. Die beten sie einfach an. Vielleicht sollte ich Dir das alles gar nicht schreiben, aber ich möchte es gern und bin mir sicher, daß ich es kann, Helen, da wir uns doch so nah waren und so viele herrliche Stunden miteinander verbracht haben.*
> *Kurz und gut, in zwei Wochen werden Marie-Christine und ich...*

»Nein«, schluchzte Helen. »Nicht, Joel. Sag's nicht.«

... heiraten.

Helen zerknüllte den Brief und schleuderte ihn durch die Hütte.

»Du verdammter Scheißkerl.«

Sie strampelte den Schlafsack weg, stand auf und preßte die Hände vors Gesicht. Buzz war ebenfalls aufgesprungen. Er begann zu bellen.

»Halt die Schnauze, du blöder Hund!«

Sie riß sich die Stirnlampe vom Kopf und warf sie nach ihm, so daß er sich winselnd verkroch, während sie im Dunkeln zur Tür stolperte und nach der Klinke suchte. Sie riß die Tür auf und rannte blind hinaus in den Regen.

Mit ihren bloßen Füßen rutschte sie im Schlamm aus. Sie fiel zu Boden, blieb eine Weile liegen, das Gesicht keuchend auf die nasse Erde gepreßt, und verfluchte ihn und sich und den Tag, an dem sie geboren wurde.

Und dann setzte sie sich auf, hielt die verdreckten Hände vors Gesicht und begann zu weinen.

Alles in allem, sagte sich Buck, keine schlechte Leistung für einen einzigen Abend.

Er erleichterte sich auf der Toilette vom Last Resort und stützte sich dabei, eine Zigarre zwischen den Zähnen, an der Wand ab, an die ein Witzbold »Abe Harding for President« gekritzelt hatte.

In der letzten Stunde hatte Buck am Tresen vor all den Leuten hofgehalten, die nach dem Spektakel dort zusammengeströmt waren. Er hatte den Laden noch nie so voll gesehen und auch noch nicht erlebt, daß es hier so lebhaft zuging. Selbst die Elchköpfe an der Wand schienen heute ihren Spaß zu haben.

Die Versammlung war besser gelaufen, als er es sich erhofft hatte, so daß er beinahe mit Wehmut an seine Zeit als Kommunalpolitiker zurückdachte. Außerdem hatte er nicht damit gerechnet, daß diese Grünen-Hippies auftauchen würden. Aber da sie sich derart zum Narren gemacht hatten, freute es ihn außerordentlich, daß sie dagewesen waren.

Und dann der alte Abe, wie der diese Show mit dem Wolf abgezogen hatte. Das war ein Auftritt! Eine solche Publicity war für Geld nicht zu haben. Nie würde Buck den Ausdruck auf dem hübschen kleinen Gesicht dieser Helen Ross vergessen, als Abe den Wolf vor ihr auf den Tisch knallte. Mann, ein verdammt guter Abend.

Er zog den Reißverschluß zu und drängte sich durch die Menge zurück auf seinen Platz. Dann gab er der hinter der Theke stehenden Lori einen Fünfzigdollarschein, damit sie jedem noch einmal nachschenkte, sagte gute Nacht und versprach den beiden Hardings, mit ein paar Anrufen dafür zu sorgen, daß ihr Dad möglichst bald wieder zu Hause sein würde. Der arme alte Abe mußte sich unten in Helena bestimmt eine Zelle mit lauter aidskranken Drogensüchtigen teilen.

Doch vorher mußte Buck noch etwas anderes erledigen.

Er hatte Ruth bei der Versammlung gesehen, doch Eleanor und Kathy waren in ihrer Nähe gewesen, so daß er nicht mit ihr reden konnte. Eleanors verrückte Idee, in Ruths Geschäft einzusteigen, begann sein Liebesleben immer mehr zu beeinträchtigen. Es war jetzt fast zwei Wochen her, daß er sie das letztemal geküßt hatte. Immer schien sie irgendeinen Vorwand zu haben, weshalb sie ihn nicht sehen konnte, und meist hatte der angeblich etwas mit Eleanor zu tun, mit der sie gerade die Abrechnung oder weiß Gott was machen mußte.

Aber heute abend würde sie ihm nicht entwischen. Wenn das Volk Rabatz machte, dann brachte das sein Blut in Wallung.

Der Regen ließ nach. Er fuhr am Andenkenladen vorbei und stellte zufrieden fest, daß er geschlossen war. Also würde sie zu Hause sein. Vielleicht wartete sie schon auf ihn, nackt unter ihrem schwarzen Morgenmantel. Der Gedanke erregte ihn.

Er fuhr auf der nassen Schotterstraße aus der Stadt und sah

gleich darauf die erleuchteten Fenster von Ruths Haus. Sobald sie ihm aufmachte, würde er sie gegen die Tür pressen und wie damals gleich im Flur nehmen. Die Vorhänge waren nicht zugezogen, also lenkte er den Wagen in die Auffahrt und parkte an der üblichen Stelle. Sie mußte ihn gehört haben, denn als er aus dem Auto stieg, öffnete sie schon die Tür. Offenbar war sie genauso scharf wie er.

»Du mußt wieder verschwinden, Buck.«

»Was?«

»Eleanor kommt vorbei. Jetzt gleich.«

»Was?«

»Schau mich nicht so entgeistert an. Sie kann jeden Augenblick hier sein.«

»Was zum Teufel will die denn hier um diese Zeit?«

»Wir haben morgen einen Termin mit dem Steuerberater und müssen vorher noch die Rechnungen durchgehen. Und jetzt VERSCHWINDE!«

»Herrgott noch mal!«

Eingeschnappt ging er zurück zu seinem Wagen und hörte, wie sie grußlos die Tür zuschlug. Der Regen wurde wieder stärker. Buck steckte sich die halbgerauchte Zigarre wieder zwischen die Zähne; sie war naß und brannte nicht mehr. Wütend schleuderte er sie auf den Boden, stieg in den Wagen und knallte die Tür zu.

Er wendete, daß der Kies zur Seite spritzte, und jagte mit quietschenden Reifen durch das Tor. Um Eleanor nicht zu begegnen, fuhr er ans andere Ende der Straße und wartete dort mit ausgeschalteten Scheinwerfern, bis er ihren Wagen in Ruths Auffahrt einbiegen sah.

Buck schüttelte den Kopf. Herrgott, dachte er. Wie weit war es mit der Welt gekommen, wenn ein Mann nicht mal mehr mit seiner Geliebten ins Bett konnte, weil seine Frau bei ihr war? Finster stierte er in den Regen und fuhr dann mürrisch zurück nach Hause.

Als er ankam, war es im Haus still wie in einer Leichenhalle. Vermutlich schlief Luke schon. Seine Lust auf Sex hatte sich in Hunger verwandelt. Er ging an den Kühlschrank, da er dort Reste vom Abendessen zu finden hoffte. Fehlanzeige. Also machte er statt dessen ein Bier auf und nahm es mit ins Wohnzimmer, ohne das Licht einzuschalten. Schwer ließ er sich auf die Couch fallen und stellte mit der Fernbedienung den Fernseher an. Jay Leno witzelte mit einem unrasierten jungen Schauspieler, Sänger oder sonst wem herum, der aussah, als wäre er gerade aus dem Bett gefallen. Buck fand sie einfach unerträglich.

Kaum hatte er es sich bequem gemacht, da klingelte das Telefon. Er stellte den Ton vom Fernseher ab, beugte sich vor und nahm den Hörer auf.

»Spreche ich mit Calder?«

Es war eine Männerstimme, die er nicht kannte. Der Anruf klang, als käme er aus einer Bar.

»Buck Calder am Apparat. Wer sind Sie?«

»Wer ich bin, spielt keine Rolle. Dreckskerle wie Sie sollte man aufhängen.«

»Sie haben wohl nicht den Mumm, mir zu sagen, wer Sie sind?«

»Mumm genug, um Dreckskerle wie Sie zu beseitigen.«

»Sie waren heute abend bei der Versammlung, stimmt's?«

»Sie waren im verdammten Fernsehen, und ich hab gesehen, was Ihr durchgeknallter Kumpel mit dem Wolf angestellt hat. Wir wollten Ihnen nur sagen…«

»Ach, jetzt heißt es plötzlich *wir*?«

»Wir werden Ihre Kühe abschlachten.«

»Ach, bloß meine Kühe?«

»Nein, auch Schweine. Schweine wie Sie.«

»Und ich schätze, all das machen Sie im Namen des Wolfs, des größten Killers, den es gibt?«

»Ganz recht. Sie sind gewarnt.«

Dann hörte er es klicken, und die Leitung war tot. Buck stand auf und legte den Hörer hin. Der Anrufbeantworter, der gleich neben dem Apparat stand, hatte vier Nachrichten gespeichert. Er drückte auf den Knopf, um sie abzuspielen.

»Die Wölfe haben also Ihre Kälber getötet, so, so?« sagte eine Frauenstimme. »Sind Ihnen wohl zuvorgekommen, was? Wie unfair! Sie gehören zu einer aussterbenden Spezies, und je eher Sie sterben, desto besser.«

Buck hörte ein Geräusch, und als er aufblickte, sah er Luke oben auf der Treppe stehen. Er war noch angezogen.

»Hast du das gehört?«

Luke nickte.

»Und die anderen? Sind die auch so?«

»Ja.«

»O Gott.«

Er spulte zum nächsten Anruf weiter. Diesmal heulte eine Männerstimme wie ein Wolf.

»Hier spricht der Wolf. Eine Nachricht für Buck Calder. Du bist so gut wie tot, Arschloch.« Dann folgte wieder Wolfsgeheul.

Der nächste Anrufer klang wie der Mann, mit dem er gerade gesprochen hatte, während der letzte Anruf von einer Frau kam, die ihm eine Haßtirade entgegenschleuderte, von der er nicht mal die Hälfte verstand. Buck nahm kopfschüttelnd noch einen Schluck Bier.

»Hast du's im Fernsehen gesehen?«

Luke nickte.

»Mach den Mund auf, Junge.«

»J-j-ja.«

»Haben sie gezeigt, wie Abe den Wolf hereingebracht hat?«

»Ja, d-d-die ganze … Sache.«

»Die lassen wirklich nichts anbrennen. Wurde auch gesagt, was mit ihm passiert ist?«

»Er sitzt in H-H-Helena im Gefängnis.«

»Dann klemm ich mich wohl besser ans Telefon. Er wird jemanden brauchen, der für ihn Kaution zahlt. Junge, was für ein Abend. Wer zum Teufel sind bloß alle diese Verrückten, die mich da anrufen?«

»Ich w-w-weiß nicht. Ich g-g-geh jetzt ins Bett.«

»Willst du noch ein Bier?«

»N-N-Nein, Sir.«

Buck seufzte. »Okay, Luke. Dann gute Nacht.«

»Gute Nacht.«

Es war schon traurig, wenn nicht mal der eigene Sohn ein Bier mit einem trinken wollte. Buck schaltete den Fernseher aus und griff nach dem Telefonbuch. Dann warf er sich auf die Couch und suchte die Nummer des Gefängnisses in Helena heraus.

Vielleicht war der Abend doch nicht so toll gewesen. Abes Wolfsshow hatte auf den ersten Blick ziemlichen Eindruck gemacht, aber langsam begriff Buck, daß sie nicht sehr clever gewesen war. Der Kerl hätte sich an die alte Regel halten sollen: erschießen, vergraben und schweigen. Hatte er aber nicht, und jetzt stand ihnen ein regelrechter Krieg bevor.

Verdammt, Buck würde sich nicht von diesen Hasch rauchenden Tierfreaks Angst einjagen lassen, die ihn telefonisch bedrohten. Aber ins Grübeln kam er doch.

Vielleicht packte er diese Wolfsgeschichte nicht richtig an.

Anfangs hatte er geglaubt, es sei das beste, die Sache an die große Glocke zu hängen. Deshalb die Idee mit der Versammlung. In Sachen Publicity war er einfach verflucht gut. Und er hatte gehofft, damit Dan Prior und seine Bande so weit zu bringen, daß sie aktiv würden.

Doch allmählich begriff er, daß die Sache mit Abe und dem Wolf auch nach hinten losgehen konnte. Jetzt würden sie sich erst recht auf die Hinterbeine stellen. Und falls Buck in Zukunft nach jedem Interview solch beleidigende Telefonanrufe bekam, mußte er sich das Ganze vielleicht doch noch mal überlegen.

Statt den Krieg in aller Öffentlichkeit zu führen, sollte er sich lieber bedeckt halten, sich ein paar subtilere Strategien zurechtlegen und wie in einem richtigen Krieg an mehreren Fronten zugleich kämpfen.

Er beschloß, sich darüber Gedanken zu machen.

Der Pfad durch den Wald war hart gefroren, und an den steilen Stellen gerieten Moon Eyes Hufe gelegentlich ins Rutschen, so daß Luke ihn zügeln und einen besseren Weg durch das Felsgestein suchen mußte. Der Regen hatte kurz nach Mitternacht aufgehört, und gleich darauf war der Himmel aufgerissen, um das Land in den ersten richtigen Herbstfrost einzuhüllen. Der Wetterumschwung kam plötzlich und ließ den Regen, der von den Bäumen tropfte, zu Millionen winziger Eiszapfen erstarren, die jetzt, als sie in der frühen Morgensonne zu schmelzen begannen, in allen Regenbogenfarben schillerten.

Luke ritt zum Bach hinauf und folgte ihm zum See, vorbei an den Untiefen, wo er Moon Eye stets zurückgelassen hatte, als er Helen noch nicht kannte. Knirschend hinterließen die Hufe im steifgefrorenen Gras ihre Abdrücke. Am Bachufer, dort, wo das Wasser langsamer floß und Strudel bildete, stiegen Dunstwolken auf.

Auf dem Weg hierher hatte Luke versucht, aus dem schlau zu werden, was sein Vater beim Frühstück gesagt hatte. Nach den bedrohlichen Anrufen und dem, was gestern abend auf der Versammlung passiert war, hatte es sich fast unwirklich angehört, so daß Luke es zuerst für einen schlechten Scherz hielt.

»Ich habe über diese Wolfsgeschichte nachgedacht«, hatte sein Vater gesagt, den Mund voll mit Brot und Schinken. »Und ich glaube, wir sind mit diesen Typen von Fish & Wildlife ein bißchen zu hart umgesprungen. Was meinst du, Luke?«

Luke zuckte die Achseln. »W-W-Weiß nicht.«

»Die machen schließlich auch nur ihren Job. Vielleicht wäre es für uns alle besser, wenn wir etwas mehr zusammenarbeiten würden. Du weißt schon, die Wölfe finden, im Auge behalten und so.«

Luke sagte dazu kein Wort. Er war stets auf der Hut, wenn sein Vater plötzlich so vernünftig klang. Manchmal stellte er einem damit nur eine Falle, brachte einen dazu, ins offene Messer zu laufen. Luke nahm noch einen Löffel Cornflakes und sah seine Mutter über den Tisch hinweg an. Sie schaute ebenso argwöhnisch drein wie er.

»Weißt du, was mir die kleine Helen Ross neulich erzählt hat? Daß du ihr sehr geholfen hast beim Fangen der Wölfe. Hat regelrecht ein Loblied auf dich gesungen und gemeint, für diese Art Arbeit hättest du ein gutes Gespür.«

Er schwieg, wartete auf eine Reaktion, bekam aber keine.

»Und das hat mich auf den Gedanken gebracht, daß du ihr vielleicht zur Hand gehen könntest, wenn wir die Kälber in die Winterställe getrieben haben.« Er lachte laut auf. »Jedenfalls solange ihr unseren Kühen nicht auch ein Halsband verpassen wollt!«

Luke schaute wieder zu seiner Mutter hinüber. Sie hob überrascht die Augenbrauen.

»Ich glaube allerdings nicht, daß sie dir viel zahlen kann. Aber ganz im Ernst, wenn du ihr ein wenig helfen möchtest, habe ich überhaupt nichts dagegen.«

Luke hatte es gar nicht erwarten können, Helen die Neuigkeit zu überbringen. Er war gleich nach draußen gegangen, um sein Pferd zu satteln. Doch obwohl er inzwischen hin und her überlegt hatte, verstand er den Meinungsumschwung seines Vaters immer noch nicht. Vielleicht beunruhigten ihn diese Anrufe. Möglich war's, aber Luke glaubte nicht daran. Wahrscheinlich stand ein ganz anderes, wahrscheinlich eigennütziges Motiv dahinter. Doch Luke sollte das egal sein.

Als er das Tal erreichte, hörte er Buzz bellen und lenkte Moon Eye aus dem Wald an den See, der spiegelglatt und dampfend wie der Bach im Morgenlicht dalag. Oben, am Hang zur Hütte, schmolz die Sonne bereits erste grüne Flecken in den silbrigen Rauhreif. Die Hüttentür stand offen, und Buzz saß auf der Schwelle, starrte ins Innere und bellte unsicher.

Helens Pickup war da, die Scheiben zugefroren. Er hatte schon befürchtet, daß sie unterwegs sein könnte, die Fallen zu überprüfen. Buzz wandte sich um, entdeckte ihn und Moon Eye und kam den Hang heruntergerannt, um sie zu begrüßen.

»He, Buzz, alter Freund. Wie geht's?«

Der Hund sprang bellend um sie herum und lief dann am Bach entlang und vor ihnen her. Im frostweißen Gras konnte Luke frische Spuren und die Losung der Rehe sehen, die hier früh am Morgen zur Tränke gekommen waren. Er wartete darauf, daß Helen aus der Hütte trat, und erst als sie sich nicht blicken ließ, stieg er ab und ging zur Tür.

»Helen?«

Keine Antwort. Vielleicht war sie hinter der Hütte im Anbau. Er wartete einige Augenblicke, dann rief er noch einmal. Wieder bekam er keine Antwort. Er klopfte leise an die offene Tür.

»Helen? Hallo?«

Buzz bellte erneut und drückte sich dann an ihm vorbei in die Hütte. Luke nahm den Hut ab und folgte ihm. Es dauerte eine Weile, bis sich seine Augen an die Dunkelheit im Innern gewöhnt hatten. Dann konnte er undeutlich Helens Umrisse auf dem Bett erkennen.

Er wußte nicht, was er tun sollte. Vielleicht sollte er sie schlafen lassen und später wiederkommen. Doch irgend etwas an der Art, wie sie dalag, ließ ihn bleiben. Einer ihrer Arme hing über die Bettkante, die Finger leicht gekrümmt, die Nägel berührten den Boden. Daneben lag ein Becher, der Inhalt verschüttet. Außerdem konnte er ein Fläschchen mit Tabletten erkennen. Sie lag völlig reglos da und rührte sich auch nicht, als Buzz sie winselnd mit der Schnauze anstieß. Luke legte seinen

Hut auf den Tisch, machte vorsichtig einen Schritt auf sie zu und scheuchte Buzz nach draußen.

»Helen?« sagte er leise.

Erst jetzt sah er, wie schmutzig ihr Arm und ihre Hand waren, und als sein Blick weiter nach unten wanderte, fiel ihm auf, daß an ihrem Knie, das unter dem Schlafsack hervorschaute, ebenfalls Erde und einige Grashalme klebten. Dann bemerkte er, daß auch ihr Gesicht voller Dreck war. Sie schlief nicht.

Ihre Augen waren offen, doch sie starrte nur teilnahmslos vor sich hin.

»Helen? Helen?«

Da flackerte ihr Blick. Sie schaute ihn an, ohne den Kopf zu bewegen. Sie machte ihm angst.

»Helen? Was ist los? Alles in Ordnung?«

Sie blinzelte. Vielleicht war ihr übel, oder sie hatte Fieber, dachte er. Vorsichtig trat er noch etwas näher und legte ihr die Hand auf die Stirn. Ihre Haut war eiskalt. Er hob einen Zipfel ihres Schlafsacks an und sah, daß ihr T-Shirt dreckig und durchnäßt war.

»Was ist passiert, Helen?«

Sie begann, tonlos zu weinen. Die Tränen liefen über ihr schmutziges Gesicht. Er konnte es nicht ertragen, dieses Elend mit anzusehen. Also setzte er sich zu ihr aufs Bett, nahm sie in die Arme und drückte sie an sich. Sie war so kalt und naß, und er wiegte sie und versuchte, sie zu wärmen und zu trösten.

Er hätte nicht sagen können, wie lange sie so dasaßen, doch er spürte, daß ihr Leben nur noch einer winzigen Flamme glich, die vielleicht erlosch, wenn er sie losließ. Das Weinen schien ihr gutzutun, und als sie schließlich aufhörte, holte er eine trockene Decke, wickelte sie darin ein und schürte den Ofen an, damit es in der Hütte etwas wärmer wurde.

Als er die Tür schloß, fand er auf dem Boden einen zerknüllten Fetzen Papier. Er war blau wie der Luftpostbrief, den er ihr am Vorabend gegeben hatte. Also nahm er ihn vom Boden und legte ihn auf den Tisch. Dann setzte er auf dem kleinen Coleman-Kocher Teewasser auf. Und die ganze Zeit saß sie zitternd da, eingewickelt in die Decke, die Knie umschlungen, und starrte ins Leere.

Er fand einen Waschlappen, tauchte ihn in warmes Wasser, ging zu ihr, setzte sich erneut aufs Bett und wischte ihr, ohne sie zu fragen, den Schmutz aus dem Gesicht sowie von Armen und Händen. Und sie ließ ihn schweigend gewähren. Anschließend suchte er ein Handtuch und trocknete sie ab.

Ihr blauer Wollpullover und ein langärmliges Unterhemd hingen auf der kurzen Leine, die sie quer durch die Hütte gespannt hatte. Er nahm die Wäsche ab und sagte ihr, sie solle das nasse T-Shirt aus- und die anderen Sachen anziehen, doch sie schien ihn nicht zu hören. Er wußte nicht, was er tun sollte, wußte nur, daß sie etwas Trockenes anziehen mußte, also zog er die Decke weg, faßte sie an den Schultern und drehte Helen sanft um, so daß sie mit dem Rücken zu ihm saß. Dann setzte er sich hinter sie, damit er ihre Brüste nicht sehen konnte, und zog ihr das nasse T-Shirt über den Kopf.

Unterhalb des sonnengebräunten Nackens war ihre Haut zart und blaß. Und als er ihr das Unterhemd über den Kopf streifte, sah er die Wirbel ihres Rückgrats und den sanften Schwung ihrer Rippenbogen, und das ließ sie zerbrechlich wie einen verletzten Vogel aussehen. Er mußte ihre Arme einzeln anheben, sie wie Puppenarme in die Ärmel schieben. Dann zog er das Hemd herunter und den Pullover an.

Anschließend brühte er Tee auf, hielt ihr die Tasse an die Lippen und ließ sie trinken. Dann setzte er sich zu ihr und nahm sie wieder in den Arm.

Es dauerte über eine Stunde, bevor sie etwas sagte. Ihr Kopf lag an seiner Brust, und ihre Stimme klang leise und schwach, als käme sie von weit her.

»Tut mir leid«, sagte sie, »ich bin's nicht wert, daß Sie sich so um mich kümmern.«

Er war klug genug, sie nicht zu fragen, was geschehen war. Vielleicht hatte es etwas mit dem Brief zu tun. Vielleicht war jemand, den sie kannte, gestorben.

In diesem Augenblick wußte er nur, daß er sie liebte, und alles andere interessierte ihn nicht.

22

Die beiden Wochen nach Abe Hardings Verhaftung waren nicht nur die schlimmsten in Dan Priors gesamter Laufbahn, sondern auch die mit Abstand verrücktesten. Wie aus Rache für den Abschuß des Alpha-Rüden in Hope richteten Wolfsrudel in der gesamten Region enormen Schaden an.

Ein Schafzüchter nördlich von Yellowstone verlor in einer einzigen Nacht einunddreißig Lämmer durch Wölfe, die aus dem Park abgewandert waren. Sie hatten kaum gefressen, die Tiere nur getötet und dann liegengelassen. Ein anderes Rudel riß östlich von Glacier zwei Vollblutfohlen. Und ein Streuner aus einem Rudel in Idaho schlug am Salmon River drei Kälber und verletzte ein viertes so schwer, daß man es erschießen mußte.

Bill Rimmer saß nur noch im Helikopter. In zehn Tagen hatte er neun Wölfe abgeschossen und fünfzehn weitere, vor allem Welpen, betäubt, um sie in eine andere Gegend umzusiedeln, in der sie hoffentlich keinen Ärger mehr machten. Dan war derjenige, der jedesmal die Abschußerlaubnis unterschreiben mußte, und er tat es stets mit dem Gefühl, versagt zu haben. Schließlich sollte er die Wiederansiedlung und nicht die Tötung von Wölfen leiten, doch ihm blieb kaum eine Wahl. Die Bereitschaft, die »finale Lösung« anzuwenden, war ein fester Bestandteil in jenem Plan, der die Wiederansiedlung von

Wölfen überhaupt erst möglich gemacht hatte. Und aufgrund der Ereignisse in Hope beobachteten die Medien jeden seiner Schritte.

Beinahe stündlich riefen ihn Journalisten an. Daheim ließ er grundsätzlich den Anrufbeantworter eingeschaltet, nur an jenen Abenden nicht, an denen Ginny zu Besuch war. Sie hob dann für ihn ab und tat, als sei sie Inhaberin einer chinesischen Imbißbude oder Insassin eines Heims für kriminelle Geisteskranke, was der Wahrheit ziemlich nahe kam. Im Büro übernahm Donna die meisten Pressegespräche und stellte nur jene Journalisten zu Dan durch, die er kannte oder die vielleicht wichtig waren.

Nicht nur das Interesse der örtlichen Medien an den Wölfen war plötzlich wiedererwacht, sondern es meldete sich auch die nationale und sogar die internationale Presse. So rief etwa ein deutscher Fernsehjournalist an, der ständig etwas über Nietzsche schwafelte und alle möglichen, hochphilosophischen Fragen stellte, die Dan nicht verstehen, geschweige denn beantworten konnte. Noch absurder hingegen erschien ihm der Typ vom *Time*-Magazin, der sagte, er wolle eine Titelgeschichte über Abe Harding bringen.

»Soll das ein Witz sein?« fragte Dan.

»Nein, natürlich nicht.« Der Journalist klang beleidigt. »Verkörpert er nicht gewissermaßen die alten Wertvorstellungen des Wilden Westens? Halten Sie ihn nicht für… wie soll ich sagen, … einen der letzten Pioniere?«

»Kann ich mit Ihnen ganz im Vertrauen reden?«

»Klar. Schießen Sie los.«

»Nun, ich halte ihn für ein Arschloch, nur leider nicht fürs letzte.«

Der Gedanke an ein Titelbild des *Time*-Magazins mit der Überschrift »Abe Harding, letzter Pionier« ließ Dan noch tagelang kichern und den Kopf schütteln. Gott sei Dank, bislang war nichts dergleichen erschienen, vermutlich deshalb, weil ein solcher Artikel ein Minimum an Zusammenarbeit mit Abe vorausgesetzt hätte, und für ihn waren Journalisten nur unwesentlich besser als Wölfe.

Nachdem er eine Nacht im Gefängnis verbracht hatte, war gegen Abe Anklage wegen Tötung eines Tiers einer gefährdeten Spezies, nämlich eines Wolfs, sowie Transport und Inbesitznahme des Kadavers erhoben worden. Eine weitere Anklage wegen eines tätlichen Angriffs auf einen Polizeibeamten wurde fallengelassen. Dann setzte ihn ein Bundesrichter ohne Kaution auf freien Fuß.

Schumacher und Lipsky, die beiden Beamten von Fish & Wildlife, die auch der Versammlung beigewohnt hatten, begaben sich mit einem Durchsuchungsbefehl zur Ranch der Hardings und wurden dabei auf ihren ausdrücklichen Wunsch hin von Hopes sich zunehmend unkooperativer zeigendem Hilfssheriff begleitet. Craig Rawlinson machte nichts als Ärger, weil er sich auf die Seite der aggressiven und reichlich unverschämten Söhne Abe Hardings stellte. Die beiden Männer bewahrten jedoch Geduld, bis sie die geladene Ruger M-77 fanden, mit der Abe, wie er zugab, den Wolf getötet hatte. Das Gewehr wurde ordnungsgemäß konfisziert.

Der Wolfskadaver lag eine Nacht in der Gefriertruhe in Dans Garage und wurde am nächsten Tag zu Fish & Wildlifes forensischem Labor in Ashland, Oregon, geschickt, wo eine Untersuchung ergab, daß Herz und Lunge vollständig herausgerissen worden waren. Außerdem fanden sich winzige Splitter eines Sieben-Millimeter-Magnumgeschosses, das aber nahezu vollständig durch den hinteren Teil des Tieres wieder ausgetreten war und nie gefunden wurde.

Die Wissenschaftler in Ashland führten auch eine DNA-Analyse durch, die ergab, daß der Wolf in keinerlei Beziehung zu den in Yellowstone oder Idaho freigelassenen Wölfen stand. Sie fanden einen Ohrclip, der ihnen verriet, daß der Wolf aus einem entlegenen, über zweihundert Meilen weit entfernten

Teil von British Columbia stammte. Außerdem stellten sie fest, daß ihm eine Zehe am rechten Vorderlauf fehlte, wo er auch eine Narbe hatte, die vermuten ließ, daß er schon einmal in eine Falle geraten war, aus der er sich aber wieder befreien konnte. Wahrscheinlich, so überlegte einer der Wissenschaftler, war dadurch seine Fähigkeit, Hirsche oder Elche zu jagen, beeinträchtigt worden, weshalb er nun Kühe, also leichtere Beute, riß.

Abe behauptete anfangs, er hätte auf den Wolf geschossen, als der ein Kalb auf einer nur hundert Meter vom Haus entfernten Weide angegriffen habe. Später gab er dann zu, daß der Angriff noch nicht erfolgt war, aber seiner Ansicht nach drohte. Er sagte, daß er am liebsten auch den zweiten Wolf erlegt hätte, der noch dabei war. Dann beharrte er darauf, unschuldig zu sein, und verkündete, daß er bis vors Bundesgericht gehen werde, um seine Unschuld zu beweisen. Einen Verteidiger lehnte er mit der Begründung ab, daß Anwälte nichts anderes seien als Wölfe in Anzügen.

Auch ohne die zu erwartende Hilfestellung durch das *Time*-Magazin taten die Harding-Söhne inzwischen alles nur Erdenkliche, um ihren Daddy zum Volkshelden zu machen.

Sie ließen zweihundert T-Shirts bedrucken, auf der Vorderseite mit Abes kummervollem Gesicht und hinten mit der Aufschrift »WUMM (Wölfe Umlegen Macht Mordslaune)-Team«. Sie wurden für fünfzehn Dollar das Stück im Last Resort angeboten und waren in zwei Tagen alle verkauft. Eine zweite Lieferung von fünfhundert Stück war auch schon fast weg. Die Tassen – »Abe Harding, der Held von Hope« – gingen allerdings etwas schlechter. Bill Rimmer hatte für Dan jeweils ein Exemplar erstanden. Das T-Shirt zog er nicht an, dafür trank er jeden Morgen seinen Kaffee aus der Abe-Harding-Tasse.

Im Gegensatz zu ihren Brüdern in den anderen Staaten übten sich Hopes Wölfe in Zurückhaltung, und dafür war Dan ihnen dankbar. Er würde sich jedenfalls nicht von Buck Calder zu einer vorschnellen Aktion verleiten lassen, solange keine Beweise dafür vorlagen, daß die Wölfe tatsächlich seine Kälber gerissen hatten. Wie es aussah, hatte er auch so schon Ärger genug.

Für jeden Anruf von einem wütenden Rancher, der ihm vorwarf, zu nachgiebig zu sein, bekam er einen Anruf von einem militanten Tierschützer, der ihn wegen der Abschußgenehmigungen für die neun Wölfe einen Mörder nannte. Vier voneinander unabhängige Prozesse waren angestrengt worden, zwei von Viehhändlervereinigungen, die ein Ende des Wiederansiedlungsprogramms forderten, weil es gegen die Verfassung verstoße, und zwei von Umweltgruppen, die eine gerichtliche Verfügung gegen jeden weiteren Abschuß von Wölfen verlangten.

Am Tag nach der Versammlung hatte die »Organisation der Wölfe« ein Team von Aktivisten nach Hope geschickt, um eine Befragung aller Haushalte durchzuführen. Dan erhielt zahlreiche Anrufe aufgebrachter Bürger. Ein Rancher sagte, wenn diese Leute noch einmal an seine Tür klopften, würde er sie erschießen. Er nannte sie »einen Haufen langhaariger, kommunistischer Terroristen«, und als Dan sich mit den Aktivisten traf, fand er, daß der Mann gar nicht so unrecht hatte. Er deutete dem regionalen Koordinator der Umweltgruppe vorsichtig an, daß das Wehgeschrei in Hope schon laut genug sei und die Wölfe vermutlich eine bessere Überlebenschance hätten, wenn man sich zurückhielte.

Noch mehr Ärger in Hope konnte Dan im Moment auf keinen Fall gebrauchen. Und insgeheim dachte er, daß Abe ihnen wahrscheinlich einen Gefallen getan hatte, als er diesen potentiellen Störenfried erschoß. Damit war die Wut der Rancher über die verlorenen Kälber ein wenig besänftigt, und Helen hatte Zeit gewonnen. Mit etwas Glück konnte sie hoffentlich auch dem Rest des Rudels bald Halsbänder umlegen und dadurch weitere Schwierigkeiten vermeiden.

Er hatte sie seit dem Abend der Versammlung nicht mehr gesehen und machte sich deshalb ein wenig Sorgen. Drei Tage lang hatte sie weder angerufen noch auf seine Nachrichten reagiert, so daß er schon zu ihr hinauffahren wollte, als sie anrief, um ihm zu sagen, sie hätte Grippe gehabt, sei jetzt aber wieder auf dem Damm. Sie klang ein wenig bedrückt, doch führte er das auf ihre angeschlagene Gesundheit zurück. Luke, Calders Sohn, habe sich um sie gekümmert, erzählte sie, und sei wirklich ganz reizend zu ihr gewesen.

Dan spürte, wie er unwillkürlich eifersüchtig wurde.

Außerdem behagte ihm der Gedanke nicht, daß ausgerechnet Luke ihr beim Fallenstellen und Aufspüren der Wölfe half. Nachdem Helen auf der Versammlung derart angefeindet und ihr Briefkasten zertrümmert worden war, fand er es zwar beruhigend, daß sie da oben Gesellschaft hatte, aber daß ihr Helfer ausgerechnet Buck Calders Sohn sein mußte, schien ihm irgendwie riskant. Er hatte mit Helen allerdings schon darüber gesprochen, als sie seinen Namen das erste Mal erwähnte.

»Sieht das nicht so aus, als wollten wir mit dem Feind anbandeln?«

»Bitte, ich bandle mit niemandem an, kapiert?«

»Ich hab es doch nicht so gemeint, Helen…«

»Er hilft mir, und dafür solltest du eigentlich dankbar sein.«

»Aber wenn er Calder sagt, wo die Fallen sind oder…«

»Ach, hör schon auf, Dan. Das ist doch lächerlich.«

Es entstand eine unangenehme Pause. Seit ihrer Krankheit war sie irgendwie anders, schien entweder überempfindlich oder wirkte abwesend, wenn sie sich unterhielten.

»Tut mir leid«, sagte er. »Vielleicht ist die Idee gar nicht so schlecht.«

Sie gab keine Antwort. Er stellte sie sich vor, wie sie da oben saß, ganz allein, von Wald und Dunkelheit umgeben.

»Alles in Ordnung mit dir, Helen?«

»Natürlich«, fauchte sie zurück. »Warum?«

»Nur so. Du klingst einfach nicht besonders glücklich.«

»Ist das neuerdings Pflicht? Gehört das zu meinem Job? Biologen mit Zeitvertrag beim Staat haben ständig glücklich zu sein, ja?«

»Genauso ist es.«

Er bildete sich ein, ein kurzes, trockenes Lachen zu hören. Wieder schwiegen sie, dann sagte Helen, diesmal sanfter: »Tut mir leid, Dan. Ich glaube, mir fehlen im Augenblick ein paar Engel.«

»Ich mach mir Sorgen um dich.«

»Ich weiß. Das ist lieb von dir.«

»Also gut. Hör zu, ich hab ein Schneemobil für dich aufgetrieben.«

»Im selben Laden, aus dem mein Pickup stammt?«

»Nein. Das ist ein neues Gefährt, na ja, fast neu jedenfalls. Und du wirst es bald brauchen. Ich dachte, ich könnte es dir vielleicht am Wochenende raufbringen.«

»Wenn du meinst.«

Dann sagte er ihr, sie solle auf sich aufpassen. Nachdem er aufgelegt hatte, saß er noch eine Weile da und dachte über sie nach, während Abe Harding, der Held von Hope, ihn finster von seiner Kaffeetasse aus anblickte.

Er würde sie noch einmal zum Essen einladen, in ein nettes Restaurant diesmal. Seit ihrem Abend in Nelly's Diner war er mit keiner Frau mehr aus gewesen. Er hatte all seinen Mut zusammengenommen und noch einmal Sally Peters eingeladen, mußte aber wieder absagen. Als er am nächsten Tag anrief, um sich zu entschuldigen, erklärte sie ihm, er sei wirklich ein armseliger Mensch, und es wäre an der Zeit, daß er sich ein Privatleben zulege.

Dan mußte zugeben, daß sie mit dieser Bemerkung gar nicht so unrecht hatte.

Kathy stieg aus dem Wagen, nahm Buck junior aus dem Kindersitz und hievte ihn sich auf die Hüfte. Ein paar Häuser weiter wurde Ned Wainwright, Hopes ältester Einwohner, von einem dieser aufdringlichen Fernsehteams interviewt. Seit zwei Wochen wimmelte es in der Stadt von Journalisten, und die Leute, Kathy eingeschlossen, waren sie allmählich leid.

Als sie über den Bürgersteig zum Paragon lief, hörte sie, wie Ned sich darüber ausließ, warum die Bundesregierung auf seiten der Wölfe stand.

»Ist doch ganz klar. Durch die Wölfe wollen sie Hirsche und Elche ausrotten, damit uns nichts mehr für die Jagd bleibt. Dann sagen sie, wenn es nichts mehr zu jagen gibt, braucht ihr auch keine Gewehre mehr, also verbieten sie sämtliche Schußwaffen. Denn darum geht's denen doch. Sie wollen uns die Gewehre wegnehmen.«

Kathy hatte in ihrem Leben noch nie etwas so Dummes gehört, aber der Typ vom Fernsehen nickte, als sei ihm das Evangelium verkündet worden. Im Vorbeigehen lächelte ihr einer vom Team zu. »Habt ihr nichts Besseres zu tun?« fragte sie ihn, ohne sein Lächeln zu erwidern, doch ehe er antworten konnte, verschwand sie im Andenkenladen.

Ihre Mom hatte ihr von all den phantastischen neuen Sachen vorgeschwärmt, die Ruth für die Vorweihnachtszeit bestellt hatte, so daß Kathy allein schon aus Loyalität möglichst viele Geschenke in ihrem Laden kaufen wollte. Dafür war es zwar noch ein bißchen früh, aber sie erledigte solche Dinge gern zeitig. Sie hatte sich für den heutigen Vormittag entschieden, weil ihre Mom nach Helena zum Einkaufen gefahren war.

Ruth begrüßte sie fröhlich und bestand darauf, das Baby zu halten, solange Kathy sich umsah.

»Machen diese Fernsehfritzen Sie nicht verrückt?« fragte Kathy.

»Ganz und gar nicht. Die kaufen. Alles, was irgendwie mit Wölfen zu tun hat.«

»Auf die Idee bin ich noch gar nicht gekommen. Dann haben sie ja wenigstens auch ihr Gutes.«

In Windeseile hatte sie gefunden, was sie wollte. Für Clyde kaufte sie eine modische Lederweste, eine Holzkiste mit Messingbeschlägen für ihren Daddy, damit er seine Zigarren darin aufbewahren konnte, und einige hübsche Silberketten für ihre Mom und Lane. Bob, Lanes Mann, würde sie ein Buch über Indianerkunst schenken und Luke ein Hutband aus geflochtenem Pferdehaar.

Ruth wollte ihr Rabatt geben, aber davon wollte Kathy nichts wissen. Einen Kaffee aber ließ sie sich gern spendieren, und so setzte sie sich an den Tresen, Buck junior auf dem Schoß, während Ruth den Kaffee machte.

»Übrigens hat Ihre Mom das ganze Wolfszeug hier besorgt. Es war ihre Idee.«

»Tatsächlich?«

»Ja, sie ist wirklich clever.«

»Das ist sie. War sie schon immer.«

»Ich kann sie verdammt gut leiden.«

Sie redeten eine Weile über Kathys Mom und kamen beim Kaffee dann auf Ruths Eltern zu sprechen. Ihr Vater, sagte sie, sei schon lange tot. Ihre Mutter habe wieder geheiratet und führe jetzt ein ziemlich hektisches gesellschaftliches Leben in New Jersey.

»Sie ist das genaue Gegenteil von Eleanor«, sagte Ruth. »Ihre Mom wirkt immer so ruhig und beherrscht. Meine ist wie ein Wirbelwind. Ich weiß noch, wie sie einmal, nach einem schrecklichen Streit, nach oben gestürmt ist und sich ins Bad eingeschlossen hat. Damals mußte ich sie überreden, wieder herauszukommen. Wie alt war ich da wohl? Fünfzehn? Und als ich so auf sie einredete, dachte ich plötzlich, Moment mal, wer ist hier eigentlich der Teenager?«

Als es Zeit wurde zu gehen, streckte Buck junior seine Ärmchen zu Ruth aus. Sie nahm ihn noch einmal auf den Arm. Er schien ganz begeistert von ihr und wollte ihr Haar gar nicht mehr loslassen.

»Er liebt Frauen«, sagte Kathy.

Ruth lachte. »Sieht ganz so aus.«

»Finden Sie nicht, daß er wie sein Opa ist?«

»Sie meinen…«

»Dem Aussehen nach.«

»Oh!« Ruth lachte. Dann runzelte sie die Stirn und betrachtete ihn genauer.

»Wissen Sie was? Ich glaube, er hat mehr Ähnlichkeit mit Ihrer Mutter.«

Buck Calder setzte sich hinten in der Auktionshalle ans Ende der langen Holzbank und ließ den Blick über die Reihen weißer Hüte zur Arena hinunterschweifen, in der gerade eine Herde junger Black-Angus-Kühe zu einem absurd hohen Preis verkauft worden war und sich nicht vom Platz treiben lassen wollte.

Es waren große, plumpe Tiere, und Buck begriff nicht, warum irgend jemand mit einem Funken Verstand sie kaufen konnte. Es gab zwar das eine oder andere im Leben, wo Größe zählte, aber bei Kühen war das nicht so. Den höheren Preis zahlte man doch bloß für Knochen. Erstaunlich, aber einige Leute schienen das einfach nicht zu kapieren. Wenn ein Tier nur groß und schwarz war (neuerdings die Modefarbe für Kühe, wie für alles andere auch), glaubten sie automatisch, es wäre etwas Gutes.

Der junge Rancher neben ihm, der sich für die Auktion feingemacht hatte, grinste. Buck nahm an, daß er das gleiche dachte.

»Dem Herrn sei Dank für diese Dummköpfe«, sagte Buck und sah, wie das Grinsen verschwand.

»Wie?«

»Zahlen gutes Geld für solche Knochenhaufen.«

»Die hab ich selbst aufgezogen.«

»Ah!«

Er überlegte noch, wie er sich aus der Affäre ziehen konnte, als der Mann bereits aufstand und sich an ihm vorbeidrängte, um zu gehen. Ach, was soll's, dachte Buck und sah wieder zur Arena hinunter.

Die Arena war ein Sandplatz, etwa sieben Meter im Durchmesser und umgeben von einem hohen, weißen Geländer. Im Moment liefen zwei junge Cowboys auf dem Platz herum und versuchten, die störrischen Kühe, die sich nicht von der Stelle rührten, hinauszutreiben. Die Cowboys hielten lange weiße Stöcke mit orangefarbenen Fähnchen in Händen und hieben und stießen damit nach den Jungkühen. Doch die einzige Bewegung, die sie damit auslösten, fand in den Därmen der Tiere statt. Einer der Cowboys rutschte auf dem Ergebnis seiner Bemühungen aus, und das Publikum brüllte vor Lachen.

In der kleinen Kabine im Hintergrund des Platzes beugte sich der Auktionator, ein wendiger junger Mann mit Schnauzbart und scharlachrotem Hemd, zum Mikrofon.

»Hey, Leute, da sag noch einer, daß wir euch keine gute Show bieten.«

Buck kam nur drei- oder viermal im Jahr nach Billings zur Auktion, hatte aber immer großen Spaß. Es war ein langer Weg, dreieinhalb Stunden Fahrt, und die Preise waren auch nicht günstiger als anderswo, aber es tat gut, mal wieder fortzukommen, sich auf dem Markt umzusehen und die Kontakte in dieser Gegend zu pflegen. Der Kontakt, den er am liebsten pflegte, war der zu Lorna Drewitt, Lukes ehemaliger Sprachtherapeutin.

Meist aßen sie zusammen zu Mittag und nahmen sich dann für ein paar Stunden ein Motelzimmer. Das hatten sie auch heute vor. Buck warf einen Blick auf die Uhr. Es war schon kurz nach zwölf, aber die beiden Jungbullen, die er heute morgen im Trailer hergebracht hatte, kamen als nächstes dran. Im Frühjahr waren sie für Calders jährlichen Bullenverkauf noch nicht so recht in Form gewesen.

Endlich hatten die Kühe den Weg nach draußen gefunden, und wie auf ein Stichwort zeigte sich der erste seiner beiden Bullen. Er stürmte so schnell auf den Platz, daß der arme, kuhfladenbeschmierte Cowboy hinter einen der Wellblechschirme hechten mußte, die man zu diesem Zweck aufgestellt hatte. Donnernd krachte der Schädel des Bullen gegen das Metall. Fehlte nur noch, daß er Dampf aus seinen Nüstern blies. Buck hätte am liebsten laut *Olé!* gerufen!

Vierzig Minuten später lenkte er stolz seinen leeren Trailer zurück auf den Highway. Das Motel, in dem er sich mit Lorna Drewitt treffen wollte, lag direkt an der Interstate 90, und er brauchte bis dahin knapp fünf Minuten. Für den unwahrscheinlichen Fall, daß sie einem Bekannten auffallen sollten, stellte er Truck und Trailer so ab, daß sie auf den ersten Blick nicht zu sehen waren, und ging dann ins Motel.

Lorna wartete bereits in der Lobby auf ihn. Las eine Ausgabe der *Billings Gazette*. Vor sechs Jahren war sie hergezogen, damals, nach diesem unglückseligen Tag, an dem Luke sie im Büro überrascht hatte. Allerdings war der Junge noch zu jung und naiv gewesen, um zu ahnen, was sich da abgespielt hatte. Jetzt war Lorna fast dreißig und sah so sexy aus wie noch nie.

Sie entdeckte ihn, stand auf und legte lächelnd die Zeitung weg, während er auf sie zuging. Er umarmte sie, und sie warf den Kopf in den Nacken und ließ ihn ihren Hals küssen.

»Hm, du riechst gut«, sagte er.

»Und du stinkst nach Kühen.«

»Nach Bullen, mein Schatz. Nach reinrassigen Calder-Bullen.«

Das Restaurant im Motel war nicht übel. Sie bestellten sich Steaks und eine Flasche Napa-Valley-Merlot, berührten einander mit den Knien und streichelten sich unter dem Tisch, bis

Buck es nicht länger aushielt. Ohne nach der Rechnung zu fragen, legte er einen Hundertdollarschein hin und ging mit Lorna aufs Zimmer, für das er zuvor schon den Schlüssel besorgt hatte.

Als sie hinterher auf dem Bett lagen, sagte Lorna, daß dies das letzte Mal war. Buck stützte sich auf einen Ellbogen und betrachtete sie stirnrunzelnd.

»Wieso?«

»Ich werde heiraten.«

»Was? Wann?«

»Nächsten Monat.«

»Herrgott noch mal. Diesen … wie heißt er gleich?«

»Du weißt genau, wie er heißt, Buck.«

Das stimmte. Er hieß Phil. Sie ging seit vier Jahren mit ihm.

»Nur weil du heiratest, muß sich doch zwischen uns nichts ändern, oder?«

»Verdammt, Buck, wofür hältst du mich eigentlich?«

Buck war überzeugt, daß es auf diese Frage eine Antwort gab, nur fiel sie ihm gerade nicht ein.

Sie zogen sich an und gaben sich in der einsetzenden Dämmerung auf dem Parkplatz zum Abschied einen Kuß.

»Ruf mich nicht mehr an, okay?« sagte sie.

»Ach, Schätzchen, können wir nicht wenigstens hin und wieder telefonieren?«

»Nein, lieber nicht.«

Er fuhr über die Interstate zurück, und sein Selbstmitleid wuchs mit jedem Kilometer. Granitfarbene Regenwolken hingen tief über die Straße, und der Trailer bebte im kalten Nordwind.

In letzter Zeit schien alles schiefzulaufen.

Zuerst ließ Ruth Eleanor in ihr Geschäft einsteigen und wurde plötzlich ganz moralisch, und jetzt kam ihm Lorna auf die gleiche Tour. Dann gab es da diese Spinner, die immer noch wegen der Wolfssache anriefen. Und wenn er es recht bedachte, war eigentlich alles in Butter gewesen, bis diese verdammten Wölfe auftauchten.

Nun, es wurde Zeit, ernsthaft etwas gegen die Biester zu unternehmen.

Der erste Teil seines Plans war bereits umgesetzt: Luke arbeitete für Helen Ross. Buck hatte zwar aus dem Jungen noch nicht herausbekommen, wo sich die Viecher aufhielten, doch das war nur eine Frage der Zeit. Wenn er erst mal die nötige Information hatte, brauchte er nur noch jemanden, der etwas damit anfangen konnte.

Außer dem Verkauf der Bullen und seiner Lust auf ein Wiedersehen mit Lorna war dies einer der Gründe für seine heutige Fahrt.

Es war ihm nämlich ein alter Trapper eingefallen, der vor langer Zeit oben am Hope River gelebt hatte. Einer von der Sorte, wie es sie heute nicht mehr gab. Bucks Vater hatte ihn eingestellt, wenn Wildtiere Probleme machten, meist Kojoten, aber manchmal auch Berglöwen oder ein Grizzly, der sich in der Gegend herumtrieb.

Buck wußte, daß der Sohn von dem Kerl im gleichen Geschäft war, doch sosehr er sich auch angestrengt hatte, ihm war der Name einfach nicht eingefallen.

Vor zwei Abenden hatte er dann im Last Resort den alten Ned Wainwright, der schon an die Neunzig war, beiläufig gefragt, ob er sich an den Namen erinnerte.

»Lovelace. Josh Lovelace. Gütiger Himmel, der ist bestimmt schon zwanzig, dreißig Jahre tot.«

»Aber hatte der nicht einen Sohn?«

»Stimmt, J. J. Der ist rüber nach Big Timber gezogen. Da hat auch schon Josh gewohnt, als er zu alt war, um noch allein zurechtzukommen. Und da haben sie ihn auch begraben.«

»Wohnt der Sohn noch da?«

»Keine Ahnung.«

»Muß selbst ja auch schon ganz schön alt sein.«

»Was reden Sie da, Buck Calder? Der ist mindestens zwanzig Jahre jünger als ich. Gerade mal raus aus den Windeln.«

Der alte Mann lachte und begann zu husten. Buck spendierte ihm noch ein Bier und brachte ihn dann nach Hause.

Er fand den Namen J.J. Lovelace im Telefonbuch und rief einige Male an, ohne eine Antwort zu erhalten. Also steckte er sich die Adresse in die Tasche und beschloß, auf dem Rückweg von Billings vorbeizufahren und ihn aufzusuchen.

In düsterer Stimmung fuhr er einem düsteren Horizont entgegen, als er vor sich das Schild für die Ausfahrt nach Big Timber aufragen sah. Er blinkte und bog von der Interstate ab.

An einer Tankstelle hielt er an und fragte den Jungen an der Kasse nach dem Weg. Zehn Minuten später holperten Truck und Trailer über die Schlaglöcher eines kurvigen Sandwegs.

Es wurde dunkel und begann zu regnen. Nach etwa drei Meilen führte der Weg durch ein Wäldchen mit Pappeln, an deren letzten gelben Blättern der Wind zerrte. Gleich darauf sah er im Scheinwerferlicht einen rostigen grünen Briefkasten, auf dem »Lovelace« stand.

Die Auffahrt schien ihm für den Trailer zu gefährlich, also stellte er den Wagen ab, schlug den Kragen hoch und ging zu Fuß.

Der zerfurchte Weg stieg steil an und verlief gleich neben einem Bach, dessen Wasser Buck rauschen hören, aber nicht sehen konnte, da ihm der Blick durch ein dichtes Weidengestrüpp versperrt wurde. Nach etwa einer halben Meile sah er am Hang ein niedriges Holzhaus unter Bäumen. Es brannte Licht. Gleich neben dem Haus stand ein Trailer, in dem man auch wohnen konnte. Er war silberfarben und hatte abgerundete Ecken, was ihn irgendwie unheimlich aussehen ließ, fast wie ein außerirdisches Raumschiff.

Er hatte Hundegebell erwartet, doch die einzigen Geräusche, die er hörte, als er zum Haus hinaufging, kamen vom Wind und dem Regen, der auf seinen Hut trommelte.

Die Fenster waren ohne Vorhänge, und Buck stellte fest, daß das Licht von einer Glühbirne stammte, die über dem Küchentisch hing. Im Haus rührte sich nichts, und im Trailer auch nicht. Er trat an die Küchentür und klopfte. Während er darauf wartete, daß ihm aufgemacht wurde, drehte er sich um – und hätte fast einen Herzschlag bekommen.

Er starrte direkt in den Lauf einer zwölfkalibrigen Schrotflinte.

»Scheiße!«

Der Mann, der ihm gegenüberstand, trug einen langen, schwarzen Parka mit einer Kapuze, in deren Schatten ein knochiges, graubärtiges Gesicht und feindselig blickende schwarze Augen lagen.

»Mr. Lovelace?«

Der Mann gab keine Antwort, ließ Buck einfach warten.

»Hören Sie, es tut mir wirklich leid, daß ich hier so unangemeldet aufkreuze, aber ich hatte Angst, daß ich es mit dem Trailer nicht die Auffahrt hinaufschaffe.«

»Sie blockieren unten den Weg.«

»Tut mir leid. Ich geh gleich und fahr den Wagen weg.«

»Sie gehen nirgendwo hin.«

»Mr. Lovelace, ich heiße Buck Calder und komme aus Hope.«

Er überlegte, ob er ihm die Hand geben sollte, entschied sich aber dagegen. Der verrückte Mönch glaubte sonst noch, daß er sich sein Gewehr schnappen wollte.

»Ihr Vater, Joshua, hat für meinen Vater gearbeitet, als ich noch ein Kind war. Deshalb bin ich mir sicher, daß wir uns schon mal getroffen haben, aber das ist ganz schön lange her.«

»Sind Sie Henry Calders Sohn?«

»Ja, Sir, der bin ich.«

Das schien seine Wirkung nicht zu verfehlen. Lovelace, falls er es denn war, senkte den Lauf seines Gewehrs ein wenig. Er zielte jetzt auf Bucks Unterleib.

»Ihr Vater ist in unserer Gegend so was wie eine Legende«, sagte Buck.

»Was wollen Sie hier?«

»Tja, ich habe gehört, daß Sie das gleiche machen wie früher Ihr Vater.«

Lovelace sagte nichts.

»Und, na ja…« Buck blickte auf das Gewehr. »Mr. Lovelace, würde es Ihnen was ausmachen, Ihre Schußrichtung ein wenig zu ändern?«

Lovelace schaute ihn einen Moment an, als überlege er, ob Buck den Preis für eine Patrone wert sei. Dann riß er den Lauf nach oben, legte mit einem Klicken den Sicherungshebel um und ging an Buck vorbei ins Haus. Er ließ die Tür hinter sich offen. Buck wartete einen Augenblick draußen und fragte sich, ob dies wohl als Einladung gemeint war.

Tja, war es wohl.

Lovelace legte das Gewehr auf den Tisch und nahm die Kapuze ab. Im Haus war es kalt, also behielt er den Mantel an. Seit Winnies Tod machte er sich nicht mehr die Mühe, den Ofen im Wohnzimmer zu heizen. Er lief durchs Haus zur Fallenkammer und hörte, daß Calder ihm folgte.

Die Fallenkammer war eigentlich nur eine Art Werkstatt mit einem Elektroofen, aber neuerdings verbrachte er dort die meiste Zeit. Er schlief sogar auf einer Matratze, die er aus dem Trailer herübergeschleppt hatte. Allerdings brauchte er nicht viel Schlaf. Meist lag er nur da und wartete auf die Dämmerung. Er wußte, daß es verrückt war und er sich daran gewöhnen sollte, auch ohne Winnie die Nacht im Schlafzimmer zu verbringen, aber das schaffte er einfach nicht.

Das Schlafzimmer, die Küche, das ganze Haus war ohne sie leer und doch von ihrer Anwesenheit erfüllt. Er hatte fast alle ihre Sachen weggeräumt, aber es half nichts, denn selbst die Lücken, die sie hinterließen, erinnerten ihn an sie. Da war es ihm lieber, in dieser Kammer zu bleiben, die schon immer sein Reich und nicht ihres gewesen war. Sie hatte sich sogar geweigert, es zu betreten, hatte gesagt, es rieche zu sehr nach Köder und toten Tieren, was es vermutlich auch tat, obwohl ihm selbst das nicht auffiel. Diesem Calder erging es da offenbar anders, obwohl er versuchte, sich nichts anmerken zu lassen.

Lovelace setzte sich auf den Campingstuhl am Ofen, klemmte sich den Plastikeimer mit dem Rehkopf zwischen die Beine und machte sich wieder an die Arbeit. Er hatte ihn bereits halb gehäutet, als er hörte, wie Calders Truck unten auf dem Weg langsamer wurde und dann anhielt. Gar kein schlechtes Gehör, dachte er, für einen so alten Knacker wie mich. Bin ja schließlich auch schon neunundsechzig.

Während er sich weiter mit dem Rehkopf beschäftigte, erzählte Calder ihm die Geschichte von dem Wolf und dem Ärger, den sie damit in Hope hatten. Da es keinen zweiten Stuhl gab, lehnte er sich mit dem Rücken an die Werkbank, die an einer Seite des Raums stand. Sein Blick wanderte über die Wände und die Holzbalken des Dachs, an denen überall Fallen, Drähte, Schlingen und die Häute und Schädel von Tieren hingen.

Lovelace erinnerte sich an den Vater dieses Mannes, an Henry Calder. Sein eigener Vater hatte ihn immer »König Henry« genannt und sich darüber lustig gemacht, wie arrogant und hochnäsig er war. Lovelace konnte sich sogar daran erinnern, in einem Sommer Anfang der fünfziger Jahre bei den Calders geholfen zu haben, als es oben in den Bergen keine Büffelbeeren gab und die Grizzlys ins Tal kamen und um die Kühe schlichen. Mit seinem Vater hatte er drei ausgewachsene Tiere gefangen und vier oder fünf Jungtiere geschossen.

An diesen Mann hier, der da auf ihn einredete, konnte er sich allerdings nicht erinnern, aber in den Fünfzigern dürfte Buck Calder noch ein kleiner Junge gewesen sein. Später hatte Lovelace meist auswärts gearbeitet, in Mexiko oder Kanada. Sechsundfünfzig hatte er dann Winnie geheiratet und war mit ihr nach Big Timber gezogen. Nach Hope war er nur noch selten gekommen.

»Also, was meinen Sie?«

»Wölfe töten ist gegen das Gesetz.«

Calder lächelte verständnisvoll, lehnte sich zurück und verschränkte die Arme. Er hatte etwas Selbstgefälliges, und das gefiel Lovelace nicht sonderlich.

»Wer sollte davon Wind bekommen?«

»Man wird die Tiere mit Argusaugen beobachten.«

»Stimmt.« Calder blinzelte ihm zu und grinste. »Aber Sie hätten Zugang zu Insiderinformationen.«

Er wartete schweigend auf eine Reaktion, aber Lovelace war nicht zu Scherzen aufgelegt. Was er wissen wollte, würde er schon noch erfahren.

»Mein Sohn geht der Biologin zur Hand. Er weiß, wo die Wölfe sind, was sie tun, einfach alles.«

»Dann brauchen Sie ja meine Hilfe nicht.«

»Doch, der Junge sieht die ganze Geschichte nämlich mehr mit den Augen der Biologin als mit den meinen.«

»Und wieso sollte er Ihnen dann die Insiderinformationen geben?«

»Keine Sorge, die werd ich mir schon beschaffen.«

Der Rehkopf war mittlerweile fast gehäutet. Lovelace legte das Messer beiseite und schälte das Fell behutsam wie eine Maske vom Gesicht.

»Wie ich sehe, arbeiten Sie als Tierpräparator«, sagte Calder. »Wir jagen ziemlich viel. Machen Sie so etwas auch für andere?«

»Nur für Freunde.«

Das war gelogen. Die einzigen Freunde, die er je gekannt hatte, waren Winnies Freunde gewesen. Und von denen hatte sich seit Monaten keiner mehr gemeldet, was ihm nur recht war.

»Also, Mr. Lovelace, was sagen Sie?«

»Wozu?«

»Wollen Sie uns helfen? Den Preis können Sie selbst bestimmen.«

Lovelace stand auf und nahm den Eimer. Er trug ihn zum Becken aus rostfreiem Stahl am anderen Ende der Werkbank und kippte das Blut aus. Dann reinigte er die Messer und dachte nach.

Es war drei Jahre her, daß er zuletzt illegal, und zwei Jahre, daß er oben in Alberta das letzte Mal legal Wölfe getötet hatte. Nachdem sie ihn jahrelang gedrängt hatte, sich endlich zur Ruhe zu setzen, war es Winnie schließlich gelungen, ihn zu überreden. Und dann, als er sich gerade daran gewöhnt hatte, als er sogar anfing, es zu genießen, da bekam sie Krebs. Ihr kleiner Körper war voll mit Metastasen, und innerhalb von drei Wochen war sie tot.

Eigentlich brauchte er eine Beschäftigung, etwas, das ihn ablenkte. Und dies war das erste Angebot seit der Beerdigung. Die Fallen da oben am Balken hatten schon Rost angesetzt, aber das würde er schon wieder hinbekommen.

Er trocknete die Messer ab und spülte das Blut aus dem Becken.

»Was ist denn das für ein Drahtgestell da oben mit all den kleinen Metallstückchen, wenn ich fragen darf?« Calder deutete auf die gegenüberliegende Wand, wo Lovelace über der Gefriertruhe seine Ankerketten, Haken und Drahtrollen aufgehängt hatte.

»Damit fängt man Welpen. Eine Erfindung von meinem Vater. Er hat sie ›die Schlinge‹ genannt.«

23

Die vaterlosen Welpen von Hope waren fast fünf Monate alt. Sie waren schlank und schlaksig, mit ihrem dichten Winterfell aber nur wenig kleiner als die drei älteren Wölfe. Die Milchzähne hatten sie inzwischen fast alle verloren, und obwohl sie sich bei der Jagd noch zurückhielten und noch viel über das Leben in der Wildnis lernen mußten, wurden sie mit jedem Tag verwegener und gewitzter.

Mittlerweile hatten sie alle ihren festen Platz in der Rangordnung des Rudels, und ob im Spiel oder im Ernst, bei einer Rast oder am Kadaver einer Beute, stets unterwarfen sich die Schwächeren bereitwillig dem Stärkeren. Sie legten die Ohren an, zogen den Schwanz ein und krochen auf ihn zu, leckten ihn ab und schnappten nach den Kiefern des kräftigeren Tiers, das selbstbewußt mit hohem, buschigem Schwanz über ihnen stand.

Da ihr Vater, der Alpha-Rüde und Kälberkiller, tot war, erwarteten die Welpen ebenso wie die beiden Jungtiere von der Mutter die Führung des Rudels. Sie war jetzt diejenige, die alle von ihrem Nachmittagsnickerchen aufscheuchte und zur Jagd zusammentrommelte. Sie war es auch, die sie durch den herbstlich dämmrigen Wald führte, die stehenblieb, um in der kalten Nachtluft Witterung aufzunehmen, die entschied, welches Tier zur Beute wurde und welches nicht.

Nur das jüngere Weibchen hatte zusammen mit seinem Vater Kälber gerissen, auch wenn sich die übrigen Tiere dann an der Beute sattfraßen. Das Weibchen war auch an jenem Abend bei ihm gewesen, als ihn die tödliche Kugel getroffen hatte. Voller Entsetzen war es geflohen. Seither gab es sich damit zufrieden, sich der Führung der Mutter zu unterwerfen.

Und ob aus Angst oder angeborenem Instinkt – das Muttertier hielt sich von jenen Orten fern, an denen das Vieh der Menschen weidete, und machte Jagd auf Elche oder Hirsche, die zum Winter von den Bergen herabkamen und durch die Brunft unachtsam wurden. Die Elchbullen kämpften mit Macht um ihren Harem, und die Berge hallten wider von ihrem Röhren und dem Krachen der aufeinanderprallenden Geweihe.

Doch die Wölfe waren nicht die einzigen Jäger, auch menschliche Räuber waren unterwegs. Seit einem Monat nun zogen Männer in grün-braun gefleckten Anzügen, mit erdbeschmierten Gesichtern, mit Bogen und rasiermesserscharfen Pfeilen durch die Cañons und ließen haufenweise Gedärm liegen, von dem die Wölfe fraßen, wenn sie, wie so oft, selbst nichts gerissen hatten.

Bald tauchten auch Männer in leuchtendem Orange mit Gewehren auf. Manche fuhren in ihren Autos über die Waldwege und schossen aus dem Fenster auf alles, was ihnen vor den Lauf kam. Die romantischeren Naturen besprühten sich mit Hirschdrüsenduft oder imitierten die Brunftschreie, um die Tiere ins Fadenkreuz ihres Zielfernrohrs zu locken.

Einen Monat lang herrschte im Wald hektisches Treiben; es wurde begattet und getötet, im Überfluß Leben gesät und vernichtet.

Die beiden Jäger stapften schweigend den Weg entlang. Das einzige Geräusch auf dem nassen Waldboden war das Quatschen ihrer Gummistiefel. Ein steiler, mit Douglastannen bewachsener Abhang verschwand über ihnen hinter dem Vorhang eines klammen, herbstlichen Nebels, der seit dem Morgengrauen über dem Cañon lag.

Die Männer trugen Kampfanzüge, und in den Gürteln steckten Automatikpistolen und lange Messer mit gezackten Klingen. Auf dem Rücken schleppten sie Rucksäcke, und die Magnum-Gewehre hingen ihnen über der Schulter. Morgen begann die Jagdsaison, und diese beiden wollten offensichtlich vom ersten Augenblick an dabeisein. Wahrscheinlich würden sie irgendwo ihr Zelt aufschlagen und noch vor dem Morgengrauen auf Pirsch gehen.

Helen saß auf dem Beifahrersitz ihres Toyota und streichelte dem schlafenden Buzz gedankenverloren über den Kopf, während sie die Männer im Seitenspiegel näher kommen sah.

Es waren nicht die ersten Jäger der Saison, die sie und Luke zu Gesicht bekamen. Einer von ihnen, kaum älter als sechzehn, hatte sie gefragt, wofür denn die Fallen waren, und als Helen es ihm erklärte, hielt er mit weit aufgerissenen Augen einen Vortrag darüber, daß Wölfe sämtliches Rotwild und alle Elche töteten, die doch von Rechts wegen ihnen, den Jägern, zustanden. Etwas in seinen Augen ließ Helen an die jungen Soldaten denken, die Joel in seinem Brief beschrieben hatte.

Sie beobachtete Luke, wie er durch den Wald zum Weg herunterkam, über der Schulter die Fallen, die er gerade eingesammelt hatte. Sie mußten sämtliche Fallen abbauen, da es ihrer Sache wohl kaum diente, wenn ein Jäger in eine hineintrat. Doch als Helen die beiden Typen im Rückspiegel sah, gefiel ihr der Gedanke gar nicht so schlecht.

Als die Jäger auf Höhe des Wagens waren, trat Luke aus dem Wald. Ruckartig fuhr Buzz hoch, sah die Männer und begann zu bellen und zu knurren. Helen befahl ihm, still zu sein, und kurbelte das Fenster herunter.

Die Jäger musterten die Fallen, die Luke zu den bereits eingesammelten auf die Ladefläche warf. Helen glaubte, einen der Männer von der Wolfsversammlung wiederzuerkennen, und als die beiden an ihr vorbeigingen, lächelte sie ihm zu und sagte hallo. Ohne eine Miene zu verziehen, nickte er kaum merklich mit dem Kopf. Doch einige Schritte weiter sagte er etwas zu seinem Begleiter, das Helen nicht verstand, woraufhin sich der Mann nach ihr umdrehte. Dann fingen beide an zu lachen. Luke setzte sich ans Steuer.

»Rambo-Idioten«, sagte Helen.

Luke lächelte. Er ließ den Motor an.

»Waren Sie n-nie auf Jagd?«

»Nein, aber ich kenne genügend Biologen, die auf Jagd gehen. Dan Prior zum Beispiel. Er war mal Großwildjäger, und darüber haben wir uns bei unserer gemeinsamen Arbeit in Minnesota endlos gestritten.«

Sie fuhren jetzt an den Jägern vorbei. Helen lächelte sie erneut freundlich an. Buzz knurrte.

»Dan behauptete stets, im Grunde sei der Mensch ein Raubtier und dürfe den Kontakt zu seinem innersten Wesen nicht verlieren. Er sagte, es sei das Problem unserer Gattung, daß wir uns zu sehr von unserer wahren Natur entfernt haben. Und die eine Hälfte in mir sagt, okay, stimmt, die andere aber hält das bloß für einen verdammt guten Vorwand der Männer, sich als echte Kerle aufzuspielen, so nach dem Motto: ›He, wir sind geborene Killer, also los, Kumpel, laß uns was killen.‹ Ich persönlich bin ehrlich gesagt eine lausige Schützin.«

Luke lachte.

»Was ist mit Ihnen?« fragte Helen. »Waren Sie schon mal auf der Jagd?«

»Ja, einmal. Mit dreizehn.«

An der Art, wie sich sein Gesichtsausdruck veränderte, merkte Helen, daß sie einen wunden Punkt getroffen hatte.

»Sie müssen es mir nicht erzählen.«

»Ist sch-sch-schon in Ordnung.«

Er berichtete von dem Elch, wie er auf ihn geschossen, ihn verwundet im Baum gefunden und sein Vater ihn dann gezwungen hatte, ihm beim Ausweiden zu helfen. Während er redete, hielt er den Blick starr auf den Weg gerichtet. Helen betrachtete ihn über Buzz' Kopf hinweg und versuchte, sich vorzustellen, was er ihr erzählte.

Seit jenem kalten Morgen, an dem er sie völlig apathisch in ihrer Hütte gefunden hatte, war eine Nähe zwischen ihnen entstanden, wie sie sie bisher noch nie erlebt hatte. Sie wußte, ohne ihn hätte sie das nicht durchgestanden.

Und während sie sich langsam von ihrem Schock erholte, jeden Tag ein bißchen mehr, hatte er dafür gesorgt, daß sie etwas aß, daß sie schlief und es warm hatte. Spätabends erst, wenn er die Lampen gelöscht und Holz im Ofen nachgelegt hatte, machte er sich auf den Heimweg. Und beim Morgengrauen war er wieder da, ließ Buzz hinaus und machte Kaffee.

In den ersten Tagen hatte Helen kaum ein Wort herausgebracht. Es war wie in einem Wachkoma. Doch statt in Panik zu geraten oder sie mit Fragen zu belästigen, hatte er sich still um sie gekümmert, als sei sie ein verletztes Tier, als verstehe er auch ohne viele Worte, was geschehen war.

Erst später erwähnte er, daß sein Vater ihm erlaubt hatte, ihr, wenn sie einverstanden sei, mit den Wölfen zu helfen. Und während sie in der Hütte lag oder in Decken gehüllt draußen im fahlen Sonnenschein saß, machte er sich an die Arbeit, überprüfte die Fallen und hörte die Signale der halsbandtragenden Wölfe ab.

Wenn er abends zur Hütte zurückkam, gab er ihr seine Notizen, und während er das Abendessen zubereitete, berichtete er, was er getan und gesehen hatte. Trotz ihres Kummers erkannte sie, daß er in seinem Element war.

In letzter Zeit schien sein Stottern manchmal völlig verschwunden zu sein. Es kehrte nur zurück, wenn er von seinem Vater sprach oder aufgeregt war. So wie an jenem Morgen, als er zu ihr rannte und rief, daß ein Wolf in einer der Fallen sei.

»Sie müssen m-m-mitkommen.«

»Luke, ich kann nicht …«

»Aber Sie m-m-müssen. Ich weiß nicht, w-w-was ich machen soll.«

Er half ihr beim Anziehen und Zusammensuchen ihrer Sachen. Dann fuhr er mit ihr im Toyota zu einem engen Cañon hoch über der Millward-Ranch, wo sich die Wölfe neuerdings häufig aufhielten. Er lenkte den Wagen so schnell über die schmalen Holzfällerwege, daß sie manchmal die Augen schließen mußte.

Wie sich herausstellte, hatten sie einen der Welpen, ein Weibchen, gefangen. Nach Helens Anweisungen erledigte Luke die meiste Arbeit, maß und notierte, überließ es aber ihr, die Spritzen zu geben und die Blut- und Kotproben zu nehmen. Der Welpe wog etwas mehr als dreißig Kilo und würde noch wachsen, also legten sie ihm ein Halsband für ausgewachsene Tiere um, das sie mit Schaumgummi und Tesamoll polsterten.

Für Helen bedeutete dieser Tag eine Wende. Lukes Begeisterung schien in ihr einen Funken Hoffnung zu wecken, daß das Leben eines Tages doch wieder schön sein könnte.

Sie weinte sich immer noch fast jeden Abend in den Schlaf oder lag wach und stellte sich vor, wie Joel mit seiner perfekten Belgierin vor den Traualtar trat. Immer wieder sagte sie sich, daß es verrückt sei, sich so elend zu fühlen, da sich doch eigentlich nichts geändert hatte. Seit seiner Bewerbung um diesen Job war es zwischen ihr und Joel aus gewesen. Doch so sehr sie sich auch bemühte, anderes zu denken – seine Heirat bewies, wie wertlos sie war.

Sie bestrafte sich, indem sie das Rauchen aufgab, und war überrascht, wie leicht es ihr fiel. Nur manchmal machte sie der Entzug aggressiv, so zum Beispiel an dem Abend, an dem ihr Dan das Schneemobil brachte.

Er hatte sie in ein schickes Restaurant nach Great Falls ausführen wollen, doch im letzten Moment mußte sie ihm dann sagen, daß ihr einfach die Kraft dazu fehlte. Er hatte ziemlich verletzt reagiert und versucht, sie zu überreden, bis sie ihn schließlich anschrie.

Doch für Luke waren ihre Launen kein Problem. Er schien zu verstehen, wenn sie plötzlich wütend wurde oder in Tränen ausbrach. Dann nahm er sie in den Arm und hielt sie fest, bis sie zu weinen aufhörte, so wie an jenem ersten, frostkalten Morgen.

Während er ihr die Geschichte von dem Elch erzählte, fragte

sie sich erstaunt, wie er es als Sohn eines solchen Vaters geschafft hatte, so sanft und zärtlich zu sein. Er mußte es von seiner Mutter haben, einer Frau, deren freundliche Zurückhaltung Helen bisher nicht zu durchbrechen vermocht hatte.

Lukes Stottern wurde schlimmer.

»Mein V-V-Vater war st-st-stinksauer. Er w-w-wollte immer, daß ich so w-w-werde wie mein B-Bruder. Der hat schon mit z-z-zehn einen S-S-Sechsender geschossen.«

»Ich wußte gar nicht, daß Sie einen Bruder haben.«

Luke schluckte und nickte.

»Er ist t-t-tot. Starb v-v-vor fast elf J-J-Jahren.«

»Oh, das tut mir leid.«

»B-b-bei einem A-A-Autounfall. Er war f-f-fünfzehn.«

»Wie grausam.«

»Ja.«

Mit einem grimmigen, kurzen Lächeln sah er zu ihr herüber. Sie verstand, daß er nicht weiter darüber reden wollte. Dann wies er mit einem Kopfnicken auf den Empfänger am Armaturenbrett.

»W-W-Warum hören Sie nicht die Fallensignale ab? Vielleicht h-h-haben wir ja noch mal Glück gehabt.«

»Sie sind der Boß.«

Sie griff nach dem Empfänger und stellte ihn an. Es waren nur noch zwei Fallen einzusammeln. Die Chance, daß sie noch einen weiteren Wolf gefangen hatten, war gering. Schade, dachte Helen, vor Beginn der Jagdsaison hätte sie gern mindestens vier Tieren aus dem Rudel ein Halsband umgelegt – und davon am liebsten zwei Welpen.

Die meisten Jäger waren vernünftig und hielten sich an das Gesetz, doch gab es auch andere, die auf alles schossen, was sich bewegte. Wenn aber das Tier ein Halsband trug, überlegten sie es sich vielleicht.

Sie fand die Frequenz des Peilsenders der ersten Falle. Es war nichts zu hören.

Anders bei der zweiten.

Sie hatten die Falle an der Gabelung eines Wildwechsels für Rotwild aufgestellt, nicht weit von der Stelle, an der sie den weiblichen Welpen gefangen hatten. Der Pfad war auf beiden Seiten von steilen, mit Gebüsch und jungen Tannen bewachsenen Hängen umgeben. Nach dem Kot und den vielen Spuren zu schließen, die sie dort vorgefunden hatten, mußte es sich um eine Art Treffpunkt für Wölfe handeln. Man konnte direkt bis an den Wechsel fahren. Um aber keine allzu große Unruhe zu verbreiten, gingen sie das letzte Stück zu Fuß.

Sie hörten das jämmerliche Schreien schon von weitem, und als sie um die letzte Kurve bogen, sahen sie, wie sich das Gebüsch an der Weggabelung heftig bewegte. Sie legten ihre Rucksäcke ab, doch erst als Helen den Stock mit der Spritze vorbereitete, nahm sie einen seltsamen, schalen Geruch wahr, etwa wie nasses Hundefell, nur viel stärker. Auch das Schreien klang seltsam, ganz anders als die Laute, die sie von gefangenen Wölfen kannte. Und als sie, während Luke sich im Hintergrund hielt, vorsichtig durch die Büsche starrte, fand sie auch heraus, warum.

»O je«, sagte sie leise.

»Was ist?«

»Luke, wir sind doch hinter *Wölfen* her. Das hier ist ein Bär.«

Es war ein Jungtier, ein männlicher Grizzly, etwa acht oder neun Monate alt. Helen klemmte die Spritze an ihren Stock und drückte etwas von dem Beruhigungsmittel heraus, um Luftbläschen zu beseitigen.

»W-W-Wollen Sie ihn betäuben?«

»Tja, wir müssen sein Bein aus der Falle befreien. Er ist schon ein wenig übers Knuddelalter hinaus, meinen Sie nicht? Sehen Sie die Zähne und diese Klauen? Das ist kein Teddybär mehr. Wir müssen uns beeilen. Wahrscheinlich ist seine Mutter in der Nähe.«

In dem Versuch, sich zu befreien, hatte sich der kleine Bär mit der Ankerkette im Gebüsch verheddert, so daß ihm nicht mehr viel Bewegungsfreiheit blieb. Während Luke ihn ablenkte, gelang es Helen, hinter ihn zu schlüpfen und ihm die Spritze ins Hinterteil zu stoßen. Er schrie auf und fuhr zu ihr herum, doch da war das Beruhigungsmittel schon in seinem Körper.

Sie traten einige Schritte zurück und warteten darauf, daß das Medikament wirkte. Helen wußte, daß sie den Bären eigentlich wiegen und messen und all den Untersuchungen unterziehen sollte, die sie sonst an ihren Wölfen vornahm, um die Daten dann an jene Gruppe von Fish & Wildlife weiterzuleiten, die sich mit Grizzlys beschäftigte. Da aber möglicherweise die Mutter des kleinen Bären nicht weit war, sich im Augenblick vielleicht sogar überlegte, wer von ihnen beiden besser schmeckte, wollte Helen nicht allzuviel Zeit vergeuden.

»Wollen w-w-wir ihn untersuchen?«

»Wenn Sie wollen. Aber ich bin hier weg, sobald die Falle von seinem Bein ist.«

Das Knurren des kleinen Bären klang jetzt schläfrig. Als er sich hinlegte, knieten sie neben ihm nieder. Helen rümpfte die Nase.

»Er sollte mal sein Deodorant wechseln.«

»Yeah, meine Mutter sagt immer, die stinken wie Küchenabfall.«

Helen hebelte die Falle auf. Sein Bein blutete. Beim Herumzerren hatten sich die Bügel ins Fleisch gegraben. Luke wußte, was zu tun war, und reichte ihr zuerst ein Tuch, um die Wunde zu reinigen, und dann die antibiotische Salbe, um das Bein damit einzureiben.

»Ich gebe ihm lieber noch eine Spritze.«

Als Luke ihr die Spritze reichte, knackte irgendwo unter den Bäumen am Hang ein Ast. Sie erstarrten, sahen sich um und lauschten. Alles war still.

»Verschwinden wir«, flüsterte Helen. Rasch lud sie die Spritze und verabreichte dem kleinen Bären ein Antibiotikum. Dann reichte sie Luke die Spritze und sah noch einmal nach dem Bein. Es blutete nicht mehr. Doch als sie sich erneut zu Luke umwandte, bemerkte sie, daß sich sein Gesichtsausdruck verändert hatte. Er schaute hinauf in den Wald, und als sie seinem Blick folgte, entdeckte sie einen ausgewachsenen Grizzlybären, der sie unverwandt anstarrte. Er stand kaum zehn Meter von ihnen entfernt.

»Das ist nicht seine M-M-Mutter.«

»Stimmt. Der ist zu groß.«

Sie verhielten sich völlig still und murmelten, fast ohne die Lippen zu bewegen.

»Wenn wir den Kleinen liegenlassen, b-b-bringt er ihn um.«

Helen wußte, daß Luke recht hatte. Männliche Grizzlys töten alle männlichen Jungbären, die ihnen über den Weg laufen, sogar die eigenen. Langsam hob der Bär die vorderen Tatzen vom Boden und stellte sich dann auf die Hinterbeine. Er maß gut drei Meter, sah aber aus, als sei er zehn Meter groß und wiege um die vierhundert Kilo. Sein Fell war hell, gelblichbraun, an Ohren und Kehle aber dunkler, dort, wo das Haar silbrige Spitzen aufwies. Er streckte die Schnauze witternd in die Luft.

Helens Puls jagte. Sie dachte an das Pfefferspray, das Dan ihr für eine solche Begegnung gegeben hatte. Es verstaubte in einer Ecke der Hütte.

»Lassen Sie uns zum Auto gehen, Luke.«

»G-G-Gehen Sie ruhig. Ich bleibe bei dem K-K-Kleinen.«

»Hören Sie, ich bin hier der Held, und jetzt gehen Sie, aber langsam, ganz langsam.«

Er gab ihr den Stock mit der leeren Spritze.

»Danke, den schenk ich ihm als Zahnstocher.«

Während Luke zurückwich, behielt sie den Bären im Auge. Sie hatte schon oft einen Bären gesehen, doch nie zuvor einen

Grizzly. *Ursus arctos horribilis* lautete der lateinische Name, und im Augenblick fand sie, daß er recht gut zu ihm paßte. Seine Klauen sahen wie Küchenmesser aus. Hell und gebogen. Sie konnte kaum den Blick davon lösen.

Was zu tun war, wenn man einem *Horribilis* von Angesicht zu Angesicht gegenüberstand, nun, da gab es widersprüchliche Ratschläge: sich hinlegen und totstellen oder laut schreien und versuchen, ihn zu verscheuchen; reglos stehenbleiben oder sich zusammenrollen; langsam zurückweichen und dabei ruhig auf ihn einreden; auf einen Baum klettern; nicht auf einen Baum klettern. Nur in einem waren sich die Biologen einig, daß nämlich eine Flucht die reinste Zeitverschwendung war. Ein Grizzly brachte es auf sechzig Stundenkilometer. Deshalb, hatte Dan gesagt, sei es das beste, wenn sie stets das Pfefferspray dabei habe. Aber das befand sich nun mal in der Hütte.

Langsam und möglichst leise, den Bären aus den Augenwinkeln beobachtend, begann sie, ihre Utensilien in den Rucksack zu packen.

Der Bär ließ sich wieder auf alle viere fallen und lief in gemächlichem, schaukelndem Schritt einige Meter nach links, während der plumpe Schädel wie bei einem betrunkenen Matrosen von einer Seite zur anderen schwang. Dann machte er kehrt und lief denselben Weg zurück, schaute Helen an, wandte den Blick wieder ab und streckte immer wieder seine Nase in die Luft, als werde er nicht ganz schlau aus ihr.

Sie konnte den dunklen Höcker seiner Schultern und die Nackenhaare sehen, die sich langsam aufstellten, ein Anblick, bei dem sie panische Angst ergriff. Plötzlich schämte sie sich für ihr elendes Selbstmitleid in der letzten Zeit, für all die Male, als sie sich gewünscht hatte, tot zu sein. Vielleicht hatten ihre Gedanken diese Nemesis heraufbeschworen, um sie zu erlösen. Aber sie war noch nicht bereit. Plötzlich wurde ihr so klar wie nie zuvor, daß sie leben wollte.

Sie blickte auf den kleinen Bären zu ihren Füßen. Er war

immer noch bewußtlos. Dann fragte sie sich, ob Luke schon den Pickup erreicht hatte und warum zum Teufel sie nicht mit ihm gegangen war. Weshalb riskierte sie ihr Leben für ein Geschöpf, das ihr ohne Skrupel den Kopf abbeißen würde, wenn es dazu Gelegenheit hätte?

Jetzt hörte sie hinter sich den Wagen und sah, wie der große Grizzly ihn entdeckte. Er hielt inne, wirkte aber keineswegs eingeschüchtert, sondern höchstens ein wenig irritiert. Sie überlegte, was sie tun sollten, wenn Luke da war. Sie mußten versuchen, den kleinen Bären auf die Ladefläche zu hieven, und beten, daß der große Grizzly sie gewähren ließ.

Dem Geräusch nach zu urteilen, kam der Pickup näher. Sie hörte Buzz bellen und dann Luke, der ihm befahl, ruhig zu sein. Der große Bär beobachtete all dies aufmerksam, doch seinen eng angelegten Ohren nach zu urteilen, schien er nicht allzuviel davon zu halten. Helen wußte, daß dies kein gutes Zeichen war.

Langsam wandte sie den Kopf und sah, wie Luke vorsichtig aus dem Wagen stieg. Er ließ den Motor laufen. Buzz saß im Auto, die Vorderpfoten auf dem Armaturenbrett, und bellte, als ginge es um sein Leben. Als Luke auf Helen zukam, streifte sie sich gerade beide Trageriemen des Rucksacks über eine Schulter.

»Schnell, tragen wir das kleine Monster zum Wagen«, sagte Helen.

Sie packten den Bären jeweils an einem Ende und hoben ihn hoch; er wog an die dreißig Kilo. Unterdessen behielten sie den ausgewachsenen Bären im Auge, und der ließ plötzlich ein lautes, trockenes Bellen hören, dann noch eins. Der Schädel schwang aufgeregt hin und her.

»Das sieht nicht gut aus.«

»Das h-h-heißt, daß er uns g-g-gleich angreift.«

»Wenn er kommt, lassen wir den Kleinen hier fallen und verschwinden im Laster, okay?«

»Okay.«

Plötzlich machte der große Grizzly ein lautes, knirschendes Geräusch mit den Zähnen. »Er k-k-kommt!«

Helen drehte sich um und sah, wie der Bär den Hang hinunter auf sie zupreschte. Im selben Augenblick rutschte ihr der Rucksack von der Schulter, und als sie ihn wieder hochziehen wollte, glitt ihr der kleine Bär aus den Händen.

»Scheiße!«

Sie ließ den Rucksack fallen, griff nach dem kleinen Bären und blickte über die Schulter auf den Angreifer. Der Hang war dicht mit Gebüsch und jungen Bäumen bewachsen, aber der Grizzly brach durchs Unterholz wie ein Schneepflug.

Sie hatten den Pickup erreicht. Helen hechtete auf den Türgriff zu. Dabei glitt ihr fast der kleine Bär wieder aus den Händen. Buzz randalierte wie ein Wahnsinniger auf dem Beifahrersitz.

»Sollen w-w-wir ihn nicht lieber auf die L-L-Ladefläche legen?«

»Nein, hier rein. Schnell!«

Sie schoben den Bären in den Fußbereich des Beifahrersitzes, dann drängte Helen Buzz auf die andere Seite und sprang hinterher. Der große Grizzly hatte den Weg erreicht, war nur noch knapp zehn Meter entfernt und kam mit großen, wiegenden Schritten auf sie zu.

Helen klemmte sich hinters Steuer, während Buzz eingekeilt zwischen ihr und dem Seitenfenster hockte und ihr wie verrückt ins linke Ohr bellte. Zu ihrem Entsetzen sah sie, daß Luke zurückgerannt war, um ihren Rucksack zu holen.

»Luke! Laß ihn liegen, komm her!«

Doch er hatte es fast geschafft. Der Bär kam immer näher. Luke packte den Rucksack, aber gerade als er sich umdrehen wollte, rutschte er auf dem schlammigen Boden aus und fiel hin.

»Luke!«

Sie hämmerte mit der Faust auf die Hupe, die laut aufgellte, aber der Bär zuckte nicht mal zusammen. Er war kaum zwei Meter von der Stelle entfernt, an der Luke versuchte, wieder auf die Beine zu kommen. Er konnte den Pickup unmöglich noch rechtzeitig erreichen. Helen schrie.

Plötzlich wurde der Bär zur Seite gefegt, und einen Augenblick lang schien alles nur noch ein Gewirr aus braunem Fell zu sein. Dann begriff Helen, was passiert war. Ein zweiter Bär, vermutlich die Mutter des Kleinen, hatte angegriffen. Und durch die Wucht des Aufpralls war das Männchen in die Büsche geschleudert worden, wohin ihm das Weibchen nun brüllend nachsetzte.

»Luke, komm schon!«

Er hatte es fast geschafft. Doch das Männchen wollte sich nicht so einfach geschlagen geben. Es fegte das Muttertier beiseite und stürzte wieder auf den Pickup zu.

»Er kommt! Schnell, steig ein!«

Luke sprang auf den Beifahrersitz, schwang die Beine über den kleinen Bären und streckte die Hand nach der Tür aus, um sie zu schließen, als das Männchen sie mit einem einzigen Tatzenhieb aus der Verankerung riß und ins Gebüsch schleuderte.

»F-Fahr, Helen, FAHR!«

Krachend legte Helen den Rückwärtsgang ein und trat aufs Gaspedal, so daß der Pickup den Weg hinunterschlingerte, über den Hang rutschte und die Räder Dreck und Steine auf den Grizzly regnen ließen, der einen Augenblick lang verdutzt stehenblieb.

»Jetzt halt endlich das Maul, Buzz!« schrie Helen.

Sie sah rückwärts aus dem Fenster und versuchte, den Wagen zu steuern und Buzz zugleich gegen die Fahrertür zu drücken.

»Folgt er uns?«

»Nein…«

»Gott sei Dank.«

»Doch.«

»Scheiße!«

»Alle beide. Und der Kleine wacht wieder auf.«

»Na, phantastisch.«

Weiter unten auf dem Weg, etwa auf halber Strecke bis zu der Stelle, an der der Wagen vorher gestanden hatte, gab es, wenn sie sich recht erinnerte, eine Stelle, die breit genug zum Wenden war. Die Frage lautete nur, ob sie genug Zeit dazu hatten, bevor die Bären sie einholten. Helen wagte es nicht, sich zum Grizzly umzudrehen, da sie fürchtete, sonst vom Weg abzukommen.

»Ist er immer noch hinter uns her?«

»Yeah. Und er holt auf.«

Dann sah sie den Wendeplatz und beschloß, das Risiko einzugehen. Sie sagte Luke, er solle sich festhalten, stieg auf die Bremse und riß den Pickup herum. Der Wagen machte einen Satz, kippte, bis er nur noch auf zwei Rädern stand und Helen einen entsetzlichen Moment lang glaubte, sie würden sich überschlagen, krachte dann aber wieder auf den Boden – und Helen schaute dem Grizzly direkt ins Gesicht. Er schlitterte und prallte gleich darauf gegen die Fahrerseite, so daß der ganze Wagen wackelte. Buzz nutzte die Chance, schlüpfte unter Helens Arm durch und stürzte sich auf den kleinen, gerade wieder aufwachenden Bären.

Sie legte den ersten Gang ein. Der Grizzly preßte zähnefletschend das Gesicht gegen das Fenster.

»Tut mir leid, Kumpel, kein Platz mehr frei!« rief sie. »Und tschüs!«

Und während Buzz und der kleine Bär versuchten, sich gegenseitig zwischen Lukes Beinen umzubringen, jagten sie den Weg hinunter und überließen es dem großen Grizzly, sich mit der Mutter des Kleinen zu beschäftigen.

Helen steuerte mit einer Hand, fuhr so schnell sie konnte und packte mit der anderen Buzz am Halsband. Luke setzte sich währenddessen mit dem kleinen Bären auseinander. Zwei Meilen weiter hatte der sich so weit erholt, daß er klaffende Löcher in Lukes Jeans reißen und ihm ein Stück vom Stiefel herausbeißen konnte.

Helen nahm an, daß sie weit genug von den ausgewachsenen Tieren entfernt waren, so daß der Kleine eine gute Überlebenschance hatte. Mit etwas Glück würde er seine Mutter wiederfinden. Helen hielt an, und ohne weitere Umstände warfen sie den Kleinen durch die fehlende Tür aus dem Wagen. Und während der ans Steuer gebundene Buzz noch wie verrückt bellte, schauten Luke und Helen dem kleinen Bären nach, der mißmutig im Gebüsch verschwand.

»Bitte, gern geschehen!« rief Helen ihm nach.

Sie legte eine Hand auf Lukes Schulter und stützte sich auf ihn. Er schüttelte grinsend den Kopf.

»V-V-Vielleicht sollten wir doch lieber bei den Wölfen bleiben.«

An diesem Abend begann es zu schneien. Da es windstill war, fiel der Schnee in schweren Flocken herab und blieb auf der Fensterbank liegen, während Helen und Luke drinnen kochten, aßen und lachend die Ereignisse des Tages rekapitulierten.

Nach dem Essen zogen sie sich warm an und fuhren, ehe Luke nach Hause ritt, mit dem Schneemobil hoch hinauf in den Wald. Die Schneeflocken wirbelten im Licht der Scheinwerfer durch die Luft. Luke saß hinter ihr und hielt sich fest, indem er – ganz vorschriftsmäßig – die Arme um sie schlang. Helen fand es angenehm, so gehalten zu werden. Sie fuhren dorthin, wo sie die Wölfe vermuteten. Als sie anhielten, hörte es auf zu schneien. Die Wolken rissen auf, und die schmale Sichel des Mondes trat hervor.

Helen stellte den Motor ab. Eine Weile standen sie einfach nur da und lauschten auf das gedämpfte Schweigen des Waldes.

Dann nahmen sie die Taschenlampe und den Empfänger und gingen mit knirschenden Schritten über den Schnee.

Sie spürten die Signale sofort auf, da sie laut und vernehmlich in der kristallklaren Luft klickten, und wußten, daß die Wölfe sich in unmittelbarer Nähe befanden. Im Strahl ihrer Taschenlampe entdeckten sie noch ganz frische Spuren.

Helen knipste die Lampe aus, und sie blieben reglos stehen, um zu lauschen. Nur hin und wieder war der Schnee zu hören, der manchmal von den Bäumen fiel.

»Heulen Sie«, flüsterte Helen.

Er hatte einige Male gehört, wie sie das Heulen eines Wolfs imitiert hatte, erfolglos übrigens, hatte es aber nie selbst versucht. Er schüttelte den Kopf.

»Versuchen Sie es«, sagte sie leise.

»Ich k-k-kann nicht. Da k-k-kommt nichts …«

Er deutete auf seinen Mund, und Helen begriff, daß er Angst hatte, seine Stimme würde ihn im Stich lassen.

»Ich bin's doch nur, Luke.«

Er schaute sie lange an. Und sie sah in seinen traurigen Augen, was er für sie empfand, doch das wußte sie längst. Sie zog einen Handschuh aus und berührte lächelnd sein kaltes Gesicht. Sie fühlte, wie er unter ihrer Berührung zusammenzuckte. Und als sie die Hand wieder wegzog, legte er den Kopf in den Nacken und stieß ein langes, klagendes Heulen aus.

Und noch ehe es verklungen war, wehte über die schneebedeckten Wipfel der Bäume des Cañons die Antwort der Wölfe herüber.

WINTER

24

Niemand bemerkte die Rückkehr des Wolfsjägers nach Hope.

In der Nacht vor Thanksgiving, als der geräumte Schnee aufgetürmt an den Straßenrändern lag und das Salz auf dem Asphalt glitzerte, glitt sein silberner Trailer wie ein Geisterschiff in die Stadt.

J.J. Lovelace saß allein in dem alten, grauen Chevy, mit dem er stets fuhr, wenn er mit dem Trailer unterwegs war. Als er zur Kreuzung an der alten Schule kam, stellte er die Scheinwerfer aus und ließ den Wagen langsam ausrollen.

Hinter den Bäumen auf der anderen Straßenseite befand sich der Friedhof, auf dem seine Mutter lag, die er nie kennengelernt hatte. Doch Lovelace sah nicht hinüber, dachte nicht einmal daran. Statt dessen schaute er mit zusammengekniffenen Augen die dunkle Hauptstraße entlang und registrierte zufrieden, daß kein Mensch zu sehen war. Er fuhr an, ließ die Kreuzung hinter sich und rollte mit Standlicht durch die Stadt.

Sie sah ganz so aus, wie er sie in Erinnerung hatte. Die modernen Autos ausgenommen, deren Windschutzscheiben zum Schutz vor dem Frost abgedeckt waren. Manche Namen über den Schaufenstern der Geschäfte hatten sich geändert, an der Tankstelle standen neue Säulen, und an einem Drahtseil über der Straße schwankte eine neue Ampel im Wind, deren rotes Licht verloren in der Dunkelheit leuchtete.

Lovelace hegte keine besonderen Gefühle für Hope. Und keine Erinnerungen, weder gute noch schlechte, wurden von dieser geisterhaften Fahrt durch einen Ort geweckt, den er einst sein Zuhause genannt hatte. Für ihn war es bloß eine von vielen gesichtslosen Städten.

Buck Calder hatte ihm eine Karte geschickt und eingezeichnet, wie er zu den Hicks fand, bei denen er seinen Trailer abstellen sollte. Aber Lovelace brauchte keine Karte. Er konnte sich gut an den Weg erinnern, führte er doch am alten Haus seines Vaters vorbei. Lovelace fragte sich, ob er etwas empfinden würde, wenn er es wiedersah.

Er hatte Calder gesagt, daß er spät eintreffen werde und es nicht nötig sei, seinetwegen aufzubleiben. Bei einem Job wie diesem kam man am besten ungesehen und blieb ungesehen. Deshalb hatte er gewartet, bis die Jagdsaison vorüber und die neugierigen Amateurjäger wieder aus der Bergwelt verschwunden waren.

Sobald er die Stadt verlassen hatte, schaltete er das Abblendlicht ein. Fünf Meilen weit folgte er den Schneefurchen auf dem Schotterweg, doch das einzige Lebenszeichen, das er entdeckte, war eine Eule, die auf einem Zaunpfosten hockte und ihn mit ihren riesigen Augen beobachtete.

Das Tor zum alten Haus seines Vaters war von Unkraut überwuchert und verschwand fast unter Schneewehen. Lovelace hielt so an, daß die Scheinwerfer das Haus anstrahlten. Wenn er den Motor ausmachte und das Fenster herunterkurbelte, hörte er vielleicht den Hope River rauschen. Aber er tat es nicht. Es war eine frostkalte Nacht, und die Kälte steckte ihm in den alten Knochen.

Er konnte das Haus deutlich durch die kahlen Äste der Pappeln erkennen. Es stand seit langem leer, das sah man auf den ersten Blick. Ein zerbrochenes Fliegengitter hing an jenem Fenster, hinter dem einmal die Küche gewesen war, und das Wrack eines Wohnwagens stand mit klaffendem Dach auf dem Hof. Schnee hatte sich vor den Fenstern aufgetürmt, als wären sie mit Leichentüchern verhangen.

Lovelace wußte, daß solche Augenblicke gewöhnlich nostalgische Gefühle heraufbeschworen, aber er empfand überhaupt nichts, so sehr er sich auch bemühte. Am ehesten überraschte ihn noch, daß kein Stadtmensch das Haus abgerissen und sich ein modernes Wochenendhäuschen hingestellt hatte. Er schlug das Lenkrad ein und fuhr ins Tal.

Endlich sah er den mächtigen Torbogen der Calder-Ranch mit dem Ochsenschädel darüber, der eine Mütze aus Schnee trug und all jene im Auge behielt, die sich der Ranch näherten. Eine Meile dahinter befand sich das Ranchhaus. Auf dem Hof brannte Licht, und Lovelace konnte parkende Autos und zwei Hunde sehen, die aus einer der Scheunen gerannt kamen, dann aber stehenblieben, als er nach links auf den Weg zur Hicks-Ranch einbog.

Als er sie erreichte, stellte er den Trailer unter einigen hohen Bäumen hinter den Scheunen ab, wo er, so Calder, nicht einmal aus der Luft gesehen werden konnte. Außer ihm wußten nur Hicks und seine Frau, daß und warum er komme, hatte Calder versichert.

Der eisige Wind schlug ihm ins Gesicht, als er aus dem Wagen stieg. Es mußten an die vierzehn, fünfzehn Grad minus sein. Er klappte die Ohrschützer seiner Fellmütze herunter und ging zurück zum Trailer, vorbei an dem Schneemobil, das auf der Ladefläche seines Chevys stand. Die Stiefel versanken mit lautem Knirschen im überfrorenen Schnee. Im Haus bellte ein alter Hund.

Vor der Tür zum Trailer blieb er stehen und schaute zum Himmel. Er war sternenklar, doch Lovelace hätte sich Wolken gewünscht, die die Kälte ein wenig linderten.

Im Trailer zündete er eine Lampe an und stellte einen Topf Milch auf den Spiritusofen. Dann setzte er sich zitternd vor Kälte auf die Pritsche, um zu warten, und versuchte sich die Hände unter den Achseln zu wärmen. Als die Milch warm war, goß er sie in einen Becher, wölbte die Hände darum und trank. Sie wärmte ihn nicht.

Im Trailer gab es einen Holzofen, aber ihm fehlte die nötige Kraft, ihn in Gang zu setzen. Der Wagen war ein Arbeits-, kein Luxusgefährt. Er sah wie eine kleinere Ausgabe seiner Fallenkammer aus und war etwa sechs Meter lang; ein schmaler, mit Linoleum ausgelegter Gang führte von Pritsche und Kochnische im vorderen Teil zu Tisch und Werkbank am anderen Ende. Die Ausrüstung hatte Lovelace in Holzschränken im ganzen Trailer versteckt. Er hatte sie selbst gebaut und eingepaßt, und nur er kannte die verborgenen Türen, hinter denen er jene Dinge aufbewahrte, die seinen wahren Beruf verrieten: die Fallen, Schlingen und Töpfe mit Köderfleisch sowie das zerlegbare deutsche »Heckenschützengewehr« mit dem aufschraubbaren Schalldämpfer und dem Lasernachtsichtgerät, den Empfänger, mit dem er halsbandtragende Wölfe aufspürte, und die M44-Zyanidgas»killer«, das einzige Gift, das er allerdings nur selten einsetzte, da er wußte, wie sehr sein Vater dies mißbilligt hätte. Er hatte fast einen Monat gebraucht, um alles wieder auf Vordermann zu bringen.

Er trank den letzten Schluck Milch. Ihm war ebenso kalt wie zuvor, also schwang er die Beine auf die Pritsche, legte sich hin, immer noch mit Mantel, Mütze, Stiefeln und Handschuhen, und deckte sich mit Wolfsfelldecken und dem alten Quilt zu, den Winnie einmal für ihr gemeinsames Bett genäht hatte. Anschließend löschte er die Lampe.

Er lag reglos da und versuchte, sich von der Kälte abzulenken, indem er an den Job dachte, mit dem er morgen beginnen wollte. Sein letzter Auftrag war eine Weile her, doch er zweifelte nicht daran, der Aufgabe gewachsen zu sein. Trotz seines Alters konnte er sich noch mit den Jungen messen.

»Reichen wir uns die Hände«, sagte Buck Calder.

Sie saßen alle am langen Tisch, der im Wohnzimmer aufgestellt worden war. Dampfschwaden stiegen von dem riesigen, goldbraunen Truthahn auf, der inmitten einer Vielzahl von

Schüsseln auf einer Platte thronte. Helen wandte sich Luke zu, der neben ihr saß, und reichte ihm die Hand. Er griff lächelnd danach und senkte den Blick, damit sein Vater das Gebet sprechen konnte. Einen Augenblick lang war nur das Knistern der großen Scheite im Kamin zu hören.

»Lieber Gott, wir danken Dir dafür, daß Du unsere Vorväter wohlbehalten durch dies große Land geführt und ihnen geholfen hast, unzählige Gefahren und Hindernisse zu überwinden, so daß sie dies, unser Heim, zu einem sicheren Ort machen konnten. Möge ihr Mut und ihre Gesinnung uns leiten, und mögen wir uns der Früchte Deiner Liebe würdig erweisen, die heute vor uns ausgebreitet liegen. Amen.«

»Amen.«

Alle begannen zugleich zu reden, und das Thanksgivingmahl begann.

Sie waren fünfzehn, Kathy Hicks' Baby mitgezählt, das stolz zwischen seinen Eltern auf einem mit dem Tisch verschraubten Kinderstuhl saß. Lukes Schwester Lane und ihr Mann Bob waren aus Bozeman herübergekommen. Lane war Lehrerin an der High-School und sah nicht nur wie ihre Mutter aus, sondern war ihr auch charakterlich ähnlich. Bob schien einzig über Grundstückspreise reden zu können, und genau das tat er gerade mit Doug Millward, der mit Hettie und seinen drei Kindern gekommen war. Außer Helen war Ruth Michaels die einzige, die nicht zur Familie oder zum Freundeskreis gehörte; sie wirkte noch viel verkrampfter als Helen.

Helen hatte die Einladung nur auf Lukes Drängen hin angenommen und sich gefragt, wie sein Vater sich verhalten würde, denn sie wußte nicht, ob sie schon genügend Selbstvertrauen besaß, um sich noch einmal mit ihm anzulegen. Doch sie hätte sich keine Sorgen zu machen brauchen. Genau wie alle anderen gab sich Buck Calder ihr gegenüber äußerst charmant.

Helen hatte Kathy vor dem Essen beim Tischdecken geholfen und sich zum erstenmal richtig mit ihr unterhalten. Es beeindruckte Helen, wie intelligent und lustig sie war, doch was sie an Clyde fand, blieb ihr ein Rätsel. Allerdings wußte Helen aus eigener Erfahrung, daß die Partnerwahl für Außenstehende nicht immer nachvollziehbar war. Als sie sich zum Essen an den Tisch setzten, war Helen, gestärkt durch Lukes Anwesenheit an ihrer Seite, froh, gekommen zu sein.

Sie genoß das ausgezeichnete Essen im Familienkreis und in einem richtigen Heim, auch wenn es nicht ihr eigenes war. Dreimal ließ sie sich vom Truthahn nachgeben, und Doug Millward, der ihr gegenüber saß, machte sich einen Spaß daraus, ihr immer neue Schüsseln zu reichen.

Und erst als ihr Teller leer war, kam das Gespräch auf Wölfe.

»Was ist, Buck?« fragte Hettie Millward. »Haben Sie in dieser Saison einen Elch geschossen?«

»Nein, Ma'am, hab ich nicht.«

»Er ist noch nie ein besonders guter Schütze gewesen«, flüsterte Doug Millward Helen zu, doch so laut, daß es jeder verstehen konnte, und alle lachten. Dann sagte Clyde: »Ich hab mit Pete Neuberg vom Jagdgeschäft geredet, wißt ihr? Und er meint, es ist die schlechteste Jagdsaison seit Jahren gewesen. Zuwenig Hirsche und Elche. Er sagt, es liegt an den Wölfen.«

Kathy verdrehte die Augen. »Angeblich sind sie auch fürs schlechte Wetter verantwortlich.«

»Können Wölfe denn das Wetter machen?« fragte der kleine Charlie Millward.

Seine Schwester Lucy versetzte ihm einen Stoß in die Rippen. »Das war doch bloß ein Witz, du Esel.«

Einen Augenblick herrschte Stille. Helen sah, daß Buck Calder sie beobachtete.

»Glauben Sie das auch, Helen?« fragte er.

»Daß sie fürs Wetter verantwortlich sind?«

Sie bedauerte die freche Bemerkung, sobald ihr die Worte entschlüpft waren. Das Gelächter, das sie hervorriefen, veränderte unmerklich Calders Lächeln, und Helen spürte, wie sich Luke auf seinem Stuhl wand. Hastig fuhr sie fort: »Sicher, sie reißen Elche und Hirsche, denn davon ernähren sie sich hauptsächlich, also dürfte ihre Anwesenheit nicht ganz ohne Auswirkung bleiben.«

Clyde schnaubte verächtlich und zog sich damit einen strafenden Blick seiner Frau zu. Luke beugte sich vor und räusperte sich.

»Wir h-h-haben in den letzten W-W-Wochen ziemlich viele Elche und Hirsche gesehen.«

»Haben wir«, sagte Helen. »Das stimmt.«

Einen Moment lang sprach niemand ein Wort. Eleanor stand auf, um das Geschirr abzuräumen.

»Tja, ich weiß nicht«, sagte sie, »wenigstens reißen sie kein Vieh mehr.«

»An meines haben sie sich sowieso nie rangewagt«, sagte Doug Millward.

Luke zuckte die Achseln. »Schmeckt w-w-wahrscheinlich nicht so gut.«

Alle, selbst Lukes Vater, brüllten vor Lachen, und die Unterhaltung wandte sich wieder anderen Themen zu. Als niemand hinschaute, wandte sich Helen Luke zu.

»Danke, Partner«, sagte sie leise.

An diesen Blick und die Berührung ihrer Hände, als sein Vater das Gebet sprach, mußte Luke noch lange denken.

Es machte ihn stolz, daß sie ihn Partner genannt hatte. Und wie er an diesem Abend so neben ihr gesessen hatte, war er sich fast wie ihr Freund vorgekommen. Wenn so viele Leute um einen Tisch saßen, hielt er normalerweise den Mund, damit er nicht stotterte. Doch Helen an seiner Seite zu wissen gab ihm so großes Selbstvertrauen, daß er sie ohne nachzudenken verteidigt hatte. Ja, er hatte sogar einen Witz gemacht.

Luke kam es so vor, als wären sie sich in den folgenden zwei

Wochen noch nähergekommen. Doch wenn er von ihr träumte, und das tat er oft, dann war sie immer mit jemand anderem zusammen, erkannte ihn nicht oder lachte ihn aus, jenen Traum ausgenommen, den er in der letzten Nacht gehabt hatte.

Er spazierte mit ihr am äußersten Rand des Meeres auf einem langgezogenen, weißen, von Palmen gesäumten, wunderschönen Sandstrand, so wie man ihn aus Reisebroschüren kennt. Sie trug ein gelbes, schulterfreies Kleid. Die sanften Wellen spülten über den Sand und schäumten um ihre nackten Füße. Das Wasser war warm und klar, und in den Wellen konnte er, kurz bevor sie sich brachen, große Schwärme von Fischen erkennen.

Er zeigte sie ihr, und Helen blieb stehen. Ihre Schultern berührten sich, und beide sahen zu, wie diese Fische in allen nur erdenklichen Farben und Formen in vollendeter Harmonie hierhin und dorthin flitzten.

Es war einer jener Träume, von denen man weiß, daß sie Träume sind, noch während sie andauern, jene Art Traum, die sich verflüchtigt, wenn die Wirklichkeit einbricht, wie sehr man sich auch daran klammert. Doch Luke hatte herausgefunden, daß es manchmal im Schwebezustand zwischen Schlaf und Wachen einen Augenblick gab, in dem man die Ereignisse bestimmen konnte. Und so war es an diesem Morgen gewesen. Er hatte sich gewünscht, daß Helen sich zu ihm umdrehte, und das hatte sie auch getan. Und in der Sekunde, ehe er wach wurde, hatte sie sich mit ihrem Mund dem seinen genähert, und beinahe hätten sie sich geküßt.

Er dachte an diesen Traum, während er sich duschte und rasierte. Er wußte, daß er ihn den ganzen Tag über immer wieder durchleben würde. Der Anlaß für diesen Traum war ganz offensichtlich der Brief ihres Vaters, den Helen gestern erhalten hatte, ein Brief mit der Einladung zur Hochzeit und einem Flugticket nach Barbados. In drei Wochen schon würde sie fliegen und länger als eine Woche über Weihnachten wegbleiben.

Luke zog sich an und ging nach unten, um zu frühstücken.

Es war Viertel vor acht. An jedem anderen Tag wäre er bereits seit zwei Stunden auf und mit Helen im Wald unterwegs gewesen. Doch heute war Mittwoch: Sprachtherapie. Seine Mutter hatte er bereits fortfahren hören. Da es nicht mehr lang bis Weihnachten war, half sie Ruth nun fast jeden Tag im Laden.

Das Büro seines Vaters ging direkt vom Wohnzimmer ab. Er ließ die Tür stets offen, damit er genau verfolgen konnte, was sich im Haus tat. Als Luke die Treppe herunterkam, sah er ihn am Computer sitzen, eine Zigarre zwischen den Zähnen.

»Luke?«

»Ja, Sir.«

»Morgen.«

»M-Morgen.«

Sein Vater machte die Zigarre aus, nahm die Brille mit den Halbgläsern ab, die er zum Lesen benutzte, und lehnte sich dann in seinem schweren Ledersessel zurück.

»Heute nicht draußen bei Helen?«

»Nein, Sir. Heute ist T-T-Therapietag.«

»Ach ja, richtig.«

Sein Vater stand auf und kam ins Wohnzimmer. Er hatte diese freundliche, liebenswürdige Miene aufgesetzt, die Luke stets so mißtrauisch machte.

»Frühstückst du jetzt?«

»Ja, Sir.«

»Ich trinke einen Kaffee mit.«

Sein Vater ging vor ihm her in die Küche, nahm die Kanne aus der Kaffeemaschine, schenkte zwei Tassen ein und setzte sich damit an den Tisch. Luke trank nie Kaffee, aber sein Vater vergaß das immer wieder. Luke holte sich seine Cornflakes und nahm ihm gegenüber Platz.

Er wußte, was jetzt kam. In letzter Zeit hatte es eine ganze Reihe dieser kumpelhaften Gespräche unter vier Augen über seine Arbeit mit Helen gegeben. Erst gestern wollte sein Vater etwas über die Frequenzen der Peilsender wissen. Es war schon merkwürdig. Hätte der Typ vorher auch nur das geringste Interesse an Lukes Leben gezeigt, wären manche Dinge sicher ganz anders gelaufen.

»Und? Wie steht's mit der Therapie?«

»G-G-Ganz gut.«

»Muß die arme Helen heute ganz allein zurechtkommen, wie?«

Luke lächelte. »Yeah.«

Sein Vater nickte nachdenklich und trank einen Schluck Kaffee.

»Und wie ist gestern die Wolfssuche verlaufen?«

»G-G-Gut.«

»Wo treiben sie sich denn jetzt so rum?«

»Ach, d-d-die sind mal hier, m-m-mal da.«

»Ja, aber gestern zum Beispiel, wo waren sie da genau?«

Luke schluckte. Ausweichend zu antworten fiel ihm leicht, aber er war überfordert, wenn es um eine klare Lüge ging. Sein Stottern verriet ihn fast immer, und sein Vater beobachtete ihn genau.

»G-G-Gestern waren sie w-w-weit oben. Direkt am K-K-Kamm.«

»Ach ja?«

»Ja, u-u-ungefähr zehn M-M-Meilen südlich der g-g-großen Felswand.«

»Was du nicht sagst!«

Luke merkte, wie sich die Miene seines Vaters verfinsterte, und ärgerte sich, weil er sich so dumm angestellt hatte. Selbst ein Kind wäre nicht auf diese Lüge hereingefallen. Verlegen schaute er auf die Uhr.

»Ich m-m-muß jetzt los.«

»Die Wege sind frei. Clyde hat heute früh schon geräumt.«

Luke stand auf und stellte die leere Schale in die Spülmaschine. Dann griff er nach dem Autoschlüssel, nahm Hut und Jacke vom Haken an der Tür. Dabei spürte er, daß ihn sein Vater nicht aus den Augen ließ.

»Fahr vorsichtig, Luke.«

Die Stimme klang kalt und ausdruckslos. Luke zog den Reißverschluß seiner Jacke zu.

»Mach ich, Sir.«

Er öffnete die Tür und floh.

Die Sitzung mit Joan lief gut.

Sie erzählte ihm von einer neuen Therapiemethode, bei der man den Stotterer auf Video aufnahm. Anschließend schnitt man das Stottern heraus und zeigte ihm, wie es aussah und klang, wenn er fließend redete. Offenbar habe man damit großartige Ergebnisse erzielt, sagte Joan, doch wollte sie seinetwegen kein Geld zum Fenster hinauswerfen, da er in der ganzen Stunde sowieso kaum gestottert habe.

Als sie sich verabschiedeten, legte sie eine Hand auf seinen Arm und sagte, daß er sehr glücklich aussehe. Er hatte sich tatsächlich noch nie in seinem Leben so gut gefühlt, und auf dem Weg zu seinem Wagen fragte er sich, woran sie das sah.

Von der Klinik fuhr er quer durch die Stadt zum Supermarkt, um ein paar Sachen einzukaufen, die er für Helen besorgen sollte. Er parkte seinen Jeep zwischen den Schneehaufen auf dem frisch geräumten Platz. Kaum war er ausgestiegen, sah er Cheryl Snyder und Jerry Kruger auf sich zukommen. Sie hatten ihn schon entdeckt, also gab es kein Entrinnen. Kruger hatte einen Arm um sie gelegt und gab mächtig damit an, als wollte er der Welt zeigen, daß sie beide jetzt zusammengehörten.

»Hey, Cooks! Wie läuft's denn so?«

»Hi, Luke.«

Sie blieben stehen und plauderten ein paar Minuten miteinander; eigentlich hörte Luke mehr zu, während Kruger endlos redete und Witze riß, die Cheryl nicht mal ein Lächeln entlockten. Was sie gerade an diesem Typ fand, konnte Luke sich nicht vorstellen. Schließlich sagte er, daß er jetzt seine Einkäufe erledigen müsse, und sie verabschiedeten sich. Nach einigen Schritten rief Kruger ihm nach: »Hey, Cooks! Herzlichen Glückwunsch!«

Luke drehte sich um und sah ihn stirnrunzelnd an.

»Hab gehört, dich hat endlich eine rangelassen!«

»Was?«

Cheryl gab ihm einen Stoß in die Rippen und sagte, er solle den Mund halten, doch Kruger schenkte ihr keine Beachtung.

»Ach, komm schon. Die Wolfsfrau! Weiß doch jeder.«

Er stieß ein Heulen aus, genau wie damals auf dem Jahrmarkt, dann begann er zu lachen. Cheryl riß sich von ihm los.

»Laß ihn doch reden, Luke«, sagte sie.

»Ich h-h-helf ihr bloß, sonst nichts.«

»Glaub ich dir aufs Wort«, sagte Kruger, »kommt bloß drauf an, bei was!«

Cheryl versetzte ihm einen ärgerlichen Stoß in die Rippen. »Du bist einfach widerlich, Jerry. Halt den Mund, ja?«

Wie benommen lief Luke durch die Gänge im Supermarkt. Er wußte, daß in Hope wie in jeder Kleinstadt geklatscht wurde, erlebte es aber zum erstenmal, daß es dabei um ihn ging.

Er hoffte nur, daß Helen nichts davon erfuhr.

Eleanor steckte den Stern oben auf den Weihnachtsbaum im Schaufenster und trat einen Schritt zurück.

»Kommen Sie, den schauen wir uns von draußen an«, sagte Ruth.

Eleanor folgte ihr auf den Bürgersteig hinaus. Ein eisiger Wind fegte durch die Hauptstraße und wirbelte die bunten

Lichterketten durcheinander, die im Zickzack zwischen den einzelnen Läden gespannt waren. Die beiden Frauen standen vor dem Paragon, strichen sich das Haar aus dem Gesicht und bewunderten Eleanors Werk.

»Sieht wunderschön aus«, sagte Ruth. »Wenn ich Weihnachtsbäume schmücke, sehen die immer irgendwie jüdisch aus.«

Eleanor lachte. »Wie kann denn ein Baum jüdisch aussehen?«

Ruth zuckte die Achseln. »Weiß nicht. Ist einfach so. Sie sind Katholikin, oder?«

»So geboren, so aufgewachsen und so vom Glauben abgefallen.«

»Das merkt man. Ich meine, das mit dem ›geboren und aufgewachsen‹. Katholiken sind einfach einsame Spitze beim Weihnachtsbaumschmücken.«

Wieder mußte Eleanor lachen. »Ruth, ich hol mir hier draußen in der Kälte noch den Tod.«

Sie gingen wieder hinein, und während Ruth einige Kunden bediente, die sich schon eine Weile im Laden umgesehen hatten, kümmerte sich Eleanor weiterhin um die Dekoration.

Sie hatte am Morgen ein paar grüne Zweige und eine Stehleiter von der Ranch mitgebracht. Es war Jahre her, daß sie zuletzt Weihnachtsschmuck aufgehängt hatte. Zu Hause machte sich niemand mehr die Mühe, doch hier bereitete ihr die Arbeit eine fast kindliche Freude. Draußen wurde es dunkel, und im Fenster verbreiteten die Weihnachtskerzen am Baum ein warmes Licht.

Als die Kunden gegangen waren, kam Ruth und half ihr, eine große, goldene Girlande über der Eingangstür anzubringen. Ruth hielt das eine Ende, während Eleanor auf die Stehleiter stieg, um das andere Ende an der Bildleiste zu befestigen.

»Hilft Luke eigentlich immer noch dieser Helen Ross?«

»Ja, wir kriegen ihn kaum noch zu sehen.«

»Sie gefällt mir.«

»Mir auch. Ich glaube, Luke mag sie.«

»Wie alt ist er jetzt?«

»Achtzehn.« Sie drückte die Heftzwecke in die Wand.

»Ein gutaussehender Junge! Da möchte man glatt ein paar Jahre jünger sein!«

Eleanor schaute sie an, und Ruth wirkte plötzlich irgendwie verlegen.

Eleanor lächelte. »Sollen wir jetzt das andere Ende festmachen?«

»Klar.«

Sie trugen die Leiter auf die andere Seite der Tür, und Eleanor stieg wieder hinauf. Eine Weile schwiegen sie.

»Und wie kommt's, daß Sie vom Glauben abgefallen sind? Wenn Ihnen die Frage nicht zu persönlich ist.«

Eleanor antwortete nicht sofort, nicht, weil ihr die Frage etwas ausmachte, sondern weil sie ihr zuvor noch nie gestellt worden war. Gerade wegen ihrer direkten Art konnte sie Ruth so gut leiden. Eleanor zog die Schachtel mit den Heftzwecken aus ihrer Tasche und nahm eine heraus.

»Nun, vielleicht wissen Sie noch nicht, daß unser ältestes Kind bei einem Autounfall ums Leben gekommen ist.«

»Doch, das weiß ich.«

»Ich bin mein Leben lang regelmäßig in die Kirche gegangen, zur Messe und zur Beichte – und ich kann Ihnen sagen, um diese Jahreszeit war das da draußen, wo wir wohnen, nicht immer einfach. Buck hat mich deswegen aufgezogen. Er wollte wissen, was ich denn um alles in der Welt zu beichten habe. Und wann ich denn die ganzen Sünden beginge. Ich soll das nächstemal rechtzeitig Bescheid sagen, damit er mitmachen könne. Aber Buck ist kein Katholik, er hat das nie so richtig verstanden.«

Sie warf Ruth lächelnd einen Blick zu, dann heftete sie die Girlande an die Leiste.

»Das wär's.«

Sie stieg von der Leiter, stellte sich neben Ruth und begutachtete ihr Werk.

»Gefällt mir«, sagte Ruth.

»Mmm. Wo sollen wir die andere hinhängen?«

»Hinten in den Laden?«

Sie trugen die Leiter nach hinten und wiederholten die gleiche Prozedur, während Eleanor ihre Geschichte weitererzählte.

»Nachdem Henry gestorben war, bin ich jedenfalls noch häufiger hingegangen. Habe kaum eine Messe ausgelassen. Wie die meisten Leute, wenn etwas Schreckliches in ihrem Leben passiert. Wissen Sie, man sucht nach einer Erklärung, nach einem Zeichen, nach einem Hinweis darauf, daß der, den man verloren hat, irgendwo anders lebt und glücklich ist. Und eines Tages habe ich dann begriffen, nun … daß er nicht mehr da ist.«

Ruth runzelte die Stirn und versuchte, sie zu verstehen.

»Ihr Sohn, meinen Sie?«

»O nein. Der ist da, keine Frage. Dem geht es gut, das weiß ich. IHN meine ich.«

»Sie wollen also sagen, daß Sie zwar an den Himmel, aber nicht an Gott glauben?«

»Ganz genau.«

Inzwischen hing auch die zweite Girlande. Eleanor stieg von der Leiter, um sie zu betrachten.

»Was meinen Sie?«

Sie schaute Ruth an und stellte überrascht fest, daß Ruth sie und nicht die Girlande ansah.

»Sie sind eine wunderbare Frau, Eleanor. Wissen Sie das?«

»Seien Sie doch nicht albern.«

»Ich meine es ernst.«

»Nun, ich finde, Sie sind auch ganz in Ordnung.«

Ruth machte eine kleine, spöttische Verbeugung. »Herzlichen Dank, Madame.«

»Darf ich Ihnen auch eine persönliche Frage stellen?« fragte Eleanor, während sie die Leiter zusammenklappte. Es war nicht fair, das wußte sie, und sie kam sich ein wenig hinterhältig vor; doch es gab Momente im Leben, die durfte man nicht ungenutzt verstreichen lassen.

»Natürlich.«

»Wie lange schlafen Sie schon mit meinem Mann?«

25

Baby Buck Hicks saugte an der Brust seiner Mutter, als wäre es die letzte Mahlzeit seines Lebens. Clyde lag Kathy schon seit Wochen in den Ohren, daß sie den Jungen endlich an Flaschennahrung gewöhnen sollte. Er hatte nämlich in einem Artikel gelesen, daß es die Figur einer Frau ruiniere, wenn sie allzu lange stille. Doch Kathy ließ sich Zeit. Schließlich machte es ihr genauso große Freude wie dem Kleinen. Außerdem war er noch nicht mal ein Jahr alt.

Clyde war nur eifersüchtig, und wie er überhaupt zu solchen Artikeln kam, konnte sich Kathy wirklich nicht vorstellen. Vermutlich hatte er in irgendeiner Zeitung was über Kühe gelesen und brachte nun alles durcheinander.

Sie war schon eine Weile auf, trug aber immer noch ihren pinkfarbenen Morgenmantel, saß auf dem Sofa im kleinen Wohnzimmer und blätterte im *People*-Magazin, während der Kleine trank.

Sie fand einen dreiseitigen Bericht über Jordan Townsend und Krissi Maxton mit Bildern von den beiden im Cowboylook, wie sie mit einigen Bisons vor ihrer »Traumranch« in Hope, Montana, posierten. Krissi wurde mit der Bemerkung zitiert, daß dies der einzige Ort sei, an dem sie sich »ganz bei sich selbst« fühle. Dabei wirkte sie so, als traue sie sich nicht allzu nah an die Bisons heran. Weitere Bilder zeigten die beiden herausgeputzt für die Premiere von Krissis neuem Film *SpaceKill III.* Krissi trug ein glitzerndes Fähnchen, das so ziemlich alles enthüllte, was sie zu bieten hatte. Und Jordan schien sich einem Facelifting unterzogen zu haben, denn er sah aus, als sei er gerade hundertfünf Jahre alt geworden.

Kathy legte gähnend das Baby an die andere Brust.

In der Nacht hatte es geschneit. Clyde war mit dem Schneepflug unterwegs und räumte den Weg zur Ranch frei. Die Morgensonne flutete durch die Küchentür und fiel auf Kathys derbe Schaffellstiefel. Im Radio spielten sie schon wieder diesen Song über den Kerl, der sein Sweetheart verloren hatte und Weihnachten deshalb allein mit seinem Pferd verbringen mußte.

Aus den Augenwinkeln sah Kathy plötzlich einen Schatten über den sonnenhellen Boden gleiten. Dann hörte sie Schritte auf den Stufen, und gleich darauf klopfte es zweimal kräftig an die Küchentür. Sie stand auf, bedeckte ihre Brust, und im selben Moment begann das Baby zu schreien. Sie legte sich den Kleinen über die Schulter, klopfte ihm auf den Rücken und ging so mit ihm durch die Küche.

Das Gesicht, das sie sah, als sie die Tür öffnete, jagte ihr einen solchen Schreck ein, daß sie beinahe das Baby fallen gelassen hätte. Alles an diesem Gesicht war grau, vom Fell der Mütze bis zu den Spitzen der Barthaare. Selbst die Haut, die sich beinahe durchsichtig über die vorspringenden Wangenknochen des Mannes spannte, schimmerte grau. Alles, bis auf die Augen, die sie wie zwei angriffslustige schwarze Käfer anstarrten.

Sie begegnete dem Wolfsjäger zum erstenmal, obwohl er schon seit über zwei Wochen auf ihrem Grundstück hauste. Gelegentlich hatte sie einen flüchtigen Blick auf ihn werfen können, wenn er auf seinem Schneemobil über die obere Weide zum Wald fuhr. Und einmal hatte sie ihm sogar zugewinkt, doch er hatte sie wohl nicht gesehen oder sehen wollen. Clyde und Buck waren einige Male zu seinem Trailer gegangen, um mit ihm zu reden. Clyde hatte gesagt, er sei merkwürdig und ziemlich mürrisch und sie solle ihn am besten gar nicht beachten.

Der kleine Buck brüllte, und der Wolfsjäger starrte ihn an, als hätte er noch nie ein Baby gesehen. Dann schien ihm wieder einzufallen, daß Kathy vor ihm stand, und er tippte grüßend an seine Mütze.

»Ma'am.«

»Sie müssen Mr. Lovelace sein.«

»Ja, Ma'am. Ihr Mann hat gesagt...«

»Kommen Sie herein. Freut mich, Sie kennenzulernen.«

Sie hielt ihm die Hand hin, und er sah sie an, als verstehe er nicht ganz, was das solle. Dann zog er langsam den dicken, rechten Handschuh aus, anschließend den dünneren, den er darunter trug, und als er endlich soweit war, ihr die Hand zu geben, wünschte sich Kathy, sie wäre gar nicht erst auf die Idee gekommen.

»Ihr Mann hat gesagt...«

»Kommen Sie doch bitte herein, Mr. Lovelace. Ich möchte nicht, daß sich dieses kleine Ungeheuer hier erkältet.«

Er zögerte, und sie sah ihm an, daß er lieber geblieben wäre, wo er war. Doch sie hielt ihm die Tür auf, und widerstrebend betrat er die Küche, den Blick auf das weinende Kind gerichtet.

»Möchten Sie einen Kaffee?«

»Ist das Ihr's?«

Kathy lachte. Was für ein merkwürdiger alter Kerl. Wessen Baby sollte es denn sonst sein?

»Warum schreit's denn so?«

»Der Kleine hat Hunger, sonst nichts. Ich war gerade dabei, ihn zu stillen.«

»Wie alt?«

»Ende Januar wird er ein Jahr.«

Lovelace nickte nachdenklich. Dann riß er ruckartig den Blick von dem Baby los und richtete ihn auf Kathy.

»Ihr Mann hat gesagt, er könnte mir die Kettensäge fürs Feuerholz leihen.«

»Klar.«

»Er hat gesagt, sie ist in der Scheune. Ist sie aber nicht.«

Lovelace senkte den Blick. Die Kettensäge lag auf dem Boden, gleich neben der Tür zwischen den Stiefeln. Gestern abend hatte Clyde am Küchentisch die Kette nachgespannt und geölt und Kathy dabei zum soundsovielten Mal gesagt, daß sie keinem Menschen etwas über den Wolfsjäger erzählen dürfe.

»Kann ich die mitnehmen?«

»Natürlich.«

Er bückte sich, nahm die Kettensäge und öffnete die Tür.

»Werd' Ihnen keine Umstände mehr machen.«

Und noch bevor Kathy sagen konnte, daß er ihr überhaupt keine Umstände gemacht habe und ob er nicht doch noch eine Tasse Kaffee mit ihr trinken wolle, war der Wolfsjäger verschwunden.

Seit mittlerweile fünfzehn Tagen suchte Lovelace nach den Wölfen, durchkämmte die Cañons und Wälder nach Spuren und überprüfte sämtliche Frequenzen auf Signale.

Er hatte im Norden angefangen, da Calder die Tiere dort vermutete, sich dann langsam in Richtung Süden durch die Berge vorgearbeitet und dabei methodisch jeden Pfad, jede Schlucht und jeden Graben auf seiner Karte abgesucht. Er wußte, daß die Biologin und Calders Sohn sich bald auf den Weg machen würden, um die Peilsender zu überprüfen, und da er ihnen aus dem Weg gehen wollte, entschied er sich meist für Routen, die seiner Meinung nach für die beiden kaum in Frage kamen, zog weit ins Hinterland und kehrte dann von Westen aus zurück.

Mit dem Wetter war es wie verhext. Seit seiner Ankunft hatte es nahezu jeden Tag geschneit, als stehe Gott auf seiten der Wölfe und versuche, ihre Spuren vor ihm zu verbergen. Außerdem hinderte ihn der schwere Schnee am Vorankommen. Es war eine Weile her, seit er ein so großes Gebiet bei derart schlechtem Wetter absuchen mußte, so daß er vergessen hatte, was für eine Strapaze das war.

Das Schneemobil machte zuviel Lärm, weshalb er nicht ständig damit fuhr, denn er hörte lieber, als gehört zu werden. Also benutzte er es nur, um damit hinauf in die Berge zu kommen, dann suchte er einen sicheren Unterstand, ließ es dort stehen und schnallte Ski oder Schneeschuhe an, je nachdem, in welchem Gelände er sich bewegte und wie der Schnee war.

Er hatte sein Gepäck auf das Nötigste reduziert, doch er trug immer noch schwer an Zelt, Lebensmitteln, Gewehr und Empfänger. In Augenblicken wie diesem fand er kaum noch die Kraft, das Zelt aufzustellen und hineinzukriechen.

Er lag jetzt im Schlafsack, schaute im Strahl der Taschenlampe auf seine Karte und überlegte, wo er weitersuchen sollte, wenn er etwas gegessen, sich ausgeruht und der Schneesturm sich gelegt hatte. Als es noch hell war, hatte er ihn schon gerochen, außerdem war er an der Gelbfärbung des Himmels zu erkennen gewesen. Draußen herrschten Temperaturen von fast zwanzig Grad unter Null, und seit dem Aufstellen des Zelts fühlten sich seine Hände taub an. Er setzte den kleinen Coleman-Kocher in Gang, um etwas Schnee aufzutauen. Seine Finger kribbelten und brannten, als das Blut wieder zu zirkulieren begann.

Die Karte verriet ihm, daß er sich oberhalb einer Stelle namens Wrong Creek befand. Lovelace kannte den Namen noch von früher. Es gab da eine Geschichte, weshalb dieser Bach der »falsche Bach« genannt wurde, aber er konnte sich nicht mehr daran erinnern. Etwas weiter oberhalb entdeckte er zwei gekreuzte Spitzhacken, das Symbol für eine sicherlich längst stillgelegte Mine, und er beschloß, sie einmal genauer zu erkunden. Vielleicht konnte er dort die Wolfskadaver loswerden. Falls er die Wölfe je fing.

Er holte den Empfänger aus seinem Rucksack. Das Ding war verflucht schwer, aber ziemlich nutzlos. Ohne eine Ahnung zu haben, auf welcher Frequenz die Peilsender arbeiteten, konnte er ebensogut nach einem Floh in der Pelzkammer suchen. Und selbst wenn er Glück hatte und ein Signal auffing, konnte er nicht wissen, ob es sich dabei tatsächlich um einen Wolf handelte. Hier in der Gegend gab es bestimmt noch andere Tiere, denen von irgendwelchen Biologen ein Halsband verpaßt worden war, so daß das Signal auch von einem Bären oder Berglöwen, einem Kojoten oder Hirsch stammen konnte.

Er stellte den Empfänger an und begann zum zehntenmal an diesem Tag die gleiche Prozedur. Er brauchte eine halbe Stunde und, wie vermutet, hörte er nur sinnloses Rauschen und Knistern. Also schaltete er den Empfänger aus und schob ihn beiseite. Wenn er das nächste Mal zum Trailer ging, um Vorräte zu holen, würde er das verdammte Ding dort lassen.

Er zwang sich, etwas Dörrfleisch zu essen, und schmolz auf dem Ofen eine Handvoll Schnee für Trinkwasser. Dann knipste er die Taschenlampe aus, legte sich auf den Rücken und starrte an die Zeltdecke, die im letzten Tageslicht gelb schimmerte.

Den ganzen Tag hatte er an das Baby dieser Mrs. Hicks gedacht. Nicht mal ein Jahr alt. Es war ihm richtig schwergefallen, den Blick von diesem Kind zu lösen, von den winzigen, rosigen Händen und dem kleinen Gesicht, das es verzog, als es nach der Brust seiner Mutter schrie. Dieses Geschrei, diese geballte Energie hatten ihn ziemlich aus der Fassung gebracht.

Er hatte den Nachwuchs so mancher Tiere kennengelernt, wußte, wie er roch, sich anfühlte und was er für Laute von sich gab, sei es im Leben oder im Todeskampf. Doch ein menschliches Baby hatte er noch nie betrachtet, noch nie auf dem Arm gehalten oder auch nur berührt. Noch nie hatte er diesen warmen, süßen Babygeruch wahrgenommen.

Er war noch nicht lange mit Winnie verheiratet gewesen, als sie herausfanden, daß sie keine Kinder bekommen konnten. Winnie wollte eins adoptieren, aber ihn hatte der Gedanke gestört, das Kind eines anderen Mannes aufzuziehen, und so hatten sie keine Kinder gehabt.

Kontakt mit Kindern hatte er möglichst vermieden und um Babys immer einen weiten Bogen gemacht. Vielleicht hatte er befürchtet, sie könnten einen wunden Punkt in ihm berühren. So wie er war auch Winnie ein Einzelkind gewesen, so daß es weder Neffen noch Nichten gab, die zu Besuch kommen oder später dann eigene Kinder hätten mitbringen können.

Ganz plötzlich und unerwartet mußte Lovelace an den letzten Abend denken, den er mit Winnie im Krankenhaus verbracht hatte.

Die Ärzte hatten ihn mit gedämpfter Stimme darauf vorbereitet, daß sie bald sterben würde. Und als er wieder hineinging und sich an ihr Bett setzte, dachte er, sie sei bereits tot. Ihre Augen waren geschlossen, und er konnte sie nicht atmen sehen. Sie wirkte so zerbrechlich, so blaß und zerschunden von all den Schläuchen und Drähten und Dingen, die man in sie hineingesteckt hatte. Doch ihr Gesicht wirkte friedlich, und nachdem er eine Weile so gesessen hatte, schlug sie die Augen auf und sah ihn lächelnd an.

Sie begann zu reden, doch so leise, daß er sich zu ihr hinunterbeugen mußte, um sie zu verstehen. Es klang, als sei sie mitten in einem Gespräch, das sie bereits seit einer Weile in ihrem Kopf geführt hatte. Offenbar lag dies an den Betäubungsmitteln, doch es schien, als sei sie schon auf halbem Weg ins Jenseits, gönne sich jetzt eine kleine Rast und schaue noch einmal auf ihr Leben zurück, ehe sie es endgültig verließ.

»Ich habe nachgedacht, Joseph, über all diese Tiere. Ich habe auszurechnen versucht, wie viele es gewesen sind. Was glaubst du, wie viele?«

»Winnie, ich …« Er hielt ihre Hand. Er hatte keine Ahnung, wovon sie redete. Ihre Stimme klang wie die Stimme eines träumenden Kindes.

»Wie viele? Es müssen mehr als tausend gewesen sein. Zehntausende vielleicht. Oder Hunderttausende. Glaubst du, daß es so viele waren, Joseph?«

»Winnie«, sagte er leise. »Was denn für Tiere, Winnie?«

»Könnten es eine Million sein? Nein, eine Million nicht. Nicht so viele.«

Sie lächelte ihn an, und er fragte noch einmal, was für Tiere sie meine.

»Na, Dummkopf, die Tiere, die du umgebracht hast. In all diesen Jahren. Ich habe versucht, sie zusammenzuzählen. Es sind so viele, Joseph. All diese Leben, jedes von ihnen ein einzelnes, einzigartiges Leben.«

»Du solltest dich nicht über so was aufregen.«

»Ach, ich rege mich nicht auf. Ich habe nur darüber nachgedacht, sonst nichts.«

»Nachgedacht?«

»Ja.«

Plötzlich runzelte sie die Stirn und sah ihn aufmerksam an. »Glaubst du, Joseph, daß ihr Leben genauso ist wie unseres? Ich meine, das, woraus es gemacht ist, dieser kleine Funke in ihnen, der Geist oder was es auch immer sein mag. Glaubst du, es ist das gleiche, was wir auch in uns haben?«

»Nein, Liebes, natürlich nicht. Wie könnte es denn das gleiche sein?«

Ihre Überlegungen schienen sie erschöpft zu haben, denn sie sank mit geschlossenen Augen aufs Kissen zurück, ein leises, zufriedenes Lächeln auf den Lippen.

»Du hast recht«, seufzte sie. »Was bin ich dumm. Wie könnte es denn auch das gleiche sein.«

Der Schneesturm wütete bereits seit zwei Stunden. Er blies aus Nordosten, direkt über den See, und Helen hörte ihn wie einen Chor der verdammten Seelen um die Hütte heulen. Sie war froh, daß sie ihre abendliche Suche nach den Wölfen rechtzeitig eingestellt hatten, stemmte den Deckel vom Ofen auf und ließ ein weiteres Scheit Holz hineinfallen, das einen kleinen Funkenregen auslöste. Das Geräusch weckte Buzz, der lang ausgestreckt auf dem Boden lag und die Wärme in sich aufzusaugen schien. Er warf Helen einen mißbilligenden Blick zu. Sie kniete sich neben ihn und kraulte ihm den Kopf.

»Oh, entschuldige. Tut mir ja *so* leid.«

Er rollte sich auf den Rücken, damit sie ihn am Bauch streicheln konnte.

»Was bist du doch für ein häßlicher, verzogener Köter.«

Luke saß mit dem Rücken zu ihr am Tisch und gab die letzten Daten über ihre Wolfsbeobachtung in den Laptop ein. Er drehte sich lächelnd um und machte sich dann wieder an die Arbeit.

Er kannte sich inzwischen mit der G.I.S.-Software ebensogut aus wie sie, konnte neue Karten zeichnen oder sie auf eine Weise kombinieren, wie es ihr bisher noch nicht eingefallen war, um herauszufinden, warum die Wölfe eine bestimmte Route nahmen oder eine Weile an einem bestimmten Ort blieben. Helen war erstaunt, wie schnell Luke lernte. Das galt auch für ihre täglichen Streifzüge im Wald. Er war der geborene Biologe und Naturschützer.

Seit Schnee lag, fuhren sie jeden Tag mit dem Pickup oder dem Schneemobil in die Berge, bis sie ein starkes Signal auffingen, schnallten die Ski an und machten sich auf die Suche nach Spuren. Wenn sie welche fanden, folgten sie ihnen bis zur letzten Beute der Wölfe, die im Schnee einen ziemlich grausigen Anblick bot. Helen mußte wieder an Lukes Erzählung von der Elchjagd mit seinem Vater denken und befürchtete, daß dieser Anblick schlimme Erinnerungen in ihm weckte.

Sie hatten die Spuren zu einem Maultierhirsch, einer jungen Kuh, zurückverfolgt, die die Wölfe nur Stunden zuvor gerissen und dann auf eine Lichtung gezerrt hatten. Der Schnee dort war voller Blut. Während Helen sich an die Arbeit machte, den Kadaver vermaß und ihm Proben entnahm, beobachtete sie Luke aus dem Augenwinkel und stellte überrascht fest, wie gelassen er war.

Abends in der Hütte hatten sie beim Essen darüber geredet, und ohne auch nur ein einziges Mal zu zögern oder zu stottern hatte Luke ihr erklärt, warum es anders war. Als er damals den Elch geschossen hatte, sagte er, ging es nicht um sein Überleben. Sicher gab es da den Druck, den sein Vater auf ihn ausübte, doch letzten Endes hatte er aus freien Stücken gehandelt, hatte ohne Not ein Leben ausgelöscht. Doch Wölfen, meinte Luke, blieb ebensowenig wie den Blackfeet, die hier einst gejagt hatten, eine Wahl. Sie mußten töten oder würden selbst getötet.

Helen, die immer noch vor dem glühenden Ofen hockte und Buzz kraulte, schaute zu Luke hinüber. Sie liebte diese gemeinsamen Abende. Es war schon dunkel, wenn sie von der Spurensuche heimkamen. Vor der Hütte traten sie die Stiefel ab und klopften sich gegenseitig den Schnee vom Rücken. Dann holte einer die Ski und die übrige Ausrüstung vom Schneemobil, während der andere die Lampen anzündete und den Ofen heizte. Sie behielten Mütze, Jacke und Handschuhe an, bis die Hütte warm war und der Dampf von ihren Kleidern aufstieg. Wenn das Handy funktionierte, sah Helen in ihrer Mailbox nach und beantwortete die Anrufe. Dann bereitete einer von ihnen das Abendessen, während der andere die jeweils neuen Daten in den Computer eingab.

Heute abend hatte Helen ihre Makkaroni mit Käse gekocht, die Luke, obwohl sie das Gericht mindestens dreimal die Woche aßen, angeblich immer noch köstlich fand. In ein paar Minuten, wenn er die letzten Eintragungen gemacht hatte, würde er nach Hause fahren, und Helen war dann allein mit dieser inzwischen vertrauten Leere. Falls sie sich nicht sofort mit etwas anderem beschäftigte, würde sie wieder einmal in Selbsthaß verfallen und Joel endlos Vorwürfe machen.

Der Ofen bullerte, und der Schneesturm schien nachzulassen. Luke speicherte seinen Text und lehnte sich zurück.

»Geschafft?«

»Ja. Sehen Sie selbst.«

Helen stand auf und trat hinter seinen Stuhl, während er ihr auf dem Bildschirm seine Arbeit zeigte.

Er hatte eine neue Serie von Karten erstellt, auf der sämtliche Stellen eingezeichnet waren, an denen er und Helen Markierungen gefunden hatten – Stellen also, wo die Wölfe regelmäßig urinierten, um Eindringlingen die Grenzen ihres Territoriums aufzuzeigen. In anderen Jahreszeiten waren diese Stellen schwer auszumachen, doch im Schnee konnte man sie leicht erkennen, und jeden Tag kamen neue hinzu.

Lukes Kartenreihe zeigte, daß die Wölfe ein deutlich umrissenes Territorium von etwa zweihundert Quadratmeilen beanspruchten, das sie alle paar Tage durchstreiften. Im nördlichsten Winkel lag das untere Ende vom Wrong Creek, und von dort dehnte es sich nach Süden und Osten bis an die äußerste Westecke von Jordan Townsends Ranch aus.

Luke holte eine weitere Karte auf den Bildschirm und legte sie über die alte.

»Das hier ist ziemlich merkwürdig. Sieht fast so aus, als würden sie jedes Wochenende einen Ausflug zur Townsend-Ranch machen.«

»Natürlich. Schließlich gibt's da ein Kino.«

Luke lachte, und plötzlich fiel ihr auf, daß ihre Hände schon die ganze Zeit, die sie hinter ihm stand, auf seinen Schultern gelegen hatten.

»Vielleicht zeigt er ihnen einen der Filme von seiner Freundin.«

»Und serviert ihnen dazu einen Bison-Burger.«

Helen klopfte ihm leicht auf die Schulter.

»Tja, gute Arbeit, Professor.«

Er legte den Kopf in den Nacken und sah lächelnd zu ihr hoch. Sie spürte das plötzliche Verlangen, sich vorzubeugen und ihn auf die Stirn zu küssen, hielt sich aber gerade noch zurück.

»Zeit zum Aufbrechen«, sagte sie.

»Ja, vermutlich.«

Sein Wagen stand etwa eine halbe Meile unterhalb des Sees am Weg, wo auch Helen ihren Pickup parkte, seit der Winter angebrochen war. Wenn es an manchen Abenden spät wurde, fuhr sie ihn mit dem Schneemobil hinunter.

»Soll ich Sie fahren?«

»Nicht nötig, ich nehm die Ski.«

Während er sich anzog, machte sich Helen ans Aufräumen, um ihre Verwirrung zu verbergen, die sie überkommen hatte, als Luke zu ihr aufsah.

An was für einen Kuß hatte sie genau gedacht? Einen schwesterlichen, einen mütterlichen? Oder gar einen völlig anderen? Sie ermahnte sich, vernünftig zu bleiben. Er war ein Freund, mehr nicht. Ein Freund, bei dem sie sich wohl fühlte, der sie – im Gegensatz zu Joel – nie verurteilte und kritisierte, der sich um sie gekümmert und sie vom Abgrund zurückgerissen hatte.

Sie wußte, was Luke für sie empfand. So wie er sie manchmal anschaute, war nicht zu übersehen, daß er sich ein bißchen in sie verliebt hatte. Und es gab Momente – zum Beispiel jetzt, das mußte sie zugeben –, in denen sie etwas verspürte, das seinen Gefühlen nicht ganz unähnlich war. Außerdem fehlte ihr die körperliche Nähe aus jenen Tagen, in denen sie nach dem Eintreffen von Joels Brief verzweifelt in seinen Armen geweint hatte.

Doch ihre Gefühle waren immer noch hoffnungslos verwirrt. Innerhalb einer Sekunde fiel sie von höchster Begeisterung in tiefste Verzweiflung. Außerdem war die Vorstellung, daß zwischen ihnen etwas sein könnte, einfach absurd. Er war schließlich mehr als zehn Jahre jünger als sie, noch ein Junge eben. Mein Gott, als sie in seinem Alter war, damals am College… na ja, der Vergleich hinkte vielleicht doch ein bißchen. Damals war sie mit weit älteren Männern – einer sogar Mitte Dreißig, beinahe doppelt so alt wie sie – ausgegangen. Doch Beziehungen zwischen Männern und jüngeren Frauen waren irgendwie anders. Obwohl sie mit Courtney und ihrem Vater auch so ihre Probleme hatte.

Luke stand an der Tür und wollte gehen.

»Wann morgen früh?« fragte er.

»Um acht.«

»Okay. Dann g-gute Nacht.«

»Nacht, Professor.«

Als er die Tür öffnete, rutschte eine Ladung Schnee auf ihn herab, der gleich darauf ein heulender Windstoß folgte. Der Sturm war keineswegs abgeflaut, wie Helen geglaubt hatte. Nur war sein Tosen vom Schnee, den er gegen die Hütte getrieben hatte, gedämpft worden. Luke drückte heftig gegen die Tür, um den Schnee hinauszuschieben, der heruntergefallen war. Als er sie wieder geschlossen hatte, drehte er sich lachend und über und über mit Schnee bedeckt zu ihr um.

»Schon wieder da?« fragte sie.

Luke erwachte in völliger Dunkelheit und brauchte einen Moment, um sich zu erinnern, wo er war. Er lag mit dem Rücken auf der klumpigen Matratze im oberen Bett, horchte auf das gedämpfte Tosen des Windes und fragte sich, was ihn geweckt hatte.

Er lauschte, ob er Helen im unteren Bett atmen hören konnte, doch er vernahm nur das Schnarchen des Hundes und ein gelegentliches Knacken im Ofen. Ehe sie ins Bett gegangen waren, hatten sie nachgelegt und ihre Kleidung anbehalten, um nicht zu frieren, wenn der Ofen später ausging. Er blickte auf das erleuchtete Zifferblatt seiner Armbanduhr. Es war kurz nach drei.

»Luke?« flüsterte Helen.

»Ja.«

»Geht's Ihnen gut da oben?«

»Ja, prima.«

Das letzte Scheit im Ofen fiel in sich zusammen, ließ Asche durch den Feuerrost regnen und erfüllte die Hütte für einen Augenblick mit bernsteinfarbenem Glanz.

»Ich hab mich nie bedankt«, sagte sie.

»Wofür?«

»Für alles. Dafür, daß Sie sich um mich gekümmert haben.«

»Dafür brauchen Sie sich nicht bedanken.«

»Warum haben Sie nie gefragt, was passiert ist?«

»Ich dachte mir, w-w-wenn Sie es mir erzählen wollen, t-t-tun Sie's schon.«

Und jetzt tat sie es. Er hörte zu, versuchte, sich Orte vorzustellen, an denen er nie gewesen war, und das Gesicht dieses Mannes, den sie geliebt hatte. Er hatte sie verlassen, also mußte er wohl verrückt sein. Sie redete in monotonem, fast schon sachlichem Tonfall, aber wenn sie manchmal innehielt, konnte er sie schlucken hören, und er wußte, daß sie gegen ihre Tränen ankämpfte.

Doch sie hielt sie zurück. Erst als sie ihm von dem Brief berichtete, dem, den Luke auf dem Weg gefunden und ihr an dem Abend gegeben hatte, an dem Abe Harding den Wolf erschoß, konnte sie nicht mehr weitersprechen, und er wußte, daß sie weinte. Nach einer Weile fuhr sie fort und erzählte ihm noch von der Frau, die Joel wohl inzwischen geheiratet hatte. Luke lag schweigend im Bett über ihr in der Dunkelheit.

»Tut mir leid«, sagte sie schließlich, als sie fertig war. »Ich dachte, ich schaff's, ohne zu heulen.« Er hörte, wie sie schniefte und sich dann die Nase putzte.

»Ich hab gedacht, er ist der Richtige. Aber so kann man sich täuschen. Wie gewonnen, so zerronnen. Ich hoffe nur, die beiden sind glücklich.« Sie schwieg einen Moment. »Quatsch, ich hoffe, sie braten in der Hölle.«

Sie lachte kurz auf und schniefte. Luke hätte ihr am liebsten gesagt, daß der Kerl sie sowieso nicht verdient habe und sie froh sein könne, ihn loszusein, doch es stand ihm nicht zu, so etwas zu sagen.

Lange Zeit sprachen sie kein Wort. Unten vor dem Ofen stieß Buzz leise, wimmernde Laute aus, während er in seinen Träumen vermutlich Bären jagte.

»Was ist mit Ihnen?« fragte sie schließlich.

»Wie meinen Sie das?«

»Mit Freundinnen und so. Ich hab Sie auf dem Jahrmarkt mit einem ziemlich hübschen Mädchen reden sehen.«

»Mit Cheryl. Ach, na ja, sie ist nicht meine F-F-Freundin. Sie ist nett, a-a-aber ...«

»Tut mir leid. Es geht mich ja auch nichts an.«

»N-N-Nein, ist schon in Ordnung. Bloß mit den Mädchen ... Wissen Sie, mit meiner St-St-Stotterei und so, da hat es nie ...«

Er spürte, daß er rot wurde, und war froh, daß sie ihn nicht sehen konnte. Dabei hatte er das überhaupt nicht sagen wollen, da er den Gedanken nicht ertrug, daß sie Mitleid mit ihm empfand; denn darum ging es doch gar nicht. Schließlich hatte er gelernt, daß Selbstmitleid die Dinge nur noch schlimmer machte.

Er hörte, wie sie aufstand, und plötzlich befand sich ihr blasses Gesicht im Dunkeln direkt neben seinem.

»Luke? Halt mich. Bitte, halt mich«, flüsterte sie, den Tränen nahe. Er setzte sich auf, schlüpfte aus seinem Schlafsack, glitt vom Bett und stellte sich neben sie. Sie streckte die Hände nach ihm aus und umarmte ihn. Er zog sie an sich und drückte ihren Kopf an seine Brust. Ihren Körper so nah zu spüren raubte ihm fast den Atem.

»D-D-D-Du …«

Er konnte es nicht sagen. Sie schaute zu ihm hoch, doch im Dunkeln war ihr Gesicht nur ein Schemen. Er konnte es immer noch nicht sagen, konnte ihr nicht sagen, daß sie die einzige war, die er je geliebt hatte und jemals lieben würde. Dann spürte er, wie ihre Arme ihn freigaben, wie sie sein Gesicht behutsam zwischen die Hände nahm. Er sah in ihre unergründlichen Augen, neigte den Kopf, schloß die Augen und spürte endlich ihre Lippen.

Sie küßte ihn auf die Stirn, als wollte sie ihn segnen, fuhr dann leicht mit den Lippen über seine Wangen, küßte seine geschlossenen Augenlider, drückte ihre Wange an sein Gesicht. Einen Augenblick blieben sie so stehen, ohne sich zu bewegen. Dann schlug er die Augen auf und küßte ihr Gesicht so, wie sie seines geküßt hatte. Er konnte das Salz ihrer Tränen auf den Wangen und in den Mundwinkeln schmecken.

Und als sich ihre Lippen schließlich berührten, spürte er, wie er am ganzen Körper bebte. Er sog ihren Duft, ihren Geschmack, sog sie ganz in sich auf, als wollte er in ihr ertrinken.

26

Der Weihnachtsmarkt schien immer noch gut besucht zu sein, als Buck in der Stadt ankam. Er hatte so lange zum Viehfüttern gebraucht, daß er schon befürchtete, es sei bereits alles vorbei, doch in den Straßen vor der Stadthalle parkten reihenweise die Autos, und immer noch trafen Leute ein.

Hettie Millward und die andere Frau, die den Markt organisiert hatten, schienen sich dieses Jahr besondere Mühe gegeben zu haben. Der Eingang war geschmückt, und sie hatten sogar einen Weihnachtsbaum mit bunten Lichtern aufgestellt, der in der Sonne und dem frisch gefallenen Schnee wirklich hübsch aussah. Hettie war es außerdem gelungen, zum erstenmal seit vielen Jahren auch Eleanor wieder zur Mitarbeit zu bewegen. Sie würde jetzt in der Stadthalle sein, damit rechnete Buck jedenfalls.

Es war ziemlich schwierig gewesen, sie aus dem Haus zu locken, hatte sie sich doch die ganze Nacht Sorgen darüber gemacht, daß Luke im Schneesturm feststeckte. Sie wollte schon Craig Rawlinson anrufen und ihn bitten, einen Suchtrupp zusammenzustellen, als der Junge kurz nach dem Frühstück anrief, um ihnen zu sagen, daß es ihm gutgehe und er die Nacht bei Helen Ross in der Hütte verbracht habe.

Was für eine Verschwendung, dachte Buck.

Er fuhr an der Stadthalle vorbei die Hauptstraße hinauf und verlangsamte vor dem Paragon sein Tempo, da er hoffte, einen Blick auf Ruth zu erhaschen, doch war das Schaufenster zu vollgestellt. Er parkte ein wenig oberhalb von Nelly's Diner, ging zurück und schaute sich unauffällig um. Niemand schien ihn zu beachten, alle Welt war heute offenbar auf dem Weihnachtsmarkt.

Als er eintrat, stand Ruth gerade an der Kasse und bediente Nancy Schaeffer, die Lehrerin, hob aber den Blick, als sie die Türglocke hörte. Er sah ihr an, daß sie über sein Erscheinen nicht gerade begeistert war.

»Guten Morgen!« rief er den beiden fröhlich zu.

»Hi, Buck«, sagte Nancy. »Fröhliche Weihnachten!«

»Ihnen auch eine fröhliche Weihnacht.« Er nickte und lächelte Ruth an.

»Ruth.«

»Mr. Calder.«

Dann widmete sie sich wieder Nancy, und die beiden unterhielten sich über irgendeine Schulgeschichte. Buck schlenderte durch den Laden und tat, als suche er etwas. Sonst waren keine Kunden da.

Seit über einem Monat hatte er Ruth weder gesprochen

noch gesehen. Sie trug einen engen, braunen Pullover und sah einfach fabelhaft aus. Endlich verschwand Nancy. Er rief ihr »Auf Wiedersehen!« nach, und die Tür schloß sich hinter ihr.

»Was zum Teufel suchst du hier, Buck?«

Sie kam durch den Laden auf ihn zu.

»Nett, daß du mir fröhliche Weihnachten wünschst.«

»Mach keine Scherze mit mir.«

»Ich mach keine Scherze mit dir.«

Sie blieb stehen und funkelte ihn angriffslustig aus sicherer Entfernung an. Er hob die Hände.

»Mein Gott, Ruth, es ist Weihnachten, da kaufen die Leute Geschenke, und dies ist nun mal ein Laden für Geschenke. Da darf ich mich doch wohl hier aufhalten, oder?«

»Falls du das noch nicht gemerkt haben solltest, Buck, es ist aus mit uns. Kapiert?«

»Ruthie…«

»Nein, Buck.«

»Du fehlst mir.«

Er ging auf sie zu, doch sie wich ihm aus. Plötzlich hörte er ein lautes Niesen. Buck fuhr erschreckt zusammen, drehte sich um und konnte erst niemanden entdecken, doch als er den Blick senkte, sah er in einer Art Wippstuhl ein Baby, das ihn unverwandt anstarrte.

»Wer zum Teufel ist das?«

»Erkennst du nicht mal deinen eigenen Enkel?«

»Was macht der denn hier?«

»Du hast mal wieder von nichts eine Ahnung, stimmt's? Kathy hilft Eleanor beim Weihnachtsmarkt, und ich paß auf das Baby auf.«

»Oh.«

Der unverwandte Blick des Babys machte ihn nervös. Er kam sich vor, als sei er auf frischer Tat ertappt worden.

»Und jetzt verschwinde.«

»Hör mal, ich...«

»Nach alldem, was passiert ist, begreife ich nicht, wie du hier aufkreuzen kannst.«

»Was soll das heißen: ›Nach alldem, was passiert ist‹?«

Ruth maß ihn mit scharfem Blick. »Soll das heißen, daß sie dir nichts erzählt hat?«

»Mir was erzählt hat?«

»Sie weiß alles, du blöder Hund! Alles über uns.«

»Sie kann doch nicht...«

»Sie kann. Und sie tut.«

»Du hast es ihr *erzählt*?«

»Das brauchte ich nicht. Sie wußte es sowieso schon.«

»Aber du hast es zugegeben?«

Die Türglocke bimmelte, und sie drehten sich beide um. Baby Buck versuchte, die Glocke nachzuahmen.

»Mrs. Iverson!« rief Ruth fröhlich. »Wie geht es Ihnen?« Sie warf Buck einen Blick über die Schulter zu und zischte zwischen zusammengepreßten Lippen hervor: »Verschwinde! Sofort!«

Buck ging, ohne sich von ihr oder seinem Enkel zu verabschieden. Er lief zur Tankstelle, kaufte sich Zigarren, steckte sich auf dem Weg zum Wagen eine an und dachte dabei unablässig über das nach, was Ruth ihm gesagt hatte. Er war so in Gedanken versunken, daß er, als er in die Straße einbog, beinahe einen Dreißigtonner gerammt hätte. Der Fahrer drückte auf die Hupe, und Buck ließ vor Schreck seine Zigarre fallen und versengte sich die Hose.

Eleanor hatte kein Wort gesagt. Sie redeten zwar sowieso nicht mehr viel miteinander, aber man hätte doch erwarten können, daß sie es zumindest erwähnte, schließlich war Ruth ihre Geschäftspartnerin. Es gab so viele Fragen, die er Ruth hatte stellen wollen, aber nicht stellen konnte, weil diese Iverson hereingekommen war. Woher zum Teufel hatte Eleanor überhaupt davon gewußt? Und wieso führten beide noch zusammen das Geschäft? Das ergab doch alles überhaupt keinen Sinn.

Als er zurück zur Ranch fuhr, wälzte er alle möglichen unangenehmen Gedanken und landete schließlich wieder, wie in letzter Zeit so oft, bei den Wölfen, der Wurzel allen Übels.

Er hatte den Wolfsjäger schon seit ein paar Tagen nicht mehr gesehen. Als er daher zur Weggabelung unterhalb seiner Ranch kam, fuhr er nach links und folgte dem Weg bis zu Kathys Haus.

Vielleicht hatte Lovelace einige Neuigkeiten, die ihn aufzuheitern vermochten.

Der Wolfsjäger steuerte das Schneemobil durch den Wald auf die offene Schneefläche der oberen Weide vor dem Haus zu. Der holprige Weg war Gift fürs Kreuz, das ihm von all dem Schnee, den er erst vom Zelt und dann vom Schneemobil räumen mußte, sowieso schon weh tat. Doch Schmerzen war er gewohnt, die konnten ihm die Laune nicht verderben. Es war einige Jahre her, daß er zuletzt in einem solchen Schneesturm biwakieren mußte, und obwohl man letztlich nur eine gute Ausrüstung und etwas Mumm brauchte, war er doch froh, daß er damit fertiggeworden war.

Aber der eigentliche Grund seiner guten Laune war der, daß er wußte, wo sich die Wölfe aufhielten.

Als der Wind gegen vier Uhr morgens nachließ, hatte er ihr Heulen gehört, und als es hell wurde, fand er ihre Spuren kaum fünfzig Meter vom Zelt entfernt. Fast schien es, als hätten sie von seiner Ankunft gehört und wollten ihn nun ein wenig genauer in Augenschein nehmen. Da er jetzt wußte, in welchem Terrain sie sich befanden, fuhr er zum Trailer zurück, um einen Plan auszuarbeiten und sich die Sachen zu holen, die er brauchte, um sie zu töten.

Am Fuß der Weide fraß eine Reihe schwarzer Kühe von dem Heu, das man für sie auf den Schnee gestreut hatte. Dahinter sah Lovelace den Wagen von Buck Calder, der vor Hicks' Haus parkte.

Als er flacheres Gelände erreichte und zur Scheune einbog, bemerkte er, daß die Tür seines Trailers offenstand. Eine Sekunde später sah er einen Mann heraustreten. Es war Buck Calder. Kurz darauf kam sein Schwiegersohn aus dem Anhänger und schloß die Tür hinter sich. Hicks schaute etwas dumm drein, doch Calder lächelte, winkte und wartete darauf, daß Lovelace das Schneemobil in ihre Richtung lenkte und vor ihnen anhielt.

»Hallo, Mr. Lovelace. Schön, Sie zu sehen.«

Lovelace stellte den Motor ab.

»Was haben Sie in meinem Trailer zu suchen?«

»Wir haben nach Ihnen geschaut. Wollten wissen, ob alles in Ordnung ist.«

Lovelace sagte kein Wort. Er starrte Calder einen Augenblick an, stieg dann vom Schneemobil und ging zum Trailer. Als er an ihnen vorbeikam, sah er, daß Hicks eine Grimasse zog wie ein unartiger Junge. Für was halten die sich, dachte er, als er in seinen Anhänger stieg. Schnüffeln hier einfach herum. Er sah nach, ob sie etwas angefaßt hatten, doch schien alles an seinem Platz zu sein. Er ging wieder zur Tür und sagte: »Machen Sie das nicht noch mal!«

»Wir haben geklopft, und als wir keine Antwort bekamen, haben wir uns Sorgen gemacht…«

»Ich sag's Ihnen schon, wenn ich Ihre Hilfe brauche.«

Calder hob die Hände. »He, tut mir wirklich leid.«

»Ja, tut uns leid, Mr. Lovelace«, wiederholte Hicks.

Lovelace nickte nur.

»Und? Wie läuft's?« fragte Calder freundlich, als sei nichts geschehen. »Haben Sie die Wölfe schon gefangen?«

»Das erfahren Sie schon, wenn's soweit ist.«

Und mit diesen Worten schlug er ihnen die Tür vor der Nase zu.

Baby Buck saß am Küchentischrand, während Kathy versuchte, ihm den Schneeanzug anzuziehen. Er war davon nicht sonderlich begeistert und tat dies auch lauthals kund. Der Kleine hatte eine Erkältung, und sein Gesicht war ganz rot und tränenüberströmt. Eleanor saß am anderen Ende des Tisches und schnitt Zwiebeln.

Es war Dienstag, der einzige Tag in der Woche, an dem Luke früh nach Hause kam, und auch der einzige, an dem sie sich einige Mühe mit dem Abendessen machte. Heute abend gab es Fischpastete, aus zwei Gründen: Sie war eins von Lukes Lieblingsgerichten, und sein Vater konnte sie nicht ausstehen.

Das Baby stieß einen durchdringenden Schrei aus.

»Er will bei seiner Großmutter bleiben«, sagte Eleanor. »Nicht wahr, mein Liebling?«

»Hey, du kannst ihn gern haben. Wirst du wohl still sein, du kleines Monster! War ich auch so?« fragte Kathy.

»Schlimmer.«

»*Noch* schlimmer?«

Sie zog sich gerade die Handschuhe an, da streifte der Scheinwerferstrahl eines Wagens das Küchenfenster. Als das Baby ein paar Sekunden später zu neuem Geschrei anhob, hörten sie Lukes Schritte auf dem Weg zum Haus. Er pfiff eine Melodie. Eleanor hatte ihn noch nie zuvor pfeifen hören.

»Wenigstens *ein* glücklicher Mensch auf dieser Welt«, sagte Kathy.

Das Baby fing wieder an zu schreien.

Luke kam herein und sagte hallo. Nachdem er Hut, Mantel und Stiefel ausgezogen und Eleanor einen Kuß gegeben hatte, nahm er den kleinen Buck auf den Arm und trug ihn durch die Küche. Das Baby hörte sofort auf zu weinen.

»Willst du einen Job?« fragte Kathy.

»Hab schon einen.«

»Einen, wo du nachts bei Schneestürmen draußen bist«, sagte Eleanor.

»Mom, das war nicht gefährlich.«

Eleanor sah ihm zu, wie er mit dem Baby durch die Küche tanzte, während sie die letzten Zwiebeln schnitt. Es tat ihrer Seele gut, ihn so glücklich zu sehen. Auf der Heimfahrt vom Weihnachtsmarkt hatte Kathy ihr erzählt, daß sich die Leute bereits den Mund über Luke und Helen Ross zerrissen. Eleanor hatte die Gerüchte als Unsinn abgetan.

Luke gab Kathy den kleinen Buck zurück, um auf sein Zimmer zu gehen. Kurz darauf fuhr Kathy mit dem Baby nach Hause und überließ Eleanor ihren Kochvorbereitungen.

Sie hatte keine Ahnung, wo sich der große Buck aufhielt. Vermutlich versteckte er sich irgendwo und überlegte, wie er sich verhalten sollte, wenn er nach Hause kam. Bei dem Gedanken mußte Eleanor lächeln.

Ruth hatte ihr erzählt, daß er am Morgen im Laden gewesen war. Die Arme konnte Eleanors Haltung immer noch nicht so recht verstehen. Betrogene Frauen wollten sich doch an der Rivalin rächen, ja sie sogar umbringen. Eleanor wußte, daß Ruth ihr noch immer mit Mißtrauen begegnete, weil sie alles so gelassen hingenommen hatte. Es war ihr ein Rätsel, daß weder ihre Freundschaft noch – was viel wichtiger war – ihre Geschäftsbeziehung bedroht zu sein schienen. Und das freute Eleanor um so mehr.

Dabei hatten sie seit jenem Tag, an dem Eleanor ihr mitteilte, daß sie Bescheid wisse, nicht mehr über Ruths Affäre mit Buck gesprochen. Schließlich war zu diesem Thema alles gesagt. Manchmal schämte sie sich ein wenig, wie sie die Sache zur Sprache gebracht hatte, daß sie Ruth einfach so rundheraus gefragt hatte, wie lange sie schon mit ihm schlafe. Eleanor war damals nicht ganz ehrlich gewesen, hatte sie doch schon mit ziemlicher Sicherheit gewußt, daß die Affäre fast vorbei war.

Sie mußte Ruth zugute halten, daß sie nichts abgestritten hatte. Doch sie fragte Eleanor, wie sie dahintergekommen sei.

»Sie waren doch selbst mal verheiratet, oder?« fragte Eleanor.

»Ja.«

»Wie lange?«

»Ungefähr fünf Minuten.«

»Nun, das ist vielleicht nicht lang genug. Doch nach einer Weile weiß man bestimmte Dinge einfach. Und, Ruth, ich hatte viel Zeit, mir darüber Gedanken zu machen.«

Sie ersparte ihr die Details, wie sie es herausgefunden hatte. Wie ihr an jenem ersten Tag, an dem sie in den Laden gekommen war und Ruth angeboten hatte, ins Geschäft einzusteigen, deren Geruch so seltsam vertraut erschienen war und sie später dann begriffen hatte, daß es derselbe Geruch war, der Buck anhaftete, wenn er nach Hause kam und auf Zehenspitzen durchs Schlafzimmer schlich. Wie sie an jenem Abend vor Ruths Haus seinen Wagen gehört und später dann eine seiner Zigarren in der Auffahrt gefunden hatte.

»Er hat immer irgendwo eine Frau«, fuhr Eleanor fort. »Manchmal auch mehrere gleichzeitig. Allerdings weiß ich meist nicht, wer es ist. Ehrlich gesagt, Ruth, interessiert mich das auch nicht mehr.«

»Das glaube ich nicht.«

»Aber es stimmt. Natürlich hat es mir zuerst was ausgemacht. Und als ich drüber weg war, machte es mir was aus, wenn die Leute Mitleid mit mir hatten, wo ihnen doch eigentlich Buck hätte leid tun sollen. Aber selbst das läßt mich heute kalt. Von mir aus können die Leute reden, was sie wollen.«

»Warum bleiben Sie bei ihm?«

Eleanor zuckte die Achseln. »Wo sollte ich sonst hin?«

Die arme Ruth war ziemlich erschüttert. Und obwohl ihr Eleanor versichert hatte, daß ihre geschäftliche Beziehung davon unberührt blieb, behandelte Ruth sie seither mit Vorsicht und Respekt. Als sie nach dem Weihnachtsmarkt wieder beide im Laden waren, hatte Ruth ihr, während Kathy den Kleinen im Badezimmer wickelte, im Flüsterton mitgeteilt, daß Buck dagewesen sei und worüber sie geredet hatten.

Also wußte er jetzt, daß Eleanor über seine Affäre im Bilde war. Und während sie das Abendessen zubereitete, mußte sie bei dem Gedanken daran, wie ihm jetzt zumute war, vergnügt lächeln.

Es sollte noch eine Stunde dauern, bevor sie seinen Wagen hörte. Als er hereinkam, deckte sie gerade den Tisch. Sie blickte auf und sah, wie zerknirscht, gereizt und blaß er aussah.

»Hier riecht es aber gut«, sagte er.

Eleanor lächelte und erklärte ihm, es gebe Fischpastete.

27

Sie hatten sich nur geküßt. Geküßt, einander in ihrem Bett im Arm gehalten und geredet, bis das fahle Morgenlicht durchs Fenster drang. Das war alles. Was sollte daran schlimm sein?

Mit dieser Frage schlug sich Helen herum, seit Luke am Abend zuvor nach Hause gefahren war und sie in der Hütte mit immer stärker werdenden Schuldgefühlen zurückgelassen hatte. Ihre Bedürfnisse und die von Luke, das sagte sie sich immer wieder, waren gleich gewesen. Und wenn jeder von ihnen Trost in dem gefunden hatte, was geschehen war, warum nicht? Wie konnte so ein bescheidener Altersunterschied und, nun ja, ein gewisser Erfahrungsunterschied daran etwas ändern?

Fast gelang es ihr, sich zu überzeugen.

Joel hatte ihr mal gesagt, daß sie ihren Abschluß offenbar im Fach Schuldgefühle und nicht in Biologie gemacht hatte und daß ihre wahre Berufung eigentlich im Bauwesen liege, da sie so geschickt darin sei, Gefängnisse für sich zu errichten. Luke war ihr da, wie sich herausstellte, ziemlich ähnlich.

Während sie sich an jenem Abend umschlungen hielten, hatte sie ihm gestanden, daß sie sich die Schuld an der lieblosen Ehe ihrer Eltern gab. Und dann hatte Luke ihr von seiner vermeintlichen Schuld am Tod seines Bruders erzählt. Mit großem Eifer, doch ohne jede Wirkung, hatten sie einander schließlich versichert, wie absurd doch die Schuldgefühle des jeweils anderen waren. Die Absurdität der Gefängnisse anderer Menschen war stets so viel leichter zu erkennen.

Heute waren sie nach Great Falls gefahren, weil Helen sich ein Kleid für die Hochzeit ihres Vaters kaufen wollte. In zwei Tagen würde sie nach Barbados fliegen. Gleichsam wie ein Vorgeschmack auf das Wetter in der Karibik blies ein Chinook von den Bergen, so daß der Schnee rasch dahinschmolz.

Sie kamen jeweils mit dem eigenen Wagen und trafen sich wie ein heimliches Liebespaar auf dem Parkplatz des Einkaufszentrums. Helen war zu früh da. Sie blieb im grauen Schneematsch stehen, wartete zehn Minuten und hielt auf dem Highway nach Lukes Jeep Ausschau. Er kam von seiner Therapiestunde in Helena. Sie fragte sich besorgt, ob er sich nach dem, was zwischen ihnen vorgefallen war, ihr gegenüber anders verhalten würde. Doch ihre Sorge war unbegründet, er war lieb wie immer und ganz natürlich und legte kurz den Arm um sie, als sie ins Einkaufszentrum gingen.

Sämtliche Läden waren mit Lichterketten und Flittergold geschmückt, und in den Einkaufspassagen erklangen überall Weihnachtslieder. Um diese Jahreszeit gab es nur Winterkleidung, und Helen stellte sich gerade vor, wie sie sich wohl auf Barbados in Parka und Skihose machen würde, als Luke ein Sonderangebot entdeckte. Es war ein einfaches, ärmelloses, gelbes Kleid, Größe 36. Sie betrat die Umkleidekabine ohne allzu große Begeisterung.

Es war vier Monate her, seit sie sich zuletzt in einem Spiegel betrachtet hatte. Sie bekam einen Schreck. Ihre Haare waren nachgewachsen, so daß sie wie ein gerupftes Huhn aussah.

Außerdem hatte sie Gewicht verloren. Ihr Gesicht schien nur noch aus Wangenknochen zu bestehen, und im harten, fluoreszierenden Licht hatte sie Ringe unter den Augen. Als sie sich auszog, wurde es noch schlimmer. Die Haut spannte sich straff über den Rippen und den vorspringenden Hüftknochen. Das Kleid hatte Spaghettiträger, und sie mußte es ohne BH anprobieren. Ihre Brüste schienen geschrumpft zu sein. O Gott, dachte sie, ich sehe ja aus wie ein Skelett. Rasch streifte sie das Kleid über den Kopf, um ihren Körper nicht länger im Spiegel betrachten zu müssen.

Kaum zu glauben, aber es sah okay aus. Es war ein wenig zu lang und unter den Armen zu weit ausgeschnitten; sie wirkte darin ein bißchen komisch, so blaß, bis auf das wettergegerbte Gesicht und die verblassende Bräune an den Armen, doch die Farbe stand ihr. Mit etwas Make-up, nein, mit viel Make-up würde sie vielleicht ganz passabel aussehen.

Luke wartete vor der Umkleidekabine, musterte seine Stiefel und sah etwas unglücklich drein, während zwei junge Frauen neben ihm über die Vorteile eines Pullovers diskutierten, den eine von ihnen anprobiert hatte.

»Luke?«

Er hob den Blick. Sie kam barfuß auf ihn zu und war verlegen wie ein Mädchen im ersten Partykleid. Als sie vor ihm stand, drehte sie verschämt eine kleine Pirouette. Er runzelte die Stirn und schüttelte leicht den Kopf.

»Nein? Gefällt es dir nicht?«

»Nein, ich meine, doch. Es ist bloß …« Er schlug einen Moment die Augen nieder und holte tief Luft, so wie er es manchmal tat, wenn er blockiert war und darauf wartete, daß die Worte sich lösten. Dann schaute er wieder auf.

»Es ist gut«, sagte er einfach.

Doch wie er sie anlächelte, rührte sie zutiefst.

Wie ein Wolf sog Lovelace schnuppernd die Nachtluft ein.

In der letzten Stunde hatte er sich besorgt gefragt, ob der Wind wieder nach Westen umschlagen und seinen Geruch in den Cañon und über den Bach an die Stelle wehen könnte, wo er den Kadaver ausgelegt hatte. Wenn das passierte, konnte er gleich wieder einpacken und nach Hause fahren. Doch der Wind kam stetig aus Norden und würde den Blutgeruch des toten Hirschs den Cañon hinuntertragen, genau dorthin, wo er ihn haben wollte.

Der Chinook blies seit dem frühen Nachmittag, wirbelte schiefergraue Wolken die Berge hinab und jagte sie über die Ebenen. Seit dem Morgen taute es im Wald, Schmelzwasser rann die Felsen hinab. Man konnte die Schneedecke bersten hören, wenn der Schnee schmolz, sich setzte und wieder erstarrte. Zweimal schon hatte er Lawinen abgehen sehen und einige Male das dumpfe Grollen gehört, wenn sie durch die höheren Cañons donnerten.

Es war neun Uhr, und er wartete nun seit vier Stunden.

Er lag auf dem Bauch in seinem Schlafsack, eingezwängt unter einem hohen, von Rissen durchzogenen Felssims, der an der Wand des Cañons entlanglief. Unter ihm fiel die Wand achtzig Meter steil ab, und der Hang über ihm ragte fast ebenso hoch auf.

Er mußte wie eine Eidechse hier heraufkriechen, doch es hatte sich gelohnt. Von oben war er durch den Hang über ihm geschützt, und nach unten bot sich ihm ein ausgezeichneter Blick auf den eiserstarrten Bach. Die Erde, auf der er lag, war trocken und mit Knochensplittern übersät; es roch nach Berglöwe.

Durch das Nachtsichtgerät am Gewehr suchte er erneut den Cañon ab, ließ den gespenstischen grünen Lichtkreis langsam über den Bach und den Wildwechsel daneben wandern, den die Wölfe vermutlich nehmen würden. Er bemerkte eine Bewegung zwischen den Bäumen, und sein Puls beschleunigte sich. Doch es war nur ein Rotluchs, der sich seinen Weg durch schneebedecktes Geröll suchte. Während Lovelace die Katze beobachtete, schien sie etwas wahrzunehmen. Sie erstarrte, und ihre Augen glühten wie Scheinwerfer in der durch das Nachtsichtgerät veränderten Welt. Dann lief sie rasch in den Wald und war verschwunden.

Lovelace richtete das Nachtsichtgerät wieder auf den Bach und schließlich auf die Felsplatte, auf der der Kadaver des jungen Rehs lag, das er im Morgengrauen weiter oben am Bach geschossen und dann bachabwärts geschleppt hatte. Er war mit den Gummistiefeln durchs Wasser gewatet, um keine Spuren zu hinterlassen. Die Felsen im Bachbett waren schlüpfrig und die Untiefen trügerisch und vereist. Die Anstrengung hatte ihn erschöpft, und er mußte immer wieder anhalten, damit genügend Luft in seine schmerzenden Lungen gelangen konnte.

Auf dem Felsen hatte er vorsichtig die Kugel entfernt, dann dem Reh Bauch und Kehle aufgeschlitzt, so daß das Blut ins Wasser lief. Schließlich hatte er noch das Gedärm auf dem Felsen verteilt, damit der Blutgeruch den Cañon hinabtrieb. Aber der Kadaver war unberührt.

Die Chancen, daß es beim erstenmal funktionieren würde, standen schlecht. Den Spuren nach zu urteilen, die er am Morgen gefunden hatte, waren die Wölfe noch in der letzten Nacht in dieser Gegend gewesen, doch inzwischen konnten sie über zwanzig Meilen weiter sein. Er mochte hier wochenlang jede Nacht liegen und trotzdem kein Glück haben. Und selbst wenn sie auftauchten, war es von hier aus kein Kinderspiel, sie zu erlegen.

Er hatte es ausgemessen, als er gestern den Platz fand. Der Bach war knapp zweihundertfünfzig Meter von der Felswand entfernt, ein einfacher Schuß bei Tageslicht, nachts jedoch ein verdammt schwieriger. Er hatte das Visier entsprechend eingerichtet, um die Abweichung der Kugel nach unten zu korrigieren, aber der Schußwinkel machte es nicht gerade leichter.

Durch den Seitenwind wurde es sogar noch komplizierter. Er wehte mit fast dreißig Stundenkilometern, also würde er mindestens einen halben Meter dazugeben müssen.

Lovelace war sich nahezu sicher, daß die Frau und der Junge heute nacht nicht unterwegs waren, wenn aber doch, so konnten sie nicht heraufkommen, ohne daß er rechtzeitig ihr Schneemobil hören oder das Scheinwerferlicht im Cañon sehen würde. Die Möglichkeit, daß irgend jemand das Paff des Schalldämpfers hörte, bestand allerdings immer. Vielleicht hätte er doch lieber Fallen aufstellen sollen.

Die ersten drei Stunden war er hellwach gewesen. Doch langsam überkam ihn Müdigkeit, und seine Füße wurden kalt. Er legte das Gewehr neben sich, ließ den Kopf auf den Arm sinken und schloß die Augen.

Als er sie wieder aufschlug und auf die Uhr schaute, war eine ganze Stunde vergangen. Er fluchte, griff nach dem Gewehr und stellte das Nachtsichtgerät ein. Der Kadaver war noch immer unberührt. Doch als er das Gerät ein wenig nach rechts schwenkte, entdeckte er einen Schatten, der in den grünen Lichtkreis trat.

Es waren zwei, dann drei, vier. Hintereinander trotteten sie um eine Biegung des Wildwechsels. Ihre Augen glühten, als brenne ein gespenstisches, fluoreszierendes Feuer in ihren Schädeln. Der erste Wolf war fast weiß, auch wenn er im Nachtsichtgerät eher milchgrün aussah. Der Größe, Position und Schwanzhöhe nach hielt Lovelace ihn für das Alpha-Weibchen. Er konnte das Halsband sehen und entdeckte es auch am nächsten Tier. Die beiden anderen waren schlanker, noch nicht ganz ausgewachsen.

Lovelaces Herz begann zu rasen. Er konnte sein Glück nicht fassen. Leise schob er den Sicherungshebel zurück und stellte das Laserzielfernrohr an.

Calders Aussage nach bestand das Rudel aus acht Tieren, also ließ er die Wegbiegung nicht aus den Augen, wartete darauf, daß die anderen auftauchten. Aber sie kamen nicht. Ungewöhnlich, dachte er, daß sie nicht alle zusammen jagen, aber immerhin konnte er zwei aufs Korn nehmen. Die Wölfe mit Halsband würde er erst dann töten, wenn alle anderen erledigt waren. Solange die Signale kamen, würde die Frau vermutlich glauben, daß es dem ganzen Rudel gutginge. Außerdem – wenn er nur die verdammte Frequenz finden würde, dann könnte sie ihn zu den anderen Tieren führen.

Die Wölfe blieben dort stehen, wo der Pfad durch ein Weidengebüsch führte, etwa fünfzehn Meter unterhalb des Rehkadavers. Die Weiße stand regungslos, die Schnauze im Wind, und Lovelace fürchtete schon, daß sie seine Witterung aufgenommen hatte. Er lenkte den roten Laserpunkt auf ihre Brust. Vielleicht sollte er das Halsband einfach vergessen und sie jetzt erledigen. Das Problem war nur, daß die beiden Wölfe ohne Halsband von den Weiden versteckt wurden. Wahrscheinlich würde er sie nur verscheuchen. Doch jetzt trottete die Weiße wieder voraus, langsamer als zuvor, und die anderen folgten ihr.

Zehn Minuten lief sie am Ufer auf und ab, ehe es ihr sicher genug erschien, Eis und Wasser zu überqueren, um zum Kadaver zu gelangen. Lovelace hätte jedes Tier ein dutzendmal erschießen können, aber er wartete ab und beobachtete. Er wollte sie alle bei dem toten Reh haben, wollte, daß sie soviel davon fraßen, daß jemand, der die Reste fand, glaubte, die Wölfe hätten das Tier gerissen.

Erst als sie mit ihrem Festschmaus fast fertig waren, machte er sich fertig zum Schuß. Die beiden Wölfe ohne Halsband standen nebeneinander, die Köpfe tief im Rehfleisch vergraben. Lovelace nahm den Wolf, der ihm am nächsten war, ins Fadenkreuz, da er dessen Brust besser ins Visier bekam. Gleich darauf hob der Wolf den Kopf, um ein Stück Fleisch zu verschlingen. Lovelace sah das Blut grün an seiner Schnauze glänzen.

Er drückte ab.

Die Wucht des Einschlags schleuderte den Wolf vom Felsen ins Wasser. Lovelace hatte erwartet, daß die anderen in panischer Angst davonjagen würden, doch das taten sie nicht. Sie hörten nur auf zu fressen und starrten das Tier an, das er erschossen hatte und nun nicht mehr sehen konnte. Rasch schob der alte Wolfsjäger eine zweite Kugel in die Kammer.

Den zweiten traf er in den Kopf, und der Wolf fiel wie ein Stein neben dem Reh zu Boden. Doch diesmal schossen die beiden übrigen Wölfe davon. Blitzschnell rannten sie durch das Wasser, kletterten das eisige Ufer hinauf und verschwanden im Wald.

Er brauchte fast eine Stunde, um durch den Bach zu waten und die toten Wölfe an ihren Hinterläufen durchs Wasser zu ziehen. Es waren bloß Welpen, aber jeder wog so an die dreißig, fünfunddreißig Kilo. Und nachdem er sie hinten aufs Schneemobil geladen hatte und damit zur Mine gefahren war, fand er kaum noch die Kraft, wieder abzusteigen.

Er warf sie neben dem unkrautüberwucherten Luftschacht, den er gestern entdeckt hatte, zu Boden und hob vorsichtig die verfaulenden Kiefernstämme zur Seite, mit denen das Loch abgedeckt worden war.

Einen nach dem anderen wuchtete er die Wölfe über den Schachtrand und ließ sie vorsichtig am Schwanz hinab. Dann horchte er, wie sie in einer Steinlawine hinunterkollerten und mit einem leisen Platschen tief im Bauch der Mine landeten.

Einen Augenblick verharrte er, lauschte in die Stille.

»Glaubst du, Joseph, daß ihr Leben genauso ist wie unseres? Ich meine, das, woraus es gemacht ist, dieser kleine Funke in ihnen, der Geist oder was es auch immer sein mag. Glaubst du, es ist das gleiche, was wir auch in uns haben?«

»Nein, Liebes, natürlich nicht. Wie könnte es denn das gleiche sein?«

Der Wind hatte sich gelegt. Es begann wieder zu schneien. Bis zum Morgen würden seine Spuren verschwunden sein.

Sie konnte immer noch nicht glauben, daß sie abreisen würde.

Ihr Flug ging am nächsten Morgen um sechs Uhr. Trotz ihres Protests hatte Luke darauf bestanden, sie zum Flughafen zu bringen. Die Tasche lag bereits gepackt unter dem Bett.

Ihr Vater hatte einen Prospekt vom Hotel geschickt, in dem sie alle wohnen würden. Es hieß Sandpiper Inn und sah einfach himmlisch aus. Es gab Palmen, Rasenflächen bis hinunter zum Strand und dann dieses wunderschöne, blaßblaue Meer, das sogar noch schöner aussah als in dem Traum, von dem er ihr nie erzählt hatte. Der Speisesaal war an den Seiten offen und von exotischen Pflanzen eingerahmt. Er versuchte, nicht allzuoft daran zu denken, wie es wäre, mit ihr dort zu sein.

Da sie am nächsten Morgen früh raus mußten, hätte er längst nach Hause fahren sollen. Aber er hatte keine Lust und tat, als müsse er noch etwas Wichtiges am Computer erledigen. Helen saß ihm gegenüber, biß sich auf die Lippen und konzentrierte sich angestrengt auf ihre Näharbeit, so daß er sie betrachten konnte. Sie hatte das Kleid an den Seiten bereits abgenommen und war mit dem Kürzen des Saums schon fast fertig. Manchmal blickte sie auf und ertappte ihn, wie er sie ansah, doch schien es sie nicht zu stören. Mit der neuen Frisur, die sie sich nach dem Kleiderkauf in Great Falls hatte machen lassen, wirkte sie jünger.

Vorhin, gleich nach dem Abendessen, hatte sie das Kleid mit den neuen Schuhen anprobiert und sich mitten in der Hütte auf einen Stuhl gestellt, damit er den Saum für sie abstecken konnte. Es hatte ewig gedauert, weil er so etwas zum erstenmal machte, vor allem aber, weil sie beide ständig lachen mußten. Sie fanden es ungeheuer lustig, mitten im Winter in einer Berghütte ein Sommerkleid zu kürzen. Und um alles noch komplizierter zu machen, beugte sich Helen mal zur einen, dann zur anderen Seite und beschwerte sich hinterher, daß der Saum nicht gerade abgesteckt war.

Sie würde zehn Tage fort sein.

Sie hatten an alles gedacht. Während sie weg war, würde Luke in der Hütte wohnen, sich um Buzz kümmern und weiterhin die Wölfe im Auge behalten. Helen sagte, wenn er fleißig sei, würde sie ihm am Weihnachtsabend auch einige Stunden frei geben. Seine Eltern waren einverstanden. Helen hatte ihren Plan mit Dan Prior abgesprochen; und der meinte, es sei in Ordnung, solange alles »inoffiziell« bleibe, was, wie Helen erklärte, heißen sollte, daß es ihn nichts kosten dürfe. Dan hatte Luke angeboten, ihn an einem Tag in der nächsten Woche mit dem Flugzeug mitzunehmen, um das Rudel aus der Luft zu beobachten.

Sie war jetzt fertig, biß den Faden ab und hielt dann prüfend das Kleid hoch.

»Ich kann es immer noch nicht fassen, daß du das hier gefunden hast. Das einzige Sommerkleid in ganz Montana.«

»Tja, Shopping ist eben meine ganz große Begabung.«

Sie mußte lachen. Buzz begann plötzlich laut zu bellen. Wahrscheinlich hatte er ein Tier draußen vor der Hütte gerochen; das geschah häufig. Helen befahl ihm, still zu sein, stand auf und begann, das Kleid auf dem Bett zusammenzulegen.

»Willst du es denn nicht noch mal anprobieren?«

»Soll ich?«

Luke nickte. Sie zuckte die Achseln.

»Gut.«

Er drehte sich um und tat, als betrachte er den Computerbildschirm, wie immer, wenn sie sich umzog, denn das erregte und beschämte ihn gleichermaßen. Nach dem Kuß war es für ihn mehr als eine Qual. Woher sollte er wissen, was sie für ihn empfand?

Er hatte so wenig Erfahrung in diesen Dingen. Doch die

Art, wie sie ihn geküßt hatte, verriet ihm, daß sie längst mehr als nur Freunde waren. Wie sollte er sich verhalten?

Vielleicht hatte sie damals, als sie zusammen im Bett lagen, von ihm etwas anderes erwartet. Aber er war einfach zu unerfahren, mit dem Resultat, daß eben nichts gelaufen war. Und Luke hatte das verzweifelte Gefühl, daß jetzt, wo sie wegfuhr, nie mehr etwas laufen würde.

»Machst du mir das Kleid zu?«

Sie stand mit dem Rücken zu ihm, als er sich umdrehte. Er sah, daß sie den BH wie letztens im Laden ausgezogen hatte. Er machte den Reißverschluß zu und unterdrückte den Wunsch, ihre nackten Schultern zu küssen. Sie ging zu Buzz an den Ofen, drehte sich um, posierte ein wenig spöttisch vor ihm und wartete auf sein Urteil.

»Nun?«

»Du bist w-w-wunderschön.«

Sie lachte. »Nein, Luke, das bin ich nicht.«

»Doch, das bist du.«

Er zog das Geschenk, das er ihr gekauft hatte, aus der Tasche. Die Frau im Laden hatte es ihm in ein kleines Kästchen gelegt und hübsch in goldglänzendes Papier eingewickelt. Er hielt es ihr hin.

»Was ist das?«

»Nichts. Nur… hier.«

Sie nahm das Geschenk, und er schaute zu, wie sie es auspackte. In dem Kästchen lag, sorgsam in weißes Tuch gehüllt, ein kleiner, silberner Wolf an einer silbernen Kette. Sie nahm ihn vorsichtig heraus.

»Ach, Luke.«

»Ist nur eine Kleinigkeit…«

Sie betrachtete das Schmuckstück mit seltsamem Gesichtsausdruck. Vielleicht gefiel es ihr nicht, dachte Luke.

»Sie t-t-tauschen es auch um. Ich meine, wenn es dir nicht…«

»Nein, nein, es gefällt mir.«

Er lächelte und nickte: »Jedenfalls... fröhliche Weihnachten.«

»Ich hab gar nichts für dich.«

»Das macht nichts.«

»Ach, Luke.«

Sie schlang die Arme um seinen Hals und drückte sich an ihn. Er hielt sie fest, spürte ihren nackten Rücken unter seinen Händen, beugte sich herab und küßte sie sanft auf die Schulter.

»Ich will nicht, daß du wegfährst.«

»Ich auch nicht. Du wirst mir fehlen.«

»Ich liebe dich, Helen.«

»Ach, Luke, sag so was nicht.«

»Doch.«

Er schob sie ein wenig von sich weg und schaute ihr in die Augen.

Sie runzelte die Stirn. »Ich bin zu alt für dich. Es geht nicht. Letztens, an dem Abend, da hätte ich nie...«

»W-W-Warum geht es nicht? So viel älter bist du gar nicht. Und w-w-was macht das schon?«

»Ich weiß nicht, aber...«

»Liebst du immer noch Joel?«

»Nein.«

»Er hat dir weh getan. Ich könnte dir nie weh tun.«

»Aber ich...« Sie hielt inne.

»Was?«

»Ich könnte *dir* weh tun.«

Sie sahen sich lange an. Ihr Mund war leicht geöffnet. Sein ganzer Körper verlangte nach ihr. Er zog sie an sich und küßte sie. Einen Augenblick dachte er, sie wolle sich ihm entziehen, doch dann fühlte er, wie ihr Mund weich wurde und sich öffnete. Sie schnappte ein wenig nach Luft, und er spürte, wie ihre Finger sich um seinen Arm krallten.

»Das ist mir egal«, keuchte er.

Als sie sich eine Stunde später verabschiedeten und Luke sich auf den Heimweg machte, schneite es heftig. Hätte er sich umgesehen, wären ihm vielleicht die bereits halb verschneiten Spuren vor dem Hüttenfenster aufgefallen; doch er war mit dem Kopf ganz woanders.

28

Als Braut war Courtney Dasilva ebenso perfekt wie in allem anderen auch. Sie war eine von jenen Bräuten, die erwachsene Männer in Entzücken versetzten und nicht so freundlich gesinnte Seelen – zu denen sich Helen zählte – vor Neid erblassen ließen.

Das Kleid, ein schulterfreies Modell aus elfenbeinfarbenem Satin, war so geschnitten, daß es einen dezenten, doch aufreizenden Blick sowohl auf den Brustansatz als auch auf die Knie der Braut gewährte. Es war zu einem exorbitanten Preis von einem italienischen Designer in der Madison Avenue angefertigt worden, dessen Name den Gästen ein beeindrucktes Oh! oder Ah! entlockte, Helen aber überhaupt nichts sagte. Jedenfalls konnte man bei dieser Kreation den Eindruck gewinnen, die liebe Courtney sei in einen Mixer gesteckt und dann als Bananen-Daiquiri in ihr Kleid gegossen worden.

Sie wurden am Vormittag des ersten Weihnachtstages getraut, um dem Paar und jenen besonderen Gästen, die schon vorher eingeflogen worden waren, einige Tage Zeit zu geben, ihre Sonnenbräune aufzufrischen. Die von Reverend Winston Glover in einer gekonnten Mischung aus Witz und Ernst abgehaltene Zeremonie fand in einer blumengeschmückten Laube mit Blick auf die Meeresbucht statt. Über ihre Champagnergläser hinweg sahen sie anschließend einen karibischen Santa Claus auf Jetski über das türkisfarbene Wasser gleiten. Er hielt am Strand und stapfte mit tropfnassen, nackten Beinen zwischen ihnen herum, wünschte allen fröhliche Weihnachten und verteilte Geschenke, die in Papier von Saks eingewickelt waren, jenem berühmten Nobelkaufhaus an der Fifth Avenue, in dem Courtney sie persönlich für jeden Gast ausgesucht hatte. Helens Geschenk war ein Kosmetikkoffer aus Eidechsenlederimitat.

Etwa zwanzig Gäste waren geladen, und außer ihrer Schwester Celia, Bryan und deren Kindern kannte Helen nur Garry, den jüngeren Bruder ihres Vaters, sowie Dawn, seine langweilige Frau. Helen und Celia waren ihnen in den letzten drei Tagen aus dem Weg gegangen, eine Fähigkeit, in der sie einiges Geschick besaßen.

Garry hatte sich nie so recht in seine Rolle als Onkel hineinfinden können. Seit ihren Teenagertagen flirtete er mit ihnen, küßte sie bei der Begrüßung auf den Mund, statt auf die Wangen, und machte anzügliche Bemerkungen, die Dawn aus unerfindlichen Gründen überaus amüsant zu finden schien. Insgeheim nannten die Schwestern sie nur Schmachtsuse und Grapscher.

Es war schön, Celia wiederzusehen und mit ihr allein zu sein, denn Bryan verbrachte die meiste Zeit damit, für Kayle und Carey den pflichtbewußten Vater zu spielen. Ständig war er unterwegs, um mit ihnen zu schwimmen, zu segeln oder Wasserski zu laufen, während die Schwestern faul in der Sonne lagen, lasen und sich unterhielten. Abgesehen von einem gelegentlichen Spaziergang ans Meer, um sich abzukühlen, hatte ihre größte Anstrengung bisher darin bestanden, Carl, dem attraktiven jungen Strandkellner zuzuwinken, um sich noch einen neuen Rumpunch zu bestellen.

Helen hatte natürlich nicht daran gedacht, ihre Badesachen mitzubringen, also kaufte sie sich im hoteleigenen Laden einen knappen, schwarzen Bikini. Kaum hatte Celia einen Blick auf sie geworfen, da verkündete sie, sie wolle persönlich dafür sorgen, daß Helen etwas Fleisch auf die Knochen bekam. In den ersten Tagen bestellte sie daher ständig Kuchen, Sandwiches und Eis und zwang Helen zu essen. Bei den Mahlzeiten gab es nichts, was nicht vor Kalorien strotzte, und wenn Helens Teller noch nicht leer war, stieß Celia sie unter dem Tisch an.

Das gelbe Kleid fand allgemein Bewunderung, doch die einzige Bemerkung, die Helen in Erinnerung blieb, war die von Courtney, die meinte, wie »bequem« es doch aussehe.

Am Ende eines anstrengenden Tages im Liegestuhl schwammen die Schwestern ohne Hast zu einem kleinen Ponton hinaus, der etwa zweihundert Meter vom Ufer entfernt verankert war, setzten sich darauf, ließen die Beine im Wasser baumeln und betrachteten einen der traumhaften Sonnenuntergänge. Dies wurde zu ihrem abendlichen Ritual, und als einziges Zugeständnis an den ersten Weihnachtstag nahmen sie, während die Hochzeitsparty noch in vollem Gang war, zwei Gläser und eine Flasche Champagner mit hinaus zum Ponton.

»Du magst sie nicht, stimmt's?« fragte Celia und schenkte ihr ein.

»Courtney? Sie ist okay. Ich kenn sie ja kaum.«

»Ich mag sie.«

»Gut.«

»Und weißt du was? Ich glaube, sie liebt ihn wirklich.«

»Was auch immer das heißen mag.«

Wenn Helen mit Celia zusammen war, spielte sie immer die Zynikerin. Eine solche Bemerkung pflegte ihrer Schwester normalerweise einen sanften Tadel zu entlocken. Doch Helen hatte ihr vor zwei Tagen von Joels Brief erzählt; vielleicht hielt sie sich deshalb mit einem Kommentar zurück. Jetzt bekam Helen fast so etwas wie Schuldgefühle. Sie wandte sich lächelnd ihrer Schwester zu.

»Tut mir leid. Ist wahrscheinlich nur der Neid.« Sie nippte an ihrem Champagner.

»Du begegnest schon auch noch dem Richtigen.«

Helen lachte. »Ich? Du meinst, auch mein Prinz wird noch kommen?«

»Ich weiß es.«

»Du *weißt* es?«

»Ja.«

»Tja, dann seid ihr schon zu zweit. Unsere neue Stiefmutter hat mir gestern abend erklärt, sie ist überzeugt davon, daß mich bei meiner Rückkehr nach Montana schon der Marlboro-Mann erwartet.«

»Und was hast du geantwortet?«

»Ich habe ihr gesagt, daß der sicher an Krebs gestorben ist.«

»Helen, du bist schrecklich.«

»Dabei habe ich ihn schon kennengelernt.«

Celia schwieg. Helen rührte mit den Füßen im mittlerweile dunklen Wasser. Man konnte die Ankerkette sehen, wie sie sich zum sandigen Boden hinabschwang, und einen Schwarm kleiner, silbriger Fische, der um sie herumwirbelte. Helen drehte sich zu Celia, die sie abwartend und mit großen Augen ansah.

»Ich hasse es, wenn du mich so anschaust.«

»Tja, weißt du, jetzt bin ich neugierig geworden.«

»Also schön, er ist groß. Und dunkelhaarig. Und schlank. Und er hat die schönsten grünen Augen, die du je gesehen hast. Er ist der Sohn eines mächtigen Ranchers, er ist lieb, fürsorglich und rücksichtsvoll und völlig in mich vernarrt.«

»Helen, das ist ja ...«

»Und er ist achtzehn Jahre alt.«

»Ach so ...«

»Genau: ›Ach so‹«, äffte Helen sie nach. Celia hatte ihr starres Gouvernantengesicht aufgesetzt, das stets die schlechten Seiten in Helen hervorbrachte.

»Ich meine, ist es ...«, fuhr Celia fort und suchte immer noch nach einem passenden Wort. »Hast du ...«

»Ob ich mit ihm gevögelt habe?«

»Helen! Du weißt ganz genau, daß ich das nicht gemeint habe!«

»Nun, die Antwort lautet, nein, hab ich nicht.« Sie zögerte kurz. »Noch nicht.«

»Verdammt, wieso glaubst du eigentlich immer, daß ich von solchen Dingen schockiert sein könnte? Hältst du mich wirklich für so eine verbohrte, engstirnige Ziege?«

»Nein, natürlich nicht.« Beschwichtigend legte sie einen Arm um ihre Schwester. »Tut mir leid.«

Sie betrachtete einen Augenblick lang schweigend den Horizont. Die Sonne flammte ein letztes Mal auf, ehe sie im indigofarbenen Meer versank.

»Ich meine, warum sind wir hier?« fragte Celia schließlich.

»He, Schwesterherz, das ist eine ernste Frage.«

Wütend stieß Celia ihren Arm fort. »Verdammte Scheiße, Helen, hör endlich auf, dich über mich lustig zu machen!«

Die Champagnerflasche fiel um und lief aus. Helen hatte ihre Schwester noch nie so verärgert gesehen. Jedenfalls hatte sie nie zuvor solche Worte in den Mund genommen.

»Entschuldige, tut mir leid.«

»Ich meine, ich weiß, daß du Bryan und mich bloß für langweilige, kleine Yuppies hältst und daß du diejenige bist, die wirklich lebt, immer nah am Abgrund, dort, wo's um was geht.«

»Das seh ich nicht so, wirklich nicht...«

»O doch. Und du tust auch immer so, als hättest nur du allein wahre Gefühle, als wärst du die einzige, die Leidenschaft und Schmerz empfindet, die einzige, die gelitten hat, als Mom und Dad sich trennten, und ich bin bloß die kleine Madam Ordentlich, immer lächelnd, mit meiner hübschen kleinen Familie, dem hübschen kleinen Haus und dem hübschen kleinen Leben. Aber so ist das nicht, Helen. Manchmal fühlen wir auch etwas, manchmal wird uns auch weh getan, verstehst du?«

»Ich weiß, ich weiß.«

»Weißt du das wirklich? Vor zwei Jahren hatte ich Brustkrebs.«

»Du hast *was* gehabt?«

»Keine Sorge, es ist vorbei. Man hat ihn frühzeitig erkannt, ich bin ihn wieder los.«

»Mein Gott, Celia. Du hast kein Wort gesagt ...«

»Warum sollte ich? Man muß sich nicht in seinem Leid suhlen. Man kann mit dem Leben auch einfach weitermachen. Das ist eben der Unterschied zwischen uns. Und ich erzähle dir das jetzt auch nur, damit du siehst, daß du kein Monopol aufs Leiden hast. Also bitte, erwarte von uns nicht ständig, daß wir Mitleid mit dir haben.«

»Das tu ich doch gar nicht.«

»Tust du wohl. O ja. Du tust wie eine tragische Heldin. Aber das ist völliger Blödsinn. Mit Joel hat's nicht geklappt, und das ist schade. Aber vielleicht sollte es auch gar nicht klappen. Vielleicht kannst du sogar von Glück sagen, daß du es jetzt schon gemerkt hast. Mom und Dad haben neunzehn Jahre gebraucht, um das herauszufinden.«

Helen nickte. Sie hatte recht. In allem.

»Du bist erst neunundzwanzig, Helen. Was hast du eigentlich für ein Problem?«

Helen zuckte die Achseln und schüttelte den Kopf. Sie war den Tränen nahe, doch nicht aus Selbstmitleid, sondern aus Scham. Weil Celia Krebs gehabt hatte und wegen all der anderen Dinge, die sie gesagt hatte. Celia schien zu spüren, daß sie zu ihr durchgedrungen war. Sie beruhigte sich, lächelte, und jetzt war sie es, die ihre Schwester in den Arm nahm. Helen legte ihren Kopf an Celias Schulter.

»Ich kann gar nicht glauben, daß du es mir nicht gesagt hast.«

»Warum sollte ich alle Welt in Aufregung versetzen? Ich bin wieder gesund.«

»Sie haben ihn herausoperiert?«

»Ja, schau her.«

Sie streifte den Badeanzug über ihre Brust. Unter ihrer linken Brustwarze befand sich eine kleine, rosige Narbe.

»Saubere Arbeit, was? Bryan findet sie richtig sexy.«

»Du überraschst mich wirklich.«

Celia lachte. Sie zog ihren Badeanzug wieder hoch und griff nach der Champagnerflasche. Ein letzter Schluck war noch übrig, aber sie wollten ihn beide nicht. Sie stellte die Flasche wieder hin und umarmte noch einmal ihre Schwester. Es wurde allmählich kühler.

»Wie heißt er?«

»Wer?«

»Marlboro-Mann junior.«

»Luke.«

»Luke.«

»Genau.«

»Hat er coole Hände?«

»Er hat schöne Hände.«

»Was ist mit dem Rest seines Körpers?« fragte Celia mit anzüglichem Grinsen. »Ist der auch schön?«

»Na klar.«

Sie lachten.

»Er hat mir das hier geschenkt.« Sie zeigte Celia den kleinen, silbernen Wolf, den sie seit ihrer Abreise um den Hals trug.

»Der ist hübsch.«

Celia hielt sie im Arm und streichelte sie, wie sie es manchmal mit ihren Kindern tat. Schweigend schauten sie einem Pelikan zu, der zu einem Gleitflug ansetzte und bei den Palmen unten am Strand landete.

»Weißt du«, sagte Celia, »als ich eben fragte, warum wir hier sind, da dachte ich eigentlich daran, warum wir gerade hier auf Barbados sind.«

»Wieso?«

»Die Hochzeit, Herrgott noch mal. Courtney ist fünfundzwanzig, und Dad ist wie alt? Sechsundfünfzig? Okay? Also, was soll die Aufregung? Wenn sie glücklich sind... Weißt du, daß er Buddhist geworden ist?«

»Dad? Buddhist? Du machst Witze.«

»Nein, sie sind jetzt beide Buddhisten.«

»Großer Gott, sie arbeitet doch für eine Bank! Hat sie ihn wirklich zum Buddhisten gemacht? Weiß Mom das schon?«

Celia lachte. »Daß er nicht mehr alle Tassen im Schrank hat? Nein, bestimmt nicht. Aber im Ernst, Helen, was Besseres als Courtney konnte ihm gar nicht passieren. Weißt du, was er mir gestern abend gesagt hat? ›Courtney hat mir das Geheimnis des Lebens gezeigt.‹«

»Und? Verrät er es uns?«

»Er sagte, sie habe ihm beigebracht zu *sein.*«

»Was zu sein?«

»Lach nicht, es ist wichtig. Einfach nur zu *sein.* Im Augenblick zu leben. Und weißt du was? Sie hat recht. Und niemand hat es nötiger als du, so zu leben.«

»Meinst du?«

»Ich *weiß* es. Als deine Schwester, Therapeutin und buddhistische Ratgeberin empfehle ich dir daher, mal eine Pause einzulegen und dir ein bißchen Vergnügen zu gönnen. Leb einfach in den Tag hinein, und laß die Dinge auf dich zukommen. Flieg zurück zu Luke und, na ja, du weißt schon...«

»Bums mit ihm?«

»Helen, du bist unmöglich!«

Helens Zimmer lag am Ende eines langgestreckten, zweistöckigen Gebäudes und hatte einen Balkon mit Blick auf die Bucht. Als die Party vorüber war, ließ sie die Türen auf, legte sich aufs Bett und lauschte den Wellen, die an den Strand schlugen und sich dann verliefen. Sie spielte mit dem silbernen Wolf an ihrem Hals, während sie über ihre Schwester nachdachte.

Es war wie eine Offenbarung gewesen. Schuldbewußt

dachte Helen daran, wie sehr sie ihre Schwester unterschätzt hatte. Außerdem schüchterte es sie ein wenig ein, wie genau Celia sie durchschaut hatte. Was sie von wegen »tragische Heldin« und »sich im Leid suhlen« gesagt hatte, traf sie wie der Schlag einer Keule.

Was ihren Rat in bezug auf Luke betraf, war Helen sich nicht so sicher. Celia hatte ihn etwas schnoddrig vorgebracht, aber Helen wußte, wie ernst er gemeint war. Aber leider berücksichtigte er nur die eine Seite. Er ging bloß auf Helens Bedürfnisse ein, nicht auf die von Luke.

In all ihren Männerbeziehungen war *sie* bis jetzt diejenige gewesen, die darauf gewartet hatte, abgewiesen und verletzt zu werden. Es schien die ihr angestammte Rolle zu sein. Und genauso war es denn auch geschehen, immer und immer wieder. Wahrscheinlich hatte sie es darauf angelegt, dachte sie. Männer schienen so etwas zu spüren. Doch bei Luke war das anders.

Vielleicht lag es an seinem Alter. Sie wußte es nicht, doch es gab nicht die geringsten Anzeichen dafür, daß er sie verletzen oder abweisen würde, eher war es umgekehrt. Als sie ihn warnen wollte, hatte er gesagt, daß es ihm egal sei. Warum also sollte sie darauf Rücksicht nehmen? Zu lieben und geliebt zu werden, war das nicht genug? Denn sie liebte ihn, das wußte sie, und nicht nur deshalb, weil er sie aus ihrer Verzweiflung gerettet hatte. Sie liebte ihn um seinetwillen, doch auf eine Weise, die für sie neu und seltsam befreiend war.

Außerdem merkte sie zu ihrer eigenen Überraschung, daß sie ihn körperlich ebenso begehrte wie er offenbar sie.

An jenem letzten Abend in der Hütte hatte sie ihn ihr Kleid öffnen und ihre Brüste küssen lassen, und statt vernünftig zu sein und aufzuhören, hatte sie voller Verlangen sein Hemd aufgeknöpft und ihn zum Bett gezogen. Bewußt hatte sie alle Bedenken beiseite geschoben, hatte seine Hand zwischen ihre Beine geführt, seinen Gürtel geöffnet und ihn, heiß und hart, wie er war, in die Hand genommen. Er war gleich gekommen und hatte sich deshalb geschämt. Doch sie küßte ihn, hielt ihn im Arm und flüsterte, daß es für eine Frau schön sei, so begehrt zu werden.

Die Palmen draußen raschelten, und eine leichte Brise wehte Reggae-Rhythmen von einer Party irgendwo am Strand zu ihr herüber. Helen drehte sich auf die Seite, schloß die Augen und wünschte sich, Luke wäre bei ihr. Sie stellte sich ihn vor, dreitausend Meilen weit fort, in der Kälte und im Schnee, bis sie in einen traumlosen Schlaf fiel.

Luke hatte in seinem Leben noch nie mehr als einige Takte Opernmusik gehört, meist im Radio, wenn er gerade einen anderen Sender suchte. Eigentlich hatte er nichts gegen klassische Musik, manches davon war ganz okay, aber die Vorstellung, daß Leute sangen, statt miteinander zu reden, erschien ihm irgendwie albern.

Seit er allein in der Hütte wohnte, hatte er es sich angewöhnt, Musik aufzulegen, wenn er abends zurückkam. Meistens suchte er sich eine der CDs aus, für die Helen sich gewöhnlich entschied, für Sheryl Crow etwa, Van Morrison oder Alanis Morissette, und die ihm das Gefühl gaben, sie wäre bei ihm. Doch heute suchte er nach etwas anderem, fand eine Schachtel mit Opern-CDs und legte einfach aus Neugier die erste auf, die ihm unterkam, *Tosca.*

Er zündete die Laterne an, heizte den Ofen und schmolz Schnee darauf, um sich etwas Heißes zu trinken zu machen. Nach einer Woche fand er es fast normal, mit Buzz allein in der Hütte zu leben, obwohl kaum eine Minute verging, in der er nicht an Helen dachte. An Weihnachten hatte sie ihm auf ihrer Mailbox eine lange Nachricht hinterlassen, ihm von der Hochzeit und ihrer neuen Stiefmutter erzählt und zum Schluß dann gesagt, daß sie ihn sehr vermisse und ihm fröhliche Weihnachten wünsche.

Weihnachten auf der Calder-Ranch war auch nicht fröhlicher gewesen als sonst. Lane, seine ältere Schwester, hielt sich bei ihren Schwiegereltern auf, so daß nur Kathy, Clyde und Lukes Eltern da waren. Sein Vater hatte schlechte Laune und schloß sich in sein Büro ein. Die Frauen unterhielten sich in der Küche, während Clyde sich betrank und dann vor dem Fernseher einschlief. Luke spielte vor allem mit dem Baby. Irgendwann sagte er dann, er müsse Buzz füttern und Helens Mailbox abhören. Dann war er zur Hütte geflohen. Helens Nachricht hatte er wohl ein dutzendmal abgespielt.

Seitdem war kein Anruf mehr von ihr gekommen. Er sah auch jetzt wieder nach, doch außer Dan Prior hatte niemand eine Nachricht hinterlassen. Sie wollten morgen fliegen, und Dan bat ihn, um sieben Uhr am Flugplatz zu sein. Außerdem sagte er, endlich seien die Ergebnisse vom DNA-Test des jungen, halsbandtragenden Rüden eingetroffen. Sie seien ziemlich interessant, da daraus hervorgehe, daß sich seine Gene von denen der anderen Tiere unterschieden, es sich bei ihm also um einen Streuner handeln müsse.

Als Luke sich Tee gemacht und ein Stück vom Weihnachtskuchen seiner Mutter gegessen hatte, war die Hütte warm, und in *Tosca* ging es so richtig zur Sache. Die italienische Sängerin, die sich anhörte, als würde sie keinen Spaß verstehen, regte sich gerade mächtig über irgendwas auf und schmetterte ordentlich drauflos. Obwohl Luke kein Wort verstand, fand er es gar nicht mal so schlecht.

Er zog seinen Parka aus und setzte sich gerade auf Helens Bett, um die Stiefel auszuziehen, als er ein Geräusch hörte. Zuerst glaubte er, jemand im Orchester spiele falsch oder mit dem CD-Player sei etwas nicht in Ordnung. Dann hörte es auf. Doch Buzz hatte es offensichtlich auch gehört und wirkte seltsam aufgeregt

»Ist nur *Tosca*«, beruhigte ihn Luke und widmete sich wieder seinen Stiefeln. »Auf italienisch.«

Erst als er das Geräusch erneut hörte, wußte er, was es war.

Er ging ans Fenster und schaute hinaus. Die ersten Sterne erschienen bereits am klaren, rosafarbenen Himmel, doch war es noch hell genug, um den Wolf zu sehen.

Es war das Alpha-Weibchen. Es stand am Waldrand auf der anderen Seite des zugefrorenen Sees, dort, wo Luke Helen vor – wie er meinte – einer Ewigkeit nachspioniert hatte. Das weiße Fell hob sich deutlich vor dem Hintergrund der dunklen Bäume ab. Selbst ihr Halsband konnte er ausmachen, und während er das Tier betrachtete, hob es erneut den Kopf und heulte. Es war ein Heulen, wie er es noch nie von einem Wolf gehört hatte, denn es begann mit einem kurzen, lauten Kläffen wie bei einem Hund. Rasch griff Luke nach Helens Fernglas.

Buzz war völlig außer Rand und Band. Er winselte, doch Luke befahl ihm, still zu sein, was eigentlich unnötig war, da die italienische Sängerin sowieso alles übertönte. Luke drehte die Lampen ein wenig herunter und beschloß, die Tür einen Spaltbreit zu öffnen, um die Wölfin besser sehen zu können. Doch kaum war die Tür offen, da drängte sich Buzz schon an ihm vorbei. Und noch ehe er ihn fassen konnte, war der Hund draußen und raste wie ein Wahnsinniger zum See hinunter. Luke rannte aus der Hütte.

»Buzz! Nein!«

Es war sinnlos, ihm hinterherzurufen. Buzz war vermutlich sowieso nicht mehr zu retten, und sollte das ganze Rudel in der Nähe sein, würde es ihn ganz bestimmt in Stücke reißen. Die Wölfin hörte auf zu heulen, stand reglos mit erhobenem Schwanz da und beobachtete den Hund, wie er näher kam.

Hastig suchte Luke mit dem Fernglas den Waldrand ab. Wenn die anderen Tiere in der Nähe waren, dann ließen sie sich jedenfalls nicht blicken. Luke lief den Hang hinunter, sank aber gleich beim ersten Schritt bis zu den Knien ein und fiel kopfüber in den Schnee. Er würde nicht schnell genug bei ihnen sein, um Buzz zu helfen. Er rappelte sich wieder auf und schaute durchs Fernglas.

Buzz war schon fast auf der anderen Seite des zugefrorenen Sees. Die Wölfin stand immer noch ganz still und wartete auf ihn. Was zum Teufel trieb der Hund da? Er sah gar nicht so aus, als sei er wütend, eher, als wollte er eine alte Freundin begrüßen. Jetzt kletterte er das andere Ufer hinauf und war nur noch knapp zehn Meter von der Wölfin entfernt, als das Weibchen plötzlich mit dem Schwanz zu wedeln begann. Buzz wurde langsamer und duckte sich auf den letzten Metern mehr und mehr, bis er fast auf dem Bauch dahinkroch. Als er dann bei ihr war, warf er sich vor ihr auf den Rücken. Die Wölfin schaute schwanzwedelnd auf ihn herab.

Luke rechnete damit, daß sie nun über ihn herfallen und ihm die Kehle aufreißen würde, aber nichts geschah. Sie schaute Buzz einfach nur an, wie er vor ihr auf dem Boden kroch. Dann reckte Buzz die Schnauze und leckte sie ab, so wie Luke es im Sommer bei den Welpen gesehen hatte, wenn sie bei den ausgewachsenen Tieren um Futter bettelten.

Doch plötzlich duckte sich die Wölfin, preßte die Brust in den Schnee und legte den Kopf auf die ausgestreckten Vorderläufe, wedelte aber weiterhin mit dem Schwanz. Luke konnte es nicht fassen. Sie wollte spielen. Und kaum hatte Buzz dies kapiert, sprang sie auf, tollte um ihn herum, den Schwanz zwischen die Beine geklemmt. Der Hund versuchte vergeblich, sie zu fassen. Dann blieb die Wölfin stehen und duckte sich erneut. Buzz tat es ihr gleich. Sobald sich einer von beiden bewegte, begann die Hatz aufs neue, nur war es diesmal die Wölfin, die den Hund jagte.

So wechselten sie sich mehrere Minuten lang ab, und bald mußte Luke so lachen, daß er sich in den Schnee setzte und die Ellbogen auf die Knie stützte, um das Fernglas ruhig halten zu können.

Ganz abrupt brach die Wölfin das Spiel ab und trottete zu den Bäumen hinüber. Buzz blieb stehen und sah einen Moment lang etwas verdutzt drein. Luke erhob sich und rief ihn, aber das arme Tier hatte solchen Spaß gehabt, daß es, statt zur Hütte zu laufen, der Wölfin auf den Fersen blieb und gleich darauf im Wald verschwand.

Aus der Hütte waren weiter die Klänge der Oper zu hören. Die Nacht senkte sich herab. Plötzlich fand Luke das Spiel der Wölfin gar nicht mehr so lustig.

Auch der Wolfsjäger hörte die Musik. Er war hoch oben im Tal auf dem Weg zu jener Stelle, wo er am Heiligen Abend den dritten Wolf getötet hatte.

Mehrere Tage lang war er den Spuren von Luke gefolgt und hatte darauf geachtet, Ski und Skistöcke genau in seine Abdrücke zu setzen, so daß nur ein ebenso erfahrener Spurenleser wie er selbst sehen konnte, daß mehr als ein Mensch diesen Weg genommen hatte.

Ironie des Schicksals, daß er von einem zu den Wölfen geführt wurde, der diese Tiere schützen wollte. Als die Frau noch mit ihm unterwegs war, hatte er sich so etwas nicht getraut. Einige von diesen Naturschützern waren verdammt clever. Doch der Junge war nur ein Amateur, wenn auch kein schlechter. Genaugenommen entging ihm eigentlich so gut wie nichts.

Lovelace konnte sehen, wo er stehengeblieben war, etwa um Kot aufzuheben oder eine Duftmarke zu prüfen. Er mußte vorsichtig sein, falls der Junge wieder denselben Weg zurückkam. Doch bisher war das noch nicht passiert, und auch wenn sie sich einmal begegnen sollten, würde der Junge nicht wissen, was der Wolfsjäger im Schilde führte. Wahrscheinlich würde er ihn nur für einen verrückten alten Kerl halten, der sich in den Wäldern herumtrieb. Besser allerdings war es, wenn er ungesehen blieb.

Obwohl die Frau fort war, blieb der Tagesablauf des Jungen nahezu unverändert. Er arbeitete während der gleichen Stunden, ging in den gleichen Nächten auf Wolfssuche und erledigte die gleiche Arbeit, verfolgte die Spuren der Wölfe bis zu der Stelle zurück, an der sie die letzte Beute gerissen hatten, und entnahm dem Kadaver einige Proben. Und ebendieser simplen Tatsache verdankte Lovelace seinen dritten Wolf.

Ein Rudel Wölfe konnte einen Kadaver in einer Nacht vertilgen, so daß nur noch ein paar Reste für Raben und Kojoten übrigblieben. Doch aus irgendeinem Grund ließen sie ihn manchmal halb aufgefressen liegen, oder sie verscharrten Fleischbrocken im Schnee und kamen später noch mal zurück. Auf eine solche, nur halb gefressene Beute hatte Lovelace gehofft, und am Weihnachtsabend hatte ihn der Junge unwissentlich zu einem derartigen Kadaver geführt.

Es war ein alter Elchbulle. Der Junge hatte getan, was er stets tat, hatte einige Zähne gezogen, Knochen durchgesägt und war wieder gegangen. Lovelace fand die Stellen, an denen die Wölfe Fleisch verscharrt hatten, und legte auf den Wegen, auf denen sie sich vermutlich nähern würden, Fußangeln aus. Schlingen wären ihm lieber gewesen, doch selbst wenn man die Schlaufe blockierte, erwürgten sie manchmal den Wolf, und er wollte es keinesfalls jetzt schon riskieren, eines der Tiere mit Halsband zu töten.

Die Stelle war ihm eigentlich ein wenig zu nahe an der Hütte der Frau, aber, so dachte Lovelace, es war das Risiko wert. Nachts kampierte er eine Meile gegen den Wind, und als er beim Morgengrauen auf seinen Skiern zurückkehrte, sah er, daß Santa Claus großzügig gewesen war, hatte er ihm doch nicht nur einen Wolf, sondern gleich zwei dagelassen: einen weiblichen Welpen und den jungen Rüden mit Halsband.

Sie duckten sich und beobachteten ihn furchtsam, während er die Ski abschnallte, um dann die Axt und zwei schwarze Säcke aus seinem Rucksack zu holen. Als er näher kam, wagte keines der Tiere, ihm in die Augen zu schauen.

»Hallo, Wolf«, gurrte Lovelace dem Welpen mit freundlicher, besänftigender Stimme zu. »Bist du aber ein hübscher Kerl.«

Kurz vor dem Tier blieb er stehen, da ein geduckter Wolf einen manchmal anspringen konnte. Er hob die Axt über den Kopf, doch während er dies tat, schaute der Welpe zu ihm auf, und der Blick seiner goldenen Augen ließ ihn zögern. Allerdings nur einen Moment. Mit einem Kopfschütteln vertrieb er seine Bedenken und spaltete mit zwei raschen Hieben dem Tier den Schädel.

Die Pfoten zuckten noch, als er rasch den Kopf in den Sack schob, damit das Blut keine Spuren im Schnee hinterließ. Dann löste er die Fußangel, stellte sich über den Welpen und rollte den Draht auf. Das Krächzen eines Raben durchschnitt die morgendliche Stille. Der Wolfsjäger hob den Blick und sah zwei schwarze Schemen im silbrigen Waldhimmel über ihm.

Er blickte auf den Wolf mit dem Halsband hinab. Der hatte sich halb von ihm abgewandt und betrachtete ihn aus den Augenwinkeln. Dieses Tier war älter, sicher zwei oder drei Jahre alt, schätzte Lovelace. Bei dem Versuch, sich loszureißen, war der Draht tief in den heftig blutenden Vorderlauf eingedrungen. Wenn Lovelace ihn tötete, würde sich das Signal des Halsbandes ändern und Verdacht erregen. Lovelace konnte das Ding auch zertrümmern und wegwerfen, damit das Signal aufhörte. Doch vielleicht erreichte er damit nur, daß sich der Junge – und ganz bestimmt später die Frau – Sorgen machte. Möglicherweise würden sie dann ihre Arbeitsweise ändern und Dinge tun, die er nicht vorhersehen konnte.

Es war schon traurig, das Weihnachtsgeschenk wieder zurückzugeben, doch er hatte beschlossen, sich die drei Wölfe mit Halsband bis zum Schluß aufzuheben. Sie kamen schon noch an die Reihe.

Er warf dem Wolf den zweiten Sack über den Kopf und band ihm die Schnauze zu, damit er ihn nicht beißen konnte. Dann setzte er sich rittlings auf das Tier und drücke es zu Boden, während er die Schlinge löste. Der Draht hatte sich über der linken Pfote bis zum Knochen ins Fleisch gegraben. Um sich von der Schlinge zu befreien, hatte das Tier an seinem eigenen Bein herumgebissen. Noch ein oder zwei Stunden, dann wäre die Pfote ab gewesen. Lovelace hatte so etwas schon öfter erlebt.

Es dauerte eine Weile, bis er den Draht aus der Wunde ziehen konnte, aber schließlich schaffte er es. Dann löste er das Seil, trat zurück und riß den Sack fort. Der Wolf rappelte sich auf und floh humpelnd zu den Bäumen. Kurz bevor er verschwand, drehte er sich um und starrte ihn an, als wollte er sich sein Gesicht genau einprägen.

»Fröhliche Weihnachten!« rief Lovelace.

Das verscharrte Fleisch war unberührt, also bestand die Chance, daß die Wölfe noch einmal zurückkehrten. Er legte die Fußangeln erneut aus, brachte den toten Wolf dann zur Mine und warf ihn den Schacht hinunter zu den anderen. Drei tot, blieben noch fünf.

Das war vor zwei Tagen gewesen. Seither hatte er morgens und abends die Fußangeln kontrolliert, sie aber stets leer vorgefunden. Inzwischen war die Stelle durch seine Witterung verdorben, und es wurde Zeit, die Angeln abzubauen. Er wollte dies gerade erledigen, als er die Musik hörte.

Er blieb stehen, und im selben Augenblick hörte er den Wolf bellen und gleich darauf sein lautes Heulen. Das war ein recht ungewöhnliches Duett im dämmrigen Wald. Dann rief der Junge nach dem Hund, und Lovelace ahnte, daß irgendwas nicht stimmte.

Irgendwas stimmte ganz und gar nicht. Was es war, sollte Lovelace erst eine halbe Stunde später erfahren, als er zum Kadaverplatz kam und das Jaulen hörte. Es klang nicht nach einem Wolf, und als er das Tier mit seiner Taschenlampe anstrahlte, sah er, daß es ein Hund war. Er hatte sich in derselben Fußangel verfangen wie vor zwei Tagen der Welpe. Offenbar war es gerade erst passiert, denn er sprang wie ein Wahnsinniger hin und her und zog damit die Schlinge um seine Pfote immer enger. Dann entdeckte ihn der häßliche Köter und begann, mit dem Schwanz zu wedeln.

Rasch knipste Lovelace die Taschenlampe wieder aus. Wahrscheinlich suchte der Junge schon nach dem Hund, und die Spuren würden ihn direkt hierherführen. Wenn er schon irgendwo in der Nähe war, hatte er das Jaulen bereits gehört. Vielleicht wäre es am besten, so schnell wie möglich von hier zu verschwinden. Doch dann würde der Junge die Fallen finden, und die ganze Sache flog auf. Der Wolfsjäger fluchte. Er hätte nie mit Fußangeln arbeiten dürfen. Aber wer konnte schon damit rechnen, daß sich dieser verdammte Köter darin verfing?

Dann hörte er den Jungen weiter unten im Wald rufen. Und gleich darauf entdeckte er das schwankende Licht einer Taschenlampe. Wenn der Hund jetzt bellte, saß er ganz schön in der Klemme.

Ihm blieb nur eine Möglichkeit. Er löste die Bindung seiner Ski und streifte sie ab. Der Hund winselte leise.

»Bist ein lieber Hund«, sagte er im gleichen freundlichen, besänftigenden Ton, mit dem er sich auch einem gefangenen Wolf näherte. »Ein braver Hund. Ein wirklich guter, braver Hund.«

29

Sie hielt nach ihm Ausschau, als sie hinter den übrigen Passagieren vom Flugsteig kam, und entdeckte ihn vor dem riesigen ausgestopften Bären, genau dort, wo Dan auf sie gewartet hatte, als sie das erste Mal hier angekommen war.

Er trug seinen Hut, Jeans und Stiefel, hatte den Kragen seiner alten, braunen Wolljacke hochgeschlagen und brachte Helen zum Schmunzeln, weil er genau wie der junge Cowboy aussah, den ihre Schwester sich vorgestellt hatte. Er sah sie direkt an, schien sie aber einen Augenblick lang nicht zu erkennen.

»Luke?«

»Hi!«

Sie gingen aufeinander zu, und plötzlich war Helen ganz nervös. Sie wußte nicht, ob sie ihn in den Arm nehmen sollte oder nicht. Vielleicht war ihm das peinlich. Also blieben sie stehen und schauten sich verlegen an, während die Menge an ihnen vorbeiströmte. Neben ihnen küßten sich zwei junge Leute, umarmten sich und wünschten einander ein gutes neues Jahr.

»D-D-Du bist ja ganz b-b-blond geworden.«

Sie zuckte verlegen die Achseln und fuhr sich mit einer Hand durchs Haar.

»Yeah. Das macht die Sonne.«

»Sieht gut aus.«

Sie wußte nicht, was sie sagen sollte. Zum Umarmen war es schon zu spät, also stand sie einfach nur da und grinste ihn ein bißchen dümmlich an.

»Soll ich d-d-deine Tasche nehmen?«

»Ach was, geht schon.«

Er nahm sie trotzdem. »Ist das alles?«

»Tja, das ist alles.«

»Sollen wir…?«

»Ja. Laß uns gehen.«

Auf dem Weg zum Parkplatz sprachen sie kein Wort.

Der Wind peitschte weiße Flocken von den Schneehaufen, die die Pflüge zur Seite geräumt hatten, und ließ sie zwischen den Reihen schneeverkrusteter Autos aufwirbeln. Buzz saß vorn im Jeep, und als er sie entdeckte, geriet er völlig aus dem Häuschen. Kaum hatte sie die Tür geöffnet, wurde sie fast von ihm umgeworfen. Sie sah den Verband an seiner Vorderpfote.

»He, Hund, hast du dich wieder mit Bären angelegt?«

»Mit W-W-Wölfen.«

»Meinst du das ernst?«

Als sie zur Interstate fuhren, erzählte er ihr, wie er die Opern-CD aufgelegt hatte und was dann passiert war. Und schließlich berichtete er noch, wie er im Licht der Taschenlampe den Spuren hinauf in den Wald gefolgt war, als Buzz ihm plötzlich auf dem Weg entgegengehumpelt kam.

»Er hat ziemlich stark geblutet, und weil ich dachte, daß ihn der Wolf gebissen hat, bin ich gleich mit ihm zu Nat Thomas gefahren, aber der hat gesagt, es sieht eher aus wie eine Drahtwunde. Er nimmt an, daß Buzz in eine Schlinge geraten ist.«

»Eine Schlinge? Werden da oben Schlingen ausgelegt?«

»Yeah, manchmal. Von W-W-Wilderern.«

»Hast du welche gefunden?«

»Nein, ich wollte am folgenden Tag nachsehen, aber in der Nacht hat es geschneit, und am nächsten Morgen waren alle Spuren weg.«

Er wollte noch etwas sagen, schien es sich dann aber anders zu überlegen.

»Was ist?« fragte sie.

Er schüttelte den Kopf. »Ach, nichts.«

»Sag schon.«

»Ich hab einfach nur... na ja, an dem Abend hatte ich das Gefühl, daß da oben noch jemand ist. Ehrlich gesagt, hatte ich das Gefühl schon öfter.«

»Was meinst du? Wer soll da oben sein?«

»Keine Ahnung. Jemand eben.«

Er wechselte das Thema und erzählte ihr, daß er mit Dan Prior geflogen war und fünf Wölfe gesehen hatte, auch die drei mit den Halsbändern, wie sie von einem Hirschkadaver oberhalb der Townsend-Ranch fraßen. Dan hatte gesagt, die anderen drei seien vermutlich auch dort, aber tiefer im Unterholz, so daß es schwierig sein würde, sie zu Gesicht zu bekommen.

»He, und weißt du was?«

»Was denn?«

»Ich hab mich für die Universität von Minnesota beworben.«

»Hast du? Für den Herbst? Luke, das ist ja phantastisch!«

Er habe mit Dan darüber gesprochen, als sie zum Büro zurückgefahren seien, erzählte er. Die Universität verfügte über eine Homepage im Internet, und die beiden hatten sich vor Dans Computer gesetzt und eine »virtuelle Tour« über den Campus unternommen. Dann hatten sie die Bewerbungsunterlagen ausgedruckt, ausgefüllt und abgeschickt. Außerdem hatte er schon einen langen Bericht über seine Arbeit mit den Wölfen angefangen, den er ebenfalls einsenden wollte.

»Dan hat Bekannte im dortigen Institut für Biologie. Bei denen will er ein gutes Wort für mich einlegen.«

»Aha, er will also seine Verbindungen spielen lassen, stimmt's?«

»Genau.«

Schweigend betrachtete sie ihn eine Weile und dachte, wie schön es doch war, wieder mit ihm zusammenzusein. Er wandte den Blick von der Straße ab und strahlte sie an.

»Was grinst du so?« fragte sie.

»Ach nichts.«

»Was ist los? Sag schon.«

Er zuckte die Achseln und sagte einfach: »Du b-b-bist wieder zu Hause, das ist alles.«

Sie hatten die Interstate hinter sich gelassen und fuhren westwärts durch die weiße, hügelige Landschaft. Der Himmel war kristallblau. Sie dachte über das nach, was er gerade gesagt hatte. Sie wußte nicht mehr, wo oder was ihr Zuhause war. Wenn das Zuhause der Ort war, wo man hingehörte, dann wußte sie, daß sie in diesem Augenblick hierher zu Luke gehörte und nirgendwo sonst hin. Die leere Straße dehnte sich endlos vor ihnen aus, und in der Ferne sahen sie den Schnee auf den Bergen rosig und golden in der Sonne glitzern.

»Luke, würdest du mal bitte einen Moment anhalten?«

»Sicher, warum? Was ist los?«

»Ich muß noch was erledigen.«

Er fuhr an den Straßenrand und blieb stehen. Helen löste ihren Sicherheitsgurt, dann seinen und rutschte zu ihm hinüber. Und mit den Händen zog sie sein Gesicht zu sich heran und küßte ihn.

Das neue Jahr begann mit viel Nässe. Drei Wochen lang taute und regnete es, dann fror und schneite es wieder, um gleich darauf erneut zu tauen und zu regnen. Die Waldwege verwandelten sich in Schlammbäche und die Bäche in den unteren Regionen in weite, braune Seen, die von überflüssig gewordenen Zäunen und den die versinkenden Ufer säumenden kahlen, grauen Pappeln geteilt wurden.

Hope war von Wasser umgeben und schien tagtäglich von einer Katastrophe bedroht, die aber dann doch nie eintrat. Das Hochwasser stoppte unmittelbar unterhalb der ersten Gebäude am unteren Ende der Hauptstraße. Türen wurden mit Sandsäcken verbarrikadiert, während man in den Häusern Teppiche zusammenrollte und wertvolle Dinge nach oben brachte oder auf Schränke legte.

Alle paar Stunden verließ Mr. Iverson, der selbsternannte Noah der Stadt, seinen Lebensmittelladen und paddelte durch die Fluten, um die Wasserstandsanzeiger unten an der Brücke zu überprüfen. Bei seiner Rückkehr berichtete er mit wohligem Schauer in der Stimme, daß das Wasser weitere drei Zoll gestiegen, zwei Zoll gesunken und dann wiederum sechs Zoll angestiegen sei. Es ist nur noch eine Frage der Zeit, sagte er dann kopfschüttelnd und ging zurück in seinen Laden – nur noch eine Frage der Zeit.

Die Stadt war seit zwanzig Jahren nicht mehr überschwemmt worden, und da nach der letzten Überflutung für über zwanzig Millionen Dollar Abflußkanäle gebaut worden waren, würde dies vermutlich auch nie mehr geschehen. Doch war es im Westen Tradition, in Zeiten der Not zusammenzuhalten, und Hope pflegte diese Tradition. Jeden Abend drängten sich in The Last Resort und Nelly's Diner die Männer, die jeder von einer kleinen Heldentat zu berichten wußten: Eine gestrandete Kuh war gerettet, einem Nachbarn geholfen, ein Kind durch die Flut mit einem Boot zur Schule gebracht worden.

Wer am oberen Talende wohnte, mußte mit dem Schlamm kämpfen, von dem es mehr als genug gab, so daß die meisten Leute lieber zu Hause blieben. Nur die wichtigsten Holzfällerwege waren passierbar, und an manchen Stellen brauchte man selbst dort mehr als nur den üblichen Allradantrieb, wenn man nicht steckenbleiben wollte.

Dreimal hatte J. J. Lovelace versucht, zu Fuß in den Wald vorzudringen, mußte aber jedesmal wieder umkehren. Er verbrachte die Tage im Trailer und war froh über die Ruhepause.

Von den letzten Anstrengungen taten ihm noch sämtliche Knochen weh. Seine Gelenke wurden ganz steif, wenn er sich eine Weile nicht bewegte, und knackten wie abgestorbene Äste, wenn er sich wieder rührte. Er war müde. Hundemüde. Doch sosehr er sich auch anstrengte, er konnte nicht schlafen. Er schien vergessen zu haben, wie man das machte. Die ganze Nacht lag er wach und wehrte sich gegen Gedanken, die er nicht zulassen wollte. Tagsüber nickte er dann häufig ein, doch zuckte er immer wieder zusammen, als wolle sein Körper ihn warnen, daß der Schlaf eine Gefahr für ihn sei.

Fürs Lesen hatte er nie viel übrig gehabt. Das einzige Buch, das es im Trailer gab, war die ledergebundene Bibel, die Winnie ihm zu ihrer Hochzeit geschenkt hatte. Früher hatten ihm einige der Geschichten aus dem Alten Testament gefallen, die Geschichte von Hiob etwa oder die von Daniel, der in die Löwengrube geworfen wurde, von Samson, der sein Augenlicht verlor und den Tempel einstürzen ließ. Doch wenn er neuerdings las, begannen seine Gedanken nach einer Weile abzuschweifen, bis er schließlich merkte, daß er dieselben Zeilen wieder und wieder las.

Abgesehen vom Feuerholzschlagen und widerwilligem Essen und Trinken blieb ihm nur die Geweihschnitzerei, um sich die Zeit zu vertreiben. Er schnitzte schon seit Jahren. Winnie hatte immer gesagt, er hätte ein berühmter Bildhauer oder so was werden können. Sie hatte seine Figuren überall im Haus aufgestellt, aber er fand die in Andenkenläden schöner.

Mit Elchgeweih ließ es sich am besten arbeiten. Manchmal schnitzte er nur Köpfe oder Gürtelschnallen aus den Verzweigungen. Doch am liebsten arbeitete er mit dem ganzen Geweih und schnitzte Tiere, die sich zu jagen schienen: große Tiere wie Wölfe, Bären oder Elche am Fuß des Geweihs, dann immer kleinere, bis an der Sprossenspitze nur noch winzig kleine Eichhörnchen oder Mäuse zu sehen waren.

An dem Geweih, mit dem er fast fertig war, hatte er beinahe drei Wochen gesessen. Es war zwar nicht sein bestes, aber auch nicht sein schlechtestes. Jetzt brauchte er bloß noch den Namen auf die Unterseite zu ritzen. Er drehte den Docht in der Lampe ein wenig höher und beugte sich vor, um besser sehen zu können. Es war erst vier Uhr, aber draußen war es schon dunkel; außerdem goß es in Strömen. Er hörte den Regen auf das Wellblechdach der Scheune prasseln und die Tropfen von den Bäumen auf den Trailer fallen.

Eine Stunde später watete er durch die Pfützen zu Hicks' Küchentür. Drinnen spielte Musik. Er klopfte und wartete, und einige Augenblicke später kam die Frau an die Tür. Sie schien sich bei seinem Anblick immer ein wenig zu erschrecken.

»Mr. Lovelace! Oh, tut mir leid, ich fürchte, Clyde ist noch nicht zurück.«

Offenbar dachte sie, daß er die Kiste mit Lebensmitteln abholen wollte, die ihr Mann ihm aus der Stadt mitbringen wollte.

»Deshalb bin ich nicht gekommen.«

Er hatte das geschnitzte Geweih in einen alten Lappen gewickelt. Als er es ihr reichen wollte, zuckte sie zusammen, als habe er eine Waffe gezogen.

»Oh, was…?«

»Das ist für den Jungen.«

»Für Buck junior?«

Er nickte. »Sie haben doch gesagt, er hat bald Geburtstag.«

»Ja, morgen. Das ist aber wirklich nett von Ihnen.«

Sie nahm es entgegen. Es regnete immer noch.

»Bitte, kommen Sie doch herein.«

»Nein, ich muß noch was erledigen. Wollte ihm das nur bringen.«

»Darf ich es mir ansehen?«

Sie schlug den Lappen zurück. Er hätte es in Papier einwickeln sollen. Sie hielt das Geweih in die Höhe. Er sah ihr an, daß es in ihren Augen ein seltsames Geschenk für ein Baby war.

»Ach, wie schön. Haben Sie das selbst gemacht?«

Er zuckte die Achseln. »Ist bloß so ein… Ding. Vielleicht, wenn er älter ist… Sehen Sie, sein Name steht drauf.«

»Das ist aber wirklich hübsch. Vielen Dank.«

Er nickte und verschwand.

Buck saß wartend hinter dem Steuer, während Clyde die letzten Heuballen von der Ladefläche hievte und auf dem Boden vor einer Reihe pitschnasser Kühe verteilte. Der Regen trommelte aufs Führerhaus. Er fiel so schwer und dicht, daß er den Strahl der Scheinwerfer wie ein silberner Vorhang durchschnitt.

Da die Tage näher kamen, in denen die Kälber geboren wurden, fütterten sie jetzt nachmittags. Laut einer Theorie, die irgendein schlauer Viehzüchter oben in Kanada aufgestellt hatte, warf eine Kuh, die man nachmittags fütterte, ihr Kalb am

Morgen und machte so das Leben für die Rancher leichter. Häufig funktionierte es auch, doch gab es immer noch genug Kühe, die sich einen Spaß daraus zu machen schienen, den Rancher die ganze Nacht wach zu halten, egal, wann man sie fütterte.

Die Zeit des Kalbens war immer anstrengend, und wenn der verdammte Regen nicht bald aufhörte, würde sie dieses Jahr zum reinsten Alptraum.

Clyde stieg prustend und schnaufend ins Führerhaus, während ihm das Wasser vom Hutrand und über seinen schlammbespritzten Regenmantel lief. Er knallte die Tür zu. Vielleicht lag es nur am Wetter und an Bucks düsterer Stimmung, aber im Augenblick ärgerte ihn einfach alles, was dieser Kerl tat. Buck biß sich auf die Lippen und ließ den Truck langsam anrollen, damit die Räder nicht durchdrehten und der Wagen aufsaß.

Ehe er ausgestiegen war, hatte Clyde ihm von Jordan Townsends Ranch erzählt, die ihm der Verwalter gestern gezeigt hatte. Und seither sprach Clyde ohne Unterbrechung von diesem Haus.

»Jedenfalls hat angeblich einer von diesen Typen den alten Jordan gefragt, warum er sich denn ein Kino mit dreißig Sitzplätzen gebaut hat, und weißt du, was der gesagt hat?«

»Keine Ahnung«, erwiderte Buck, und es interessierte ihn auch nicht die Bohne.

Clyde lachte viel zu laut.

»Er hat gesagt: ›Warum lecken Hunde sich die Eier?‹«

»Was?«

»Weil sie's können!«

Clyde schüttelte sich vor Lachen.

»Was ist daran bloß so verdammt lustig?«

Clyde mußte so sehr lachen, daß er ihm nicht antworten konnte. Buck schüttelte den Kopf.

Sie schlitterten und holperten über die Weide zur Straße

hinunter. Clyde stieg aus, um das Gatter zu schließen. Auf der Uhr am Armaturenbrett war es kurz vor halb sechs. Sie kamen eine Stunde zu spät zu Juniors Geburtstagsparty.

»Sitzt Lovelace immer noch den ganzen Tag in seinem Trailer?« fragte Buck, als sie nach Hause fuhren.

»Yeah, sagt, ist zu naß.«

»Ist auch zu naß, um das verdammte Vieh zu füttern, aber irgendeiner muß es ja tun.«

»Wenn du mich fragst, der schafft das nicht. Ist viel zu alt.«

»Hab dich aber nicht gefragt«, fauchte Buck ihn an. »Wenn du so verdammt clever bist, dann bring mir einen besseren.«

»He, tut mir leid, ich…«

»Schließlich bezahl *ich* ihn, nicht du. Außerdem hat er schon drei erwischt. Und wenn er den Rest fängt, bevor die Kälber kommen, bin ich mit ihm zufrieden.«

Clyde hob beide Hände. »Okay, okay.«

»Und komm mir nicht mit deinem verdammten ›okay, okay‹, ja!« Er schlug mit der Faust aufs Lenkrad.

In den zwanzig Minuten, die sie zum Ranchhaus brauchten, sprach keiner von ihnen ein Wort.

Kathy, Eleanor und Luke warteten bereits auf sie. Luftballons und Girlanden hingen in der Küche, und Kathy bestand darauf, daß sie alle, auch Buck und Clyde, Papphüte trugen. Die Stimmung war etwas angespannt, da Buck junior allmählich hungrig wurde. Kaum hatten sie ihre Mäntel und Stiefel ausgezogen, setzte Kathy den Kleinen in den Kinderstuhl und zündete die Kerze auf dem wie ein Revolver geformten Geburtstagskuchen an. Kathy hatte ihn selbst gebacken und mit Zuckerguß überzogen.

»Peng!« sagte das Baby, und alle lachten und machten es ihm nach.

Sie standen um Buck junior herum und sangen »Happy Birthday«. Kathy half ihm, die Kerze auszublasen, mußte sie dann aber wieder anstecken, weil er zu schreien begann. Nachdem sie noch einige weitere Male die Kerze ausgeblasen und wieder angezündet hatte, wurde es ihm langweilig. Schließlich bekamen alle eine Tasse Kaffee und ein Stück vom Pistolenkuchen.

»Und was hat unser kleiner Revolverheld alles zum Geburtstag bekommen?« fragte Buck.

Kathy zählte ihm alles auf, während der Kleine versuchte, sich Schokoladenkuchen in den Mund zu stopfen, doch das meiste davon landete in seinem Gesicht oder auf dem Boden.

»Und Lane hat ihm einen tollen Strampelanzug geschickt, ganz in Weiß und Silber. Clyde meint, er sieht darin aus wie Elvis.«

»Er sieht darin absolut lächerlich aus«, fiel ihr Clyde ins Wort.

»Stimmt nicht, was, mein Süßer? Und was noch? Ach ja, ihr werdet es nicht glauben, Mr. Lovelace hat ihm dieses komische Geweih mit lauter geschnitzten Figuren geschenkt.«

Einen Augenblick lang herrschte Stille. Clyde warf rasch einen Blick zu Buck hinüber.

»Wer um alles in der Welt ist denn Mr. Lovelace?« fragte Eleanor.

Plötzlich wurde Kathy klar, was sie angestellt hatte. Sie schien zu überlegen, wie sie ihren Fehler wieder ausbügeln könnte, doch Clyde kam ihr zuvor.

»Ach, nur so ein alter Knacker, der für uns oben im Haus ein paar Schreinerarbeiten erledigen soll.«

Eleanor runzelte die Stirn. »Der Name kommt mir irgendwie bekannt vor. Wo kommt er her?«

»Aus der Gegend um Livingston. Hat früher viel für meinen Onkel gearbeitet. He, Kathy, paß doch auf. Der Kleine schmiert den Kuchen wirklich überall hin.«

Die Gefahr war gebannt. Luke schien nicht zugehört zu haben, und Eleanor stellte keine weiteren Fragen. Sie bat Luke,

Milch zu holen, und ging ans andere Küchenende, um noch mehr Kaffee aufzusetzen.

»Verdammt, was hast du dir dabei gedacht?« fauchte Clyde Kathy über den Kopf des Babys hinweg an.

»Ich hab mir gar nichts dabei gedacht, das ist alles.«

»Schon okay«, sagte Buck leise. »Ist ja nichts passiert.«

Er gesellte sich zu Eleanor und Luke. Seit er sich um die Wölfe kümmerte, kam der Junge zu den merkwürdigsten Zeiten nach Hause, so daß Buck ihn in letzter Zeit kaum zu Gesicht bekommen hatte. Er sah irgendwie verändert aus, ein wenig erwachsener; doch so waren die Jungs in diesem Alter eben. Kaum drehte man sich um, waren sie schon wieder einige Zentimeter gewachsen.

»Na, Fremder«, sagte Buck und klopfte ihm auf den Rükken. »Wie steht's denn so?«

»Mir g-g-geht's gut.«

»Viele Wölfe siehst du bei diesem Wetter wohl nicht, oder?«

»Ist ein b-b-bißchen matschig.«

»Und was treibst du so da oben mit Helen?«

Clyde kicherte. Luke drehte sich zu ihm um.

»Wie b-b-bitte?«

Clyde sah unschuldig drein. »Nichts, gar nichts.«

Kathy stöhnte. »Mach dich nicht lächerlich, Clyde.«

»Ich hab doch gar nichts gesagt!«

Buck hatte den Tratsch selbst gehört. Erst letzten Abend im Last Resort hieß es, Luke und Helen Ross hätten eine Affäre. Das war doch einfach absurd. Jetzt, wo sein eigenes Liebesleben so im argen lag, wollte er lieber nicht darüber nachdenken. Bislang hatte Luke nie auch nur das geringste Interesse an Mädchen gezeigt. Sein toter Bruder war der mit den Calder-Genen gewesen. Manchmal hatte Buck sogar schon befürchtet, daß Luke einer vom anderen Ufer war.

Der Junge ignorierte Clydes dämliches Grinsen und wandte sich wieder Buck zu.

»Wir tragen s-s-sämtliche Daten zusammen, die wir bisher gesammelt haben.«

Buck hatte den Mund voller Kuchen. »Und wo treiben sie sich in letzter Zeit rum?«

»Na ja, in l-l-letzter Zeit haben w-w-wir nicht viel von ihnen gesehen.«

»Und vorher, als ihr sie zuletzt gesehen habt?«

Luke schaute ihn unverwandt an. Der Junge traute ihm ganz offensichtlich nicht, und Buck spürte, wie er wütend wurde.

»Ach, die t-t-treiben sich überall rum.«

»Glaubst du vielleicht, ich erzähl gleich alles brühwarm Abe?«

»N-Nein, Sir.«

»Verdammt, warum kannst du es dann deinem Vater nicht sagen?«

Eleanor kam dem Jungen wie stets zur Hilfe und machte Buck dadurch erst recht wütend.

»Er darf keine vertraulichen Informationen weitergeben, stimmt's, Luke? Schließlich arbeitet er für die amerikanische Regierung, schon vergessen? Also, wer möchte noch ein Stück Kuchen? Hier, Clyde, trink noch einen Schluck Kaffee.«

Von der Warte hatte es Buck überhaupt noch nicht gesehen. Sein eigener Sohn arbeitete für diese verdammten Regierungstypen. Und das auch noch umsonst. Das hob seine Laune nicht gerade. Plötzlich fiel ihm auf, daß er der einzige im Zimmer war, der noch immer diesen idiotischen Papphut trug. Er riß ihn sich vom Kopf und warf ihn auf den Tisch, dann erhob er sich mit grimmiger Miene und aß seinen Kuchen auf, während die beiden Frauen sich über irgend etwas unterhielten.

»Ich hoffe, diese Miss Ross weiß, daß du hier rund um die Uhr gebraucht wirst, wenn die Kühe kalben«, sagte er schließlich.

Der eisige Ton in seiner Stimme war nicht zu überhören.

Schlagartig verstummten alle. Luke runzelte die Stirn und versuchte, etwas zu sagen, doch Buck schnitt ihm das Wort ab. Er hatte genug. Das Gesicht dieses stotternden Jungen machte ihn rasend.

»Das ist kein Vorschlag. Das ist ein Befehl.«

Dann knallte er den Teller auf den Tisch und verließ das Zimmer.

Seit die Welt im Schlamm versank, hatten Hopes Wölfe den Wald für sich. Der Schnee war fast geschmolzen, doch er hatte Hirsche und Elche erschöpft, weshalb sie selbst für ein Rudel, zu dem nur zwei ausgewachsene Tiere gehörten, eine leichte Beute waren.

Der Tod eines Alpha-Rüden und die anschließende Rivalität zwischen möglichen Nachfolgern konnte ein Rudel spalten, dieses aber nicht. Es hatte keinen Zweifel an der Nachfolge gegeben, da es nur ein einziges ausgewachsenes Männchen gab: den Streuner mit dem Halsband, der im Herbst vor zwei Jahren als Jährling zum Rudel gestoßen war.

Nach dem Tod des alten, schwarzen Hund- und Kälberkillers hatten die Wölfe eine Weile gebraucht, um ihn zu akzeptieren, doch mit der Zeit fügten sie sich ihm. Sie kamen mit gesenkten Köpfen, den Schwanz zwischen die Beine geklemmt, warfen sich ergeben vor ihm auf den Rücken und leckten ihm über die Schnauze, während er, hochmütig, doch freundlich, über ihnen stand.

Es war das Recht und die Pflicht des neuen Anführers, sich mit dem weißen Alpha-Weibchen zu paaren. Selbst wenn es andere ausgewachsene Rüden gegeben hätte, wäre eine Paarung nicht zugelassen worden. Nur das Alpha-Pärchen eines jeden Rudels durfte sich fortpflanzen.

Doch der neue König war nun ein Krüppel. Die vier Wochen alte Wunde von der Schlinge des Wolfsjägers war vereitert, und der Wolf hatte viele Tage lang zwischen den Felsen und dem faulenden Holz an einem geröllübersäten Seitenarm des Bachs gelegen, sich die Pfote geleckt und war immer magerer und schwächer geworden.

Da das Alpha-Weibchen und die drei verbliebenen Welpen offenbar wußten, daß ihr Überleben als Rudel von ihm abhing, pflegten sie ihn, beobachteten ihn und brachten ihm von ihren Jagdausflügen etwas zu fressen mit.

Als der Januar zu Ende ging und es wieder kälter wurde, war das Alpha-Weibchen bereit und begann zu bluten, legte sich zu ihm in die Höhle, leckte ihm das Gesicht und – wenn er es ihr erlaubte – auch seine Wunde. Er leckte sie ebenfalls, raffte sich manchmal auf und lief mit ihr an den Bach, um zu trinken. Dann standen sie da, und er schmiegte den Kopf an sie und legte seine kranke, eiternde Pfote auf ihre Schulter.

Wäre ein anderer männlicher Streuner aufgetaucht, hätte er das leidgeprüfte Rudel und sein Alpha-Weibchen vielleicht für sich beansprucht. Doch es kam kein anderer Wolf.

In der ersten Februarwoche, als es wieder fror und der Schnee in weichen Flocken auf sie herabfiel, paarte sich die weiße Königin mit ihrem verkrüppelten König. Sie blieben lange vereint, während die drei überlebenden Welpen still vom anderen Ufer des Bachs zusahen.

Am selben Abend, jenseits des schneebedeckten Waldes, lagen Luke und Helen nackt und ineinander verschlungen in der von Kerzenlicht erhellten Hütte.

Sie schlief zusammengerollt wie ein Fötus. Ihr Kopf ruhte auf seiner Schulter, und er konnte ihren Atem auf seiner Haut spüren, warm und sanft. Ihr linkes Bein lag über seinen Schenkeln, und er fühlte, wie sich ihr Bauch sacht an seiner Hüfte hob und senkte. Er hätte nie gedacht, daß er sich seines und ihres Körpers so bewußt sein könnte.

Seine ersten Versuche als ihr Liebhaber waren kläglich gewesen. In jenen ersten Tagen nach ihrer Rückkehr, nach dem

Kuß im Auto, war es stets vorbei, sobald es angefangen hatte. Er kam sich vor wie ein Kind, fühlte sich elend und wunderte sich, daß sie ihn nicht auslachte und zum Teufel jagte; denn das, dachte er, machten Frauen mit Männern, die es nicht brachten.

Doch sie tröstete ihn, sagte, daß es darauf nicht ankäme, und half ihm, sich zu entspannen. Nach einer Weile klappte es dann, und es war schöner, als er es sich je erträumt oder vorzustellen gewagt hatte. Nicht nur, weil er seinen Körper so lebendig spürte, sondern weil er erkannte, daß er kein nutzloser, stotternder Junge mehr, sondern reif fürs Leben war. All dies und vieles mehr verdankte er Helen.

Die Kerze auf dem Stuhl neben dem Bett war heruntergebrannt und flackerte heftig. Er streckte die Hand aus, behutsam, um Helen nicht zu wecken, und löschte die Flamme mit den Fingern. Helen bewegte sich und murmelte etwas. Wärmesuchend schob sie ihre Hand in seine Armbeuge, winkelte ein Bein an und schlief weiter. Er zog den Schlafsack über ihre Schulter und legte die Arme um sie, hielt sie fest an sich gedrückt und atmete ihren wunderbaren Geruch ein.

Er entsann sich des Tages im Herbst, als er ihr die Wolfshöhle gezeigt und sie ihn dazu gebracht hatte, in das Loch zu kriechen. Er erinnerte sich, wie er da unten in völliger Dunkelheit gelegen und gedacht hatte, dies sei der ideale Ort zum Sterben.

Und nun wußte er, daß er sich geirrt hatte. Dies hier, jetzt, in dieser ebenso schwarzen Dunkelheit, doch mit einem lebenden Wesen in den Armen – dies war der ideale Ort.

30

Der Prozeß gegen Abraham Edgar Harding fand Ende Februar statt, und der dritte und letzte Tag der Verhandlung ging seinem traurigen, doch vorhersehbaren Ende entgegen. Für Schnee war es zu warm und für Regen zu kalt, und gleichsam als Kompromiß hagelte es unbarmherzig auf das kümmerliche Grüppchen von Harding-Demonstranten herab, das im bleiernen Licht vor Helenas Bezirksgerichtsgebäude auf und ab marschierte.

Dan stand in der tropischen Wärme im Innern und schaute durch ein Flurfenster auf die Straße, während er auf Helen wartete. Die Geschworenen hatte sich schon vor einer halben Stunde zurückgezogen, und er fragte sich, was um alles in der Welt sie so lange machten.

Draußen waren nur noch acht Demonstranten übrig. Während er sie zählte, löste sich ein weiterer aus der Gruppe und strebte seinem Wagen zu. Durch seine Kapitulation angespornt, schrie der Rest noch lauter als zuvor, doch hier drinnen klangen ihre Parolen lediglich wie das Summen einer Biene unter einer Glasglocke.

Was wollen wir?
Keine Wölfe!
Wie wollen wir sie?
Tot!

Am ersten Vormittag waren es noch fünfzig oder sechzig Demonstranten gewesen, umringt von fast ebenso vielen Polizisten, die sie in sicherer Entfernung von einer gleichermaßen wortgewaltigen Gruppe von Pro-Wolf-Demonstranten hielten. Zur großen Zufriedenheit der anwesenden Fotografen, Journalisten und Fernsehreporter beschimpften sie sich gegenseitig, skandierten Slogans und reckten Plakate mit Sprüchen von recht unterschiedlichem Niveau in die Höhe.

Einige der Sprüche wiesen eine gewisse Symmetrie auf: »Wölfe – nein!« wurde fröhlich auf der anderen Seite mit »Wölfe – ja!« gekontert. Andere waren düsterer, wie etwa der Spruch von einem griesgrämig dreinschauenden, bärtigen jungen Mann, den Dan vom Abend der Versammlung wiederzuerkennen glaubte. Er trug eine Jagdmütze, eine Tarnanzugjacke und Springerstiefel. Auf seinem Plakat stand: »Erst Waco, jetzt die Wölfe«.

Abe war an jenem Morgen wie ein Triumphator in die Stadt eingezogen. Immer noch heroisch ohne Anwalt, war er von Buck Calder – dem Kronzeugen der Verteidigung – zum Gericht chauffiert und sicherlich auch den ganzen Weg über eifrig bearbeitet worden. Abe stand auf den Stufen zum Gerichtsgebäude, flankiert von seinen beiden grinsenden Söhnen, und antwortete mit grimmiger Miene und tabakgelben Zähnen auf alle Fragen, daß er Amerikaner sei – was niemand bezweifelte. Er habe sich hier eingefunden, um sich für seine »unveräußerlichen Rechte« auf Leben, Freiheit und die Wolfsjagd einzusetzen.

Möglicherweise wollte der Bundesrichter Willis Watkins andeuten, daß das zweite dieser Rechte sich unter Umständen durchaus als »veräußerlich« erweisen könnte, als er ihm riet, seine Behauptung, er sei nicht schuldig, sowie seine Entscheidung, sich keinen Anwalt zu nehmen, noch einmal zu überdenken. Doch davon wollte Abe nichts wissen. Es gehe hier ums Prinzip, beharrte er. Folglich mußten zwölf geduldige Bürger aus Montana drei Tage Langeweile und Zeugenaussagen ertragen, um schließlich zu einer Entscheidung zu gelangen, von der nur noch die hartnäckigsten Abe-Fans glaubten, daß sie nicht längst schon feststand.

Dan und Helen hatten am Morgen des vorangegangenen Tages ihre Aussagen gemacht und wurden dann von Abe ins

Kreuzverhör genommen, das äußerst absurd verlief. Mit Dan hielt er sich nicht allzulang auf, blätterte in einem dicken Stapel Notizen und machte zwischen seinen Fragen derart lange Pausen, daß Willis Watkins zweimal von ihm wissen wollte, ob er jetzt fertig sei. Als erstes fragte er Helen, ob sie im Vietnamkrieg gekämpft habe. Als sie ihn darauf hinwies, daß sie erst geboren worden sei, als der Krieg bereits zu Ende ging, stieß er ein lautes, triumphierendes Aha! aus, als habe er damit einen entscheidenden Beweis erbracht.

Er schien der Auffassung zu sein, daß Helen die Wölfe persönlich in Hope freigelassen habe, und zwar im Rahmen eines geheimen Regierungsprogramms, dessen Ziel es war, Wölfe zu züchten und auf das Reißen von Kälbern zu spezialisieren, damit die Rancher arbeitslos wurden und die Regierung ihr Land aufkaufen konnte. Er versuchte, sie zu dem Eingeständnis zu bewegen, daß er sie beim Herumschnüffeln auf seinem Grund und Boden erwischt habe, wo sie zum Zweck einer künftigen Landübernahme eine heimliche Vermessung durchführte. Außerdem bezeichnete er sie als »lästiges Miststück«, womit er sich vom Richter eine ernste Verwarnung einhandelte. Helen nahm all dies mit höflicher Zurückhaltung und ohne eine Miene zu verziehen hin.

Buck Calder tat sein Bestes, um Abe ins rechte Licht zu rücken, bestätigte sein Geschick als Rancher, sein gutes Verhältnis zu den Nachbarn sowie generell seinen untadeligen Charakter. Doch Abe war nicht zu helfen. Er lehnte es ab, selbst als Zeuge auszusagen, und erklärte den Geschworenen in seiner Abschlußrede stolz, er habe den Wolf absichtlich getötet. Mehr habe ihm die Anklage auch nicht nachzuweisen. Er schloß dann mit den Worten, daß es ihm leid tue, nicht auch noch den anderen Wolf sowie ein paar von diesen Wolffreaks umgebracht zu haben. Falls letzteres ein Scherz gewesen sein sollte, konnte Richter Watkins nicht darüber lachen.

Draußen gingen die Straßenlampen an, und Dan sah zwei

weitere Demonstranten, die ihre im Hagel längst unlesbar gewordenen Plakate senkten und aufgaben.

»Dan!«

Er drehte sich um und sah Helen, die über den Flur auf ihn zurannte.

»Die Geschworenen kommen zurück«, sagte sie.

Es dauerte nicht lange.

Abe Harding wurde in allen Punkten der Anklage für schuldig befunden. Niemand schrie auf oder schluchzte. Ein paar seiner Fans murrten und schüttelten den Kopf. Abe starrte unverwandt zur Decke, während Willis Watkins ihm mit verhaltener Stimme vorwarf, viele tausend Dollar Steuergelder vergeudet zu haben. Das Urteilsmaß werde später verkündet, da noch einige Berichte abzuwarten seien. Als der Richter den Saal verließ, bestand keinerlei Zweifel daran, daß Abe mit mehreren Monaten Gefängnis und vermutlich einer hohen Geldstrafe zu rechnen hatte.

Wes und Ethan Harding drehten sich um und starrten Helen böse an, doch entweder bemerkte sie ihre Blicke nicht, oder sie ignorierte sie.

»Laß uns auf einen Drink gehen«, sagte sie leise zu Dan.

Sie liefen schnell aus dem Gebäude, doch nicht schnell genug, um den Medienleuten zu entkommen, die sich auf wundersame Weise in der kurzen Zeit seit der Urteilsverkündung eingefunden hatten. Fernsehteams waren dabei, sowohl die Meinungen der vom Hagel durchnäßten Demonstranten als auch die ihrer trockeneren, nicht gar so aufopferungswilligen Kollegen, die in ihren Autos gewartet hatten und sich nun wieder zu ihnen gesellten, einzuholen.

»Mr. Prior? Mr. Prior?« rief eine Frauenstimme.

Es war Buck Calders Lieblingsreporterin.

»Einfach nicht hinhören«, sagte Helen.

Doch die Frau holte sie ein, und nur wenige Schritte hinter ihr befand sich ihr Kameramann. Dan erkannte am kleinen roten Punkt, daß er gefilmt wurde. Es machte sich nie besonders gut, wenn die Leute in den Lokalnachrichten sahen, wie man sich duckte und davonzulaufen versuchte. Also blieb er stehen, lächelte freundlich und hoffte, daß Helen es ihm gleichtat.

»Ich hätte gern gewußt«, keuchte die Frau, »was Sie von dem Urteil halten?«

»Nun, ich denke, der Gerechtigkeit ist Genüge getan worden, aber es ist kein guter Tag, weder für uns Menschen noch für die Wölfe.«

»Finden Sie, daß Abe Harding ins Gefängnis gehört?«

»Das muß ich zum Glück nicht entscheiden.«

Die Frau hielt Helen nun das Mikrofon unter die Nase.

»Was ist mit Ihnen, Miss Ross? Glauben Sie nicht, daß der Mann ein Recht darauf hatte, sein Vieh zu verteidigen?«

»Dazu möchte ich keinen Kommentar geben«, erwiderte Helen.

»Gehört er ins Gefängnis?«

»Dazu möchte ich wirklich lieber nichts sagen.«

»Wie haben Sie sich gefühlt, als er Sie ein ›lästiges Miststück‹ nannte?«

»Wie würden Sie sich fühlen, wenn man Sie so nennt?«

Dan schritt ein. »Wir müssen jetzt gehen. Vielen Dank.«

Er schob Helen durch die Menge.

»Warum suchen Sie sich nicht einen anständigen Job?« schrie jemand, in dem Dan den Mann mit dem Waco-Plakat wiedererkannte.

»He, wenn Sie mich einstellen wollen – ich steh zur Verfügung.«

»Sie würde ich nicht mal zum Arschabputzen einstellen.«

»Na, dann haben Sie aber Glück, daß Sie Ihren Arsch nur zum Reden verwenden«, sagte Helen leise und ohne ihn anzublicken, doch Dan sah dem Typen an, daß er sie verstanden hatte.

Erst als sie durch die Menge waren, sagte Dan: »Wer zum Teufel war denn das?«

»Einer von meinen Holzfällerkumpels. Wir schweigen uns gelegentlich im Wald an.«

Sie stiegen in ihre jeweiligen Autos und fuhren getrennt zu einer Bar. Dan hoffte, daß die Harding-Fans ihren Kummer nicht ausgerechnet dort ersäufen würden. Alles in dem Lokal, von den Kornchips bis zum Bier, stammte aus biologischem Anbau, und die Kundschaft setzte sich überwiegend aus Studenten und Vegetariern zusammen. Die Musik war ausschließlich New Age, und nirgendwo an den Wänden hing auch nur ein einziges Geweih.

Sie fanden eine freie Ecke und bestellten zwei Weizenbiere. Dan fischte eine dicke Zitronenscheibe aus seinem Glas. Er konnte einfach nicht verstehen, was die in seinem Bier zu suchen hatte.

»Hat Luke schon etwas von der Uni gehört?« fragte er.

»Noch nicht. Er hat ihnen einen tollen Bericht über seine Arbeit mit dem G.I.S.-System geschickt.«

»Sie werden ihn schon nehmen.«

»Yeah. Er muß es nur noch seinem Vater sagen.«

»Machst du Witze? Weiß der das denn noch nicht?«

»Nee.«

Helen nahm einen Schluck.

»Weißt du, inzwischen kann ich mir schon fast einen Drink gönnen, ohne mich nach einer Zigarette zu sehnen.«

»Wie lange ist es jetzt her, seit du aufgehört hast?«

»Vier Monate.«

»Gar nicht schlecht.«

Sie schwiegen eine Weile. Dan fragte sich, wie er das heikle Thema ansprechen sollte, über das er schon seit Wochen nachgrübelte. Er nahm noch einen großen Schluck Bier und stellte sein Glas ab.

»Ich muß dir was sagen, Helen.«

»Willst du mich feuern? In Ordnung, ich kündige.«

Er lächelte. »Nein.« Dann zögerte er und sagte schließlich: »Ich erhalte nur ständig diese Anrufe im Büro, weißt du.«

Sie runzelte die Stirn.

»Klingt jedesmal, als wäre ein anderer am Apparat, und keiner von denen nennt seinen Namen. Bestimmt versucht bloß irgend jemand, wegen dieser Sache mit Abe Harding Staub aufzuwirbeln, und ehrlich gesagt, ich...«

»Um Himmels willen, Dan, hör auf, um den heißen Brei herumzureden, und sag mir endlich, was los ist!«

»Es fällt mir nicht leicht, okay? Es geht um Luke.«

Er sah, wie sie leicht zusammenzuckte. »Was ist mit ihm?«

»Na ja, ich weiß, er verbringt viel Zeit oben in der Hütte, weil ihr oft nachts unterwegs seid und viel zu tun habt. Und ich verstehe auch, daß er manchmal da übernachten muß. Aber einige Leute, weißt du, na ja, die kommen da auf dumme Gedanken.«

»Aha, und was wären das für dumme Gedanken?«

»Komm schon, Helen, du weißt, worauf ich hinauswill.«

»Tut mir leid, das weiß ich nicht.«

Dan begann, die Geduld zu verlieren.

»Okay, dann sag ich es dir in aller Deutlichkeit. Sie behaupten, daß du und Luke, daß ihr... eine Art Affäre oder so was Ähnliches habt.«

»So was Ähnliches?«

Dan wandte leise fluchend den Blick ab.

»Und jetzt willst du, daß ich dir sage, ob es wahr ist oder nicht?«

»Nein«, log er. »Du weißt ganz genau, daß es mir nicht darum geht.«

Sein Handy klingelte. »Scheiße!«

Er suchte nach dem Telefon und fand es schließlich in seiner Manteltasche. Der Anruf kam von Bill Rimmer. Er sagte, daß einige Wölfe in der Nähe von Boulder drei Kälber gerissen hätten. Der Rancher, den Dan gut kannte, sei fuchsteufelswild. Bill meinte, es sei wichtig, daß Dan gleich herkomme und versuche, die Wogen zu glätten.

»Tut mir leid, Helen, ich muß gehen.«

»Na gut.«

Sie beobachtete ihn, wie er den Mantel anzog und sein Bier austrank. Nach dem, was er gesagt hatte, fühlte er sich mies und schäbig.

»Ich ruf dich morgen vormittag an.«

»Schön. Ich bleib noch auf ein Bier.«

»Tut mir leid. Irgendwie habe ich es falsch angepackt.«

»Macht nichts.«

Er drehte sich um und ging zur Tür, als sie seinen Namen rief. Er blieb stehen und wandte sich noch einmal zu ihr um. Sie sah verletzt – und wunderschön – aus.

»Übrigens«, sagte sie, »es stimmt.«

Als er nach Boulder fuhr, schwirrte ihm der Kopf, und das Herz wurde ihm schwer.

Helen hatte ihr zweites Bier ausgetrunken und fragte sich, ob sie sich noch ein drittes bestellen sollte, als sie hinter sich eine Stimme hörte: »Ist doch wirklich ein trauriger Anblick, wenn eine hübsche Frau allein feiern muß.«

Der hat mir gerade noch gefehlt, dachte Helen. Sie drehte sich um und sah Buck Calder, der sie mit einem anzüglichen Grinsen musterte. Auf seinem Hut und seinen Schultern lag noch Schnee.

»Warum sollte ich etwas feiern?«

»Sie haben Ihr Urteil. Sieht so aus, als würde der alte Abe für eine Weile von der Bildfläche verschwinden. Das wollten Sie doch, oder?«

Helen schüttelte den Kopf und wandte den Blick von ihm ab.

»Macht es Ihnen was aus, wenn ich mich zu Ihnen setze?«

»Macht es Ihnen was aus, wenn ich Sie frage, was Sie hier zu suchen haben?«

»Na ja, ich war grad auf dem Heimweg, und da hab ich draußen Ihren Pickup gesehen und gedacht, ich schau mal rein und sage hallo.«

»Ach so, na schön, hallo.«

Die Kellnerin kam, und Buck bestellte zwei Weizenbier.

»Danke, Mr. Calder, aber ich...«

»Buck.«

»Tja, nun gut, vielen Dank, aber ich muß los.«

Er wandte sich an die Kellnerin. »Ist in Ordnung, Süße. Ich trink beide.«

Er setzte sich ihr gegenüber auf die Bank. Helen ermahnte sich, ruhig zu bleiben. Auch wenn sie den Mann nicht mochte, war er doch immer noch Lukes Vater. Und wenn sie ihn gegen sich aufbrachte, schadete ihnen das nur.

»Ich wollte mit Ihnen über Luke reden«, sagte er.

Helen lachte kurz auf. Noch einer, dachte sie.

»Warum lachen Sie?«

»Ach, nur so.«

Er betrachtete sie mit einem wissenden Lächeln.

»Ich möchte Ihnen sagen, egal, was böse Zungen behaupten...«

»Mr. Calder...«

»Buck.«

»Buck, ich habe wirklich keine Ahnung, wovon Sie reden.«

Die Kellnerin brachte das Bier. Er dankte ihr und wartete, bis sie gegangen war, ehe er fortfuhr.

»Ich möchte Ihnen nur sagen, wie dankbar Eleanor und ich für das sind, was Sie für den Jungen getan haben, daß Sie mit ihm zusammenarbeiten und so. Natürlich sehen wir ihn deshalb im Augenblick nicht gerade häufig. Aber ich muß Ihnen auch sagen, daß ich ihn auf der Ranch brauche, wenn die Kühe kalben. Das werden Sie hoffentlich verstehen...«

Helen nickte.

»Seine Mutter hat erst gestern abend gemeint, sie habe den Jungen noch nie so glücklich gesehen. Er scheint endlich ein wenig erwachsen geworden zu sein. Selbst mit dem Stottern ist es ein bißchen besser. Und dafür wollte ich Ihnen danken.«

Er nahm einen Schluck Bier. Helen wußte nicht, was sie sagen sollte. Der Kerl hatte sie wie immer überrumpelt. Vielleicht sollte sie also ihren natürlichen Instinkt zur Flucht unterdrücken und das Thema Luke und Universität anschneiden, solange er so gut gelaunt schien.

»Sie haben sich da oben im Zeugenstand verdammt gut gehalten«, sagte er.

Helen zuckte lächelnd die Achseln.

»Nein, das meine ich ernst. Wirklich beeindruckend.«

»Danke. Sie aber auch.«

Er nickte huldvoll. Eine Weile schwiegen sie.

»Wissen Sie, ich glaube, wenn das alles am Anfang nicht so schiefgelaufen wäre, könnten wir heute Freunde sein.«

»Aber wir sind doch Freunde. Jedenfalls, was mich betrifft.«

»Also gut. Mehr als nur Freunde.«

Sie tat, als verstünde sie ihn nicht recht. Er betrachtete sie mit einem anzüglichen Grinsen. Dann griff er unter den Tisch und legte eine Hand auf ihr Knie. Helen holte tief Luft und stand auf.

»Tut mir leid. Ich muß jetzt gehen.«

Sie zog ihren Mantel an und nahm Geld aus der Tasche, um ihr Bier zu bezahlen. Er lehnte sich zurück und musterte sie ungerührt lächelnd. Er spielte mit ihr. Sie überlegte, ob sie ihm das volle Glas Bier über den Kopf schütten sollte, entschied sich aber in letzter Sekunde dagegen.

»Wiedersehen«, sagte sie und ging.

Es schneite heftig. Als sie über den Parkplatz hastete, glitt sie aus und wäre beinahe hingefallen. Sie war so aufgebracht und wütend, daß sie eine ganze Weile brauchte, bis sie ihren

Autoschlüssel fand. Wie *konnte* er es wagen? Am liebsten hätte sie ihn ermordet.

Als sie den Schlüssel ins Schloß steckte, spürte sie eine Hand auf ihrer Schulter und fuhr mit einem erschreckten Aufschrei zusammen.

Er drehte sie um, umklammerte ihre Arme unterhalb der Ellbogen und drückte sie gegen den Pickup.

»Warum gibst du dich mit einem Jungen zufrieden, wenn du einen Mann haben kannst?« fragte er.

Sie versuchte, Ruhe zu bewahren. »Nehmen Sie die Hände weg. Sofort.«

»Komm schon, wir wissen doch beide, wie scharf du auf einen Mann bist.«

Er beugte sich zu ihr herunter, und sie fühlte seinen warmen Bieratem im Gesicht. Mit aller Kraft riß sie ihr Knie zwischen seinen Beinen hoch und stieß ihn weg. Er taumelte zurück, rutschte auf dem Schnee aus und fiel krachend zu Boden. Der Hut rollte ihm vom Kopf.

Helen stieg rasch in ihren Pickup, knallte die Tür zu und schloß ab. Gott sei Dank sprang der Motor sofort an. Er lag immer noch am Boden und hielt sich ächzend den Unterleib. Sie kurbelte das Fenster herunter.

»Fassen Sie mich *nie* wieder an!«

Sie trat aufs Gaspedal, und der Toyota brauste davon. Doch trotz des Schocks und der Wut fiel ihr plötzlich ein, was er einmal zu ihr gesagt hatte. Sie bremste, kam schleudernd zum Stehen und fuhr zurück, bis sie direkt aus dem Autofenster auf ihn herabsehen konnte.

»Etwas wollen kann manchmal besser sein, als es zu bekommen, wissen Sie noch? Nehmen Sie also einfach an, ich hätte Ihnen einen Gefallen getan.«

Sie gab Gas, und als sie anfuhr, wühlten die Hinterreifen feuchten Schnee auf und spritzten ihn von oben bis unten voll.

Schweigend beendeten sie ihr Abendessen. Das heißt, Luke aß, während Helen nur auf ihrem Teller herumstocherte. Eigentlich wollte sie nach dem Prozeß etwas Frisches in der Stadt einkaufen, aber da sie es vergessen hatte, mußte Luke die üblichen Nudeln kochen. Dazu gab es Thunfisch und Mais aus der Dose sowie etwas Käse. Er war noch immer kein besonders guter Koch, aber es schmeckte gar nicht so schlecht.

Schon als sie zur Tür hereingekommen war, hatte er ihr angesehen, daß etwas nicht stimmte, doch sie sagte nichts. Vielleicht regte sie sich immer noch darüber auf, wie Abe sie am Tag zuvor im Gericht beschimpft hatte. Sie erzählte ihm nur von der Urteilsverkündung und der anschließenden Begegnung mit ihrem Holzfällerfreund. Luke wollte eigentlich mit ihr über seine Befürchtung sprechen, daß etwas Seltsames mit den Wölfen vor sich ging, aber jetzt schien nicht der richtige Augenblick dafür zu sein. Sie schob den Teller weg.

»Tut mir leid«, sagte er, »war nicht so besonders.«

»Nein, war schon okay. Ich habe nur keinen Hunger.«

»Wenn ich auf die Uni gehe, belege ich auch einen Kochkurs.«

Sie versuchte zu lächeln. Er stand auf, ging um den Tisch herum und stieg dabei über Buzz, der lang ausgestreckt an seinem gewohnten Platz vor dem Ofen lag. Er hockte sich neben sie und nahm ihre Hände.

»Was ist los?«

Sie schüttelte den Kopf, beugte sich zu ihm vor und küßte ihn auf die Stirn.

»Erzähl's mir.«

Sie seufzte. »Luke, ich glaube, du solltest nicht mehr hier oben übernachten.«

»W-W-Warum?«

»Du weißt doch, was die Leute reden.«

Er nickte. »Ich w-w-wußte nur nicht, daß du es weißt.«

Sie lachte bitter. »O doch.«

Sie erzählte ihm von den anonymen Telefonanrufen in Dans Büro. Luke überlegte, von wem sie kamen, wußte aber nicht, wer so gemein sein konnte.

»Du willst also, daß wir uns nicht mehr sehen?«

»Ach, Luke, ich weiß nicht.«

»Wenn es dich unglücklich macht…«

Sie streichelte sein Gesicht. »Ich könnte es nicht ertragen, ohne dich zu sein.«

»Kann denn das, w-w-was andere Leute denken, unsere Beziehung beeinflussen?«

»Ich weiß nicht.«

»Wie kann das sein?«

»Es wird immer Menschen geben, Luke, die kaputtmachen wollen, was sie nicht verstehen oder nicht selbst haben können.«

»Aber w-w-wenn du auf sie hörst, dann haben sie gewonnen.«

Sie lächelte ihn an. Manchmal konnte sie ihn mit einem einzigen Blick daran erinnern, wie jung er noch war und wieviel er noch über das Leben lernen mußte.

»Ich liebe dich.«

»Luke, bitte…«

»Ist okay. Du b-b-brauchst es nicht auszusprechen.«

»Als ich es das letzte Mal gesagt habe, ist der Kerl anschließend mit einer belgischen Tussie abgehauen.«

»Ich kenne aber keine b-b-belgischen Tussies.«

Fast hätte er sie zum Lachen gebracht.

»Weißt du, ich kann sowieso ein paar Wochen lang nicht m-m-mehr kommen, ich muß meinem Vater helfen, wenn die Kühe kalben.«

»Hat er mir schon gesagt.«

»Du hast mit ihm gesprochen? Was hat er gesagt?«

Sie zuckte die Achseln. »Nur das, sonst nichts.«

Sie fanden den Wolf auf halber Höhe in der engen Schlucht, eingekeilt zwischen zwei Felsen. Seine Schnauze lag auf den Vorderpfoten, als wollte er jeden Augenblick losrennen. Seine Augen standen offen und waren zu einem stumpfen Gelb erstarrt. Sein Fell bedeckte eine dünne Decke aus Wassertröpfchen, die durch die Schlucht herabgewirbelt kamen. Es war schwer zu sagen, wie lange er schon tot war.

Sie hatten das Signal kurz nach dem Morgengrauen aufgefangen, nicht das übliche, rhythmische Piepen, sondern einen einzelnen Dauerton, der ihnen verriet, daß etwas vorgefallen war.

»Es muß nicht unbedingt heißen, daß er tot ist«, hatte Helen gesagt, als sie ihre Ski und die restliche Ausrüstung aufs Schneemobil luden. »Vielleicht hat sich auch nur das Halsband gelöst. Das passiert manchmal.«

Doch sie glaubte selbst nicht daran. Sie waren mit dem Schneemobil so weit wie möglich dem Weg am Bach gefolgt, und das Signal war immer stärker geworden. Sie wußten, daß sie vermutlich zum letztenmal für eine ganze Weile gemeinsam auf Spurensuche gingen, und sprachen kaum ein Wort miteinander. Als das Gelände schwieriger wurde, schnallten sie ihre Ski an und suchten sich zwischen Bäumen und Felsen einen Weg. Sie fanden frische Wolfsspuren, hörten aber nur das eine, gleichmäßige Signal. Das Rudel war weitergezogen.

Luke hatte den Kadaver gefunden. Als sie durch die Felsen kletterten, entdeckten sie eine mit Kot und Knochenstücken übersäte Felsspalte. Offenbar hatte der Wolf dort längere Zeit Schutz gesucht. In einem Flecken Neuschnee unter einem Felsen sahen sie die Spuren mehrerer Wölfe. Vielleicht waren sie hergekommen, um ihm die letzte Ehre zu erweisen.

Der Kadaver war steifgefroren, und sie brauchten eine Weile, um ihn aus den Felsen zu hebeln, ohne ihn noch weiter zu beschädigen. Dann legten sie ihn am Bach auf den Boden.

Sie knieten sich neben ihn, um ihn sich genauer anzuschauen. Rund um die angeschwollene Vorderpfote war das Fell abgezogen. Sie war dreimal so dick wie die anderen Pfoten. Außerdem fanden sie eine tiefe, kreisrunde Wunde.

»Armer Kerl. Was ist bloß mit dir passiert, he? Sieht aus, als wärst du in eine Falle geraten.«

»Oder in eine Fußangel, so wie Buzz«, sagte Luke. »Ist auch d-d-die gleiche Pfote.«

Helen entfernte das Halsband und stellte das Signal ab. Sie erhob sich seufzend.

»Und da waren es nur noch sieben.«

»Ich glaube nicht, daß es noch so v-v-viele sind.«

Sie sah ihn an. »Was meinst du damit?«

»Ich hab dir doch erzählt, daß Dan und ich vom Flugzeug aus nur fünf gesehen haben. Und daß er gesagt hat, die anderen wären w-w-wohl unter den Bäumen. Nun, in den letzten Tagen, als du im G-G-Gericht warst, hatte ich den Eindruck, daß das alle Tiere sind, vielleicht nicht mal mehr so viele. Ich weiß, sie laufen oft in den Spuren ihres Vordermanns, aber wenn sie sich trennen, dann sieht es aus, als wären sie nur noch zu dritt oder viert. Außerdem habe ich sie heulen hören, und es hat sich anders angehört, irgendwie dünner.«

Sie trugen den toten Wolf zum Schneemobil und brachten ihn zur Hütte. Helen rief Dan an, und der sagte, Donna werde gleich zu ihnen rausfahren und ihn abholen. Außerdem wollte er Bill Rimmer bitten, sich den Wolf anzusehen, um ihn dann zur genaueren Untersuchung nach Ashland zu schicken. Helen sagte ihm, daß die Wunde nach einer Fußangel ausschaue.

»Luke ist der Meinung, daß jemand versucht, sie umzubringen«, bemerkte sie.

»Wilderer legen Schlingen für alle möglichen Tierarten aus. Gift ist immer noch das beste Mittel, um Wölfe zu töten.«

»Bloß tötet es auch eine Menge anderer Tiere und verrät so der ganzen Welt, hinter wem man her ist.«

»Ebenso wie eine Schlinge. Ich glaube, der Junge hat etwas zuviel Phantasie.«

Helen sagte ihm, was Luke ihr erzählt hatte, daß er nämlich in letzter Zeit nie mehr als die Spuren von vier oder fünf Tieren gesehen hatte. Als Dan antwortete, klang seine Stimme hart.

»Ich will nicht undankbar erscheinen, was Lukes Hilfe betrifft, Helen, aber *du* bist da draußen die Biologin. Dich bezahlen wir, nicht ihn.«

Es war dumm von ihr, aber bis zu diesem Augenblick hatte sie nie daran gedacht, daß Dan eifersüchtig sein könnte. Sie hatte ihn verloren. Von jetzt an war Luke ihr einziger Verbündeter.

31

Als junges Mädchen hatte Kathy die Zeit des Kalbens geliebt, denn sie war auf der Ranch die aufregendste des ganzen Jahres. Sie und Lane hörten ihren Daddy und die anderen Männer, die beim Kalben halfen, mitten in der Nacht unten in der Küche, wie sie sich lachend unterhielten und sich etwas zu essen machten. Sie lagen lange wach und horchten auf das Brüllen und Muhen der Kühe draußen in den Korrals. Oft standen die Mädchen auch auf Zehenspitzen an den Schlafzimmerfenstern und beobachteten die Männer, die die zappelnden und ganz mit Schleim und Blut bedeckten Kälbchen im Licht der Bogenlampen aus den Muttertieren zogen. Sie mußten laut lachen, wenn die kleinen Dinger versuchten, sich aufzurichten, und auf spindeldürren Beinen herumtorkelten.

Als die Mädchen älter waren, ließ ihr Daddy sie manchmal mithelfen, selbst wenn sie am nächsten Tag früh zur Schule mußten und ihre Mom es ihnen verboten hatte. Er kam dann und holte sie, wenn Mom schlief, sagte ihnen, sie sollten sich warm anziehen und auf Zehenspitzen die Treppe hinunterschleichen.

Kathy erinnerte sich daran, wie sie beide mal geweint hatten, als ein Kalb tot geboren wurde. Daddy hatte gesagt, sie sollten sich nicht so anstellen, so gehe Gott eben mit jenen um, die zu schwach für diese Welt seien.

Ihre Mom hatte Krokuszwiebeln in einem Topf in der Küche gezogen. Die beiden Mädchen schnitten sämtliche Blüten ab und fuhren mit einem der Hilfsarbeiter im alten, roten John Deere zur Müllkippe. Zu dritt standen sie da, sagten ein Gebet für den armen, kleinen Leichnam und bestreuten ihn mit Krokussen. Als ihre Mom am nächsten Morgen entdeckte, daß sie alle Blumen geköpft hatten, war sie ziemlich sauer.

Seit sie ins rote Haus gezogen war, gefiel Kathy die Zeit des Kalbens überhaupt nicht mehr. Jetzt bedeutete sie, daß Clyde mehr als einen Monat unten im Haupthaus der Ranch schlief und mit der Kälbertruppe in Schichten arbeitete. Kathy sah ihn nur noch, wenn sie zu ihrer Mutter fuhr, um ihr zu helfen, das Mittagessen für die Männer zu kochen, oder wenn er daheim vorbeischaute, um frische Wäsche abzuholen. Meist war er zu erschöpft, um sie auch nur richtig wahrzunehmen; andererseits erwartete er aber von Kathy, daß sie gleich mit ihm ins Bett ging, obwohl ihr überhaupt nicht danach zumute war.

Seit mehr als einer Woche war er nun bei den Kühen. Sie langweilte sich und fühlte sich einsam, vor allem an den langen Abenden, wenn nichts im Fernsehen lief, was sie interessierte. Sooft sie daher Licht im Trailer des Wolfsjägers sah, dachte sie sich irgendeinen Vorwand aus, um ihn zu besuchen.

Sie brachte ihm die Wäsche, die sie – darauf hatte sie bestanden – für ihn wusch, brachte ihm die Reste vom Mittagessen, eine Suppe etwa oder einige selbstgebackene Kekse. Und wenn das Baby wach war und nicht quengelte, nahm sie es mit, denn sie wußte, daß der Alte den Kleinen gern hatte.

Natürlich war Mr. Lovelace nicht gerade das, was man sich

unter einem idealen Nachbarn vorstellte. Als sie das erste Mal zu ihm ging, hatte er sie nicht mal hereingebeten, und als er es schließlich tat, stank es im Trailer wie in einem Schweinestall. Doch sie gewöhnte sich bald daran, weil sie das Bedürfnis hatte, mit jemandem zu reden. Und trotz seiner griesgrämigen Art hatte der alte Mann etwas an sich, das ihr gefiel. Vielleicht tat er ihr auch nur leid. Was immer es auch war, sie merkte ihm jedenfalls an, daß er sie nicht ungern sah.

Er hatte einige Tage oben im Wald verbracht, und als er wieder zurück war, ließ sie ihm eine Weile Zeit, sich einzugewöhnen. Dann brachte sie ihm einen Teller Eintopf und Brot. Er löffelte das Essen hastig in sich hinein und wischte sogar noch mit dem Brot den Teller sauber.

Kathy saß, Buck junior auf den Knien, auf einem hölzernen Schemel am schmalen Tisch, dessen Oberfläche so voller Flecken war, daß sie sich nicht vorstellen mochte, woher sie stammten. Der alte Mann schlang die Suppe gierig in sich hinein, fast wie ein Wolf, dachte sie. Das Licht der Lampe schnitt schroffe Kanten und Höhlen in sein faltiges Gesicht. Der kleine Buck saß ganz still da und folgte aufmerksam jeder Bewegung des Wolfsjägers.

»Das hat gutgetan.«

»Möchten Sie noch was? Ist noch genug da.«

»Nein, Ma'am, ich bin satt.«

Er goß sich einen Kaffee ein, ohne sie zu fragen, ob sie auch eine Tasse wolle, da sie sein Angebot bisher stets abgelehnt hatte. Die Tassen, aus denen er trank, sahen ziemlich unappetitlich aus. Schweigend saßen sie da, während er drei Löffel Zucker nahm und wie stets das Baby nicht aus den Augen ließ.

Es war oft schwer zu beurteilen, ob er zum Reden aufgelegt war oder nicht. Manchmal sagte er kaum ein Wort, so daß Kathy die Unterhaltung ganz allein bestreiten mußte. Schon bald wußte sie, welche Themen sie nicht ansprechen durfte. Einmal hatte sie den Fehler begangen, ihn nach seiner Frau zu fragen, und er hatte sofort zugemacht. Das gleiche passierte, als sie ihn fragte, wie viele Wölfe er schon gefangen habe.

An anderen Tagen wieder sprudelten die Worte nur so aus ihm heraus, als hätte sie den Korken aus einer Flasche gezogen. Vor allem, wenn er auf seinen Vater zu sprechen kam. Kathy hatte Geschichten über die alten Zeiten schon immer gemocht, und sie stellte sich den alten Joshua Lovelace wie den Bärentöter aus *Jeremiah Johnson* vor. Wenn sie den Wolfsjäger zum Reden bringen wollte, brauchte es oft nur einen kleinen Anstoß, und damit versuchte sie es nun.

»Wissen Sie noch, wie Sie mir von diesem Ding erzählt haben, das Ihr Vater erfunden hat?«

»Die Wolfsschlinge, meinen Sie?«

»Die Wolfsschlinge, genau. Was hatte es damit eigentlich auf sich?«

Eine Weile rührte er schweigend in seinem Kaffee.

»Wollen Sie sie sehen?«

»Sie haben sie noch? Wirklich?«

»Nehme sie manchmal sogar noch.«

Er stand auf, trat an einen der Schränke, griff tief hinein und zog eine aufgerollte Drahtschlinge heraus, an der kleine, schlanke Metallkegel hingen. Er legte die Schlinge auf den Tisch, und nachdem er die beiden Lederbändchen aufgeknüpft hatte, von denen die Wolfsschlinge zusammengehalten wurde, rollte er den mehrere Meter langen Draht auf. Das Baby griff nach einem der Metallkegel.

»Nein, mein Schatz«, sagte Kathy. »Nicht anfassen.«

»Genau, nichts anfassen. Die kleinen Dinger sehen vielleicht wie Spielzeug aus, sind aber keins. Ich zeig's dir, Kleiner.«

Auf dem Tisch lag noch ein Stück Brot. Er griff danach und schob es behutsam über eine der Kegelspitzen.

»Mein Vater hat immer gesagt, Hühnerfleisch ist am besten, und das nehme ich auch, wenn ich's auftreiben kann. Aber eigentlich funktioniert es mit allen Fleischsorten. Stellen Sie sich also vor, dieses Brot hier ist ein Stück Fleisch. Jetzt legt man die Schlinge rings um die Wolfshöhle, gerade wenn die Welpen etwa drei Wochen alt sind und gerade raus in die Welt wollen. Und dann …«

Er zögerte, und Kathy, die seine Bewegungen verfolgt hatte, schaute in sein Gesicht und sah, wie er das Baby mit seltsamem Blick betrachtete. Buck junior starrte unverwandt zurück.

»Und dann …«

»Mr. Lovelace? Alles in Ordnung?«

Sein Blick wanderte zu Kathy, und er schaute sie an, als habe er keine Ahnung, wer sie sei oder was sie hier zu suchen habe. Dann sah er wieder auf seine Hände, und die schienen ihn daran zu erinnern, was er sagen wollte.

»Also. Der Welpe riecht den Köder. Und weil es das Kleine nicht besser weiß, nimmt es ihn ins Maul, das schmale Ende zuerst. Das ist wichtig, schließlich soll es den Köder erst mal ganz runterschlucken …«

Wieder schaute er das Baby an.

»Ganz runterschlucken?« erinnerte ihn Kathy.

»Ganz runter … bis tief in die Kehle. Und dann, wenn es mit der Schnauze auf diese breite Seite beißt, genau hier …«

Er drückte leicht mit den Fingern zu; es knackte laut, und drei stachlige Haken schnellten wie kleine Enterhaken hervor, schossen durch das Brot und ließen es über den ganzen Tisch fliegen.

Buck junior fuhr erschreckt zusammen und begann zu weinen. Kathy nahm ihn in den Arm, aber er war einfach nicht zu beruhigen. Sie stand auf, drückte ihn an sich und klopfte ihm auf den Rücken, aber es half nichts.

»Tut mir leid, ich bringe ihn wohl besser rüber ins Haus.«

Der alte Mann sagte nichts. Er stand einfach nur da und starrte den Haken in seiner Hand an.

»Mr. Lovelace?«

Kathy überlegte, ob sie bleiben und sich vergewissern sollte, daß mit dem Alten alles in Ordnung war, doch das Geschrei des Kleinen wurde unerträglich. Sie ging zur Tür und drehte sich noch einmal um, um ihm eine gute Nacht zu wünschen, aber er schien sie nicht zu hören.

Ganz sicher würde sie es nie sagen können, da die Lampe in seinem Rücken stand und sein Gesicht halb im Schatten lag, doch als sie die Tür schloß, meinte Kathy auf der Wange des alten Wolfsjägers eine Träne gesehen zu haben.

Tief in der Nacht, als sie im Bett lag und das Baby neben ihr schlief, hörte sie, wie er das Schneemobil anließ. Sie trat ans Fenster und beobachtete, wie die Scheinwerfer über die obere Weide glitten und dann im Wald verschwanden.

In diesem Augenblick sah sie den Wolfsjäger zum letztenmal.

Die Calders sorgten dafür, daß sie mit den zum erstenmal trächtigen Rindern fertig waren, bevor die Hauptherde mit dem Kalben begann. Lukes Vater bildete sich beinahe ebenso viel auf seine guten Muttertiere wie auf seine guten Bullen ein. Aus den meisten Kühen flutschten die Kälber so glatt heraus wie Seife aus einer nassen Hand.

Doch gab es stets einige Tiere, die Hilfe brauchten. Die älteren Kühe konnte man zum Kalben ohne weiteres auf der Weide lassen, doch die jüngeren blieben im Korral, wo man sie leichter im Auge behalten konnte.

Der jeweilige Tag der Besamung wurde notiert, und wenn die Tiere soweit waren, wurden sie einzeln gegen Läuse besprüht und bekamen Spritzen gegen infektiösen Durchfall und andere Verdauungsstörungen. Jetzt, in der zweiten Woche, kamen etwa zwanzig Kälber am Tag zur Welt, und langsam wurde es hektisch.

Das Wetter machte alles noch schlimmer. Manchmal war es Ende März schon warm wie im Frühling, doch nicht in diesem Jahr. Tag für Tag braute sich ein neuer Schneesturm zusammen, und die Temperatur blieb weiter unter Null. Sobald eine Färse aussah, als wäre es bei ihr soweit, wurde das Tier in eine Box im Kälberstall getrieben. Hatte die Geburt aber bereits eingesetzt, lud man das Kalb, sobald es geboren war, auf eine Karre und brachte es aus der Kälte. Wenn die Färse die Ohren nicht rasch genug ableckte, mußte man sie mit einem Fön wieder auftauen, denn Kälber mit erfrorenen Ohren wollte schließlich niemand kaufen.

Der Platz im Stall war knapp, und sobald ein Kalb am Euter saugte, wurde es mit seiner Mutter wieder hinaus in die Kälte getrieben, manche der armen, kleinen Dinger zum Schutz vor der Kälte mit einem Tesamollband um die Ohren. Es war riskant, sie so rasch wieder nach draußen zu scheuchen, da unter Umständen die Bindung zwischen Kalb und Mutter nicht stark genug war, so daß man ein, zwei Tage später die eine oder andere Kuh fand, die das falsche Kalb säugte.

Die Männer arbeiteten nachts in Schichten von zwei, drei Stunden, und keiner von ihnen bekam mehr als vier Stunden Schlaf. Luke hatte Ray um vier Uhr früh abgelöst und bislang eine relativ ruhige Zeit gehabt. Nur einmal gab es ein Problem, als er nämlich zwei Kojoten entdeckte, die sich am Korral herumtrieben. Sie konnten ziemlich schnell sein und holten sich manchmal ein Kalb, bevor die Mutterkuh begriff, was passierte. Für solche Fälle lag stets ein Gewehr griffbereit. Sein Vater und Clyde hätten die Kojoten erschossen, aber Luke scheuchte sie bloß fort und war froh, daß es keine Wölfe waren. Hoffentlich hielt sich das Rudel auch von den übrigen Ranches fern.

Er mistete den Stall aus und ging dann zurück zu den Korrals, um noch einmal nach einer überfälligen Färse zu sehen. In der letzten Stunde hatte sie etwas mitgenommen gewirkt, und Luke fragte sich, ob etwas mit ihr nicht in Ordnung war. Unterwegs dachte er an Helen und an ihre traurige Begegnung vom Vortag.

Er hatte sie über eine Woche lang nicht gesehen. Und da er

wußte, daß sie ganz in seiner Nähe war, vermißte er sie stärker, als wäre sie tausend Meilen entfernt. Er war unterwegs in die Stadt, um noch einige Spritzen zu besorgen, als ihm ihr Pickup entgegenkam. Sie hielten auf der Straße an, standen Fenster an Fenster und unterhielten sich kurz. Nicht wie ein Liebespaar, eher wie Freunde, die irgendwie verlegen waren.

»Ich wollte rauf in die Hütte, aber ich komm einfach nicht weg«, sagte er. »Mein D-D-Dad…«

»Ist schon okay. Das versteh ich doch.«

»Warst du auf Spurensuche?«

»Ja, und ich glaube, du hast recht. Es scheint nur noch drei oder vier Wölfe zu geben. Außerdem werden nicht mehr so viele Tiere gerissen.«

»Hast du schon F-F-Fußangeln gefunden?«

»Nein, aber ich glaube trotzdem, daß sich da oben jemand herumtreibt.«

»Warum?«

Sie zuckte die Achseln. »Spuren, Kleinigkeiten, ich weiß nicht. Und ich habe eine Stelle gefunden, an der jemand eine Weile kampiert hat. Muß aber nichts zu bedeuten haben.«

Sie sagte, den Signalen nach zu urteilen, schienen die Wölfe von den Bergen herunterzukommen, dichter an die Ranches heran, als wollten sie das Kalben auskundschaften.

»Kommen sie auch zu uns?«

»Ja, auch zu euch.«

Sie sah traurig aus, und eine Weile schwiegen sie. Es gab zugleich soviel und nichts zu sagen.

Sie fröstelte. »Ich bin die Kälte leid.«

»Alles in Ordnung?«

»Nein. Mit dir?«

»Nein.«

Er streckte die Hand aus. Sie griff danach und hielt sie fest. Erst dann bemerkte er die Schrift auf der Tür des Pickup. Jemand hatte in riesigen Lettern HURE daraufgekratzt.

»Lieber Gott«, sagte er.

»Nett, was?«

»Wann ist denn das passiert?«

»Gestern abend.«

Luke sah einen Laster aus der Stadt kommen. Sie blockierten die Straße. Helen entdeckte den Laster ebenfalls und ließ rasch seine Hand los.

»Hast du's dem Sheriff gesagt?«

»Von dem komm ich gerade. Hilfssheriff Rawlinson ist voller Mitgefühl. Er meint, das waren sicher Kids aus der Stadt, die im Wald eine Party gefeiert haben. Wenn ich mir Sorgen mache, sagt er, soll ich mir eben ein Gewehr zulegen.«

Luke schüttelte den Kopf. Der Laster hatte sie fast erreicht.

»Tja, dann«, sagte Helen, »bis später.«

»Ich schaff's schon irgendwie, dich zu besuchen.«

»Schon gut, Luke, vielleicht sollten wir uns wirklich eine Zeitlang nicht sehen.«

Der Lastwagenfahrer drückte auf die Hupe. Sie verabschiedeten sich und fuhren in verschiedene Richtungen davon.

Luke stand jetzt unten am Korralzaun und suchte mit der Taschenlampe nach der Färse, die er sich etwas genauer ansehen wollte.

»Na, wie läuft's?«

Er drehte sich um. Hinter ihm stand Clyde, der die nächste Schicht übernahm.

»Ganz gut, aber um eine Kuh mache ich mir ein bißchen Sorgen. Die ist irgendwie unruhig. Hat vielleicht eine v-v-verdrehte Gebärmutter, wer weiß?«

Clyde bat ihn, ihm die Färse zu zeigen.

»Ach was«, sagte er verächtlich. »Der fehlt gar nichts.«

Luke zuckte die Achseln. Er erzählte Clyde noch von den Kojoten, ließ ihn dann stehen und ging zurück ins Haus, um vor Sonnenaufgang noch eine Stunde zu schlafen.

Er verschlief. Als er geduscht und sich angezogen hatte, saßen die anderen bereits am Frühstückstisch in der Küche. Er merkte sofort, daß etwas passiert war. Es herrschte dicke Luft. Ray und Jesse aßen stumm, und sein Vater starrte wütend vor sich hin.

Seine Mutter warf ihm einen warnenden Blick zu, als sie ihm Milch ins Glas goß. Eine Zeitlang sagte niemand ein Wort.

»Und? Wieso hast du die Färse krepieren lassen?« fragte ihn sein Vater schließlich.

»W-W-Was?«

»Komm mir nicht mit deinem W-W-Was, Junge.«

»Welche Färse?«

Er schaute Clyde an, aber der hielt den Blick auf seinen Teller gesenkt.

»Clyde hat eine tote Färse im Korral gefunden. Hatte eine verdrehte Gebärmutter.«

Luke starrte Clyde ungläubig an.

»Aber d-d-die habe ich dir doch gezeigt.«

Clyde schaute kurz auf, und Luke sah die Angst in seinen Augen.

»Was?«

»Ich hab dir die Färse gezeigt, und du hast gesagt, mit ihr ist alles in Ordnung.«

»Verdammt, Luke, das hast du nicht getan!«

»Hört auf, Jungs!« sagte Lukes Mutter. »Wir verlieren jedes Jahr ein, zwei Kühe …«

Sein Vater unterbrach sie wütend. »Halt du dich da raus.«

»Ich hab d-d-dir sogar gesagt, was mit ihr nicht stimmt. Und du hast gesagt, es ist alles in Ordnung.«

»He, Kleiner, jetzt versuch nicht, mir die Geschichte anzuhängen.«

Luke stand auf. Sein Stuhl scharrte über den Boden.

»Wo willst du hin?« fragte ihn sein Vater.

»Mir r-r-reicht's.«

»Dir reicht's also, ja? Aber mir reicht's noch lange nicht, verstanden? Also setz dich gefälligst wieder hin!«

Luke schüttelte den Kopf. »Nein, Sir.«

»Du wirst dich verdammt noch mal wieder hinsetzen, wenn ich es dir sage.«

»Nein, Sir.«

Einen Augenblick lang schien sein Vater nicht zu wissen, was er tun sollte. Widerspruch war er nicht gewohnt. Ray und Jesse standen auf und gingen mit gesenktem Blick leise aus dem Zimmer.

»Du rührst dich nicht vom Fleck, bis ich mit dir fertig bin. Deine Mutter hat mir gesagt, du willst nach Minnesota aufs College, stimmt das?«

Lukes Mutter stand auf. »Um Himmels willen, Buck, nicht jetzt...«

»Halt den Mund. Willst wohl studierter Tierschützer werden, was?«

»Nein, B-B-Biologe.«

»Also doch. Und du denkst nicht mal dran, deinen Vater zu fragen, was er davon hält?«

Luke spürte, wie seine Beine zitterten, doch nicht vor Angst. Zum erstenmal in seinem Leben fürchtete er sich nicht vor diesem großen Bullengesicht, das ihn über den Tisch hinweg anglotzte. Er fühlte nichts als Wut. Es wirkte beinahe belebend.

»Hat's dir die Sprache verschlagen?«

Luke schaute seine Mutter an. Sie stand am Waschbecken und kämpfte mit aller Kraft gegen die Tränen. Dann drehte er sich wieder zu seinem Vater um. *Hat's dir die Sprache verschlagen?* Er holte tief Luft, spürte erstaunliche Ruhe in seiner Brust aufsteigen. Er schüttelte den Kopf.

»Nein«, sagte er einfach.

»Dann solltest du mir lieber erklären, was hier los ist.«

»I-I-Ich...«

Sein Vater lächelte zufrieden.

Dies war der Augenblick, auf den er lange gewartet hatte. Endlich würde er frei sein. Noch einmal holte er tief Luft.

»Ich habe nicht gedacht, daß es dich interessiert.«

»Ach, was du nicht sagst.« Sein Vater grinste sarkastisch und lehnte sich auf seinem Stuhl zurück.

»Ich wußte, daß es dir nicht g-g-gefallen würde.«

»Tja, mit der ersten Annahme hattest du unrecht, mit der zweiten nicht. Es *interessiert* mich, aber es gefällt mir nicht. Du wirst zur Montana State University gehen, mein Junge, und du wirst versuchen, ein guter Rancher zu werden, der Färsen nicht einfach krepieren läßt.«

»Wenn er so ein F-F-Feigling ist, daß er es nicht zugeben will, ist mir das egal. Aber ich werde nicht zur Montana State gehen, ich st-st-studiere in Minnesota. Falls man mich nimmt.«

»So, so.«

»Ja, Sir.«

Sein Vater stand auf und kam auf ihn zu. Einen Moment lang spürte Luke, wie ihn sein Mut zu verlassen drohte.

»Und wer glaubst du, wird das bezahlen?«

»Ich f-f-finde schon einen Weg.«

»Ich bezahle.« Das war seine Mutter. Die beiden drehten sich zu ihr um.

»Ich habe gesagt, du sollst dich da raushalten.«

»Wa-Wa-Wa...« Lieber Gott, dachte Luke, laß mich jetzt bitte nicht im Stich.

»Wa-Wa-Wa...«, äffte ihn sein Vater nach.

Luke spürte, wie eiskalte Wut ihn packte.

»Warum mußt du eigentlich alle Menschen t-t-terrorisieren? Hast du nicht schon genug Unheil angerichtet? Wir müssen immer so sein, wie du uns haben willst. Und was du nicht v-v-verstehen kannst, das mußt du kaputtmachen. Tust du das, weil du Angst hast, oder was?«

»Wie kannst du es wagen, so mit mir zu reden?«

»Also hab ich recht?«

Sein Vater gab ihm eine schallende Ohrfeige. Seine Mutter

schrie auf und hielt sich die Augen zu. Clyde sprang ebenfalls auf.

Luke spürte den salzigen, metallischen Geschmack von Blut im Mund. Sein Vater stierte ihn schwer atmend und mit rotem Gesicht an. Er erinnerte Luke an den Grizzly, der ihn im Wald gejagt hatte. Einen Moment lang fragte sich Luke, wieso ihm dieser Anblick keine Angst mehr machte.

»Ich gehe jetzt«, sagte er, und er spürte, wie ihm das Blut aus den Mundwinkeln tropfte. Als sein Vater die Blutspur bemerkte, glaubte Luke, so etwas wie Zweifel in den kalten, grauen Augen aufblitzen zu sehen.

»Du machst dich sofort wieder an die Arbeit.«

»Nein, Sir. Ich gehe.«

»Wenn du das tust, setzt du nie wieder einen Fuß in mein Haus.«

»Ich gehöre hier s-s-sowieso nicht her. Hab ich noch nie.«

Und er nickte seiner Mutter zu und ging aus der Küche.

Oben nahm er zwei Leinentaschen aus dem Schrank und packte ein paar Kleidungsstücke, einige seiner Lieblingsbücher und ein oder zwei Dinge ein, von denen er glaubte, daß er sie brauchen würde. Dann hörte er die Küchentür zuschlagen und sah aus dem Fenster, wie sein Vater wütend durch den Schnee zu den Korrals stapfte, Clyde dicht hinter ihm. Es wurde hell draußen. Luke fragte sich, ob ihn die Ruhe nicht plötzlich verlassen würde, doch sie tat es nicht.

Vom Treppenabsatz blickte er durch die offene Tür ins Schlafzimmer seiner Eltern und sah, daß seine Mutter einen Koffer packte Er stellte seine Taschen ab und ging zur Tür.

»Mom?«

Sie drehte sich um, und eine Weile schauten sie sich stumm an. Dann breitete sie die Arme aus, und er ging zu ihr und drückte sie an sich. Er sagte nichts, bis ihr Schluchzen nachließ.

»W-W-Wo willst du hin?«

Sie wischte sich die Tränen ab. »Ich habe Ruth angerufen.

Sie sagt, ich kann eine Weile bei ihr bleiben. Gehst du zu Helen?«

Er nickte. Seine Mutter hob den Kopf und schaute ihn an.

»Du liebst sie sehr, stimmt's?«

Er zuckte die Achseln und versuchte zu lächeln. Plötzlich war ihm auch zum Weinen zumute. Doch er riß sich zusammen.

»Ich weiß nicht«, sagte er. »Glaub schon.«

»Liebt sie dich auch?«

»Ach, Mom...«

»Tut mir leid, geht mich ja auch nichts an.«

Sie umarmte ihn ein letztes Mal und küßte ihn auf die Wange.

»Versprich mir, daß du mich besuchen kommst.«

»Versprochen.«

Er stellte seine Taschen im Wohnzimmer ab, ging zum Gewehrschrank im Büro seines Vaters und nahm sich die .270 Winchester, die ihm seit dem Tod seines Bruders gehörte, auch wenn er sie kaum benutzt hatte. In der Schublade unter den Gewehren fand er eine Schachtel Patronen, die er zusammen mit der Waffe in einer der Taschen verstaute. Vom Haken in der Küche holte er dann noch Mantel, Regenmantel und Hut, nahm ein Paar Ersatzstiefel mit und trug alles zum Jeep.

Als er vom Haus fortfuhr, schaute er über die Weide und sah Moon Eye zwischen anderen Pferden unter den Bäumen neben dem alten Ford stehen. Luke war zu weit von ihm entfernt, um es mit Bestimmtheit sagen zu können, aber es kam ihm so vor, als erwidere das Pferd seinen Blick.

Als er durch das Tor fuhr, sah er über die Schulter zur Ranch zurück. Sein Vater und Clyde trieben einige Färsen zum Stall. Clyde drehte sich um, blieb stehen und schaute ihm nach, doch sein Vater ging einfach weiter.

Bevor er starb, wollte sich der alte Wolfsjäger noch entschuldigen, doch war niemand da, bei dem er sich hätte entschuldigen können.

Winnie war der einzige Mensch, der ihn verstanden hatte, und Winnie war tot. Er fragte sich, wie lange sie schon über diesen »kleinen Funken«, wie sie ihn nannte, Bescheid gewußt und warum sie ihm vorher nichts davon gesagt hatte, doch ahnte er tief in seinem Innern, daß er ihr niemals zugehört hätte.

Er spielte mit dem Gedanken, zur Hütte dieser Biologin zu fahren und sich zu entschuldigen, aber er kannte sie nicht und schämte sich zu sehr, ihr zu sagen, was er getan hatte. Außerdem mußte er sich ja nicht allein bei ihr entschuldigen. Es ging um sein ganzes Leben. Also machte er sich direkt auf den Weg zur Mine. Dieser Platz war so gut wie jeder andere.

Als er hier angekommen war, hatte sein Verstand verrückt gespielt; vielleicht, hatte er gedacht, vielleicht war der Welpe doch nicht tot, den er am Abend zuvor geschossen hatte, und vielleicht konnte er, wenn er nur den Eingang zur Mine fand, das Tier noch retten. Überall hatte er gesucht, ihn aber nicht gefunden, und schließlich war er wieder zur Vernunft gekommen.

Jetzt saß er nackt mit dem Rücken an einen Baum gelehnt am Rand jener Lichtung, auf der sich der abgedeckte Luftschacht befand. Er hatte alle seine Kleider dort hinuntergeworfen und stellte sich vor, wie sie nun auf den Wölfen lagen. Seine welke Haut war fast so weiß wie der Schnee. Er sah die Sterne verblassen und einen nach dem anderen in der Morgendämmerung verschwinden.

Er spürte, wie die Kälte seine Arme und Beine hinaufkroch, sich zu seinem Herzen stahl. Sein Atem wurde immer langsamer, sein Bart gefror.

Ihm war so kalt, daß er die Kälte schon nicht mehr spürte. Ihn überkam eine seltsame Ruhe. Seine Gedanken begannen, ihm einen Streich zu spielen. Er glaubte, Winnie rufen zu hören, und er versuchte, ihr zu antworten, aber seine Stimme war eingefroren. Dann begriff er, daß er nur das Krächzen zweier Raben gehört hatte, die am lachsfarbenen Himmel über die Lichtung flatterten.

Sein Leben lang hatte er mit dem Tod zu tun gehabt, und so empfand er keine Angst. Als der Tod schließlich zu ihm kam, da tat er es auf leisen Sohlen.

In seinen Träumen sah er das Gesicht eines Babys, das ihn im Licht einer Kerze anstarrte. Vielleicht war es das Kind unten aus dem Haus, vielleicht aber auch das Kind, das er und Winnie nie gehabt hatten. Doch dann wußte der Wolfsjäger, daß er sein eigenes, jüngeres Ich betrachtete. Und im selben Augenblick beugte sich der Schatten seiner Mutter, die er nie gekannt hatte, zur Kerzenflamme hinab und blies sie behutsam aus.

FRÜHLING

32

Das zweite Tauwetter setzte sanfter ein als das erste. Kein warmer Wind ließ plötzlich den Schnee schmelzen, und der Hope River hatte sich offenbar ausgetobt und blieb jetzt, wild tosend zwar, in seinem Bett.

Der Schnee war von den Ebenen verschwunden, die graubraun in der fahlen Sonne trockneten, und hatte sich jetzt, in der ersten Aprilwoche, wie eine verebbende Flut ins Tal zurückgezogen. Eine Weile hielt er sich noch an den Waldrändern und in den schattigen Senken und Rinnen der höher gelegenen Ranches. Die Bäume schienen dem Wetter noch nicht so recht zu trauen. Obwohl die sonnenbeschienenen Lichtungen im Wald knospten und sproßten, blieben die sich durchs Tal windenden Pyramidenpappelreihen noch einen weiteren Monat grau und blattlos.

Das Leben, das im Leib der weißen Wölfin keimte, duldete keinerlei Verzögerung. Drei Wochen zuvor hatte sie eine verlassene Kojotenhöhle am Fuß einer Rodung gefunden, und die beiden überlebenden Welpen hatten ihr dabei zugesehen, wie sie stundenlang grub, bis die Höhle ihren Vorstellungen entsprach.

Ihr Bauch war schwer geworden, und im schmelzenden Schnee wurde die Jagd immer mühseliger für sie. Die beiden Welpen waren nun ausgewachsene Jährlinge mit dem vollen Gewicht erwachsener Tiere, doch mangelte es ihnen noch an Gewitztheit und Lebenserfahrung. Sie hatten zwar so manche Jagd miterlebt, mußten aber noch nie allein ein Tier reißen.

Und seit das Muttertier trächtig war, hatten sie selbst mit den vom Winter geschwächten Hirschen ihre Not.

Immer wieder schlichen sie sich an, kundschafteten aus – jedesmal vergebens. Manchmal fingen sie ein Kaninchen oder einen Schneehasen und teilten die Beute mit ihrer Mutter, doch war das Mahl nur selten die Mühe wert, die sie aufgewendet hatten. Abgemagert und unruhig folgten sie dem Geruch von Aas und stürzten sich auf die Beutereste anderer Raubtiere.

Es war ein ganz anderer Geruch, der sie an den schneeverwehten Rand einer Lichtung lockte, auf der ein alter Mann an einen Baum gelehnt saß. Seine nackten Zehen ragten aus dem Schnee, der in einiger Entfernung vom Leichnam mit Kojoten- und Rotluchsspuren übersät war. Die Wölfe waren mißtrauisch, lag doch etwas Beängstigendes und zugleich Vertrautes in seinem Geruch, und weit Beunruhigenderes verriet ihnen der Geruch des Platzes selbst, an dem sie ihn gefunden hatten. Mit angelegten Ohren und eingeklemmten Schwänzen schlichen sie sich fort und überließen den Leichnam den aus dem Winterschlaf erwachenden Bären.

Die Witterung, die die wärmende Luft aus dem Tal herauftrug, war viel verlockender. Inzwischen hatten die Hauptherden mit dem Kalben begonnen, und die Wölfe kannten bereits die Stellen, an denen die Rancher ihre toten Tiere abluden. Die Wölfe brauchten nur die Kojoten zu vertreiben, dann konnten sie ungestört fressen.

Als die Stunde der weißen Wölfin gekommen war, verschwand sie allein in der Höhle. Die beiden Jährlinge warteten die ganze Nacht und auch den nächsten Tag darauf, daß sie wieder herauskäme. Sie liefen rastlos auf und ab oder lagen stundenlang da, den Kopf auf den Pfoten, und beobachteten den Eingang zur Höhle. Manchmal streckten sie winselnd den Kopf ins Loch, doch ein Knurren aus der Tiefe warnte sie, nicht näher zu kommen Als die Wölfin sich auch am zweiten Abend nicht blicken ließ, zogen sie hungrig davon.

Und während das Muttertier sechs Junge zur Welt brachte, taten sie es ihrem toten Vater gleich, stahlen sich aus dem Wald und rissen ohne große Mühe ihr erstes Kalb.

Sie hatten keinen schlechten Geschmack: Es handelte sich um ein reinrassiges Black-Angus-Kalb der Calder-Ranch.

In der Hütte hatte sie es noch für einen guten Einfall gehalten, aber als sie nun den Wagen abstellte und über die Straße zum Andenkenladen schaute, wäre Helen am liebsten wieder umgekehrt. Doch wahrscheinlich war es dafür bereits zu spät. Lukes Mutter hatte sie bestimmt schon durchs Schaufenster gesehen.

Sie hatte Luke erzählt, sie wolle in die Stadt, um bei Iversons einige Vorräte zu kaufen, denn er sah mit Sicherheit nicht gern, wenn sie seine Mutter aufsuchte. Doch Helen fand, sie schulde der Frau eine Erklärung. Was sie ihr allerdings genau sagen wollte, wußte sie nicht. Etwa: Tut mir leid, daß ich Ihnen Ihren Sohn weggenommen habe? Oder: Tut mir leid, daß ich ihm die Unschuld geraubt habe? Es fiel ihr schwer genug, sich selbst über ihr Verhältnis zu Luke klarzuwerden, wie sollte sie es da einem anderen erklären.

Wie sollte jemand auch nur annähernd verstehen, wie sie sich an jenem Tag gefühlt hatte, als er mit seinen beiden großen Taschen vor ihrer Hütte auftauchte und sagte, er sei von zu Hause fortgegangen und ob er »einige Tage bei ihr bleiben« könne? Sie hatte ihn einfach in den Arm genommen, und so waren sie lange eng umschlungen dagestanden.

»Ab jetzt paß ich auf dich auf«, hatte er gesagt. Und so war es auch.

Mit ihm auf winzigem Raum zusammenzuleben schien ihr das Natürlichste von der Welt zu sein. Luke hatte scherzhaft gemeint, sie lebten wie die Wölfe. Und in gewisser Weise stimmte das auch. Bevor sie ins Bett gingen, wärmten sie abends oft Wasser auf dem Ofen, zogen sich aus und wuschen sich gegenseitig. Nie zuvor hatte Helen einen so zärtlichen

Liebhaber gehabt, und nie zuvor, selbst mit Joel nicht, hatte sie ein solches Verlangen gespürt.

Mit Joel hatte sie Leidenschaft, Befriedigung und auch Freundschaft kennengelernt, doch erst jetzt begriff sie, daß zwischen ihnen nie jene Vertrautheit gewesen war, die sie mit Luke verband. Als sie mit Joel zusammengewesen war, hatte sie sich stets kontrolliert und sich bemüht, jene Frau zu sein, die er ihrer Meinung nach haben und behalten wollte.

Nun glaubte sie allerdings, daß es echte Vertrautheit nur geben konnte, wenn zwei Menschen ganz sie selbst waren und sich nicht ständig aneinander maßen. Mit Luke konnte sie so sein. Bei ihm fühlte sie sich begehrt und schön, doch vor allem fühlte sie sich zum erstenmal in ihrem Leben nicht immerzu beurteilt.

Doch wie um alles in der Welt sollte sie das seiner Mutter erklären? Vielleicht war es doch besser, wieder nach Hause zu fahren. Statt dessen aber bekreuzigte sie sich in Gedanken und stieg aus.

Die frisch übermalte Autotür sah fast so schlimm aus wie mit dem eingekratzten Wort HURE. Luke hatte bei einem Toyota-Händler in Helena den richtigen Farbton aufgetrieben und hervorragende Arbeit geleistet, nur war der Wagen insgesamt so vergammelt und verrostet, daß die Tür wie eine Aufforderung zu neuen Schmierereien wirkte.

Als sie die Tür zum Paragon öffnete, ertönte die Glocke. Zum Glück waren keine Kunden da; Ruth Michaels stand an der Kasse.

»Hi, Helen. Wie geht's?«

»Soweit ganz gut. Und selbst?«

»Besser, seit der Schnee endlich weg ist.«

»Kann ich mir denken. Ist Mrs. Calder da?«

»Klar, sie ist hinten. Ich hol sie. Möchten Sie einen Kaffee?«

»Nein, danke.«

Helen wartete und summte leise eine Melodie vor sich hin,

um ruhiger zu werden. Sie konnte die beiden Frauen miteinander reden hören, verstand aber nicht, was sie sagten. Ruth kam zurück und zog ihren Mantel an.

»Ich muß mal kurz was erledigen. Bis später dann, Helen, ja?«

»Gut.«

Wieder hörte sie die Glocke an der Tür, und ihr fiel auf, daß Ruth beim Hinausgehen das »Offen-/Geschlossen«-Schild umdrehte und die Tür abschloß.

»Hallo, Helen.«

»Hi, Mrs. Calder.«

Helen hatte sie seit Thanksgiving nicht mehr gesehen, und verblüfft registrierte sie, welche Ähnlichkeit sie mit Luke hatte: die gleiche blasse Haut und die schönen, grünen Augen. Sie lächelte.

»Was kann ich für Sie tun?«

»Ähm. Na ja, ich... «

»Kommen Sie. Setzen wir uns hierhin, da kann man uns nicht beobachten.«

Helen folgte ihr zu der kleinen Kaffeetheke und setzte sich auf einen Barhocker. Eleanor Calder stellte sich hinter den Tresen.

»Kann ich Ihnen einen Kaffee machen?«

»Nur, wenn Sie auch einen trinken.«

»Ich glaub, dann nehme ich einen ›ohne‹.«

»Für mich einen ›mit‹, bitte. Einen großen, extra stark.«

Helen überlegte, wie sie beginnen sollte. Stumm schaute sie zu, wie Lukes Mutter den Kaffee zubereitete. Und sie fragte sich erstaunt, wie eine Frau so lange mit einem Mann wie Buck Calder verheiratet sein konnte, ohne ihre Liebenswürdigkeit und Würde zu verlieren.

»Ich bin hergekommen, weil ich das mit Luke erklären wollte – nein, eigentlich nicht *erklären*, sondern... ich wollte Ihnen nur sagen, daß... ach Mist.«

Mrs. Calder lächelte. »Ich mache Ihnen die Sache ein bißchen leichter.« Sie stellte Helen den Kaffee hin und goß sich dann selbst eine Tasse ein. »Sie haben Luke sehr glücklich gemacht. Soweit ich es beurteilen kann, tun Sie ihm also nur gut.«

Sie ging um den Tresen herum, setzte sich und rührte nachdenklich in ihrem Kaffee.

»Danke«, sagte Helen verblüfft.

»Und daß er zu Ihnen gezogen ist, nun, da kann ich nur sagen, einige Leute hier in dieser Gegend sind ziemlich altmodisch. Was Sie machen, geht nur Sie was an. Und ehrlich gesagt, wüßte ich auch nicht, wo er sonst hin soll.«

»Luke hat mir erzählt, daß Sie auch ausgezogen sind.«

»Ja.«

»Das tut mir leid.«

»Nicht nötig. Ich hätte schon vor Jahren gehen sollen. Wahrscheinlich bin ich nur wegen Luke geblieben.«

Sie redeten noch eine Weile über Lukes Bewerbung für die Universität und dann über die Wölfe. Helen sagte, daß wahrscheinlich nur noch drei oder vier übrig waren. Aus Aberglauben erzählte sie jedoch nichts davon, daß sie seit dem Vortag auch das Signal des Alpha-Weibchens nicht mehr empfingen. Mit etwas Glück konnte dies nämlich bedeuten, daß es sich zum Jungen in eine Höhle zurückgezogen hatte.

»Was ist mit den anderen passiert?«

»Keine Ahnung. Wahrscheinlich hat jemand sie getötet.«

Eleanor Calder runzelte die Stirn.

»Wissen Sie, ich habe ganz vergessen, Luke etwas davon zu erzählen, und vielleicht sollte ich auch lieber nichts erwähnen, aber oben auf der Ranch arbeitet ein Mann namens Lovelace für meinen Schwiegersohn. Erst fiel mir nicht ein, wo ich den Namen schon mal gehört hatte, aber dann wußte ich es wieder. Es gab einmal einen berühmten alten Trapper in Hope mit diesem Namen, und den haben sie den ›Wolfsjäger‹ genannt.«

Dan erkannte sofort, daß Calder und dessen Schwiegersohn die Richtlinien der Viehzüchtervereinigung diesmal buchstabengetreu befolgt hatten. Die beiden toten Kälber waren mit Planen abgedeckt, und sie hatten sorgfältig Sperrholzplatten über die Spuren und den Kot gelegt, den die Wölfe als Visitenkarte hinterlassen hatten.

Zum Glück hatten sie diesmal nicht das Fernsehen angerufen, doch dafür machte sich Clyde Hicks nun selbst ans Werk. Seine Videokamera lief, sobald Dan und Bill Rimmer auf die Weide fuhren. Dan hatte zwar wie gewöhnlich seine eigene Kamera mitgebracht, um die Untersuchung des Kadavers zu filmen, doch Hicks wollte kein Risiko eingehen.

»Ihr Leute von der Regierung schneidet den Film doch so, wie ihr ihn haben wollt«, sagte er. »Also sorgen wir dafür, daß wir unsere eigenen Beweismittel haben.«

Offenbar hielt er sich für eine Art Künstler, denn immer wieder schwenkte er die Kamera, zoomte das Bild heran oder änderte den Blickwinkel, so daß er nicht nur die Untersuchung, sondern auch Dan filmte, wie dieser die Untersuchung filmte.

Calder begrüßte sie nicht mal. Sein Schweigen sagte mehr als alle Worte. Als er Dan im Büro angerufen hatte, um ihm zu sagen, was passiert war, listete er nur die nüchternen Tatsachen auf und fügte hinzu, daß er Helen Ross nicht sehen wolle. Dan rief sie an und hinterließ auf ihrer Mailbox eine entsprechende Nachricht.

Rimmer untersuchte nun das zweite Kalb auf der Ladefläche des Trucks. Die Biß- und Blutspuren ließen keinen Zweifel daran, daß das erste Kalb von einem oder mehreren Wölfen gerissen worden war.

Calder sah ihnen mit verschränkten Armen zu. Jetzt war nichts mehr von dem falschen Charme zu merken, den er bei ihren früheren Besuchen auf der Ranch hatte spielen lassen. Er sah blaß und mitgenommen aus und hatte dunkle Ringe unter den Augen, wie die meisten Rancher in der Zeit des Kalbens.

Dan wußte, daß etwas nicht stimmte, als Bill Rimmer verstummte. Am zweiten Kalb fand er Bißspuren, aber fast kein Blut. Er öffnete den Brustkorb des Tieres.

»Tja«, sagte er schließlich, »gefressen haben sie jedenfalls von diesem hier.« Er richtete sich auf und warf Dan einen Blick zu, bevor er sich zu Calder umdrehte. »Aber umgebracht haben sie das Kalb nicht.«

»Was?« sagte Calder.

»Das Kalb ist eine Totgeburt.«

Calder schaute ihn einen Augenblick an.

»Bei uns gibt es keine Totgeburten«, sagte er eisig.

»Nun, Sir, ich fürchte, dies hier ist eine. Die Lungen haben sich nicht geöffnet. Ich kann es Ihnen zeigen, wenn ...«

»Verschwinden Sie von hier.«

Dan versuchte zu vermitteln. »Ich bin mir sicher, Sir, daß Sie als Entschädigung den vollen Marktwert für beide Tiere erhalten können. Die Tierschützervereinigung zeigt in solchen Dingen meist Verständnis ...«

»Glauben Sie etwa, daß ich das Blutgeld dieser Leute will?«

»Sir, ich ...«

»Verschwinden Sie endlich von meinem Grund und Boden.«

Luke hätte sich in dem Gewirr der Holzfällerwege beinahe verfahren, weil er nicht an der Ranch vorbei wollte, da er fürchtete, daß ihn jemand sah. Doch der einzige andere Weg führte durch den Wald.

Er hatte sich aufgemacht, nachdem Helen zurückgekommen war und ihm davon erzählt hatte. Es war Mittag, also würde Kathy unten im großen Haus sein und für die Kälbertruppe das Mittagessen kochen. Ihm blieb ungefähr eine halbe Stunde Zeit.

Endlich fand er den Weg, den er gesucht hatte. Er war schlammig und voller Schlaglöcher, und einmal mußte er anhalten und einen umgefallenen Baum aus dem Weg räumen. Schließlich verriet ihm die Landschaft, daß er sich wahrscheinlich oberhalb von Kathys Haus befand. Er stellte den Wagen ab und ging den Rest des Wegs zu Fuß.

Von der oberen Wiese aus wirkte die Ranch verlassen. Ein silberner Trailer und ein alter, grauer Chevy standen versteckt hinter der Scheune. Luke wußte, daß sie weder Clyde noch Kathy gehörten. Als er an Princes Grab vorbeikam, schoß Maddie, die alte Colliehündin, bellend hinter dem Haus hervor. Sobald sie ihn erkannte, kam sie winselnd und schwanzwedelnd auf ihn zu. Während er sich bückte, um sie zu streicheln, schaute er sich aufmerksam um. Ihr Gebell schien niemanden alarmiert zu haben, alles blieb ruhig.

Um sicherzugehen, klopfte er an die Küchentür und schaute auch noch in der Scheune nach, aber es war niemand da. Daraufhin ging er rasch zum Trailer, klopfte an und drückte, als keine Antwort kam, die Klinke herunter. Die Tür war nicht verschlossen.

Er brauchte nicht lange, um herauszufinden, daß dies wohl kaum die Behausung eines Schreiners war. Das verriet ihm schon der Geruch. Ein Wolfsfell lag auf dem Bett, doch das hatte nicht viel zu bedeuten. Dann fand er die verborgenen Schranktüren. Zwei Fächer waren mit Fallen, Drähten, Fußangeln und anderen Dingen vollgestopft, die er noch nie gesehen hatte. In einer anderen entdeckte er Flaschen, die sämtlich numeriert waren, aber keine Beschriftung trugen. Er machte eine auf und schnupperte daran. Es roch wie das Zeug, das Helen in der Hütte aufbewahrte. Wolfsurin.

Dann hörte er draußen einen Wagen vorfahren.

Rasch stopfte er die Flasche und eine der Fußangeln in die Manteltasche und stellte alles andere wieder so hin, wie er es vorgefunden hatte. Dann trat er aus dem Trailer und versuchte, die Tür leise hinter sich zu schließen, aber sie fiel mit einem lauten Klicken ins Schloß.

»Mr. Lovelace?«

Luke erstarrte und stieß einen stummen Fluch aus. Es war Clyde. Er kam um die Scheune herum zum Trailer.

»Mr. Lovelace?«

Als er Luke sah, wurde seine freundliche Miene feindselig. Hinter ihm tauchte Kathy mit dem Baby auf.

»Luke!« sagte sie.

»Hi.«

»Was machst du hier?« fragte Clyde.

»Ich w-w-wollte meine Schwester besuchen.«

»Ach ja? Und wie bist du hergekommen? Bist du geflogen?«

Luke wies mit dem Kopf zum Wald hinauf. »Mein W-W-Wagen steht da oben.«

»Du hast vielleicht Nerven, spionierst hier auf anderer Leute Grund und Boden herum.«

»Jetzt mach mal ’nen Punkt, Clyde«, sagte Kathy.

Clydes Blick huschte zum Trailer hinüber.

»Hast du da auch rumgeschnüffelt?«

»Nein, hab b-b-bloß angeklopft. Ist aber k-k-keiner da.«

Er spürte, wie er rot wurde. Wann zum Teufel würde er endlich anständig lügen lernen?

Clyde nickte. »Was du nicht sagst.«

Luke zuckte die Achseln. »Ja.«

»Und jetzt verschwinde.«

»Clyde!« rief Kathy. »Er ist meinetwegen gekommen!«

»Und? Jetzt habt ihr euch gesehen, was willst du mehr?«

»Wag ja nicht, so mit mir zu reden…«

»Halt den Mund.«

Luke sah, wie seine Schwester zusammenzuckte.

»Ist in Ordnung, Kathy. Ich v-v-verschwinde ja schon.«

Er ging an ihnen vorbei und gab sich alle Mühe, ihr tapfer zuzulächeln. Kathy schien den Tränen nahe, schaute ihn an, drehte sich dann um und lief weg. Als er das Hundegrab erreicht hatte, begann Luke zu rennen, und erst beim Wagen blieb er wieder stehen.

Er brauchte für den Rückweg zur Hütte nicht ganz so lange wie für den Hinweg. Als er dort ankam, sah er Dan Priors Wagen neben Helens Pickup stehen. Buzz rannte durch den Schlamm auf ihn zu, um ihn zu begrüßen.

Das angespannte Schweigen, das ihn empfing, als er die Hütte betrat, verriet ihm, daß sie sich gestritten hatten. Dan nickte ihm zu.

»Hi, Luke.«

»Hi.«

Luke sah Helen an; sie wirkte ziemlich aufgebracht.

»Dan will die übrigen Wölfe töten«, sagte sie.

»Helen, komm schon…«

»Stimmt doch, oder? Oder sollen wir es alle, wie heißt es noch, ach ja, richtig, sollen wir es lieber ›finale Lösung‹ nennen?«

Luke schaute vom einen zum andern. »Warum?«

Dan seufzte. »Sie haben eins der Kälber von Ihrem Vater gerissen.«

»Also läßt sich Dan einschüchtern und tut genau das, was dein Vater will: Er sorgt dafür, daß die Wölfe verschwinden. ›Keine Wölfe. Niemals. Nirgendwo.‹ – Man muß einfach nur laut genug schreien.«

»Helen, begreifst du denn nicht mal die einfachsten Regeln der Politik?«

»Politik?«

»Ja, Politik. Sollte sich die Lage hier noch weiter zuspitzen, kann das gesamte Wiederansiedlungsprogramm um Jahre zurückgeworfen werden. Diese Wölfe haben schon genug Chancen gehabt. Manchmal muß man eben eine Schlacht verlieren, wenn man den Krieg gewinnen will.«

»Das ist doch Blödsinn, Dan! Du läßt dich einfach von diesem Calder schikanieren. Weißt du noch, was du gesagt hast?

Hope soll ein richtungweisendes Experiment werden. Wenn du dich nicht gegen Leute wie ihn zur Wehr setzt, gewinnst du den Krieg ganz bestimmt nicht.«

»Du mußt dich eben damit abfinden, Helen. Hope ist noch nicht so weit; es kann noch nicht mit Wölfen leben.«

»Wenn du die Wölfe umbringst, wird Hope nie lernen, mit ihnen zu leben. Verdammt, ich weiß überhaupt nicht, warum du mich eigentlich geholt hast.«

»Weißt du was? Dieselbe Frage habe ich mir auch schon gestellt.«

»Früher hast du mal Mumm gehabt.«

»Früher hast du mal Verstand gehabt.«

Sie sahen einander wütend an. Luke holte die Fußangel und die Flasche mit dem Wolfsurin aus seiner Tasche und legte beides auf den Tisch.

»Das hier d-d-dürfte manches ändern.«

Buck war sofort gekommen, nachdem Clyde ihn angerufen hatte. Er ging gleich mit ihm zum Trailer.

»Wann hast du ihn zuletzt gesehen?« fragte Buck.

»Muß fast drei Wochen her sein. Kathy hat gehört, wie er mitten in der Nacht mit dem Schneemobil losgefahren ist. Sie macht sich Sorgen, weil er sonst nie so lange fortbleibt, und glaubt, daß ihm was passiert ist.«

Wenn das stimmte, war Buck nicht allzu traurig. Der Versager hatte verdammt lange gebraucht, um eine Handvoll Wölfe zu töten, und Buck ein kleines Vermögen gekostet. Trotzdem brachten die Bestien weiter seine Kälber um.

Sie durchsuchten den Trailer. Es sah nicht so aus, als habe Luke etwas mitgenommen. Wenn doch, hatte er keine Spuren hinterlassen.

»Bist du sicher, daß er hier drin war?«

»Ich glaub schon.«

Buck dachte einen Augenblick nach. Wenn Luke hier herumgeschnüffelt hatte, mußte er einen konkreten Verdacht gehabt haben. Es war also durchaus möglich, daß der Junge direkt zu Dan Prior lief, und dann konnten im Handumdrehen alle möglichen Regierungsleute hier auftauchen.

»Wir sollten den Trailer lieber verschwinden lassen«, sagte Buck, »und den alten Chevy auch.«

»Wie denn? Sollen wir sie vielleicht abfackeln?«

»Manchmal bist du wirklich schwer von Begriff, Clyde. Nein, nicht abfackeln. Fahr sie irgendwohin, und laß sie einfach stehen.«

»Gut.« Er schwieg einen Augenblick. »Und wenn der alte Knacker wiederkommt?«

»Dann sagen wir ihm, wo sie stehen. Klar?«

Sie machten sich sofort an die Arbeit. Während Clyde im Trailer aufräumte und alles Herumliegende verstaute, ging Buck ins Haus, um Ray anzurufen. Er sagte ihm, daß er in der Wolfsgeschichte dringend etwas erledigen müsse, und bat ihn deshalb, mit Jesse eine zusätzliche Kälberschicht einzulegen. Ray stimmte mißmutig zu.

»Sollte man nicht nach ihm suchen?« fragte Kathy. »Vielleicht ist Mr. Lovelace ja was zugestoßen.«

»Das wär bestimmt nicht verkehrt. Ich werde mal mit Craig Rawlinson in Ruhe darüber reden. Aber wir müssen vorsichtig mit dem sein, was wir über ihn sagen, Schatz. Offiziell hat er sich für uns um ein paar Kojoten gekümmert, okay? Und kein Wort über Wölfe.«

»So blöd bin ich nun auch wieder nicht, Dad.«

»Das weiß ich, Schatz.«

Dann drückte er sie an sich und sagte, er würde jetzt mit Clyde den Trailer wegbringen, bloß für den Fall, daß Luke sofort alles bei seinen Freunden von Fish & Wildlife ausplauderte. Wenn in der Zwischenzeit jemand kam, sollte sie einfach sagen, sie wisse nichts.

Clyde hatte inzwischen in der Scheune die Schlüssel für den

alten Chevy gefunden, und zusammen hängten sie den Trailer an. Dann sahen sie noch einmal nach, ob von den Sachen des Wolfsjägers auch nichts liegengeblieben war, und fuhren los. Buck lenkte den Pickup des Alten, und Clyde folgte ihm mit seinem Wagen.

Sie ließen den Chevy und den Trailer etwa fünfundvierzig Meilen außerhalb von Hope auf einer Raststätte für Trucker stehen. Es würde eine Weile dauern, sagte sich Buck, bis man die Wagen hier fand.

Als Kathy die Autos vorfahren hörte, nahm sie an, daß Clyde und ihr Daddy wieder zurückkamen. Doch einige Sekunden später sah sie durch das Küchenfenster zwei beigefarbene Pickups, die sie nicht kannte, neben dem Wagen ihres Vaters halten. In jedem Fahrzeug saßen zwei Männer, und jeder von ihnen trug einen Hut. Plötzlich bekam sie es mit der Angst zu tun.

Sie stiegen aus. Zwei Männer warteten neben den Fahrzeugen, während die anderen beiden auf das Haus zugingen. Als Kathy ihnen die Tür öffnete, zeigte ihr einer von ihnen, ein großer Mann mit mächtigem Schnurrbart, seinen Ausweis. Sie war viel zu verwirrt, um ihn sich genau anzusehen.

»Mrs. Hicks?«

»Ja?«

»Ich bin Special Agent Schumacher von den U.S. Fish & Wildlife Services. Dies hier ist Special Agent Lipsky.«

»Ähm, ja, Tag.«

Kathy erkannte sie wieder. Sie waren im letzten Herbst bei der Wolfsversammlung in der Stadthalle gewesen. Als Schumacher seinen Ausweis einsteckte, fiel ihr Blick auf das Pistolenhalfter unter seiner Jacke. Sie versuchte, unbekümmert dreinzuschauen, und zwang sich zu einem Lächeln.

»Was kann ich für Sie tun?«

»Ihr Mann, Ma'am, ist Mr. Clyde Hicks?«

»Ganz recht.«

»Könnte ich bitte mit ihm sprechen?«

»Er ist im Augenblick nicht da. Stimmt was nicht?«

Kathy sah, wie Agent Lipsky und die anderen beiden Männer zur Scheune hinüberstarrten.

»Wir haben Informationen erhalten, Ma'am, daß illegal Fallen auf dem Gebiet der Forest Services aufgestellt werden, vermutlich, um Tiere zu fangen, die auf der Roten Liste stehen oder deren Bestand bedroht ist.«

»Ach, tatsächlich?«

»Ja, Ma'am. Und der Informant hatte Grund zu der Annahme, daß diese Person oder diese Personen von hier aus operieren.«

»Wirklich?« Sie versuchte zu lachen. »Da handelt es sich bestimmt um ein Versehen.«

Dann sah sie Clydes Wagen die Auffahrt heraufkommen, gefolgt von einem weiteren Fahrzeug, das sie bald als Hilfssheriff Rawlinsons Auto erkannte. Neben ihm saß ihr Vater. Die Männer der Fish & Wildlife Services drehten sich um und warteten.

Als Clyde ausstieg, sah sie die Wut in seinen Augen. Sie hoffte nur, daß er sich nicht wie ein Trottel benahm und noch mehr Ärger heraufbeschwor. Zum Glück war ihr Vater da, um die Sache in die Hand zu nehmen. Sie trat zur Seite, als Special Agent Schumacher noch einmal alles von vorn erklärte.

Ihr Vater hörte ihm schweigend zu. Craig Rawlinsons Gesicht nach zu urteilen behagte ihm der Anblick der Männer ganz und gar nicht. Clyde wollte Schumacher unterbrechen, fing sich aber einen strengen Blick ein, der ihn sofort wieder verstummen ließ.

»Da muß jemand was durcheinandergebracht haben«, sagte ihr Vater, nachdem Schumacher zu Ende gesprochen hatte.

»Hat in letzter Zeit jemand bei Ihnen in einem Trailer gewohnt?«

Ihr Vater schaute Clyde stirnrunzelnd an.

»Dieser alte Knabe, der vor einer Weile hier war, um sich um die Kojoten zu kümmern, der hat doch einen Trailer gehabt, stimmt's, Clyde?«

»Yeah, glaub schon.«

Agent Schumacher nickte und kaute gedankenverloren an seinem Schnauzbart.

»Haben Sie was dagegen, wenn wir uns ein bißchen umsehen?«

Jetzt platzte Clyde der Kragen. »Und ob ich was dagegen hab!«

Kathys Vater hob die Hand, um ihn zum Schweigen zu bringen.

»Ich glaub nicht, Mr. Schumacher, daß wir Ihnen noch weiter behilflich sein können. Und ich darf hinzufügen, daß ich allerhand gegen die Andeutung einzuwenden habe, ich könnte einen Verbrecher beherbergen. Schließlich war ich hier in der Region politisch tätig.«

»Das hat niemand angedeutet, Sir. Wir müssen auf die Informationen, die wir erhalten, reagieren und tun auch nur unsere Arbeit.«

»Tja, und die ist jetzt getan. Ich danke Ihnen. Leben Sie wohl.«

Der Agent holte ein Blatt Papier aus seiner Tasche. »Sir, dieses Schreiben hier erlaubt es mir, das Grundstück zu durchsuchen.«

Buck Calder reckte das Kinn. Craig Rawlinson trat einen Schritt vor.

»Ihr Typen übertreibt aber ein bißchen«, sagte er. »Wissen Sie denn nicht, mit wem Sie es zu tun haben? Mr. Calder ist ein überaus angesehenes Mitglied unserer Gemeinde. Außerdem hat er Kälber im Wert von mehreren tausend Dollar durch diese verdammten Wölfe verloren, die Sie unbedingt schützen wollen. Letzte Nacht sind wieder zwei Tiere gerissen worden.

Und wenn tatsächlich irgend jemand diese Bestien umbringen sollte, tja, dann um so besser für ihn und uns.«

»Ich habe kein Wort von Wölfen gesagt«, erwiderte Schumacher. »Ich sprach nur von Tieren auf der Roten Liste sowie von Tieren, deren Bestand gefährdet ist.«

»Wir wissen alle, wovon Sie reden«, sagte Clyde.

»Nun würden wir uns gern auf Ihrem Grundstück umsehen, Sir.«

Kathy sah die Augen ihres Vaters aufblitzen, der gleiche Blick, bei dem sie als Kinder alle in Deckung gegangen waren.

»Nur über meine Leiche«, sagte er mit leiser Stimme.

Fast hätte Kathy gesagt, daß sie sich doch umsehen sollten, wenn sie wollten. Der Trailer war doch gar nicht mehr da. Aber sie hielt lieber den Mund.

Nach seinen Worten herrschte eisiges Schweigen. Schumacher drehte sich zu den übrigen Agenten um. Niemand schien zu wissen, was sie als nächstes tun sollten. Kathy sah, wie Craig Rawlinson schluckte. Dann stellte er sich neben Clyde und ihren Vater.

»Das hier fällt in meinen Zuständigkeitsbereich, und als Sheriff des Bezirks ist es meine Pflicht, den Frieden zu wahren. Sie sollten also lieber verschwinden. Und zwar sofort.«

Schumacher schaute ihn an, und sein Blick fiel kurz auf die Waffe an Craigs Hüfte. Dann drehte er sich um und sah zu Lipsky hinüber, der während der ganzen Zeit kein Wort gesagt hatte, obwohl er irgendwie den Ton anzugeben schien. Nach ein oder zwei Sekunden nickte er.

Schumacher deutete auf Craig Rawlinson.

»Sie übertreiben hier, Mister«, sagte er. »Ich werde mich mit Ihrem Vorgesetzten in Verbindung setzen.«

»Tun Sie, was Sie nicht lassen können.«

Die Agenten stiegen wieder in ihre Wagen, und niemand sprach ein Wort, bis sie verschwunden waren. Clyde boxte triumphierend in die Luft.

»Ja!« rief er.

Craig seufzte vor Erleichterung auf, und Kathys Vater klopfte ihm grinsend auf den Rücken.

»Ich bin stolz auf Sie, mein Sohn. Leute wie Sie haben den Westen erobert.«

Dann wandte er sich zu Kathy um. Sie hätte am liebsten geheult, doch nicht vor Erleichterung, sondern vor Wut.

»Alles in Ordnung, Schatz?«

»Nein, nichts ist in Ordnung! In Zukunft könnt ihr eure Lügen allein erzählen.«

Dann drehte sie sich um und verschwand im Haus.

33

Der rote Bell Jet Ranger kam mit einer solchen Geschwindigkeit aus dem Cañon geschossen, daß sich die Baumwipfel neigten und die Luft vom Geräusch der Rotorblätter erzitterte.

Dan sah durch das Fernglas den Hubschrauber, etwa siebzig Meter unterhalb der Stelle, an der er mit Luke stand, steil aufsteigen und über den Hang zu ihnen herauffliegen. Als sich die Maschine unter ihnen in eine Kurve legte, entdeckten sie Bill Rimmer, der mit herausbaumelnden Beinen in der offenen Hubschraubertür saß.

Er wurde von Nylongurten gehalten, die man von hier aus nicht sehen konnte. Mit seinem Helm und dem roten Anzug glich er einem Fallschirmspringer. Helen war oben bei ihm, aber Dan konnte sie nicht erkennen. Die Sonne spiegelte sich in der Windschutzscheibe des Helikopters und, als Rimmer nach seinem Gewehr griff, einen Moment lang auch in den Gläsern seiner Sonnenbrille.

Dan gab Luke das Fernglas.

»Hier, schauen Sie sich an, wie mein Etat verpulvert wird.«

Sie lehnten an der Motorhaube von Dans Wagen und blickten über einen Felsvorsprung auf den Wald, der sich bis ins Hope Valley hinunter erstreckte. Über Funk hatte Dan dem Hubschrauberpiloten gerade die Kartenkoordinaten der Stelle durchgegeben, an der sich der Wolf mit dem Halsband aufhielt. Sie hatten das Signal vor einer Weile mit Hilfe der Telemetrie herausgefunden.

Zum Glück befand sich das Weibchen auf dem Gebiet der Forest Services, irgendwo oberhalb der Ranch des Fernsehmoderators Jordan Townsend, so daß sie keine Abschußerlaubnis oder Landegenehmigung einholen mußten. Ungefähr in dieser Gegend, so vermuteten Luke und Helen, mußte das Alpha-Weibchen seine Höhle haben. Seit zwei Tagen hatten sie nicht das geringste Signal empfangen. Wahrscheinlich gab es mittlerweile einen ganzen Wurf neuer Hope-Wölfe.

Das hatte Dan gerade noch gefehlt.

Der Helikopter kreiste über ihnen, senkte dann die Schnauze und flog nach Osten. Der Pilot hatte offenbar die Koordinaten in den Global Positioning System Scanner eingegeben und brauchte den Informationen nach, die er erhielt, jetzt nur dem Wolf und seinen eventuellen Gefährten zu folgen. Die Aktion wäre schon vorbei, wenn er und Luke den Aufenthaltsort der Tiere erreichten.

»Fahren wir?« fragte Dan.

»Ja.«

»Wölfe auf zwei Uhr!« rief der Pilot.

Helen schaute nach unten, sah aber nur die Baumwipfel in irrsinnigem Tempo vorbeihuschen, bis die Bäume plötzlich aufhörten und der Helikopter seinem eigenen Schatten auf eine weite Rodung nachjagte, die mit Geröll und einem Gewirr gefällter Baumstämme übersät war.

Dann entdeckte sie zwei Wölfe, die sich auf einem vorspringenden Felsen sonnten. Die Tiere sahen hinauf zu dem lärmenden roten Drachen, der vom Himmel auf sie herabzustürzen schien.

An dem helleren der beiden Tiere konnte Helen das Halsband ausmachen. Jetzt standen die Wölfe auf, trotteten zuerst und rannten dann schließlich zum Wald. Dabei schauten sie immer wieder zurück zum Hubschrauber. Bill Rimmer hatte den Lauf des Palmer-Gewehrs bereits auf sie gerichtet. Helen hörte, wie er den Sicherungshebel zurücklegte.

»Tiefer geht's nicht, ihr Lieben«, sprach der Pilot in sein Mikro. Er war ein großer, bärtiger Typ mit Pferdeschwanz und jeder Menge Goldringen. Den ganzen Vormittag hatte er ihnen gute, aber politisch völlig inkorrekte Witze erzählt. Jetzt drehte er sich mit ernsterer Miene zu ihnen um.

»Schon gut«, sagte Rimmer. »Ich hab ihn.«

Helen sah nach vorn. Sie flogen über die Rodung, kaum fünf Meter über dem Boden, und rasten auf mindestens fünfzehn Meter hohe Bäume oben auf der Hügelkuppe zu.

»Achtung«, sagte der Pilot, »gleich zieh ich die Kiste hoch.«

Der Rückschlag stieß Bill Rimmer zurück. Helen sah, wie der Wolf ohne Halsband sich überschlug, verlor ihn dann aber aus den Augen, da der Pilot den Hubschrauber steil nach oben riß. Er verfehlte die Baumwipfel nur um Zentimeter.

Der Pilot jubelte: »Mann! Toller Schuß!«

Rimmer grinste. »Da geb ich Ihnen recht. Sind aber auch toll geflogen! He, komm schon, Helen! Jetzt schau nicht so traurig, ist doch bloß ein Pfeil.«

Dan hatte den Wölfen erst in letzter Sekunde eine Gnadenfrist gewährt. Denn selbst nachdem Luke ihm die Flasche mit Wolfsurin und die Fußangel gezeigt hatte, war er nicht davon abzubringen, die verbleibenden Wölfe mit Ausnahme des Alpha-Weibchens, das zusammen mit den neuen Welpen in den Yellowstone Park umgesiedelt werden sollte, zu töten.

Helen hatte sich mit ihm gestritten, ihn angeschrien, ihn angefleht und ihm erklärt, daß das Alpha-Weibchen in seiner

Höhle mitsamt den Welpen verhungern müsse, wenn die anderen Tiere ihm nichts zu fressen brachten. Doch Dan wollte nichts davon hören. Erst als er ins Büro zurückkam und von Schumacher hörte, was oben bei den Hicks vorgefallen war, änderte er seine Ansicht.

Als er von Buck Calders offenem Widerstand gegen die Leute von den Fish & Wildlife Services hörte, platzte ihm der Kragen. Schumacher sagte, sie hätten sich Lovelaces Haus in Big Timber angesehen, doch sei dort offenbar seit einer ganzen Weile niemand mehr gewesen. Und nachdem sie noch einmal mit dem Bezirkssheriff gesprochen hatten, seien sie am Morgen erneut zu den Hicks' gefahren, hätten hinter der Scheune aber plötzlich nur noch einen Pferch mit Kühen vorgefunden. Der Boden sei so zertrampelt gewesen, daß sich nicht mehr feststellen ließ, was vorher mal darauf gestanden hatte.

Dan sagte, es sei an der Zeit, Stellung zu beziehen. Statt die letzten verbliebenen Wölfe zu töten, sollten sie betäubt und mit Halsbändern versehen werden, und dann würden sie alle ihre Bewegungen über Monitor verfolgen. Und wenn dann einer dieser Rancher in seiner Gegenwart auch nur nieste, würde er das Schwein persönlich an den Eiern in den Knast schleifen. Helen widerstand der Versuchung, eine schnippische Bemerkung darüber zu machen, daß Dan seinen Mumm so plötzlich wiedergefunden hatte.

Der Pilot beschrieb jetzt einen weiteren Kreis, so daß sie den Wolf im Auge behalten und sich die Stelle merken konnten, an der die Wirkung des Beruhigungsmittels einsetzte.

»Sie glauben also, daß es nur noch zwei sind?« rief Rimmer.

»Ich fürchte, ja. Und das Alpha-Weibchen. Was meinen Sie, ist die Höhle irgendwo bei diesem Felsen da, auf dem die Wölfe gelegen haben?«

»Könnte gut sein.«

Falls sie sich dort befand, war ihre Lage alles andere als ideal. Das Gelände fiel unter der Höhle zwar steil ab und war dicht bewaldet, doch lag die vom Holzfällerweg aus leicht einzusehende Höhle selbst offen da. Helen sah jetzt Dans Wagen dort an der Rodung halten.

Der Wolf hatte den Rand dieser Rodung fast erreicht, doch noch ehe er unter den Bäumen verschwinden konnte, stolperte er und stürzte. Der Wolf mit dem Halsband war längst in den Wald geflohen.

»Okay, ihr Lieben. Es geht abwärts. Erster Stock: Damenunterwäsche und Wölfe.«

Helen und Rimmer brauchten ungefähr eine halbe Stunde, um alles Nötige zu erledigen. Unterdessen kamen Dan und Luke zu ihnen herüber und schauten zu. Der Jährling war abgemagert und in miserabler Verfassung. Zusätzlich zur Wurmkur und einer Spritze Penicillin mußten sie ihn noch gründlich gegen Läuse behandeln.

»Sieht aus, als hätte er harte Zeiten hinter sich«, sagte Rimmer.

»Yeah. Seine Schwester sieht vermutlich nicht besser aus. Vielleicht hätten wir sie auch betäuben sollen.«

Luke wandte sich an Dan. »Haben sie deshalb w-w-wieder damit angefangen, Vieh zu reißen?«

Dan zuckte die Achseln. »Möglich.«

Sobald sie den Clip an seinem Ohr befestigt sowie das Halsband aktiviert und getestet hatten, verabschiedete sich Rimmer und ging zurück zum Hubschrauber. Sie wollten weg sein, um den Wolf beim Aufwachen nicht erneut zu erschrecken. Helen packte ihre Sachen zusammen und ging mit Luke und Dan den Hang hinauf. Ihr Verhältnis zu Dan war immer noch recht gespannt. Deshalb schwiegen sie auf dem Weg zum Wagen.

Während sie darauf warteten, daß der Wolf sich bewegte, zeigte Helen ihnen durch Dans Fernglas die Felsen, zwischen denen sie die Höhle des Alpha-Weibchens vermutete. Sie lag nur knapp zweihundert Meter weiter unten am Hang.

»Vielleicht sollten wir den Forest Service veranlassen, diesen

Weg zu sperren«, sagte Helen. Dan wäre ihr fast an die Kehle gesprungen.

»Was zum Teufel redest du da? Das ist öffentliches Eigentum, Helen! *Öffentlich.* Kapiert? Wenn sie so blöd ist, sich ihre Höhle direkt neben einem öffentlichen Weg zu graben, dann ist das ihr Problem.«

»Okay, okay.«

»Wir können doch nicht einfach einen öffentlichen Weg sperren.«

»Ich habe verstanden, Dan. Tut mir leid.«

»Ich mein ja nur, verdammt noch mal.«

Luke starrte durch das Fernglas und tat so, als sei er gar nicht anwesend.

»Er st-st-steht auf.«

Der Wolf taumelte, schüttelte sich und nieste. Wahrscheinlich war ihm ein wenig vom Läusepulver in die Nase geraten. Einen Augenblick blieb er verwirrt stehen. Wahrscheinlich überlegte er, was mit ihm passiert und ob dieser rote Drache nur ein Traum gewesen war. Dann hob er die Schnauze schnuppernd in die Luft, warf ihnen einen langen, verächtlichen Blick zu und drehte sich schließlich um, trottete in den Wald und folgte dem Weg, den seine Schwester genommen hatte.

Dan fuhr sie zur Hütte zurück. Unterwegs sprachen sie kein Wort. Ein Schwarm Schneegänse hatte sich auf dem See niedergelassen, um sich auf der langen Reise nach Norden ein wenig auszuruhen. Dan stellte den Motor ab. Vom Wagen aus schauten sie eine Weile den Vögeln zu.

Dann sagte Luke, er müsse in die Stadt zu seiner Mutter und einige Dinge besorgen, doch Helen wußte, daß er ihr nur Gelegenheit geben wollte, einige Worte allein mit Dan zu wechseln. Sie sahen ihm nach, wie er zu seinem Wagen ging und wegfuhr.

»Ich mach mich jetzt auch lieber auf den Weg«, sagte Dan, ohne sie anzuschauen.

»Okay.« Sie öffnete die Tür und stieg aus.

»Dan?«

Er drehte sich mit versteinerter Miene zu ihr.

»Ja?«

»Es tut mir leid.«

»Was tut dir leid?«

Helen zuckte die Achseln. »Ich weiß nicht. Alles vermutlich. Ich hab nur das Gefühl, daß wir keine Freunde mehr sind.«

»Das ist doch lächerlich.«

»Ich weiß, daß es dir nicht paßt – das mit Luke und mir.«

»He, Helen. Ist schließlich dein Leben.«

»Ja, stimmt.«

Er seufzte und schüttelte den Kopf. »Ach, Scheiße. Es ist bloß… Na ja, du weißt schon.«

Sie nickte. Er wandte den Blick ab, schaute wieder auf den See. Helen folgte seinem Blick. Die Schneegänse flogen auf. Sie konnte das Schlagen ihrer Flügel hören.

»Ginny hat neulich abends was im Internet entdeckt«, sagte er. »Über den Südpol. Wissenschaftler haben herausgefunden, daß er gar nicht da ist, wo alle Welt ihn vermutet, sondern ein paar Meter weiter. In all den Jahren haben sich die Leute also übers Eis geschleppt, sind gestorben und haben ihr Leben riskiert, bloß um ihre Flagge an der falschen Stelle aufzupflanzen. Selbst der gute alte Amundsen hat nie hingefunden.«

Er sah sie mit traurigem Lächeln an. »Tja, so ist das nun mal.«

Er ließ erneut den Motor an. Sie streckte die Hand durchs Fenster. Er hielt sie einen Augenblick fest.

»Du weißt, wo du mich finden kannst«, sagte er.

»Ja, ich weiß.«

Vielleicht lag es an der Angst vor dem roten Drachen. Oder einfach am gesunden Wolfsverstand. Wie auch immer, die beiden halsbandtragenden Jährlinge benahmen sich jedenfalls vorbildlich. Vermutlich hatte es etwas mit dem Wetter zu tun. Denn obwohl die Nächte noch Frost brachten, wurde es tagsüber schon warm, und die beiden Wölfe fanden leichte Beute unter den vielen kleineren Waldtieren, die nun aus ihrem Winterschlaf erwachten.

Selbst unter Aufbietung all ihrer Kräfte waren die Wölfe keine Gegner für die Elche, die langsam wieder hinauf auf die höher gelegenen sonnigen Weiden und in die Cañons zogen. Obwohl die Bullen ihre Geweihe verloren hatten, betrachteten sie diese beiden Neulinge unter den Raubtieren mit majestätischer Verachtung. Einige Male gelang es den beiden jedoch, ein junges oder geschwächtes Reh zu reißen, von dem sie dann stolz einige Brocken zur Höhle schleppten.

Erst als Helen und Luke dies mit eigenen Augen sahen, wußten sie, daß das Muttertier mit seinem neuen Wurf tatsächlich da drinnen lag. Sie beobachteten die Höhle vom oberen Rand der Rodung, manchmal gemeinsam, manchmal allein, und auch nur dann, wenn der Wind richtig stand. Nachts benutzten sie ein Infrarotglas, das Dan ihnen geliehen hatte. Und wann immer sie kamen, achteten sie darauf, ihren Wagen mindestens eine Meile weiter südlich stehen zu lassen und den Rest des Wegs so leise wie möglich zu Fuß zurückzulegen.

Von ihrem Wachposten in den Bäumen aus konnten sie den Weg überblicken, der entlang der Rodung verlief, und sie waren froh, als sie herausfanden, wie selten er benutzt wurde. Einmal sahen sie mittags einen Laster mit Holz vorbeifahren, während ein Jährling sich gleichsam vor den Augen des Fahrers auf dem Felsen über der Höhle rekelte. Sie hielten den Atem an, aber der Laster wurde nicht langsamer. Offenbar hatte der Fahrer nichts bemerkt.

Dem Blick aller entzogen, saugten unten in der kühlen dunklen Erde die Welpen an den Zitzen der weißen Wölfin.

Die Fleischbrocken, die ihr die Jährlinge brachten, reichten kaum, um die Milch nicht versiegen zu lassen. Doch noch lebten alle sechs Welpen, auch wenn sie kleiner und schwächer als der Wurf des letzten Jahres waren.

Ihre rauchblauen Augen waren nun geöffnet, die weichen Ohren nahmen allmählich Form an und stellten sich auf. Die wagemutigeren unter den Welpen erkundeten bereits die Höhle, doch sobald sie in den Tunnel krochen, packte sie ihre Mutter sanft und trug sie in der Schnauze zurück. In ein oder zwei Tagen würden ihre Milchzähne durchbrechen, und sie würden Fleisch brauchen. Erst dann würde sie die Kleinen nach draußen lassen.

Es war nach acht, und Kathy spürte, wie sich ihr Ärger allmählich zu regelrechter Wut steigerte. Sie hatte ihr bestes Kleid angezogen, Buck junior lag im Bett, das Abendessen wartete im Ofen; aber wo zum Teufel blieb Clyde?

Die Zeit des Kalbens war vorbei, und heute wollten sie eigentlich ihren ersten gemeinsamen Abend seit über einem Monat daheim verbringen. Seit ihre Mutter ausgezogen war, hatte Kathy unten im Haupthaus für die gesamte Mannschaft das Essen gekocht. Doch heute abend fuhren die Rancharbeiter in die Stadt zu Nelly's Diner, so daß sie und Clyde endlich einmal wieder gemütlich zusammen essen und sich ein wenig näherkommen konnten. Wahrscheinlich war er auf ein Bier mitgefahren.

Ihr Verhältnis hatte sich seit dem Ärger mit den Leuten von den Fish & Wildlife Services ein wenig abgekühlt. Genauer gesagt: Sie war distanziert, und er war vorsichtig gewesen, denn wenn sie sich nicht beherrschte, konnte sich Kathy immer noch ziemlich über die Sache aufregen. Warum bei Männern immer alles in Machtkämpfe ausarten mußte, würde sie nie verstehen. Jedenfalls hatte sie ihn zappeln lassen, doch jetzt war es an der Zeit, sich wieder zu versöhnen.

Zu diesem Zweck hatte sie den ganzen Nachmittag damit zugebracht, ein ausgefallenes französisches Mahl zuzubereiten. Sie hatte sogar am Computer eine kleine Speisekarte zusammengestellt und dann ausgedruckt: *Vichyssoise-Suppe*, danach *Bœuf en Croûte Napoléon* und schließlich *Pie Pécan* – zugegeben, das war keine französische Spezialität, aber Clydes Leibgericht. Nicht mehr lange, und das ganze Essen war ruiniert.

Um nicht vor Zorn etwas an die Wand zu werfen, packte sie Lucy Millwards Geschenk ein. Die Hochzeit war morgen nachmittag, und die ganze Stadt würde kommen.

Kathy hatte ihr im Paragon ein Bild gekauft. Es stammte von einem jungen Künstler oben aus der Gegend um Augusta, der, so Ruth, ein wenig wie Mel Gibson aussah. Das Gemälde zeigte einen Sonnenuntergang in den Bergen. Wenn sie jetzt so darüber nachdachte, war das vielleicht als Hochzeitsgeschenk nicht ganz so passend, doch Lucy würde das wohl nichts ausmachen. Sie heiratete einen gewissen Dimitri aus Great Falls. Er war im Ölgeschäft und offenbar ziemlich reich.

Kathy hatte gerade die Glückwunschkarte geschrieben, da erhellten die Scheinwerfer von Clydes Wagen das Küchenfenster. Als er hereinkam, schaute er so betreten drein, daß sie ihm sein Zuspätkommen am liebsten auf der Stelle verziehen hätte. Doch sie ließ sich nichts anmerken. Sie hielt ihm die Wange zum Kuß hin. Er roch nach Alkohol.

»Tut mir leid, Honey.«

»Soll ich dich jetzt oder später ermorden?«

»Ganz wie du willst.«

»Okay, dann später. Zünde die Kerzen an und setz dich.«

Das Essen schien noch nicht völlig verdorben. Clyde war jedenfalls nüchtern – oder betrunken – genug, um ihr zu sagen, daß er noch nie etwas Besseres gegessen habe. Und als sie nach ein paar Gläsern zum *Pie Pécan* kamen, war Kathy bereits ein wenig besänftigt. Clyde probierte, schaute stirnrunzelnd auf die Karte und sagte dann, die Nachspeise schmecke fast wie Pecan-Pie. Kathy erklärte ihm daraufhin, daß sie zwar ähnlich zubereitet werde, aber mit französischen Nüssen.

Dann mußte er natürlich alles verderben und wieder von diesen verfluchten Wölfen anfangen. Vorhin, sagte er, habe er sich im Last Resort mit den zwei Holzfällern unterhalten, die ihm erzählt hatten, wo die Wolfshöhle zu finden sei.

»Wenn also niemand was dagegen unternimmt, gibt's bald wieder ein ganzes Rudel von diesen Biestern. Es ist einfach unglaublich. Völlig verrückt, alles.«

Kathy stand auf und räumte das Geschirr ab. Sie wollte kein Wort mehr von diesen Wölfen hören. Das erinnerte sie bloß an den armen, alten Lovelace und an diesen schrecklichen Nachmittag, an dem die Bundesbeamten aufgetaucht waren. Clyde erhob sich und ging ins Wohnzimmer. Sie hörte, wie er etwas im Schrank suchte.

»Bist du schon fertig, Clyde?«

»Bin gleich wieder da.«

Als er zurückkam, hielt er etwas in der Hand. Kathy brauchte einen Augenblick, um zu erkennen, was es war: die Wolfsschlinge.

»Wo zum Teufel hast du die denn her?«

»Er hat sie dir doch gezeigt, oder?«

»Hast du die aus seinem Trailer gestohlen?«

»Ich hab sie mir nur ausgeliehen.«

»Um Himmels willen, Clyde!«

»Ich will ja nur, daß du mir zeigst, wie sie funktioniert.«

Er legte die Wolfsschlinge auf den Tisch und nahm Kathy in den Arm.

»Komm schon, Schatz. Hilf mir, ich tu's doch für deinen Daddy.«

34

Helen hatte den Brief heute morgen in ihrem Briefkasten gefunden. Er steckte in einem wichtig aussehenden Umschlag mit dem Absender University of Minnesota, Twin Cities Campus, Zulassungsstelle. Luke wurde darin für den kommenden Herbst ein Studienplatz am Institut für Biologie angeboten.

Helen stieß einen Freudenschrei aus, umarmte ihn und lobte ihn immer wieder, weil er so clever war. Luke wollte die Neuigkeit gleich Dan erzählen, aber da sich das Handy wieder einmal nicht aufgeladen hatte, fuhren sie in die Stadt zum Telefonieren. Dan bestand darauf, nach Helena zu kommen, um sie zur Feier des Tages zum Essen einzuladen.

»Die Wölfe scheinen sich anständig zu benehmen«, sagte er. »Also dürften sie wohl einige Stunden ohne Kindermädchen auskommen.«

Es war Lucy Millwards Hochzeitstag, und Luke hatte ein schlechtes Gewissen, weil er nicht zum Fest kam. Lucy hatte ihn und auch Helen eingeladen. Daraufhin hatten beide, wenn auch getrennt voneinander, Geschenke geschickt und vorgegeben, daß sie gern kommen würden, wenn ihre Wolfsarbeit es zuließe. Doch in Wahrheit wollte keiner von ihnen Lukes Vater oder Clyde begegnen, die sicher dort sein würden. Also nahmen sie Dans Angebot an.

Sie gingen in ein Lokal namens The Windbag und aßen und tranken viel mehr, als ihnen guttat. Dan war in weit besserer Laune als bei ihrer letzten Begegnung, und er schien sich wieder mit Helen zu vertragen. Als Luke und Helen schließlich zurück nach Hope fuhren, sprachen sie beide kaum ein Wort, träumten vor sich hin und genossen es einfach, zusammenzusein.

Sie hielten vor der Hütte und gingen an den See. Luke warf Stöcke ins Wasser, denen Buzz hinterherjagte, während Helen neben dem alten Boot im Gras lag und ihnen zusah. Als der Hund schließlich müde wurde, setzte sich Luke zu ihr. Sie legte den Kopf in seinen Schoß und schaute hinauf zu den roten, orange- und purpurfarbenen Wolken am Himmel.

»Als ich klein war, hab ich mich gern versteckt«, sagte sie.

»Macht das n-n-nicht jedes Kind?«

»Nein, ich meine *richtig* versteckt. Aus unserem Wohnzimmer führte eine Glastür auf den Hof, und da gab es diese langen, roten Samtvorhänge. Einmal, ich war vielleicht acht, kam ich früher aus der Schule, schlich mich ins Haus und habe mich versteckt. Fünf Stunden lang.«

»Fünf Stunden?«

»Ja. Ich stand einfach nur da und hab mich nicht gerührt. Kaum geatmet. Meine Eltern haben fast den Verstand verloren. Sie haben in der Schule angerufen, bei den Nachbarn, bei meinen Freundinnen, und da mich niemand gesehen hatte, waren sie schließlich überzeugt, daß man mich entführt hat, und so riefen sie die Polizei an.

Nicht weit von unserem Haus gab es einen Fluß, und eine Frau sagte, sie habe da unten ein kleines Mädchen gesehen. Also holte die Polizei Taucher und ließ den ganzen Fluß absuchen.

Als es dunkel wurde, stellten sie Scheinwerfer auf, und Hubschrauber suchten die Gegend ab. Das Ganze muß Hunderte, Tausende von Dollar gekostet haben. Und ich konnte sämtliche Telefongespräche belauschen, habe gehört, wie meine Mom geweint und geschrien hat, und was ich getan hatte, war so... so schrecklich, daß ich mich nicht mehr herausgetraut habe.«

»Was ist dann passiert?«

»Ich habe mir in die Hose gemacht, und meine Schwester hat die Pfütze unterm Vorhang gesehen, und so haben sie mich entdeckt.«

»Was haben sie getan?«

Helen holte tief Luft. »Na ja, sie waren ziemlich betroffen, irgendwie erleichtert und wütend zugleich. Doch ich habe mich bloß gefragt, warum um alles in der Welt kein Mensch hinterm Vorhang nachgesehen hat, bevor die ganze Maschinerie in Bewegung gesetzt wurde. Ich meine, all diese eigens ausgebildeten Polizisten, Sozialarbeiter und Rettungsleute, und keiner schaut hinterm Vorhang nach!«

»Haben sie dich b-b-bestraft?«

»Yeah, sie haben mich ein Jahr lang zu dieser Seelenklempnerin geschickt. Und die hat gesagt, ich hätte ein Problem mit der Realität, deshalb würde ich mich auch so gern verstecken.«

»Und was glaubst du?«

Helen schaute ihn an. »He, weißt du was, du würdest selbst einen ganz guten Seelenklempner abgeben. Genau das hat sie auch immer gefragt: ›Und was glaubst du?‹«

Luke lächelte. »Und?«

»Ich denke, sie hatte verdammt recht.«

Beinahe hätte ihr Luke erzählt, wie er sich anfangs da unten bei den Bäumen versteckt und sie beobachtet hatte. Doch plötzlich begriff er, warum sie ihm all das erzählte.

»D-D-Du glaubst, daß wir genau das tun, stimmt's? Uns v-v-vor der Realität verstecken.«

»Ja, ich glaub schon.«

»Ich find's hier z-z-ziemlich real.«

»Ich weiß.«

»Weißt du, ich hab nachgedacht. W-W-Wir könnten im Sommer zusammen verreisen. Rauf nach Alaska oder sonstwohin. Und im Herbst kommst du dann mit nach Minneapolis.«

Sie lachte.

»W-W-Warum denn nicht? Du könntest deine Doktorarbeit zu Ende schreiben.«

»Ach, Luke.« Sie seufzte. »Ich weiß nicht.«

»Warum nicht?«

Er betrachtete ihr im Schatten liegendes Gesicht. Der dämmrige Himmel spiegelte sich nicht mehr in ihren Augen. Er senkte den Kopf und küßte sie. Sie zog ihn sanft zu sich herunter, und in beiden regte sich Verlangen.

Das war eben ihre Art, jene Fragen zu beantworten, die sich mit dem Kopf noch nicht lösen ließen.

Als er in sie eindrang, sah er vor seinem geistigen Auge das Bild eines kleinen Mädchens, das wie versteinert hinter einem karmesinroten Vorhang stand. Doch als die Nacht sie umhüllte, verschwand das Bild.

Lucy Millward schien sich im Sattel wohler zu fühlen als ihr künftiger Gatte. Doug und Hettie hatten allerdings dafür gesorgt, daß er den ruhigsten Gaul der ganzen Ranch bekam, einen dunkelbraunen Wallach, der eigentlich Val hieß, von Lucy aber gern Valium genannt wurde. Es war nicht ganz klar, ob Dimitri das wußte, denn er hockte auf seinem Pferd, als wollte es ihn geradewegs in die Hölle tragen.

»Er ist eben ein Stadtjunge«, hatte Hettie ihrer Freundin Eleanor leise zugeflüstert, als sie der Hochzeitsgesellschaft beim Aufsitzen zusahen. »Aber wer braucht schon Pferde, wenn ihm hundert Ölquellen gehören?«

Jetzt saßen alle im Korral auf Bänken aus Heubündeln und beobachteten das Geschehen. Lucy und Dimitri gaben einander vor der Kulisse der Berge, des sich rötenden Himmels und unter einem mit roten, weißen und blauen Bändern umwickelten Torbogen am westlichen Ende des Korrals das Jawort.

Ihre Pferde standen, Seite an Seite, der Stute des Geistlichen gegenüber. Auf beiden Seiten aufgereiht saßen jeweils drei Brautjungfern und drei Pagen hoch zu Roß. Die Mädchen trugen weiße Kleider, die Jungen schwarze Anzüge und Hüte, Lucys jüngerer Bruder Charlie ausgenommen, dem der Hut schon zweimal fortgeflogen war.

Lucy hatte Lilien in ihr blondes Haar geflochten, und jedesmal, wenn ihr weißes Satinkleid anmutig im Wind wehte, waren ihre weißen Lacklederstiefel zu sehen. Dimitri trug einen schwarzen Hut mit schmaler Krempe, einen schwarzen Smoking, Stiefel, Sporen und eine schwarze, schmale Krawatte. Von den Videokameras und einem klingelnden Handy einmal abgesehen, wirkte das Ganze wie ein Tableau aus dem Wilden Westen.

Eleanor saß zusammen mit Kathy auf einem Heuballen, Clyde und Buck auf dem nächsten. Sie hatte Buck heute zum erstenmal seit ihrem Auszug wiedergesehen, doch die Begegnung war nicht so unangenehm, wie sie befürchtet hatte.

Sie war mit Ruth ein wenig früher gekommen, um Hettie bei letzten Vorbereitungen zu helfen. Als Buck eintraf, ging er ihr ostentativ aus dem Weg. Er grüßte jedermann und scherzte mit allen, doch Eleanor wußte, daß er dieses Theater allein für sie aufführte. Fast kam es ihr so vor, als beobachte sie einen Fremden. Er sah verändert aus, blasser und älter, als habe seine Haut ihren Glanz verloren. Die Augen waren rot unterlaufen. Als sie alle zusammen vom Haus zum Korral schlenderten, nahm er schließlich doch noch von ihr Notiz.

»Eleanor.«

»Buck.«

Sie lächelte, doch er verzog keine Miene, nickte ihr bloß zu, nichts weiter. Das war ihr nur recht. In gewisser Weise machte es das für sie sogar leichter. Alle ihre Freunde hatten sie besorgt nach ihrem Befinden gefragt, als habe sie gerade eine schwere Operation überstanden. Nun, vielleicht war das auch so.

Dabei hatte sie sich schon seit vielen Jahren nicht mehr so wohl gefühlt. Endlich schien sie ihr Leben im Griff zu haben. Sie lebte in Ruths Haus aus dem Koffer, aber sie fühlte sich jung und frei. Die Welt lockte sie wieder mit ihren Versprechungen, wie diese aussahen, wußte sie jedoch nicht genau.

Ruth hatte sich als wahre Freundin erwiesen. In ihren langen abendlichen Gesprächen gelang es ihr, Themen anzuschneiden, die Eleanor neue Einsichten vermittelten, sogar in ihre eigene Ehe. Bisher hatte sie zum Beispiel stets angenommen, daß Bucks Promiskuität auf eine übermächtige Liebe zu Frauen zurückzuführen war, doch Ruth schien vom Gegenteil überzeugt. Vielleicht, so sagte sie, sei eine tief verwurzelte Verachtung oder gar eine Angst vor Frauen der Grund, und möglicherweise war der Sex seine Methode, sich seiner Überlegenheit zu versichern.

Doch nicht alle ihre Gespräche waren so tiefschürfend. Eleanor hatte seit Jahren nicht mehr soviel gelacht.

Aus ihrem alten Leben vermißte sie nur Luke. Doch er besuchte sie alle paar Tage und brachte einmal sogar Helen zum Abendessen mit. Eleanor hatte ihn überreden wollen, zur Hochzeit zu kommen, obwohl sie wußte, daß er es nicht tun würde. Sie konnte seine Gründe verstehen.

»Nun dürfen Sie die Braut küssen«, hörte sie den Geistlichen sagen.

»Dann fällt er vom Pferd«, brummte Charlie Millward, und alle Leute um ihn herum lachten. Lucy beugte sich vor und ersparte dem armen Dimitri diese Blamage. Die versammelte Hochzeitsgesellschaft jubelte.

Bei solchen Gelegenheiten galoppierten Braut und Bräutigam oft gemeinsam davon, doch darauf verzichteten Lucy und Dimitri aus verständlichen Gründen. Sie ließen es bei einem würdevollen Ritt um den Korral bewenden. Dann posierten sie eine halbe Stunde lang für die Fotografen, während die Gäste sich auf der Suche nach einem Drink in den nächsten Korral begaben.

Es war alles für die Hochzeitsfeier vorbereitet. Es gab lange Reihen mit Tischen und Bänken und in der Mitte einen hölzernen Tanzboden. Nellys Sohn Elmer spielte in seinem besten Bikers-für-Jesus-T-Shirt auf seiner Fiedel, während die Sonne rotglühend unterging, wie auf dem Gemälde, das Kathy gekauft hatte. Die farbigen Lichterketten rund um das Geländer machten sich prächtig.

Und dann geschah es.

Doug Millward hörte es als erster. Das Blitzlichtgewitter der Fotografen war vorüber. Doug kam gerade hinter Braut und Bräutigam aus dem Korral, als Eleanor sah, wie er stehenblieb und stirnrunzelnd zur Weide hochschaute. Er bat die Gäste um ihn herum, ruhig zu sein, doch dauerte es eine Weile, bis endlich alle still waren und auch Elmer zu fiedeln aufhörte. Da trug der Wind den Laut deutlich zu ihnen herüber: das panische Blöken einer Kuh.

Die Nacht war klar und frisch, und ein fast voller Mond warf ihre Schatten über den Hang, als sie warm angezogen ihre Ausrüstung auf den Pickup luden. Zwar hatten sie nach dem üppigen Mittagessen mit Dan noch keinen Hunger, machten sich aber trotzdem einige Sandwiches und eine Thermosflasche mit Kaffee für später.

Luke sagte, er wolle, falls nötig, die ganze Nacht unten auf der Rodung bleiben. Es war dreiundzwanzig Tage her, seit das Alpha-Weibchen sich in der Höhle verkrochen hatte, und er war fest davon überzeugt, daß er die Welpen heute zu Gesicht bekommen würde.

Buzz hatte immer noch nicht kapiert, daß er sie zu diesen Nachtwachen nicht begleiten durfte. Helen mußte ihn aus dem Pickup holen und am Halsband zurück in die Hütte schleifen. Sie schloß gerade die Tür ab, als sie zwischen den Bäumen Scheinwerferlicht sah.

Es war eine recht ungewöhnliche Zeit für einen Besuch, und seit man ihren Pickup verkratzt hatte, war sie Gästen gegenüber mißtrauisch. Sie blieb neben Luke stehen. Schweigend warteten sie auf ihren Besucher.

Der Wagen fuhr schnell, die Scheinwerfer tanzten über Schlaglöcher und Furchen aus angetrocknetem Winterschlamm. Sie kannten den Wagen nicht, und erst als er vor ihnen hielt, sah Helen Ruth Michaels am Steuer und Lukes Mutter auf dem Beifahrersitz. Die beiden Frauen stiegen aus. Noch ehe sie ein Wort sagen konnten, wußte Helen, daß etwas passiert war.

»Mom?« fragte Luke und ging auf sie zu. »Was ist los?«

»Die Wölfe haben ein paar von Doug Millwards Kälbern gerissen. Dein Vater hat sie erschossen.«

»Er hat die Wölfe erschossen?«

»Zwei. Er hat einfach einem von Dougs Rancharbeitern das Gewehr aus den Händen gerissen und sie beide erschossen. Doug hat noch versucht, ihn zurückzuhalten, aber Buck wollte nichts davon wissen. Und jetzt trommelt er eine ganze Truppe zusammen. Sie marschieren gerade zur Höhle, um die restlichen Tiere umzubringen.«

»Sie wissen, wo die Höhle ist?« fragte Helen.

»Clyde sagte, sie liegt oberhalb der Townsend-Ranch.«

»Sie sind runter zum Last Resort, um die Hardings und ein paar von Clydes Holzfällerkumpeln abzuholen«, sagte Ruth. »Anschließend wollen sie herkommen. Da dürften sie dann ziemlich voll sein.«

Luke schüttelte ungläubig den Kopf. Helen dachte nach.

»Ich ruf Dan an.«

Sie schnappte sich die Taschenlampe, rannte in die Hütte, griff nach dem Handy und wählte Dans Nummer. Dann wartete sie und fluchte, weil es so lange dauerte, bis die Verbindung hergestellt war.

Lukes Mutter und Ruth standen in der Tür; Luke leuchtete mit der Laterne. Eleanors Blicke schweiften durch die Hütte. Es war das erste Mal, daß sie das neue Zuhause ihres Sohnes sah. Dann begriff Helen endlich, daß das Telefon keinen Ton von sich gab.

»Verdammt!« Sie knallte das Handy auf den Tisch.

»Noch nicht aufgeladen?«

»Nein. Verflucht!« Sie dachten einen Augenblick nach.

»Luke, du fährst mit deiner Mom und Ruth zur Rodung und versuchst, die Leute zur Vernunft zu bringen. In der Zwischenzeit werde ich versuchen, die Welpen aus der Höhle zu holen.«

»Die Kerle sind ziemlich geladen, Helen«, meinte Ruth.

»Die hören uns s-s-sowieso nicht zu.«

»Dann blockier den Weg. Tu irgendwas. Halt sie auf und versuch, Zeit zu gewinnen.«

»Sie sind die einzige, Helen, auf die sie vielleicht hören würden«, sagte Eleanor.

»Dann hol ich die W-W-Welpen.«

»Du hast so etwas noch nie gemacht. Du mußt ganz in die Höhle hineinkriechen. Und das kann gefährlich werden, wenn das Muttertier noch drin ist.«

»Ich schaff das schon.«

»Luke…«

»Helen, ich schaff das, okay?«

Sie zögerte. Vermutlich hatte er recht.

»K-K-Komm schon, los geht's!«

»Du wirst was brauchen, womit du die Welpen tragen kannst. Deine Taschen, diese Leinentaschen.«

Luke hastete durch die Hütte, zerrte sie unter dem Bett hervor und leerte sie aus.

»Wir müssen irgendwie mit Dan in Kontakt kommen, Ruth. Könnten Sie in die Stadt fahren und ihn anrufen?«

»Mach ich.«

Helen kritzelte seine Privatnummer auf ein Stück Papier und gab es ihr.

»Rufen Sie auch die Polizei an, den Notruf vom Forest Service und wer Ihnen sonst noch einfällt. Sagen Sie allen, daß wir auf der großen Rodung über der Townsend-Ranch sind.«

»Wird gemacht.« Sie lief zu ihrem Wagen.

Luke lud sein Gewehr und nahm die beiden Taschen.

»Das Gewehr wirst du nicht brauchen.«

»Nein, aber du vielleicht.« Er sah nach, ob es gesichert war, dann gab er es ihr.

»Nein.«

»Nimm es.«

Sie tat ihm den Gefallen, nahm die Kettensäge, schloß Buzz in die Hütte ein und folgte Luke und seiner Mutter zu den Autos. Ruth fuhr bereits den Weg hinunter. Helen warf Gewehr und Kettensäge in den Pickup, griff nach dem Stock mit der Spritze, nahm eine Taschenlampe und brachte sie Luke, der gerade in seinen Jeep stieg.

»Kriech langsam in die Höhle. Und rechne damit, daß sie sich ohne Warnung auf dich stürzt.«

»In Ordnung.«

»Schieb den Stock mit der Spritze vor dir her. Sie wird dich bedrohen, aber letzten Endes dann doch die Flucht ergreifen.«

»Okay.« Er schaltete den Motor und die Scheinwerfer an.

»Soll ich die W-W-Welpen herbringen?«

Helen hatte noch nicht darüber nachgedacht. Doch in der Hütte würde man zuallererst nachsehen.

»Bring sie in Ruths Haus«, sagte Eleanor.

»Gut.«

»Und, Luke!« sagte Helen.

»Was?«

»Sei vorsichtig.«

Er lächelte, nickte und schlug die Tür zu. Als er den Jeep wendete, stiegen Helen und Eleanor in den Pickup. Einen Moment lang fürchtete sie schon, der Motor würde nicht anspringen. Doch beim dritten Versuch klappte es, und bald darauf hatte sie Luke eingeholt und folgte den rotglühenden Rücklichtern durch die gewundenen Baumkorridore.

»Danke«, sagte Helen, »daß Sie uns Bescheid gesagt haben.«

Ohne Lukes Jeep aus den Augen zu lassen, streckte Eleanor eine Hand aus und strich ihr sanft über die Schulter.

35

Die weiße Wölfin verharrte im Eingang zur Höhle, während die beiden größten und vorwitzigsten Welpen zwischen ihren Beinen hindurch in die mondbeschienene Welt hinaustapsten.

Die ausgeworfene, mit Kot und Knochensplittern übersäte Erde rund um die Höhle war von den beiden Jährlingen festgetreten worden und hart wie Beton. Einer der Welpen probierte seine neuen Zähne an einem Knochen aus, fand aber wenig Spaß daran und ließ ihn gleich wieder fallen. Da lag etwas in der Nähe, was weit besser roch.

Das Muttertier hatte es auch gerochen, schon den ganzen Tag. Vielleicht glaubte es, die beiden Jährlinge hätten es gebracht, doch sie waren seit dem Auftauchen der Menschen nicht mehr hiergewesen. Lange bevor sie ihre Stimmen hörte, hatte sie diese Wesen gerochen. Sie war reglos in der Höhle liegengeblieben, während sie auf das Scharren und Stampfen der Füße draußen lauschte. Dann war da ein klirrendes Geräusch gewesen und außer dem von frischem Fleisch noch ein anderer Geruch. Er war ebenso beißend und unnatürlich wie dieses Ding, in dem sich ihre Pfote einmal verfangen hatte.

Den beiden Welpen aber war der Geruch unbekannt. Sie rochen nur das Fleisch. Schon den ganzen Tag hatten sie versucht, die Höhle zu verlassen, waren aber immer wieder von der Wölfin daran gehindert worden. Doch nach so vielen Stunden vergeblichen Wartens darauf, daß die Jährlinge mit Fressen zurückkamen, war die Wölfin, an deren Zitzen sechs gierige Mäuler hingen, so hungrig, daß sie schließlich nachgab.

Der erste Welpe trottete zielstrebig auf die Stelle zu, von der der Geruch herüberdrang. Das Muttertier folgte ihm und stupste mit der Schnauze den nächsten Welpen zu seiner ersten richtigen Mahlzeit. Hinter ihnen blinzelten zwei weitere Welpen aus der Höhle ins Mondlicht.

Ein Brocken helles Fleisch lag vor der Wölfin; links und rechts davon roch sie noch weitere. Der beißende Geruch aber, den sie wahrgenommen hatte, kam von einem Menschending, einem Draht, der zwischen den Fleischstücken verlief. Sie zögerte und prüfte schnuppernd die Luft.

Inzwischen roch der Welpe bereits an dem Fleisch. Er stupste es mit der Nase an, probierte davon und schleifte es über den Boden. Kaum zerrte er daran, sah seine Mutter, wie sich der Draht bewegte. Sie sprang zurück, als habe sie eine Klapperschlange entdeckt. Da lauerte Gefahr, das wußte sie genau. Aber es war keine Schlange. Mit einem Satz war sie bei dem Welpen.

Doch der Kleine hatte das Fleisch schon im Maul und biß darauf.

Luke winkte, als er in die Abzweigung einbog, während Helen sich mit einem Aufblenden der Scheinwerfer verabschiedete und weiter zur Rodung fuhr. Er ließ den Wagen an seinem üblichen Versteck stehen, griff nach den Taschen und dem Stock mit der Spritze und lief durch den Wald.

Er hielt den Strahl der Taschenlampe vor sich auf den Boden gerichtet. Überall gab es Felsen, Baumwurzeln und undurchdringliches Gestrüpp, so daß er einige Male mit dem Fuß hängenblieb und kopfüber ins Unterholz stürzte.

Er versuchte, sich auszurechnen, wieviel Zeit ihm blieb.

Wenn sie vom Last Resort aufbrachen, würden sie von Norden kommen, die Straße nehmen, die von der Stadt aus direkt nach Westen am Besitz der Townsends entlang in den Wald führte, und dann nach links in den Holzfällerweg einbiegen. Doch da er nicht wußte, wann sie aufgebrochen waren, hatte es keinen Sinn, irgendwelche Berechnungen anzustellen. Er wußte nur, daß er weiterrennen mußte.

Endlich entdeckte er zwischen den Bäumen die mondhelle Rodung. Er knipste die Taschenlampe aus und fischte auf dem

Weg zum Waldrand Dans Nachtsichtgerät aus seiner Tasche. Dann blieb er stehen, schaltete es ein, und gerade, als er es scharf gestellt hatte, begann der Wolf zu bellen.

Es war das Alpha-Weibchen. Es stand wenige Schritte vor dem Eingang zur Höhle und bellte ihn direkt an. Hinter der Wölfin bewegte sich etwas. Luke brauchte einen Augenblick, bis er erkannte, daß es die Welpen waren. Ihr Fell war viel dunkler als das ihrer Mutter, so daß er nicht genau sehen konnte, wie viele es waren. Die Mutter scheuchte sie zur Höhle, schien ihnen aber nicht folgen zu wollen.

Als der letzte darin verschwunden war, lief sie bellend auf und ab und schaute immer wieder zu Luke hinüber. In regelmäßigen Abständen näherte sie sich derselben Stelle, senkte die Schnauze und schnupperte, hob dann den Kopf, bellte erneut und brach nun nach jedem Bellen in ein langgezogenes Heulen aus. Hoffentlich gab sie endlich Ruhe, dachte Luke, sonst verriet sie noch allen, wo sie war.

Er steckte das Nachtsichtgerät in die Tasche und betrat die Rodung. Die Wölfin stand knapp vierzig Meter vor ihm, doch als er näher kam, wurde sie unruhig. Sie rannte einige Schritte weg, ließ den Schwanz sinken, schien dann aber wieder Mut zu fassen, drehte sich um, kam zurück, bellte und heulte ihn an. Im Mondlicht erkannte Luke etwas Dunkles an der Stelle, zu der sie immer wieder zurücklief. Und als sie für einen Augenblick aufhörte zu bellen, vernahm er ein Wimmern und Winseln, das nicht von ihr stammen konnte.

Als er die letzten Meter zur Höhle zurücklegte, entfernte sich die Wölfin. Kaum zwanzig Meter weiter aber blieb sie wieder stehen und beobachtete ihn. Schlagartig verstummte sie. Wieder hörte er das Wimmern. Er knipste die Taschenlampe an.

»O nein«, murmelte er.

Helen hatte den Pickup quer über den Weg gestellt und die Schlüssel unter einem Stein in der Nähe versteckt. Der Wagen allein reichte als Straßensperre nicht. Deshalb hatte Helen mit der Kettensäge eine riesige Douglastanne gefällt. Im Augenblick sägte sie gerade an einem zweiten Baum.

Bevor der Baum umfiel, trat Helen zurück und rief Eleanor zu, sie solle aus dem Weg gehen. Der Baum senkte sich, knirschte und stürzte schließlich krachend dorthin, wo sie ihn haben wollte. Gleich darauf herrschte wieder Stille.

Sie standen etwa anderthalb Meter nördlich der Rodung. Helen hatte sich für diese Stelle entschieden, weil man von hier aus den Weg, der sich in steilen Kurven vom Tal heraufwand, weit überblicken konnte. Doch es war noch nichts zu sehen.

Helen legte die Kettensäge auf die Ladefläche des Pickup. Eleanor gab ihr die Taschenlampe.

»Stört es Sie, wenn ich sie ausmache, um die Batterien zu schonen?«

»Nein, nein, ich mag die Dunkelheit.«

Sie wirkte völlig ruhig. Helen fragte sich, wie sie das schaffte. Ihr eigenes Innenleben glich eher einer Achterbahn. Schweigend standen die beiden Frauen eine Weile neben dem Pickup und betrachteten den Mond. Irgendwo hinter ihnen im Wald rief eine Eule.

»Ist Ihnen warm genug?« fragte Helen.

»Ja, keine Sorge.«

»Ich würde jetzt viel um eine Zigarette geben.«

»Ich hab früher auch geraucht.«

»Tja, es heißt ja, nur die besten Frauen rauchen…«

»Und nur die schlechtesten Männer.«

»Sind wir also schlechte Frauen, weil wir aufgehört haben?«

»Sicher nicht.«

Sie mußten beide lachen.

»Vielleicht kommen sie gar nicht her«, sagte Helen.

»O doch, die kommen.« Eleanor runzelte die Stirn. »Was glauben Sie, warum hassen die Menschen diese Tiere so sehr?«

»Die Wölfe? Keine Ahnung. Vielleicht sind sie uns zu ähnlich. Wir erkennen uns selbst in ihnen. Sie sind liebevolle, fürsorgliche Geschöpfe, aber auch schreckliche Killer.«

Eleanor dachte eine Weile über das nach, was Helen gesagt hatte.

»Vielleicht ist auch Neid mit im Spiel.«

»Worauf?«

»Darauf, daß sie immer noch Teil der Natur sind, während wir uns ihr längst entfremdet haben.«

Sie schien noch etwas sagen zu wollen, als eine Bewegung unten im Tal ihre Aufmerksamkeit erregte.

»Da kommen sie«, sagte sie.

In der ersten Kurve blitzte Scheinwerferlicht auf. Helens Gefühle gerieten erneut in Aufruhr. Die beiden Frauen beobachteten, wie ein zweites Fahrzeug und dann noch ein weiteres auftauchte. Gleich darauf hörten sie auch die zugehörigen Motoren und Hundegebell. Dann kamen noch mehr Trucks. Fünf, sechs .. insgesamt acht Fahrzeuge krochen im Konvoi den Weg herauf.

»Tja«, sagte Helen, »es geht los.«

Buck hatte sie nicht gezählt, aber er nahm an, daß es ungefähr zwanzig Mann waren, darunter allerdings auch einige, die er lieber nicht dabeigehabt hätte. Die beiden Hardings und die Holzfäller, mit denen sie in der Kneipe zusammen gesoffen hatten, waren ziemlich betrunken. Irgend jemand hatte Schnaps mitgebracht, und Buck mußte unterwegs anhalten und ihnen sagen, daß sie mit dem Geschrei und der Grölerei aufhören sollten, sonst könnten sie gleich wieder umkehren. Wenn sie so viele waren, bot ihnen das auch einen gewissen Schutz. Niemand würde riskieren, die ganze Stadt ins Gefängnis zu stecken.

Er führte mit Clyde die Kolonne an. Zwischen ihnen saß

einer der beiden Holzfäller, der ihnen den Weg zeigte. Er gehörte zu jenen Kerlen, die am Abend zuvor mit Clyde hier heraufgefahren waren, um diese idiotische Wolfsschlinge auszulegen. Hätten sie doch bloß Gift ins Loch gestopft oder Benzin reingegossen. Nun, das würden sie nachholen, sobald sie oben waren.

Nachdem Buck die beiden Wölfe erschossen hatte, war er so aufgekratzt gewesen, daß er kaum noch wußte, was er tat. Plötzlich hatten sich der in den letzten Monaten aufgestaute Zorn und die Frustration entladen. Doch mittlerweile war aus seiner blinden Wut kaltblütige Berechnung geworden.

»He, schau mal!« rief Clyde mit einem Blick nach oben. »Da wartet schon jemand auf uns.«

Als sie um die letzte Kurve bogen, stieg der Weg kaum noch an. Etwa zweihundert Meter vor ihnen stand jemand mit einer Taschenlampe. Dann entdeckten sie im Scheinwerferlicht die Bäume, die quer über dem Weg lagen, und sahen dahinter den Pickup.

»Was zum ...?« sagte Clyde. »Das ist dieses Wolfsweib. Und wer zum Teufel ist das neben ihr?«

Buck hatte bereits gesehen, wer vor ihm stand. Und nun erkannte Clyde sie auch. Er schaute Buck an.

»Verdammt, was macht Eleanor hier?«

Buck gab ihm keine Antwort. Offenbar war Eleanor zu Helen Ross gefahren und hatte ihr erzählt, was sie vorhatten. Seine eigene verfluchte Frau.

»Halt an«, sagte er.

Sie blieben ungefähr zehn Meter vor dem Hindernis stehen. Helen Ross trat unter den Bäumen hervor, schirmte die Augen vor Clydes Scheinwerferlicht ab und ging auf sie zu. Buck stieg aus, kam langsam um den Wagen herum und lehnte sich an die Kühlerhaube. Die übrigen Männer verließen ihre Autos und drängten nach vorn, weil sie wissen wollten, was los war. Abe Hardings Hunde bellten wie verrückt.

»Hallo, Mr. Calder.«

Er starrte sie bloß an. Er spürte, welche Angst dieses Miststück hatte.

»Ich fürchte, Sir, dieser Weg ist gesperrt.«

»Ach ja? Und von wem?«

»Von der obersten Forstbehörde.«

»Das hier ist ein öffentlicher Weg.«

»Das ist mir bekannt, Sir.«

Eleanor trat nun hinter sie. Wahrscheinlich glaubte sie, sie könnte ihn hier vor aller Augen zum Narren machen. Er würdigte sie keines Blickes.

»Craig!« rief er. Dabei schaute er Helen Ross unverwandt an. »Ist Craig hier?«

»Yeah!« Craig Rawlinson drängte sich durch die Menge nach vorn.

»Buck?« sagte Eleanor. Er schenkte ihr keine Beachtung.

»Sheriff Rawlinson. Besitzt diese Frau hier die Vollmacht, einen öffentlichen Weg zu sperren?«

»Nur wenn sie eine entsprechende Bescheinigung vorweisen kann, aber die hat sie wohl nicht.«

»Buck«, sagte Eleanor noch einmal. »Bitte hör endlich auf damit.«

»Aufhören?« Er lachte. »Honey, ich hab gerade erst angefangen.«

Helen wandte sich an Craig Rawlinson.

»Ich kann nicht glauben, daß Sie den Männern hier bei einem Verbrechen behilflich sind.«

»Soweit ich es beurteilen kann, sind Sie die einzige, der ein Vergehen angelastet werden muß. Sie behindern den Verkehr auf einem öffentlichen Weg.«

Helen deutete auf Buck. »Dieser Mann hat gerade zwei Wölfe erschossen...« Alle lachten. »...Sie sollten ihn lieber verhaften, statt ihm beim Töten weiterer Tiere zu unterstützen.«

»Ich weiß überhaupt nicht, wovon Sie reden. Und jetzt geben Sie den Weg frei, sonst muß ich Sie verhaften.«

Er wollte sie an der Schulter packen, doch Helen holte aus und versetzte ihm einen Stoß vor die Brust, so daß er rückwärts taumelte. Einer der Holzfäller lachte höhnisch auf.

»Ganz schön störrisch, die Kleine, was?« rief Wes Harding, und wieder lachten die Männer.

»Wann werdet ihr eigentlich erwachsen?« rief Helen Ross.

Eleanor trat vor und legte ihr eine Hand auf die Schulter.

»Was ist los mit euch, Jungs?« fragte Eleanor. »Einige von euch kenne ich von Kindesbeinen an. Ich kenne eure Mütter, und ich denke, ihr solltet jetzt alle nach Hause gehen.«

Ihr ruhiger, vernünftiger Ton brachte Buck in Rage.

»Bring doch mal einer diese verdammten Köter zur Ruhe. Clyde?«

»Ja, Sir?«

»Schaff mir diese Scheißbäume aus dem Weg!«

Zehn Minuten lang hatte Luke versucht, die Haken aus dem Maul des Welpen zu lösen, doch die drei Stacheln saßen zu tief im Fleisch, als daß er sie davon hätte befreien können, ohne noch größeren Schaden anzurichten. Immerhin war es ihm gelungen, dem Kleinen sämtliches Fleisch aus der Kehle zu fischen, so daß er nicht ersticken mußte, aber das war auch schon alles. Letztlich wußte er, daß der Welpe verbluten würde. Wenn er noch mehr Zeit vergeudete, waren vermutlich auch alle anderen Tiere verloren. Also legte er den Kleinen wieder dahin, wo er ihn gefunden hatte, und ließ ihn am Draht hängen wie einen Fisch an der Angel.

Währenddessen bellte und heulte die Wölfin über die Rodung hinweg und lief unruhig auf und ab. Sie glaubte gewiß, er wolle ihren Wurf umbringen. Selbst hier unten in der Höhle konnte er sie noch hören.

Er robbte sich Zentimeter um Zentimeter vor, den Stock mit

der Spritze vor sich herschiebend. Der Gang war enger als der, den er im letzten Sommer mit Helen erkundet hatte, außerdem schien er länger zu sein. Hier und da, wo die Wölfin auf Fels gestoßen war, machte er zudem eine Biegung. Ein schwacher Geruch nach Ammoniak, der allmählich stärker wurde, hing in der Luft. Vermutlich stammte er vom Urin der Welpen. Bis zur eigentlichen Wurfhöhle konnte es also nicht mehr weit sein.

Er hielt den Stock ins Licht der Taschenlampe für den Fall, daß die Wölfin ihm durch den zweiten Eingang entgegenkam. Er hatte keine Ahnung, wie viele Welpen er vorfinden würde. Helen sagte, daß es durchaus neun oder zehn sein könnten.

Dann hörte er sie plötzlich winseln, und als er sich einen Augenblick später um die letzte Biegung geschoben hatte, sah er sie unvermittelt vor sich, einen dunklen, pelzigen, wimmernden, ins Licht blinzelnden Haufen am anderen Ende der Höhle. Er hätte nicht sagen können, wie viele es waren. Es schienen aber kaum mehr als fünf oder sechs Tiere zu sein.

»He, da«, sagte er leise. »Ist ja gut. Alles wird wieder gut.«

Er legte Stock und Taschenlampe beiseite, zog die Leinentasche heraus, die er sich unters Hemd gestopft hatte, machte sie auf und kroch näher an die Welpen heran. Es waren fünf. Er fragte sich besorgt, ob er sie alle auf einmal mitnehmen konnte. Vermutlich war der Tunnel dafür zu eng, und er wollte nicht riskieren, daß sich die Tiere verletzten. Also beschloß er, es erst einmal mit dreien zu versuchen und dann zurückzukommen, um die beiden letzten zu holen.

Er griff in das Fellknäuel und nahm sich den ersten Welpen heraus. Sein Fell war weich und flauschig; der Kleine wimmerte.

»Ich weiß, ich weiß, tut mir leid.«

»Fahren Sie den Wagen zur Seite«, sagte Buck Calder.

»Nein.«

Helen rührte sich nicht vom Fleck, die Arme vor der Brust

verschränkt. Sie gab sich größte Mühe, selbstbewußt und unnachgiebig zu erscheinen. Ihr Kopf reichte ihm gerade mal bis zur Brust. Sie spürte, wie ihr die Knie weich wurden. Sie lehnte mit dem Rücken an der Fahrertür und bedauerte, nicht abgeschlossen zu haben, bevor sie den Schlüssel versteckt hatte. Ihr war längst jedes Zeitgefühl abhanden gekommen. Sie wußte nur noch, daß Luke mehr Zeit brauchen würde, die Welpen zu holen, als sie ihm verschaffen konnte.

Eleanor hatte den Versuch, mit ihrem Mann zu reden, aufgegeben und bemühte sich, ihren Schwiegersohn von der Beseitigung des zweiten Baums abzuhalten. Die erste Tanne hatten die Hardings bereits von der Straße gezogen. Hicks stand nur kopfschüttelnd da, ohne ihr Beachtung zu schenken.

»He, du blöde Ziege!« rief jemand. »Fahr endlich deinen verfluchten Truck weg!«

Helen erkannte in dem Mann den Bärtigen wieder, dem sie schon vor dem Gerichtsgebäude begegnet war. Er und einige andere Männer hatten ihre Waffen gezogen, wieder andere brachen Äste von den Bäumen, umwickelten sie mit Lappen und tauchten sie in Benzin.

»Toll, Jungs!« rief Helen. »Stecken wir jetzt auch noch ein Kreuz in Brand?«

»Wenn du dich drannageln läßt!«

»Craig!« rief Buck. »Ist dieser Wagen ein Hindernis für den öffentlichen Verkehr?«

»Natürlich.«

Buck drehte sich zu ihr um.

»Fahren Sie ihn nun zur Seite?«

»Nein.«

Er schaute über ihre Schulter in den Pickup.

»Geben Sie mir die Schlüssel.«

Er hielt ihr die geöffnete Hand hin, und Helen mußte sich zusammenreißen, um nicht hineinzuspucken. Hinter ihm sah sie Eleanor mit Abe Harding reden. Sie erklärte ihm gerade, daß er ohnehin schon bis zum Hals in Schwierigkeiten stecke und eine ganze Weile ins Gefängnis müsse, wenn er jetzt nicht kehrtmache. Doch er hörte ihr nicht zu. Hinter dem Laster ihres Schwiegersohns, auf dessen Ladefläche die beiden kläffenden Hunde angebunden waren, wurde gerade der zweite Baum zur Seite gezerrt.

Die Männer zündeten die Fackeln an.

Buck Calder versuchte, um sie herum nach der Türklinke zu greifen. Sie trat einen Schritt zurück und drückte sich mit dem Rücken gegen die Tür. Plötzlich fiel ihr ein, daß er sie schon einmal gegen ihren Pickup gedrängt hatte. Auch er schien sich im selben Moment daran zu erinnern und wich vor ihr zurück, bis er außer Reichweite ihres Knies war.

»Clyde! Mach das Seil fest.« Er ging weg.

»An ihr oder am Pickup?« rief Ethan Harding.

Die Männer grölten. Jemand reichte Hicks ein Seil, und er ging zum Pickup. Helen wirbelte herum, riß die Tür auf, griff hinter den Sitz, zog Lukes Gewehr heraus, richtete es auf Hicks und spannte den Hahn. Clyde erstarrte, und plötzlich wurde es still. Buck Calder stand mit dem Rücken zu ihr. Nun drehte er sich langsam um. Sein Blick fiel auf das Gewehr. Helen schluckte.

»Fahrt nach Hause. Sofort!«

Die Männer rührten sich nicht von der Stelle und starrten sie bloß an. Zum erstenmal schien es Eleanor mit der Angst zu tun zu bekommen. Calder betrachtete stirnrunzelnd das Gewehr. Als er auf Helen zutrat, schwenkte sie den Lauf herum, so daß die Waffe auf ihn zielte. Er zögerte, doch dann ging er weiter.

»Wo haben Sie das her?«

Helen gab keine Antwort. Sie atmete heftig und wußte, daß ihre Stimme ihre Angst verraten würde. Er kam immer näher, bis der Lauf nur noch wenige Zentimeter von seinem Körper entfernt war.

»Wie können Sie es wagen«, flüsterte er. »Wie können Sie es

wagen, mit dem Gewehr meines toten Sohnes auf mich zu zielen?«

Und er legte die Hand über die Mündung und nahm ihr die Waffe ab.

Die Wölfin stand direkt am Eingang zur Höhle, als er mit der ersten Tasche voller Welpen nach draußen kroch. Einen Moment lang fürchtete er, sie wolle ihn angreifen. Doch dann wich sie, bellend, knurrend und zähnefletschend, vor ihm zurück. Erst als Luke sie anschrie und mit dem Stock herumfuchtelte, nahm sie Reißaus.

Zwanzig Meter entfernt blieb sie stehen und kläffte ihn erneut an. Luke fürchtete, daß sie sich, wenn er die erste Tasche vor der Höhle stehenließ, die Welpen schnappen und damit verschwinden würde, während er sich die anderen griff. Vielleicht sollte er sie sicherheitshalber erst in den Jeep bringen, doch fehlte ihm dafür die nötige Zeit; außerdem würde sie währenddessen vermutlich in die Höhle kriechen und sich die beiden anderen Welpen holen.

Er klemmte die Tasche mit den wimmernden Welpen in einen Felsspalt und suchte ein paar Steine, um sie davor aufzustapeln. Das würde die Wölfin zwar nicht auf Dauer abhalten, verschaffte ihm aber vielleicht die nötige Zeit. Unterdessen versuchte er, nicht auf den winselnden Welpen in der Schlinge zu achten, die, wie er erst jetzt bemerkte, rund um die Höhle ausgelegt war.

Was für ein krankes Hirn, fragte er sich, konnte sich so etwas Grausames ausdenken?

Schließlich ertrug er das Gewimmer nicht länger. Obwohl er wußte, daß er keine Minute verlieren durfte, mußte er noch einmal versuchen, dem Welpen die Haken aus dem Maul zu ziehen, während seine Mutter ihn aufgeregt umkreiste. Doch wieder schaffte er es nicht.

Dann hörte die Wölfin auf zu bellen. Plötzlich vernahm

Luke fernes Motorengeräusch und Hundegebell. Als er über die Rodung schaute, sah er, wie Scheinwerferlicht den Himmel abtastete.

Er legte den Welpen wieder auf den Boden, nahm die Lampe und die leere Tasche und stürzte zurück zur Höhle.

Die Autos und Trucks hielten in einer langen Reihe oberhalb der Rodung, und die Männer stiegen aus. Die meisten hatten Gewehre, andere hielten Taschenlampen oder Fackeln. Abe hatte seine Hunde angeleint. Sie gebärdeten sich wie verrückt.

Buck stand neben Clydes Truck, Henrys Gewehr in der Hand. Sein Blut geriet immer noch in Wallung bei dem Gedanken daran, wie diese kleine Dreckshure auf ihn gezielt hatte. Am liebsten hätte er ihre süße kleine Fresse eingeschlagen. Nur gut, daß Craig Rawlinson dagewesen war, um sie ihm vom Leib zu halten, als ihr Truck aus dem Weg geschoben wurde. Auf Eleanor war er genauso wütend, hatte die sich doch mit diesem Miststück gegen ihren eigenen Mann verbündet. Einfach unglaublich.

Rawlinson hatte taktvoll angedeutet, daß er sich mit den beiden Frauen im Hintergrund halten würde. Buck wußte, daß er dann später beteuern konnte, nichts von dem gewußt zu haben, was sie nun vorhatten.

»Also! Wo ist die Höhle?« fragte er.

Clyde zeigte auf die Höhle.

»Direkt in der Mitte. Ein paar hundert Meter von hier. Siehst du die Felsen?«

»Ja.«

»Die Höhle liegt direkt darunter.«

»Schaut!« schrie Wes Harding. »Da ist einer!«

Er zeigte zum Rand der Rodung. Sämtliche Taschenlampen richteten sich sofort auf die Stelle. Nur wenige waren so stark, daß ihr Lichtstrahl die weiße Wölfin erreichte, die dort stand und sie anstarrte. Noch während die Männer zu ihr hinübersahen, stieß sie ein langgezogenes Heulen aus.

Buck riß sein Gewehr hoch, doch drei oder vier andere Männer waren schneller, und gleich darauf krachte eine ganze Salve.

Es ließ sich unmöglich sagen, von wie vielen Schüssen sie getroffen wurde. Ihre Wucht reichte aus, um sie in die Luft zu schleudern. Sie war tot, noch bevor sie wieder auf dem Boden aufkam.

»Hört alle mal her!« rief Buck. »Ich muß hier einen Job erledigen. Zwei von den Bestien habe ich heute schon umgebracht, wenn also einer ins Gefängnis wandert, dann bin ich das, okay? Wenn noch eins von diesen Biestern auftaucht, gehört es mir. Verstanden?«

Sie ließen zustimmendes Gemurmel hören.

»Und Abe und ich werden Zellennachbarn. Stimmt's, Abe?«

Abe lächelte nicht.

»Also gut. Habt ihr Schaufeln und Benzin?«

Die Holzfäller bejahten.

»Dann laßt uns gehen.«

Der Weg zur Höhle war schwieriger, als er ausgesehen hatte. Sie mußten über gefällte Stämme, Baumstümpfe und Wurzeln steigen, die sie immer wieder stolpern ließen. Clyde ging mit der Lampe voran; Buck folgte ihm mit entsichertem Gewehr, ohne die Höhle aus den Augen zu lassen.

Sie hatten fast die Hälfte des Wegs geschafft. Er konnte das schwarze Loch der Höhle in der fahlen, mondhellen Erde nun deutlich erkennen. Plötzlich bemerkte er, wie sich die Kontur der Höhle zu verändern schien. Ein zweiter Wolf! Er wollte nicht laut rufen, weil die anderen sonst sofort schießen würden.

Statt dessen flüsterte er Clyde zu, er solle stehenbleiben.

»Da kommt einer aus der Höhle. Halt die Lampe drauf, sobald ich dir Bescheid gebe.«

Er hob das Gewehr und richtete das Fadenkreuz auf die sich bewegende Gestalt am Eingang der Höhle.

»Jetzt!«

Im selben Moment, als der Lichtstrahl sein Ziel fand, drückte Buck ab, und der Schuß hallte von den Bergen wider.

Ein Schrei. Laut und schrecklich.

Und Buck wußte ebenso wie alle anderen, die diesen Schrei hörten, daß ihn kein Wolf ausgestoßen hatte.

»Luke? Luke?«

Es war der Mond, der ihn rief, doch er wußte nicht, warum und was er von ihm wollte. Er konnte auch nicht verstehen, warum er immer wieder in einem Wirbel roter Wolken verschwand, dann aber plötzlich wieder auftauchte. Diese Wolken wirkten so flüssig und schienen so nah, fast, als seien sie in seinen Augen. Bald schon merkte er, daß er ihnen seinen Willen aufzwingen konnte, denn sooft seine Augen sich füllten und der Mond sich rot färbte, brauchte er nur zu blinzeln, und schon war der Mond wieder da und rief nach ihm.

»Luke? O mein Gott. Luke?«

Es klang wie sein Vater, aber das konnte nicht sein, denn sein Vater wollte nichts mehr mit ihm zu tun haben. Da waren aber auch noch andere Stimmen. Stimmen, die er nicht kannte, und manchmal ragten Schatten vor dem Mond auf, und er wünschte sich, sie würden aus dem Weg gehen und ihn in Ruhe lassen, damit er den Mond betrachten konnte.

Er dachte daran, es ihnen zu sagen, da er wußte, daß er eine Stimme hatte. Helen hatte sie für ihn gefunden. Doch er wußte nicht, wo diese Stimme jetzt war. Vielleicht hatte Helen sie sich ausgeliehen. Da war so etwas wie ein kalter Raum in seiner Kehle, wo sonst seine Stimme gewesen war, eine Höhle in einer Schneewehe. Das war das einzige, was er fühlte. Und wenn er blinzelte, fühlte sich eines seiner Augen so komisch an, er war sich nicht mal sicher, ob er damit noch sehen konnte. Irgendwas Nasses, Klumpiges schien in diesem Auge zu sein, das er nicht mal mit Blinzeln fortbekam.

Schrab-schrab-schrab.

Jetzt zog noch ein Mond über den Himmel. Vielleicht war es auch ein Stern oder ein Komet. Doch war er viel weiter unten und ganz, ganz hell. Er blendete. Er tat seinem Auge weh. Und jetzt konnte er auch hören, wie er lauter und lauter wurde.

Schrab-schrab-schrab-schrab.

Dann schwammen der neue und der alte Mond in roten Wolken.

Aber es waren keine Wolken. Es waren Vorhänge, rote Vorhänge, die sich vor dem Himmel zuzogen. Diesmal konnte er die Vorhänge nicht aufblinzeln. Jemand versuchte, ihm zu helfen, aber diesmal blieben die Vorhänge zu.

Karmesinrote Vorhänge.

Schrab-schrab-schrab-schrab.

Wo war sie?

Er wollte, daß sie ihm seine Stimme brachte, damit er mit ihr reden, sie berühren und mehr als nur die kalte Höhle in seiner Kehle fühlen konnte. Da waren so viele Leute. Jetzt kamen sogar noch mehr dazu, und sie steckten irgendwas in ihn rein und schoben ihm eine Art Maske über das Gesicht.

Doch wo war Helen?

Einen Moment lang glaubte er, ihre Stimme unter all den anderen zu hören, wie sie seinen Namen rief. Doch jetzt hoben sie ihn hoch und trugen ihn fort, und die roten Vorhänge schlossen sich zum letztenmal. Vielleicht würde Helen vor ihm stehen, wenn sie wieder aufgingen. Vielleicht würde er auch dort sein, neben ihr.

Zwei Steinstatuen, Hand in Hand.

SOMMER

36

Eleanor saß allein im Café des Einkaufszentrums, nippte an einem Mineralwasser und sah der Urlaubermenge zu. Es war das Wochenende des vierten Juli, und die Läden waren brechend voll. Das Café lag in einer Ecke neben den Fahrstühlen, und an den Tresen wurden alle erdenklichen Arten von Essen angeboten. Im Raum verteilt standen Kübel mit künstlichen Pflanzen, und die Tische waren aus schlichtem, weißem Plastik, jeweils mit eigenem blau-weißem Schirm, dessen Zweck Eleanor nicht recht einleuchtete, da man das Einkaufszentrum gegen alle Einflüsse der Außenwelt abgeschottet hatte.

Am nächsten Tisch saß eine Gruppe junger Mädchen, die Make-up und soeben erstandenen Nagellack ausprobierten. Gelegentlich brachen sie in kreischendes Gelächter aus und riefen etwas zu jemandem hinüber, den sie gerade im Fahrstuhl entdeckt hatten. Zweimal waren sie bereits von der Kellnerin ermahnt worden, doch leiser zu sein. An einem anderen Tisch fütterte ein junges Paar zwei identisch aussehende blonde Babys, die zufrieden in dem schönsten Zwillingskinderwagen saßen, den Eleanor je gesehen hatte.

Sie schaute auf die Uhr. Er war bereits zehn Minuten zu spät dran. Vielleicht fand er nicht gleich her, schließlich hatte er Einkaufszentren schon immer gehaßt; doch bei seinem Anruf war ihr kein anderer Treffpunkt eingefallen. Das Café lag direkt gegenüber der Wohnung, die sie sich gemietet hatte.

Der Gedanke, Buck nach all diesen Wochen wiederzutreffen, machte sie eher traurig als nervös. Zuletzt hatten sie sich am Abend nach dem Schuß an der Wolfshöhle im Krankenhaus gesehen, als die Ärzte verzweifelt um Lukes Leben kämpften. Damals hatte Eleanor Buck nicht ansehen, geschweige denn mit ihm reden können, doch heute würde das anders sein.

Als er angerufen hatte, war seine Stimme so verändert gewesen, daß sie ihn erst erkannte, als er ihr seinen Namen nannte. Wie seltsam, dachte sie, daß sie nach all den Ehejahren nicht wußte, wer da am Telefon war.

Endlich entdeckte sie ihn am Ende der Passage. Er kam mit leicht gesenktem Kopf, das Gesicht halb vom Hutrand verdeckt, der Gang unsicher, linkisch beinahe, als gehörte er nicht hierher, auf sie zu. Er trug ein hellblaues Hemd mit Druckknöpfen und dazu viel zu weite schwarze Jeans. Erst jetzt fiel ihr auf, wie hager er geworden war.

Die Mädchen am Nachbartisch hatten ihre Rechnung bezahlt und stürmten aus dem Café. Eines von ihnen stieß mit Buck zusammen. Er geriet ins Wanken, und einen Augenblick sah es aus, als würde er hinfallen. Das Mädchen entschuldigte sich und wurde rasch von den Freundinnen fortgezogen.

Buck blieb am Eingang zum Café stehen, rückte seinen Hut zurecht und blickte suchend umher. Sie mußte winken, damit er sie sah.

»Tut mir leid, daß ich zu spät komme«, sagte er zur Begrüßung. »Die ganzen Eingänge hier haben mich ein bißchen verwirrt.«

Eleanor lächelte. »Macht nichts.«

Er setzte sich. Als die Kellnerin kam, bestellte Buck sich einen Kaffee und fragte Eleanor, was sie wolle, doch sie erwiderte, sie habe ihr Mineralwasser noch nicht ausgetrunken. Nachdem die Kellnerin gegangen war, saßen sie einige Augenblicke schweigend da. Sie schienen beide nicht so recht zu wissen, was sie sagen sollten.

»Du fliegst morgen?« fragte er schließlich.

»Nein, am Montag.«

»Montag, aha. Nach London?«

»Über Chicago.«

»Und dann ...«

»Wir bleiben eine Woche in Irland, fliegen weiter nach Paris und Rom, anschließend wieder für einige Tage nach London und dann zurück nach Hause.«

»Ganz schön weit.«

Eleanor lächelte. »Du weißt doch, daß ich schon immer mal verreisen wollte.«

»Yeah.«

»Ich glaube, Lane freut sich riesig.«

»Ja, sie hat es mir erzählt. Schön, daß ihr beide ein bißchen Zeit füreinander habt.«

»Ja.«

Die Kellnerin brachte den Kaffee. Buck starrte in seine Tasse und rührte lange sinnlos darin herum, weil er seinen Kaffee immer schwarz und ohne Zucker trank. Dabei hatte sie Zeit, ihren Mann genauer zu betrachten. Er sah ziemlich mitgenommen aus. An seinem Kinn entdeckte sie graue Stoppeln, die er beim Rasieren übersehen hatte. Sein Hemd war ungebügelt.

»Lane hat mir erzählt, daß du dir unten in Bozeman ein schönes Haus kaufen willst.«

»Ja, es ist wirklich hübsch. Ziemlich klein, weißt du, aber ich brauche auch nichts Großes.«

»Stimmt.«

»Weißt du, daß Ruth nach Santa Fe zieht?«

Er nickte. »Ja, das hab ich gehört.«

Wieder schwiegen sie. Die Musik im Einkaufszentrum wurde leiser, und gleich darauf folgte die Ansage, daß sich ein kleiner Junge verlaufen hatte. Man erklärte den Eltern, wo sie ihren Jungen abholen konnten.

»Weißt du, Eleanor, das mit Ruth und mir, das war nie ...«

»Nicht, Buck. Es ist vorbei.«

»Yeah, aber…«

»Es ist alles vorbei.«

Er nickte und starrte weiter in seinen Kaffee. Er rührte erneut darin herum.

»Tja«, sagte er.

»Wie geht's auf der Ranch?«

»Ziemlich gut. Ich überlasse jetzt Kathy viel Arbeit.«

»Das hat sie mir erzählt.«

»Ein tolles Mädchen. Und als Rancher weit besser, als Clyde es je sein wird.«

»Der lernt's auch noch.«

»Möglich.«

»Der kleine Buck wächst so schnell.«

Buck lachte. »Yeah, der macht sich prima. Noch ein, zwei Jahre, dann schmeißt er den ganzen Laden.«

Er nippte zum erstenmal an seinem Kaffee. Eleanor fragte ihn, ob er schon wisse, wann sein Prozeß beginne.

»Wahrscheinlich im September. Hat Kathy dir von Clyde erzählt?«

Eleanor nickte. Man hatte seine Fingerabdrücke auf dieser gräßlichen Wolfsschlinge gefunden, doch da Buck sich in allen Punkten schuldig bekannte, sah man bei Clyde von einer Anklage ab. Eleanor wußte, daß Kathy es sich nie verzeihen würde, ihm gezeigt zu haben, wie die Falle funktionierte.

»Hast du schon eine Ahnung, welche Strafe dich erwartet?«

»Neun Monate, ein Jahr, vielleicht auch mehr. Ehrlich gesagt, ist es mir eigentlich egal.«

»Ach, Buck.«

Am liebsten hätte sie die Hand nach der seinen ausgestreckt, ließ es aber bleiben, als sie sah, wie er gegen die Tränen ankämpfte. Eigentlich ist er schon genug bestraft, dachte sie.

»Wenn ich an Luke denke, dann…«

»Bitte nicht, Buck.«

»Nein, ich weiß.«

Er holte tief Luft, hielt sie einen Augenblick an und stieß sie langsam wieder aus. Dann blickte er sich schniefend um und lächelte gequält. »Was soll's? Abes Jungen sagen, drinnen ist es wie im Sommercamp. Dem Alten geht's offenbar so gut wie nie zuvor.«

Eleanor lächelte. Das junge Pärchen mit den Zwillingen stand auf. Sie beobachtete Bucks Gesicht, als er die Babys betrachtete. Eines der kleinen Mädchen lächelte ihn an, und Buck traten erneut die Tränen in die Augen. Eleanor wartete, bis er sich gefaßt hatte. Endlich konnte er sie wieder ansehen.

»Ich wollte dir bloß sagen… Es tut mir leid, Eleanor, es tut mir so unendlich leid.«

Als sie so weit hinauf in die Berge gefahren waren, wie es mit dem Wagen möglich war, zeigte sich ein schmaler, rosiger Streifen am östlichen Himmel. Zwei Stunden zuvor hatte Hope wie eine Geisterstadt gewirkt. Als sie über den Fluß gefahren waren, hatte Helen zur Kirche hinübergeschaut und an jenen Tag vor beinahe einem Jahr gedacht, an dem Dan ihr von dem Weg aus Wolfsschädeln erzählt hatte.

Diesmal sagte er kein Wort, und auch Helen blieb stumm. Die einzigen Augen, die sie beobachteten, als sie über die Hauptstraße fuhren, gehörten einer schwarzen Katze, die im Licht ihrer Scheinwerfer stehenblieb, sie kurz musterte und dann eilig über die Straße davonlief.

Der Lieferwagen, den sie sich gemietet hatten, war dunkelgrün. Schlammspritzer auf dem Lack zeugten von ihrem nächtlichen Ausflug. Wenn sie fertig waren, würden sie mit dem Wagen zur Hütte fahren, damit Dan alles einladen konnte, was Helen nicht mitnehmen wollte. Am Abend würde die Hütte dann wieder so leer sein wie vor ihrem Einzug. Dann konnten die Mäuse und andere Tiere sie von neuem in Besitz nehmen.

Der Weg war ziemlich holprig. Helen konnte das leise Klappern der Käfige hinten auf der Ladefläche hören. Seit ihr Luke die erste Wolfshöhle gezeigt hatte, war sie nicht mehr so weit oben in den Bergen gewesen. Sie mußte an sein staubiges Gesicht denken, als er herausgekrochen gekommen war und ihr gesagt hatte, daß dort unten der ideale Ort zum Sterben sei.

»Ich schätze, viel weiter werden wir nicht kommen«, sagte Dan.

»Dieser Platz hier ist genausogut wie irgendein anderer.«

»Also schön.«

Unkraut und Blumen überwucherten den Weg, der sich auf einem schmalen, nach Osten steil in eine enge, geröllübersäte Schlucht abfallenden Felsplateau zu verlieren schien. Weiter unten konnte Helen im ersten Dämmerlicht eine Wiese voller Blumen und dahinter das weiße Glitzern eines noch von der Schneeschmelze angeschwollenen Bachs erkennen.

Dan wendete den Lieferwagen, so daß die Rückseite zum oberen Ende der Schlucht wies. Dann stellte er den Motor ab und schaute sie an.

»Alles in Ordnung?«

»Yeah.«

»Ganz so wie früher, oder? Prior und Ross, das Alpha-Team.«

Sie lächelte. »Was hast du jetzt vor?« fragte sie.

»Mit meinem Leben? Keine Ahnung. Mir einen vernünftigen Job besorgen, denke ich. Meine Mom hat immer gesagt, ich soll ›mit Leuten arbeiten‹, und ich hab immer geantwortet, gut, dann werde ich eben Leichenbeschauer.«

»Mir scheint, deine Witze waren früher auch nicht viel besser als heute.«

»Tja, könnte schon sein.«

Einen Tag, nachdem auf Luke geschossen worden war, hatte Dan seine Kündigung eingereicht. Man hatte ihn zwar gebeten zu bleiben, und immer wieder betont, daß ihn keine Schuld treffe, aber er hatte gesagt, er habe genug; er sei »fertig mit den Wölfen«, aber damit einverstanden, noch so lange zu bleiben, bis ein Nachfolger für ihn gefunden sei. Der Neue sollte nächsten Monat anfangen.

»Wahrscheinlich bleib ich in dieser Gegend, bis Ginny mit der High-School fertig ist, aber dann werde ich wohl woanders hinziehen.«

Sie schwiegen einen Augenblick. Dan starrte zum Himmel hinauf.

»Es wird hell. Bringen wir's hinter uns. Bist du soweit?«

»Ja.«

Sie stiegen aus und gingen zur Rückseite des Lieferwagens. Helen hielt die Taschenlampe, so daß Dan das Vorhängeschloß an den Hecktüren aufschließen konnte. Dann zog er den Riegel zurück und stieß die Türen weit auf.

Sie nahmen die Plane von den beiden im Licht der Taschenlampe glänzenden Aluminiumkäfigen. Sie hatten Ähnlichkeit mit jenen, in denen die Yellowstone-Wölfe aus Kanada geholt worden waren: Kisten mit Luftlöchern, etwa einszwanzig lang und neunzig Zentimeter hoch, mit einer Schiebetür vorn. An den Längsseiten waren Tragestangen angebracht.

»Ich hoffe, man hat den beiden hier gesagt, was in dieser Gegend mit Wölfen passiert«, sagte Dan.

»Ich dachte, das sind vegetarische Wölfe.«

»Sind sie auch, aber vielleicht kommen sie ja noch auf den Geschmack.«

Helen würde nicht fragen, wo sie herkamen. Dan hatte sich um alles gekümmert. Sie wußte nur, daß es sich um ein Alpha-Pärchen handelte, ohne Kennzeichnung, ohne Halsband und ohne nachweisbare Herkunft. Kurz vor Mitternacht hatte sie die Tiere mit Dan in einer menschenleeren Gegend knapp zehn Meilen südlich der kanadischen Grenze abgeholt. Es war niemand zu sehen gewesen, nur die Kisten hatten dort gestanden, mit der Plane und einigen Ästen zugedeckt.

Helen stellte sich hinter die erste Kiste und griff nach den Tragestangen.

»Fertig?«

»Ja.«

»Eins, zwei, drei und hoch damit.«

Sie stellten sie oben auf den Hang und setzten die andere daneben ab. Dann entfernten sie die Schlösser und öffneten beide Schiebetüren. Dahinter befand sich jeweils noch eine zweite Tür aus senkrechten Stäben, durch die sie zwei gelbe Augenpaare mißtrauisch beobachteten.

»Guten Morgen, ihr beiden«, sagte Dan. »Es ist vier Uhr früh, dies ist der Weckdienst.« Er schaute Helen an. »Einer nach dem anderen oder beide zusammen?«

»Beide zusammen.«

Sie zählten bis drei und öffneten dann die innere Tür. Einen Moment lang passierte gar nichts. Doch dann schossen die Wölfe wie Raketen aus den Käfigen. Sie landeten auf einem Geröllfeld und jagten gleich weiter die Schlucht hinab. Sie waren grau wie der schattige Fels, über den sie rannten.

»Sieht aus, als hätte die Wirkung des Beruhigungsmittels nachgelassen«, sagte Dan.

Auf halbem Weg die Schlucht hinunter blieben sie stehen und schienen noch einmal zum Lieferwagen zurückzuschauen. Helen begann zu schluchzen.

Dan ging zu ihr und nahm sie in den Arm.

»He, komm schon. Ist doch alles in Ordnung.«

»Ich weiß, ich weiß, tut mir leid.«

Als sie die Tränen weggewischt hatte und den Blick hob, waren die Wölfe verschwunden.

Der Himmel war strahlend blau und wolkenlos, und die Sonne trocknete den Tau von den Frühlingsblumen am Hang, als sie vor der Hütte hielten. Buzz kam ihnen entgegengestürmt und bellte laut, da er den Lieferwagen nicht kannte. Als Helen schließlich ausstieg, sprang er um sie herum und wedelte mit dem Schwanz, als wollte er sich bei ihr entschuldigen. Aus der Hütte roch es nach Frühstück.

Luke stand in der Tür.

Er lächelte und blinzelte mit dem gesunden Auge in die Sonne. Der Anblick der schwarzen Klappe über dem anderen Auge war für Helen immer noch ein Schock, doch würde sie sie bestimmt bald ganz flott und verwegen finden.

Er sah, daß sie geweint hatte, ging ihnen entgegen und nahm sie beide in die Arme. So standen sie eine Weile zu dritt da, die Köpfe in stummer Zwiesprache gesenkt, während Buzz um sie herumtollte.

Die Kugel hatte Lukes Hals glatt durchschlagen, war gegen einen Felsen geprallt und ihm direkt ins linke Auge gedrungen. In der Zeit, die verstrich, bis der Hubschrauber eintraf und ihn zum Krankenhaus bringen konnte, hatte er eine Menge Blut verloren. Daß er überlebt hatte, war das reinste Wunder.

Der Halsdurchschuß hatte vergleichsweise wenig Schaden angerichtet, an seinem Auge aber mußten die Ärzte stundenlang operieren. Es konnte zwar gerettet werden, doch würde Luke damit nie mehr richtig sehen können. Als er wieder zu sich kam, wollte er als erstes wissen, was mit den Welpen geschehen war.

Nur der Welpe mit den Haken im Maul starb, die übrigen flog man in den Yellowstone-Park, wo Wolfsfamilien für sie gefunden wurden. Lukes Vater hatte der Polizei erzählt, wo sie den Trailer des Wolfsjägers finden konnte. Und kurz danach entdeckte ein Ranger das verlassene Schneemobil auf einer Lichtung oberhalb des Wrong Creek. Vom alten Mann selbst aber fand man nie auch nur eine Spur.

Eigentlich hatte Luke zusammen mit Dan und Helen fahren, die Wölfe abholen und anschließend freilassen wollen, doch Dan sagte, falls etwas schiefgehe, sei es besser, wenn Luke nichts damit zu tun habe.

»Hat alles geklappt?«

»Problemlos.«

»Schade, wenn wir doch nur bleiben und sie einmal heulen hören könnten.«

»Vielleicht können Sie das ja eines Tages«, sagte Dan.

»Habt ihr beide wenigstens Hunger?«

»Und wie!«

Sie setzten sich ins Gras vor der Hütte, aßen Spiegeleier mit Speck und Bratkartoffeln und spülten ihr Frühstück mit Kaffee und frisch gepreßtem Orangensaft hinunter.

Luke wollte, daß Helen mit ihm nach Minnesota kam. Sie würden sich eine Wohnung suchen, sagte er, und während er in seinen Seminaren saß, könne sie Forschungen betreiben und ihre Doktorarbeit zu Ende bringen. Und an den Wochenenden würden sie gemeinsam durch die Wildnis streifen.

Vielleicht würde sie das ja tun. Sie hatte Zeit genug, um es sich zu überlegen.

Merkwürdigerweise schien die Zukunft zum erstenmal in Helens Erwachsenenleben keine Rolle mehr zu spielen. Es kam ihr so vor, als hätte das, was hier geschehen war, sie von ihrem alten Ich befreit. Vielleicht, so hatte Celia kürzlich in einem Brief angedeutet, habe sie nun ähnlich wie ihr Vater, der frischgebackene Buddhist, endlich gelernt, einfach nur zu *sein*. Allein auf das *Jetzt* kam es an und darauf, daß sie mit jenem Menschen zusammen war, den sie auf der Welt am meisten liebte.

Nach dem Frühstück wollte sich Dan beim Aufräumen der Hütte nicht von ihnen helfen lassen. Vor ihnen liege eine lange Reise, sagte er, also verstauten sie ihre wenigen Habseligkeiten zusammen mit Buzz in Lukes Jeep. Dann gab Helen Dan die Schlüssel für den alten Pickup zurück.

»Siehst du?« sagte er. »Er hat ein ganzes Jahr durchgehalten.«

»Ich auch.«

Sie wollten beide kein großes Aufheben um ihren Abschied machen, also umarmten sie sich und wünschten einander Glück. Dan witzelte, es sei typisch, daß sie gerade dann verschwinde, wo soviel zu tun sei. Er blieb am Jeep stehen, die Sonne im Rücken, als Helen und Luke einstiegen und sich anschnallten.

»Engel mit dir«, sagte er.

»Mit dir auch, Prior.«

Als sie am Fluß entlangfuhren und die Pyramidenpappeln sich grün und silbern über ihnen wiegten, kamen sie an dem verfallenen Haus vorbei, in dem einst der Wolfsjäger gewohnt hatte. Jemand hatte ein Schild mit der Aufschrift »Verkauft« an einen Baum neben dem Eingangstor genagelt.

Sie sahen kein bekanntes Gesicht auf ihrer Fahrt durch die Stadt, bogen schließlich ostwärts ab und fuhren hinunter ins Tal.

Als sie die Brücke passierten, ließ Helen den Wagen langsamer werden und hielt an. Ein letztes Mal schauten sie beide zur Kirche am Fluß hinüber.

»Schau«, sagte Luke.

Und er deutete auf ein Schild an der anderen Straßenseite, jenes Schild, auf dem »HOPE (519 Einwohner)« stand. Drei dünne Sonnenstrahlen fielen durch die Kugellöcher.

DANKSAGUNG

Folgenden Büchern, die mir in meiner Recherche geholfen haben, verdanke ich am meisten: *Of Wolves and Men* von Barry Lopez, *War Against the Wolf,* herausgegeben von Rick McIntyre, *Wolf Wars* von Hank Fischer, *The Wolf* von L. David Mech und *The Company of Wolves* von Peter Steinhart.

Von all den vielen Menschen, die mir geholfen haben, möchte ich vor allem Bob Ream, Doug Smith, Dan McNulty, Ralph Thisted, Sara Walsh, Rachel Wolstenholme, Tim und Terry Tew, Barbara und John Krause, J.T. Weisner, Ray Krone, Bob und Ernestine Neal, Richard Kenck, Jason Campbell, Chuck Jonkel, Huw Alban Davies, Dan Gibson, Ed Enos, Kim MacCann und Sherry Heimgartner danken.

Ich bin vor allem auch der Familie Cobb dankbar sowie Ed Banks, Mike Jiminez, Diane Boyd, Carter Niemeyer, Bruce Weide, Pat Tucker und auch Koani, wohl der einzige Wolf, den ich mit einigem Recht einen Freund nennen kann.

Zum Schluß geht mein herzlicher Dank für ihre Geduld und Unterstützung, ihren Rat, für ihre Kritik und ihre Freundschaft an Ursula Mackenzie, Linda Shaughnessy, Tracy Devine, Robert Bookman, Caradoc King und Carole Baron.

NICHOLAS EVANS

Der erfolgreichste Roman der letzten Jahre
erstmals im Taschenbuch

»Eine tiefbewegende,
einzigartige Liebesgeschichte!«
Robert Redford

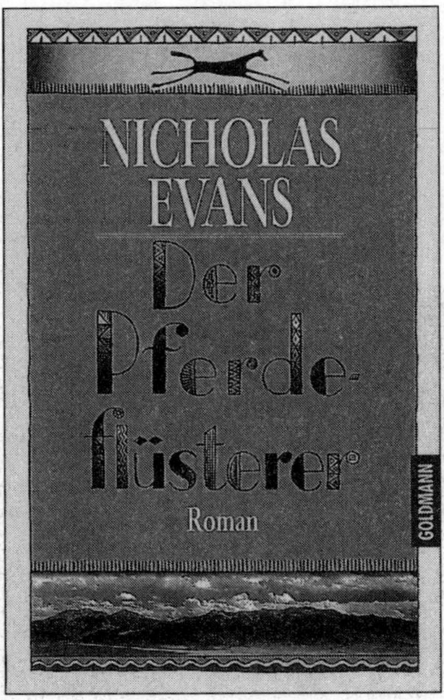

43187

GOLDMANN

MINETTE WALTERS

»Minette Walters ist Meisterklasse!«

Daily Telegraph

»Diese Autorin erzeugt Spannung auf höchstem Niveau, sie ist die Senkrechtstarterin ihrer Zunft.«

Brigitte

44554

42462

42135

43973

GOLDMANN